KB021765

삶
365일

_____ 님께

이 책을
행복과 함께 드립니다.

삶 365일

초판 인쇄 | 2015년 6월 2일
중판 발행 | 2019년 5월15일

엮은이 | 이강래
펴낸이 | 홍철부
펴낸곳 | 문지사

등록 | 1978년 8월 11일 (제3-50호)
주소 | 서울특별시 은평구 갈현로 312
전화 | 02)386-8451
       02)386-8452
팩스 | 02)386-8453

값 18,000원

삶
365일

문지사

우리는 살아가면서 얼마나 많은 것을 잃었고, 또 얼마나 많은 것을 잃어가고 있는 것일까요?

이 책의 짧은 글 속에는 웃음과 눈물이 스며 있습니다. 살아오면서 겪은 영광과 좌절의 편린片鱗이 끼여 있고, 살아갈 세월의 꿈이 깔려 있기 때문입니다. 지난 세월의 퇴적물 속에서 보석을 캐는 일도 있고, 다가올 미래의 꿈에 띄우는 주문呪文도 있기 때문입니다.

또한 읽고, 생각하고, 배운 것. 누구에게 전하고 싶은 것, 때로는 자신에게 일러주어 삶의 힌트로 삼은 것들도 들어있습니다.

여기에는 감성적인 미사여구美辭麗句보다는 가슴을 치는 작은 삶의 돌멩이들이 더 많이 담겨 있습니다. 실생활에서 생각해 봐야 할 문제들, 용기와 희망을 주는 경구들, 행동에 어떤 지침이 바로 그것입니다.

우리는 많은 것을 배웠고, 많은 것을 생각했고, 많은 것을 의욕했고 많은 목표를 새운 적이 있습니다. 하지만 지금의 우리는 어떻습니까? 아마도 어느 정도의 성취에 만족해 있거나 더 이상의 희망은 없다고 체념한 분도 계신 지 모르겠습니다.

이 책의 내용은 배웠지만, 개념의 화석화化石化된 지식에 대하여 생각했지만, 추억 속에 잠겨 버린 이념에 대하여 의욕했지만, 좌절 또는 타협으로 포기해 버린 꿈에 대하여 목표했지만, 세월과 함께 나약해진 패기에 대하여 새로운 상기想起와 자극과 회복의 기회를 갖게 하는 데에 목적이 있습니다. 우리는 어떤 부분을 소생, 육성시키고, 약해진 마음에 채찍을 가할 필요가 있습니다.

이 『삶 365일』은 거창한 데에 있는 것이 아니라, 아주 작은 것에 더 뜻이 있기 때문입니다.

아무쪼록 『삶 365일』이 알찬 인생을 꾸미는 데 도움이 되기를 바랍니다.

그대가 있다는 이유만으로도

그대가 이 세상에 있다는 이유만으로도
내 눈에 비친 세상은 더없이 아름답습니다.

그대와 함께 이 세상을 살아가는 나는
살아있다는 것만으로도 행복합니다.

어느 날 세상이 무너져버린다 해도
그대가 있다면, 나는 아무 상관도 없습니다.

그대는 이 세상에 존재하는 또다른 나의 세상
그대의 마음 속은 내가 다시 태어나고 싶은 곳입니다.

그대가 존재한다는 것은 내가 살아가야 할 이유입니다.
그대와 함께 이 세상을 살아간다는 이유는
영원히 내가 그대를 사랑해야 할 이유입니다.
|T.제프린|

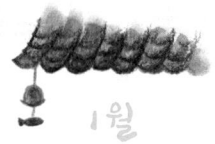

1월

슬픈 사연으로 나에게 말하지 말라.
인생은 한낱 헛된 꿈에 불과하다고.
잠자는 영혼은 죽은 것이니
만물의 겉모습 그대로가 아니다.

인생은 진실이다.
인생은 진지하다.
무덤이 그 종말이 될 수는 없다.

'너는 흙이니 흙으로 돌아가라.'
이 말은 영혼에 대해 한 말은 아니다.

우리가 가야 할 곳, 또한 가는 길은
향락도 아니요, 슬픔도 아니다.
저마다 내일이 오늘보다 낫도록
행동하는 그것이 목적이요, 길이다.

• 인생예찬 | 롱펠로우 •

1월 1일

나 한 사람의 의미

내가 머물고 있는 이 무한한 삶의 여정에는 모든 것이 완벽하고, 온전하며, 완전하다. – 루이즈 L. 헨리

무슨 일에 있어서나 나 자신을 기준으로 생각하고 행동하는 경우가 대부분입니다. 세계 평화니 인류 평등을 부르짖는 사람도 그 출발점은 자기 자신입니다.

때로는 혼자 살아야겠다고 세상을 도피해 보지만, 결국은 현실로 되돌아와 대중 속에 묻혀 다시 뿌리를 내리는 고단한 삶이란 작업을 수행해야 합니다.

삶의 바다에서 로빈슨 크루소처럼 나 혼자 절망이란 섬에 갇혀 있다면 단 며칠도 보내기 어려울 것입니다. 이렇듯 인간의 생활은 알게 모르게 서로 도움을 주고 받으면서 생활의 터전을 가꾸고 있는 것입니다.

링컨은 한 사람의 의미를 이렇게 말했습니다.

"진정으로 내가 바라는 목적이 있다면, 내가 존재함으로써 이 세상이 더 좋아졌다는 사실을 깨닫는 일이다."

내가 존재함으로써 내 가정, 내 직장, 내 나라가 더욱 향상될 수 있다면, 나는 무엇을 해야 할까 한 번쯤 생각해 볼 일입니다.

1월 2일

나를 위한 십계명

나는 내 운명의 주재자요. 내 영혼의 주인이다. – 윌리암 헨리

1. 나 자신을 가장 소중하게 생각한다.
2. 나 자신의 시간을 즐긴다.
3. 나 자신을 다른 사람과 비교하지 않는다.
4. 나 자신의 일에 책임을 진다.
5. 나 자신의 실수를 용서한다.
6. 나 자신을 위한 반성의 시간을 갖는다.
7. 나 자신을 칭찬하고 좋은 점만을 의식한다.
8. 나 자신의 건강을 스스로 돌본다.
9. 나 자신은 반드시 행복해 진다고 믿는다.
10. 나 자신이 바라는 인생을 힘차게 살아간다.

1월 3일

마음을 비우면 내가 보인다

꽃이 만발하면 비바람도 많고 인생에는 이별도 많다. - 당시선

마음속에 불만이 없으면 몸이 편하다.
마음속에 자만이 있으면 존경심을 잃는다.
마음속에 욕심이 없으면 의리를 행한다.
마음속에 노여움이 없으면 말씨도 부드러워진다.
마음속에 용기가 있으면 뉘우침이 없다.
마음속에 인내심이 있으면 일을 성취한다.
마음속에 탐욕이 없으면 아부하지 않는다.
마음속에 잘못이 없으면 비방하지 않는다.
마음속에 흐림이 없으면 항상 안정을 가질 수 있다.
마음속에 교만이 없으면 남을 공경한다.

1월 4일

인간관계 십계명

순간을 사랑하라. 그 순간의 힘이 모든 한계를 넘어선다. - 칸트

1. 먼저 말을 걸어라. - 즐거운 인사말보다 더 이상 멋진 것은 없다.
2. 미소를 보내라. - 찡그리는 데는 얼굴 근육이 72개 필요하고, 웃는 데는 단 14개가 필요하다.
3. 이름을 불러주라. - 사람의 이름만큼 아름다운 음악은 없다.
4. 친절한 마음으로 대하라. - 친절만큼 가슴을 따뜻하게 하는 것은 없다.
5. 성심성의껏 대하라. - 즐거운 마음으로 일을 하면 진심이 울어난다.
6. 관대하라. - 비판보다는 칭찬이 대인 관계를 넓게 한다.
7. 관심을 가져라. - 마음만 먹으면 모든 사람과 친해질 수 있다.
8. 감정을 존중하라. - 사랑과 미움은 종이 한 장 차이에서 온다.
9. 의견을 존중하라. - 의견은 세 가지가 있다. 당신의 의견, 상대방의 의견, 가장 올바른 의견.
10. 봉사하라. - 세상에서 가장 가치 있는 삶은 남을 위해 봉사하는 일이다.

1월 5일

큰 인물의 조건

위인은 하루 한 번 어린아이가 된다. – W.워즈워스

큰 인물은 여덟 가지의 조건을 갖추어야 한다.
첫째, 욕심이 적은 소욕少慾
둘째, 만족함을 아는 자족自足
셋째, 고요하게 안정된 적정寂靜
넷째, 삿됨과 번뇌를 여의는 원리遠離
다섯째, 부지런히 노력하는 정진精進
여섯째, 마음이 산란하지 않는 선정禪定
일곱째, 일체를 아는 지혜知慧
여덟째, 세상사에 거리낌이 없는 무애無碍

1월 6일

지혜로운 이의 삶

인생은 병이며, 세상이 병원이다. 그리고 죽음이 의사인 것이다. – H.하이

지금 유리하다고 해서 교만하지 말고
불리하다고 비굴하지 말라.
무슨 말을 들었다고 가볍게 생각하지 말고
그것이 사실인지 깊이 생각하여
이치가 명확할 때 과감히 행동하라.
벙어리처럼 침묵하고 임금처럼 말하며
얼음처럼 냉정하고 불처럼 뜨거워져라.
태산 같은 자부심을 갖고
때로는 누운 풀처럼 자신을 낮추어라.
역경을 잘 참아내고
형편이 좋아졌을 때를 조심하라.
재물을 오물처럼 볼 줄 알고
터지는 분노를 잘 다스려라.
때로는 마음껏 풍류를 즐기고
사슴처럼 삶을 두려워할 줄도 알고
호랑이처럼 무섭고 사나운 행동을 보여야 한다.

올바른 습관이 인격을 키운다

극단을 피하라. 마땅한 이유가 있다고 생각하면, 손해를 입은 사람의 분노를 기꺼이 참아 넘기라. — 프랭클린

"나는 타인의 의견에 대해 정면으로 반대한다든지, 내 의견을 단정적으로 표현하는 일은 삼가기로 했다.

예컨대 '확실히', '의심할 바 없이'와 같은 결정석인 말을 사용하는 대신에 '제 생각은 이렇습니다만, 그러나…' 하는 식으로 의사를 소통할 것이다.

상대의 잘못이 분명한 경우에도 곧바로 반대하거나 지적하지 않고 '그런 경우도 있겠군요. 그렇지만 이 경우는 좀 사정이 다르다고 생각합니다.'하고 말머리를 돌리는 것이다.

처음에는 흥분을 자제하기 어려웠지만, 이제는 아주 익숙하게 되었다. 50여 년 동안 나에게서 독단적인 발언을 들은 사람은 거의 없을 것이다. 제2의 천성이 된 이 방법으로 나는 많은 일을 성취할 수 있었다."

미국의 교육자이며 사회 운동가 벤서민 프랭글린의 밀입니다.

1월 8일

인격의 무게

어느 깊이 만큼 괴로워하느냐 하는 마음가짐이 한 인간의 위치를 결정한다.
— 니체

옛날 선비들은 외형상 남루한 옷을 걸치고 있었을 망정 체통을 세워야 한다는 자기 관리 의식이 있었고 보통 사람과는 달라야 한다는 선민정신을 가지고 있었습니다.

오늘날의 기준으로 보면 무능한 자로 세상의 일과는 타협할 줄 모르는 융통성 없는 선비로 보일 것입니다. 그러나 인격의 무게를 더하고, 그것을 지키려고 노력한 사람들이었다는 점은 부인할 수 없습니다.

현대인이 말하는 인격이란 옛날 사람의 인격과는 같은 수 없겠지만, 몇 가지 공통점은 남아 있음을 엿볼 수 있습니다.

1. 부정을 멀리 한다. — 부정한 방법으로 부와 명예, 권력을 탐하지 않는 정신을 소유하고 있다.
2. 염치를 안다. — 매사에 조심하고 삼가는 사람을 나약하고 온순하게 보일지라도 인격의 향기를 느끼게 해준다.
3. 정의와 의리를 중요시한다. — 자기 중심적, 자기 본위로 눈앞의 이익을 쫓아 성공은 하였으나 인격의 무게를 느낄 수 없다.
4. 흔들리지 않는 가치관을 가지고 있다. — 뿌리 깊은 나무와 같은 모습으로 의연함을 잃지 않음이 인격체라고 믿고 있다.

1월 9일

인간의 여섯 가지 결점

갈 만한 가치가 있는 곳이라면 어떤 장소가 되었건 그곳에 가는 지름길은 없다. - 비벌리 스필즈

1. 자기의 이익을 위해 타인의 희생을 강요하는 행위
2. 어떤 일은 도저히 성취할 수 없다고 하는 기피감
3. 사소한 애착으로 기호를 끊어 버리시 못하는 나약함
4. 변화나 수정이 필요한 일에 걱정만 하는 불안감
5. 마음의 수양이나 자기 계발을 게을리하는 안일함
6. 자기 의견이나 행동이 옳다고 내세우는 안하무인의 품성

1월 10일

목표에의 도전

자신의 능력에 한계를 부여하거나 그 능력을 뛰어넘을 수 있는 사람은 자신밖에 없다. – 굴베스 피에르

사람들은 누구나 "아무 일도 하지 않고, 아무 지시도 받지 않고 아무 목표도 없이 놀고 먹을 수만 있다면 얼마나 좋을까?" 하는 생각을 해 본 적이 있을 것입니다.

일을 하지 않고도 살아갈 만큼 경제적 여유가 있다고 가정해 봅시다. 그러면 어떤 일이 벌어질까요? 잠이나 실컷 자겠다는 분, 좋아하는 운동이나 하겠다는 분…. 사람마다 희망은 다르겠습니다만, 그런 일을 계속한다고 해도 과연 며칠을 지탱할 수 있을까요.

잠은 건강이나 휴식을 위한 것이지 그 자체가 행복의 목표는 아닙니다. 계속해서 자면 오히려 식욕도 잃고, 건강도 잃고 지루함 때문에 병이 날 것입니다.

등산이나 운동은 왜 하는 것일까요? 건강을 위해서 싫지만 하는 사람이 있는가 하면 산을 정복하는 기쁨, 실력이 향상되어서 경쟁에서 이기는 기쁨, 금메달을 목에 걸고 인기와 명예를 누리고 싶은 욕망, 우리의 일도 등산이나 운동과 마찬가지로 정상을 정복하기 위해서는 남보다 더 많은 땀과 노력이 필요합니다. 나태해지는 자신을 채찍질 하면서 정상이라는 목표, 금메달이라는 목표를 향하여 매진하는 것처럼 목표에 도전하는 데에서 행복을 찾아야 하겠습니다.

1월 11일

꿈을 실현시킬 수 있는 방법

절망하지 말라. 열쇠 꾸러미의 마지막에 달려 있는 열쇠가 자물쇠를 연다.
– 체스터 필드

경향신문의 「미주알 고주알」에 '꿈을 실현시킬 수 있는 방법'이라는
제목의 글이 있었습니다.

한 사람이 파티에 참석했다. 파티가 한창 무르익었을 때 그는 자신의
마술 솜씨를 보여주겠다며 준비해 온 도구를 손님들 앞에서 펼쳤다.
그는 능숙한 솜씨로 빈 보자기 속에서 예쁜 파랑새 한 마리를 꺼내
보였다. 그는 계속해서 카드와 접시를 이용한 몇 가지 재주를 더 보
여서 손님들을 즐겁게 했다.
그의 멋진 마술 시범이 끝났을 때 사람들은 열렬한 박수로 보답했다.
이때 저 멀리 있던 한 부인이 그에게 다가와, 다음 주 자신의 파티에
도 참석해 줄 것을 요청했다. 그는 기꺼이 응했다.
그리고 1주일 후 그 파티에 참석했다. 상견례가 끝나고 흥겹게 파티
가 무르익자, 그는 여주인에게 바이올린을 한 번 연주해 보겠다고 말
했다.
"당신은 마술이 전문 아닌가요?"
"예, 바이올린 연주를 조금은 할 줄 압니다."
그는 이렇게 대답하며 가져온 바이올린을 꺼내 연주를 시작했다. 그

런데 그의 연주 솜씨는 놀랄 만했다. 신기에 가까운 그의 연주 솜씨.
연주 끝나고 모든 참석자들은 기립 박수를 보냈다.

이 날 바이올린을 연주했던 사람은 20세기 전반을 대표하는 바이올
리니스트의 거장 F.크라이슬러(1875~1962)였다.

무슨 비결로 이렇게 여러 재주를 가졌느냐는 질문에 그는 이렇게 대
답했다.

"어떤 일도 원리는 같습니다. 끝없는 관심, 지속적인 노력, 그리고 이
루고자 하는 열망입니다. 이렇게 해서 첫 번째 일이 성취되면 자신감
을 얻습니다. 그러면 두 번째 일부터는 그 경험까지 살려 전보다 더
쉽게 이뤄집니다. 보기에 전혀 달라 보이는 두 개의 일도 사실은 반
드시 서로 깊은 관계가 있습니다. 문제는 첫 번째 일을 완벽하게 처
리하는 것이죠.

성장형 인간의 조건

인간은 일생 동안 많은 기회가 있다. 그것을 볼 줄 아는 눈과 붙잡을 수 있는
의지를 가진 사람이 나타나기까지 기회는 잠자코 있다. - 구울드

- 꿈. 이상, 목표 : 달성하려고 하는 목적이 없으면 노력의 의미가
  없고 열의가 나지 않는다.
- 건강 : 건강은 활동의 원동력이사 행동의 원천이다. 그리므로 건
  강한 정신과 육체는 성공으로 가는 길을 만든다.
- 일에 대한 열의와 사랑 : 일에 대한 열의와 사랑이 없으면 성과가
  오르지 않을 뿐만 아니라 보람을 느낄 수 없다.
- 학구열 : 배워 발전하겠다는 정신 자세를 갖지 않으면 제자리 걸
  음으로 인생의 낙오자가 된다.
- 인맥 : 많은 사람을, 그것도 나와는 전혀 다는 성격의 소유자나 경
  험이 풍부한 사람을 통해 그의 지식을 경청하는 태도를 기른다.
- 적극성 : 불가능을 생각하지 않고 어떻게 하면 가능하게 되는가를
  찾아낸다.
- 자립심 : 자기의 실력으로 난관을 돌파힌디.

1월 13일

성공한 사람의 조건

하나의 작은 꽃을 피우는 데도 오랜 세월의 노력이 필요하다.
- 윌리엄 블레이크

성공하기 위해서는 많은 것을 알아야 합니다. 그래서 성공한 사람들은 열심히 배우려고 노력을 기울입니다.

특히 삶의 본질에 대해서, 자신의 잠재력이 어떻게 삶에 공헌할 수 있는가에 대해서, 어떻게 실천할 것인가를 끊임없이 모색합니다.

'성실해야 한다.'

이 말은 성공의 절대적인 조건입니다. 여기서 성실해야 한다는 말은 타인에게 보다 자신에게 강조하는데 더 의미가 있습니다.

성공한 사람은 노력을 아끼지 않습니다. 적극적인 자기 인식은 정직함을 의미합니다. 또한 자신의 잠재력에 대해서 성실하게 정상에 도달하기 위한 시간과 노력에 정직해야 합니다.

성공한 사람은 이 세상에 절대적인 존재는 없다는 확신감을 가지고 있습니다. 어떤 상황에 놓이더라도 넓은 시야를 가지고 균형 있는 안목으로 사물을 바라봅니다. 좋은 방법이 떠오르기 때문입니다.

성공한 사람은 주위 상황을 정확히 파악하고 판단하며 자신이 할 수 있는 일을 최선의 방법으로 신속히 처리하는 사람입니다. 그러기 위해서는 자신의 특성을 깨닫고 인식하는 능력이 중요한 포인트가 됩니다.

1월 14일

삶에는 공식이 없다

인생은 한 권의 책과 같다. 왜냐하면 그들은 단 한 번 밖에 그것을 읽지 못함을 알고 있기 때문이다. - 잔 파울

한 그루의 나무가 자라기 위해서는 적당한 땅과 공간, 햇볕과 수분이 필요하듯이 인간이 삶을 영위하려면 생존 조건이 반드시 갖추어져야 합니다. 한편 기회 포착에 대한 능력이 부족하면 삶의 길을 잃어버리거나 낙오자로 추락한다는 것을 염두에 두어야 합니다. 설사 좋은 기회를 얻게 되더라도 한순간의 결정적인 선택이 인생의 모든 것을 좌우합니다. 이렇게 삶을 통해 얻어지는 성공과 실패는 자신과의 싸움에서 쟁취한 결과입니다. 그러므로 삶에는 공식이 없습니다.

삶의 토대

오늘을 열심히 살면 내일은 시련에 대응하는 새로운 힘을 가져다줄 것이다.
— C. 힐티

'티끌 모아 태산'이라는 속담은 재물을 비롯한 물질적인 것만이 아니라 생활 습관에 대해서도 뜻을 주는 말입니다.

그래서 하루하루의 행동이 쌓이면 좋은 습관이 되고, 좋은 습관은 성공적인 인생을 만드는 토대가 됩니다.

'하루의 행위가 운명을 만든다'는 말도 있듯이 매일 조깅을 해서 건강을 유지하는 것도 좋은 예이고, 매일 조금씩 외국어를 공부해서 유창한 회화를 할 수 있게 되는 것도 같은 방법입니다.

이처럼 우리의 사회생활에는 작은 듯 보이면서도 조금씩 쌓여서 큰 업적이 되는 경우가 많습니다.

우리가 행하는 하루의 아침 조회나 직장의 회의 시간도 귀찮다거나 하찮은 일로 생각하는 사람이 있겠지만, 조깅이나 외국어 공부에 못지 않게 하루 일과를 뜻있게 시작하는 귀중한 시간입니다.

꾸준히 계속해서 반복하면 자신감이 붙고 세상을 살아가는 용기를 얻을 수 있습니다.

1월 16일

삶의 조건

인생은 하나의 경험이다. 경험이 많을수록 더 훌륭한 사람이 된다. – C. 릴케

미래를 바라보고, 내일을 계획하고, 희망을 꿈꾸는 것은 모두 필요한 삶의 절대적 조건들입니다. 그러나 인간은 미래만을 위해서 사는 존재가 아닙니다. 현재라는 시간의 흐름 속에서 삶을 영위하고 있습니다. 시간은 순간순간의 연속입니다. 그러므로 인간은 순간 속에서 살아가고 있는 존재이며, 현재를 경험하는 순간 속에서 의미를 찾고 있는 특별한 존재인 것입니다.

순간은 인간만이 느낄 수 있는 의식이라는 반복을 되풀이하며 관념 속에서 싹트고 꽃이 핍니다. 의식적 존재인 인간에게는 현재 뿐만 아니라 과거도 함께 지나고 있습니다.

또한 헤아릴 수 없는 영혼의 깊이를 가지고 비록 눈에 보이지는 않지만, 미래를 향해 부단히 움직이고 있는 흐름의 존재입니다.

우리의 힘으로 헤아릴 수 없는 삶의 신비가 바로 여기에 존재해 있는 것입니다.

1월 17일

삶을 지배하는 힘

자신감을 가지라는 것은 인생을 적극적인 면에서 포착하라는 의미다. - 노먼 필

당신이 인생을 변화시킬 수 있는 놀라운 능력을 알지 못하는 것은 마치 뒤뜰에 다이아몬드가 묻혀 있다는 사실을 알지 못하는 것과 같습니다.

평범한 인생을 보내는 사람들이 대부분이고 비참한 삶을 보내는 사람도 적지 않습니다. 그것은 자신이 지닌 능력을 깨닫지 못하고 활용하지 않기 때문입니다.

당신은 자신의 인생에 대해서 투쟁하려고 해서는 안 됩니다. 당신의 삶을 다스리도록 노력해야 합니다. 우리는 이 진리를 하루라도 빨리 깨달아야 합니다.

우리가 자신의 인생을 최대한으로 활용하려면 먼저 삶을 이해해야 합니다. 이 놀라운 힘은 누구나 다 활용할 수가 있습니다. 거기에는 어떤 특별한 훈련이나 교육을 필요로 하지 않습니다. 소질도 필요로 하지 않습니다. 부나 명성도 필요로 하지 않습니다. 그 놀라운 힘은 신분과 지위를 막론하고 태어날 때부터 소유하고 태어납니다.

당신은 이 놀라운 힘을 인정하여 받아들이고 아낌없이 활용해야 합니다. 그리고 하루 빨리 성공의 무대에 올라서야 합니다.

소년은 늙기 쉽고, 학문은 이루기 어렵다

성공을 하기 위해서는 다른 사람의 방법이 아닌 바로 자기 자신의 방법이 무엇보다도 중요하다는 사실을 항상 마음에 품고 있어야 한다. — A. 링컨

젊을 때는 세월의 빠름을 느끼지 못하다가 나이가 들면서 '이제까지 나는 무엇을 했던가?' 하는 회한의 염을 품는 이들이 많습니다.

그래서 '소년은 늙기 쉽고, 학문은 이루기 어렵다.'〔少年易老學難成 : 논어〕는 말씀이나 '젊었을 때 노력하지 않으면 늙어서 후회와 슬픔을 맛보리라.'〔少年不努力, 老大徒傷悲:고문진보〕하는 말을 되새겨 보게 됩니다.

젊을 때의 노력은 나이 들어서 하는 노력보다 시간적으로도 유리할 뿐만 아니라, 젊다는 장점 때문에 성과도 빨리 나타나는 것이 보통입니다. 업종에 따라 다르겠지만, 흔히 성공할 수 있는 나이는 스물다섯 살에서 마흔 살까지라고 합니다.

1월 19일

형설의 공

懷與安實敗名 회여안실패명 : 안일한 생활을 즐기다가는 이름을 높일 수 없다. - 좌전

어느 날 손강孫康이 차윤車胤을 찾아갔더니 하인이 출타 중이라고 아뢰었습니다.

"어디를 가셨는 지 아느냐?"

"반딧불을 잡으러 가셨습니다."

며칠 후 차윤이 답례로 손강의 집을 방문하였습니다. 그때 손강은 하늘을 멍하니 올려다보고 있었습니다.

"대감, 지금쯤 독서 삼매경에 빠져 계신 줄 알았더니 무엇을 그리 쳐다보십니까?"

"날씨를 가늠해 보는 중입니다."

"날씨는 왜요?"

"눈이 언제쯤 올까 궁금해서요."

위의 글은 '형설의 공'으로 유명한 손강과 차윤의 이야기로 가난한 두 사람은 반딧불 빛으로 공부를 하고(차윤) 쌓인 눈빛으로 공부를 해서(손강) 훗날 높은 벼슬에 올랐다는 고사입니다.

1월 20일

긍정의 철학

정치에서 말이 필요하면 남자를 찾고, 행동이 필요하면 여자에게 청하라.
— 마거릿 대처

테야르 드 샤르댕이란 학자는 원래는 신부님이었습니다. 생물학자·
신학자·철학자로서 유명합니다만, 1927년 베이징 원인(北京猿人:호
모 에렉투스 페키넨시스)의 발굴은 특히 유명합니다. 과학과 신앙의
조화를 지향하는 철학 이론을 제시했는데, 사망 후에 출간된『현상으
로서의 인간』(1955)이 유명합니다.

이 책에서 샤르댕은 이렇게 말했습니다.

'인간은 부정否定의 철학을 너무 많이 만들어냈다. 이제 부정의 철학
은 끝났다. 지금부터는 긍정肯定의 철학을 어떻게 구축하는가가 문제
이다. 그러나 긍정의 철학에는 조건이 있다. V와 C가 필요하다. V란
바이탈리티(활력活力:Vitality), 비전(선견지명先見之明:Vision), 벤처
(모험冒險:Venture)이다. C란 찬스(기회機會:Chance), 체이지(변화變
化 Change), 챌린지(도전挑戰:Challenge)이다.'

활력이 있는 사람은 선견지명이 있고, 선견지명이 있는 사람은 희망
이 있기 때문에 죽지 않는다는 것입니다. 비전이 있는 사람이 모험
(벤처)적이 된다는 것입니다. 모험적이 될 때에 인간은 가장 긍정적
이 된다고 합니다. 기회를 잡기 위해 변화와 도전을 해야 한다는 것
입니다. 긍정의 철학만이 인류의 미래를 구할 수 있습니다.

1월 21일

밝은 인간관계

자기 스스로를 통제할 줄 알고 감정과 욕구와 두려움을 다스릴 줄 아는 자는 왕보다 더한 존재다. – 로버트 슐러

누구나 즐겁고 유익한 인간관계를 바랍니다. 하지만 현실의 인간관계는 매우 복잡합니다. 연령과 학력이 다르고 입장과 사고방식도 다릅니다.

그러나 그 모든 것을 초월하여 주어진 일을 함께 하고 주어진 목표를 함께 달성하지 않으면 안 됩니다.

우리는 흔히 외견상으로 사람을 판단하거나 잘못된 선입관으로 판단하여 상대방의 좋은 점은 발견하지 못하고 자기만의 견해가 옳다고 생각하는 일이 많습니다.

하지만 인간관계에 있어서 가장 중요한 것은 다른 사람의 장점이나 아름다운 점을 발견하려고 노력하는 자세입니다.

주위 사람들의 장점이나 아름다움을 발견함으로써 남을 생각하고 남의 입장을 배려하는 올바른 인간으로 성장할 수 있는 것입니다.

인간관계가 좋은 직장생활, 인간관계가 좋은 사회생활은 즐겁고 협력적이 되어 그것이 곧 인생의 즐거움이 되면서 인간적인 성장도 가져옵니다.

1월 22일

어울리는 사람

미워하는 마음을 밖으로 드러내면 많은 원망을 사게 된다. – 좌전

남과 잘 사귀는 사람이 있습니다. 사교성이 있는 사람을 말합니다.
'인간은 사교적 동물'이라고 한 세네카의 말을 빌리지 않더라도 사교
적이건 비사교적이건 인간은 어떤 형태로든 사귐을 통해서 사회의
구성원으로 생활을 영위합니다.

비사교적인 사람은 사람 만나기를 싫어해서 본의 아니게 손해를 입
은 일도 있습니다. 물론 사교적인 사람이라고 해서 항상 환영 받는
것은 아닙니다. 주책없이 아무 데나 끼여든다는 평을 듣는 사람은 어
울리면서도 환영 받지 못하는 사람입니다.

논어를 보면 '군자는 화이부동和而不同하고, 소인은 동이불화同而不和한
다'는 말이 있습니다. '군자는 어울리되 동화되지 않고 소인은 동화되
면서 화합하지 않는다.'는 뜻을 가시고 있습니다.

군자는 진실되게 화합은 할지언정 부화뇌동附和雷同하지 않는 사람이
고, 소인은 부화뇌동하면서도 불화를 일삼는 사람을 말합니다. 부화
뇌동이란 주체성 없이 남의 일에 휩쓸리는 것이므로 주체성을 잃지
않으면서도 조화를 이루는 것이 군자이고, 주체성 없이 휩쓸려 다니
면서도 조화를 이루지 못하는 것이 소인입니다.

이렇듯 잘 어울리면서도 개성을 잃지 않는 마음가짐이 군자의 모습
입니다.

1월 23일

일의 즐거움

당신이 볼 수 있는 지점까지 최선을 다해 나아가라. 일단 그곳에 도착하면 당신은 더 멀리 볼 수 있게 된다. – 지그 지글러

직장은 일을 하는 곳입니다.

'일'을 한자어로 쓰면 노동勞動이라는 단어가 됩니다. 노동의 '노'라는 한자에는 '피곤하다', '힘을 쓰다'의 뜻이 있어서 노동은 곧, '피곤하게 움직이다', '힘을 쓰며 움직이다'라는 말이 되기도 합니다. 말뜻 그대로만 보면, 어둡고 싫은 면만 상기됩니다.

그러나 마음 가짐 여하에 따라서 일은 즐거움의 원천이기도 합니다. 마지못해서 적당히 일하고 급료만 많이 받으려는 불순한 노동에는 피로나 사고가 많다는 통계도 나와 있습니다.

그러나 일의 의의를 알고 자신의 의지로서 일하고 노력 속에서 일의 보람과 생의 보람을 찾으려는 사람도 얼마든지 있습니다.

다음의 '인간다운 인간'이란 시를 음미해 보시기 바랍니다.

'마지못해 일하는 사람, 그는 소나 말과 무엇이 다른가.

지시 받은 일만 하는 사람, 그는 죄수와 무엇이 다른가.

스스로 생각하고 일하는 사람, 그는 인간다운 사람이다.

오늘 살아 있는 은혜에 감사하며 가만히 앉아 있을 수 없는 마음의 화산이 일의 모습으로 분출되는 사람,

그가 모든 사람 중에 으뜸이 되는 사람이다.'

1월 24일

하루 15분

내일을 위한 최선의 준비는 오늘의 일을 가장 훌륭하게 하는 것이다.
– 윌리엄 오슬러

하루에 15분씩만 책을 읽어도 일년에 스무 권이나 읽게 된다는 계산이 나온다고 합니다.

하루에 15분만 읽어도 적지 않은 독서량이 됩니다만, 하루에 두 시간씩 규칙적으로 독서를 해서 아주 유식하게 된 사람이 있었습니다.

모택동도 때와 장소를 가리지 않을 정도로 유명한 독서가였습니다만, 미국 상원의원 중에 학교 공부는 별로 못했으면서도 모르는 것이 없을 정도로 유식하고, 판단이 정확해서 어떤 젊은이가 도대체 그 비결이 무엇이냐고 물었습니다.

그러자 상원이원은, 이렇게 말했다고 합니다.

"나는 열여덟 살 때부터 하루에 두 시간씩 독서를 하기로 결심했지. 차를 탈 때나 누구를 기다릴 때나 심지어 여행 중에도 닥치는 대로 읽었지. 신문이나 잡지는 물론이고 명작 소설이나 시도 읽었고, 성경도 읽었고, 정치 평론도 읽었지. 그렇게 했더니 자연히 모든 걸 알게 되더군…. 젊은이, 자네도 해보게. 틀림없이 자네도 유식한 인물이 될 테니까."

알맞은 시간을 정해서 하루에, 단 얼마라도 읽는 습관을 갖는 것도 좋은 독서 방법이 아닐까 생각됩니다. 독서만이 아니라 어떤 일이든 계속해서 연마하면 남보다 앞선 경지에 도달할 수 있습니다.

1월 25일

공직자의 생활 철학

채식을 하고 물을 마시며 팔을 베고 눕는 생활에도 즐거움은 있다. – 공자

우리의 선조들은 '사불삼거四不三據'라는 불문율을 지킴으로서 청렴을 생활 신조로 하여 공직자의 임무를 수행하였습니다.

4불四不
- 부업을 가져서는 안 된다.
- 재임 중에 땅을 사면 안 된다.
- 집을 늘려서는 안 된다.
- 재임 중에 명품을 탐하면 안 된다.

3거三據
- 윗사람이나 권력가의 부당한 요구를 거절한다.
- 청탁을 들어준 답례를 거절한다.
- 경조 · 애사의 부조를 받지 않는다.

1월 26일

인간은 열려 있는 문과 같다

미래가 기다려지는 이유는 하루 만큼씩 오기 때문이다. – 링컨

지상의 현상은 하나의 비유에 불과할 뿐입니다.

모든 비유는 영혼을 간직할 준비만 되어 있다면, 그 곳을 통해 내부 세계로 들어갈 수 있는 열려진 문과 같습니다. 그 내부로 들어가면 당신과 내가 낮과 밤이 하나가 됩니다. 눈으로 볼 수 있는 모든 현상은 하나의 비유이고, 이 비유 속에 정신과 영원한 생명이 있다는 생각을 갖게 합니다.

물론 이 문을 통해서 비밀한 것을 현실로 느끼면서, 아름다운 꿈을 버린 채 뒤돌아보지 않는 사람은 아주 적습니다.

1월 27일

인생은 낚시

인생을 절반 정도는 살아야지 인생의 의미를 깨달을 수 있다. - 프랑스 속담

낚시의 고전으로 알려진 『조어대전釣魚大典』을 쓴 I.월튼이란 사람은 '낚시는 수학 같은 것이다. 완전히 마스터할 수 없기 때문이다.'라고 했고, S. 존슨은 이렇게 말했습니다.

"낚싯대는 한쪽에 낚시를 달고, 다른 한쪽 끝에 바보를 단 막대기이다."

낚시꾼은 바보라는 소리를 들어도 변명을 하지 않습니다. 낚시를 모르는 사람들이 하는 말임을 알기 때문입니다.

낚시꾼들이 즐겨 하는 격언이 있습니다.

"기다릴 줄 알라."

- 낚시란 때가 올 때까지 기다리는 것이다.

"밑밥을 아끼지 말라."

- 쉬지 말고 미끼를 자주 갈아서 고기들이 그곳에는 먹을 것이 있다 는 것을 알게 하라.

"기회를 놓치지 말라."

- 고기가 물었을 때를 놓치면 고기는 미끼만 따먹고 도망간다.

"잡히지 않을 때는 주위 경관을 보며 운치 있는 시간을 가져라."

철학자 신일철(申一澈) 교수의 '기다리는 정' 이란 글에 이런 대목이 있습니다.

"따분한 기다림에도 지치는 일이 없는 점에서 낚시에는 절망이 없다. 비록 오늘 공쳤어도 내일이 있고, 언젠가는 고무신짝 같은 붕어가 와 주리라는 기대를 끝내 버리지 않는 점에서 낚시는 '희망의 예술'이라 이름할 수 있으리라."

1월 28일

인생의 벤치마킹

시간이 언제나 당신을 기다리고 있다고 생각하지 말라. 하루에 전력을 다하지 못하면 그날이 보람 없을 것이며 최후의 목표에도 도달하지 못할 것이다. - 괴테

벤치마킹이란 말은 원래 '측정 기준'이란 뜻입니다.

벤치마킹 경영은 1979년 미국의 제록스사가 경쟁기업 분석을 하는 데서 시작됩니다.

벤치마크라는 말은 경쟁기업이나 우량기업을 표준으로 삼아 획기적인 경영개선을 하면서 유명해졌습니다. 벤치마킹은 분석, 개선, 계속의 원칙에 입각하여 최고를 지향하는 것입니다.

손자병법의 '적을 알고 나를 알면 지지 않는다'는 원리가 분석의 원리이자 출발점이 됩니다.

벤치마킹은 최고 수준의 기준을 갖자는 데 뜻이 있습니다.

기업만이 아니라 한 개인에게도 벤치마킹은 가능합니다.

어떤 기업에서는 각 개인이 각자의 벤치마킹를 정해서 희망하는 인간상을 추구하도록 권고하고 있습니다.

1월 29일

인생 시간표

새로운 자기를 만들지 않는 날들은 모두 잃어버린 것으로 간주하라.
— 새뮤엘 존슨

사람의 나이를 아침 일곱 시부터 밤 열한 시까지의 하루의 일과 시간과 서로 대비해 보면 다음과 같다는 것입니다.

- 15세는 오전 10시 30분에 해당되고
- 20세는 오전 11시 34분
- 25세는 오후 12시 42분
- 30세는 오후 1시 51분
- 35세는 오후 3시 00분
- 40세는 오후 4시 8분
- 45세는 오후 5시 16분
- 50세는 오후 6시 25분
- 55세는 오후 7시 34분
- 60세는 오후 8시 42분
- 65세는 오후 9시 51분
- 70세는 오후 11시 00분이 된다는 것입니다.

심리학자 레슬리 웨더헤드의 계산법입니다.

1월 30일

직장은 인생의 학교

일이란 생계유지 수단 이상의 것이다. 그것은 우리에게 멋진 삶을 제공해 준다. – 헨리 포드

직장을 감옥과 같다고 생각하는 사람이 있는가 하면 많은 일을 배울 수 있고 많은 사람을 만날 수 있고 뜻을 펼 수 있는 곳이라고 생각하는 사람도 많습니다.

직장이란, 어떤 면에서 보면 돈을 받으면서 공부를 할 수 있는 곳이기도 합니다. 학비를 내면서 매를 맞으면서 다니던 학교와는 달리 돈을 받으면서 배우는 학교라는 말입니다.

처음 취직을 했을 때는 신입생과 마찬가지이지만, 해가 가면서 상급반으로 올라갑니다. 그렇게 계속 올라가다가 정년이나 은퇴의 시기가 되면 졸업을 하게 됩니다.

그 동안에 배우는 하나하나의 일이 실력이 되고 관록이 되고 명예가 됩니다. 그리고 그에 따라서 높은 점수를 받고 보수도 많아집니다.

직장을 감옥이라고 생각하는 사람은 출옥을 해도 또 다시 감옥을 만나기 때문에 언젠가는 도태되고 맙니다. 직장을 인생의 학교라고 생각하는 사람은 계속 배우며, 계속 성장해 갑니다.

무엇이건 배워서 실력을 쌓아가겠다고 생각할 때 성공은 자연스럽게 눈앞에 다가옵니다.

1월 31일

왕복 차표가 없는 인생

인간은 운명이라고 하는 천을 짤 수는 있으나 그것을 끊을 수는 없다.
— 마키아벨리

'인생에는 왕복 차표가 없다. 한 번 떠나버리면 다시는 돌아올 수 없다.'

'인생을 다시 시작할 수 있다면……'

'그때 그 시절로 다시 돌아갈 수만 있다면……'

하고 한탄하는 사람이 있지만, 지나간 인생은 수정이 불가능합니다. 잘못 쓴 문장을 다시 고쳐 쓰듯 추고 또는 퇴고를 할 수 있다면, 잘못된 활자를 찾아내듯 자신의 삶을 교정할 수만 있다면, 누구나 멋진 인생을 다시 꾸밀 수 있을 것입니다. 그러나 우리가 태어날 때 받은 인생이란 차표는 한 번 떠나서는 돌아올 줄 모르는 길을, 죽음이란 종점까지만 태워다 줍니다.

'실패가 적은 인생, 후회가 없는 인생'을 살려면 얼마나 빨리 자신의 삶에 대해 충고나 수정을 하고 어떻게 교정을 바르게 보느냐는 노력 여하에 달려 있다고 할 것입니다.

2월

강해지기 위해서는 힘이
부드러워지기 위해서는 용기가 필요합니다.

자신을 방어하기 위해서는 힘이
방어 자세를 버리기 위해서는 용기가
확신을 갖기 위해서는 용기가 필요합니다.

조화를 이루기 위해서는 힘이
전체의 뜻에 따르지 않기 위해서는 용기가
다른 사람의 고통을 느끼기 위해서는 용기가 필요합니다.

자신의 감정을 숨기기 위해서는 힘이
그것을 표현하기 위해서는 용기가
학대를 위해서는 힘이
그것을 중단시키기 위해서는 용기가 필요합니다.

• 힘과 용기 | 데이비드 그리피스 •

2월 1일

6연六然

자기 몸을 수양하면 남을 책망하지 않는다. − 좌전

인생살이의 여러 국면에서 지켜야 할 마음가짐을 '6연六然'이란 말로 다음과 같이 요약해 봅니다.

자처초연自處超然 : 자기 자신에 대하여 초연하며 속세의 일에 구애
　　　　　　　　받지 않는다.
처인애연處人靄然 : 남과 사귐에 있어서 상대를 즐겁게 하고 기분을
　　　　　　　　좋게 한다.
유사참연有事斬然 : 무슨 일이 있을 때는 꾸물대지 않고 명쾌하게 처
　　　　　　　　리한다.
무사징연無事澄然 : 아무 일이 없을 때는 물처럼 맑은 마음을 갖는다.
득의담연得意擔然 : 일이 잘 진행되는 때일수록 조용하고 안정된 자세
　　　　　　　　를 잃지 않는다.
실의태연失意泰然 : 실의에 빠졌을 때일수록 태연자약한 모습을 유지
　　　　　　　　한다.

2월 2일

마음의 빛깔

만일 구름이 없었다면, 우리는 태양을 즐기지 못할 것이다. - J. 레이

사람의 마음은 불꽃과도 같아
인연에 닿으면 타오른다.
사람의 마음은 번개와도 같아
잠시도 머무르지 않고 순간에 소멸한다.
사람의 마음은 허공과도 같아
뜻밖의 연기로 더럽혀진다.
사람의 마음은 원숭이와 같아
잠시도 그대로 있지 못하고 계속 움직인다.
사람의 마음은 그림을 그리는 붓과 같아
온갖 모양을 그려 낸다.

2월 3일

항상 마음 써야 할 생각

명예는 밖으로 나타난 양심이며, 양심은 내부에 깃든 명예이다. – 쇼팬하우어

'볼 때는 명明을 생각하고, 들을 때는 청聽을 생각하며, 색色은 온溫을 생각하고, 모貌는 공恭을 생각하며, 언言은 충忠을 생각하고, 사事는 경敬을 생각하며, 의심스러울 때는 문問을 생각하고, 분할 때는 난難을 생각하며, 득得을 보면 의義를 생각하라.'

1. 시각에 있어서는 명민할 것
2. 청각에 있어서는 예민할 것
3. 표정에 있어서는 부드러울 것
4. 태도에서 있어서는 성실할 것
5. 발언에 있어서는 충실할 것
6. 행동에 있어서는 신중할 것
7. 의심스러운 일이 있을 때는 자세히 살펴볼 것
8. 감정에 이끌려 미혹되지 말 것
9. 이득을 보면 반드시 의를 잊지 말 것

2월 4일

진인眞人

우리가 가장 먼저 할 일은 자기의 발견이다. 나는 무엇을 할 수 있을 것인가,
그 방향을 발견하는 것이 중요하다. - 채근담

세상에서 가장 으뜸 가는 진인眞人의 모습은 용모가 쓸쓸하고 이마가
넓다고 합니다. 이 표현은 어떤 뜻인지는 잘 모르나 아무튼 장자莊子
가 생각하고 있는 인간의 모습을 말함입니다.

"옛 진인들은 잠을 자되 꿈을 꾸지 않으며 잠에서 깨어나도 근심 걱
정이 없다."라고도 했는데, 이는 매우 훌륭한 명언이라고 할 수 있습
니다.

잠을 잘 때 우리는 여러 가지 악몽에 시달립니다. 이런 꿈을 전혀 꾸
지 않는다면 깨어날 때도 틀림없이 개운한 기분으로 일어날 수 있을
것입니다.

그래서 공자도 '낙이망우樂以忘憂'라고 하여 즐거우면 근심을 잊는다고
했듯이 역시, 진인에게는 근심 걱정이 적다는 걸 말하고 있습니다.
그리고 또 장자는 진인이란 항상 시류의 흐름이나 자연의 운행運行에
따르는 자라고 했으며, 그 점이 보통 사람과 가장 많이 다르다고 주
장하고 있습니다.

2월 5일

참인간은 앞일을 걱정하지 않는다

지혜로운 사람도 한 가지 실수는 있고 어리석은 사람도 한 가지 재주는 있다.
— 사기

'처연凄然하여 가을 같고 난연煖然하여 봄과 같다.'
가을이 되어 쓸쓸해지면 사람의 마음도 쓸쓸해집니다. 봄이 되어 따뜻해지면 사람의 마음 역시 봄같이 따듯해집니다. 그러므로 사람이 기뻐하는 것이나 화를 내는 것이나 슬퍼하는 것이나 즐거워하는 것이 모두 자연의 변화와 통하게 됩니다. 이런 사람을 가리켜 장자는 진인眞人이라고 말합니다.
어쨌든 범인범부凡人凡夫는 나쁜 짓을 해본 경험도 없고 특별히 마음을 상하게 한 적이 없다 해도 웬일인지 과거가 후회되고 또 앞날이 걱정됩니다.
『논어』에 '소인은 항상 척척戚戚하다.'라고 했는데, 마음의 평화를 얻지 못한 자는 항상 신경만 쓰고 있다는 뜻입니다. 그런데 장자가 말한 것처럼 자연의 물결과 더불어 마음을 쓴다면, 그럴 필요가 전혀 없습니다.
그래서 장자는, '지인至人이 마음을 쓰는 데는 거울과 같다. 미리 앞일을 걱정하지 않는다.'라고 말합니다.
이는 지나간 과거 일을 후회하지 말며 미리 장래의 일을 걱정하지 말라는 매우 훌륭한 교훈입니다.

2월 6일

젊을 때 노력하지 않으면

오늘을 열심히 살면 내일은 시련에 대응하는 힘을 가져다 줄 것이다.
— C. 힐티

젊을 때는 세월의 흐름이 빠르다는 것을 느끼지 못하다가 나이가 들면서 "이제까지 나는 무엇을 했던가?" 하는 회한에 빠지는 사람도 많을 것입니다. 그래서 "소년은 늙기 쉽고 학문은 이루기 어렵다."는 말이나 "젊을 때 노력하지 않으면 늙어서 후회와 슬픔을 맛보리라." 는 말을 되새기게 합니다.

젊을 때의 노력은 나이 들어서 하는 노력보다 시간적으로 유리할 뿐만 아니라 젊음 자체의 장점 때문에 성과도 빨리 나타납니다.

업종, 사업 범위에 따라 다르겠지만, 흔히들 성과를 올릴 수 있는 나이는 스물다섯 살에서 마흔 살까지라고 합니다.

젊음에는 다음과 같은 장점이 있습니다.

첫째: 창의력이 풍부하다.
둘째: 건강과 활력이 넘친다.
셋째: 꿈과 야망이 있다.
넷째: 과감한 행동력이 있다.
다섯째: 자기 자신에 집중 투자할 수 있다.

2월 7일

한 번쯤은 위를 보며 걷자

사람들이 바쁘게 사는 이유는 생각을 하지 않기 위해서이다. – 쉴러

"두 어깨를 활짝 펴고 고개를 높이 쳐들어라. 하루에 한 번쯤은 위를 보며 걷자. 그러면 한 그루의 나무나 최소한 눈높이 만큼의 푸른 하늘만을 염원할 필요는 없다. 이떤 방법으로도 우리는 밝은 태양의 빛을 자유로이 향유할 수 있지 않겠는가.

매일 아침 한순간만이라도 하늘을 올려다보는 일상의 습관을 갖도록 하라. 그러면 당신은 신선한 대기를 마음껏 호흡할 수 있는 만족감을 느낄 것이다.

이러한 마음가짐으로 하루를 맞이하고 보내게 될 때, 당신은 그 나름대로의 모습으로 자기만의 특별한 광채를 지니고 있다는 사실을 깨닫게 될 것이다.

사소한 것을 소유함으로서 즐거움을 얻을 수 있다는 겸손한 생각은 삶의 지평을 여는 한순간의 행복이다.

당신의 삶이란 갈채 없는 무대에서 무엇을 연출해야 할 것인가를 잠시 망설여보는 하루를 마감하는 시간의 표정과 같다."

걷는 자만이 앞으로 나갈 수 있다

인생이란 머무는 일이 없는 변화이다. - 톨스토이

처음 시작하는 일에는 실패가 따르기 마련입니다. 그렇다고 실패를 두려워해서는 아무런 일도 할 수 없습니다.

아기가 기기 시작하면 서기를 바라고, 서면 걷기를 바라는 것이 부모의 마음입니다. 몇 번씩 넘어지면서 걷는 방법을 배우고, 드디어 뛰는 모습을 보면 감동을 느낍니다.

'인간은 이렇게 성장하는 것이로구나.' 하는 소박한 진리를 어린애를 통해 깨닫게 됩니다.

영국의 소설가 올리버 골든 스미스는 이렇게 말했습니다.

"가장 영광된 삶은 한 번도 실패하지 않는 일이 아니라 넘어질 때마다 다시 일어선다는 신념이다."

일곱 번 넘어졌다가도 여덟 번 일어나는 오뚝이처럼 되어야 인간은 굳세지고 불굴의 성공인이 될 수 있다는 것입니다.

실패의 원인 가운데 대부분은 자만심, 교만함, 태만, 유비무환의 결여, 자신을 견제하지 못하는데 있습니다. 그러나 실패를 했더라도 바로 일어설 수 있는 의지와 용기를 성공의 디딤돌로 삼는 지혜가 필요합니다.

2월 9일

중용中庸

양생養生이라 함은 육체를 기르는 보통의 뜻을 가진 양생의 도道를 말합니다. 그와는 별도로 "위선爲善하되 이름名譽에 가까이 하지 말며, 위악僞惡도 형形에 가까이 해서는 안 된다."라는 말이 있습니다.

즉 착한 일을 해도 명예를 바랄 정도로 해서는 안 되며, 또한 악한 일을 한다 해도 형벌을 받을 정도까지 해서는 안 된다는 것입니다.

그러면 어떻게 해야 하는가?

'연독이위경緣督以爲經하다.'

이렇게 하면, '보신保身되고 생을 바르게 하며, 천수天壽를 다 할 수 있다.'라고 맺고 있습니다.

연기서 '연독이위경'이라 함은 무슨 일이나 더도 말고 덜도 아닌 중용中庸을 지킨다는 뜻으로, 위에서도 말했듯이 착한 일을 해도 명예를 얻을 정도로는 하지 말고, 비록 악한 일은 한다 해도 벌을 받을 정도까지는 하지 말라는 뜻입니다.

2월 10일

욕망이란 그릇

빛을 퍼뜨릴 수 있는 두 가지 방법이 있다. 촛불이 되거나 또는 그것을 비추는 거울이 되는 것이다. – 워튼

욕망은 채워지는 법이 없습니다. 그것은 본성으로 채워지는 것이 아닙니다. 그러나 아주 작은 욕망은 채워질 수 있습니다. 하지만, 또 다른 몇 천이나 되는 욕망이 생겨납니다.
욕망이라는 것은 한 번 그것을 쫓았다 하면 결코 멈출 수 없는 무지개와 같습니다. 그러나 당신이 이를 이해하게 되면, 바로 지금이라도 욕망을 멈출 수 있습니다.

2월 11일

작은 지혜

작은 틈으로 빛을 볼 수 있는 것처럼 작은 일이 그 사람의 성격을 드러낸다.
– 새뮤얼 스마일스

달도 별도 뜨지 않은 깜깜한 밤, 호젓한 골목길을 한 사내가 걸어가고 있었습니다.
그때 반대편에서 등불을 켜든 사람이 마주 걸어왔습니다.
그는 앞을 못 보는 장님이었습니다. 이에 이상하게 생각한 사내는 장님에게 말을 건넸습니다.
"여보시오, 당신은 앞을 못 보는 것 같은데, 왜 등불은 들고 다니십니까?"
그러자 장님은 태연하게 대답했습니다.
"눈 뜬 사람들에게 내가 걷고 있다는 사실을 알도록 한 것이지요."

진정한 용기

운명이 카드를 섞고 우리가 승부한다. – 쇼펜하우어

독일의 유명한 정치가 비스마르크는 철혈재상이라 할 별명만큼이나 독일 부흥에 큰 공을 세운 인물입니다.

철혈이란 쇠와 피 즉, 무기와 병사를 뜻하지만, "오늘날의 독일은 다수결로 개선할 수 없다. 오직 쇠와 피로 해야 한다."는 유명한 말을 남겼습니다.

이 비스마르크가 정치 초년생이었을 때, 왕이 내린 중요한 임무를 그 자리에서 받아들이자, "이런 일을 거침없이 받아들이다니 용기가 있군." 하고 프리드리히 대왕이 말했습니다.

그러자 비스마르크가 대답했습니다.

"폐하께서 명령을 내리실 용기가 있으시면, 저에게는 복종할 용기가 있사옵니다."

윈스턴 처칠도 말했습니다.

"돈을 잃는 것은 적게 잃은 것이다. 그러나 명예를 잃는 것은 크게 잃은 것이다. 더더욱 용기를 잃는 것은 전부를 잃은 것이나 다름없다."

이렇듯 역사를 만든 사람들에게는 남과는 다른 강한 용기와 열의가 있었음을 알 수 있습니다.

금항아리와 흙항아리

사람은 사람에게서 말을 배우고 신으로부터는 침묵하는 법을 배운다.
– 플루타르크

가난뱅이도 우물에 가고
부자도 우물에 간다.
부자는 금항아리를 들고
가난뱅이는 흙항아리를 들고
그들은 똑같은 그릇을 가지고 간다.
그들은 똑같은 물을 긷는다.
그리고 그들은 똑같은 물로 항아리를 채운다.

2월 14일

인과응보

열심히 노력해 보라. 시간은 매우 공평한 것으로 미지의 내일이 당신에게만 나쁠
이유가 없을 것이다. - 법구경

아주 솜씨 있는 재단사가 있었습니다.

어느 날 그는 장물을 갖고 있다고 해서 2년형을 선고 받게 되었습니
다. 그러자 시장이 그를 만나러 갔습니다. 왜냐하면 그는 도시에서
가장 솜씨 좋은 재단사였기 때문입니다.

온 도시의 시민들이 그의 실수를 용서하고 있었습니다. 그리고 시장
역시 재단사를 사랑했습니다. 시장이 감옥으로 그를 만나러 갔을 때,
재단사는 여전히 바느질을 하고 있었습니다.

그는 낡은 승복을 수선하고 있는 중이었습니다. 그가 감옥에서 할 수
있는 최선의 일이었습니다.

시장이 물었습니다.

"그래 무슨 바느질을 하고 있는가?"

그러자 재단사가 말했습니다.

"예, 인과응보를 깁고 있습지요."

2월 15일

선의의 거짓말

결초보은結草報恩 : 풀을 엮어 은혜를 갚다. 죽어서라도 은혜를 잊지 않고 갚
는다는 뜻 – 춘추좌씨전

한 농부가 임종을 맞았습니다. 농사를 천직으로 알고 살아온 그는 자
식들도 농삿일을 시키려고 했습니다. 그러나 아무리 생각해 보아도
자식들은 농사에 성의가 없는 것 같아 보였습니다.
그래서 그는 죽음을 앞에 놓고 마지막으로 자기의 소원을 자식들에
게 들려주기로 마음먹었습니다.
물론 농부의 소원은 자기의 뒤를 이어 자식들이 열심히 땅을 일구는
농사일이었습니다. 하지만 무조건 땅이나 파라고 하면 따라줄 것 같
지 않아 농부는 자식들에게 말했습니다.
"너희들은 잘 듣거라. 내가 죽거든 포도밭에 묻어둔 것을 찾도록 해
라. 잘 찾아보면 그 밭에서 너희들이 평생 먹고 살 보물이 나올 것이
다."
이런 유언을 남기고 숨을 거둔 아버지의 말을 쫓아 자식들은 포도밭
을 열심히 파헤쳤습니다. 이렇게 보물을 찾아 밭을 파헤친 대가로 그
해부터 아버지 때보다도 몇 배나 더 많은 수확을 걷을 수 있었습니다.

2월 16일

진실과 거짓

많은 사람이 행복을 발견하지 못해서 누리지 못하는 것이 아니다. 그저 즐기기 위해 멈춰서지 않기 때문에 놓치는 것이다. – 윌리암 패더

어떤 제자가 스승에게 물었습니다.

"진실과 거짓은 얼마나 먼 거리입니까?"

그러자 스승이 대답했습니다.

"그야, 한 뼘도 안 되지."

제자는 깜짝 놀라며 다시 물었습니다.

"이해할 수가 없습니다. 한 뼘도 안 되다니요? 무슨 말씀입니까?"

스승이 조용한 음성으로 말했습니다.

"귀와 눈의 거리가 곧 거짓과 진실의 거리다. 그대가 귀로 듣는 모든 것이 바로 거짓이다. 그러므로 듣는 것은 거짓이요, 보는 것은 진실이라는 뜻이다."

2월 17일

이율배반

水到渠成 수도거성 : 물이 흐르면 자연스럽게 도랑이 생긴다는 뜻으로 학문을 깊이 닦으면 도가 이루어진다는 말. ─ 주자

태조 이성계와 그의 스승 무학대사가 마주 앉았습니다.
"대사의 얼굴은 꼭 돼지 같습니다."
"전하의 얼굴은 부처님 같으십니다."
무학대사의 대답에 왕은 비위가 거슬렸습니다.
"대사, 농담을 하자는데 아부를 하면 어찌하오."
"아부가 아니옵니다."
"아부가 아니라고? 나를 부처님 같다고 추켜세우지 않았소?"
"전하! 돼지 눈에는 돼지만 보이고, 부처의 눈에는 부처만 보이는 법입니다."

2월 18일

우정의 체온

황금은 뜨거운 난로 속에서 시험되며 우정은 역경에 의해 시험된다. - 노먼 필

세 사람의 나그네가 눈보라 속에서 들길을 헤매고 있었습니다. 온 세상이 눈으로 덮여 길이 묻혀 버린 것입니다.

이미 날은 저물었고 인가마저 찾을 길이 없었습니다. 그때 일행 중 한 사람이 눈 위에 쓰러졌습니다.

그러자 한 사람이 자기 자신도 지쳐 죽을 지경이었지만 쓰러진 사람을 부축하며 다른 사람에게 도움을 청했습니다. 그러나 그는 별 볼일 없다는 듯이 혼자 달아나며 큰 소리로 말했습니다.

"이런 매서운 눈보라 속에서 헤매다가는 죽고말 걸세. 어서 자네도 몸이나 돌보게."

남은 사람은 하는 수 없이 혼자서 쓰러진 사람을 업고, 인가를 찾아 헤매는 동안에 날이 밝았습니다. 그 사이 등에 업혀 있는 사람도 기운을 차려 혼자 걸을 수 있게 되었습니다.

이제는 떠오르는 햇빛으로 온 세상이 밝아졌습니다. 이미 눈보라도 멈추어 천지가 하얗게 빛나고 있었습니다. 그때 두 사람은 고목나무 아래 혼자 달아났던 친구가 쓰러져 있는 것을 발견했습니다. 지난밤의 매서운 추위를 견디지 못하고 꽁꽁 언 채로 죽어 있었습니다.

살아남은 두 사람은 서로의 체온이 합해져 몸을 녹였으므로 혼자 보다는 따뜻했을 것입니다.

2월 19일

위기를 극복한 용기

인간은 운명에 몸을 맡길 수는 있지만, 항거할 수는 없다. — A. 링컨

4만 6천 톤의 거대한 유람선 타이타닉호가 빙산에 부딪쳐 침몰되던 때의 이야기입니다. 배에 타고 있던 사람은 2천 2백 명이지만, 16척의 구명보트로는 5분의 1밖에 태울 수 없었습니다.

우선 아이들과 여자들을 태웠습니다. 공포와 불안 속에서 서로 살겠다고 밀고 당기고, 어떤 사람은 물에 빠져 죽기도 해서 그야말로 아비규환을 이루었습니다.

이때 어디선가 한 여성의 노랫소리가 들려왔습니다. 한 곡을 끝내더니 큰 소리로 외쳤습니다.

"여러분, 침착하게 행동하고 다 함께 노래를 부릅시다."

또 한 곡을 부르고 나서,

"지금 구조선이 오고 있습니다. 세 시간 후면 날이 밝습니다. 모두 자리에 앉아서 힘차게 노래를 부릅시다."

누구나 아는 민요를 다시 부르기 시작하자, 유람선 전체의 합창이 되었습니다. 그렇게 4시간 동안을 보내자, 구조선이 왔습니다. 이때 구조된 사람들은 675명이었습니다. 그 젊은 여성이 누구인지, 이름이 무엇인지 아무도 모릅니다. 그러나 그 침착성과 용기는 모든 사람의 가슴에 남았습니다.

돈으로 살 수 없는 것들

술잔과 입술 사이에는 많은 실수가 있다. - 팔라다스

- 침대는 살 수 있지만, 숙면은 살 수 없습니다.
- 책은 살 수 있지만, 지혜는 살 수 없습니다.
- 음식은 살 수 있지만, 식욕은 살 수 없습니다.
- 보석은 살 수 있지만, 아름다움은 살 수 없습니다.
- 선물은 살 수 있지만, 마음은 살 수 없습니다.
- 집은 살 수 있지만, 가정은 살 수 없습니다.
- 약은 살 수 있지만, 건강은 살 수 없습니다.
- 사치품은 살 수 있지만, 교양은 살 수 없습니다.
- 불상은 살 수 있지만, 부처님은 살 수 없습니다.
- 교회는 살 수 있지만, 천국은 살 수 없습니다.

2월 21일

몸을 닦는 것은 비누고 마음을 닦아내는 것은 눈물이다

눈물과 함께 빵을 먹는 자가 아니고는 인생의 맛을 알지 못한다. - 괴테

살고 있어도 즐거움이 없는 세 종류의 인생이 있습니다.

'첫째 남의 동정으로 사는 사람, 둘째 아내에게 속박당하고 있는 사람, 셋째 육체에 고통을 느끼고 있는 사람이다.'

다음과 같은 아름다운 속담도 있습니다.

'인간의 몸을 씻어주는 것은 비누이고, 마음의 때를 닦아내는 것은 눈물이다.'

'천당 한쪽에는 기도가 무엇인지 모르는 사람도 있지만, 평소 올 것이라고 믿었던 사람들을 위한 자리도 있다.'

'기쁨, 슬픔, 분노, 울음을 모르는 사람은 즐거움도 모른다. 밤이 없으면 밝은 낮도 없다는 것을 모르는 사람이다.'

'감정대로 우는 것을 부끄러워하는 사람은 기쁨을 나타낼 때도 진정으로 기뻐하지 않고 기쁜 척할 뿐이다.'

'우리는 마음껏 울고 나면 마음이 맑아진다. 마치 목욕을 한 뒤에 느껴지는 상쾌한 기쁨처럼, 신은 인간의 메마른 영혼에 단비를 내리듯이 눈물을 주셨다. 감정대로 울고 나면 기다렸던 비가 내려 대지를 적셔주듯이 우리 마음에도 움이 트고 신록의 싱그러움이 만들어진다.'

오늘날과 같이 과학과 문명이 발달한 사회 속에서 기계의 노예가 되어 위험 상태에 빠진 것은 눈물을 부끄럽고 무익한 것으로 여기게 되었기 때문입니다.

우리 인간은 감정의 동물이므로 울고 싶을 때 울어야 하는 본성을 갖고 있습니다. 아름다운 눈물은 자신을 가꾸는 정서의 비雨입니다.

2월 22일

소크라테스의 변명

道聽塗說 도청도설 : 큰 길에서 듣고 작은 길에서 말한다. 길가에서 듣고 말하는 것은 경박하다는 뜻. – 논어 양화편

소크라테스의 아내는 악처로 이름이 높았습니다. 그는 아내로부터 악담과 욕설은 말할 것도 없고, 육체적인 폭행으로 괴로움을 당하기까지 했다는 믿기 어려운 이야기가 전해시고 있습니다.

위대한 철학자가 그와 같은 악처에게 시달리면서 고생을 할 필요가 어디에 있느냐고 많은 사람들의 입에 오르내렸습니다.

"선생님은 무엇 때문에 악한 여자를 아내로 삼고 사십니까?"

이에 소크라테스는 조용히 대답해 주었습니다.

"훌륭한 기수는 성질이 사나운 말을 택하는 법이지요. 왜 그런가 하면, 그런 고약한 말을 잘 달래서 탈 수 있는 사람이라면 다른 어떤 말도 탈 수 있기 때문이지요. 지금의 나 역시도 아내 크산티페를 잘 달랠 수만 있다면, 유별나 성격의 사람이라도 다룰 수 있을 것입니다."

소크라테스의 말을 들은 그 사람은 새로운 진리를 깨닫고 발걸음을 돌렸다고 합니다.

2월 23일

꿈꾸는 자가 세상을 바꾼다

생각하는 것이 인생의 소금이라면 희망과 꿈은 인생의 사랑이다. 꿈이 없으면
인생은 쓰다. - 캐런 리든

부자를 꿈꾸는 사람이라면 세계가 빠르게 변하고 있다는 사실을 이
해하기 위해 노력해야 합니다.

즉 세계가 발전할수록 새로운 아이디어와 생산수단을 요구하고, 나
아가서는 새로운 지도자, 새로운 발명, 참신한 교육법, 마케팅 혁신,
새로운 서적과 문화, 지금까지 없었던 텔레비전 프로그램, 새로운 영
화 소재가 필요하다는 사실을 알아야 하고 그에 대처해야 합니다.

이러한 새롭고, 좀 더 좋은 것에 대한 요구가 뒷받침되어야 비로소
승리를 쟁취할 수 있는 바탕이 마련되는 것을 염두에 두고 이 세상
사람들이 무엇을 기다리는지를 알아야 목표를 명확히 세울 수 있습니
다. 이러한 것들이 모여야 비로소 '불타는 욕망'도 가질 수 있는 것
입니다.

에디슨은 전등을 발명하는 꿈을 꾸었습니다. 그러나 그 꿈을 실현하
기까지 얼마나 많은 실패를 거듭했던가! 그럼에도 에디슨은 결코 자
신의 꿈을 포기하지 않았습니다. 현실에 기반을 둔 꿈을 꾸는 사람은
결코 단념하지 않습니다. 라이트 형제는 하늘을 나는 기계를 만드는
꿈을 꾸었습니다. 그 꿈이 지금 신나는 비행기 여행을 실현했습니다.
라이트 형제의 꿈은 그야말로 건전하고 힘찬 것이었습니다.

2월 24일

인간의 그릇

사람을 대할 때는 따뜻한 분위기를 자아내라. – 근사록

어느 날 마호메트가 낮잠을 자다가 눈을 떠 보니 고양이 한 마리가
자기 옷자락 위에서 잠을 자고 있었습니다.

마호메트는 손짓으로 제자를 불러서 가위를 가져오게 하더니 옷자락
을 잘라서 고양이가 그대로 자게 하고는 조용히 자리에서 일어섰다
고 합니다.

인간의 그릇을 알게 하는 것은 사랑과 관용과 타인에 대한 배려에 따
라 다릅니다. 자기 것만 챙기는 사람, 남의 입장을 이해하지 못하는
사람이 큰 인물이 된 경우는 거의 없습니다.

인간이란 상품

경험으로 얻은 지혜는 결코 잊혀지지 않는 법이다. – 피타고라스

배 안에는 장사꾼들이 대부분이었습니다. 그들 가운데 어울리지 않는 학자가 타고 있어서 모든 시선이 그에게로 쏠렸습니다.

"당신은 어떤 물건을 파는 사람입니까?"

"내 물건은 이 세상에서 가장 귀한 상품이지요."

달랑 가방 하나 든 그가 귀중한 물건을 갖고 있노라고 큰 소리를 치자 믿어지지 않았습니다.

배는 항해를 계속하고 학자가 피곤에 못 이겨 잠든 사이에 그의 가방을 조사하여 보았습니다. 그러나 가방 속에는 책 몇 권에 사용하지 않은 종이만 가득한 지라 정신이상자가 아닌가 하고 비웃었습니다.

오랜 항해를 하는 동안 망망대해에 폭풍이 계속되더니 파도가 거칠어지자 끝내 배는 난파당했습니다. 승객들 모두가 목숨만 건져 가까스로 육지에 닿았습니다.

한편 그 곳 마을에서는 주민들이 모여 중요한 일을 논의하고 있었습니다. 학자가 옆에서 지켜보고 있다가 자신의 생각을 말하자 동네 사람들은 그의 지식이 뛰어남을 알고 아주 융숭한 대접을 하였습니다.

그때에서야 이 모습을 본 장사꾼들은 무릎을 치며 말했습니다.

"역시 당신은 훌륭한 사람입니다. 우리들 모두는 풍랑에 상품을 잃었지만, 당신의 상품은 잃어버릴 염려가 없었다는 것을 알겠습니다."

2월 26일

인간의 섬

모든 사람은 자기 운명의 건축가이다. 그러나 이웃사람은 그 건축을 감독한다.
– G. 에이드

린드버그의 여사가 쓴 『바다의 선물』이란 책에 다음과 같은 내용의
글귀가 우리들의 마음에 작은 감동을 줍니다.
'인간은 모두 섬인데, 같은 바다에 있다.'
린드버그 여사는 최초로 대서양 횡단 비행에 성공한 비행사 린드버
그의 부인으로서 그녀가 쓴 『바다의 선물』은 한때 베스트셀러가 된
수필집입니다.
한적한 섬의 바닷가에서 휴가를 보내며, 단조로운 일상 속에서 구두
끈을 매는 일, 조개를 줍는 일 등등 아주 사소한 시간의 파편들을 담
담하게 관조한 내용으로 많은 사람들에게 삶의 의미를 부여하고 있
습니다.
'섬이란 얼마나 아름다운 곳인가. 내가 지금 존재하고 공상하고 있는
공간적인 섬도 좋다. 몇 마일이고 계속되는 바다에 둘러싸인 채 섬과
육지를 연결하는 다리도 전화도 없이 섬은 세계와 인간생활로부터
떨어져 있다. 또한 시간적인 의미의 섬도 좋다. 우리 인간은 모두 섬
인데, 단지 하나의 같은 바다에 있다고 생각한다.'

2월 27일

인생의 소금

우리는 우리가 생각하는 것보다 더 우리 자신의 힘 속에 자기 운명의 열쇠를 가지고 있다. - 구울드

미국의 철학자 존 듀이가 90세가 되던 해 후배 젊은 학자와 나눈 이야기를 소개해 봅니다.

젊은 학자는 철학을 업신여기는 듯이 빈정거렸습니다.

"그 따위 말장난이 뭐가 좋단 말입니까? 도대체 그게 무슨 소용이 있지요?"

그러자 노철학자는 조용히 말했습니다.

"그건 말일세, 우리가 산을 오르게 하니까 좋은 걸세."

"산을 오르다니요? 그게 내 인생에 무슨 도움이 된다는 말입니까?"

여전히 젊은이는 불평하듯 말했습니다. 그러자 존 듀이는 젊은이의 무릎에 손을 가볍게 얹으며 말해 주었습니다.

"산을 오르면 올라가야 할 다른 산이 있다는 걸 알게 되지. 그래서 내려와서는 다음 산을 오르게 되고, 다시 올라가야 할 또 다른 산이 있다는 걸 알게 되는 걸세. 만일 자네가 올라가야 할 산을 보려고 계속해서 산을 오르지 않는다면, 이미 자네의 인생은 끝이라네."

이 비유가 등산 이야기가 아님을 이해하실 것입니다.

2월 28일

인간의 축복

세상은 고통으로 가득하지만 한편, 그것을 이겨내는 일로도 가득 차 있다.
― 헬렌 켈러

제우스신은 세상에 동물들을 만들어 곳곳에 풀어놓았습니다.

한편 이들에게 몸에 알맞은 것들을 필요에 따라 선물로 주었습니다.

새에게는 광활한 하늘을 자유롭게 날 수 있는 날개를, 황소와 염소에게는 싸울 때 적으로부터 방어하고 공격할 수 있는 견고하고 날카로운 뿔을, 또 추위에 떨지 않고 생명을 보호할 수 있는 깃과 털을 주었습니다.

이 광경을 지켜보았던 인간은 며칠을 기다렸으나 아무것도 주지 않았습니다. 이에 화가 난 인간은 퉁명스럽게 제우스신에게 불평을 말했습니다.

"왜 인간에게는 아무런 선물도 주시지 않습니까?"

제우스신은 가벼운 미소를 머금은 표정으로 말했습니다.

"정말 어리석구나! 내가 인간을 특별히 생각하고 준 것이 있는데 아직 모르고 있구나. 나는 너에게 짐승들의 것에 비할 바가 아닌 걸 주었지."

"터무니 없는 소리 마십시오. 저는 당신으로부터 받은 게 아무것도 없습니다."

"그럼 말하지. 눈에는 보이지 않는 것이어서 깨닫지 못할 거야. 다만 마음속에 들어가서 짐승보다 힘이 세고 날개를 가진 새보다 빠른 것이 있다. 바로 이것을 이성이라고 한다. 만물의 우두머리가 되기 위해선 절대 필요한 것이니라."
비로소 인간은 자신의 선물이 값되고 소중한 것임을 깨닫고는 부끄러운 듯 고개를 숙였습니다.

2월 29일

지혜의 무게

인격이 드러날 때는 중요한 순간이지만 그 인격이 만들어지는 때는 보잘 것 없는 작은 순간이다. - 필립스 브룩스

두 승려가 절로 돌아가고 있었습니다. 해가 뉘엿뉘엿 서산을 넘어갈 무렵 두 승려는 냇가에 이르렀습니다.

그때 한 처녀가 냇가에서 머뭇거리고 있는 모습을 발견하였습니다. 이를 보자 나이 많은 승려는 재빨리 눈을 감아버렸습니다.

계율을 잘 지키기로 이름 난 그는 자신이 색정에 휘말리지 않을까 두려웠던 것입니다. 이러한 난관을 극복하기 위해 선배 수도승은 눈을 감고 앞서서 개울을 건너기 시작했습니다.

그런데 계율을 잘 모르는 젊은 수도승은 처녀에게 먼저 말을 걸었습니다.

"왜 여기 서 계신가요? 금방 어두워질 겁니다. 이 곳은 인적이 매우 드문 곳이오."

그러자 처녀가 수줍게 대답했습니다.

"개울을 건너야 하는데 너무 무서워요. 좀 도와주세요."

마침 장마 뒤라 개울물이 많이 불어 있었던 것입니다. 젊은 승려는 거침없이 말했습니다.

"물이 깊은 것 같으니 제 등에 업히시오."

먼저 개울을 건너 간 나이 많은 승려는 뒤를 돌아보고는 깜짝 놀랐습니다. 수도승이 처녀를 등에 업고 있는 것이 아닌가. 그는 매우 당황하여 마음속으로 생각했습니다.

'이는 계율에 어긋난 죄다.'

사실 그는 죄의식을 느끼고 있었습니다. 자신이 선배이기 때문에 더욱 그러했던 것입니다. 그는 젊은 수도승을 말렸어야 했습니다. 이와 같은 행위는 명백한 죄악이며, 그 자신은 이 사실을 큰스님에게 고해야 할 책임을 느꼈습니다.

개울을 건넌 젊은 수도승은 그 처녀를 내려놓고서는 선배 수도승을 따라 절을 향해 걷기 시작했습니다. 절까지는 아직 십 리 길이 남아 있었지만 선배 수도승은 화가 나서 아무 말도 하지 않고 묵묵히 걸어 갔습니다.

그들은 계속 말없이 걷다가 마침내 절 입구에 이르자, 그 때서야 선배 수도승이 입을 열었습니다.

"자네는 오늘 큰 잘못을 저질렀네. 그것은 금지된 행동이야."

젊은 수도승은 어리둥절해서 물었습니다.

"제가 무슨 잘못이라도 저질렀다는 말씀인가요? 저는 계속 침묵을 지켰습니다. 한 마디의 말도 하지 않았어요."

이에 선배 수도승이 말했습니다.

"여기까지 함께 걸어오는 동안을 말하고 있는 것이 아닐세, 자네가 개울에서 업어준 그 처녀에 대해서 말하고 있는 것이네."

그러자 젊은 수도승이 미소를 지으면서 말했습니다.

"저는 그 곳에 이미 처녀를 내려놓았는데 스님은 아직도 그 처녀를 업고 계시는군요."

3월

누구나 잘못은 할 수 있지만
누구나 솔직할 수 없습니다.
그러나 진실한 사람의 아름다움은
무엇과도 비교할 수는 없습니다.

솔직함은 겸손이고,
두려움 없는 용기이기도 합니다.
잘못으로 부서진 것을 솔직함으로 바로 세우고
어떤 폭풍우에도 견뎌낼 수 있을 것입니다.

가장 연약한 사람이 솔직할 수 있으며,
가장 여유로운 사람이 자신의 모습을 볼 수 있고
자신을 아는 사람만이 자신을 드러낼 수 있습니다.

• 겸손할 삶 | 테클라 매를로 •

3월 1일

마음으로 빌면 꽃이 핀다

자기 일을 찾아낸 사람은 행복하다. 그로 하여금 다른 행복을 찾게 하지 말라.
그에게는 일이 있으며, 인생의 목적이 있는 것이다. — 칼라일

'마음으로 빌면 꽃이 핀다.'
괴로울 때
어머니는 언제나 말씀하셨다.
이 말을
나는 언제부터인가
외우게 되었다.
그리고 그 때마다
나의 꽃이 이상하게도
하나 하나
피어 있었다.

이 시를 쓴 사람은 일본의 사카무라 신민이라는 작가의 작품으로 전
국 각지는 물론, 해외까지 시비詩碑가 세워졌는데 무려 3백 기가 넘는
다고 합니다.
진실한 마음으로, 겸허한 마음으로 기도하듯이 마음으로 빌면 원하
는 것이 꽃으로 피어난다는 아름다운 시입니다.

3월 2일

채근담菜根譚

작은 과실을 책망하지 말고, 비밀을 파헤치지 말며, 상처는 잊어버려 주어라.
– 채근담

인생을 살아가는 데 있어서 생활의 지침이 되는 가르침을 모은 책이
여러 가지가 있지만, 『채근담』은 400년쯤 전 중국 명나라 때 홍응명
(洪應明, 자는 자성自誠)이 쓴 책입니다.

'채근'이란 나물菜과 뿌리根으로 생활할 정도로 가난한 때를 말합니
다. 그런 어려운 처지를 극복한 사람만이 성공을 할 수 있다는 뜻이
담겨 있습니다.

이 책에는 공맹사상, 노장사상, 불교사상이 융합된 처세훈이 360개
가 내용으로 되어 있습니다.

공맹사상은 공자와 맹자의 사상, 즉 유교사상을 말합니다.

유교는 학문을 닦아서 사회에 기여하는 인물이 되라는 엘리트 지상
주의라고 할 수 있습니다. 노장사상은 노자와 장자의 사상, 즉 도교
의 사상을 말합니다. 도교는 무위, 자연을 강조하며 유유자적하라는
사상이 담겨있습니다. 이렇게 유교와 도교의 사상에 불교가 들어와
마음을 닦으라는 사상이 가세하고 있습니다.

이 세 가지 사상이 융합되어 있는 책이 바로 『채근담』입니다.

3월 3일

여섯 가지 잘못

君子必愼其獨也 군자필신기독야 : 군자는 반드시 혼자 있을 때 근신한다.
— 대학

중국 청나라 말기의 금난생이 쓴 『격언연벽 格言聯璧』이란 책에 우리가
범하기 쉬운 '여섯 가지 잘못'을 지적하고 있습니다.

1. 사치하는 것을 행복이라는 잘못
2. 남을 속이는 것을 머리가 좋다고 생각하는 잘못
3. 탐욕으로 재물을 모으는 것을 수완으로 생각하는 잘못
4. 용기 없음을 안전하게 지키기 위한 것이라고 생각하는 잘못
5. 싸움을 좋아하면서 자기가 용기 있다고 생각하는 잘못
6. 위에 있는 자가 질책만 일삼으면서 위엄 있다고 생각하는 잘못

사실 우리는 무엇이 잘못인가를 깨닫지 못하고 살아가는 경우가 많
습니다. 금난생의 지적처럼 자신의 잘못을 깨닫고 인격을 도야하는
밑거름으로 삼으면 세상을 살아가는데 많은 도움이 될 것입니다.

3월 4일

스승과 제자의 거리

재난을 미리 짐작하고 이를 예방하는 것은 재앙을 만난 뒤에 은혜를 베푸는 일보다 훨씬 낫다. - 정약용

큰스님이 법회를 열자, 그 가르침을 듣고자 전국 각지에서 불자와 많은 신자들이 구름같이 몰려들었습니다. 그들 중에는 도둑이나 강도 등으로 옥살이를 한 전과자들도 끼여 있었습니다. 큰스님의 제자들은 의심의 눈초리로 그들의 행동을 지켜보았습니다.

그런 중에 한 젊은이가 돈을 도둑맞게 되었습니다. 절 안의 사람들이 전과자들을 의심하자 제자들이 큰스님을 찾아갔습니다.

"저희들은 불안해서 견딜 수가 없습니다. 그 전과자들을 큰스님께서 내쫓아주십시오."

제자들의 말에 큰스님은 고개를 끄덕이며 알았노라 대답했습니다. 그런데 다음 날도 그 다음 날도 전과자들은 계속 법회에 나왔습니다. 제자들은 다시 큰스님을 찾아갔습니다.

"큰스님 혹시 잊어버리셨나 해서 다시 왔습니다. 그 자들을 빨리 처리하여 주시기 바랍니다."

이번에도 큰스님은 그렇게 하겠다고 고개를 끄덕였습니다. 그러나 전과자들이 여전히 절 안에서 생활하고 있자, 제자들은 또다시 큰스님에게 부탁했습니다. 하지만 아무리 청을 드려도 큰스님은 어떠한 조치도 취하지 않았습니다. 참다못한 제자들이 떼지어 몰려가 대들

듯이 말했습니다.

"큰스님, 도대체 어찌된 일입니까? 그토록 여러 번 부탁을 드렸는데 그들은 여전히 절 안을 떠나지 않고 있습니다. 이제 저희들은 더 이상 물러설 수가 없습니다. 그 자들을 내쫓지 않으신다면 저희들이 산에서 내려가겠습니다!"

화를 이기지 못한 젊은 제자들이 고개를 쳐들고 큰스님의 대답을 기다렸습니다.

"정 그렇다면 너희들 마음대로 하려무나. 그대들 같이 정직한 사람들에게 내 가르침은 더 이상 필요 없다. 내가 가르치고자 하는 사람은 그 전과자들 같은 용서 받아야 할 사람이니라. 어떻게 해서든 그들을 바른 길로 인도해 주고 싶은 것이 내 뜻이니 너희같은 사람들은 더 이상 산에 머물러 있을 필요가 없느니라."

3월 5일

책은 영혼의 스승

행복이란 타인뿐 아니라 자신에게도 즐거움을 주는 향수와 같은 것이다.
– 에머슨

영국의 성직자 제레미 코리아는 이렇게 말했습니다.

"책은 젊은이에게 삶의 반려자로, 노인에게는 휴식을 가져다주는 오락과 같다. 고독할 때 마음의 지주가 되고, 고통의 짐을 덜어주기도 한다. 뜻대로 안 되는 인간관계나 다툼을 슬기롭게 해결해 주는 명약이다."

또 리차드 베리는 『책사랑』이란 글을 통해 그의 견해를 밝히고 있습니다.

"책은 회초리나 막대기도 갖고 있지 않고, 고함도 치지 않는 영혼의 스승이다. 언제 어느 때 만나고 싶으면 자유롭게 만날 수 있는 다정한 친구와 같다.

잠을 자지 않고 있기 때문에 언제든지 상의하고 질문을 할 수 있다. 책은 아무것도 감추지 않고 정직하게 가르쳐 준다. 책이 말하는 것을 오해하여도 책은 아무런 불평도 하지 않는다. 내가 무식해도 책은 비웃지 않는다."

3월 6일

친구는 인생의 그림자

管鮑之交관포지교 : 관중과 포숙아의 참다운 우정. 친구의 처지를 서로 진심으로 이해해 주는 우정. – 사기

'어느 누구도 잃어버린 친구를 대신할 수는 없다.
옛 동료를 만들어 낼 수도 없다. 그렇게 많은 공동의 추억, 함께 겪었던 위험한 순간들, 불화와 화해, 마음의 동요….
세상의 어느 것도 이와 같은 귀중한 경험들과 견줄 수는 없다. 어느 누구도 이런 우정의 흔적들을 다시 만들어 내지는 못한다.
덧없는 인생살이에서 친구들은 나에게서 하나하나 그들의 그림자를 끌고 가 버린다. 그런 그 후부터는 늙음에 대한 남모르는 회환이 우리의 슬픔 속에 섞여드는 것이다.'

생텍쥐페리가 쓴 글에 나오는 말이지만, 책임감, 친구에 대한 자부심, 그에 대한 사랑의 의미를 새삼 느끼게 해주고 있습니다.
이렇듯 친구는 내 삶의 그림자이며, 나를 증명하는 존재의 이정표이기도 합니다.

3월 7일

자연의 기적

四時之序, 成功者去 사시지서 성공자거 : 사계절이 돌고 도는 것과 같이 공을
이루면 떠나야 되는 법이다. – 사기

"창문 밖에 한 그루의 나무가 서 있는데, 늘 줄기가 안쪽으로 뻗어 있
다. 나는 겨울을 보내고 여름이 오면, 이 나무의 성장에 관심을 갖고
바라보기를 즐긴다. 왜냐하면 나무에게서 삶의 모습을 발견하기 때
문이다. 낙엽마저 다 잃어버린 헐벗은 나뭇가지는 회색의 움으로 고
요히 봄을 기다리며 머지않아 겨울을 인내로 견뎌온 생명의 결정체
인 갈색의 조그마한 싹으로 눈을 떠서 꽃포기가 되어 무성한 여름을
보내고, 가을이 되면 불그레한 열매로 익을 것이다. 그러면 열매마다
새 생명의 싹이 간직되고, 이 싹에서 또다시 열매로 탄생되어 종자가
생기고, 나무로 자라날 것이다. 여러 세대를 두고 이렇게 계속 반복
될 것이다. 이처럼 평범한 일은 없겠지만, 놀라운 변화도 없을 것이
다. 나무가 하는 일처럼 모든 생명은 영원히 되풀이된다. 그것은 자
연의 기적이며 비밀이다."

3월 8일

나무의 지혜

고독한 나무가 자라기만 한다면 강하게 자란다. – 처칠

노자老子가 제자들과 숲속을 지나갈 때, 몇 백 명이나 되는 목수들이 나무를 베고 있었습니다. 궁궐을 짓기 위함이었습니다.

숲의 나무가 몽땅 벌채되려는 위기에 놓여 있는네, 딱 한 그루의 나무가 우람한 가지를 거느리고 서 있었습니다.

큰 나무였습니다. 몇 천이나 되는 나뭇가지−일만 명 가량이 사람이 앉을 수 있을 만큼 나무는 그늘을 드리우고 있었습니다.

노자는 제자들에게 숲의 나무를 모두 베고 있는데, 그 큰 나무가 베어지지 않은 이유를 알아오라고 했습니다.

목수들이 전한 이야기로는

"이 나무는 도무지 쓸모가 없기 때문이지요. 가지마다 공이가 너무 많이 박혀 있어요. 곧게 뻗은 가지가 하나도 없어요. 그래서 기둥으로 쓰지 못합니다. 가구를 짤 수도 없답니다."

그러자 노자는 제자들을 둘러보며 밀했습니다.

"하지만 저 늙은 나무의 살아남은 지혜를 배워야 하느니라."

3월 9일

물고기와 바다의 관계

사람이 우주에 대해 더 많이 이해하게 되면 존재하는 것은 모두 주파수라는 것을 인식하게 된다. - 피타고라스

물고기는 바다 속에서 태어난다.
물고기는 바다 속에서 산다.
물고기는 바다 속에서 죽어 녹아 없어진다.
물고기는 바닷물 이외에 아무것도 아니다.

3월 10일

벽돌 한 장

오늘 할 수 있는 일, 해야 할 일을 하는 것이 오늘의 과제다. 그것은 앞날을 기약하는 씨앗이다. – 플로베르

토머스 칼라일은 수천 페이지에 달하는 『프랑스 혁명사』의 원고를 탈고한 후 이웃에 사는 존 스튜어트 밀에게 읽어보라고 주었습니다.

그런데 며칠이 지난 후 창백한 얼굴을 한 스튜어트 밀이 칼라일을 찾아왔습니다. 스튜어트 밀의 하녀가 그 원고를 난로 불을 지피기 위해 태워버렸음을 알자, 칼라일은 제정신이 아니었습니다. 2년 동안이나 심혈을 기울였던 그 결과가 그만 재가 된 것이었습니다.

그러던 어느 날이었습니다. 한 석공이 작은 벽돌을 하나하나 쌓아서 높고 긴 벽을 만드는 것을 본 순간 그의 마음에는 새로운 용기가 솟아났습니다.

그는 다시 시작하기로 결심했습니다.

"나는 오늘 꼭 한 페이지만 쓸 것이다. 예전에도 한 페이지부터 시작하지 않았던가!"

그는 그 즉시 한 페이지부터 다시 써 나가기 시작했고, 없어진 처음 원고보다 더 잘 쓰기 위해 아주 천천히 진행했다고 합니다.

벽돌 하나하나가 모여서 만리장성이 되었고 하루하루가 모여서 실적이 되고, 인생이 됩니다. 지금 곧 우리 인생의 벽돌 한 장을 놓는 것, 그것은 새로운 시작이자 도전이라 할 것입니다.

지금 곧 말하라

생각하는 것이 인생의 소금이라면 희망과 꿈은 인생의 사랑이다. 꿈이 없다면
인생은 쓰다. - 캐넌 리든

동양 사람들은 감정 표현이 약한 편입니다. 이심전심以心傳心이라든
지, 무소식이 희소식이라는 식으로 표현을 하지 않아도 알아들어야
한다고 생각하는 편입니다.
다음의 시는 「지금 곧 말하라」라는 무명 시인의 시입니다만, 느끼는
바가 많습니다.

따뜻한 말 한마디
고백하고픈 사랑의 말 한마디
잊어버릴 때까지 기다리지 말라.
오늘 곧 속삭이라.

94 | 삶 365일

말하지 못한 따뜻한 말 한마디
부치지 않은 편지
오랫동안 잊고 있었던 소식
다하지 못한 사랑

이것들이 많은 가슴을 찢어지게 하고
이것들이 사랑하는 사람들을 기다리게 한다.
어서 그들에게 주라. 필요로 하는 이들에게
너무 늦어버리기 전에.

3월 12일

좋은 말의 효과

인간의 말들은 그의 인생과 같다. - 소크라테스

어리석은 사람들은 지혜로운 사람들에 대한 열등감에서 벗어나고자 거친 말과 험담을 일삼는 경향이 있습니다.

거친 말은 날카로운 칼과 같고 탐욕은 독약이며 노여움은 사나운 불꽃이고 무지함은 더 없는 어둠입니다.

그러므로 옳은 인생의 길로 인도하는 데는 진실한 말이 최고이며, 이 세상의 모든 등불 가운데 진실의 등불이 최고이며, 세상의 모든 병을 치료하는 약 중에는 진실한 말의 약이 으뜸입니다.

자신과 남을 위하여 그리고 돈과 향락을 위하여 거짓을 말하지 않으면 그것이 곧 깨달음에 이르는 길입니다.

3월 13일

자기 반성

所不欲 勿施於人 기소불욕 물시어인 : 내가 하기 싫은 일을 남에게 시키지 마라
— 논어

희랍의 철학자이며 수학자였던 피타고라스는 '피타고라스의 정의'를 발견한 것으로 유명하지만, 위대한 스승으로도 이름을 날린 교육자이기도 합니다. 피타고라스는 제자들에게 매일 밤 그날의 일과를 되돌아보고, 다음 사항들을 체크해 보도록 시켰습니다.

'오늘의 공부는 과연 성공적으로 끝마쳤는가?'

'더 배울 것은 없었는가?'

'게으름을 피운 일은 없었는가?'

이처럼 매일 매일을 반성하게 하여 훗날 모두가 훌륭한 인재들이 되었다는 것입니다.

채근담에도 반성하지 않는 게으름 때문에 자기의 삶을 망치는 일이 많다고 지적하고 있습니다.

루터는 매일 수염을 깎듯 마음을 다듬지 않으면 자기 성장을 이룰 수 없다고 가르치고 있습니다.

'하루에 세 번 반성하라'고 하는 일일삼성—日三省이나 '내 몸을 세 번 돌아보라'고 한 옛 성현의 말씀은 자신을 반성하고 개선하는 마음의 자세를 일깨워주어 바른 인생의 길을 인도하고 있습니다.

3월 14일

물이 맑으면

인격이 드러날 때는 중요한 순간이지만, 그 인격이 만들어지는 때는 보잘 것
없는 작은 순간이다. - 필립스 브룩스

'물이 너무 맑으면 물고기가 없고, 사람이 너무 살피면 무리輩가 없
다.'고 합니다.
증류수처럼 물이 너무 맑으면, 먹이도 없고 산소도 없습니다. 또 풀
이나 돌이 없으면, 숨을 곳도 없고 알을 낳을 곳도 마땅치 않겠지요.
'청수무어清水無魚' 또는 수청水清이면 무대어無大魚라고도 합니다만, 이
말은 사람이 결벽할 정도로 너무 맑고 고결하면 사람이 모이지 않는
다는 뜻으로 사용되는 말입니다.
맑고 고결하다는 것이 흠이라고 할 수는 없겠습니다만, 때로는 도가
지나쳐서 포용력이나 인간미를 잃어버려서 그릇이 작은 사람이 되는
경우도 있기 때문에 문제입니다. 혼자만이 고고하고, 깨끗하고, 대단
하다고 생각하다보면 다른 사람은 모두가 모자라고, 불결한 사람으
로 보이게 마련이지요. 그래서 남을 평가할 때 지나치게 비판적이거
나 원리 원칙만 적용하려는 경향까지 나타납니다.
사람은 누구도 완전한 100점짜리가 없습니다만, 스스로 100점이라
고 생각하는 그 결벽성이 결점이 되는 것입니다. 개성이나 고결함을
잃지 않고도 포용력과 유연성을 가지는 것이 인간미 넘치는 '참 맑은
물'이 아닐는지요.

3월 15일

어울림

나의 관심은 미래에 있다. 그것은 내 삶의 나머지 부분을 미래에서 보내야 하기 때문이다. — F. 케더링

숲속을 스치는 바람과 개울을 흐르는 물소리도 마음을 고요히 하고 들으면 음악이 됩니다.
풀 위에 내리는 안개와 호수 가운데 비친 구름, 이런 것들도 마음을 한가롭게 하고 가장 아름다운 문장이 됩니다.
사람들은 거문고와 피리소리만이 음악인 줄 알고 종이 위에 붓으로 쓴 것만이 문장이라고 여기지만, 그것은 큰 잘못된 생각입니다.
자연에서의 얻은 음악과 문장을 볼 줄 아는 눈과 귀가 없다면 눈동자를 움직이는 인형과 다름없습니다.

3월 16일

작은 구멍

그대가 얻고 싶은 것을 남이 가졌거든 남이 그것을 얻기에 바친 노력만큼 그대로 노력하라. – 힐티

'작은 비용이라도 줄여라. 물이 새는 작은 구멍이 거대한 배를 침몰시킨다.'(프랭클린)

누구나 낭비라는 말은 싫어합니다. 그러나 자기도 모르게 낭비를 하는 경우도 많습니다. 어떤 사람은 낭비나 과소비라는 것을 알면서도 습관적으로 돈을 함부로 쓰는 사람도 있습니다.

어떤 때는 무심코 돈을 쓰고 보면 낭비인 경우도 있습니다. '벌기는 어렵고, 쓰기는 쉽다.'는 말이 있듯이 자칫 방심하면 낭비가 되고 맙니다. 개인이건, 직장이건, 국가건 결과는 마찬가지입니다. 작은 낭비가 모여서 큰 손실이 되는 것입니다. 그러나 여기서 말씀드리는 작은 구멍이란 비용의 문제에만 국한되는 것은 아닙니다.

한비자韓非子는 '천장千丈의 제방도 개미 구멍 하나로 무너진다.'고 해서 무슨 일에서건, 아무리 작은 일이라도 소홀히 해서는 안 된다는 것을 강조했습니다. 누구나 큰 구멍은 겁을 내고 무리를 해서라도 막으려고 할 것입니다.

유비무환有備無患이라는 말은 미리 충분히 준비를 하고 대비를 하면 훗날의 화근이 없어진다는 뜻이지요. 그렇다면, 우리의 주위에는 어떤 구멍이 뚫려 있는 것일까요?

3월 17일

밝은 성격

성격은 사람을 인내하는 운명의 지배자다. – 헤라클레이토스

어떤 사람이 자기 아들을 업고 언덕길을 오르고 있었습니다.

"너도 꽤나 무거워졌구나."

하고 아버지가 숨찬 목소리로 말하자

"아버지, 인내와 노력이 인간을 만드는 거예요. 조금만 참으세요."

하고, 어린 주제에 가당찮은 '명언'을 일러드리는 것이었습니다.

아버지는 너털웃음을 웃으며 끝까지 업고갔다고 합니다.

그 똑똑한 꼬마의 이름은 앤드류 카네기였습니다. 강철왕으로 성공한 뒤에도 그가 항상 인용하는 격언이 있었습니다.

"밝은 성격은 어떤 재산보다 귀중한 것이다. 성격이란 것은 키울 수 있는 것으로서 인간의 마음도 몸과 마찬가지로 그늘에서 햇빛 비치는 곳으로 옮겨가지 않으면 안 된다는 점을 항상 기억해 두어야 한다. 곤란한 경우를 당한 때에도 가능한 한 웃어 넘겨야 한다. 조금이라도 생각할 줄 아는 인간이라면 누구나 그렇게 할 수 있는 것이다."

3월 18일

최선의 것

자신을 극복하는 힘을 가진 사람이 가장 강하다. - 세네카

에이브리험 링컨의 유명한 말이 전해지고 있습니다.

"나는 내가 할 수 있는 최선의 것을 실행하고, 언제나 그 상태를 지속시키려고 노력한다."

링컨은 스물두 살에 처음 사업에 실패한 이래, 거의 매년 실패의 고배를 마셔야 했다. 한 번도 제대로 성공하지 못하고 수도 없이 선거에 출마를 했지만 번번이 낙선을 거듭하였습니다.

쉰한 살이 되어서야 대통령에 당선되고 재선까지 하기에 이르렀습니다. 링컨은 청년시절도 중년시절도 고난의 연속이었지만 좌절하지 않고 끝까지 그 '최선의 것'에 도전했기 때문에 목표를 달성할 수 있었습니다.

성공한 사람들의 얘기를 듣고 보면 모든 것이 그럴 듯하고 또 그렇게 될 수밖에 없었다고 생각되는 점도 많은 건 사실입니다. 그러나 사람은 태어날 때 누구나 평등했으나 살아가면서 진로나 그 결과가 달라지게 됩니다.

하루하루를 성실하고 적극적인 자세로 임한다면 성공의 기회는 누구에게나 주어진다는 신념이 무엇보다 중요하다 하겠습니다.

3월 19일

생각의 차이

緣木而求魚 연목이구어 : 나무 위에 올라가서 물고기를 잡으려 한다. 즉 수단 방법이 잘못되어서는 목적을 달성할 수 없음을 비유한 말이다. – 맹자

노벨상을 받은 인도의 시인 타고르가 어느 날 배를 타고 갠지스 강을 건너고 있었습니다.

바람 한 점 없이 고요한 수면, 새소리조자 들리시 않는 정지된 듯한 풍경이 삼라만상을 잠재우는 듯하였습니다. 해는 서쪽 하늘에 기울고 아름다운 하늘빛이 강물 위에 아스라이 잠겨 있었습니다.

그때 돌연 물고기 한 마리가 펄쩍 뛰어 고요를 깨며 배를 가로질러 강 건너편으로 사라졌습니다. 그러자 석양빛을 담은 강물에 황금 파문이 번졌습니다.

타고르는 감탄하며 중얼거렸습니다.

"아, 이것이 자연이로구나!"

고요한 가운데 미묘한 움직임의 아름다움에 매료되었던 것입니다.

그런데 뱃사람이 한 마디 했습니다.

"아깝군. 물고기가 배 안에 떨어졌더라면 좋았을 텐데."

3월 20일

생존의 법칙

하늘의 뜻에 따르고 편안한 마음으로 운명을 받아들이면 근심 걱정이 없다.
— 역경

어느 날 장자는 밤나무 숲으로 사냥을 나갔습니다.

그때 처음 보는 커다란 새 한 마리가 유유히 날고 있었습니다.

그 새는 장자가 활로 자기를 겨냥하고 있는 줄 모르는 지 장자쪽으로 더 가까이 날아오더니 나뭇가지 위에 앉았습니다. 찬찬히 살펴보니 그 새는 사마귀를 노리고 있었습니다.

한편 사마귀는 자기를 덮치려는 새를 보지 못하고 앞발을 쳐들고 뭔가를 노려보고 있지 않은가. 그래서 그 사마귀가 노리고 있는 걸 살펴보니 매미가 서늘한 그늘 아래서 멋들어지게 울고 있었습니다.

이 모습을 본 순간 장자는 비로소 크게 한숨지었습니다.

"어허, 어리석도다. 세상의 모든 것은 눈앞의 욕심 때문에 자기를 잊고 있구나. 이것이 만물의 참 모습일까?"

3월 21일

창과 거울

강을 거슬러 헤엄치는 자가 강물의 흐름을 안다. – W. 윌슨

도덕 시간이었습니다.

"선생님, 어른들의 세계는 참 이상합니다. 가난한 사람들은 서로 도와주는데, 부자들은 여유가 있으면서도 돕지를 않습니다. 어째서 그렇죠?"

"창밖에 무엇이 보이지."

"아이들이 뛰어놀고 한쪽에선 싸움질을 하고 있습니다."

"그래? 그럼 거울 속에는 무엇이 보이느냐?"

"제 얼굴밖에 보이질 않습니다."

"그럴 것이다. 창이나 거울은 똑같은 유리로 되어있다. 한데 거울은 수은칠을 한 것이어서 자기 모습밖에 보이지 않게 되는 것이다. 내 말의 뜻을 이해할 수 있겠니?"

3월 22일

동반자

최후의 승리는 출발점의 비약이 아니라 결승점에 이르기까지의 결실과 노력이다. - 워너메이커

영국의 어떤 신문사가 현상 광고를 냈습니다.
'런던까지 가장 빨리 가는 법을 가르쳐 주는 분에게 후사하겠음.'
많은 사람들이 응모를 했습니다.
영예의 대상은 '런던까지 함께 가는 좋은 동반자同伴者를 갖는 것'이라는 대답이었다고 합니다.
"과연 명답이구나!"
하는 감탄이 절로 나옵니다.
동행자 또는 동반자라는 말은 함께 가는 사람, 함께 하는 사람이라는 뜻이지만, 좋은 동반자란 친구일 수도 있고, 애인일 수도 있고, 배우자일 수도 있습니다.
사실 함께 있으면 즐겁고 시간 가는 줄 모르는 사람, 힘든 일도 고되게 느끼지 않고, 서로가 격려가 되어주는 사람, 때로는 밀어주고 끌어주는 사람, 그런 동반자가 곁에 있으면 런던까지가 아니라 지구 끝까지도 빨리 갈 수 있을 것입니다. 그런 사람이 곁에 있을 때 인생은 그야말로 장밋빛으로 빛나게 됩니다.
가정이건 직장이건 좋은 동반자가 있을 때 밝고 건강한 분위기가 됩니다.

3월 23일

회초리의 무게

눈물로 씻어지지 않는 슬픔은 없다. 땀으로 낫지 않는 번민은 없다. 눈물은 인생을 위로하고 땀은 인생에게 보수를 준다. - 미상

'부모를 먹여 살리는 일이 효도라면, 개나 닭을 먹여 살리는 것과 무엇이 다르랴'라는 옛말이 있습니다.

한나라 사람 한백유는 어른이 되어서도 잘못이 있으면 어머니의 회초리를 맞았습니다.

어느 날 백유는 어머니에게 매를 맞다가 엉엉 울었습니다. 전에 없었던 일인지라 의아하게 여긴 어머니가 그 연유를 물었습니다.

"전에는 어머님이 때리시면 매우 아프더니 이제는 하나도 아프지를 않습니다. 기력이 많이 쇠하셨군요."

3월 24일

'그대에게 축복을'

모든 것은 사람의 내부에 존재하고, 모든 것은 사람을 위해 존재한다.
― 막심 고리키

미국의 어떤 젊은이가 매일 통근 열차를 타고 출근을 하고 있었는데 경사진 언덕을 오를 때면 기차의 속력이 떨어져서 철로 옆에 있는 집 안이 들여다보였습니다.

그런데 어떤 집에 나이 많은 부인이 항상 침대에 누워있는 모습이 보였습니다. 젊은이는 그 부인의 이름과 주소를 알아가지고 병이 회복되기를 비는 한 장의 카드를 보냈습니다.

보내는 사람의 이름은 그냥 '매일 언덕의 철길을 지나 다니는 젊은이로부터'라고 썼습니다.

그런 일이 있은 후 몇 주일이 지나고 나서 집 안을 살펴보니까, 방은 비어 있고 창가에는 램프불이 밝게 켜져 있었는데, '그대에게 축복을!'이라고 크게 쓴 종이 한 장이 붙어 있었습니다.

누구를 돕거나 축복을 준다는 것은 쉬운 일이 아닙니다. 더욱이 전혀 모르는 사람을 돕는다는 것은 더욱 어려운 일입니다. 그렇지만 세상에는 어떤 보답도 바라지 않고 그저 따뜻한 마음을 나눔으로써 세상을 아름답게 하는 사람도 있습니다.

3월 25일

『사흘만 볼 수 있다면』

사람의 가치는 타인과의 관련으로써만 측정될 수 있다. - 니체

세계적인 잡지『리더스 다이제스트』가 '20세기 최고의 수필' 중의 하나로 선정한 헬런 켈러의 작품『사흘만 볼 수 있다면(Three Days to See)』이라는 글은 이렇게 시작됩니다.

'보지 못하는 나는 촉감만으로도 나뭇잎 하나하나의 섬세한 균형을 느낄 수 있다…. 봄이면 혹시 동면에서 깨어나는 자연의 첫 징조, 새순이라도 만져질까 살며시 나뭇가지를 쓰다듬어 본다. 아주 재수가 좋으면 노래하는 새의 행복한 전율을 느끼기도 한다.

때로는 손으로 느끼는 이 모든 것을 눈으로 볼 수 있으면 하는 갈망에 사로잡힌다. 촉감으로 그렇게 큰 기쁨을 느낄 수 있는데, 눈으로 보는 이 세상은 얼마나 아름다울까. 그래서 꼭 사흘 동안이라도 볼 수 있다면 무엇이 제일 보고 싶은 지 생각해 본다.

첫날은 친절과 우정으로 내 삶을 가치있게 해준 사람들의 얼굴을 보고 싶다…. 그리고 남이 읽어주는 것을 듣기만 했던, 내게 삶의 가상 깊숙한 영혼을 전해준 책들을 보고 싶다. 오후에는 오랫동안 숲 속을 거닐어 보겠다. 찬란한 노을을 볼 수 있다면, 그날 밤 아마 나는 잠을 자지 못할 것이다….'

3월 26일

인생의 3가지 유혹

성공해서 만족한 것이 아니라, 만족하고 있었기 때문에 성공한 것이다. – 알랭

영국의 경험철학자로 유명한 프란시스 베이컨이 유혹에는 세 가지가 있다고 말합니다.

"인간에게는 세 가지 유혹이 있다. 거칠은 육체의 욕망, 제 잘났다고 거들먹거리는 교만, 졸렬하고 불손한 이기심, 이 세 가지가 그것이다. 이로인하여 모든 불행이 과거에서 미래까지 영원히 인류의 무거운 짐이 되고 있는 것이다. 이 세상에 이 세 가지, 육욕과 교만과 이기심이 없었다면 완전한 질서가 지배하였을 것이다.

이러한 무서운 병, 누구나 마음속에 지니고 있는 이 유혹의 싹에 대하여 우리가 취해야 할 방법은 무엇일까? 그것은 각자가 닦아야 할 자기 수양 밖에 없다.

인간의 마음이란 때로는 가장 완성된 상태에 있으며, 또 한편 가장 부패한 상태에 있다. 그러므로 좋은 마음가짐을 지니고 있을 때 그 상태를 유지하면서 악한 유혹을 몰아내야 한다."

즉 참다운 인생이란 유혹과 싸워 나가는 과정이라고 해도 과언이 아닐 것입니다.

삶의 모습은 강물과 같다

자기의 운명을 짊어질 수 있는 용기를 가진 사람은 영웅이다. - 헤르만 헤세

'삶의 모습은 강물과 같다. 잠시도 쉬지 않고 움직인다. 어떤 때, 우리의 삶은 여름과 같다. 냇물은 말라버리고 메마른 바닥은 생존의 여백만큼 고독하다.

또 어떤 때는 우기를 맞아 둑이란 둑을 모두 무너뜨리고 사방으로 흘러나와 큰 바다를 이루기도 한다.

이렇듯 삶이란 빈 곳을 채워주는 순리다. 그러므로 삶을 투쟁으로 보아서는 안 된다. 우리의 삶이란 각자의 인생을 축하하기 위해서 흐르는 것이다.

삶은 하나의 시, 하나의 노래, 하나의 춤이다.'

3월 28일

얽힌 실 풀기

바람과 파도는 항상 유능한 항해자의 편에 선다. – 에드워드 기번

'얽힌 실을 풀려면 장님에게 맡겨라.' 하는 말이 있습니다.

눈을 뜨고 있는 사람도 힘든데 앞을 못 보는 장님이 어떻게 얽힌 실을 풀 수 있는가라고 의아해 할 것은 당연합니다. 그러나 그들이 아무런 선입관도 없이 가닥을 더듬어보다가 실마리를 찾아 잘 풀 수 있다고 합니다.

한 분야에서의 오랜 경험이 고정관념이나 편견을 만들기도 하며, 이러한 편견과 고정관념이 관점의 범위를 저해하는 요소가 됩니다.

대개 학식이 있는 사람들, 과거의 어느 일에 경험이 있는 사람들은 자기의 과거 경험, 학식에 의해 울타리부터 칩니다. 그리하여 그는 항상 그 울타리 안에서만 사고할 뿐 벗어나려는 노력을 하지 않게 되므로 선입관의 지배를 받게 된다는 것입니다.

때문에 일의 성질이 고도의 전문적인 기술이나 지식을 요하지 않는 경우에는 비전문가의 의견에도 귀를 기울여야 합니다. 왜냐 하면 선입관에 구애 받지 않고 장님이 얽힌 실 풀 듯이 건전한 상식으로 좋은 해결안을 제시해 줄 수 있기 때문입니다.

3월 29일

이심전심

자연은 신의 묵시이고 예술은 인간의 묵시이다. – 롱 펠로우

빈센트 반 고흐가 프랑스에서 생활하고 있는 때의 이야기입니다.

저녁 무렵 고흐는 바닷가에 자리잡은 작업실에서 창밖을 내다보고 있었습니다.

바다 저편 하늘로 태양이 서서히 모습을 감추고 있었습니다. 그 광경을 고즈넉이 바라보던 고흐는 캔버스를 펼쳐 놓고 아름다운 석양을 그리기 시작했습니다.

옆에서는 그의 제자가 엷은 빛으로 지는 저녁 노을 풍경과 스승이 연출해 내는 그림을 번갈아 바라보며 그 아름다움에 취해 숨을 몰아쉬며 탄성을 쏟아냅니다. 그리고는 자신도 스승을 따라 그림을 그리기 시작했습니다. 그런데 얼마 지나지 않아 제자가 갑자기 붓을 내려놓으며 고흐에게 말했습니다.

"선생님, 잠깐 집에 다녀오겠습니다."

그림에 열중해 있던 고흐가 잠시 붓을 멈추고 고개를 돌렸습니다.

"아니, 그림을 그리다 말고 별안간 왜 집에 간다는 건가?"

"지금 곧 집으로 가서 가족들에게 이 아름다운 저녁 노을을 보라고 말해주고 싶습니다."

그의 목소리는 벅찬 감동 때문인지 가볍게 떨고 있었습니다. 그러자 고흐가 웃음 띤 얼굴로 말했습니다.

"그럴 필요가 없을 것 같네. 그곳에도 저녁 노을이 지고 있을테니 자네가 말해 주지 않아도 볼 수 있을 걸세."

제자는 더욱 진지한 목소리로 말했습니다.

"아닙니다, 선생님. 제가 오랫동안 이 해변에서 살아왔지만, 선생님이 오시기 전까지는 이처럼 아름다운 노을을 단 한 번도 본 적이 없습니다."

3월 30일

빛깔의 값

태어나는 방법은 단 한 가지, 그러나 죽음의 방법에는 여러 가지가 있다.
- 유고슬라비아 속담

어느 미국인이 피카소가 그린 초상화를 갖고 싶어했습니다. 그는 피카소가 어마어마한 값을 요구하리라는 것을 알고 있었으며, 그도 그만큼의 돈을 지불할 수 있는 능력을 가지고 있었습니다. 그는 서의 재벌에 가까운 사람이었습니다. 그래서 그들은 처음부터 그림의 가격을 정하지 않았습니다.

피카소는 주문대로 그의 초상화를 그렸으며, 초상화가 완성되었을 때 피카소는 정말 엄청난 액수를 요구했습니다.

미국인은 깜짝 놀랐습니다. 그와 같은 작은 초상화, 몇 가지의 빛깔만이 칠해진 캔버스에 그만큼 많은 값을 요구할 줄 몰랐습니다.

놀라지 말라. 피카소가 요구한 금액은 1만 달러였습니다.

미국인이 말했습니다.

"너무 비싼 것 같은 생각이 듭니다. 어디에 일만 달러의 가치가 있다는 것입니까?"

그러자 피카소가 말했습니다.

"당신의 눈에는 무엇이 보입니까?"

부자가 대답했습니다.

"내 눈에 보이는 것은 캔버스와 몇 가지의 빛깔뿐입니다."

"좋습니다. 그러면 일만 달러를, 아니 당신이 원하는 만큼만 내십시오."

그러자 그가 말했습니다.

"오천 달러를 드리겠습니다."

그가 오천 달러를 주었을 때 피카소는 초상화가 아니라 캔버스와 몇 가지 물감을 건네면서 이렇게 말했습니다.

"자, 가져가십시오. 이것이 당신이 바라는 것이오."

초상화는 캔버스와 몇 가지 빛깔 이상의 어떤 것의 조화입니다. 그것은 하나의 아름다운 조화의 결정체입니다. 피카소가 그림을 그릴 때 물감의 빛깔은 조화를 이루어 생명을 나타내는 것입니다. 그러므로 그 값은 캔버스와 물감의 값이 아니라, 그 값은 물감과 캔버스가 이루어낸 조화의 값이었습니다.

3월 31일

완벽한 인간

인생은 자고 쉬는 곳에 있는 것이 아니라 한 걸음 한 걸음 나아가는 속에 있다. – 브라우닝

숲 속을 흐르는 강을 따라가는 배에 노인과 소년이 함께 타고 있었습니다.

노인은 물속에서 나뭇잎 하나를 주워 들고 소년에게 물었습니다.

"애야, 너는 나무에 대해 아는 게 있느냐?"

"아무것도 모릅니다. 아직 그런 것을 배우지 못해서…"

이 말을 듣고 노인이 말했습니다.

"그렇다면 너는 인생의 25퍼센트를 잃어버린 거다."

이윽고 배가 기슭에 닿자, 노인은 물속에서 반짝이는 돌을 주워 손바닥에 굴리며 소년에게 물었습니다.

"애야, 이 돌을 보아라. 너는 지구에 대해 아는 게 있느냐?"

노인은 조각돌을 물속에 던지며 말했습니다.

"네가 만일 흙에 대해 모른다면 인생의 나머지 25퍼센트도 잃어버린 것이다. 이것으로 너는 인생의 50퍼센트를 잃은 것이 된다."

그들은 다시 물을 따라 내려갔고, 이윽고 세상이 회색빛으로 저물자, 별이 하나 둘 나타났습니다.

노인은 하늘을 보며 말했습니다.

"애야, 저 별을 보렴. 저 별의 이름을 알고 있느냐? 너는 하늘에 대해 알고 있느냐?"

소년은 슬픈 듯이 말했습니다.

"죄송합니다만, 그것에 대해 전혀 배운 바가 없습니다."

노인은 소년에게 충고의 말을 했습니다.

"애야, 너는 나무에 대해서도 모르고, 흙에 대해서도 모르고 하늘에 대해서도 모르고 있다. 이것으로 너는 인생의 75퍼센트를 잃고 있구나."

그때 갑자기 노인과 소년은 앞에서 솟구치는 거대한 물결 소리를 들었습니다. 통나무배는 급류에 휩쓸리는 여울목으로 들어가고 있었습니다.

소년은 외마디 소리를 지르며 외쳤습니다.

"폭포에요. 물속에 뛰어들지 않으면 살아날 수 없어요. 할아버지는 헤엄칠 줄 아세요?"

"애야, 나는 아직 헤엄을 배우지 못했다."

노인의 말을 듣고 소년은 말했습니다.

"그러면 할아버지는 인생의 백 퍼센트를 잃게 됩니다!"

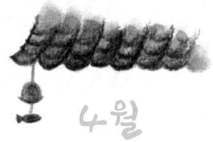

4월

위대한 사람이 단번에 그와 같이
높은 곳에 뛰어오른 것은 아니다.

동료들이 단잠을 잘 때
그는 깨어서 일에 몰두했던 것이다.
인생의 묘미는 자고 쉬는 데 있는 것이 아니라,
한 걸음 한 걸음 앞으로 나아가는 데 있다.

무덤에 들어가면 얼마든지 자고 쉴 수 있다.
자고 쉬는 것은 그때 가서 실컷 하도록 하자.
살아 있는 동안은 생명체답게 열심히 활동하자.
잠을 줄이고 한 걸음이라도 더 빨리 더 많이 내딛자.

높은 곳을 향해, 위대한 곳을 향해.

• 높은 곳을 향해 | 부라우닝 •

4월 1일

마음의 흐름

평생토록 길을 양보해도 백 보에 지나지 않을 것이며, 평생토록 밭두렁을 양보해도 한 마지기를 양보하지 못할 것이다. - 소학

다음 글을 읽어보시기 바랍니다.

① 마음속에 딴 생각이 없으면 몸이 편하다.
② 마음속에 자만이 있으면 존경심을 잃는다.
③ 마음속에 욕심이 없으면 의리를 행한다.
④ 마음속에 사심私心이 없으면 의심 받지 않는다.
⑤ 마음속에 노여움이 없으면 말씨도 부드러워진다.
⑥ 마음속에 용기가 있으면 뉘우침이 없다.
⑦ 마음속에 인내가 있으면 일을 성취한다.
⑧ 마음속에 탐심貪心이 없으면 아부하지 않는다.
⑨ 마음속에 미혹迷惑이 없으면 남을 의심하지 않는다.
⑩ 마음속에 잘못이 없으면 두려움이 없다.
⑪ 마음속에 흐림이 없으면 고요히 지낼 수 있다.
⑫ 마음속에 교만이 없으면 남을 공경한다.

4월 2일

나비가 하는 말

나무는 열매로 알려지지 잎으로 알려지지는 않는다. - J. 레이

향기를 뽑기 위해 꽃을 학살하고
향수 냄새를 뿌리면서
사람들은 꽃을 사랑한다고 말합니다.
사람들은 꽃병이라는 것을 만들어
꽃을 꽂아두기 위해 싹둑 자르면서
꽃을 사랑한다고 말합니다.

때로 우리는 꽃에서 벌과 만나는 일이 있지만
우리는 싸우지 않고 꽃을 사랑하는데
사람들은 꽃가지를 꺾어 가지려고 다투면서
꽃을 사랑하는 마음을 자랑합니다.
사람들은 열매 맺는 일은 조금도 도와주지 않으면서
익기가 무섭게 열매를 탐합니다.

꽃이 말없이 웃는 건
우리를 사랑하기 때문입니다.
우리는 있는 그대로 사랑하면서
열매 맺기를 도와줍니다.
우리는 사랑한다는 말 이상으로
말없이 사랑합니다.

4월 3일

씨앗의 의미

만족은 가난한 자를 풍부하게 하고 풍부한 자를 가난하게 한다.
– B. 프랭클린

감옥의 벽과 창살 틈에 어떤 씨앗 하나가 날아와 싹을 틔운 희망을 담은 이야기가 있습니다.
함께 있는 죄수들은 별 볼일 없다는 듯이 시큰둥했지만, 한 죄수는 물을 주고 정성껏 보살피며 생명의 존엄성을 깨닫고 씨앗을 키우는 데 보람을 느꼈다고 합니다.
이 세상을 천국이라고 생각하느냐, 아니면 지옥이라고 생각하느냐는 마음속에 어떤 씨앗을 키우느냐에 달려 있습니다.

4월 4일

뿌리의 마음

행복은 자기의 내부에 있다. - A.S. 보이티우스

한 정원사가 있었습니다.

어느 누구도 그 사람처럼 갖가지 종류의 꽃들을 훌륭하게 피워낼 수 없었습니다. 그는 세상의 꽃들을 아름답게 피워 내기 위해 살고 있는 사람 같았습니다.

어느 날 그에게 물어보았습니다.

"아름다운 꽃을 피우는 비결은 뭡니까?"

그가 대답했습니다.

"다름 아니라 난 뿌리에 더 신경을 씁니다. 그게 비결입니다!"

"무슨 뜻입니까?"

그는 말했습니다.

"꽃을 계속 잘라내는 것이지요. 난 나뭇가지에 별 목적없이 피어난 꽃봉우리를 그냥 놔두지 않는다는 뜻입니다. 만약에 한 나무에 몇 십 송이의 꽃이 피면 몇 송이만 남겨놓고 다 잘라 버리지요. 그러한 작업을 거치면 뿌리는 점점 건강해집니다. 몇 십 송이의 꽃을 한 송이로 모은 것처럼 크고 아름다운 꽃을 피웁니다. 결국은 뿌리의 마음이 꽃입니다. 이게 바로 내 비결입니다."

4월 5일

대지의 욕망

인간은 자신을 위하는 마음이 있어야만, 비로소 자기 자신을 이겨낼 수 있고, 자신을 이겨낼 수 있어야만 자기를 완성시킬 수 있다. – 왕양명

반 고흐는 별에 닿을 만큼 커다란 나무를 그렸습니다. 태양과 달은 아주 작게, 그리고 나무는 크게 그렸습니다. 나무들은 점점 더 높아져서 별에 닿았습니다.

어떤 이가 물었습니다.

"당신은 미쳤소? 어디서 그런 나무를 보았습니까? 태양과 달은 그렇게 작고 나무들은 왜 그렇게 크오?"

그러자 고흐가 말했습니다.

"나무를 바라볼 때면 나는 언제나 하늘에 가 닿으려는 대지의 욕망을 봅니다. 나무는 하늘에 가 닿으려는 대지의 욕망이오. 이것은 대지의 야심이지요. 대지가 할 수 없는 것을 나는 내 그림으로 할 수가 있지요. 바로 이것이 내가 나무를 보는 방법입니다. 하늘에 닿으려는 대지의 욕망이 바로 그것입니다."

4월 6일

미소의 빛

자기의 운명을 짊어질 수 있는 용기를 가진 자는 영웅이다. - 헤세

한 스님이 부모 없는 아이들을 거두어 살고 있었습니다.
그 중에 항상 생글생글 웃는 아이가 있었습니다.
"얘야, 네 웃는 얼굴은 어쩌면 그렇게 밝으냐?"
"고맙습니다."
"이럴 땐 고맙다고 하는 게 아니야. 내가 오히려 고맙다고 해야지. 네가 웃는 얼굴을 보면 세상이 즐겁고 아름답게 느껴지니까 말이다. 너는 '고맙다'고 하지 말고, '별 말씀을요.(천만에요)하고 답하도록 해라."

4월 7일

꽃 길

한 송이 작은 들꽃이 피는데도 오랜 세월과 노력이 필요하다. - 블레이크

옛날에는 동네 공동 우물에서 물을 길어다 먹었습니다. 그때 한 머슴이 매일 아침마다 물지게를 지고 우물물을 길었습니다.

머슴이 살고 있는 집과 우물 사이의 거리가 꽤 멀어 한참을 가야 했습니다. 그러나 머슴은 하루도 빠짐없이 물지게를 지고 우물과 집을 오가며 물을 길어 날랐습니다.

그러던 어느 날 물동이에 작은 금이 갔습니다. 그 틈새로 물이 조금씩 새어 나왔습니다. 그러나 머슴은 물동이에서 물이 새는 것을 아는지 모르는 지 물을 길어 날랐습니다.

어느 때부터인가 머슴이 오가는 길 위에 아름다운 작은 꽃들이 피어나기 시작했습니다. 그러자 얼마 지나지 않아 길은 예쁜 꽃길이 되었습니다. 그 길을 오고가는 사람들은 행복한 마음이 되었습니다.

어느날 물동이가 새는 것을 본 주인 대감이 머슴을 불러 물었습니다.

"네가 사용하고 있는 물동이에서 물이 새는구나. 애써 물을 길어 나르는데 더 힘이 들겠구나."

그러자 머슴은 밝은 표정으로 말했습니다.

"대감님! 소인도 물동이에서 물이 샌다는 것을 잘 알고 있습니다. 그래서 길가에 꽃씨를 뿌려 놓았습죠. 길가에 예쁜 꽃들이 피어 있는 것을 못 보신 것 같습니다. 제가 금이 간 물동이로 물을 길러 다니면서 저절로 조금씩 물을 뿌려주게 되니 예쁜 꽃들이 자랐지요. 그 꽃들을 보고 싣노라면 힘든 줄노 모른납니다."

대감의 얼굴에 웃음이 피어났습니다. 이른 아침의 예쁜 꽃길이 떠올랐던 것입니다.

4월 8일

웃 음

행복은 지배하여야 하고 불행은 극복하여야 한다. - 독일 속담

사람들을 잘 웃기기로 유명한 올리버 허포드라는 사람이 있었습니다. 이 사람에게 어떤 부인이 점잖게 물었습니다.

"사람을 웃기는 일 말고, 해보고 싶은 일은 없으신지요?"

"물론 있지요. 언제든지 해보고 싶은 일이….."

"아, 그러시군요. 무슨 일이신데요?"

"돌아가는 선풍기에 달걀을 넣어서 한 번 깨뜨려 보고 싶습니다."

웃음만큼 인생을 윤택하게 하는 것도 드뭅니다. 웃음은 인생에 즐거움을 더해 줄 뿐만 아니라, 건강에도 도움을 주는 것으로 알려져 있습니다.

사람이 웃으면 내장의 긴장을 풀어줌과 동시에 내장의 운동이 되기도 한다는 것입니다. 그래서 웃음은 웃는 사람 본인의 마음과 몸 양쪽 모두에 좋은 영향을 주는 셈이 됩니다만, 어찌 본인만의 즐거움으로 그치겠습니까?

입의 양끝을 위로 치켜 올리면 웃는 표정이 됩니다. 웃는 표정에 웃음 소리를 보태면 웃음이 됩니다.

4월 9일

손가락의 힘

사람의 명예와 지위의 즐거움은 알면서도 이름이 없고 지위없이 지내는 참다운 즐거움은 알지 못한다. − 채근담

아버지와 아들이 송아지를 외양간에 가두려고 하였습니다.
아들은 앞에서 잡아당기고 아버지는 뒤에서 엉덩이를 밀었으나 송아지는 떼를 쓰듯 한 발도 옮겨놓으려 하지 않았습니다.
이 광경을 물끄러미 지켜보던 하녀가 자기 손가락을 송아지 입에 물려 빨게 하더니 살살 달래서 힘 안 들이고 외양간으로 끌고 들어갔습니다.

4월 10일

마음의 감옥

사랑은 여자에게 인생의 역사이지만, 남자에게는 일생의 작은 이야기에 지나지 않는다. - 스틸 부인

어떤 장교의 젊은 아내가 남편의 전출지로 이사를 갔습니다.
사막 한가운데 있는 주변 마을에는 문화시설이 하나도 없고 메마른 먼지만 날리고 있었습니다.
게다가 군인을 빼고는 인디언 주민과 멕시코인 뿐이었습니다.
사택이 부대 안에 있었기 때문에 감옥이나 다름없었습니다.
"더 이상은 참지 못하겠어요. 그이와 이혼을 하고 새 출발을 하고 싶어요."
하고 어머니에게 편지를 썼습니다.
그러자 어머니로부터 답장이 왔습니다.
"죄수 두 사람이 감방에 갇혀 있었단다. 한 사람은 창살을 보면서 감방이 좁다고 했고, 한 사람은 창 너머로 보면서 별이 참 많구나 했단다. 그 감옥이 바로 네가 있는 집이란다."

4월 11일

겨 묻은 개

벌거숭이로 이 세상에 왔다. 또한 벌거숭이로 이 세상을 떠나야 한다.
— 세르반테스

영국의 어느 빵집에서 일어난 일입니다.

이 빵집에는 매일 아침 버터를 납품하는 농부가 있었는데 아무래도 정량이 미달인 것 같았습니다.

그래서 버터를 저울에 달아보았더니 아닌게 아니라 버터마다 조금씩 정량이 미달이었습니다.

결국 빵집 주인은 이 농부를 대상으로 고소를 했고 농부는 재판정에 서게 되었습니다.

심문을 하던 재판관은 깜짝 놀랐습니다. 이 농부에게는 몇 마리의 젖소가 있었는데 저울이 없었습니다. 그래서 매일 빵집에서 갔다 먹는 빵의 무게를 기준으로 하여 버터를 잘랐던 것입니다.

결국 빵집 주인이 얕은 상술로 좀 더 이이을 남기기 위해 정량을 속였던 것이 밝혀져서 자기 잘못을 탓하지 않고 남의 잘못만 들추어내는 꼴이 되었던 것입니다.

'뭐 묻은 개가 겨 묻은 개'를 탓한다는 말을 되새겨 볼 일입니다.

4월 12일

습관

잠들어 있는 거인보다 일하고 있는 난장이가 더 낫다. – 셰익스피어

수족관에 사나운 바라큐다라는 고기와 고등어가 유리 칸막이를 사이에 두고 살았습니다.
투명한 칸막이를 의식하지 못한 바라큐다는 빠른 동작으로 고등어에게 달려들었습니다.
그러나 바라큐다는 유리 칸막이 가에서 멈추게 되었고, 그의 주둥이를 계속해서 칸막이에 부딪히고서야 공격을 포기하고 말았습니다.
그 후 유리 칸막이를 들어냈습니다.
그러나 바다큐다는 지금까지 벽이 있었던 위치까지 가더니 멈추었습니다.
왜냐하면 그 칸막이가 그대로 있을 것이라고 생각했기 때문입니다.

4월 13일

친절의 가치

만일 구름이 없다면 우리는 태양을 즐기지 못할 것이다. - J. 레이

누추한 옷을 입은 한 소년이 매일 여섯 시면 어떤 가게 앞을 지나가
곤 했습니다.
가게 주인을 보면 언제나 그 소년은 인사를 했습니다.
별다른 말을 나눈 적은 없지만, 서로 웃으며 인사를 나누었습니다.
얼마 후 놀라운 일이 생겼습니다.
그 소년에게 막대한 유산이 남겨졌습니다.
그 가게 주인이 세상을 떠나며 남긴 것이었습니다.

4월 14일

조화造花

지나가는 구름은 볼 수 있다. 그러나 지나가는 생각은 볼 수 없다.
– 오스트레일리아 속담

이웃에 은퇴한 늙은 철학 교수가 살고 있었습니다. 사람들은 그가 약간 정신이상자라고 생각하였습니다. 사실 은퇴한 철학 교수는 그렇게 생각되게 마련입니다.

하지만 현명한 사람은 그에 대해서 아무런 판단도 내리지 않았습니다.

그런데 어느 날 그에 대해서 생각을 해 보아야 할 작은 일이 벌어졌습니다.

그가 꽃밭에 물을 주고 있었는데 마침 지나다 보니 물동이가 밑이 빠진 것이었기 때문입니다. 당연히 물은 없었습니다. 그는 그냥 화초에 물을 주는 시늉만 하고 있었던 것입니다.

그래서 이렇게 물어보았습니다.

"교수님, 지금 무얼 하고 계시오? 물동이의 밑이 빠져 있지 않소."

"알고 있습니다. 하지만 별 상관없습니다. 이 화초들은 모두 다 조화거든요."

4월 15일

어떤 미소

불행한 사람은 언제나 자기가 불행하다는 사실을 자랑삼아 떠받들고 있는 사람이다. – 럿셀

어떤 한 남자가 자신의 승용차로 자살을 하려고 급히 차를 몰았습니다. 고속도로를 맹 스피드로 달리다가 큰 바위와 맞닥뜨리거나 벼랑이나 강으로 날아들 생각을 했던 것입니다.

시내의 교차로에서 빨간 신호에 걸려 기다리고 있는데 제대로 신호를 보지 못한 다른 차가 바로 자기 차 앞에서 급정거를 하는 것이 아닌가. 그 차를 운전하던 아가씨가 얼굴을 붉히며 미소를 보냈습니다.

이윽고 다시 길이 풀려 차들은 서로 제 갈 길을 가기 시작했습니다.

고속도로를 달리는 도중에도 그 아가씨의 미소가 계속 머리에 떠올랐습니다.

"이런 쓸모 없는 인간에게도 미소를 보내는 사람이 있다니!"

그 남자의 마음이 흔들리기 시작했습니다.

"어쩌면 이 세상은 살만한 가치가 있을지도 모른다!"

남자는 차를 돌려 시내로 돌아와서 자기를 치료하던 정신과 의사에게 전화를 걸었습니다.

"어떤 여성의 미소가 저에게 살아야 할 이유를 깨우쳐 주었습니다. 이제부터는 선생님의 치료가 필요 없게 되었습니다."

정신과 의사도 구제하지 못한 그 남자의 마음과 생명을 가벼운 미소 하나가 구원했던 것입니다.

4월 16일

자기 중심

미래가 기다려지는 이유는 하루만큼씩 오기 때문이다. - 에이브러햄 링컨

중국 우화에 이런 이야기가 있습니다.

발이 입에게 말했습니다.

"너는 항상 나를 존경할 필요가 있어. 너를 먹이려고 나는 피곤한 줄 모르고 하루 종일 뛰어다니고 있으니까 말이야!"

그러자 입이 말했습니다.

"그렇게 뽐낼 것 없어. 만일 내가 굶어버리면 너는 어떻게 뛰어다니지."

이솝 우화에 이런 이야기도 있습니다.

소가 무거운 짐을 수레에 싣고 힘겹게 끌고 있습니다.

이때 수레바퀴가 계속하여 삐그덕 덜컹거리며 소리를 냈습니다.

소가 뒤돌아보며 바퀴에서 말했습니다.

"이봐, 왜 그렇게 시끄럽게 굴지. 짐을 끌고 있는 건 나야. 소리를 질러야 할 것은 네가 아니라, 바로 나란 말이야."

이 우화를 조금만 생각해 보면 서로가 도움을 주고 도움을 받는 관계라는 것을 알 수 있을 것입니다.

4월 17일

돈의 가치

빠르게 성장하는 것은 쉽게 시들고 서서히 성장하는 것은 영원히 존재한다.
– 호란드

옛날에 유난히 돈을 사랑하는 사람이 있었습니다. 그는 자기의 모든 재산을 팔아서 돈으로 바꾼 다음, 남몰래 땅 속에 묻었습니다. 그리고는 매일 밤 그 돈을 묻어둔 곳을 바라보는 일로 즐거움을 삼았습니다. 이러한 행동을 이상하게 생각하고 지켜본 사람이 그 땅 속에 보물이 묻혀 있다는 사실을 알게 되었습니다.

어느 날 기회를 틈타서 주인 몰래 돈을 모두 꺼내 가지고 도망쳐 버렸습니다. 하룻밤 사이에 돈이 없어진 사실을 안 그 사람은 땅을 치며 통곡하였습니다. 이 광경을 본 이웃사람이 까닭을 물었습니다. 그는 어떤 도움이라도 될까 싶어서 자초지종을 말해 주었습니다. 사연을 듣고 난 이웃사람은 위로의 말을 해주었습니다.

"그렇게 슬퍼할 일은 아닌 것 같소. 당신이 돈을 가지고 있었다고 하나 실제로 돈을 가졌던 것은 아니잖소. 그러니까 돈 대신에 원하는 액수만큼 돌을 땅 속에 깊숙이 묻고, 그 만큼 가진 것이라고 생각하면 될 것이오. 왜냐하면 당신은 전에 돈을 가졌으면서도 사용할 줄 몰랐으니 돈은 있으나마나 했던 거요."

4월 18일

깔끔한 사람

열매를 얻으려는 자는 과일나무에 올라가야 한다. - T. 풀러

가정집이건 점포건 입구에 들어서면 주인의 사람됨을 알 수 있다고 합니다.

점포의 경우라면 점포 앞, 사무실, 창고 등이 어수선 할 경우 주인이나 점원의 자세를 알 수 있습니다. 일이 많아서 정돈할 시간이 없다기보다 그 점포 사람들의 절도 없고 게으른 성격이 그렇게 나타나는 것입니다.

싹싹하고 재빨리 일을 처리하는 사람은 이것은 누구 담당, 저것은 누구 담당이라고 서로 미루지 않고 스스로 처리합니다.

먼저 보고 느낀 사람이 즉시 정돈해 놓으면 그다지 시간도 걸리지 않습니다. 나중에 한꺼번에 정돈하려니까 일이 많아집니다. 뒤처리가 좋지 않은 곳은 일도 제대로 되지 않고 시간도 더 많이 허비하게 됩니다.

일을 신속하고 깔끔하게 하려면 뒤처리를 잘 하여 다음 일의 준비를 잘 해야 합니다. 얼굴이나 몸가짐에는 신경을 쓰면서도 주위의 환경 정리에는 무신경한 사람도 많기 때문입니다.

4월 19일

나 보다 더 불편한 사람

행복한 생활은 마음의 평화에서 이루어진다. - 키케로

손이 없는 장애자 아이가 있었습니다. 아버지는 아이의 성격이 늘 걱정되었습니다.

"애야, 너보다 더 불편한 사람도 있단다. 걱정을 한다고 해서 손이 생기는 것도 아니지 않느냐. 애들 하고 좀 어울려 놀아라."

설득을 했지만 아무 소용이 없었습니다.

어느 날 아버지는 아이를 데리고 성당엘 갔습니다.

그때 마주 걸어오고 있는 신부님을 보니 양쪽 팔의 옷소매가 흐늘흐늘 흔들리고 있었습니다.

"어서 오너라. 애야. 나는 어릴 때부터 두 팔을 모두 잃었단다. 그러니 나는 네 마음을 알 수 있단다."

그러자 아이는 신부님의 가슴에 안기며 눈에 눈물을 글썽였습니다.

4월 20일

잘 사는 친구와 못 사는 친구

고귀한 실패는 때로 뛰어난 성공 못지않게 세상에 도움이 된다. – 도우덴

옛날에 잘 사는 친구와 못 사는 친구가 있었습니다. 하루는 못 사는 친구가 잘 사는 친구를 찾아가 잘 사는 비결을 물었습니다. 그러자 잘 사는 친구는 못 사는 친구를 데리고 산 위로 올라가서는 높은 소나무 가지 위에 매달려 있으라고 하였습니다. 말로 가르쳐 주면 될 텐데 왜 이런 짓을 시키나 싶어 의아해 하면서도 못 사는 친구는 소나무를 타고 높이 올라가 가지에 매달려 아래를 내려다보았습니다.

높은 가지에 매달려서 보면 어디 금덩어리나 돈뭉치를 감춰 놓은 곳이 보일 줄 알았는데, 아무것도 보이지 않고 팔만 아파오기 시작했습니다. 아픔이 점점 심해져 당장이라도 손을 놓고 싶었으나 아래로 떨어지면 팔다리 하나쯤은 분명히 성치 못할 것 같았습니다.

급기야 매달려 있던 친구는 불평을 하기 시작했습니다. 잘 사는 친구는 그제서야 매달린 친구를 내려오게 하여 진땀이 흥건히 밴 손을 펴 보이게 하며 돈 버는 방법을 설명해 주었습니다.

"방법이란 다른 게 아닐세. 자네가 지금 떨어지지 않으려고 나뭇가지를 필사적으로 움켜쥐고 있었던 것처럼 수중에 들어오는 것이 있으면 진땀이 나도록 꼭 쥐고 절대로 놓지 않으면 되네."

이를 실천한 친구는 나중에 잘 사는 친구보다 더 큰 부자가 되었다고 합니다.

4월 21일

어떤 부부

運運은 우리에게서 부富를 빼앗을 수는 있어도 용기를 빼앗을 수는 없다.
– 세네카

남자가 아내와 함께 철도 건널목을 건너고 있었습니다. 순간, 아내의
발이 삐끗하더니 철길 밑에 발이 끼었습니다. 발을 빼려고 해도 빠지
지 않았습니다. 그때 모퉁이를 돌아서 기차가 오는 것이 보였습니다.
남편이 다급하게 빼려고 할수록 상처만 나고 빠지지 않았습니다. 기
차가 브레이크 잡는 소리가 끼익 하고 들렸습니다. 그러나 거리상으
로 도저히 무사할 수 없었습니다. 아내가 소리쳤습니다.
"여보, 빨리 피하세요!"
남편은 자기 몸을 기차 쪽으로 돌리며 아내를 껴안았습니다.
"여보 빨리 피하라니까요!"
"여보, 나는 당신과 함께 있겠소."
그때 기차가 굉음을 내며 두 사람 위를 지나갔습니다.

십자군 전쟁 때의 일입니다. 영국의 한 병사가 이슬람 군대에 잡혔습
니다. 그 병사는 고향에 사랑하는 아내가 있으니 제발 살려 달라고
애원했습니다.
이슬람군의 대장은 비웃으면서 말했습니다. 아내는 곧 자네를 잊고
다른 사람과 결혼한 것이라고. 또다시 대장은 심술궂게 말했습니다.

"만일 자네의 아내가 사랑의 증거로 오른팔을 잘라서 보내온다면 살려주겠네."

그의 아내는 그 말을 전해 듣자 즉각 팔을 베어 보냈습니다.

지금도 영국의 한 사원에 그 여인의 동상이 있다고 합니다. 물론 오른팔이 없는 모습으로.

4월 22일

생전에 자기 장례식을 본 사람

비교되지 않고는 좋고 나쁜 것은 없다. – T. 풀러

미국 플로리다의 아이보리 미젤 목사는 64세가 되는 생일날, 자기 교회에서 자기의 장례식을 집전했습니다. 장례식장에는 추도문을 읽을 사람, 향기로운 꽃, 촛불이 켜 있었습니다.
예배 안내문에는 이렇게 인쇄되어 있었습니다.
'이번 예배는 장례예배입니다. 이 예배의 목적은 내가 죽고나면 내가 들을 수 없는 추도사나 내가 맡을 수 없는 꽃향기, 내가 볼 수 없는 친구들에게 둘러쌓여 있기보다는 이것이 좋다고 생각했기 때문입니다.'
식이 끝나자 이렇게 말했습니다.
"아주 멋졌어. 기대했던 것보다 아주 멋졌어."

일본 후쿠오카의 마루다카 고가네 씨는 20여 명의 친구들을 초대하여 자기의 장례식을 가졌습니다. 스님 두 분이 독경을 하고, 완벽한 장례식이었습니다.
왜 이런 일을 하느냐고 묻자, 이렇게 답했습니다.
"내가 죽으면 친한 친구들은 내 장례식에 참석하겠지요. 나는 그 우정을 지금 보고 싶은 겁니다."
식이 끝나고 성대한 잔치가 벌어졌습니다.

'슬픔에 겨운' 문상객들은 먹고 마시고 즐겁게 놀았습니다.
고故 고가네 씨는 장례식을 만족스럽게 끝내고 말했습니다.
"지금부터 나는 나 자신을 잊고, 오직 사업에 열중하고, 세상을 위해
일을 할 겁니다."

4월 23일

희망은 인내의 꽃

자기 신뢰는 으뜸가는 성공의 비결이다. – 에머슨

요즘 우리나라 젊은이들은 너무나 어둡고 음울한 시간을 보내고 있습니다. 그들의 벅찬 희망에 가슴을 부풀리며 마음껏 일할 수 있는 직장이 그리 많지 않은 것이 현실입니다.

그러나 상기해 보기 바랍니다. 어느 시대에도 그 나름대로의 어려움은 있었습니다. 성공한 사람들 역시 가정의 고민, 건강상의 고민, 직업이 주는 어려움, 그 밖에 여러 가지 불면의 밤에 봉착해서 실패하고 패배하는 아픔도 겪어야 했으며, 그 고뇌의 밑바닥에서 자기 자신을 강하게 단련시키고 이겨냈음을 우리는 알고 있습니다.

우리 인간을 아름답고 깊이 있는 인격자로 육성하는 데는 시련 밖에 없습니다. 따라서 주위 환경이 나쁘고 나라의 경제와 정치가 잘못되어 있다고 비난만 힐 것이 아니라, 스스로 나쁜 환경 속으로 용감하게 뛰어들어 어디가 어떻게 잘못된 것인가를 파악해서 그 장애물을 제거하고 다시 시작하는 단계까지 끈기있게 매달리는 성실성과 노력을 가질 때 사회나 나라의 희망이 보입니다.

4월 24일

파랑새 증후군

생각하는 것이 인생의 소금이라면 희망과 꿈은 인생의 사랑이다. – 캐넌 리든

행복이라는 파랑새를 찾아서 오누이가 온갖 고초를 겪으며 헤매고 다녔습니다만, 결국은 돌아와보니 파랑새는 자기 집에 있었습니다. 이처럼 우리 주위에는 가까이에서 보람을 찾지 않고 다른 곳, 먼 곳, 더 멋진 곳을 찾아다니는 사람도 많습니다.

"나는 머리가 좋다."

"나 정도면 어디를 가든 실력을 인정 받는다."

"지금은 잠시 여기 있지만, 다른 곳에서 진짜로 인정 받을 날이 온다."고 스스로를 위대한 인간으로 그려놓고는, 자신의 그림에 홀려서 현실에 충실하지 않는 사람들 말씀입니다.

괴테는 말했습니다.

'인간은 노력하는 동안 방황하는 법'이라고 말입니다.

그러나, 때로는 명목은 그럴 듯하지만 실제로는 현실에 적응하지 못하고 현실을 도피하면서 표면으로는 그럴 듯한 애드벌룬을 띄우는 분들도 많은 것입니다. 이런 사람들이 가진 문제점을 '파랑새 증후군'이라고 부르기도 합니다

4월 25일

젊을 때 노력하지 않으면

눈물과 함께 빵을 먹는 자가 아니고는 인생의 맛을 알지 못한다. − 괴테

젊을 때는 세월의 **빠름**을 느끼지 못하다가 나이가 들어가면서 "이제까지 나는 무엇을 했던가?"하는 회한의 염念을 품는 분도 많습니다.

그래서 '소년은 늙기 쉽고, 학문은 이루기 어렵다(少年易老學難成 : 논어)'는 말씀이나,

'젊을 때 노력하지 않으면 늙어서 후회와 슬픔을 맛보리라(少年不努力老大徒傷悲 : 고문진보)'하는 말씀을 되새겨 보게 됩니다.

젊은 때의 노력은 나이 들어서 하는 노력보다 시간적으로도 유리할 뿐만 아니라 젊음 자체의 장점 때문에 성과도 빨리 나타나는 것이 보통입니다.

업종에 따라 다르겠습니다만, 흔히들 업적을 올릴 수 있는 나이는 스물 다섯 살에서 마흔 살까지라고 합니다.

"나는 대기만성형大器晩成形이야."

하지 마시고 자신의 장점을 살리면서 뚜렷한 목표와 끈기만 가진다면 성공은 바로 우리 것이 됩니다.

4월 26일

내일이 없다면

삶을 두려워하지 말라. 삶은 살만한 가치가 있는 것이라고 믿어라. 그 믿음이 가치 있는 삶을 만든다. - 로버트 슐러

"내일, 세계의 종말이 온다고 해도 나는 오늘 사과나무를 심겠다."고 한 스피노자의 말은 너무나 유명한 말입니다만, 내일이 아니라, 만일 오늘 세계의 종말이 온다고 하면, 우리는 지금 무엇을 해야 할까요.
'친구들과 술이나 실컷 마시겠다. 있는 돈을 전부 쇼핑하는 데 쓰겠다. 식구들과 맛있는 음식을 배불리 먹겠다. 애인을 만나겠다. 자선 사업을 하겠다. 기도를 하겠다. 마지막으로 효도를 하겠다….'
이 정도의 희망은 고사하고 너무 막막해서 정신 이상이 되는 사람도 있을 지 모르겠습니다.
흔히들 내일이면 어떻게 되겠지 하는 막연한 생각을 하면서 뒤로 미루는 일이 많습니다만, 내일이 없다고 생각하고 보면 뜻있는 일을 하겠다는 사람과 과소비와 퇴폐적인 일을 하겠다는 사람으로 나뉠 것입니다.
그리고 하고 싶었던 일을 어제까지 마치지 못한 사람은 통한의 눈물을 흘릴지도 모릅니다.
그래서 클라라는 사람은 이런 말을 했습니다.
"내일은 어떻게 되겠지… 하는 생각은 바보짓이다. 오늘조차도 너무 늦은 것이다. 어제까지 일을 끝낸 사람이 현명한 것이다."

4월 27일

삶의 향기

순풍에 돛을 단 것 같은 행복은 항상 위태롭다. 행운은 드문드문 찾아올 때가 더 안전하다. – 그리어슨

톨스토이가 길을 가고 있는데 거지가 나타나서 적선을 구했습니다.
톨스토이는 적선할 생각으로 호주머니를 뒤졌지만, 돈이 한 푼도 없었습니다.
난처해진 톨스토이가 말했습니다.
"형제요. 용서해 주게. 돈이 있었다면 정말 주었을 걸세."
거지는 얼굴에 미소를 띠우며 말했습니다.
"선생님은 벌써 많은 것을 주셨습니다. 저를 형제라고 불러주셨으니까요."

4월 28일

인생은 한낮의 꿈

운명에는 우연이 없다. 인간은 어떤 운명을 만나기 전에 벌써 제 스스로 그것을 만들고 있는 것이다. – 윌슨

어느 화창한 봄날, 장자莊子는 양지 바른 창가 작은 책상 앞에 앉아 있었는데, 어느 사이엔가 잠들어 있는 동안 자신이 나비가 되어 버렸습니다. 그러자 나비는 장자 자신이 되어 버리고, 장자가 나비가 되었다는 생각은 완전히 사라져버렸습니다.

그런 현상 속에서 얼마동안 시간이 지나서 눈을 뜨자, 그 나비는 어느 사이에 생전의 장자로 되돌아가 있었습니다. 비로소 깨달은 것이지만, 도대체 어찌된 일인가?

장자가 나비가 된 것일까요? 아니면 나비가 장자가 된 것일까요? 모두 꿈이라고 생각한 것일까요. 현실이라고 생각한 것이 꿈이었을까요? 아무래도 그 점을 알 수 없었습니다.

인간은 꿈을 꾸고 있는 동안 만큼 그 사실을 모릅니다. 그래서 꿈속에서, 또 한편으로는 그 꿈을 통해 길흉을 점치고 있습니다.

드디어 잠에서 깨어나자 그것이 꿈이었음을 깨닫게 되는 순간 인간모두에게는 비로소 이 세상이 하나의 큰 꿈이라는 사실을 깨닫게 됩니다.

4월 29일

한 권의 책

인생은 학교다. 그곳에서는 행복보다 불행 쪽이 더 좋은 교사이다. ─ 프리

복잡한 도시생활을 싫어하는 은자가 숲속에서 혼자 살고 있었습니다. 어느 날 친구가 찾아와 책 한 권을 선물로 주고 돌아갔습니다. 은자는 그 책을 책상 위에 놓아두었습니다.

그런데 어느 날 쥐가 그 책을 갉아먹기 시작했습니다. 은자는 쥐를 쫓아버리기 위해 고양이를 구해 왔습니다. 하지만 고양이를 키우기 위해서는 우유가 필요했습니다. 그래서 은자는 궁리 끝에 암소를 사육하기로 작정했습니다. 하지만 혼자서 암소를 키우기에는 너무 벅차서 하인을 구해야 했습니다. 한편 하인에게는 살 집이 필요했으므로 이번에는 집 한 채를 따로 지어 주었습니다.

얼마 후에 하인이 결혼을 하자, 아내와 아이들이 생겼고, 그 하인의 집안 가족과 친구들의 왕래가 이어지자, 한 채 두 채 집이 늘어가기 시작했습니다. 그로부터 10여 년의 세월이 흐르자, 적막하던 숲속에 아담한 마을이 생겨났습니다.

어느 날 은자는 산 아래의 마을을 굽어보다가 문득 지난날 세상으로부터 떨어진 자신의 생활이 떠올랐습니다. 그리고는 어쩌다가 이런 형편에까지 이르게 됐는지 생각해 보았습니다.

'한 권의 작은 책이 마을을 만들었구나!'

4월 30일

행 운

방황하는 하루가 인생이다. 시간이 언제나 당신을 기다리고 있다고 생각하지 말라. 하루에 전력을 다하지 못하면 보람이 없을 것이며 최후의 목표에도 도달하지 못할 것이다. - 괴테

어떤 거지가 다 낡은 지갑을 들고 다니며 구걸을 하고 있었습니다. 그는 자신의 신세를 한탄하면서 중얼거렸습니다.

"이 집 주인은 훌륭한 사업가로 오래 전에 큰 부자가 되었지. 거기서 멈췄다면 좋았을 것을, 그랬으면 여생을 편안히 보낼 수 있었을텐데… 그런데 그는 외국과 무역을 하기 위해 배를 만들어 바다로 나갔지. 더 많은 돈을 벌려고 말이야. 하지만 큰 폭풍에 배는 뒤집히고 그의 재산은 파도가 모두 삼켜버렸지. 그의 꿈은 모두 바닷속에 가라앉아 버렸어. 생과 사는 찰라의 순간과도 같지 않은가. 어째서 사람들은 온 세상을 얻을 때까지 만족할 줄을 몰라. 나 같으면 먹고 입을 것만 충분하다면 더 이상의 것은 바라지 않을 텐데."

그 순간 행운의 여신이 거지 앞에 나타났습니다. 여신이 거지에게 말했습니다.

"네 지갑을 열어라. 내가 금화를 부어주련다. 단, 지갑에서 떨어지는 것은 금화가 될 것이지만, 땅에 떨어지는 것은 돌이 될 것이다."

"아이구, 고맙습니다. 여신님!"

거지는 머리를 조아리며 황급히 지갑을 벌렸습니다.

"네 지갑은 너무 낡았으니, 꽉 채워서는 안 된다."

행운의 여신의 말이 끝남과 동시에 금화가 그의 지갑 안으로 쏟아졌습니다. 지갑은 무거워지기 시작했습니다.

"만족하느냐?"

"아직은요."

"저런, 지갑이 찢어지려 하지 않느냐?"

"아직 괜찮습니다."

거지의 손이 떨리기 시작했습니다.

"너는 이미 큰 부자가 되었다. 이봐! 지갑이 터지겠구나."

"조금만 더 주십쇼, 조금만 더!"

금화 몇 닢이 더 떨어지자, 그만 낡은 지갑은 찢어져 버렸습니다. 금화들은 거침없이 땅에 쏟아져 모두 돌이 되었습니다.

그러자 행운의 여신은 안타깝다는 듯 혀를 차면서 사라졌습니다. 거지는 찢어진 빈 지갑을 허탈한 모습으로 들고 서 있었습니다.

인생은 사람들의 말처럼
어둡기만 한 것은 아니랍니다.
아침에 내린 비는
화창한 오후를 선물하지요.

때로는 어두운 구름이 끼지만
모두 금방 지나간답니다.
소나기가 와서 장미가 핀다면
소나기 내리는 것을 슬퍼할 이유가 없지요.
인생의 즐거운 순간은 그리 길지 않습니다.
고마운 마음으로 그 시간을 즐기세요.

가끔 죽음이 끼어들어
제일 좋은 이를 데리고 간다 한들 어때요.
슬픔이 승리하여
희망을 짓누르는 것 같으면 또 어때요.

• 인생 | 샬롯 브론디 •

5월 1일

아이는 어른의 아버지

하나의 작은 꽃을 만드는 데도 오랜 세월의 노력이 필요하다. - 블레이크

영국의 시인 워즈워드의 싯귀에 '아이는 어른의 아버지'라는 것이 있습니다. 주객主客이 전도된 이 표현에 어리둥절한 느낌을 갖는 분도 많으시겠습니다만, 이 시의 해석에 대해서 의견이 분분한 것도 사실입니다.

어떤 분이 어떤 식으로 해석을 했던 간에 아이는 어른의 아버지가 될수 있고, 우리의 모든 미래가 걸려 있는 존재이기도 합니다.

아미엘의 글에 이런 것이 있습니다.

"어린 아이들의 존재는 땅 위에서 가장 빛나는 혜택이다. 죄악에 물들지 않은 어린애들의 생명체는 한없이 고귀한 것이다. 그래서 우리는 어린 아이들을 사랑하지 않을 수 없다. 우리는 어린 아이들을 통해 아름다움을 발견하고 행복을 느낄 수 있다. 어린 아이들 틈에서만우리는 이 지상에서 천국의 그림자를 엿볼 수 있는 것이다."

아이들은 무한한 가능성 그 자체입니다. 그 가능성을 실현할 수 있도록 그 아이들을 때로는 끌어주고, 때로는 밀어주고, 때로는 꾸짖고때리는 것이 우리의 일일지도 모릅니다. 우리는 그들을 무조건 귀여워만 해서는 안 됩니다. 우리는 고슴도치가 아니기 때문입니다.

5월 2일

어린 시절의 꿈

경험은 최고의 교사이다. 다만 수업료가 기나치게 비쌀 뿐이다. – 칼라일

'어린 시절의 추억은 귀중한 보물 창고'라고 시인 릴케는 말했습니다. 어린 시절에, 어떤 경험을 했고, 어떤 교육을 받았느냐가 그 사람의 일생을 좌우하는 일이 많습니다.

슐리만이라는 소년은 아홉 살 때 아버지로부터 고대 그리스의 트로이라는 도시가 땅 속에 묻혀 있다는 이야기를 들었습니다.

이 소년은 이 때부터 단지, 전설 속의 땅일지 모를 그 유적을 찾아보겠다는 결심을 하게 됩니다. 그러나, 부모님도 돌아가시고 병까지 얻게 되어서 좀처럼 자금이 마련되지 않았습니다. 여러 가지 직업을 전전하면서 유적 발굴을 위한 자금을 모았습니다.

그리고 틈만 나면, 역사나 고고학에 대한 공부를 했습니다. 드디어 마흔네 살이 되었을 때 발굴 작업에 착수합니다. 땅 속 7미터나 되는 곳에서 그 옛날의 성벽이 나타나기 시작했습니다.

어린 시절의 꿈이 유치한 소년의 꿈으로 그치지 않고, 역사상의 위대한 업적으로 이어지는 순간이었습니다. 어린이의 마음속에 꿈을 심어주고 사랑을 심어주는 일은 우리 어른들이 감당해야 할 의무입니다.

5월 3일

어머니의 마음

태어나는 것은 쉽지만 사람이 되는 것은 어렵다. – 필리핀 속담

어느 따뜻한 봄날, 아지랑이 속에서 봄꽃들이 저마다의 화려한 빛깔로 다투어 피었습니다. 마을에서는 화전놀이를 하느라고 아낙네들의 유쾌한 웃음소리가 햇살을 타고 멀리 늘녘으로 퍼져나갔습니다.

그때 늙은 어머니를 등에 업고 꽃구경을 나선 아들이 있었습니다. 새끼줄 같이 구불구불한 들길을 지나고 개울물을 조심스럽게 건너서 풀숲 우거진 산 속으로 들어섰습니다.

아들은 가벼운 숨만 몰아쉴 뿐 아무 말도 없었습니다. 힘겹게 등에 업힌 어머니는 걱정이 이만저만이 아니었습니다.

"애야, 미안하구나. 무거울 텐데 쉬어가자꾸나."

그러나 아들은 아무 대답도 하지 않았습니다.

깊은 숲길에 이르자, 어머니는 손에 잡히는 솔잎을 따서 조금씩 길에 뿌리면서 갔습니다. 이때 아들이 무거운 음성으로 말했습니다.

"어머님, 왜 자꾸 솔잎을 길에 뿌리십니까?"

"그건 말이다. 너 혼자 돌아갈 때 길을 잃어버리지 않을까 걱정이 되어서 그랬단다. 이제 고만 쉬었다가 가자."

순간 아들의 눈에 눈물이 고였습니다. 아들은 결국 깊은 산 속에 어머니를 버리지 못하고 발길을 돌렸습니다.

5월 4일

젊은 기백

때는 얻기 어렵지만 잃는 것은 쉽다. - 사마천

어느 유명한 노화가老畵家께서 딸보다 젊은 제자와 결혼을 해서 화제가 된 적이 있습니다.

일찍이 괴테도 일흔네(74)살의 나이에 열여덟(18)살의 처녀에게 구혼을 한 적이 있습니다만, 그 괴테가 "무언가 큰일을 성취하려고 한다면, 나이를 먹어도 청년이 되지 않으면 안 된다."고 한 말이 생각납니다.

「청춘」이란 시에서도 나이가 중요한 것이 아니라 마음의 자세가 중요하다고 했습니다. 우리는 때때로 '겉늙은이'라는지 '애늙은이'라는 말을 듣는 젊은이들을 주위에서 봅니다. 겉늙은이란 것은 나이보다 늙은 티가 나는 사람이고, 애늙은이란 것은 어린아이가 하는 짓이 늙은 티가 나는 경우입니다.

젊고, 발랄하고, 용기와 패기가 넘쳐야 할 나이에 무기력하고, 쓸데없이 점잖을 빼고 의욕도 열정도 없는 젊은이들. 쉬운 일, 편한 일, 깨끗한 일만 찾는 젊은이들, 어두운 곳에 앉아서 무사안일만을 추구하는 젊은이들, 그런 젊은이들은 이미 젊은이라고 부를 수 없을 정도로 늙어버린 것은 아닐런지요.

5월 5일

어느 고교 교사

인생보다 더 어려운 일은 없다. - 세네카

일생동안을 고등학교의 철학 교사로 재직하면서 수많은 엣세이를 남
긴 알랭이라는 사상가는 본명인 에밀 오귀스트 샤르티를 대신해 알
랭이라는 이름으로 널리 알려져 있습니다.

고등학교 때 쥴라뇨라는 철학 교사로부터 깊은 영향을 받아서 자기
도 철학 교사가 되기로 결심하고 고등사범학교로 진학하여 드디어
교사가 됩니다.

서른여덟 살 때 「르앙신보」라는 신문사의 집필 의뢰를 받아 프로포
(Propos: 어록) 형식의 짧은 에세이를 발표하면서 알랭(Alain)이라
는 필명을 쓰게 됩니다.

프로포 형식으로 된 3천 편 이상의 글과 철학 이외의 다양한 분야를
설립하여 많은 책을 썼습니다만, 특히 『인간론』・『행복론』・『교육론』
등이 유명합니다.

65세가 되어 정년 퇴임을 하자 소르본느 대학을 비롯한 유수의 대학
들이 초빙을 하려 했지만 고교 교사로 족하다고 거절을 했습니다.

일흔 아홉 살이 되던 해에 결혼을 하고 여든세 살에 세상을 떠났습니다.
인간에 대한 깊은 통찰과 사랑을 담은 그의 글과 끝까지 고등학교 교
사로 만족한 천직 의식이 새삼 돋보이는 인물이라 하겠습니다.

5월 6일

위대한 스승

인생은 교향악이다. 삶의 순간마다 다른 합창을 하고 있다. – 로망롤랑

헬렌 켈러를 위대하게 만든 것은 본인의 의지력과 노력 이외에 앤 설리번이라고 하는 헌신적인 스승의 공이 컸습니다.

앤 설리번도 태어날 때부터 눈이 아주 나빴습니다. 수술을 받고, 어느 정도 시력을 회복한 설리번은 눈이 불편한 사람을 위해서 일생을 바치기로 결심했습니다.

헬렌이 앤을 만나게 된 것은 큰 행운이었으며 희망 찬 운명이었습니다. 고집 세고 비뚤어진 헬렌 켈러를 가르치기란 거의 불가능해 보였습니다. 그러나 앤은 굴하지 않았습니다. 때리기까지 하면서 글자를 가르치고 말을 가르쳤습니다. 만일, 앤의 집념과 투지가 없었더라면 헬렌 켈러라는 인물은 없었을지도 모릅니다.

그 후 49년간을 스승과 제자로서, 때로는 친구로서 그들은 함께 살았습니다. 그런데 그들에게 불행이 닥쳐왔습니다.

앤의 눈이 다시 나빠져서 보이지 않게 된 것입니다. 이번에는 헬렌 켈러가 헌신적으로 스승을 돌보면서 어릴 때 배운 방식대로 힘과 용기를 돌려드렸습니다.

5월 7일

소중한 말

인간 생활이나 일생의 운명을 결정하는 것은 한 순간의 일이다. - 괴테

말 중에는 말 같지 않은 말이 있는가 하면, 천냥 빚을 갚을 만한 말도 있습니다.

인간관계를 좋게 하는 말 몇 가지를 음미해 봅시다.

여섯 마디로 된 가장 소중한 말

"저는 제가 잘못을 범했다는 것을 인정합니다."

다섯 마디로 된 가장 소중한 말

"당신은 일을 아주 멋지게 처리하셨습니다."

네 마디로 된 가장 소중한 말

"당신의 의견은 어떤 것입니까?"

세 마디로 된 가장 소중한 말

"제발 당신이 원하신다면…."

두 마디로 된 가장 소중한 말

"당신에게 감사합니다."

한 마디로 된 가장 소중한 말

"우리."

가장 중요하지 않은 말

"나."

'감사합니다'라는 말

인생이 끝나면 우리 모두는 빈 손으로 간다. – 중국 속담

한 바보가 있었습니다. 매사에 일 처리 능력이 없어서 주위 사람들로 부터 손가락질만 당했고, 일하는 곳마다 쫓겨났습니다.

이를 지켜본 어떤 지체 높은 사람이,

"이보게! 소용이 있고 없고는 따지지 말고 우선 큰소리로 '감사합니 다' 하면서 누구에게든 머리를 숙여보게. 그러면 모두들 즐거워 할 걸세. 그렇게 하면 자네 스스로도 빛이 날걸세. 어서 일터로 다시 가 보게."

지시 받은 대로 일터에 들어서면서 큰 소리로 말했습니다.

"감사합니다."

이에 모두들 박장대소하며 비웃었습니다.

"저 바보가 별짓을 다하는군."

하지만 바보는 주위에서 뭐라고 하건 만나는 사람마다 고개를 숙이 고 인사를 했습니다. 저녁 때는 퇴근하는 사람 모두에게. 아침에는 출근하는 사람 모두에게 인사말로 했습니다.

그런데 이상한 일이 벌어졌습니다. 드디어 한 사람, 두 사람 따라 하 더니, 전염이 되듯 모두가 따라 하기에 이르렀습니다.

그러자 일터가 밝아지고 손님들도 모두 좋아했습니다.

어느 날 주인이 부르더니 말했습니다.

"자네는 우리의 자랑스런 직원이다. 여기서 '감사합니다.'라는 인사만 하고 다니게, 평생 직원으로 채용할 테니까."

5월 9일

좋은 아침

계단을 밟아야 계단 위에 올라설 수 있다. – 터키 속담

아침에 뇌의 활동을 상쾌하게 해주면 몸도 마음도 상쾌해집니다. 그래서 아침에 뇌의 상태를 알파(α)상태로 만드는 법을 소개해 드리도록 하겠습니다.

1. 눈을 뜨면, 크게 기지개를 킨다. 심호흡을 한다. 마음속으로 "아~, 기분 좋다."고 중얼거린다. 이렇게 하면 '만족 호르몬'이라는 것이 생성되어서 약10초 동안에 온몸으로 퍼져 나간다.

2. 다시 기지개를 킨다. 심호흡을 한다. "아~, 잘 잤다." 하고 중얼거린다. 이렇게 하면 만족 물질이 몸 속을 돌고 있으므로 힘이 솟는다. 만일 불면증이나 수면시간이 부족한 경우는 이런 암시가 더욱 필요하다.

3. 세수를 할 때 거울을 보고 빙긋이 웃는다. "좋아, 오늘도 열심히 뛰자." 하고 중얼거린다. 세수를 끝내고도 빙긋이 웃으며, "힘을 내자." 하고 말해 본다.

4. 출근길에서도 앞의 1.2.3의 내용을 마음속으로 확인한다.

5. 아침 인사를 힘차게 한다.

이러한 습관을 몸에 붙이면 생활 자체가 달라지고 인생이 달라진다고 합니다.

5월 10일

하루가 모이면

기쁨이 없는 인생은 빛이 없는 등불과 같다. — W. 스코트

'티끌 모아 태산' 이라는 속담은 재물을 비롯한 물질적인 것만이 아니라 생활 습관에 대해서도 말할 수 있습니다.

그래서 하루하루의 좋은 행농이 모이면 좋은 습관이 되고, 좋은 습관은 성공적인 인생을 만듭니다.

'매일의 행위가 운명을 만든다'는 말도 있습니다만, 매일 조깅을 해서 건강을 유지하는 것도 좋은 예이고, 매일 조금씩 외국어를 공부해서 유창하게 회화를 할 수 있게 되는 것도 마찬가지입니다.

이처럼 우리의 사회생활에는 작은 듯 보이면서도 조금씩 쌓여서 큰 업적이 되는 것이 많습니다.

우리가 하는 하루하루의 아침 조회도 귀찮다거나 하찮은 일로 생각하는 분이 계실지 모르겠습니다만, 조깅이나 외국어 공부에 못지 않게 하루를 뜻있게 시작하게 하는 귀중한 시간입니다.

'구르는 돌은 이끼가 끼지 않고 흐르는 물이 썩지 않는다.'고 했습니다. 꾸준히 계속하고 반복하면 자신이 붙고 힘이 솟아납니다. 꾸준히 운동을 하면 근육이 붙고 기량이 느는 것처럼 말입니다.

내일이라는 마취제

사랑이 없는 청춘, 지혜가 없는 노년, 이 모두는 실패한 인생이다.
– 스웨덴 속담

'내일 백마를 탄 왕자가 나를 모셔 가리라.' 하고 눈부신 내일을 몽상
하는 여자들의 심리를 신데렐라 증후군(신드름)이라고 합니다만, 이
는 누구에게나 조금씩 가지고 있는 인간의 약점이 아닐까 합니다.

그러나 그런 몽상 때문에 '오늘도 이 정도로만 하고, 내일부터는 열
심히 하겠다.'고 생각하는 사람도 적지 않습니다.

그것은 내일부터 잘 하겠다는 결심이 아니라, 지금은 안 하겠다는 마
취제이며, 이런 마음가짐으로는 영원히 자기를 변혁할 수는 없습니
다. 오늘 할 일을 내일로 미루면 때로는 영원히 이루지 못할 때도 있
습니다.

세계 제2차대전 때 사막의 여우로 칭송 받던 독일의 롬멜 장군은 1차
대전 때에는 한낱 위관급 장교에 불과했습니다.

그가 이탈리아 북부 전선에 배속되어 전투가 시작되던 날, 그는 설사
와 복통으로 전투에 나설 형편이 아니었습니다만, 과감하게 출전하
여 그로부터 몇 달간 눈부신 전공을 세웠습니다. 아시다시피 전투란
내일로 미룰 수 없기 때문입니다.

멀리, 그리고 넓게

내일은 시련에 대응하는 새로운 힘을 가져다 줄 것이다. - C. 힐티

중남미 대륙에는 눈이 네 개가 있는 물고기가 있다고 합니다.

이 물고기는 물의 수면을 따라 헤엄을 치면서 위에 있는 두 눈은 물 위를 보고 아래에 있는 두 눈은 물밑을 본다는 것입니다. 신기하게도 눈이 이중 초점으로 되어 있어서 동시에 아래 위를 본다는 것이지요. 야누스라는 신은 앞과 뒤에 눈에 있어서 과거와 미래를 본다고 합니다만, 물고기의 눈은 보통 180도를 볼 수 있기 때문에 이 '네눈박이' 물고기는 아래 위를 동시에 보는 360도의 렌즈를 갖고 있는 셈입니다. 하늘에서 내려다 본 그림은 새가 바라본 그림이라고 해서 조감도鳥瞰 圖라고 부르고 물속에서 올려다본 그림은 물고기 눈으로 본 그림이라 고 해서 어안도魚眼圖라고 부릅니다만, 이 물고기는 두 가지의 어안도 를 볼 수 있는 셈이라고 할까요.

「갈매기의 꿈」이라는 책을 보면, '높이 나는 새가 멀리 본다.'는 말이 나옵니다. 새의 눈과 이 네눈박이의 눈과 야누스의 눈을 가질 수만 있다면, 눈이 열 개나 되는군요. 그건 이미 사람이라고 부르기엔 너 무 괴상한 모습이 되는 건가요?

5월 13일

산을 오르게 하는 것

사랑에서 야망으로 옮겨가는 사람은 많으나 야망에서 사랑으로 돌아오는 사람은 드물다. - 라로시 푸코

미국의 철학자 존 듀이가 90세가 되던 해 젊은 학자와 나눈 이야기에 이런 것이 있습니다. 그 젊은 학자는 철학을 업신여기는 듯이 불쑥 이런 말을 했습니다.

"그 따위 말장난이 뭐가 좋단 말입니까? 도대체, 그게 무슨 소용이 있지요?"

그러자 노철학자는 조용히 말했습니다.

"그건 말일세, 우리가 산을 오르게 하니까 좋은 걸세."

"산을 오르다니요? 그게 무슨 소용이 있단 말입니까?"

젊은이는 불평하듯 말했습니다. 그러자 존 듀이는 젊은이의 무릎에 손을 가볍게 얹으며 말했습니다.

"산을 오르면 올라가야 할 다른 산이 있다는 것을 알게 되지. 그래서 내려와서는 다음 산을 오르게 되고 다시 올라가야 할 또 다른 산이 있다는 걸 알게 되지. 만일 자네가 올라가야 할 산을 보려고 계속해서 산을 오르지 않는다면, 이미 인생은 끝이라네."

이 비유가 등산 이야기가 아니라는 것을 아셨겠지만 계속해서 오르고, 계속해서 정복하고, 끝없는 도전과 노력이 곧 인생이라는 걸 설명한 것이었습니다.

5월 14일

학습고원

인생은 학교다. 그 곳에서는 불행 쪽이 더 좋은 교사다. - 프리체

높은 곳에 평원처럼 계속되는 넓은 땅을 고원高原이라고 부릅니다. 고도가 상승하다가 어느 곳에서 평지가 되는 것입니다. 높은 산이 저기 보이는데 평지가 나타나는 것입니다.

공부를 하거나 어떤 기예技藝를 닦을 때, 처음 얼마동안은 실력이 쑥쑥 늘다가 일정 수준이 되면서 답보상태에 빠져 진보하지 않는 경우가 있습니다. 새로 시작한 어학 공부나 운동, 바둑, 장기 등에서도 볼 수 있는 현상입니다.

이런 상태를 심리학에서는 '플라토(Plateau) 고원현상'이라고도 부릅니다. 다른 말로는 학습고원, 연습고원이라고도 합니다. 이것은 어떤 단계에서 다음 단계로 가기 위한 발판으로 간주되고 있습니다.

어떤 사람은 이 단계에서 실망하거나 낙담해서 '나는 머리가 나빠', '나는 소질이 없어.' 하는 식으로 포기하기도 합니다.

한때는 모든 공부나 연습에는 이런 현상이 나타나는 것으로 믿었지만, 지금은 보편적 현상이 아니라 학습의 종류, 연습 방법, 태도 등에 따라 전혀 나타나지 않을 수도 있다는 점이 밝혀졌습니다.

또한 학습고원의 존속 기간에도 차이가 있음을 밝혀냈습니다. 일시적인 권태, 피로감이나 흥미의 상실도 슬럼프를 만드는 원인일 수 있다는 것입니다.

고원이라는 말에서 보듯이 어쨌든 일정 수준의 높이에 있는 상태입니다. 중지하면 그 상태에서 머물 것이고, 묵묵히 그 상태에서 계속해서 걸어가면 고원의 평지도 끝이 납니다.

고원을 건너 더 높은 곳에 도전하면 정상이 가까워집니다.

5월 15일

하찮은 일

남을 위해서 사는 것은 쉽다. 누구나 하고 있는 일이기 때문이다. - 에머슨

자기 일에 불만이 많은 대부분의 사람들은
"자신의 희망이 받아들여지지 않았다."
"자신의 실력은 무시하고 하찮은 일만 시킨다."
"업무가 자신에게 맞지 않는다."라고 생각하는 경향이 많다고 합니다.
모든 면에서 만족한 직장, 그런 이상적인 직장은 아무 데도 없을 지
모릅니다. 마치 결혼과 같아서 처음부터 완전한 상대는 없고 결혼 생
활을 통하여 서로 참고 노력하는 동안에 완전해지는 것처럼 자기와
직장과의 관계도 인내심과 이해심이 필요합니다.
한때는 일부러 어려운 일을 시키거나 하찮은 일을 시켜서 인간을 강
하게 키우는 회사도 많았습니다. 마치 사자가 어린 새끼를 벼랑에서
떨어뜨리는 것처럼 말입니다.
"나는 대단한 사람인데, 이런 일을 시키다니!" 하는 오만함이나 수치
심을 가져서는 안 되겠습니다.
지금, 여기 주어진 일에만 구애되지 말고 큰 조직 속의 일원으로서
더 큰 일을 배우기 위해서는 작은 일도 열심히 하겠다는 의욕과 패기
를 가져야 합니다.

5월 16일

열 의

사랑하라. 인생에서 가장 좋은 것은 그것뿐이다. – 조르쥬 상드

러시아의 유명한 작가 고르키가 한 말에 이런 것이 있습니다.

"일이 즐거우면, 인생은 낙원이다. 일이 의무라면 인생은 지옥이다."

미국 뉴욕 시의 어느 허름한 사무실 구석에서 "무엇인가, 내가 할 수 있는 일은 없을까?" 하고 항상 눈을 번득이는 사환 소년이 있었습니다. 출납계원이 바쁘게 계산을 하고 있으면 "계산을 저에게도 시켜주십시오." 하고 자청을 했고 잔심부름도 기꺼이 자진해서 했습니다.

매우 감동한 회계사는 틈이 날 때마다 부기簿記나 회계의 원리를 가르쳤고, 그렇게 1년 정도가 지나자 소년은 출납대리를 맡아볼 정도가 되었습니다.

그 회계사가 다른 자리로 옮기게 되자, 그 사환을 후임자로 추천했습니다. 이 사환은 훗날 뉴저지 스탠다드 석유회사의 사장이 된 베드포드 씨입니다.

일에 대한 욕망과 열의를 가지려면, 어떻게 해야 할까요. 우선 자진해서 관심과 호기심, 흥미와 애착심을 가져야 합니다. 무관심한 일, 애착심이 없는 일에 열의가 생길 리가 없기 때문입니다. 그리고 그 관심과 애착심이 행동으로 나타나야 합니다.

5월 17일

용 기

비난은 사람이 유명하게 되었을 때 바치는 세금이다. ─ I. 스위프트

『나는 고양이』라는 작품으로 유명한 일본의 소설가이자, 영문학자인 나츠메 소세키 교수의 대학 강의시간에 일어난 일입니다. 한창 강의에 열중하고 있는데 한 학생이 주머니에 손을 넣은 채 수업을 듣고 있는 모습을 발견하였습니다.

"이봐, 자네의 수업 태도가 왜 그런가? 자세를 바르게 해!"

나츠메 교수는 화난 음성으로 말했습니다. 그러나 상대 학생은 얼굴을 붉힌 채 고개를 숙였습니다. 그러면서 학생이 팔을 빼지 않자, 나츠메는 학생에게 다가가 다시 큰 목소리로 질타했습니다.

"자네는 내 말이 안 들리나? 왜 팔을 빼지 않는가?"

순간 학생의 얼굴은 일그러졌고 더욱 고개를 떨구었습니다.

그때 옆자리의 앉은 학생이 말했습니다.

"교수님, 그 애는 한쪽 팔이 없습니다."

나츠메는 깜짝 놀라며 그 학생을 잠시 농안 바라보았습니다.

짧은 침묵이 흐른 후 나츠메가 입을 열었습니다.

"내가 실수를 했군. 하지만 교수인 나도 부족한 지식을 가지고 수업을 하고 있는 중일세. 그러니 자네도 부족한 한쪽 팔을 당당히 드러내고 수업을 받지 않겠나?"

5월 18일

상처와 영광

명예는 밖으로 나타난 양심이며, 양심은 내부에 있는 명예다. - 쇼펜하우어

수리부엉이 한 마리가 날개에 큰 상처를 입고 신음하고 있었습니다.
"아아! 난 너무 큰 상처를 입어서 날기는커녕 살지도 못할 거야. 온갖
새들이 모두 나를 비웃는 것만 같아. 너무 암담해."
수리부엉이는 슬픔에 빠져 죽음만을 생각하게 되었습니다.
바위산 꼭대기 둥지에서 식음을 잃고 움츠리고 있는 수리부엉이에게
새들의 왕인 독수리가 날아왔습니다.
"이봐, 어디가 아픈가?"
독수리가 위엄있게 물었습니다.
"제 몸에 난 상처를 보면 모르시겠어요. 모두들 나를 깔보고 있어요.
저 바위 틈의 들쥐까지 장난을 쳐요. 정말 죽고 싶어요."
수리부엉이는 다 죽어가는 소리로 대답했습니다.
그러자 독수리는 자신의 날개를 힘껏 펼치며 말했습니다.
"내 몸을 자세히 보아라. 지금 난 새들의 왕이 되었지만, 너보다 더
많은 상처를 입으며 살아왔다."
정말 독수리의 몸 이곳저곳에는 수많은 상처 자국이 있었습니다. 다
른 독수리로부터 공격 받은 상처, 들짐승에게 물린 상처, 사람들의
사냥총에 의한 상처가 여기저기 훈장처럼 나 있었습니다.

"이렇게 많은 상처를 입으며 왕이 되셨군요."
수리부엉이가 감탄하자, 왕 독수리는 위엄을 더하며 말했습니다.
"이 세상에 상처가 없는 새는 없다. 그 상처를 딛고 굳건히 일어서야
만 자신의 참다운 모습을 발견하느니라."

5월 19일

자존심

어려운 점은 사랑의 기술이 아니라 사랑을 받는 기술이다. - 도테

J · 콜린즈라는 영국의 교육가는 '자존심은 미덕이 아니지만, 그것은 많은 미덕의 부모이다.'라고 했습니다.

훌륭한 사람, 성공한 사람, 위인들은 굳건한 자존심을 바탕으로 해서 많은 업적을 남기고 있습니다. 반대로 범죄자, 실패와 변명에 급급한 사람, 사회에 있으나마나 한 사람들은 자존심이 없습니다.

자존심은 건강하고 활기찬 사회의 기초입니다. 그럼에도 불구하고 많은 상사들은 부하들의 자존심을 무참히 유린하는 말을 함부로 합니다.

"이래 가지고, 어떻게 관리자라고 하겠어? 그만두시오."

이런 상사일수록 자기 나름의 해결 방안이나 식견이 없는 경우가 많습니다.

회사를 그만두는 요인의 60퍼센트 이상이 상사와의 충돌이라고 합니다. 그 충돌의 대부분이 자존심과 관련된 것이라고 추측됩니다.

'용장勇將 밑에 약졸弱卒 없다.'고 합니다. 아랫사람의 잘못된 점이나 과오는 상사의 것일 수도 있습니다.

이러한 점에 착안해서 부하를 지도한다면 감정에 치우쳐 충돌을 일삼는 것보다 한결 성과가 오를 것입니다.

5월 20일

낙관과 비관

건강한 육체는 영혼의 객실이요, 병약한 육체는 그 감방이다. - O. 와일드

풍자가이며 유명한 극작가였던 버나드 쇼오와 미국의 유명한 발레리나 이사도라 던컨과의 사이에 이런 대화가 있었습니다.

이사도라 : "저처럼 아름다운 몸매에다가 당신처럼 머리가 좋은 아이가 태어난다면 얼마나 멋질까요."

버나드 : "저와 같이 빈약한 육체와 당신 같이 우매한 머리를 가진 아이가 태어난다면 얼마나 불행한 일이겠습니까?"

『범인凡人과 초인超人』이라는 책으로 유명한 버나드 쇼오는 영국 연극에 큰 영향을 끼친 것으로 유명한 천재 극작가였고, 이사도라 던컨은 20세기의 무용에 혁신을 일으킨 발레리나로서 '맨발의 이사도라'라는 별명으로 유명했습니다만, 만일 이 두 사람이 맺어졌다면 과연 어떤 결과가 되었을 지 궁금합니다.

우생학적으로 본다면 이사도라의 말이 옳았을지도 모르겠습니다만, 버나드 쇼오가 비꼬는 바람에 판이 깨져버린 셈입니다.

세상은 낙관적인 것도 비관적인 것도 아닐지도 모릅니다. 다만, 우리는 낙관적으로만 보아도 인생을 다 볼 수 없는 짧은 인생을 살고 있다는 점이 유감이라고 할까요.

5월 21일

자기 혁신

말할 때를 아는 사람은 침묵해야 할 때를 안다. – 아르키메데스

성적이 좀처럼 오르지 않는 학생이 있었습니다. 마음을 가다듬고 공부에 집중하려 했지만, 잡념이 생기고 쉽게 졸음이 와서 모처럼의 각오도 깨져 버리고 결심한 것을 제대로 행하지 못한다는 죄책감 때문에 성격마저 우울해지곤 하는 것이었습니다.

그 학생은 막연한 각오가 아니라 자기의 결점이 무엇인지 무엇부터 고쳐야 할까를 생각해 보았습니다. 문득 깨닫는 것이 있었습니다. 엎드려서 공부하던 습관을 버리고, 반듯이 책상에 앉아서 "자, 하자!" 하는 기합을 넣고나서 시작하기로 했습니다.

그 후로 몰라보게 달라져서 자신감이 붙고 활달한 성격을 되찾았다고 합니다.

스위스의 문학자 겸 철학자였던 아미엘이 남긴 「일기」를 보면 다음과 같은 유명한 말이 나옵니다.

마음이 변하면, 태도가 변한다.

태도가 변하면, 습관이 변한다.

습관이 변하면, 인격이 변한다.

인격이 변하면, 인생이 변한다.

자기 혁신이란 곧 마음에서 시작됩니다. 마음이 변하면, 인생이 변하는 것입니다.

5월 22일

칭찬의 명수

열매를 얻으려는 자는 과일나무에 올라가야 한다. - T. 플러

위에 있는 사람은 항상 인재를 양성하겠다는 생각을 하지 않으면 안 됩니다.

어떤 프로 야구팀 감독의 말에 의하면 실력을 발휘하게 하는 방법 중에 칭찬이 가장 효과가 있었다고 합니다.

"자네는 콘트롤이 나쁘군. 공은 빠른데."라고 말하는 것과 "훌륭해, 강속구를 가지고 있군. 거기에 콘트롤만 있으면 되겠어."라고 말하는 것과는 결과가 전혀 다르다는 것입니다.

먼저 장점을 칭찬하고, 다음에 단점을 고치도록 하면 연습에 임하는 태도가 벌써 달라진다는 것입니다. 이와 반대로 먼저 결점을 지적하면 자신을 잃어 공의 속도마저 떨어지고 만다는 것입니다.

그러나 칭찬만으로 사람을 키울 수는 없습니다. 때로는 질책도 필요합니다. 이때 '화'를 내지 말고 오로지 상대를 위해서 꾸짖어도 상대는 반드시 알아듣고 이해합니다.

인간은 아무리 나이가 들어도 칭찬 받는 것만큼 힘이 되는 것은 없습니다. 칭찬과 꾸짖음을 적절히 사용하면 우수한 인재가 저절로 태어납니다.

5월 23일

커피, 한 잔의 프로 의식

번영은 친구를 만들고 역경은 친구를 시험한다. - 시루스

L씨가 출장지에서 돌아올 때 경험한 일입니다. 시간이 좀 남아서 들렀던 어느 역 근처에 있는 다방 이야기입니다.

커피를 주문하자, "좀, 기다리셔도 괜찮으실런지요?" 하고 카운터 너머에서 중년 남자의 목소리가 들려왔다고 합니다. 그 이유를 묻자, "이 지방의 물은 커피콩을 넣고 하루를 재웠다가 사용하면 가장 맛있게 되는데, 마침 준비한 것이 떨어져서 잠시 기다리지 않으면 커피를 마실 수 없다."는 대답이더라는 것입니다.

L씨는 별로 시간이 없었으므로 다른 음료수를 주문했지만, 나중에 온 사람이 기다리고 있는 모습을 보고는 "다음에 꼭, 다시 한 번 와봐야지." 하고 생각했다는 것입니다.

여행자인 줄을 알면 맛이 좀 떨어져도 내놓고 파는 인심이 역전상법驛前商法이겠습니다만, 조금이라도 맛있는 커피를 맛보게 해 드리겠다는 그 마음 씀씀이와 자부심이 놀라왔다는 것입니다.

단골 고객이나 처음 들린 고객이나 구별없이 항상 최고의 서비스로 대하는 자세 그것이 바로 프로의 서비스라고 하겠습니다.

5월 24일

거미식, 꿀벌식

노력이 적으면 얻는 것도 적다. 인간의 재산은 그의 노고에 달렸다. – 헤리크

거미는 그물을 쳐놓고 기다리다가 먹이가 걸리면 잡아먹습니다. 그래서 길목이 중요합니다. 먹이가 걸리지 않으면 다른 곳으로 옮겨서 집을 지어야 합니다.

꿀벌은 여러 곳을 돌아다니며 먹이를 모읍니다. 판매용어로 말하면, 거미는 '끌어들이기식(Pull)'이고, 꿀벌은 '밀어붙이기식(Push)'이라고 할 수 있습니다.

상품이 특수하거나 입지 조건이 좋으면 거미처럼 가만히 앉아서 오는 손님을 기다리면 됩니다. 그러나 그처럼 행복한 경우는 드뭅니다. 또 손님이 적다고 해서 쉽사리 점포나 업체를 옮길 수도 없습니다.

벌이 꿀 1리터를 모으려면, 약 4천만 번이나 날아 다녀야 합니다. 집에서 꽃으로, 꽃에서 꽃으로, 꽃에서 다시 집으로 쉴 사이없이 날아다니는 이유가 바로 거기에 있는 것입니다.

그러다가 어떤 때는 거미집에 걸려서 거미 밥이 되기도 합니다만, 꿀벌은 불경기 탓을 하지 않고 꽃을 찾아다닙니다.

거미가 소극적 정태적情態的이라면 꿀벌은 적극적, 동태적動態的이라는 데에 큰 차이가 있습니다.

자, 우리는 어느 쪽을 택해야 할까요.

5월 25일

변화 기피증

사랑할 때는 꿈을 꾸지만 결혼을 하면 잠을 깬다. – 포드

육체적으로 성장해서 어른이 되었지만 정신적으로는 아직 어린애의 단계에 머물러 있는 사람을 가리켜 '수염 난 어린애'라고 부르기도 합니다.

이와는 반대로 나이나 몸은 어린애지만, 정신 연령은 어른을 뺨치는 경우를 '애늙은이'라고 부릅니다.

권터 그라스라는 독일 작가가 쓴 『양철 북』이라는 소설에 나오는 오스카라는 주인공은 세 살이 되는 생일날 더 이상 성장하고 싶지 않다고 생각하여 계단에서 일부러 굴러 떨어져서 뇌를 다치고 맙니다.

그 이후로 성장이 중지되어 나이는 먹어가면서도 어린애 취급을 받으면서 역사의 격동기(제1차대전, 나찌 독일의 제2차대전, 소련군의 진주 등)를 '애늙은이'로서 살아갑니다.

그 후 스무 살이 되던 해에 뒤통수에 돌을 맞은 충격으로 다시 성장이 계속됩니다만, 오늘날에도 변화가 두려운 사람, 성장이 두려운 사람은 엄마의 치마폭에 싸여서 어리광을 부리며 응석꾸러기로 살고 싶을지도 모릅니다.

오스카처럼 뒤통수에 돌을 맞고서야 성장을 계속한다면 아마도 너무 늦어질지도 모릅니다.

5월 26일

제3의 공간

행복의 한쪽 문이 닫히면 다른 쪽 불행의 문이 열린다. - H. 켈러

우리는 대부분 가정과 직장이라는 두 개의 공간을 가지고 있습니다. 학생의 경우에는 물론 학교가 제2의 공간이 됩니다.

제1의 공간인 가정은 건강과 휴식을 주는 장소이고, 세2의 공간인 직장은 일을 하는 장소입니다. 이 두 개의 공간은 우리의 '생존'과 직결되는 장소입니다만, 우리 인간에게는 생존과 관계 없는 공간도 필요하다고 합니다.

우리는 흔히 열심히 일하는 모습을 가리켜 '개미처럼 일한다.'고 합니다만, 학자들이 연구한 것을 보면 부지런히 일만 하는 것처럼 보이는 개미들이 사실은 하루의 3분의 2는 놀고 있었다고 합니다. 놀 때는 먹을 것이 있어도 쳐다보지도 않고 아무 목적없이 어슬렁거리며 돌아다닌다는 것입니다.

작은 상자에 넣어서 놀지 못하게 했더니 방향 감각을 잃어서 우왕좌왕하면서 집을 찾지 못했다고 합니다.

이처럼 생존과 관계 없는 '놀이'의 공간을 가진 사람이 그렇지 못한 사람보다 환경 적응 능력이 뛰어나다는 주장입니다.

어쨌든 이러한 제3의 공간을 갖는다는 것은 인생을 윤택하게 하고 두뇌의 활동력을 재창조해 주기도 합니다.

5월 27일

적응과 도전

아무리 위대한 일도 열심히 하지 않고 성공한 예는 없다. – 에머슨

우리는 학창 시절에 '적자생존'이란 말과 '자연도태'라는 말을 배웠습니다.

적자생존이란, 환경에 적응하면 살아남는다는 말이고 자연도태란, 환경에 적응하지 못하면 도태된다는 뜻입니다.

동식물의 적응 능력은 거의가 본능에 기인한다는 것이지만, 인간의 경우는 본능만이 아니라 의지에 기인하는 것이 많습니다.

즉, 우리 인간은 쉽고 편한 쪽으로 갈 수가 있는 반면 보다 어려운 상황으로 도전할 수도 있는 존재입니다.

인간의 능력은 쉽고 편한 쪽을 택했을 때보다 혹독한 상황에 도전하는 때에 개발되는 일이 많습니다. 역경을 만나도, 거기에 적극적으로 대처하다 보면 어느 새 역경에 익숙해지고 처음의 고통이 어느덧 즐거움으로 변하는 것입니다.

인간의 능력을 최대한 살리기 위해서는 항상 새로운 상황에 도전하고, 정면으로 부딪혀 가는 자세를 갖도록 해야 하겠습니다.

5월 28일

슬럼프

인내는 온갖 고통에 대한 최상의 치료다. - 플라우트스

한때는 크게 실력을 발휘하던 사람이 어떤 이유로 슬럼프에 빠져서 무력감, 좌절감, 허탈감으로 괴로워하는 경우를 봅니다.

'내 자신이 이렇게 무력하고 형편 없는 사람이었던가!' 하는 생각으로 실의에 빠져서 더운 깊은 수렁으로 빠지기도 합니다.

『대지大地』라는 소설로 노벨상을 받은 미국의 여류작가 펄 벅은 이런 말을 했습니다.

"자기 스스로 무력하다고 생각하지만 않는다면 인간은 누구나 결코 무력한 것은 아니다."

사람은 누구나 한때에 가정도, 직장도 싫어지면서 능률도 오르지 않고 슬럼프에 빠지기도 합니다만, 어떻게 극복하고, 어떻게 재기하느냐가 중요합니다.

옆에 있는 누군가가 슬럼프에 빠져 있으면 끌어주고 격려해 주면서 도와줄 필요가 있습니다.

스스로 슬럼프에 빠진 듯한 느낌이 들 때면 스스로 극복하거나 누군가에게 도움을 청해서라도 그 늪에서 빠져 나와야 합니다.

펄 벅의 말대로 '스스로 무력하다고 생각하지 않는 것'이 중요하기 때문입니다.

5월 29일

희 생

굴러가는 돌에는 이끼가 끼지 않는다. – 헤이우드

암탉 한 마리와 돼지 한 마리가 함께 길을 가고 있었습니다.

그때 어떤 사람이 "가난한 사람을 도웁시다. 가난한 사람을 도웁시다."하고 사람들 앞에 서서 외치고 있었습니다.

암탉이 잠시 생각에 잠기더니, 돼지를 보면서 "좋은 방법이 있어. 우리 '햄 앤드 에그'를 만들어 주자."고 하는 것이었습니다.

햄 앤드 에그란 돼지고기로 만든 햄과 계란 부친 것을 말합니다만, 햄을 만들려면 돼지는 죽어야 할 형편이고 닭은 계란 한 개만 낳으면 되는 셈입니다.

돼지가 부루퉁해서 말했습니다.

"너는 계란 한 알이면 되고, 나는 내 온몸을 바쳐야 한단 말이냐?"

쉽게 말씀드리면, 닭은 살짝 빠져 나가고 돼지를 희생양, 아니 희생돼지로 바치고 자기만 생색을 내겠다는 것이었습니다.

희생이나 자선이란, 인간을 사랑하고 사회를 사랑하는 마음으로 자기 자신은 손해를 보면서도 기쁨을 느낄 수 있을 때에 뜻이 있다고 하겠습니다.

5월 30일

관용의 눈

큰 결점을 갖는다는 것은 오직 위대한 사람만의 특권이다. – 라로쉬프크

어느 시골 성당에 신부를 돕는 어린 소년이 있었습니다. 어느 날 성찬용 포도주를 옮기다가 실수로 포도주 담은 그릇을 떨어뜨리고 말았습니다. 순간 화가 난 신부가 소년의 뺨을 때리면서 외쳤습니다.

"빨리 꺼지지 못해! 그까짓 일조차 제대로 못하는 녀석, 다시는 제단 앞에 얼씬거리지도 마라."

그 후로 소년은 평생 동안 성당에 나오는 일이 없었습니다. 훗날 무신론자가 되어 공산국가의 대통령이 되었습니다. 그가 바로 유고슬로비아의 티토 대통령입니다.

다른 성당에도 똑같은 심부름을 하는 소년이 있었습니다. 그도 역시 실수로 성찬용 포도주를 땅바닥에 쏟게 되었지만, 신부는 부드러운 눈빛으로 소년을 바라보며 이렇게 말했습니다.

"너무 걱정하지 말렴. 넌 앞으로 훌륭한 신부가 될 거다. 나도 너처럼 어렸을 때 실수로 포도주를 쏟은 적이 있단다. 그런데 지금은 이렇게 신부가 되어 있잖니?"

그 후 어린 소년은 자라서 훌륭한 신부가 되었습니다. 그가 바로 유명한 풀톤 대주교였습니다.

5월 31일

독창성을 기르는 법

우리가 길이라고 부르는 것은 망설임에 불과하다. - 카프카

독창성이란 예술가나 학자에게만 필요한 것이 아니라, 어떤 분야에서나 앞서 가려는 사람에게는 필수적인 조건이라고 할 수 있습니다. 독창성을 기르는 법을 소개해 보겠습니다.

1. 우선 머리를 비워서 고정관념을 없앨 것. 마음을 비운 상태로 무엇이건 있는 그대로 받아들인다.
2. 왜, 어떻게, 그렇게 되느냐에 대하여 현상을 부정하고 반문해 본다.
3. 자기 자신을 객관적으로 바라보는 눈을 가진다.
4. 자기의 목표를 항상 확인하면서 끈기있게 밀고 나간다.
5. 자유분방한 마음가짐을 갖는다.
6. 시대의 흐름에 눈을 떼지 말고 미래의 흐름을 읽으려고 노력한다.
7. 신문을 비롯하여 다양한 정보 흡수에 힘을 쏟되 다양한 정보를 얻어야 하고, 정보의 발신지를 찾아서 현장 확인을 하도록 한다.
8. 소설이나 예술 분야의 정보를 풍부히 하여 영감이나 힌트를 얻을 수 있는 문호를 넓게 한다.
9. 사람과의 만남의 폭을 넓게 하되 동업자나 직장 동료 이외의 사람에게까지 폭을 넓힌다.

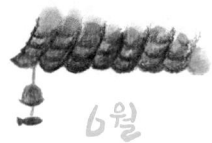

6월

어떤 구름이 당신을 가리워도
난 쫓아버리고야 말겠습니다.
그리고 당신께 알리겠습니다.
내가 이 세상을 사는 동안
어떤 일이 생겨난대도
우리가 함께 살아가며
사랑하는 일보다
더 중요한 것은 없다는 것을.
오늘, 그리고 내일, 아니 날이면 날마다
사랑할 때가 온다면
언제나 햇빛이 비칠 오직 한 사람
그건 당신, 당신입니다.
언제나 함께 있고 싶은 사람이
생기게 된다면
당신도 알 것입니다.
그건 당신뿐이라고.

• 세상에 어떤 일이 일어난대도 | 파슨즈 •

6월 1일

행복이란 음식

이상과 현실 사이의 커다란 간격을 일찍 깨닫는 사람이야말로 행복한 사람이다. - 괴테

행복함은 아침에 일어나 정원에 꽃이 피어 있음을 볼 때
행복함은 온 가족이 모여 화목하게 음식을 먹을 때
행복함은 손님도 찾아오지 않고 마음을 기울여 책을 읽을 때
행복함은 마음에 떠오르고 사라지는 생각속에서 담배를 피울 때
행복함은 낮잠에서 깨어나자 머리맡에서 찻물이 끓고 있을 때
행복함은 가까스로 모인 친구들과 한 잔의 커피나 포도주를 마실 때
행복함은 사랑하는 사람의 눈빛을 바라보고 있을 때
행복함은 눈 오는 깊은 밤 먼 북극의 마을을 떠올릴 때

6월 2일

행복한 사람과 불행한 사람의 차이

사람은 조물주가 만든 최고의 걸작이다. 하지만 그런 표현을 한 것은 바로 인간이다. – 폴 가바르니

- 세상에서 가장 행복한 사람은 자기 일을 수행하면서 사명감을 가진 사람이다.
- 세상에서 가장 불행한 사람은 교양이 없는 사람이다.
- 세상에서 가장 외로운 사람은 일거리가 없는 사람이다.
- 세상에서 가장 어리석은 사람은 아무것도 생각하지 않는 사람이다.
- 세상에서 가장 존경스러운 사람은 남을 위해 봉사하고 피해를 주지 않는 사람이다.
- 세상에서 가장 아름다운 사람은 하찮은 일이라도 애정을 가지고 행하는 사람이다.
- 세상에서 가장 불행한 사람은 거짓말과 비겁한 행동을 일삼는 사람이다.

6월 3일

행복에 이르는 길

미래에 대한 최상의 예견은 과거를 돌아보는 것에 있다. - 존 셔먼

인내력을 기르고 항상 말을 따뜻하고 부드럽게 하는 것, 선행을 하는
사람들을 두루 만나며 알맞은 때에 진리의 말에 귀를 기울이는 것,
이것이 행복에 이르는 길입니다.
세상살이에 뒤섞일 때에도 결코 마음이 흔들리지 않고 슬픔과 더러
움으로부터 벗어나서 안정되는 것, 이것이 행복에 이르는 길입니다.
이렇게 꿋꿋이 걸어가는 사람은 그 어떤 고난에도 결코 패배하지 않
습니다. 또한 그는 모든 곳에서 편안을 얻게 되니 그 속에, 그 편안함
속에 행복이 있습니다.

6월 4일

부부 사이

二人同心 其利斷金 이인동심 기리단금 : 두 사람이 마음을 합치면 날카로운
금속도 자를 수 있다. – 역경

언제나 작은 머리를 맞대고 있는 정겨운 비둘기의 모습, 그 금슬이
좋은 한 쌍. 숫비둘기는 부지런히 먹을 것을 물어다가 둥우리에 가득
채웠습니다. 이만하면 우리 비둘기 부부가 편안히 겨울을 지낼 수 있
겠지 하는 마음에 만족스러웠습니다.

하지만 햇볕을 쬔 먹이는 말라져서 그 양이 부쩍 줄어들었습니다. 수
놈은 참다못해 화를 했습니다.

"얼마나 고생하며 물어온 먹이인데 몰래 너 혼자 먹어버렸어?"

암놈은 너무 억울해서 열심히 해명을 하였으나 성미가 급한 수놈은
말도 채 듣지 않고 주둥이로 쪼아서 암놈을 내쫓았습니다.

며칠 후 큰 비가 내렸습니다. 그러자 먹을 것이 물에 젖어 본래의 크
기로 부풀어 올랐습니다.

비로소 진실을 깨달은 숫비둘기는 자기의 잘못을 크게 뉘우치고 눈
물을 흘렸습니다.

"아내가 먹지 않은 것을 내가 참지 못하고 내쫓았으니."

6월 5일

칼로 물베기

사랑하는 두 사람이 마주 쳐다보는 것이 아니라 함께 같은 방향을 바라보는 것이다. – 생텍쥐페리

'부부싸움은 칼로 물베기'라고 합니다. 그만큼 화해를 하기 쉽다는 뜻이지만, 때로는 돌이킬 수 없는 파탄으로 치닫기도 해서 가정을 잃게 됩니다.

미국의 여성지 『매콜』에 소개되었던 부부생활의 아이디어를 참고하기 바랍니다.

1. 우선 배우자의 좋은 점을 강조해 줄 것
2. 배우자의 결점을 건드리지 말 것
3. 결혼하기 이전의 일을 들추어서 비교하지 말 것
4. 집 밖에서 불쾌한 일을 당했다고 해서 집에 돌아와 화풀이를 하지 말 것
5. 자기가 원하는 것이 무엇인지를 상대에게 적극적으로 알릴 것
6. 자기가 원치 않는 것을 분명하게 알려줄 것
7. 부부간에 문제가 있으면, 그 원인을 확실히 밝힐 것
8. 사소한 일로 다투지 말 것
9. 정기적으로 대화 시간을 갖도록 노력할 것
10. 그래도 쉽게 해결이 되지 않을 때는 다른 사람과 상의를 해서라도 해결책을 찾을 것

6월 6일

먼 친척, 가까운 이웃

너의 이웃집이 불타면. 너 자신의 안전도 위태롭다. – 호라티우스

멕시코의 전설에 이시드로라는 농부의 이야기가 있습니다. 이시드로
가 열심히 밭을 갈고 있는데, 천사가 나타나서 말했습니다.
"하느님께서 당신을 보자고 하시는데, 나하고 같이 갑시다."
농부는 하는 일이 바쁘다며 거절했습니다.
얼마 후 다시 천사가 와서 말했습니다.
"하느님께서 매우 노하셨습니다. 지금 당장 당신이 오지 않으면 큰
바람을 보내고 가뭄을 주어서 농사를 망칠거라고 하십니다."
하지만 농부 이시드로는 태풍을 이겨냈고, 가뭄에는 강에서 물을 끌
어왔기 때문에 겁이 나지 않았습니다. 그래서 또 거절을 했습니다.
다시 천사가 나타나서 말했습니다.
"만일 이번에도 오지 않으면 당신에게 나쁜 이웃을 보내겠다고 하셨
소."
그러자 이시드로는 일손을 멈추며 조용히 말했습니다.
"같이 가겠습니다. 그것만은 참을 수가 없으니까요."
우리는 흔히 먼 친척보다 가까운 이웃이 더 좋다고 합니다. 이웃사촌
이라는 말은 사촌처럼 가깝다는 뜻입니다. 이시드로는 이웃이 소중
했던 것입니다.

6월 7일

우정의 향기

故舊無大故, 則不棄也 고구무대고, 즉불기야 : 오랜 친구는 큰 과오가 없는 이상 버려서는 안 된다. - 논어

가난한 집안에서 태어난 밀레는 그림 공부를 하기 위해 파리로 가고 싶었지만, 가족을 남겨둔 채 떠날 수가 없었습니다. 그런 어느 날 밀레의 그림 솜씨를 아끼는 친구가 가족은 자기가 돌보아줄 터이니 유학을 가라고 권고했습니다.

친구의 도움을 받아 파리로 나왔지만, 가난한 밀레는 돈벌이를 위해서 하는 수 없이 누드를 그려 생활을 꾸려 나갔습니다. 그러자 밀레의 그림을 본 사람들의 비웃는 듯한 소리를 듣고 마음속으로 농촌과 농민의 그림을 그리자는 결심을 하였습니다. 하지만 생활은 더 어려워지고 추운 날에 땔감이나 식량조차 제대로 마련할 수 없는 형편에 놓여 궁핍한 나날을 보내지 않으면 안 되었습니다.

어느 날 친구 장 자크 룻소가 찾아왔습니다.

"이봐 좋은 소식이 있어. 자네 그림을 사겠다는 사람이 나타났다는 말일세. 여기 돈도 있잖아."

하며 3백 프랑이라는 큰 돈을 내놓았습니다.

"그림 선택을 나에게 맡겼으니까, 저 '나무 심는 농부'를 주게."

오래간만에 밀레의 가족은 궁핍에서 벗어날 수 있었습니다. 몇 년 후 룻소의 집을 방문한 밀레는 깜짝 놀라지 않을 수 없었습니다. 룻소의 집에 그 '나무 심는 농부'가 걸려 있었던 것입니다.

6월 8일

우정의 선물

낮이 얼마나 아름다운지는 밤이 되어야 알 수 있다. 마찬가지로 죽기 전까지는 인생을 평가할 수 없는 법이다. – 미상

옛날 페르시아에 변장을 하고 백성들과 만나는 것을 좋아하는 샤 아바스라는 황제가 있었습니다.

어느 날 거지로 변장을 하고 석탄 가루와 재가 뒤섞인 어두운 지하실 방에서 초라하게 살고 있는 늙은 화부를 만나러 갔습니다. 왕은 화부와 여러 가지 이야기를 주고받으며 식사때가 되자 화부가 먹는 마른 빵과 지하수와 다름 없는 물을 나누어 마셨습니다.

그러자 황제는 불쌍한 늙은 화부에게 동정심이 생겨났습니다.

"이보게, 내가 누구인 줄 아는가? 자네는 나를 거지인 줄 알겠지만, 나는 이 나라의 황제 샤 아바스일세."

거지는 전혀 동요하는 기색없이 묵묵히 듣고 있을 뿐이었습니다.

"내 말의 뜻을 모르겠나? 나는 자네를 부자로 만들 수도 있고 벼슬을 줄 수 있다네. 원하는 것이 있으면 말해 보게."

잠시 침묵하더니 늙은 화부가 말했습니다.

"황제 폐하, 폐하의 말씀은 고맙습니다만, 저에게는 더 간절한 것이 있습니다. 이 누추한 곳까지 오셔서 제가 먹는 음식을 나누어 잡수셨고, 기쁜 일 슬픈 마음을 함께 생각해 주셨습니다. 어떤 값진 선물을 주시지 않았지만, 폐하 자신을 저에게 주셨습니다. 오직 바랄 것이 있다면, 우정이란 선물을 거두지 마시옵기 바랄뿐이옵니다."

6월 9일

우유 한 잔의 댓가

삶의 경쟁에서 명예와 보상은 좋은 행실을 보여주는 사람에게 돌아간다.
– 아리스토텔레스

하워드 켈리라는 의과대학생은 학비에 보태려고 여름방학에 서적 세일즈맨으로 일하고 있었습니다. 어느 시골 마을에 도착했을 때 몹시 목이 말랐습니다.

어떤 농가 안으로 들어서자 한 소녀가 나타났습니다.

"물 한 잔만 부탁드릴 수 있을까요?"

"괜찮으시다면, 우유를 드릴께요."

그래서 켈리는 시원하고 맛있는 우유로 갈증과 허기를 채울 수 있었습니다. 그 후 캘리는 학교를 졸업하고 의학박사가 되어 존스 홉킨스 대학에 근무하게 되었습니다.

어느 날 시골에서 온 위독한 환자가 응급실에 실려왔습니다. 켈리 박사는 그 여인에게 특별한 관심을 쏟아 특실에 전담 간호사까지 배치시켰습니다. 수술도 무사히 끝나고 환자는 급속히 회복되었습니다.

그런 어느 날 간호사가 환자에게 말했습니다.

"내일이면 퇴원할 수 있겠어요."

하지만 환자는 병이 난 것은 좋지만 병원비가 걱정이었습니다. 간호사가 가져다준 청구서를 읽어가다가 환자는 깜짝 놀라지 않을 수 없었습니다. 청구서 맨 끝에 이렇게 사인이 되어 있었기 때문입니다.

'우유 한 잔으로 모든 비용은 지불되었음 – 닥터 하워드 켈리.'

6월 10일

사랑의 빛깔

당신의 삶에 최상의 것이 사랑이라면 신의 존재 속에서 가장 낮은 것은 사랑이다. – 라즈니쉬

헨리 드러먼드라는 심리학자의 분석에 의하면 사도 바울이 말한 고린도 전서 13장의 내용을 살펴보면 사랑은 인내 · 겸손 · 관용 · 예의 · 무사욕 · 온유 · 순수 · 진실 등 9가지 빛깔이라고 표현하고 있습니다.

- 사랑은 오래 참습니다. – 인내
- 사랑은 친절합니다. – 친절
- 사랑은 시기하지 않습니다. – 관용
- 사랑은 교만하지 않습니다. – 예의
- 사랑은 사욕을 품지 않습니다. – 무사욕
- 사랑은 화를 내지 않습니다. – 온유
- 사랑은 오래 참고 변함이 없습니다. – 순수
- 사랑은 불의를 보고 기뻐하지 아니하고, 진리를 보고 기뻐합니다. – 진실

6월 11일

마음을 다스리는 10가지 낱말

자기에게 일어나는 일을, 운명의 신이 자기에게 엮어주는 일만을 사랑하라.
– 마르쿠스 아우렐리우스

절제: 심신이 둔해질 정도의 음식에 탐닉하지 않는다.

침묵: 무익한 일에 대해서는 말하지 않는다.

규율: 모든 물건은 장소를 정해 보관하고, 할 일은 시간을 정한 다음
　　에 행한다.

결단: 꼭 해야 할 일이 있다면 결심하라. 결심했다면 반드시 실행에
　　옮긴다.

검약: 쓸데없는 일에는 돈을 쓰지 않는다.

근면: 시간을 낭비하지 않는다. 항상 유익한 일을 행하고 불필요한
　　일을 삼간다.

성실: 부정한 마음을 버리고 공정하게 생각하고 바른 언행을 한다.

중용: 쉽게 격분하지 말고 상대의 마음을 읽는다.

청결: 신체 · 의복 · 주거생활의 깨끗함을 게을리하지 않는다.

순결: 정신적으로 평온을 유지하고 육체적으로 불결함을 멀리 한다.

마음을 낚는 법

인간은 의연하게 현실의 운명을 받아들여야 한다. 거기에 모든 진리가 숨겨져 있다. ─ 고흐

강태공 여상의 병법서 『6도六韜』를 보면 첫머리에 문왕과 강태공이 만나는 장면이 나옵니다.

문왕이 강태공에게 말했습니다.

"낚시하는 것이 즐거워보입니다."

"군자는 자기의 이상이 실현되는 것을 기뻐하고, 소인은 눈앞의 일이 이루어지는 것을 기뻐하지요. 소신이 지금 낚시질을 하는 것도 그러한 일과 흡사합니다."

그래서 문왕이 무엇이 흡사하냐고 물었습니다.

"낚시에는 세 가지 방법이 있습니다. 물고기를 불러 모으는 법은 임금이 봉급으로 인재를 부리는 것과 같고, 고기가 끌려와서 잡히게 하는 법은 임금이 신하로 하여금 목숨을 바치게 하는 것과 같고, 물고기의 크기에 미끼를 조절하는 법은 임금이 인물에 따라서 벼슬의 정도를 정하는 것과 같은 것입니다."

그리하여 물고기를 낚는 법과 사람의 마음을 사로잡는 법에 대해 비교하면서 설명하자, 임금의 스승으로 발탁되어서 천하 통일의 대업을 이루게 됩니다.

강태공은 문왕이라는 대어大魚를 낚았고, 문왕은 강태공이라는 대어를 낚은 셈입니다.

6월 13일

사랑의 편지

사랑의 빛이 없는 인생은 가치가 없다. – 실러

아름다운 사랑의 편지는 비록 짧은 문장이지만, 하나 하나의 낱말은 순식간에 과녁을 직중하는, 그러나 오랫동안 떨리는 화살의 여음과 같습니다. 그리하여 기억속에 아로새겨진 몇몇 구절은 수많은 나날을, 숱한 밤을 보내면서 따뜻하고, 여러 해가 지난 오랜 시간이 흐른 뒤에도, 필적마저 희미하게 지워져 버렸는데도, 이미 사랑하지 않게 되었는데도, 사람들은 그 글을 쓸 때를 회상합니다. 잃어버린 사랑이지만 추억 때문에 고독할 수는 없으리라. 때로는 사랑하는 사람이 보내온 절교를 선언하는 편지가 무정해 보인다 하더라도 그를 원망해서는 안 됩니다. 그것은 그가 사랑하지 않는다는 것을 의미하지 않기 때문입니다. 다만 그의 사랑이 당신이 사랑하는 방식과 같지 않으며, 그의 사랑은 늘 조심스럽고 완전히 내맡기는 사랑이 아니라는 것을 의미할 따름입니다. 누군가를 갈망하고 그리워한다고 해서 열정적인 성격을 가질 수 있는 것은 아니며, 자신의 심정을 토로하고 싶다고 해서 누구나 다 그럴 수 있는 것도 아닙니다. 그러나 그들이 간직하고 있는 순수한 감정은 자신의 사랑을 표현할 수 있는 사람보다 더 강렬한 불꽃을 간직하고 있음을 잊어서는 안 됩니다.

6월 14일

사랑의 표현

사랑은 인생의 소금이다. - J. 세필드

너무 가난하여 한 끼의 식사를 해결하기 위해서는 콩 반쪽이라도 나누어 먹어야 하는 젊은 부부가 살고 있었습니다.

비록 생활은 빈곤하고 어려웠지만, 부부의 금술만큼은 좋아 사랑과 서로의 격려로 시련을 모두 극복하고 노년에 이르렀습니다.

어느덧 세월이 흘러 노부부는 결혼 50주년을 맞아 금혼식을 하기에 이르렀습니다. 많은 하객들로 하루를 정신없이 보냈지만 두 사람은 행복했습니다.

손님들이 모두 돌아가자, 항상 그랬듯이 노부부는 저녁을 먹기 위해 식탁에 마주 앉았습니다. 온종일 손님을 접대하느라고 지쳐 있었으므로 구운 빵 한 조각에 쨈을 발라 나누어 먹기로 했습니다.

"이렇게 구운 빵을 놓고 마주 앉으니 옛날 일들이 새삼스럽소."

할아버지의 회한에 찬 말에 할머니는 엷은 미소를 지었습니다. 지난 50년 동안 늘 그래왔듯이 할아버지는 빵의 끝부분을 떼어 할머니에게 건넸습니다. 그러자 할머니가 갑자기 얼굴을 붉히며 몹시 화가 난 음성으로 강경하게 말했습니다.

"역시 영감은 오늘 같은 날에도 그 지긋지긋한 빵껍질을 주는군요. 그 동안 당신에게 늘 그것이 불만이었지만, 정말 오늘 같은 날에도 이럴 줄을 몰랐어요."

할머니의 돌언한 태도에 한동안 할아버지는 어쩔 줄을 몰라 했습니다.

"왜 진작에 이야기하지 않았소. 정말 난 몰랐소. 이봐요, 할멈. 사실은 그 바삭바삭한 빵껍질은 내가 가장 좋아하는 부분이었다오."

6월 15일

여왕과 아내

성격은 사람을 안내하는 운명의 지배자이다. — 헤라클레이토스

영국의 빅토리아 여왕이 어느 날 남편인 알버트 경과 말다툼을 했습니다. 가장으로서의 알버트 경은 매우 화가 났으나 상대가 아내라는 관계를 떠나 한 나라의 여왕이므로 감정을 억누르고 자신의 거실로 들어갔습니다. 한편 여왕도 자신의 처사가 심한 것 같아 미안한 마음이 들었습니다. 조용히 남편의 거실 문을 노크했습니다.

"누구요?"

"여왕입니다."

빅토리아 여왕은 위엄을 갖추고 대답했습니다. 하지만 문은 열리지 않았습니다. 얼마동안을 기다렸지만 아무런 기척도 없었습니다.

"어서 문을 열어욧!"

참지 못한 여왕은 흥분하여 명령하듯 소리쳤습니다.

"누구요!"

또 누구인가를 물었습니다.

"영국 여왕 빅토리아예요."

여왕은 다소 감정을 누그러뜨리고 말했습니다. 문은 굳게 닫혀 있을 뿐이었습니다. 한참을 서성이다가 여자다운 음성으로 말했습니다.

"제발 문을 열어요. 저는 당신의 아내입니다."

그러자 문이 열렸습니다.

6월 16일

아내의 충고

마음을 비우면 자신을 볼 수 있다. - 장자

초나라 왕이 어릉에 묻혀 살고 있는 초야의 선비 자종에게 큰 벼슬을 주겠다는 전갈을 보내왔습니다.

이에 자종은 비로소 뜻을 이루었다고 아내에게 말했습니다.

"임금께서 나에게 정승벼슬을 내리겠다는 소식이 왔소. 그렇게 되면 당장에 큰 수레를 탈 수 있고, 먹는 음식도 진수성찬을 마련할 수 있을 것이오."

이런 경우 보통의 여자들은 남편의 출세나 그의 따르는 부귀에 쉽게 유혹되는 경우가 대부분이지만 자종의 부인 생각은 매우 깊었습니다.

"지금까지 비록 신을 삼아 어려운 생활을 꾸려 갔지만, 나는 그 속에서도 행복할 수 있었습니다. 곳간에 쌓여 있는 재물은 없지만, 책이 있습니다. 거문고가 있어 마음을 즐길 여유가 있습니다. 큰 수레를 타거나 맛있는 음식을 매일 먹는다 하더라도 죽을 때는 다를 바가 없겠지요. 일신의 호사를 누리고 진수성찬의 대가로 초나라 전체의 근심과 고통을 떠맡으시렵니까? 다 부질 없는 일입니다. 명을 재촉하는 일에 불과합니다. 가난을 즐기는 것이 선비의 도가 아닌가 합니다."

자종은 아내의 충고에 잠시 잃은 마음의 흔들림을 깨닫고 왕의 사신에게 정중하게 거절하였습니다. 자종은 노후에도 생업인 신을 삼으며 근심 없는 일생을 마칠 수 있었습니다.

6월 17일

행복의 조건

以不貪爲寶 이불탐위보 : 탐욕하지 않는 것, 그것이 나의 보물이다. - 좌전

아주 먼 옛날 영국의 시골 데이강에 작은 물방아간이 그림처럼 수풀 속에 자리잡고 있었는데, 이 물방아간 주인은 세상에서 가장 행복한 사람으로 소문이 나 있었습니다. 그래서 사람들은 '행복한 물방아간' 이라는 별명을 붙여주었습니다.

이 행복한 사람의 소문을 듣고 국왕이 만나러 오기에 이르렀습니다.

"그대가 매일 그토록 행복한 이유가 무엇인가?"

"저는 극진히 아내를 사랑합니다. 또 아이를 사랑합니다. 친구들을 사랑합니다. 물론 아내도 저를 사랑합니다. 아이들도 친구들도 저를 사랑합니다. 지금까지 살면서 빚은 한 푼도 없습니다. 오로지 그렇게 사는 것이 행복할 뿐입니다."

이에 왕은 감탄하여 말했습니다.

"정말 부러운 일이로다. 내 머리 위의 황금 왕관보다 그대의 먼지 투성이 모자가 더 빛나 보이는군."

6월 18일

은혜

貧賤之交不可忘 빈천지교불가망 : 빈곤하고 어려울 때 사귄 친구는 언제까지나 잊어서는 안 된다. - 후한서

앵무새 한 마리가 살던 곳을 떠나 다른 산에 머무른 적이 있었습니다. 그곳에 사는 온갖 새와 짐승들은 앵무새를 몹시 사랑하였습니다. 어느 날 앵무새는 자기가 살던 곳으로 다시 돌아왔습니다. 그런데 얼마 후 자신을 사랑해준 새와 짐승이 사는 산에 큰 불이 났습니다. 앵무새는 그 소식을 듣자 곧장 날아가 자신의 날개에 물을 흠뻑 적셔 불을 끄려고 사력을 다 했습니다.

이를 지켜본 산신이 말했습니다.

"앵무새야, 네 작은 날개에 묻은 물로 불을 어찌 끌 수 있느냐?"

"저도 잘 알고 있습니다. 그러나 예전에 제가 이 산에 있을 때 모든 새와 짐승들이 저를 형제처럼 매우 사랑했습니다. 그때 입은 은혜를 어떻게 모른 척할 수 있겠습니까?"

산신도 마침내 앵무새의 생각에 감동하여 곧장 비를 내렸습니다.

6월 19일

화려함과 아름다움

모든 것 중에서 으뜸 가는 가장 나쁜 것은 자기 자신을 속이는 일이다.
- J. 베일리

정원에는 넝쿨장미와 백일홍이 서로의 아름다움을 뽐내듯 다투어 피었습니다.
백일홍은 넝쿨장미를 부러워했습니다.
"장미님, 당신의 모습은 너무 곱고 아름답습니다. 그 화려한 모습을 보기 위해 많은 사람들이 항상 장미님 주위에 몰려들고 있으니 무척 행복하시죠!"
그러나 넝쿨장미는 고개를 저었습니다.
"백일홍님, 그건 오해입니다. 내 겉모습의 화려함은 극히 짧은 시간 동안만 간직할 수 있어요. 나는 오히려 백일 동안이나 아름다움을 자랑하는 당신이 부럽습니다."
이 말에 백일홍은 더욱 자신을 가꾸기 시작했습니다.

6월 20일

장미의 가시

각 개인은 타인 속에 자기를 비추는 거울을 갖고 있다. – 쇼펜하우어

영국의 시인 밀턴이 눈이 멀어서 구술하여 받아 쓰게 한 그 유명한 작품에 『실락원』과 『복락원』이 있습니다.

그는 초혼에 실패하고 마흔 살이 넘어서 다시 결혼을 했다고 합니다.

어느 날 친구가 밀턴의 부인을 보고 "대단한 미인이군요. 마치 장미 같습니다." 하고 말하자, 밀턴이 대답했습니다.

"나는 색깔을 볼 수는 없지만, 아마 장미는 장미인 모양입니다. 콕콕 찌르는 가시가 있으니까요."

아름다운 장미에 가시가 있다는 사실을 두고 밀턴의 아내처럼 미인 이지만 성격이 표독한 경우에 비유로써 회자되기도 합니다.

그런데 호사다마(好事多魔 : 좋은 일에 나쁜 일이 끼인다)의 예로 사 용하기도 합니다.

감언이설 뒤에 음험한 모략이 숨어 있다든지 겉은 화려하고 좋아 보 이지만, 실상은 어떤 위기가 도사리고 있는 경우를 가리키기도 합니다.

장미를 보면 가시의 존재를 생각할 줄 아는 것도 화를 미연에 방지하 는 인생의 지혜입니다.

6월 21일

탐 욕

행복이란 그 자체가 긴 인내다. 고통 없이는 행복도 없다. - 까뮈

나무 위에 앉아 즐겁게 노래 부르던 종달새 한 마리가 작은 상자를
들고 지나가는 젊은이에게 궁금한 듯 물었습니다.
"그 상자 속엔 무엇이 있죠?"
"네가 좋아하는 지렁이란다."
젊은이가 대답했습니다.
구미가 당긴 종달새가 다시 물었습니다.
"어휴! 어떻게 하면 그것을 얻을 수 있죠?"
젊은이의 대답은 간단했습니다.
"네 깃털 하나에 지렁이 한 마리씩 줄 수 있지."
종달새는 그 즉시 깃털 하나를 뽑아 지렁이와 바꾸어 먹었습니다.
수많은 깃털 중에 하나쯤 뽑아낸들 아무 상관없을 것 같아서였습니다.
맛있는 먹이를 얻는 방법이 너무 손쉽다는 데 일종의 희열을 느끼며
종달새는 유쾌하게 노래를 불렀습니다.
이 방법에 재미가 붙은 종달새는 얼마 지나지 않아 한 개의 털도 남
지 않은 벌거숭이가 되고 말았습니다.
스스로를 쳐다봐도 부끄럽기 짝이 없는 종달새는 마침내 노래마저
중단하고 말았습니다.

6월 22일

갈대의 용기

자기의 돈은 꽃이요, 술이다. 타인의 돈은 잡초에 지나지 않는다. – 인도 속담

넓은 평원에는 갈대숲이 이어져 있고 그 주위에 올리브 나무가 이웃하여 모여 있었습니다. 갈대와 올리브 나무는 태풍이 불어와도 끄떡안 한다고 싸우듯이 서로 장담을 했습니다.
생명이 있는 것들은 남을 부러워하는 것보다 자신에 대한 만족감에 젖어 있을 때가 가장 행복한 순간인지도 모릅니다.
마침내 서로의 장담이 너무 지나쳐서 말다툼이 벌어졌습니다.
"갈대의 마음이라더니, 너는 바람이 조금만 불어도 머리를 숙이잖니!"
올리브 나무가 빈정거리듯이 놀렸습니다.
갈대는 아무런 대답도 하지 않았습니다. 다만 조용한 갈대의 모습이 호수에 비칠 뿐이었습니다.
얼마 후 태풍이 불어왔습니다. 그러자 갈대는 부드럽게 고개를 숙이고 자세를 낮추어 바람을 피했습니다.
그러나 올리브 나무는 세찬 바람을 피하지 않고 맞섰습니다. 결국은 뿌리 채 뽑혀 버렸습니다.

6월 23일

희망의 빛

의지만 있으면 길은 통한다. – 허드슨

제2차 세계대전이 막바지에 이르렀을 때 수천 명의 필리핀 병사들이
일본군에게 생포되어 수용되어 있었습니다.
수용소에는 먹을 것이 부족했고 목욕할 물은 고사하고 쉴만한 장소
도 변변치 않았습니다. 들려오는 포성은 포로들의 생명을 위협했고
전염병이 퍼져 수용자들은 계속 죽어 나갔습니다.
그러던 어느 날 비둘기 한 마리가 철조망 너머로 날아왔습니다.
그 비둘기는 한쪽 날개에 큰 상처를 입고 피를 흘리고 있었습니다.
그들은 즉시 군의관에게 비둘기의 치료를 부탁했습니다. 그때부터
포로들은 비둘기에게 물과 먹이를 주었고 정성과 사랑을 주었습니다.
결국 비둘기는 상처를 회복하였고 포로들은 매우 기뻐했습니다.
이 과정에서 하나의 큰 기적이 일어났습니다.
한 달에 백 명 정도 죽어 나가던 수용소에서 상처 입은 비둘기를 사
랑하고부터는 사망률이 60퍼센트나 줄었다는 이야기입니다.

6월 24일

자기 한정

양심은 영혼의 소리요, 정열은 육신의 소리다. – 룻소

어떤 낚시꾼이 고기를 잡고 있었습니다.

고기를 잡으면 그 길이를 재어 보고는 큰 것은 버리고 작은 것을 어망에 담는 것이었습니다.

"실례입니다만, 한 가지 여쭤봐도 될까요?"

"물론이지요."

"큰 고기는 버리고, 작은 고기만 담으시는데 무슨 이유인가요?"

"그야 까닭이 있지요. 우리 집 후라이팬의 크기가 10인치(약25cm)밖에 안 되니까요. 그래서 10인치가 넘는 것은 곤란하지요."

우리는 이 낚시꾼을 어리석다고 비웃을 수 있지만, 실제로 우리도 이와 비슷한 일을 하고 있는지도 모릅니다.

우리 인간들의 삶이란 어떤 형태로도 자기 자신이 원하는 크기를 한정시켜 놓고는 그 이상의 것은 포기해 버리는 이율배반적인 존재가 아닌가 생각해 볼 일입니다.

6월 25일

침착함의 지혜

생애는 짧아도 명성은 불멸하다. - 호메로스

어느 나라의 공주님이 악당에 의해 높은 탑 꼭대기 작은 방에 갇혔습니다. 단 하나뿐인 계단은 이미 악당이 없애서 날개라도 달지 않는한 그 탑에서 탈출할 수 없었습니다.

공주님의 충성스런 호위병은 어쩔 줄을 모르고 탑 아래서 지키고 있었습니다. 공주님은 호위병을 향해 외쳤습니다.

"내일 이 시각에 탑 아래로 다시 와 주세요."

그런 다음 공주님은 온종일 자기가 입고 있는 비단옷을 풀어서 가느다란 실을 만들었습니다. 다음날 공주님은 그 비단실을 탑 아래로 내려뜨리고 호위병에게 분부했습니다.

"이 실보다 굵은 실을 구해 이 끝에 이어주세요."

호위병은 공주님이 시키는 대로 굵은 실을 가져와 비단실 끝에 이었습니다. 공주님은 그 실을 끌어올리며 호위병에게 말했습니다.

"다음에는 이보다 좀 더 굵은 실을 갖다주세요."

공주님은 비단실과 조금 굵은 실을 땋아서 그 끝에 더 굵은 실을 묶게 했습니다. 이렇게 공주님은 매일매일 더 굵은 실을 가져오게 하여 마침내 튼튼한 밧줄을 높은 탑 꼭대기까지 끌어올리는 데 성공하였습니다. 이윽고 공주님은 그 굵은 밧줄을 타고 무사히 탑에서 탈출할 수 있었습니다.

6월 26일

실수의 교훈

타인의 생활과 비교하지 말고 그대 자신의 생활을 즐겨라. – 콩도르세

기차를 기다리고 있던 노인이 점심 식사를 위해 역사 안의 식당을 찾았습니다. 식탁에 앉아 음식을 먹으려는데 갑자기 화장실에 가고 싶어졌습니다. 노인은 음식을 놔 둔 채 화장실을 다녀왔습니다.

노인이 돌아와보니 자신의 식탁 앞에 한 흑인이 앉아 음식을 먹고 있었습니다. 이에 노인은 화가 났지만 남루한 행색에 허겁지겁 음식을 먹고 있는 그에게 아무 말도 할 수가 없었습니다. 왜냐하면 그의 모습이 그의 불행한 삶을 대변해 주고 있는 듯했기 때문입니다. 노인은 자신의 음식을 먹고 있는 그를 동정의 눈길로 바라보았습니다. 음식을 먹던 흑인이 노인을 보자 빵 한쪽을 건넸습니다. 노인은 미소를 보이며 받아먹었습니다.

출발 시간이 되어 플랫폼으로 가는 노인은 순간 가방을 놓고 왔다는 사실을 깨달았습니다. 다시 식당으로 돌아온 노인은 깜짝 놀랐습니다. 노인의 가방이 있던 자리에 음식이 그대로 놓여 있는 것이 아닙니까.

급히 화장실을 다녀온 노인이 자신의 자리가 아닌 다른 자리에 가서 앉았던 것입니다. 노인의 작은 실수로 자신의 음식을 먹고 있다는 착각은 흑인에게 동정을 베풀었고, 그 흑인 역시 자기 음식을 나눠줌으로써 노인을 동정한 것입니다.

6월 27일

인생의 낭비

자식이 없는 사람은 삶의 의미를 모른다. - 독일 속담

물라 나스루딘은 작은 나룻배를 가지고 있는 사공입니다. 그는 강을 건너는 사람들을 이쪽 둑에서 건너편 둑으로 옮겨다주는 것이 일과였고 생계수단이었습니다. 어느 날 오후 훌륭한 학자이며 문법박사가 그의 나룻배를 타고 강 건너로 가고 있었습니다.

박사가 나스루딘에게 물었습니다.

"당신은 코란을 아십니까? 그 경전을 배운 적이 있습니까?"

"모릅니다. 한 번도 그런 것을 배워보지 못했습니다."

그러자 학자가 말했습니다.

"그렇다면 당신은 반평생을 허비하였습니다."

그때 돌연 폭풍이 일어났습니다. 그리고 그 작은 배는 거센 바람에 밀려 강 아래로 떠내려갔습니다. 어느 순간에 가라앉을지 모를 위기에 놓였습니다. 나스루딘이 물었습니다.

"박사 선생. 헤엄칠 줄을 아시오."

그 학자는 매우 두려운 나머지 땀까지 흘리며 더듬거리듯 말했습니다.

"아니오. 전혀 모릅니다."

그러자 나스루딘이 말했습니다.

"그렇다면 당신은 전 생애를 허비한 것이오. 자, 그럼 나는 가겠오!"

6월 28일

삶의 두 가지 방법

사랑이 없는 청춘, 지혜가 없는 노년, 이 모두는 실패한 인생이다.
– 스웨덴 속담

우리가 인생을 살아가는 데는 대략 두 종류의 삶이 있습니다. 그 중에 하나는 주위로부터 멀리 떨어져서 그 누구의 간섭도 받지 않는 고요 속에 자기 자신과 자연이 조화를 이루는 은둔 세계를 말합니다.
다른 또 하나의 삶은 친밀한 교제를 바탕으로 가까운 이웃과의 관계, 친구들과의 빈번한 교제, 사상의 자유로운 교환, 애정의 길, 이와 같은 일상적인 것들이 어떠한 방해와 지배를 받지 않는 자유로운 생활을 말합니다. 삶을 즐기기 위해서 또 인간의 본능적인 소질을 발휘하기 위해서 이 두 가지 생활은 똑같이 필요하다는 것을 명심하시기 바랍니다.

6월 29일

기다리는 여자 마음

자기를 알기 위해서는 남을 알아야 한다. 살아 있는 한 계속 사는 법을 배워라.
― 뵈르네

한 청년이 같은 마을의 처녀를 사랑하게 되었습니다. 그러나 처녀는
청년의 사랑을 받아주지 않았습니다. 처녀가 만나주지 않아도 청년
은 하루도 빠지지 않고 애틋한 사랑의 편지를 보냈습니다. 언젠가는
정성어린 편지에 감동 받아 뜻을 이룰 것이라는 염원을 갖고 편지 보
내기를 몇 개월, 그러나 처녀에게서는 답신이 없었습니다.
청년은 스승에게 고민을 털어놓았습니다. 이야기를 들은 스승은 청
년에게 당장 편지 쓰기를 중단하도록 했습니다. 그 대신 짧은 편지
한 통을 보내고 기다려보라고 했습니다.
청년은 스승의 말대로 편지 한 통을 썼습니다. 그리고 나서 기다리
자, 마침내 그녀에게서 답장이 왔습니다.
'더 이상 궁금해서 못 기다리겠어요. 언제 오시겠다는 것인가요?'
처녀가 보낸 답장 내용이었습니다.
하루도 빠짐없이 편지를 받던 처녀는 갑자기 편지가 오지 않자 웬일
인가 싶었지만 곧 잊어버렸습니다. 그런데 며칠 후 애틋한 사연과는
다르게 아주 짤막한 내용의 편지가 왔습니다.
청년이 보낸 편지는 단 한 줄이었습니다.
'당신의 집 앞 버드나무 밑에서 기다리겠습니다.'

처녀는 망설였습니다. 이 편지에는 기다리는 시간이 씌여 있지 않았던 것입니다.

처음에는 대수롭지 않게 생각했지만, 시간이 흘러갈수록 집 앞 버드나무 밑에 온 신경이 집중되었습니다. 집에서 나갈 때나 돌아올 때 혹은 부엌에서 일을 하다가도 혹시나 와 있을까 버드나무 쪽을 내다보곤 하였습니다.

점점 버드나무에 온 신경이 쏠리기 시작했습니다.

'그 정도의 열정을 가지고 편지를 보낸 남자라면 밤새 기다리고 있을지도 모르지.'라는 생각에 자다가도 벌떡 일어나 창문 밖을 내다보곤 했습니다.

그러나 청년의 모습은 보이지 않았습니다. 이에 처녀는 실망하기 시작했고, 어느 사이에 그리움이 쌓여왔습니다. 끝내 기다리다 못해 청년에게 편지를 보내게 된 것입니다.

6월 30일

구름 속에 카페를

행복한 생활은 마음의 평화에서 이루어진다. ―키케로

윤재천 교수의 「구름 카페」라는 수필집에 '구름 카페'라는 제목의 글이
있습니다. 그 일부를 보기로 합니다.

'나에겐 오랜 꿈이 있다. 여행중에 어느 지방의 골목길에서 본 적이
있거나 추억어린 영화와 책 속에서 언뜻 스치고 지나간 것도 같은 까
페를 하나 갖는 일이다. 구름을 좇는 몽상가들이 모여들어도 좋고,
구름을 따라 떠도는 역마살 낀 사람들이 잠시 머물다 떠나도 좋다. 구
름 낀 가슴으로 찾아들어 차 한 잔에 마음을 씻고, 먹구름뿐인 현실을
잠시 비껴 앉아 머리를 식혀도 좋다.
꿈에 부푼 사람은 옆자리의 모르는 이에게 희망을 품어주기도 하고,
꿈을 잃어버린 사람은 그런 사람을 보며 꿈을 되찾을 수 있는 곳, '구
름 카페'는 상상 속에서 늘 나에게 따뜻한 풍경으로 다가오곤 한다.
넓은 창과 촛불, 길게 드리운 커튼, 고갱의 그림이 원시의 향수를 부
르고, 무딘첼로의 음률이 영혼 깊숙이 파고드는 곳에서 나는 인간의
짙은 향기에 취하고 싶다.… (중략)
'구름 카페'는 나의 생전에 존재할 수 없는 것이어도 괜찮다. 아니면
숱하게 피었다가 스러지는, 사랑하는 사람들이 곁에 있다면 어디서나

만날 수 있고 느낄 수 있는 행복의 장소인지도 모른다. 구름이 작은 물방울의 결집체이듯 현실에 존재하지 않기에 더 아득하고 아름다운지도 모른다.

그러나 나는 꿈으로 산다. 그리움으로 산다. 가능성으로 산다. 오늘도 나는 '구름 카페'를 그리는 것 같은 미숙한 습성으로 문학의 길을, 생활 속을 천천히 걸어가고 있다.'

비행기를 타고 구름 속을 지날 때의 환상적인 장면을 상기해 봅시다. 구름 속에 카페도 만들고 궁전도 만들고… 또 무엇을 만들까요?

7월

잃은 것과 얻은 것
놓친 것과 이룬 것

저울질해 보니
자랑할 게 별로 없다.

많은 날을 헛되이 보내고

화살처럼 날려 보낸 좋은 뜻
못 미치거나 빗나갔음을 안다.

하지만 누가
이처럼 손익을 따지겠는가.

실패가 알고 보면 승리일지 모르고
달도 기울면 다시 찾오르지 않는가.

• 잃은 것과 얻은 것 | 롱 펠로우 •

7월 1일

부자가 되는 법

돈이 없어도 젊을 수는 있다. 그러나 돈이 없다면 결코 늙을 수 없다.
– 테네시 윌리엄스

돈에 대한 욕심을 버리고 돈이 나를 사랑하도록 만들어야 합니다.

1. 마음의 그릇을 키운다. –그래야만 많은 것을 담을 수 있다.
2. 어떤 일이든지 정성을 다한다. –그러면 하늘도 감동한다.
3. 한 시간 일찍 일어난다. –부지런함이 성공의 절반은 만든다.
4. 10% 더 일을 한다. –100% 수확이 기다린다.
5. 작은 수입에도 감사한다. –작은 미끼가 대어를 낚는다.
6. 가난을 탓해서는 안 된다. –부자가 될 이유만을 찾는다.
7. 돈의 마음을 읽어라. –그러면 세상의 돈이 나를 따른다.
8. 돈에 끌려 다녀서는 안 된다. –돈을 끌고 다녀야 한다.
9. 돈을 만나려면 일을 사랑해야 한다. –돈은 일을 즐기는 사람을 사랑한다.
10. 돈에도 영혼이 깃들어 있다. –경건한 마음으로 돈을 대해야 한다.

7월 2일

시간으로 돈을 살 수 있지만 돈으로 시간을 살 수는 없다

자식에게 돈을 물려주는 것은 저주를 하는 것이나 다름없다. - 카네기

평생 동안 인간이 쓸 수 있는 가장 귀중한 것은 돈이 아니라 시간입니다. 그 이유를 탈무드에서는 다음과 같이 말하고 있습니다.

'인간은 돈이나 부는 마음껏 손에 넣을 수 있으나 일생에 주어진 시간은 한정되어 있다.'

탈무드에는 '한정되어 있는 것이 무엇인가?' 하고 묻고 있습니다.

그에 대한 답은 "그것은 인간의 생명이며 시간이다. 돈보다 시간이 훨씬 귀중한 것이다. 그런데도 사람들은 돈을 쓸 때에는 매우 조심스러워하면서도 시간을 낭비하는 것은 대수롭지 않게 여긴다. 또한 인간은 남의 돈을 맡아서 쓸 때에는 특히 신경을 써서 규모있게 돈을 쓴다. 그리고 남에게 금전적인 신세를 지는 것에도 매우 신경을 쓴다. 그러면서도 약속 시간에 늦거나 쓸데없는 일로 남의 시간을 빼앗는 것에는 무신경하다." 이것은 사람들이 시간보다도 돈을 더욱 소중히 여기고 있음을 단적으로 말해 주는 것입니다.

시간과 돈 모두 중요합니다. 그러나 둘 중에서 시간이 더 소중하다는 것을 명심해야 합니다. 시간의 부자, 시간의 가난뱅이, 이런 관념을 가지고 있는 것은 나쁘지 않습니다. 그러므로 금전적으로 가난한 사람이 시간적으로 가난한 사람이 되어서는 안 됩니다.

돈의 노예

열심히 살았다. 마음껏 썼다. 열렬히 사랑했다. - 스탕달

돈에 얽힌 우화 하나를 소개해 드리겠습니다.

쫀 와일드라는 농부가 밭을 갈다가 유리 구두 한 켤레를 파냈습니다.
그런데 이 유리 구두가 땅 속에 사는 요정의 신발이더란 것입니다.
요정이 와서 신발을 돌려 달라고 하자, 농부는 유리 구두를 돌려주는
대신에 밭을 한 고랑 갈 때마다 돈이 나오게 해 달라고 요구했습니다.
요정은 "그까짓쯤이야 어렵지 않죠." 하는 식으로 승낙을 하고는 구
두를 돌려받았습니다.

드디어 농부가 밭을 갈기 시작했습니다.

과연, 한 고랑을 갈 때마다 번쩍번쩍하는 금화가 한 개씩 나오는 것
이었습니다. 돈이 급속도로 불어나기 시작했습니다.

밭 근처에는 아무도 오지 못하게 하고는 새벽부터 저녁까지 열심히
밭을 갈았습니다. 밤이면 돈을 세어보는 재미로 가족도 친구도 가까
이 하지 않았습니다. 돈은 자꾸 불어가는데 몸은 피곤해지고 나날이
쇠약해져 갔습니다. 그래도 쉬지 않고 돈을 파냈습니다.

그러던 어느 날 그만 쓰러지고 말았습니다. 엄청난 돈을 모았지만,
무엇 때문에 모았는지 모를 정도로 허무하게 세상을 떠난 것입니다.
물론 가족들은 그 돈으로 행복하게 살았습니다.

7월 4일

성공의 비결

운명이 레몬을 주었다면, 그것으로 레몬 주스를 만들려고 노력하라. - 카네기

미국의 세계적인 재벌 카네기가 어느 날 기자로부터 다음과 같은 질문을 받았습니다.

"맨주먹으로 재벌이 되기 위해서는 어떤 자격이 필요합니까?"

이에 대해 카네기는 서슴없이 대답했습니다.

"그 자격이란 가난한 집에서 태어나는 일이다. 세상에 태어날 때부터 호화스러운 자라면 부호가 될 자격이 없다. 가난에 쪼들려 죽느냐 사느냐의 지경에 빠짐으로써 가정의 안락과 평화가 깨어지고 식구들마저 뿔뿔이 흩어지지 않으면 안될 정도로 가난의 쓰라림을 맛보아야 한다. 그래서 그 원수 같은 가난과 싸워 이길 결심을 해야 한다. 그리하여 그 결심을 관철하지 않으면 죽을 수밖에 없는 처지에 놓여야 비로소 온 힘을 다해 노력하게 된다."

이렇게 말하는 카네기는 어렸을 때의 집안을 회상했습니다. 그의 집은 말할 수 없이 가난했습니다. 어린 그는 고생하는 양친을 바라보며 마음속으로 다짐했습니다.

"뼈가 가루가 되는 한이 있더라도 힘껏 일해 우리 집에서 가난을 영원히 쫓아버리겠다."

결국 그는 이를 실천해 세계의 재벌이 되었습니다.

7월 5일

성공하려면 두려움에서 벗어나라

큰 배는 깊은 바다를 원한다. - C. 허버트

두려움은 한 마디로 악마의 선물입니다. 인간을 고통 속에서 더욱 좌절하게 만들고 절망의 고통을 가져다주는 것이 두려움입니다.

성경에도 '두려움'이런 단어가 365회나 나옵니다. 살인이나 도적질하지 말라는 말보다 더 많습니다. 두려움이야말로 인간이 하루 한순간도 피할 수 없는 생명의 어두운 그림자입니다. 그러므로 두려움의 끝은 패배와 절망입니다.

그러나 삶의 목표가 분명한 사람은 어떠한 역경에 놓이더라도 두려움에 떨고만 있지 않습니다. 그럴 여유가 없기 때문입니다. 다만 어떻게 극복할 것인가에 전심전력하고 있을 뿐입니다. 고통과 핍박이 없으면 기쁨을 맛볼 수 없습니다.

두려움은 성공과 신화 창조의 최대 장애물입니다. 그러므로 두려움에서 벗어나려면 우선 그 대상이 무엇인가를 정확히 알아야 합니다. 도대체 무엇 때문에 두려워하는가? 그 원인을 알면 대책을 세울 수 있습니다. 세상의 모든 문제에는 해답이 있기 마련입니다.

7월 6일

성공한 사람은 다투지 않는다

옛 사람의 덕을 표본으로 삼아 자신의 인격을 수양한다. - 좌전

자기의 삶에 확고한 신념을 가지고 있는 사람은 남과 사소한 일로 다투거나 분쟁을 일삼는 행동을 멀리 합니다.

자기의 인생에 자신감을 가지려면 약한 자, 비열하고 교활한 자를 경쟁 상대로 맞서지 않고 진심으로 존경할 수 있는 인격자를 표본으로 삼는 것이 중요합니다.

존경의 상대를 선택하였으면 온 힘을 다해 그와 동등한 위치에 오르려고 노력함은 당연합니다.

비록 그와의 경쟁에서 밀리고 지더라도 결과적으로 자신의 성장에 많은 도움을 얻을 수 있습니다. 그러나 약한 자를 경쟁자로 한다면 큰 힘을 들이지 않고 이기더라도 성장의 변화를 얻을 수 있습니다. 대등하거나 한 수 아래의 바둑판에서 무엇을 얻을 수 있겠습니까?

언제나 전력을 다해서 일을 성취하는 사람만이 자신감에 넘친 삶을 살아갈 수 있고 성공이란 열매를 걷을 수 있습니다.

7월 7일

실패를 성공으로

인생은 병이요, 세계는 병원이다. 죽음이 의사인 것이다. - H. 하이네

미국의 한 작은 비누공장 직원이 점심식사를 하기 위해 나가면서 기계 작동을 끄는 것을 잊었습니다. 한 시간 후에 돌아와 보니 기계는 고사하고 아무것도 보이지 않았습니다.

'이 문제를 어떻게 해결하나!' 머리를 짜서 생각해 낸 것이 그 거품을 눌러서 비누 모양을 만드는 것이었습니다. 물 위에 뜨는 비누, 아이보리 비누의 탄생이었습니다. 거품 사건을 멋지게 해결한 덕에 거품처럼 성장했던 것입니다.

그 회사의 이름은 지금의 재벌이 된 프록트 앤드 갬블입니다.

유타 주에 살던 한 청년이 워싱턴의 여름이 무섭게 덥다는데 착안해서 나무 뿌리 즙을 원료로 한 루트비어(root beer : 뿌리맥주)란 청량음료를 독점 판매하게 됩니다. 대히트였습니다. 그런데 웬일입니까?

여름이 지나고 겨울이 되어 살을 에이는 바람이 불자, 손님이 딱 끊어지는 것이었습니다. 실패였습니다. 이 문제를 어떻게 하나! 그는 문제를 해결했습니다. 점포 이름을 핫숍(hot shop : 더운 가게)라고 고치고 더운 수프며 따끈따끈한 음료를 팔기 시작했습니다. 대히트였습니다.

50년이 지난 후 서른네 개의 호텔, 사백오십 개의 레스토랑을 가진 대재벌이 되었습니다. 그의 이름은 존 윌라드 메리오트였습니다.

7월 8일

실패는 좋은 스승

바보에게 행운과 밝은 미래가 함께 찾아오는 법은 없다. - 괴테

유대인들은 기쁘고 영광스런 날을 기념할 뿐 아니라 패배한 날이나 굴욕스런 날도 기념하고 있습니다. 그들에게 있어 실패는 너무나도 귀중한 교훈인 까닭에 절대로 잊어서는 안 된다고 생각합니다. 실패만큼 좋은 스승, 좋은 학교가 없다는 것입니다.

성공은 사람을 오만하게 만들지만 실패는 사람을 긴장시키고 겸손하게 합니다. 젊어서의 조그마한 성공으로 자만하여 후일 끝내 자신과 주위를 망치고만 사람이 우리 주위에 너무나도 많으므로 실패를 경험 삼아 겸손하게 재기하려는 자세가 더욱 귀중하다고 하겠습니다.
한 번도 실패하지 않는 사람은 없습니다. 따라서 실패를 부끄러워 할 필요는 없지만, 같은 실패를 되풀이해서도 안 되겠습니다.
유대인 사업가 중에는 실패한 사업 계약서를 본보기로 사무실에 걸어두고 실패에서 배우겠다는 열의를 보이는 사람도 있습니다.

7월 9일

인생은 실패와 좌절의 연속이다.

만족은 가난한 자를 풍족하게 하고 풍족한 자를 가난하게 만들기도 한다.
— 프랭클린

인생은 실패와 좌절의 연속입니다. 그 중요한 원인은 자연이나 운명
에 있는 것이 아니라 우리 자신의 잘못된 교육과 지식에 책임이 있습
니다.

우리 인간은 거대한 조직체를 만들기에 열중하고 그 속에 스스로를
얽매어 놓고 끊임없이 분규와 혼란에 빠져 있습니다.

또 우리는 여러 가지로 힘의 비결을 발견하고는 믿을 수 없을 만큼
초월된 자연의 법칙까지 지배하려고 허망한 야욕에 매달립니다. 하
지만, 우리 자신은 그 자연의 힘에 노예가 되거나 희생물이 됩니다.

7월 10일

성장형 인간의 일곱 가지 조건

자기가 해야 할 일을 발견하는 것이 바로 행복이다. - 칼라일

인간의 삶은 양지와 음지, 두 가지 측면으로 볼 수가 있습니다. 어떤 사람은 양지쪽을 보고, 어떤 사람은 음지쪽을 보고 있어서 인생의 종착역이 크게 달라지는 경우를 볼 수 있습니다.

성장형 인간의 양지쪽 측면은 다음과 같은 것입니다.

① 꿈, 이상, 목표 - 달성하려고 하는 종착역이 없으면 노력의 의미가 없고, 열의가 나지 않는다.

② 건강 - 건강은 활동의 원동력이자 행동력의 원천이다.

③ 일에 대한 열의 사랑 - 일에 대한 열의와 사랑이 없으면 성과가 오르지 않을 뿐만 아니라 보람을 느낄 수 없다.

④ 학구열 - 배워서 발전하겠다는 자세를 갖지 않으면 제자리 걸음으로 끝날 가능성이 많다.

⑤ 인맥 - 많은 사람을, 그것도 이질적인 사람을 많이 만나고 경청하는 태도를 기른다.

⑥ 적극성 - 불가능을 생각지 말고, 어떻게 하면 가능하게 되는가를 찾아낸다.

⑦ 자립심 - 자기의 실력으로 돌파해야 한다. 결과가 좋지 않을 때는 자기의 노력이나 실력이 부족하다고 생각한다.

윗사람을 리드하는 방법

다른 사람을 지배하려는 사람은 먼저 자기 자신의 주인이 되어야 한다.
- P. 매신저

직장에 변화의 바람이 불면서 부하와 상사의 관계가 바뀌고 있습니다. 직장 상사를 뛰어넘는 지혜가 요구되는 현실이기도 합니다.

첫째, 자기 분야의 전문가가 되어야 합니다.

자신의 부가가치를 높여야 윗사람으로부터 신임을 받을 수 있습니다. 이를 위해서는 자신에 대한 투자를 게을리해서는 안 됩니다.

둘째, 한 단계 위에서 생각합니다.

직급에 맞게 생각하고 지시 받은 사항만을 처리하고 보고한다는 생각은 버려야 합니다. 자신의 직급이 대리라면 과장의 눈높이와 사고 방식을 가지고 접근해야 합니다.

셋째, 업무 이외의 분야에 대해서도 관심을 가져야 합니다.

다양한 분야에 호기심을 가지면 자신의 경력을 넓히는데 도움이 되어 업무와 연결시킬 수 있습니다.

넷째, 최신 정보를 습득합니다.

가장 빠르고 정확한 정보를 접하고 있는 사람이 부서 내에서 영향력을 발휘하므로 업무에 관한 정보를 항상 수집하고 컴퓨터 폴더를 통해 정리해 둡니다.

다섯째, 각 부서의 상사에게서 배울 점을 놓치지 않고 다른 분야의 상사가 가지고 있는 장점까지 파악해 두면 업무 수행에 도움이 됩니다.

리더의 등급

큰 인물이 되기 위해서는 자기가 부닥치는 어떠한 운명이라도 이용하려는 각오가 없어서는 안 된다. - 라 로슈푸코

제갈공명은 장수의 그릇을 여섯 가지로 분류하였습니다.

1. 배반할 사람을 가려내고, 위기를 예견할 줄 알고, 부하를 잘 통솔하면 '열 명의 리더 十人之將'가 될 수 있고,

2. 아침부터 밤까지 일하고, 언변이 신중하고 능하면 '백 명의 리더 白人之將'가 될 수 있고,

3. 부정을 싫어하고, 사려가 깊으며, 용감하고 전투 의욕이 왕성하면 '천 명의 리더 千人之將'가 될 수 있고,

4. 겉으로 위엄이 넘치고, 안으로는 불타는 투지가 있으며 부하의 노고를 동정하는 마음씨가 있다면 '만 명의 리더 萬人之將'가 될 수 있고,

5. 유능한 인재를 등용함은 물론 자신이 매일매일 수양에 힘쓰며 신의가 두텁고, 관용할 줄 알며, 항상 동요함이 없으면 '십만 명의 리더 十萬之將'가 될 수 있고,

6. 부하를 사랑하고, 경쟁자에게도 존경 받고 지식이 풍부하여 모든 부하가 따른다면 '천하 만민의 리더 天下萬民之將'가 될 수 있다고 했습니다.

7월 13일

리더의 글자풀이

작가는 스스로 제도화되기를 거부해야 한다. – 장 폴 사르트르

지능이 높은 동물의 집단에는 대개 리더가 있게 마련입니다.
특히 인간의 집단은 동물의 집단보다 고차원적인 리더십이 요구되기도
합니다.
어떤 집단은 아직도 보스(두목) 수준의 리더에게 영도領導되고 있는
경우도 많습니다만, 행동과학자 피고스 교수가 리더(LEADER)의 역
할을 글자풀이로 설명한 것이 있습니다.

- L(엘)은 릿슨(Listen:잘 듣는다, 경청한다)의 뜻
- E(이)는 에듀케이트(Educate:교육한다) 또는 익스플레인
  (Explain:설명한다)의 뜻
- A(에이)는 어시스트(Assist:도운다, 원조한다)
- D(디)는 디스커스(Discuss:상담한다, 토의한다)의 뜻
- E(이)는 이벨류에이트(Evaluate:평가한다)의 뜻
- R(알)은 리스폰스(Response:대답한다 또는 책임을 진다)의 뜻
  이라는 것입니다.

이 중에서 가장 중요한 것은 듣는다는 항목으로서, 리더는 자기가 하

는 일의 70내지 80%를 듣는 일에 할애하라고 합니다.

물론 듣는다는 것은 부하의 말을 포함하여 관련 부문이나 업계의 정보를 듣는 것도 포함됩니다.

많이 듣는 것을 포함해서 '리더(LEADER)'의 글자가 갖는 의미를 음미해 보면, 시사하는 바가 많습니다.

 7월 14일

직업의식

1분 늦는 것보다 3시간 빠른 것이 더 낫다. – 셰익스피어

진정한 직업인이 되려면 우선 스스로가 타인에게 바람직한 사람이 되도록 노력해야 합니다. 회사 측에서는 그 회사를 믿고, 제품이나 서비스를 믿고 함께 일하는 동료들이 서로 신뢰하는 인물이 되기를 바라고 있습니다. 근무시간만 적당히 채우면 된다고 하는 책임감 없는 인물이 아니라 몇 시간이 걸려도 맡은 업무를 마무리하는 적극적인 직원을 요구합니다.

또한 회사는 지시나 조언이 없으면 아무것도 할 수 없는 피동적인 인물이 아니라 독립된 활동을 할 수 있는 인물을 원합니다. 이러한 인물은 늘 자신감에 차 있고 매사에 헌신적입니다. 그 중에서 가장 바람직한 것은 업무 수행에 확고부동한 사고방식을 지니고 있는 인물입니다.

요즘은 근무 시간만큼만 일하고 급료 받기를 원하는 사람이 많습니다. 이런 직원은 회사의 부채이며 사내에서의 불평 불만, 동료 간의 마찰이나 트러블을 일삼는 암과 같은 존재입니다.

기업은 생물과 같은 공동체로서 이익과 성장이 뒤따르지 않으면 존립할 수 없다는 직업의식을 갖고 충실하게 공동 목표를 이룩해야 합니다.

7월 15일

능력 관리

영혼, 그것은 인간을 지상의 다른 모든 것과 구별하는 불멸의 불꽃입니다.
– 쿠퍼

누구에게나 나름대로의 능력은 있게 마련입니다. 문제는 어떤 종류의 능력인가, 어느 정도의 능력인가에 따라서 평가가 달라진다고 하겠습니다.

새는 나는 재주가 있고, 물고기는 헤엄치는 재주가 있고 굼벵이는 기는 재주가 있습니다만, '독수리는 파리를 잡지 못한다.'는 속담도 있듯이 능력의 종류나 수준은 다르게 마련입니다.

그러나 가장 중요한 것은 모처럼의 능력도 갈고 닦지 않으면 퇴화하고 만다는 점입니다.

날지 못하는 새가 가장 대표적인 예입니다. 날개가 퇴화해 버려서 땅에서만 살게 된 새, 그런 새처럼 되어버린 사람을 우리는 봅니다.

한때는 능력이 출중했던 사람이, 무능한 사람으로 전락해 버리는 이유는 대개가 능력 관리를 하지 않았기 때문입니다. 물론 기회를 만나지 못해서 재능이 썩고 있는 사람도 있습니다. 그러나 능력 관리를 하지 않게 되면 재능도 퇴화하고 맙니다.

능력이란 귀중한 재산입니다. 재산 관리와 마찬가지로 능력 관리를 잘못하면 자신의 삶을 파산하고 맙니다.

7월 16일

자기 효력감

지나가는 구름은 볼 수 있다. 그러나 마음속의 생각은 볼 수 없다. – 호주 속담

성공을 거듭한 사람은 더욱 성공하고, 실패를 거듭한 사람은 계속 실패하는 경우가 많은 것 같습니다.

성공을 거듭한 사람은 '성공 체험'의 즐거움이 의욕을 북돋운 탓인데, 이를 심리학자 밴듀러는 '자기 효력감'이라고 불렀습니다.

한편 실패를 거듭하는 사람은 '학습성 우울증'이 생겨서 쉽게 자포자기하는 상실감에 빠진다는 것입니다.

자기 효력감에는 네 가지 요인이 있습니다.

1. 자기 체험: 직접 체험한 것이 생생하게 자신감을 가져다준다.
2. 대리 체험: 인생에는 많은 스승이나 선배가 있다. 다른 사람의 성공 체험을 연구하거나 모방하여 자기의 것으로 만들어 삶의 디딤돌로 삼는다.
3. 대인적 영향: 주위 사람의 칭찬이나 윗사람이 인정해 줄 때 자신감이 붙고 자기 효력감이 생겨서 의욕과 적극성이 생긴다.
4. 생리적 변화: 승리나 성공의 체험은 엔도르핀의 증가뿐만 아니라, 생리적 변화도 가져온다.

실패의 요인인 '학습성 우울증'에서 탈피하여, 성공 체험을 경험하는 자신감을 갖도록 노력할 일입니다. 이것이 성공으로 이끄는 힘입니다.

7월 17일

정신적 자석

낮이 얼마나 아름다운 지는 밤이 되어야 알 수 있다. 마찬가지로 죽기 전까지는 인생을 평가할 수 없다. - 카알 힐티

우리는 어릴 때, 자석을 가지고 놀이를 한 경험이 있습니다. 어떤 것은 달라붙고, 어떤 것은 달라붙지 않습니다. 두 개의 자석이 같은 극끼리 만나면, 서로 밀쳐 내기도 합니다.

조셉 머피 박사는 "성공을 원한다면 당신 스스로가 정신적인 자석이 되라."고 강조하고 있습니다만, 물론 끌어들이고 달라붙는 자석이 되어야겠지요. 비관적이고, 소극적이고, 비판적인 사람에게는 흡인력이 생길 리가 없습니다.

"나는 내가 하는 일에 보람을 느끼고 나와 상대하는 사람에게 도움을 주려고 하기 때문에 누구나 즐거운 마음으로 만날 수 있어. 나는 항상 낙관적으로 생각하고 적극적으로 행동하기 때문에 강한 흡인력이 생기는 거야."

이러한 적극적인 마음가짐을 자기 암시를 통하여 반복해서 습관적으로 강화해 가면 성공이 눈앞으로 다가옵니다.

7월 18일

표정 관리

말할 때는 행동할 것을 고려하고 행동할 때는 한 말을 상기한다. - 중용

우리는 타고난 용모 때문에 득을 보는 경우가 있는가 하면 본의 아니게 손해를 당하는 일도 있습니다.

미국 레이건 대통령이 연설문에서 말한 것처럼 자기 얼굴에 책임을 질 줄 아는 사람이라면 용모는 물론 분위기나 인품에까지 자신감을 나타냅니다. 아무리 미남미녀라 할지라도 항상 찡그린 인색한 얼굴의 사람이라면 어두운 표정에 마음도 가난하고 비관적인 풍모를 나타냅니다.

학자들의 연구에 의하면 얼굴의 표정을 바꾸면 실제로 감정까지도 바뀐다고 합니다. 기쁨이나 슬픔, 분노 등 희로애락의 감정이 일어날 때 표정의 변화를 엿볼 수 있는데, 반대로 표정을 바꾸면 감정의 흐름이 변한다는 것입니다.

웃음을 치료요법으로 활용하여 병을 고친 실예를 언론매체에 소개되기도 하였습니다. 웃음은 마음만이 아니라 신제직 변화에 많은 영향을 미칩니다. 낙관적인 기분과 활발한 신진대사를 유발하는 웃음이 자연 치유력을 강화합니다.

명상의 철학자 파스칼이 말합니다.

'마음을 평화롭게 하여라. 그러면 당신의 표정도 평화롭고 따뜻해질 것이다.'

7월 19일

제임스 랑게 이론

산다는 것은 호흡하는 것이 아니다. 행동하는 일이다. – 룻소

다음의 물음에 답을 생각해 보시기 바랍니다.

① 우리는 슬프니까 울고, 무서우니까 도망 가고, 즐거우니까 웃는 것이다.

② 우리는 우니까 슬퍼지고, 도망 가니까 무서워지고, 웃으니까 즐거워지는 것이다.

이 두 개의 물음 중에서 ②번이 맞다고 생각하는 이론을 '제임스 랑게 이론'이라고 합니다.

19세기 후반, 미국과 독일에서 거의 동시에 발표되었기 때문에 미국의 윌리엄 제임스와 독일의 카알 랑게의 이름을 함께 붙여서 부르게 된 것입니다. 사실, 어린애들을 보면 울다가 웃는 일도 있고 한참 울고 있는데, "왜 우니?" 하고 물으면 이유를 답하지 못하는 일도 있습니다. 울음의 이유가 슬픔이나 아픔이 아닌 경우입니다.

때로는 어른에게 떼를 쓰기 위해서 억지 울음을 울다가 진짜로 엉엉 우는 경우도 보게 됩니다.

이처럼 신체적 변화가 감정적 변화를 일으킨다는 점을 밝힌 것이 '제임스 랑게 이론'입니다만, 이 이론을 우리 생활에 적용하면 세상은 한결 밝아지게 될 것입니다.

7월 20일

시너지 효과

괴로움은 인간의 위대한 교사이다. – 에센 바하

시너지 효과란 말은 '전체적인 효과에 기여하는 각 기능의 공동 작용, 협동'을 뜻하는 말로서 그러한 공동 · 협동체가 상승효과, 종합효과를 가져오는 것이 시너지 효과입니다.

한 사람의 능력에 또 한 사람의 능력이 가해질 때 두 사람의 능력효과만 나오는 것이 아니라 상승효과를 가져오는 경우는 헤아릴 수 없이 많습니다.

영양분이나 비타민의 경우도 마찬가지입니다. 비타민만 섭취하면 흡수율이 나빠서 별 효과가 없습니다. 비타민은 단백질이나 당질과 함께 섭취되어야만 효과를 볼 수 있습니다. 단독으로는 별 효과가 없다가도 '함께 함으로써' 상승효과를 보는 것입니다.

비타민C의 보고寶庫라고 해서 한때는 인기 식품이었던 시금치가 신장결석의 원인이 된다는 연구 발표가 있자 시금치의 수요가 격감한 때도 있었습니다만, 참기름과 함께 먹으면 아무 문제가 없다는 것이 밝혀졌습니다. 참기름에는 칼슘이 많이 들어 있어서 이 칼슘이 시금치 속의 유해 성분을 없애버리기 때문입니다.

공동 · 협동의 힘이 얼마나 대단한가는 더 이상 설명드릴 필요가 없습니다.

7월 21일

일의 주인

나의 성격은 내 행위의 결과다. - 아리스토텔레스

'일의 노예가 되지 말고, 일의 주인이 되라.'는 말이 있습니다. 누가 시킨다고 하여, '시키니 어쩔 수 없이 한다.'는 노예적 사고방식을 버리고 '이 일은 내가 할 일'이라는 마음가짐으로 열심히 일하는 마음의 자세가 주인 의식입니다.

돈(월급)을 받기 위해서는 하는 일과 자신이 하지 않으면 안 된다는 사명감에서 하는 일은 책임감의 폭과 깊이가 크게 다릅니다.

돈을 받기 때문에 일한다는 마음가짐을 샐러리맨 근성이라고 부릅니다만, '내가 아니면 누가 하랴.'하는 의식은 가정주부와 가정부의 경우를 보면 쉽게 알 수 있습니다.

주부가 하는 일은 힘들지만, 거기에는 사는 보람이 있습니다. 그러나 가정부가 하는 일의 종류는 같지만, 일을 하는 마음가짐과 의욕에는 큰 차이가 있습니다.

국가 공무원의 말단직원에서 시작하여 장관까지 된 사람이 있고 밑바닥에서 출발한 메이저 영국 수상은 인간 승리의 좋은 표본입니다.

성공한 사람은 누구를 막론하고 성공의 정도에는 차이가 있지만, 주인 의식이 있었기에 성공한 것입니다. 주인 의식은 성공을 위하여 내딛는 첫출발점이 됩니다.

7월 22일

샌드위치병

너그러운 사람은 자기가 받는 것만큼 많이 지불하지 않는다. - T. 폴러

빵과 빵 사이에 야채나 햄 같은 것을 끼운 음식이 샌드위치입니다. 이 샌드위치는 영국의 귀족, 샌드위치 백작의 이상한 버릇에서 유래되었다고 합니다.

샌드위치 백작은 노름을 어찌나 좋아했던지 며칠이고 밤을 새워가며 노름을 했다는 것입니다만, 식당에 가는 시간도 아깝고 손에 나이프나 포크를 들면 노름을 할 수 없는지라 식탁에 앉는 시간조차 아까워서 꾀를 냈다는 것입니다. 한 손으로 빵이며 고기며 야채를 한꺼번에 먹을 수 있는 방법, 그래서 빵 사이에 끼워서 먹는 음식을 생각하게 되었고, 뒤에 그 사람의 이름을 따서 샌드위치라는 이름이 된 것입니다.

이처럼 샌드위치는 두 가지 사이에 끼여 있는 상태를 나타내게 되어서 샌드위치맨이라는 말까지 생겨나게 되었고, 직장의 경우를 보면, 상사와 부하 사이에 끼어 있는 중간관리사가 샌드위치적인 존재라고 할 수 있습니다.

이러한 샌드위치적인 상황이 여러 가지 정신적인 문제를 야기시켜 이른바, 중간관리직 증후군을 일으킨다고 합니다.

프로와 아마추어

자신의 일을 발견한 사람은 행복하다. – 칼라일

'봉급생활자'를 영어로는 샐러리맨(Salaried man)이라고 부릅니다만, 봉급을 뜻하는 이 '샐러리'란 말은 원래는 '소금'을 뜻한 말입니다. 그 옛날 로마시대에는 어느 집에서나 꼭 필요한 소금을 급료로 지급했기 때문입니다. 한마디로 봉급생활자라고 해도 여러 가지 종류가 있습니다. 업종의 차이, 급료의 차이는 물론입니다만, 일을 대하는 자세에 있어서도 차이가 있습니다.

프로와 아마추어의 차이는 크게 세 가지로 나눌 수 있습니다.

1. 아마추어는 현상 유지형으로서 변화를 싫어하고 현실에 만족하는 사람이고, 프로는 현상타파現狀打破의 정신을 가지고, 문제를 해결하고 더 좋은 방향으로 개선하려는 사람입니다.

2. 아마추어는 목표가 막연하고 무엇을 위해서 일하는 지 잘 모르는 데 반하여, 프로는 노력하면 도달할 수 있는 목표를 분명히 확립하고 있는 사람입니다.

3. 아마추어는 변명이나 구실이 많고 그것도 자기 이외의 탓으로 돌리는 데 반하여 프로는 변명이나 구실을 찾는 것이 아니라 해결책을 찾고, 성공이 가져다주는 정신적인 보수(만족감)에 뜻을 둡니다.

7월 24일

도전과 도피

불가능은 소심한 자의 환상이요, 비겁한 사람의 도피처이다. - 나폴레옹

우리는 매일매일을 어떤 마음가짐으로 일하고 있을까요?

① 마지못해 일하고, 퇴근 시간을 애타게 기다리고, 요령을 피우고, 가능하다면 게으름을 피우고 싶다.

② 시작할 때는 서두르지만, 적극성이 없고 자리만 채우고 그저 멍청히 매일매일을 보내고 있다.

③ 항상 진보적인 생각으로 "내가 아니면, 누가 하랴!" 하고 남이 싫어하는 일에도 솔선하여 열심히 달라붙는다.

최근 어느 직장에서나 사람의 중요성과 마음가짐의 중요성이 강조되고 있습니다. 일하는 마음은 사람마다 각양각색이어서 여러 가지 갈등이 생기는 것도 사실입니다.

열심히 일하는 사람은 어느 곳에서나 환영 받게 마련입니다만, 최근의 젊은이들 중에는 "내게는 일이 맞지 않는다."고 간단하게 불평하는 사람이 늘고 있습니다. 이상과 현실의 틈에서 비명을 지르며 허무한 도주를 하는 사람도 많습니다.

그러나, 일이 자신과 맞는다 안 맞는다를 가릴 것이 아니라 싫어도 공부를 했던 것처럼 도전하고 극복하고 실력을 쌓아간다는 자세가 무엇보다 중요하다고 생각됩니다.

7월 25일

세상만사

어느 정도 깊이 괴로워하는가에 따라 인간의 위치가 결정된다. – 니체

밭에서 어머니 일을 돕던 소년이 갑자기 울음을 터뜨렸습니다.
"애야, 도대체 무엇 때문에 우니?"
어머니의 물음에 소년이 대답했습니다.
"산 채로 땅에 묻힐까봐 겁이 나요."
소년에게 세상의 모든 것이 온통 걱정뿐이었습니다. 번개가 치면 벼락을 맞을까봐 겁났고, 흉년이 들면 굶게 될까봐 겁이 났습니다.
죽으면 지옥에 갈까봐 겁났고, 밖에서 놀면 큰 애들이 귀를 자르자고 덤빌까봐 겁이 났습니다.
팁을 주면 처녀들이 비웃을까봐 걱정이 되었고, 자기와 결혼할 여자가 이 세상에 없는 것 같아 걱정이 되었습니다. 또 결혼식을 마친 후 바로 아내에게 무슨 말을 해야 할지 걱정이었고, 예식장에서 집으로 갈 때까지 차 안에서 무슨 얘기를 해야 할 지 근심이었습니다.
밭을 갈면서도 지구가 흔들리는 듯한 느낌을 받으며 걱정이 떠나지 않았습니다.
그러나 세월이 흐르면서 경험해 보니 소년이 걱정했던 모든 일은 거의 일어나지 않았습니다.

7월 26일

열심히 열심히

자신의 운명을 짊어질 수 있는 용기를 가진 자만이 영웅이다. – 헤세

어떤 일을 몸과 마음을 다해서 할 때 우리는 '열심熱心히'라는 말을 사용합니다. 그런데 일본 사람들은 이 열심히란 말을 '잇쇼껜메이一所懸命'라고 합니다.

한자의 뜻을 풀이해 보면, '한 곳에 생명을 건다.'는 뜻이 됩니다. 어떤 때는 발음이 같기 때문에, '일생현명一生懸命'이라고 쓰기도 합니다. 일생에 생명을 건다는 뜻이 되는 것입니다.

우리의 열심은 '뜨거운熱 마음心'인데 비해서 일본인들은 '생명을 건다'고 하니까 정도의 차이가 이만저만이 아닙니다.

일본인들이라고 해서 무슨 일에서건 생명을 걸 정도로 열심히 하는 것은 아니겠습니다만, 말뜻에서 보면 하늘과 땅의 차이가 있습니다.

한때, '일본을 뛰어넘자.'고 해서 극일克日운동을 벌인 일도 있었고, 지금도 마땅히 뛰어넘어야 할 상대인 것만 틀림이 없습니다.

그러나 손자병법孫子兵法에도 있듯이 적을 알지 않으면 이길 수 없습니다. 그들의 잇쇼껜메이 정신이 가진 철저성과 근면성을 뛰어넘기 위해서는 그들 이상으로 우리도 노력해야 하겠습니다.

7월 27일

100점 주의

인생은 불안전한 항해이다. 동트기 직전이 가장 어둡다. - 세익스피어

어떤 일을 할 때 100퍼센트 완전하게 하고 싶다고 하는 희망은 인간으로서의 이상이며 염원일 것입니다. 하지만 실제는 희망대로 되지 않는 경우가 많은 것이 현실입니다.

완전을 추구하는 마음은 좋은 일이라고 할 수 있겠습니다만, 질책하거나 괴로워하는 것은 쌍방의 정신 위생에 있어서도 좋지 않다고 할 수 있습니다.

이 세상에는 완전무결한 100점짜리 인간은 없습니다. 지나치게 완전을 추구한다면 오히려 결단력이나 행동력이 둔해지고 맙니다.

소나무에는 소나무의 개성이 있고 배나무에는 배나무의 개성이 있습니다. 배나무에서 소나무와 같이 겨울에도 잎이 푸르기를 바란다면 무리입니다. 마찬가지로 인간에게도 한 사람 한 사람의 개성이 있습니다. 장점도 있고 단점도 있고 잘 하는 일이 있는가 하면 못하는 일도 있습니다.

이런 개개인의 개성을 잘 분별하지 않고 언제나 무슨 일에 있어서나 완전을 원한다면 잘못입니다. 서로의 개성을 살려서 서로 도우면서 함께 몰두해 가면 저절로 좋은 결과가 나올 것입니다.

7월 28일

창업 실패담

나는 미래가 두렵지 않다. 왜냐하면 나는 과거를 경험했고, 오늘을 사랑하기
때문이다. – 윌리엄 화이트

창업 성공담은 많습니다. 그러나 실패담은 알려지지 않습니다.

그 실패담을 알아보면 다음과 같습니다.

이렇게 하면 반드시 실패하는 10가지 사례

　① 전직의 틀을 버리지 못하고 허세를 부린다.

　좋은 자리에서 매일 대접을 받던 사람은 아무리 귀중한 고객에게
도 고개를 숙이지 못한다.

　② 장사의 '끼'가 없어 소극적 성격을 버리지 못한다.

　장사는 돈을 위해서 하는 것인데, '내가 누군데…' 하는 생각으로
돈이 상전이라는 생각 없이 '나를 보고 돈이 오겠지, 어떻게 되겠
지' 하는 막연한 생각을 한다. 왕년의 금잔디는 없어지고 지금은
사막에 있다는 것을 모른다.

　③ 한 가지 아이템으로 평생 먹고 살려고 한다.

　'나는 이것이 전문인데…' 하면서 고집을 부린다.

　④ 잘 된다는 말만 듣고 시장 상황을 꼼꼼히 살피지 않고 뛰어든다.

　남이 돈을 번다고 생각해서 뒤따르다가 막차를 탄다.

　⑤ 위기가 닥치면 허둥대거나 쉽게 좌절한다.

　⑥ 대형 할인점이나 양판점과 승부하려 한다.

⑦ 무리하게 빚을 낸다.

⑧ 차별화한 영업 전략이 없다.

⑨ 지나치게 유행에 민감한 아이템을 선택한다.

⑩ 업종 특성에 맞는 입지를 고려하지 않는다.

고난의 극복

행복은 지배해야 하고 불행은 극복해야 한다. — 독일 속담

어떤 학자가 연구한 것을 보면, 에디슨과 뉴튼은 여러 가지 면에서 공통점을 갖고 있었다고 합니다.

　1. 고독을 참는 능력이 뛰어났다. 어릴 때 여러 가지 역경을 만나 고독한 소년 시절을 보냈지만, 두 사람 모두 훌륭히 극복했다는 점.

　2. 호기심과 손재주가 뛰어났다.

두 사람의 천재성은 이미 잘 알려진 사실입니다만, 어릴 때부터 다양성과 만능성을 발휘했다고 합니다.

　3. 자기를 과소평가하는 경향이 있었다.

자기들의 업적이 굉장한 것이었지만, 스스로는 과소평가하는 경향이 있어서 세상 사람들이 오히려 과대평가하는 일이 많았다고 합니다.

여기서 생각할 것은 인내와 도전으로 역경을 극복한 사람만이 천재성을 내세위서 과시하지 않고 겸허하게 세상을 대했다는 점이 주목할 만하다고 하겠습니다.

우리는 누구나 나름대로의 천재성을 가지고 있을지도 모릅니다. 그러나 좌절하고, 포기하고 역경 속의 고독을 참지 못하면 모처럼의 천재성도 죽고 맙니다.

역경을 넘어서

인내는 온갖 고통에 대한 최상의 치료다. - 플라우트스

이 세상에는 신체나 정신이 불완전해서 고통 받는 사람들도 많습니다. 눈이 보이지 않거나 귀가 들리지 않거나 말을 더듬거나 전혀 못하는 사람에다가 사고로 신체가 부자유한 사람도 있습니다.

외국에서는 이런 사람들을 장님, 귀머거리, 벙어리라고 하지 않고 신체가 부자유한 사람이라고 부르고 있습니다.

헬렌 켈러는 태어나면서부터 열병에 걸려서 눈과 귀가 부자유스럽게 되어버렸습니다. 귀가 들리지 않다보니 말도 배우지 못했습니다. 그러나 앤 설리번이라는 선생님의 지도로 읽고, 쓰고, 말하는 법을 배워서 세계적으로 유명한 인물이 되었습니다.

"희망은 인간을 성공으로 인도하는 신앙이다. 희망이 없으면 아무 것도 이룰 수도 없다."고 한 헬렌 켈러는 귀가 멀고도 위대한 작곡을 한 베토벤을 생각하고, 눈이 멀고도 『실락원』이라는 명작을 쓴 밀턴을 생각하면서 역경을 극복했다고 합니다.

헬렌 켈러는 말했습니다.

"나는 눈과 귀는 잃었지만, 정신만은 잃지 않았다."

7월 31일

모험적 목표

용기 있는 곳에 희망이 있다. – 타키투스

노만 빈센트 필 박사는 그의 저서 『적극적인 정신자세』에서 렌 루소드란 인물과의 만남을 소개하고 있는데, 이 렌 루소드의 일화는 우리가 목표를 세우는 데 큰 도움을 줄 것입니다.

'렌 루소드는 청년 시절, 인생의 목표를 모험적인 생生을 위해서 설정하였다. 그리하여 그는 고교 시절에는 격렬한 운동 선수로, 그리고 대학에서는 철학도로서 모험적인 논쟁의 명수였다.

또 공군에 입대해서는 하늘을 나는 스릴을 만끽하면서 지냈고, 전쟁터에서는 마치 죽기 위해 싸우는 듯했다. 그러나 전쟁이 끝나자마자 그는 참으로 절망적인 허탈에 빠지고 만다. 자신이 너무나 맹목적인 인생을 살아왔다는 허탈에 빠졌던 것이다.

이때 렌은 필 박사를 만나게 되었고, 필 박사의 인품에 끌려 주급 25달러라는 당시로서는 생활비로도 충당되기 어려운 급료를 받고 필 박사가 발행하는 「가이드 포스트」지 발행을 함께 거들었다.

세월이 흘러 백만부에 가까운 발행 부수를 가진 「가이드 포스트」지가 세계적으로 유명한 종교 잡지가 된 것처럼, 렌 루소드란 이름 역시 「가이드 포스트」지의 편집장으로 명성을 얻었다.

렌은 그 때서야 비로소 모험적인 인생이 얼마나 무의미한 지를 깨닫게 되었다.'

모험적인 목표는 극히 찰나적인 상태에서 세워지는 경우가 많습니다. 만약 사회인으로 착실하게 성장해 가던 당신이 전혀 다른 분야의 전문적 기술의 부족으로 인해 심한 상처를 받았다고 한다면, 지금부터 당신을 상처 받게 했던 그 기술을 익힐 수는 없지 않습니다.

변호사의 무능이 분해서 만 5년째 법률 서적을 뒤적이며 고시 준비를 해오고 있다는 어느 30대 직장인의 이야기를 듣는다면, 당신은 과연 어떤 느낌을 받을까요. 박수를 치면서 그의 무모한 모험을 격려할 수만은 결코 없을 것입니다.

목표를 정하는 데 있어 가장 중요한 것은 결코 무모한 모험심을 가져서는 안 된다는 것입니다. 그 목표의 영광이 강렬하게 자기 내부의 욕망을 자극한다고 해도 당신의 인생을 모험으로 엮어갈 수는 없습니다.

모험적인 목표는 착실한 성장보다는 언제나 위험스런 결단을 요구합니다. 그것은 오기에 불과할 뿐이며 도박이라고 부르는 후회스러운 승부수에 지나지 않습니다.

쉽게 타오르는 불길은 쉬 사그라집니다. 인생의 욕망은 한낱 불꽃과 같이 사그러드는 찰나적인 것에서 만족의 쾌감을 가져다주지 않습니다. 진지하게 한 계단 한 계단 당신의 역량에 알맞게 살아감으로써 무한한 인생의 가능성이 펼쳐집니다.

모험심이란 청춘의 환상을 자극하는 순간적 쾌락 그 이상을 가져다 주지 못한다는 것을 알아둘 필요가 있습니다.

8월

지금은 벌써 전설처럼 된 먼 과거로부터
내 청춘의 초상이 나를 바라보며 묻는다.
지난 날 태양의 밝음으로부터
무엇이 빈짝이고 무엇이 타고 있었는가를.

그때 내 앞에 비추어진 길은
나에게 많은 번민의 밤과
커다란 변화를 가져왔다.
그 길을 나는 이제 다시는 걷고 싶지 않다.

그러나 나는 나의 길을 성실하게 걸었고
추억은 보배로운 것이었다.
실패와 과오도 많았다.
하지만, 나는 그것을 후회하지 않는다.

• 내 젊은날의 초상 | 헤세 •

8월 1일

마음의 고향

생각하는 바가 맑으면 마음의 참 모습을 볼 수 있다. – 채근담

세상 사람들의 마음은 온갖 번뇌와 망상으로 얼룩져 있어 마치 큰 파도와 같습니다. 물결이 출렁일 때마다 사람들의 몸과 마음도 출렁거려 어떤 사물도 제대로 보지 못합니다.

그러나 마음속에서 일고 있는 물결이 잠잠해지면 모든 사물이 제 모습을 나타냅니다. 연못이 바람 한 점 없이 고요하면 물밑까지 훤히 보이는 것처럼.

사람은 작은 일에도 마음이 흔들리는 나약한 존재입니다. 흔들리는 마음을 억제하기란 쉽지가 않습니다. 그러나 지혜로운 사람은 이를 바로잡는 여유로움을 가지고 있습니다. 마음을 바로잡는 것이 행복의 시작입니다.

마음은 보기도 어렵고 미묘하나 지혜 있는 사람은 이를 잘 다스립니다. 마음을 잘 다스리는 사람은 안락한 삶을 살아갑니다.

활짝 열린 마음에는 어떤 티끌도 없습니다. 마음이 활짝 열려야 세상을 바로 볼 수 있습니다.

8월 2일

야누스(Janus)신

영혼의 문을 열고 살라. 고귀한 인물은 운명을 탓하지 않는다. - 콩트

로마 전설에 모든 일의 시초를 지배한다고 하는 '야누스(Janus)'라는 문지기신이 있습니다.

신기하게도 이 신은 앞뒤에 얼굴이 있어서 '과거와 미래를 볼 줄 아는 지혜'를 상징하고 있는데, 무슨 일을 시작할 때 치밀하게 과거의 예를 살펴보고 미래를 예측한다는 뜻을 가지고 있습니다.

그러나 사람의 일이다보니 이론대로 되지 않는 경우가 더 많아 마땅히 해야 할 일을 건너뛰는 경우도 있고, 생각이나 경험이 모자라서 불충분하지만, 그냥 시작하는 경우도 있습니다.

어떤 사람은 '뛰면서 생각한다.'는 명언을 남기기도 했지만, 우유부단하게 주저하는 쪽보다는 우선, 행동으로 옮기는데 뜻을 일컫는 말일 것입니다.

깊이 생각하고 시작하느냐, 우선 시작하고 생각하느냐는 상황에 따라, 사람에 따라 다릅니다.

어쨌든 시작하지 않으면 아무 일도 이루지 못합니다. 곧 바로 시작해야 합니다.

8월 3일

천국과 지옥의 모습

삶을 두려워 말라. 살만한 가치가 있다고 믿으라. 그러면 믿음대로 될 것이다.
– 윌리암 제임스

너무너무 바빠서 눈코 뜰 사이 없는 사람이 있었습니다. 회답을 못한 편지가 산더미처럼 쌓여있고, 약속은 밀려있고, 처리해야 할 일이 너무도 많았습니다.

집은 잔디 깎을 시간이 없어서 정원이 덤불처럼 엉켜 있었습니다. 아무 일없이 빈둥빈둥 노는 사람이 얼마나 부러운 지 몰랐습니다.

어느 날, 그 사람이 잠깐 눈을 붙인 사이에 꿈을 꾸게 되었습니다. 꿈속에서의 그는 아주 멋진 사무실에 앉아 있는데 편지나 서류 한 장 없는 깨끗한 책상에다가 약속 메모도 없고, 처리할 일도 없었습니다.

창밖을 보니 잔디는 깨끗이 손질되어 있었고 고요하고 아늑한 맛이 마치 천국 같았습니다.

'아, 이것이 바로 행복이구나.' 하고 생각했습니다.

그런데 갑자기 '내가 무엇을 하고 있지?' 하는 생각이 났습니다.

그때 마침, 매일 오던 우편 배달부가 오늘은 자기에게 들리지도 않고 그냥 지나가는 것이 보였습니다. 우편 배달부를 불러서 물어보았습니다.

"여기가 도대체 어디지요?"

"그것도 아직 모르셨습니까? 여기가 바로 지옥입니다."

8월 4일

한 삽의 힘

지혜는 두 단어로 함축될 수 있다. 기다림과 희망이다. - 알렉산더 뒤마

저수지가 없어 농사는 물론 마실 물조차 어려운 마을이 있었습니다. 마을 사람들은 항상 물 걱정을 하면서도 아무 대책없이 그럭저럭 지낼 뿐이었습니다.

그러던 중에 한 스님이 지형을 살펴보는 듯 하더니 언덕 위 빈터에 삽 한 자루를 가져다 놓았습니다. 그리고 그 옆 나무에 지나가는 사람마다 한 삽씩만 땅을 파 달라는 문구를 적어 놓았습니다. 그다지 어려운 일이 아니었기에 마을 사람들은 오고가면서 한 삽씩 파 주었습니다.

마을 사람들이 들로 일을 하러 나갈 때마다 한 삽씩 파다보니 땅을 파는 것으로 하루를 시작하게 되었습니다.

평지의 땅이 조금씩 패이기 시작했습니다. 비가 오면 빗물이 괴고, 주위로부터 물이 흘러들어 차츰 연못으로 바뀌기 시작했습니다. 그로부터 10여 년의 세월이 흐르자 연못은 커다란 저수지가 되었습니다. 저수지가 완성되면서 척박하던 땅이 옥토로 변하고 많은 수확을 거둘 수 있어 비로소 마을 사람들은 시름을 잊었습니다.

8월 5일

생존의 법칙

운명은 결코 결정되어 있지 않다. 스스로 운명은 결정해야 한다.
– 아놀드 토인비

언젠가 한 마리의 사자와 여우가 함께 식당으로 들어갔습니다. 그들은 자리에 앉자, 여우가 식사를 주문했습니다. 그러나 여우는 1인분만을 시켰습니다.

그래서 웨이터가 물었습니다.

"친구 분은 어떤 것을?"

그러자 여우가 말했습니다.

"무슨 말이오? 그가 배가 고팠다면, 내가 여기 앉아있을 수 있었겠소?"

8월 6일

신 념

바보의 심장은 웃고 떠드는 입에 있지만 현명한 사람의 입은 그의 심장에 있다. – 프랭클린

"우리는 이제 떠나야 할 때가 왔다. 나는 죽으로 가고 여러분은 살기 위해 남아있다. 누가 더 행복할 것인가, 그것은 오직 신만이 알것이다."
플라톤이 쓴 유명한 대화편「소크라테스의 변명」의 마지막에 나오는 극적 선언입니다. 오백 명의 아테네 시민들은 소크라테스에게 사형 선고를 내렸습니다.

그는 기원전 399년 봄에 태연자약하게 독배를 마시고 죽었습니다. 그것은 철학자다운 장엄한 죽음이었습니다. 그는 자기의 신념대로 살다가 죽었습니다.

앞의 말은 아테네 시민들이 부당하게도 사형선고를 내렸을때 소크라테스가 법정에서 마지막으로 자기의 소신을 피력한 말입니다.

자기 자신은 이제 죽음의 길로 가고 아테네 시민들은 살아 남아있음으로 해서 누가 더 행복한 것인가는 오직 신만이 알 수 있다고 역설하고 있습니다.

그것은 인간의 신념이 도달할 수 있는 최고의 경지요, 인간의 정신이 표현할 수 있는 최고의 용기입니다.

자기 자신은 정의의 반석 위에 굳건히 서 있다는 확신과 신이 나를 언제나 보호해 준다는 확고한 믿음이 있었기 때문에 소크라테스는 이러한 말을 할 수 있었고 또 그러한 죽음을 죽을 수 있었습니다.

8월 7일

암소와 돼지의 생각

생선을 주면 하루를 먹을 수 있지만 잡는 법을 가르쳐 주면 일생 동안 먹을 수 있다. – 맹자

어느 부자가 친구에게 말했습니다.

"이봐, 친구! 내가 죽으면 전 재산을 사회나 자선단체에 기부하겠다고 약속했는데도 왜 사람들은 나를 구두쇠라고 비난하는지 모르겠어."

그러자 친구가 말했습니다.

"이보게 친구. 암소와 돼지의 차이점을 아나? 하루는 돼지가 암소에게 자기가 왜 사람들에게 인기가 없는 지 모르겠다고 불평을 말했지. 사람들은 항상 너의 부드럽고 온순함을 칭찬하지. 물론 너는 사람들에게 우유를 만들어주지, 하지만 난 사람들에게 햄, 가죽까지 남겨주고 심지어는 발까지 식탁에 올려주는데도 날 좋아하지 않는단 말야. 도대체 인간들은 왜 그러는지 모르겠어?"

그러자 암소는 잠시 생각해 보더니 말했습니다.

"그건 말이야. 내가 살아있으면서 사람들에게 유익한 것을 제공하기 때문이겠지! 그게 다른 점일 거야."

8월 8일

낮도둑, 밤도둑

지식인은 지금까지 일어났던 일을 안다. 그러나 천재는 앞으로 일어날 일을 안다. - J. 치아디

이 세상에서 아주 오랜 된 직업 중의 하나에 도둑질이 있습니다.

외국의 통계에 의하면 낮에 활약하는 도둑이 45%나 된다고 하니, 낮에도 조심을 해야 한다는 결론입니다. 낮중에도 빈집털이가 가장 많이 활약하는 시간은 2시에서 4시, 그 다음이 4시에서 6시까지라고 합니다.

어떤 도둑이 잡혀서 재판을 받게 되었습니다.

처음에는 낮에 범행을 저질러서 1년형을 받고, 다음에 다시 체포되었을 때는 밤에 범행을 저질렀는데 또 1년형을 받게 되자,

"재판장님! 낮에 범행을 해도 1년, 밤에 범행을 해도 1년, 그렇게 매번 똑같이 형량을 매기면 나는 어떻게 장사를 합니까요?"

했다는 우스갯소리도 있습니다.

실제로 일본 에도(江戶)시대에는 밤낮에 따라 형량이 달랐습니다. 특히 밤에 도둑질을 하면 중죄重罪가 되었다는 것인데, 낮 도둑질은 단속을 안 한 집주인에게도 책임이 있으니까 죄를 덜 줄 수도 있지만, 밤에 집안 식구가 모두 있을 때 도둑질을 하는 것은 몹쓸 짓이라고 생각했다는 것입니다.

8월 9일

게으름

불만은 우리가 가진 것에 대해 감사하지 않는 데서 비롯된다. – 대니엘 디포

하루 종일을 하는 일없이 침대에 누워 시간을 보내는 게으른 남자가 있었습니다. 하루는 친구가 왜 이렇게 침대에 누워서 지내느냐고 물었습니다.

그는 묘한 웃음을 흘리며 대답했습니다.

"매일 아침마다 내 머리맡에서는 두 아가씨가 서로의 주장을 놓고 다툼을 벌인다네. 한 아가씨는 부지런함이고 다른 아가씨는 게으름이지. 부지런 아가씨는 나에게 빨리 일어나라고 간청하고 게으름이라는 아가씨는 그대로 누워있으라고 유혹하는 거야. 그런 다음 내가 왜 일어나야 하는지, 아니면 그러지 말아야 하는지에 대해 여러 가지 이유를 말하지. 양쪽의 주장을 모두 들어주는 것이 공정한 재판관의 임무이 듯이 나도 그들의 권리를 보장해주기 위해 자리에 누워 있어야만 한다네. 자네라면 이해할 수 있지 않겠나!"

8월 10일

고집불통

자기 자신을 알기 위해서는 먼저 남을 알아야 한다. - 뵈르네

고집쟁이 집안이 있었습니다.

아버지는 고집불통, 아들도 고집불통, 어느 누구에게도 지려고 하지 않았습니다.

하루는 집에 손님이 와서 아들에게 고기를 사 오라고 심부름을 보냈는데, 도무지 돌아오지 않아서 아버지가 고깃간으로 찾아 나섰습니다.

그런데 길 한복판에서 아들이 웬 사람과 마주 서 있었습니다.

"도대체 어찌 된 일이냐?"

"이 사람이 길을 비켜주지 않아요."

"알았다. 그렇다면 너는 고기를 갖고 어서 집에 가거라. 내가 대신 이 사람을 맡겠다."

8월 11일

최초의 술꾼

꿀을 얻으려면 벌에 쏘일 것을 각오해야 한다. – 아라비아 속담

미국의 천재적인 극작가 유진 오닐이 젊은 시절 술 때문에 웃지 못할 실수를 범한 적이 있습니다.

어느 날, 엉망진창으로 취했다가 아침에 깨어나 보니 옆에 웬 여자가 누워 있었습니다.

"당신, 누구요?"

"우리 어젯밤에 결혼했잖아요?"

그는 너무도 절망한 나머지 선원이 되어서 배를 타고 세상을 방랑하는 계기가 됩니다. 이 경험이 바다를 무대로 한 연극을 낳기도 했습니다만, 황당한 그 첫번째 결혼은 술이 원수였던 셈입니다.

그런데 이 세상에서 세계 최초의 술꾼은 누구일까요?

기록에 나타난 것으로는 구약성서에 나오는 노아였다고 합니다. '노아의 방주'로 유명한 노아는 대홍수가 끝난 후 육지로 돌아와서 포도밭을 일구며 농사를 짓고 살았습니다. 포노주를 빚어서 마신 것이 취해서 벌거벗고 누워 있는 것을 멀리서 본 두 아들이 보지 않으려고 돌아서서 뒷걸음으로 가서는 옷으로 덮어주었다는 것입니다.

그때 노아의 나이는 6백 세, 풍류를 아는 멋진 할아버지였던 듯합니다만, 그 아들들 또한 매우 착한 아이들(?)이었다고 해야겠습니다.

8월 12일

자식농사

절제와 노동은 인간에게 있어서 진실된 두 사람의 의사다. – 룻소

로마의 명문가 크라크스의 집에 명사의 부인들이 모여서 서로들 보석 자랑을 하고 있었습니다. 그러나 크라크스의 부인 코르네리아만은 다른 사람의 보석 구경을 하면서 미소만 짓고 있었습니다.

다른 부인들이 코르네리아에게도 보석 자랑을 하라고 졸랐습니다. 부인은 처음에 사양을 하더니 재촉에 못 이겨 옆방으로 가서는 두 아들의 손목을 잡고 걸어 나오는 것이었습니다.

"이 애들이 우리집의 보석입니다."

이들 형제는 훗날 호민관(護民官: 귀족에 대하여 평민의 권익을 보호하기 위하여 만든 최고 관직)에 오른 크라크스 형제였습니다.

우리는 한석봉韓錫奉의 어머니나 맹자孟子의 어머니가 어떻게 자식을 가르쳤는지 알고 있습니다. '맹모삼천孟母三遷'이란, 집이 묘지 가까운 곳에 있자 장례식 흉내를 내고 시장 가까이 있자 장사꾼의 흉내를 내기 때문에 서당 옆으로 이사를 해서 학문의 길로 인도했다는 이야기를 아실 것입니다.

8월 13일

슬픈 약속

백 년을 살 것처럼 일하고 내일 죽을 것처럼 기도하라. - B. 프랭클린

중국 노나라에 미생이라는 젊은이가 있었습니다.

애인이 내일 밤 마을 어귀 다리 밑에서 만나자고 했습니다. 미생은 나음 닐 밤 약속 시간에 다리 밑으로 갔으나 애인은 나타나지 않고 시간은 자꾸 흘러갔습니다. 그때 바닷물이 밀려와 강물이 불어났습니다. 그래도 계속 기다리고 있는데 물은 발에서 무릎으로, 무릎에서 가슴으로 차 올라왔습니다. 드디어 목까지 차고 키를 넘길 기세로 물이 불었습니다. 할 수 없이 교각을 붙잡고 버티었지만, 보람도 없이 익사하고 말았습니다.

이 고사는 '미생의 믿음尾生之信'이라고 해서 목숨을 걸고 약속을 지킨 선행으로 평가한 사람이 있는가 하면, 형편 없는 바보라고 폄하한 사람도 있습니다.

공자와 제자 소진은 신의를 지킨 좋은 사람이라고 평가하는 반면, 장자는 도척이라는 도적의 입을 빌려 매도했습니다.

'기둥에 묶인 개, 물에 떠내려가는 돼지, 이 빠진 그릇을 든 거지와 같다. 소중한 생명을 쓸데없는 명분으로 버린 자는 도道를 저버린 놈이다.'

8월 14일

점 하나

이성은 신이 영혼에 점화한 빛이다. - 아리스토텔레스

러시아 작가 체호프의 일화에 이런 내용이 있습니다.

체호프는 원래 의사였는데, 어느 날 환자에게 처방전을 써 주어서 돌려보내고 보니, 자기가 쓴 처방전에 문법적으로 틀린 부분이 있다는 걸 알게 되었습니다.

문법적으로 틀린 부분이라고 했지만, 실은 구두점 한 개를 잘못 찍은 것이었습니다.

– 물론 구두점도 문법에 포함되는 문제이긴 합니다만. –

그것이 마음에 걸려서 한밤중인데도 마차를 빌려서 점 하나를 고쳐주러갔다고 합니다.

8월 15일

망 상

인내는 쾌락의 근본이요, 여러 가지 권능의 근본이다. - 러스킨

자기 자신이 쥐라는 망상에 빠져 있는 사람이 정신병원에 입원을 했습니다.

치료를 마치고 퇴원하던 날, 출입구를 나서려다가 뒷걸음을 치는 것이었습니다. 이상하게 여긴 의사가 그 이유를 물었습니다.

"저기 고양이가 있잖습니까?"

"당신은 이제 쥐가 아니라는 확신을 얻었지 않소?"

"하지만 고양이는 이 사실을 모를 것입니다."

뚝 심

자만심은 인간이 자기 자신을 너무 높게 생각하는 데에서 생기는 쾌락이다.
— 스피노자

북산에 살고 있는 우공愚公이라는 사람은 동네 양쪽으로 높은 산이
있어서 갑갑하다는 생각이 들었습니다.
"저놈의 산을 기어코 깎아서 평지로 만들어야겠다."
는 생각을 하고 준비에 착수했습니다.
모두들 비웃었지만,
"두고 보시오. 내가 비록 늙었지만(그때 그의 나이는 아흔이었다) 내
가 하다가 죽으면 아들이 계속하고, 아들이 죽으면 손자가 뒤를 잇
고, 손자가 죽으면…하는 식으로 대대손손 산을 깎아내면, 끝내는 평
지가 되고 말거요."
하고 큰 소리를 쳤습니다.
이 말을 들은 산신이 천제에게 그 당돌하고 건방진 노인의 일에 대해
보고를 드렸습니다. 이에 천제는,
"미련하고 고집 센 놈한테는 어쩔 수 없노라."
하면서 신장神將을 불러서는 두 산을 다른 곳으로 옮겨주었다고 합
니다.
나이 아흔이나 되는 노인이 삽과 곡괭이로 산을 없애겠다는 그 의지
와 용기에 대한 놀라움의 결과였으리라고 믿어집니다.

8월 17일

사 양

나쁜 잡초는 빨리 자란다. – W. 흄

해가 서산에 뉘엿뉘엿 저물자 짐을 등에 진 장사꾼은 발걸음을 재촉하였습니다.

지나가던 마부가 힘겨워 하는 장사꾼의 지친 모습을 보고 안쓰러워했습니다.

"젊은 양반, 내 마차에 타시지요."

이 말에 장사꾼은 구세주를 만났다는 듯 마차에 올랐습니다.

그런데 등짐을 내려놓으려고 하지 않았습니다.

"짐을 내려놓는 게 편하지 않겠소?"

딱하게 생각한 마부가 친절한 말을 건넸습니다.

"고맙습니다만, 내가 탄 것만으로 말에게 부담이 될 텐데 이 짐까지 내려서 싣다니요. 등짐만은 사양하겠습니다."

8월 18일

어리석음

집안에 서재를 차리는 것은 집에 영혼을 불어넣는 것이나 마찬가지다.
— 키케로

그리스 최고 종교지도자 텔퍼 신탁은 소크라테스가 이 세상에서 가장 지혜로운 사람이라고 선언했습니다. 그러자 소크라테스의 제자들이 달려가 이 소식을 전했습니다.

"선생님, 기뻐하십시오. 텔퍼 신탁이 선언하기를 소크라테스 선생님이 세상에서 가장 현명한 사람이라고 했습니다."

소크라테스는 조용히 웃으면서 제자들에게 말했습니다.

"돌아가서 다시 한 번 물어보라. 분명히 착오가 있었을 것이다. 내가 어찌 지혜로운 사람이란 말이냐? 내가 알고 있다는 것은 오직 한 가지, 내 자신은 아무것도 모른다는 사실 뿐인데, 내가 지혜로운 사람이란 말인가? 실수를 한 것이 분명하니 다시 가서 신탁에게 물어보라."

제자들은 텔퍼 신전으로 가 물었습니다.

"우리 소크라테스 선생 본인이 그 사실을 인정하지 않고 있으니 대체 어찌된 일입니까? 선생 자신은 지혜롭지 못하다고 합니다."

이에 신탁은 이렇게 대답했습니다.

"그 점이 바로 소크라테스가 가장 지혜로운 사람이라고 선언한 이유다. 진정으로 현명한 자만이 자신이 아무것도 모른다고 말할 수 있기 때문이다."

8월 19일

조삼모사朝三暮四

고귀한 실패는 때로 뛰어난 성공 못지않게 세상에 도움이 된다. - 도우덴

중국 송나라 시대에 저공狙公이라고 하는 사람이 원숭이 여러 마리를 사육하고 있었는데, 먹이에 많은 돈을 쓰고 있어 생활이 어려운 지경에까지 이르렀습니다.

저공은 어느 날, 원숭이들을 불러모아 놓고 말했습니다.

"오늘부터 너희들에게 주는 도토리를 아침에 세 개, 저녁에는 네 개를 주겠다."

그러자 원숭이들은 화를 내며 소란을 피웠습니다.

"그렇다면, 아침에는 네 개, 저녁에 세 개를 주겠다."

비로소 원숭이들은 좋아하더라는 것입니다.

이 '조삼모사朝三暮四'의 우화는 장자莊子와 열자列子의 책, 두 군데에 나오는 내용이지만, 장자의 해석은 눈앞의 이익에만 눈이 어두워서 사물의 본질을 꿰뚫어 보지 못하는 어리석음을 비유한 것이라고 했고, 열자는 윗사람이 아랫사람을 교묘하게 조종하는 기술이라고 해석하였습니다.

8월 20일

소 유

40세는 청춘의 노년기이고, 50세는 노년의 청춘기이다. - 위고

어느 조각가가 자신의 모든 재능을 발휘하여 소녀상을 깎았습니다. 그런데 그 소녀상이 얼마나 아름답고 완벽했던지 그만 조각가는 조각상에 반하고 말았습니다.

하루 종일 소녀상 앞에 앉아 있는 것으로 시간을 보냈습니다. 몇날 며칠을 소녀상에 열정의 눈길을 보내던 그는 신에게 애원했습니다.

"어찌 제가 이렇게 아름다운 소녀를 조각했다는 말입니까! 저는 이제 어느 누구에게도 사랑의 감정을 품을 수가 없습니다. 그러니 제발 이 조각에 생명을 불어넣어 주십시오."

조각가의 절규에 가까운 간청에 감동 받은 신은 그 소녀상에 생명을 넣어주었습니다. 그러자 딱딱한 나뭇결이 부드러운 살결로 바뀌어 아름다운 여인이 되었습니다.

조각가는 너무나 기뻤지만 또 다른 고민에 빠져들었습니다.

이 완전무결한 아름다운 소녀의 모습을 어떻게 보존해야 할지 걱정이 앞섰습니다.

조각가는 소녀에게 말했습니다.

"절대로 밖에 나가서는 안 된다. 햇빛에 피부가 거칠어지면 큰일이거든. 또 음식을 많이 먹으면 뚱뚱해지니 조심해야 한다."

불쌍한 소녀는 집 안에서 인형처럼 지내지 않으면 안 되었습니다.

조각가는 늘 불안한 얼굴로 소녀를 감시하며 모든 행동을 통제했습니다.

소녀는 처음의 조각상일 때와 다르지 않은 생활이 계속되었습니다.

마침내 하루하루 무의미한 나날을 보내던 소녀는 눈물을 흘리며 기도했습니다.

"제발 저를 다시 조각상으로 돌아가게 해주세요. 저의 주인이 사랑하는 것은 자기가 만든 작품이지 제가 아니에요. 제발!"

신은 이 조각상 소녀의 간절한 기도를 들어주었습니다.

8월 21일

유 산

모든 생활에는 역사가 있다. 늦게 오는 기쁨이 늦게 떠난다. – 세익스피어

우리나라 사람들은 못 살았던 한을 풀기 위해서인지는 모르겠습니다만, 자녀들에게 한 밑천 재산을 물려주려는 분들이 많습니다.

그러나 만일 그 자녀들이 제대로 '된 사람'이 아니고 '빗나간 사람'이라면 재산이 때로는 불행이 됩니다.

흥미있는 것은 오랜 세월에 걸쳐 박해를 받고 돈이 없는 서러움을 많이 받은 유대인의 경우입니다. 유대인 어머니가 자식에게 반드시 물어보는 질문이 있습니다.

"만일 너의 집이 불타고 재산까지 다 빼앗기게 되는 위험이 닥치면 너는 무엇을 먼저 챙겨서 달아나겠니?"

아이들은 '돈, 귀금속, 보석'이라고 답합니다. 이에 어머니는 힌트를 줍니다.

"그것보다 모양도 빛깔도 냄새도 없는 것 중에도 좋은 것이 있지."

"도대체 그게 뭐예요. 엄마?"

어머니는 '가지고 갈 것은 오직 지식'이라고 일러줍니다.

유대인의 격언에는 책에 관한 것이 있습니다.

'여행을 하다가 고향 사람들이 모르는 책을 보면 반드시 그 책을 사 가지고 돌아가라.'

야 심

컴컴한 때는 모든 여자가 다 예쁘다. - 플르타크

동물원의 우리 속에 갇혀 있는 사자나 호랑이를 보면 측은한 생각이 들기도 합니다.

개나 고양이보다 얌전히 앉아 있는 모습에서는 조금도 무섭다는 생각이 들지 않습니다. 그래서 가까이 가서 장난을 치다가 팔이 잘려버린 불상사도 있었습니다.

그런데 그 야수들은 무슨 생각을 하고 있을까요? 들판을 마음대로 달리고, 마음대로 잡아먹고 마음대로 짝짓기(야합:野合)를 하고 그야말로 마음대로 살고 싶을 것입니다.

야생 동물의 세계에는 법도 없고 도덕도 없으니까요. 그러나 야생 동물도 길을 들이면 서커스에서 재롱을 부리기도 하고 애완동물처럼 사람들과 가깝게 지내기도 합니다.

그러나 위험성은 항상 숨어있기 때문에 배불리 먹이고도 조심해서 다루지 않으면 키운 공도 모르고 주인을 물기도 합니다. 그 마음속에는 항상 들판의 마음(야심:野心)이 있기 때문입니다.

자기 분수에 맞지 않은 욕심을 야심이라고 부르고 좋지 못한 목적으로 모이는 것을 야합이라고 하는 이유도 바로 그런 뜻에 있습니다.

8월 23일

도둑의 자격

인생이란 느끼는 자에겐 비극이고 생각하는 자에겐 희극이다. – 라 브뤼에르

왕보다 명성이 자자한 도둑이 있었습니다. 그는 대도였습니다. 어느 날 그의 아들이 그에게 말했습니다.

"아버지, 이젠 아버지도 늙으셨잖아요. 그러니 아버지의 기술을 저에게 전수해 주세요."

아버지가 말했습니다.

"그래, 좋다. 하지만 결코 가르쳐 줄 수 없는 기술이다. 이것은 지식이라기보다는 숙련된 솜씨와 같은 거란다. 네가 그렇게 바라고 있으니 한번 해 보자꾸나. 오늘밤 나와 함께 나가 보자."

아들은 첫 원정에 부들부들 떨었습니다. 그러나 늙은 아버지는 궁궐 같은 집안으로 당당하게 들어갔습니다. 몹시 추운 밤이었는데도 아들은 땀을 흘리고 있었습니다. 그러나 아버지의 행동은 집에서처럼 자연스러웠습니다.

그는 벽에 구멍을 내고 안으로 들어가 손짓으로 아들을 불렀습니다. 아들은 너무나 두려운 나머지 아무것도 보이지 않습니다.

아버지는 아들을 데리고 계속 집안으로 들어갔습니다. 그는 집의 구조를 미리 조사한 것처럼 몇 개의 문을 열고 방안을 살피기 시작했습니다. 이윽고 아버지가 벽장문을 열고 아들에게 말했습니다.

"네가 들어가서 제일 값비싼 옷을 골라 꺼내 오너라."

아들은 아버지가 시키는 대로 벽장 안으로 들어갔습니다. 그러자 아버지는 밖에서 문을 걸어 잠그더니 크게 소리를 지르면서 달아났습니다.

한밤중 갑작스런 외침 소리에 집안 사람들이 모두 잠에서 깨어나 웅성거렸습니다. 벽에 구멍이 뚫려 있으니 붙잡힐 것은 뻔한 일이었습니다. 벽장 안에 갇힌 아들은 예상하지 못한 사태에 어쩔 줄을 몰라 그저 숨만 죽인 채 벌벌 떨고 있었습니다.

"아버지가 미친 게 아닌가? 도대체 이게 무슨 가르침이란 말인가?"

아들은 하느님에게 기도하기 시작했습니다.

"이것은 저의 처음이자 마지막 도둑질입니다. 하느님! 앞으로 이런 짓은 절대로 하지 않겠으니 돌봐주십시요."

그때 하인이 촛불을 들고 들어와 방 안을 살피기 시작했습니다. 놀란 아들은 황급히 쥐의 울음소리를 흉내 내었습니다. 그것은 순간적인 행동이었습니다.

그러자 하인은 벽장 문을 열고 안을 들여다보았습니다. 이에 아들은 재빨리 촛불을 불어 끄고는 밖으로 뛰쳐나와 도망치기 시작했습니다. 하인과 동네 사람들이 그를 뒤쫓았습니다.

우물가에 이르렀을 때 아들은 커다란 돌을 하나 들어서 우물속에 힘

껏 던지고는 재빨리 나무 뒤에 몸을 숨겼습니다. 풍덩! 하는 소리가
어둠 속에 울려 퍼졌습니다. 뒤쫓아오던 사람들이 모두 우물가에 멈
춰서서 빙 둘러섰습니다. 사람들은 도둑이 우물 속에 빠졌다고 생각
한 모양입니다.

"날이 밝으면 우물 속을 살펴보고 도둑이 죽었는 지 확인해 보세, 그
때까지 죽지 않았다면 잡아 관가로 넘기면 되지 않겠나?"

아들은 겨우 집에 돌아와 보니까 아버지는 코를 골며 평화롭게 잠들
어 있었습니다. 이들 본 아들은 화가 나서 소리를 질렀습니다.

"아버지, 정말 그래도 되는 거예요?"

그러자 아버지가 눈을 비비며 일어나 앉더니 말했습니다.

"어, 내 아들이 돌아왔구나. 잘 했다. 넌 이제 충분한 자격이 있다.
자, 가서 자거라, 내일부터는 너 혼자 해 봐라."

"그런데 아버지 왜 그렇게 하셨어요?"

"왜 그게 알고 싶으냐? 내가 하는 일은 결코 가르칠 수 없는 기술이
란다. 그건 직관적인 솜씨와 같은 것이어서 그렇게 얻어지는 거란다.
그래서 난 너를 곤경에 빠지게 했던 거다. 그런데 네가 이렇게 무사
히 집에 돌아온 것을 보니까, 넌 천성적으로 타고난 도둑인 것 같구
나. 너 역시 자격을 지닌 내 아들이야."

8월 24일

거지의 선물

세상은 고통으로 가득하지만, 그것을 이겨내는 일로도 가득 차 있다.
– 헬렌 켈러

어느 날 내가 거리를 걸어가고 있었습니다.

그때 늙은 거지가 나의 발걸음을 멈추게 하였습니다. 핏발이 서고 눈물에 젖어 있는 멍청한 눈, 핏기 없는 입술, 누더기 옷, 오물만큼이나 불결한 이곳저곳의 상처…. 이 불행한 인간을 가난과 빈곤이 이토록 추하게 물고 늘어진 것입니다.

그는 부석부석하게 부은 더러운 손을 나에게 내밀었습니다. 그러면서 신음하듯 도와 달라는 것이었습니다.

나는 주머니를 황급히 뒤지기 시작했습니다. 지갑도, 시계도, 손수건도 없었습니다. 무엇 하나 가지고 나오지 않았던 것입니다. 그러나 늙은 거지는 끈질기게 기다리고 있었습니다. 내민 손이 가늘게 떨리고 있었습니다. 나는 지금의 내가 빈털터리라는 사실에 매우 난처해져서 그 떨고 있는 불결한 손을 꼬옥 잡았습니다.

"용서해 주시오. 지금 나는 아무것도 가진 게 없어요."

늙은 거지는 나에게 핏발 선 눈길을 보내며 창백한 입술에 웃음을 머금었습니다. 그쪽에서도 나의 힘 없는 손을 힘껏 움켜잡았습니다.

"아닙니다. 그런 말씀을 하지 마시오. 분에 넘칩니다. 이것도 고마운 선물인 걸입쇼."

나 또한 이 형제로부터 아름다운 선물을 받았음을 깨달았습니다.

8월 25일

가난한 황제

승리를 바라지 않는다면 이미 패배한 것이다. - 올메도

알렉산더에 대한 이런 이야기가 전해 오고 있습니다. 그는 죽기 전에 신하들에게 말했습니다.

"그대들이 내 시체를 거리로 운반할 때, 내 양손이 밖으로 나오도록 하라. 그것을 덮지 말라."

이것은 예기치 않은 일이었습니다. 아무도 죽은 뒤에 그런 식으로 운구되지 않았기 때문입니다. 신하들은 이해할 수가 없어서 물었습니다.

"무슨 말씀이십니까? 이는 일반적인 장례 방식이 아닙니다. 몸 전체를 덮는 것이 보통입니다. 왜 두 손이 나오기를 바라십니까?"

알렉산더가 대답했습니다.

"나는 내가 빈손으로 죽는다는 사실을 알리고 싶다. 누구나 그것을 보아야 하며, 아무도 다시는 알렉산더처럼 되려고 해서는 안 된다. 나는 많은 것을 얻었으나 사실은 아직 아무것도 얻지 못했으며, 내 왕국은 거대하지만, 나는 여전히 가난하기 때문이다."

8월 26일

열 번 찍어도 안 넘어가는 나무

제일 잘 익은 복숭아는 제일 높은 가지에 달려 있다. - 휘트컴 라일리

어떤 목표를 달성하기 위해서는 남모르는 노력과 인내력이 필요합니다. 속담에 '열 번 찍어서 안 넘어 가는 나무 없다.'고 합니다만, 과연, 열 번이라도 찍어보는 사람은 몇 명이나 될까요.

미국의 어떤 조사기관에서 세일즈맨의 성과를 조사한 것이 있어서 소개해 보기로 합니다.

48퍼센트의 세일즈맨은 한 번 방문해 보고나서 포기했고, 25퍼센트의 세일즈맨은 두 번째에 포기했고, 15퍼센트는 세 번째에 포기했다고 합니다.

방문 회수가 세 번 이하인 경우를 합치면 88퍼센트나 됩니다. 나머지 12퍼센트의 세일즈맨이 계속해서 방문을 한 결과 전체 목표의 88퍼센트를 달성했더라는 것입니다. 그러니까, 나머지 88퍼센트의 사람들은 겨우 목표 달성에 20퍼센트의 기여를 한 셈이 됩니다.

입으로는 "열 번 찍어서 안 넘어가는 나무가 어디 있느냐?"고 하면서도 대부분의 사람들은 두 세 번 찍어보고 "이 나무는 열 번 찍어도 안 넘어가는 나무야." 하면서 일찌감치 포기를 했던 것입니다.

열 번 찍어서 안 되면, 열 두 번 찍는 사람의 성공은, 그런 사람들에게 달려 있는 것은 아닐는지요.

8월 27일

별

좋은 씨를 뿌리는 자는 틀림없이 훌륭한 열매를 수확할 것이다. - C.도르

생떽쥐뻬리가 쓴 『어린 왕자』를 보면 자기 별을 가진 사람들이 등장합니다.

물론 어린 왕자도 자기 별을 가지고 있었습니다만, 어떤 별의 주인은 명령하고, 거드름을 피우고, 지배하는 것을 좋아하는 왕이었고, 어떤 별의 주인은 숭배해 주기를 바라는 허영꾼이었고, 어떤 별의 주인은 부끄러움을 잊으려고 술에 빠져 있는 술꾼이었고, 어떤 별의 주인은 부자가 되려고 쉴 새 없이 계산하는 사업가였고, 어떤 별의 주인은 남을 위해서 가로등에 불을 켜는 인부였고, 어떤 별의 주인은 지리학자였습니다.

이런 경우의 별이야 상징적인 의미를 갖는 별이 되겠습니다만, 혹시 별을 소유하고 싶은 사람이 있다고 해도 현재로서는 불가능한 일로 되어 있습니다.

1967년 10월 10일, 세계 여러 나라 대표들이 모여서 별을 소유하는 일이 없도록 조약을 맺었기 때문입니다.

조약 이름이 좀 깁니다. 「달, 기타의 천체를 포함한 우주 공간의 탐사 및 이용에 있어서 국가활동을 규제하는 원칙에 관한 조약」이란 것이 그것입니다.

이 조약 안에 '우주의 영토는 국가의 취득 대상이 되어서는 안 된다.'
는 내용이 있어서, 현재로서는 개인은 물론이고 국가도 소유할 수 없
게 된 것입니다.

별을 갖고 싶은 분들에게 저 하늘의 별을 소유하는 건 어느 누구도
막을 수 없는 일이라 하겠지요.

시인 베르길리우스가 "그대 만일 그대의 별을 따른다면…"하고 노래
한 것처럼, 누구나 자기 별을 정해서 그 별을 따라가는 것, 그것이 우
리의 인생이 아닐런지요.

8월 28일

회사후소繪事後素

마음의 본체는 곧 하늘의 본체와 같다. - 채근담

소素라는 것은 그림을 그릴 때 쓰는 흰 명주 또는 호분胡粉을 칠한 천
이라는 설도 있습니다. 요컨대 색을 칠하기 전의 흰 바탕을 뜻합니다.
완벽한 흰 바탕이 없으면 좋은 그림이 나올 수 없습니다.
공자가 여기서 그림을 그리는 데 바탕이 중요하다고 강조한 뜻은 인
간의 덕성德性을 말함입니다.

8월 29일

시작이 반

용기 있는 사람은 신념으로 가득 찬 사람이다. - 키케로

무슨 일이건 미루기만 하다가 결국은 아무 일도 못하는 사람도 있습니다. 그러나 그와 반대로 너무 서둘러 시작한 탓으로 큰 실패를 하는 경우의 사람도 있습니다.

로마의 전설을 보면, 문지기 신神으로서 모든 일의 시초를 지배한다고 하는 야누스(Janus)라는 신이 있습니다. 신기하게도 이 신은 앞뒤에 얼굴이 있어서 '과거와 미래를 볼 줄 아는 지혜'를 상징하고 있습니다.

무슨 일을 시작할 때 치밀하게 과거의 예를 살펴보고 미래를 예측해 보아야 한다는 것은 말씀드릴 필요도 없는 일이겠지요. 그러나 사람의 일이다 보니 이론대로 되지 않는 경우도 많습니다. 마땅히 해야 할 일을 건너뛰는 경우도 있고 생각이나 경험이 모자라서 불충분하지만, 그냥 시작하는 경우도 있습니다.

어떤 분은 '뛰면서 생각한다'는 명언을 남기기도 했습니다만, 우유부단하게 주저하는 쪽보다는 우선, 행동으로 옮기는 데에 뜻을 둔 말이지요. 깊이 생각하고 시작하느냐, 우선 시작하고 생각하느냐는 상황에 따라, 사람에 따라 다릅니다.

그러나 어쨌든 시작하지 않으면 아무 일도 이루지 못합니다.

8월 30일

행복과 불행의 역사

서리를 밟으면 곧 얼음이 언다. 사건이 발생할 때에는 반드시 그 전조라고 할
수 있는 작은 사건이 일어난다는 뜻. - 역경

행복은 기운이 약했지만, 불행은 건강하여 힘이 넘쳤습니다. 그래서
불행은 행복을 만나면 못 살게 굴었습니다. 이에 행복은 이리저리 피
해 다니다가 마침내 하늘로 갈 수밖에 없었습니다. 하늘에 올라간 행
복은 제우스신에게 사정을 모두 털어 놓았습니다.

제우스신은 한참을 궁리하다가 묘안을 생각해 냈습니다.

"행복이 모두 이곳에 몰려 있으면 심술이 고약한 불행한테 괴롭힘을
당하지 않아 좋겠지만, 저 아래 세상 사람들은 행복을 좋아하여 너희
들이 오기를 손꼽아 기다리고 있으니 어떻게 하면 좋겠느냐? 그러니
여럿이 한꺼번에 내려가지 말고 행복을 꼭 주어야 할 사람에게만 혼자
서 찾아가도록 하여라. 그러면 갈 곳을 찾다가 불행에게 붙들리지 않
아서 좋을 것이다."

이러한 여유로 해서 이 세상에 행복은 귀하고 불행은 여기저기에 수시
로 모습을 나타내는 역사가 시작되었다고 합니다.

8월 31일

행 복

왕이거나 농부거나 가정이 평화로운 사람이 가장 행복하다. – 괴테

역사가며 철학자였던 윌 듀란트는 행복을 찾아보기로 하였습니다. 열심히 배우고 연구를 했습니다만, 지식만으로는 행복해지지 않았습니다. 여행을 해 보았습니다만, 지루하기만 했습니다. 재산을 모아 보려고 했습니다만, 근심 걱정에다가 불화만 생겼습니다. 책을 쓰면서 내면생활에 충실하려고 했습니다만, 피로만 쌓였습니다.

어느 날, 역 앞을 지나다가 낡은 자동차 안에 어떤 부인이 잠든 아이를 가슴에 안고 앉아 있는 모습을 보았습니다.

조금 후, 기차에서 내린 한 남자가 다가오더니 부인과 아이에게 가볍게 입맞춤을 하고는 차를 몰고 사라지는 것이었습니다.

그 때 윌 듀란트는 갑자기 깨달았습니다. 방금 자기가 본 그 장면이 바로 행복이었다는 것을!

행복을 찾아 나섰다가 결국은 제 자리에 돌아온 후에야 행복을 발견한다는 이야기는 흔히 알려져 있습니다만, 이야기로 끝나거나 머리로만 그렇게 생각하는 데에 문제가 있습니다.

지금 여기 분명한 것은 우리의 마음이 중요합니다. 속으로 "아, 나는 행복하다."고 중얼거려 보십시오. 한결 행복한 느낌으로 변해 갈 것입니다.

9월

오늘 만큼은 기분 좋게 살자.
남에게 상냥한 미소를 짓고,
예의바르게 행동하며,
아낌없이 남을 칭찬하자.

인생의 모든 문제는 한 번에 해결되지 않는다.
하루가 인생의 시작인 것 같은 기분으로
계획하고 계획을 지키려 노력해 보자.

조급함과 망설임이라는
두 마리 해충을 없애도록 노력하고,
나의 인생에 대해
올바른 판단을 할 수 있도록 애써보자.

• 오늘 만큼은 | F. 패트리지 •

9월 1일

사막은 한 알의 모래

이상은 우리 자신 속에 있다. 동시에 이상이 현실을 저해하는 모든 장애도 또한 우리들 자신 속에 있다. – 칼라일

어느 날 스핑크스가 마지막으로 한 마디의 말을 남겼습니다.
"한 알의 모래는 사막이고, 사막은 한 알의 모래에 불과할 뿐이다."

9월 2일

물리적 시간과 심리적 시간

첫사랑이 신비로운 것은 우리가 그것이 끝날 수 있다는 것을 모르기 때문이다.
– 벤저민 디즈레일리

어떤 사람이 아인슈타인에게 상대성이론이 무엇이냐고 물었습니다.
"사랑하는 사람과 함께 있는 1시간이 1초처럼 느껴질 것입니다. 하지만 뜨거운 난로 위에 앉아 있는 1초는 1시간처럼 느껴지지요. 상대성이론이란 바로 그와 같은 것입니다."
우리는 누구나 24시간이라는 물리적 시간을 가지고 있습니다. 그러나 효율면에서 보거나 시간의 흐름을 느끼는 정도를 보면 사람마다 다릅니다. 특히 일이나 공부의 효율을 보면 많은 차이가 납니다. 같은 시간을 사용하고도 결과가 다른 것입니다. 능률을 높이는 방법을 알아둘 필요가 있습니다.
학자들은 여러 가지 연구에서 다음의 결과를 얻었습니다.

- 만복滿腹일 때나 공복空腹일 때는 두뇌의 회전이 느리다
- 하루 10시간 공부하는 것보다 하루에 1시간씩 10일간 공부하는 것이 효과가 있다.
- 두뇌가 가장 활발하게 활동하는 것은 잠에서 깬 후 2~3시간 후이다.
- 1주간 단위로 보면 화요일이 가장 능률적이다.
- 인간의 기억은 8~9시간 지나면 반 이상 잊어버림으로 그 이전

에 재확인(복습)해야 한다. 밤샘을 하고도 다시 보아야 한다. 새벽에는 잠시 잘 필요가 있다.

- 인간의 집중력은 20~25분 밖에 지속되지 않으므로 자주 쉬는 것이 좋다.
- 점심시간의 20~30분 낮잠(조용한 휴식)은 머리에 좋다.

9월 3일

듣기 좋은 말, 듣기 싫은 말

사람은 사람에게서 말을 배우고 신으로부터 침묵하는 법을 배운다.
- 플루타르크

직장인들이 가장 듣기 싫어하는 말과 좋아하는 말은 무엇일까요?
삼성전자는 최근 실시한 설문조사에서 직원들이 듣기 좋아하는 말과
듣기 싫어하는 말을 각각 10개씩 선정 발표한 바 있습니다.
이 조사에 따르면 직원들이 듣기 좋아하는 말은
"이번 일은 자네 덕에 잘 끝났어."
"그런 인간적인 면이 있었군."
"자네를 믿네."
등 신뢰하고 있음을 나타내고 있는 표현과
"괜찮아, 실수할 때도 있어."
"오늘 내가 한 잔 살게."
"조금만 참고 고생합시다."
라는 등 상사의 아량과 이해가 묻어나는 표현이었습니다.
반면 직원들이 듣기 싫어하는 말은
"시키면 시키는 대로 해."
"내가 사원 때는 더한 일도 했어."
"야! 너 이리와!"
처럼 상명하달에 무조건 복종할 것을 요구하는 폭언,

"이번 실수는 두고두고 참고하겠어."
"머리가 나쁘면 몸으로 때워."
"요샌 한가하지, 일 좀 줄까"
라며 부하직원에게 강한 스트레스를 주거나 비하하는 말.
"이거 확실해? 근거 자료 가져와 봐."
믿지 못하겠다는 말투 등이었습니다.

9월 4일

자업자득

인생은 경험이다. 경험이 많을수록 더 좋은 사람이 된다. – 에머슨

선생님 한 분이 시내를 걸어가고 있었습니다.

그때 어떤 사나이가 자기집 뜰에서 나온 돌을 길가에다 버리는 게 눈에 띄었습니다.

"여보시오, 어째서 그런 짓을 합니까?"

선생님이 물었으나 그 사나이는 비죽 웃을 뿐 아무런 대꾸도 하지 않았습니다.

그런 일이 있은 후 10년이 지나고 20년이 흘러 그 사나이는 집을 팔고 나서려는 순간, 옛날 자신이 버린 돌에 채여 그만 넘어지고 말았습니다.

9월 5일

빨리 빨리

그대 마음의 뜰에다 인내를 심어라. 그 뿌리는 쓰지만 열매는 달다. - 오스틴

영국의 작가 헉슬리의 일화에 이런 일이 있었습니다.

어느 날 더블린에 있는 작가 모임이 있어서 기차를 탔는데 그만 연착하고 말았습니다.

그래서 역에서 나오자마자, 앞에 서 있는 마차에 올라 타고는

"빨리 좀 가주게."

하고 큰 소리로 말했습니다.

한참 달리고 있는데 헉슬리가 물었습니다.

"지금 우리가 어디로 가고 있나?"

"어디로 가는지는 모르겠는데요. 그렇지만 아주 빨리 달리고 있는 것만은 맞습니다."

그저 어딘지도 모르는 곳을 빨리 달리고 있었던 것입니다.

9월 6일

문명의 그늘

인생은 한 권의 책과 같다. 왜냐하면 그들은 단 한번 밖에 그것을 읽지 못함을
알고 있기 때문이다. – 잔 파울

공자의 제자 자공子公이 길을 가다가 강이 흐르는 마을에 이르렀습니
다. 그는 한 노인이 밭에 고랑을 파고 우물물을 동이로 길어다 물을
대고 있는 광경을 보았습니다. 땀을 흘리며 열심히 일했으나 좀처럼 나
아지지 않는 것을 본 자공은 노인이 딱해 보여 말을 거들었습니다.
"노인장, 정말 어렵게 농사를 지으시는군요. 하루 백 이랑의 물을 대
어도 힘이 들지 않는 기계가 있는데 그걸 이용하시면 어떨까요?"
"어떤 기계가 그토록 훌륭하다는 것인가요?"
"뒤는 무겁고 앞은 가볍게 만들어 물을 길어올리는 기계이지요. 용수
레라고 합니다." 노인은 못마땅하다는 듯한 얼굴을 하다가 그 표정을
부드럽게 바꾸면서 말했습니다.
"우리 선생님께서 기계를 사용하게 되면 반드시 기교로운 일이 생기
고, 기교로운 생각이 마음을 차지하면 그 마음이 진실을 잃게 되고,
마음이 진실을 잃게 되면 그 정신이 불안해지며, 그 정신이 불안해지
면 도에 어긋나 편안히 살 수 없다 하였소. 내가 기계의 편리함을 모
르는게 아니라, 마음이 끌리지 않아 쓰지 않는 것이라오."
노인의 말에 자공은 조용히 머리를 숙여 인사를 하고 다시 길을 떠났
습니다.

9월 7일

정답

인생에 있어서 성공의 비결은 성공하지 못한 사람들만이 안다. – 클린즈

지식이 풍부한 학자가 성자를 방문했습니다. 그는 학문이 깊은 위대한 학자였습니다. 그가 성자에게 한 가지 질문을 했습니다. 그러나 성자는 명쾌한 대답을 하지 않았습니다.

"지금은 답할 수가 없소."

학자가 다시 물었습니다.

"왜 대답을 안해 주십니까? 지금은 바쁘시기 때문인가요?"

그는 유명한 인물로 많은 사람들로부터 존경 받는 학자였습니다. 그런데 성자가 자신을 무시하는 것 같아서 몹시 기분이 나빴습니다.

"난 수천 리를 걸어왔습니다."

당시에는 교통수단이 전혀 없었으므로 먼 길을 여행한다는 건 대단히 힘든 일이었습니다. 정말 그는 먼 곳에서 성자를 만나려고 힘들게 걸어왔던 것입니다. 성자가 대답했습니다.

"아니오. 그게 문제가 아니오. 난 지금 조금도 바쁘지 않아요. 그러나 당신은 지금 당장 답을 얻을 수가 없다는 것이 문제요."

학자가 물었습니다.

"대체 무슨 말씀입니까?"

"글쎄, 그게 바로 문제라는 거요."

9월 8일

혼자만의 시간

잠들어 있는 거인보다 일하고 있는 난장이가 더 낫다. – 셰익스피어

노르웨이의 탐험가 난센은 스물 일곱 살 때 그린랜드 560km를 횡단하여 얼음 벌판으로 되어 있다는 것을 확인했고, 서른 두 살 때는 목숨을 걸고 북극 탐험을 하여 해류에 관한 자기의 가설을 증명하기도 했습니다.
혹한과 망망한 얼음 벌판과 고독과… 젊은 난센에 있어서 탐험은 자기와의 싸움이자 자연과의 싸움이기도 했습니다.
어쨌든 그는 성공했고 후에는 외교관이 되어서 노벨 평화상을 받기도 했습니다.
그가 한 말에 이런 것이 있습니다.
"인생에 있어서 가장 중요한 일은 자기를 발견하는 것이다. 그 때문에 때로는 혼자서 조용히 생각하는 시간을 가질 필요가 있다."
자기의 능력, 자기의 실력, 자기의 계획, 자기만의 방법. 혼자서 생각해야 할 일들은 너무도 많습니다.

9월 9일

마음을 비우는 지혜

호사스런 죽음보다 고생스런 삶이 낫다. - 격언

갈대밭에 바람이 불면 갈대 잎이 수런수런 소리를 냅니다. 그 바람이
지나가면 언제 그랬냐는 듯이 조용합니다. 소리가 남지 않은 탓입니다.
기러기가 고요한 호수 위를 날으면 그림자가 물 위에 비칩니다. 그러
나 기러기가 지나가고 나면 그림자는 남지 않습니다. 눈앞에 일이 생기
면 마음이 움직이는데, 일이 끝나고 나면 과연, 우리의 마음은 비어지
는 것일까요? 이렇게 마음을 비울 수만 있다면 건강한 육체에 밝은 정
신이 깃들 것입니다.

9월 10일

기 회

재난이 있을 것을 미리 짐작하고 이를 예방하는 것은 재앙을 만난 뒤에 은혜를 베푸는 것보다 훨씬 낫다. - 정약용

어느 날, 존 워너메이커에게 어린 시절의 친구가 찾아왔습니다. 그 친구는 아주 딱한 형편에 놓여 있다는 것을 금방 알아볼 수 있을 정도로 남루한 모습이었습니다.

워너메이커는 친구를 우선 자기 그룹의 식당으로 데리고 가서 맛있는 것을 마음대로 먹도록 했습니다. 그리고는 돈을 두둑히 주고는 자기네 호텔에 묵도록 했습니다. 내일부터는 아주 멋진 일을 할 수 있게 주선해 주겠다는 약속까지 했습니다.

그 이튿날, 친구는 오지 않았습니다. 호텔 지배인을 불러서 이러이러한 손님이 묵었을텐데, 지금 무엇을 하고 있느냐고 물었습니다. 그런데 유감스럽게도 밤 사이에 그 친구는 급체로 세상을 떠났던 것입니다. 그 친구가 좀 더 일찍 워너메이커를 찾았더라면 아마도 그런 일은 없었을지도 모릅니다. 형편을 이야기하고 협조를 구할 필요가 있을 때는 늦기 전에 기회를 만들어야지 너무 늦어버리면 돕고 싶어도 돕지 못하는 불상사가 생기고 맙니다.

자만심이나 비굴감을 버리고 겸허한 자세로 도움을 청하면 도와줄 분은 반드시 있습니다.

9월 11일

자기 존중

사슴을 쫓는 자는 토끼를 돌아보지 않는다. – 회남자

누구나 사람에게는 '되고 싶은' 또는 '갖고 싶은' 어떤 희망 사항이 있습니다. 부자가 되고 싶다, 우등생이 되고 싶다, 예술가가 되고 싶다, 재벌이 되고 싶다, 장군이 되고 싶다, 대통령이 되고 싶다 등등 각양각색, 천차만별의 희망 사항입니다.

물론 갖고 싶은 것의 내용도 그처럼 다양합니다. 외부의 도움(부모, 교사, 선배, 조직)도 필요하지만, 자기 스스로의 도움(자조)이 필수적입니다. 스스로를 돕는다고 하지만, 어떤 방법으로 해야 하느냐에 대해서는 서로 다른 주장이 있습니다.

미국의 맥스웰 말츠는 '자기 존중심'을 가질 것을 강조합니다. 되고 싶은, 갖고 싶은 그 목표를 달성하기 위하여 적극성, 의욕, 자기를 존중하는 마음을 갖는 기술로서 그것을 얻는 것이 자기실현이라고 합니다.

9월 12일

하품 시간

인생이 사랑으로 시작하고 야심으로 끝나는 경우는 행복하다. — 파스칼

서양에서는 커피 브레이크라고 해서 근무 시간 중에 커피를 마시는
시간 즉, 중간 휴게 시간을 두는 것이 보통입니다.

이 커피 브레이크 이외에 '하품 브레이크'라는 시간을 만들어서 생산
성을 향상시킨 회사가 있다고 합니다만, 하품을 하는 휴게 시간을 만
들어서 신호가 울리면 전 직원이 일제히 30초 동안 하품을 하고 기지
개를 킨다는 것입니다.

하품이라는 말을 사용하긴 했지만, 입을 크게 벌리고, 심호흡을 한다
고 보아야겠지요. 심호흡을 하면, 뇌가 자극을 받는다고 합니다. 뇌
에 산소 공급이 많아지기 때문에 뇌의 활동이 활발해지는 것은 당연
한 일입니다.

한편, 하품이나 심호흡은 충치를 예방하는 효과도 있다고 합니다. 충
치를 만드는 세균은 산소를 아주 싫어하기 때문입니다.

하품을 하면, 얼굴의 근육이나 턱의 운동도 되어서 표정이 부드러워
지는 효과도 있습니다. 기지개를 하는 것은 간단한 체조가 되기도 해
서 몸을 풀어주는 효과도 있습니다. 하품을 하면서 직원들끼리 서로
웃어보는 시간도 갖는다면 어떠실까요.

9월 13일

꾀병

행복은 산울림과 같다. 당신에게 대답은 하면서 찾아오지 않기 때문이다.
— 칼멘

운동을 싫어하는 아이가 운동회날이 가까워지면 병이 나고, 시험이
두려운 아이는 시험날이 가까워지면 병이 나고, 학교에서 못 살게 구
는 아이 때문에 병이 나기도 합니다.

실제로 열이 나고 콧물이 나기도 합니다. 배탈이 나서 결석을 하는
아이는 가짜일 수도 있고, 진짜일 수도 있습니다. 겉으로는 알 수가
없으니까요.

그런데 이런 병은 아이들에게만 있는 것이 아니라 어른들에게도 있
다고 합니다.

어떤 학자들의 주장에 의하면 만성적인 병을 앓는 환자들 중에는 공
포나 두려움 때문에 병이 생긴 경우가 90퍼센트나 된다고 합니다. 믿
기지 않는 일입니다만, 막연한 불안, 두려움, 공포 때문에 병이 생긴
다니 놀라운 일입니다. 그 외에도, 관심을 끌기 위해서 또는 현실을
도피하기 위해서 또는 무의식적인 자살 욕구 때문에 병이 나는 수도
있습니다.

루즈벨트 대통령은 말했습니다.

"가장 두려워해야 할 것은 공포 그 자체이다."

9월 14일

나의 슬픔을 지고 가는 사람

등불은 바람 앞에 흔들리는 인간의 마음과 같다. – 팔만대장경

영화 「늑대와 함께 춤을」을 보신 분들은 아시겠습니다만, 북미 대륙의 인디언들은 사물을 표현하는 방법이 아주 독특합니다.

'주먹 쥐고 일어서', '바람처럼 빠른 사람'이 있는가 하면, 영화의 주인공이 늑대와 함께 노는 모습을 보고 인디언들은 그를 '늑대와 함께 춤을'이란 이름으로 불렀던 것입니다.

그런데 그 인디언들이 '친구'를 가리키는 말은 '나의 슬픔을 자기 등에 지고 가는 사람(one who carries my sorrows on his back)'이라고 합니다.

우리가 말하는 친구란 ' 오랫동안 가깝게 지낸 사람'이란 뜻이라면 그들이 말하는 친구는 시적詩的인 운치도 있고 인생에 대한 깊은 통찰이 있습니다.

로마시대의 키케로(시세로)는 '친구는 나의 기쁨을 배로 하고, 슬픔을 반으로 한다.'고 말했습니다. 슬픔이나 기쁨만이 아니라 여러 가지 일이 포함될 수도 있다고 생각합니다.

만일, 슬픔이란 말 대신에 '어려운 일', 또는 '괴로운 일'이라는 말로 바꾸어도 뜻이 훌륭히 통하게 됩니다. 친구만이 아니라, 동료관계, 부부관계도 마찬가지입니다.

9월 15일

단점보다 장점을 보는 지혜

지나가는 구름은 볼 수 있다. 그러나 지나가는 생각은 볼 수 없다.
– 오스트레일리아 속담

어느 날 공자는 제자들과 함께 길을 걷고 있었습니다.
그때 맞은 편에서 걸어오는 사람이 한쪽 다리를 절룩거렸습니다.
"저 사람은 한쪽 다리가 짧은 모양입니다?"
제자는 상대편 사람의 부족함을 드러내며 말했습니다.
"네 눈에는 다리 하나가 짧게 보이는 것 같구나? 이왕이면 다른 다리가 길다고 하는게 더 좋지 않겠느냐?"
제자는 머리를 깊이 숙였습니다.

9월 16일

스트레스 효과

만약 내가 신이었다면 나는 청춘을 내 인생의 끝에 두었을 것이다.
- A. 프랑스

스트레스라고 하면 무조건 괴롭고 해로운 것으로만 생각하기 쉽지만, 때로는 곤경을 극복하는 힘이 되기도 하고 능률을 높이기도 합니다. 영국의 신경심리학자인 오드리 부스 박사는 『스트레스 연습』이라는 저서에서 어느 정도의 스트레스가 있어야만 능력을 발휘할 수가 있다고 했습니다.

만일 스트레스가 없다면 시험을 앞둔 학생이 어떻게 밤새도록 앉아서 공부를 할 수 있겠는가? 스트레스가 있기 때문에 그 학생은 밤새도록 공부를 할 수 있는 힘을 갖게 된다는 것입니다. 그래서 일방적으로 스트레스가 해롭다는 생각은 버려야 한다고 주장하고 있습니다.

9월 17일

상상 여행

어제는 돌이킬 수 없는, 우리의 것이 아니지만, 내일은 이기거나 질 수 있는 우리의 것이다. — I.B. 존슨

눈을 감고 특별히 제작된 타임머신을 타고 미래로 날아간다는 상상을 해봅니다. 현재로부터 1년, 3년, 5년 후를 선택하여 자신이 원하는 곳에 타임머신을 착륙시킵니다.

자신이 꿈꾸었던 긍정적인 장소라면 더 이상적일 것입니다.

그곳은 최상의 기후와 완벽한 날씨를 갖고 있습니다. 그곳에서 당신을 존경과 위엄으로 대하는 사람과 함께 있으면, 강한 내면의 평화와 안락함을 느낄 것입니다. 주변의 모든 것들은 당신의 긍정적인 내면의 감정을 확신하고 지지하고 있습니다.

또한 주변의 세상이 아름답다는 것을 깨달을 수 있을 것입니다. 나무, 꽃, 관목, 동물, 하늘, 강과 작은 해안, 호수, 연못, 모든 생물들. 자신을 이 장대한 아름다움의 일부로 연관시켜 보게 될 것입니다. 당신은 우주의 일부이며, 창조주의 소중한 일부입니다.

당신이 태어난 것, 살아있는 것, 살아가는 목적을 분명하게 깨닫게 됩니다. 매일 매일 다른 존재들에게 친절한 행동을 베풀며 선을 행하고 악으로 인해 고통받는 세상을 치유하는 등의 신성한 맹세를 함으로써 신의 동업자가 되었다는 느낌을 받습니다.

이제 다시 타임머신을 타고 현재로 돌아올때 모든 경험, 감정, 느낌들을 흡수하여 특별한 선물로 갖고 올 것입니다.

9월 18일

학력과 실력

작은 일에 지나친 관심을 갖는 사람은 대개 큰 일에는 무능하다.
- 라 로시푸코

사람들은 학력과 실력을 혼동하는 경우가 있습니다. 그러나 분명히
알아두어야 할 것은 학력과 실력은 엄연히 구분되어야 합니다.

학력은 좋지만 실력이 없는 사람이 있는가 하면, 학력은 보잘 것 없
지만 실력이 대단한 사람도 있기 때문입니다.

학력이 좋은 사람 중에는 그것을 간판으로 내세우면서도 학력만 믿
고 실력을 쌓지 않는 사람도 많습니다.

그와 반대로 학력이 모자라기 때문에 더욱 노력해서 학력이 좋은 사
람보다 더 나은 위치에 있는 사람들을 얼마든지 볼 수 있습니다.

학력은 사람을 평가할 때의 참고 사항은 될지언정, 인간 그 자체는
아닙니다. 좋은 학교를 졸업했다고 해서 반드시 유능하다고 보기는
어렵고 사회에서의 활동은 학교와는 관계 없는 일이 더 많습니다.

우리의 인생은 현재와 미래가 더욱 중요하며, 학력이란 과거의 그림
자에 불과할 뿐입니다.

학력이 좋은 사람은 그 과거의 기록을 부끄럽게 하지 않기 위해서도
실력을 쌓아야 하고, 학력이 나쁜 사람은 현재와 미래의 명예를 위해
서 실력을 발휘해야 합니다.

9월 19일

재벌의 사고방식

이 세상에서 백만장자와 결혼하는 것보다 더 좋은 일이 하나 있다면 그것은 그와 이혼하는 일이다. – 미상

마리 샹탈이라는 재벌이 롤스 로이스(세계 최고급 자동차)를 구입한 지 2주일도 채 안 돼서 팔아버리겠다고 말했습니다.

친구 : " 아니 벌써 팔겠다는 거야. 아직 새 차인데?"
재벌 : "그런데 말이야. 자동차 재떨이가 꽉 찼지 뭐야."

9월 20일

충성심

왕국을 통치하는 것보다 가정을 다스리는 쪽이 더 어렵다. - 몽테뉴

나폴레옹이 즐겨하는 이야기 중에 하나입니다.

어느 날 나폴레옹이 시골을 방문하고 있었는데 군복을 멋지게 차려 입은 한 병사를 만나게 되었습니다.

그런데 그 병사의 가슴에는 '레종 드 뇌르(최고 훈장)'가 빛나고 있었습니다. 그러나 불행하게도 팔이 한쪽 밖에 없었습니다.

"팔은 어디에서 잃었나?"

"아우츠텔리츠 전투였습니다, 각하."

"그래서 훈장을 받은 거구만."

"그렇습니다. 하지만 이것은 장식용 쇠조각에 불과할 뿐입니다."

"자네는 두 팔을 다 잃지 못한 것이 후회스런 모양이군."

"그렇습니다, 각하. 제가 만일 두 팔을 다 잃는다면 각하께서는 제게 무엇을 해 주시겠습니까?"

"귀관은 '레종 드 뇌르' 훈장을 두 개 달게 될 걸세."

그러자 그 병사는 칼을 쑥 뽑더니 나머지 팔을 내려치더라는 것입니다.

때때로 우리는 잘못 판단한 만용 때문에 진정한 용기를 저버리는 경우가 있습니다.

9월 21일

걸을 때는 걷는 일이 중요한다

사람은 명예와 즐거움을 알면서도 이름 없고 지위 없이 지내온 참다운 즐거움을 알지 못한다. – 채근담

어떤 사람이 선사에게 물었습니다.

"당신은 어떤 방법으로 종교적 수행을 하십니까?"

선사가 대답했습니다.

"나의 수행 방법은 일상생활과 조금도 차이가 없소. 별것 없지요. 배가 고프면 먹고 졸리면 잡니다."

질문한 사람은 어리둥절해져서 물었습니다.

"그렇다면 수행하는데 특별한 것이 없군요."

선사가 대답했습니다.

"특별한 것이 없다는 사실이 중요한 점이죠."

질문을 한 사람은 더욱 혼란스러워 다시 물었습니다.

"배 고프면 먹고 졸리면 자는 것은 모든 사람들이 하고 있는 일상적인 생활이 아닙니까?"

선사가 웃으며 대답했습니다.

"그렇지 않소. 우리들이 먹을 때는 다른 많은 것들과 함께 하고 있소. 당신도 먹으면서 생각하고 꿈꾸고 상상하고 기억할 것이오. 단순히 먹기만 하면서 존재하는 것이 아니란 말이오. 하지만 나는 먹을 때 단순히 먹기만 합니다. 거기에는 먹는 것만이 존재할 뿐, 다른 것은 아무것도 존재하지 않지요. 그것은 순수한 것이오. 당신은 잠 잘 때 수많은 일들을 하고 있을 것이오. 자면서 꿈꾸고 싸우고 악몽에 시달리는 것이 바로 그것이오. 그러나 내가 잘 때는 단순히 자기만 할뿐, 다른 것은 존재하지 않소. 잠을 잘 때는 오직, 잠만이 존재하고 자신조차도 존재하지 않는단 말이오. 걸을 때는 오직 걷는 것만이 존재하지요."

9월 22일

부처의 모습

희망은 살아 숨쉬는 꿈이다. – 아리스토텔레스

임제臨濟라는 사람이 그의 스승을 뵙고 울부짖으며 눈물을 흘리면서
나는 어떻게 해야 부처가 될 수 있느냐고 물었습니다. 그러자 스승은
힘껏 그의 얼굴을 후려쳤습니다. 아프게 뺨을 한 대 때렸다고 합니다.
임제는 깜짝 놀라며 황급히 말했습니다.
"아니, 왜 이러십니까? 내가 무슨 잘못된 말이라도 물었습니까?"
"그렇다. 이것은 사람만이 물을 수 있는 마지막 질문이다. 또 한 번
물어보라. 더 세게 때려줄 테니. 얼마나 어리석으냐! 네가 곧 부처인
것이다. 한데 어떻게 부처가 되느냐고 물어?"

9월 23일

농부에게서 배우는 황희 정승

모든 지혜는 두 단어로 함축될 수 있다. 바로 기다림과 희망이다.
– 알렉산더 뒤마

어느 봄 날, 황희 정승이 산골 들녘을 지나가다 밭에서 일하고 있는 중년의 농부를 만났습니다. 정승은 농부에게 말을 건넸습니다.
"여보시오. 그 두 마리 소 중에서 어느 소가 더 일을 잘 하오?"
농부는 대답을 하지 않았습니다. 황 정승은 자기의 말을 잘 알아듣지 못했는가 싶어서 다시 큰 소리로 물었습니다. 역시 농부는 아무 대꾸도 하지 않았습니다.
이에 황 정승은 괘씸하다는 생각에 이르렀습니다. 그러자 잠시 뒤 농부는 하던 일을 멈추고 황희 정승 앞으로 가까이 다가서더니 귀에 입을 대고 속삭였습니다.
"저기 검정 소가 더 일을 잘 하지요."
황희 정승은 이와 같은 태도를 의아하게 여기며 그 까닭을 물었습니다. 그제서야 농부가 큰 소리로 말했습니다.
"아무리 짐승일지라도 잘못한다고 말하면 좋아할 리가 없지요. 그래서 소가 듣지 못하도록 말씀드린 것입니다."
이 말을 들은 황희 정승은 크게 깨달은 바가 있어 나랏일을 돌보는데 늘 농부의 말을 잊지 않았다고 합니다.

9월 24일

링컨의 약속

사람의 가치를 직접적으로 나타내는 것은 재산도 아니고, 그의 행적도 아니고, 그 사람됨이다. – 아미엘

링컨 대통령이 마차를 타고 여행을 하고 있었습니다.
수행하던 육군 대령이 위스키 병을 꺼내더니 술을 권했습니다.
링컨이 말했습니다.
"대령, 나는 위스키를 마시지 않는다네."
그러자 대령은 담배를 꺼냈습니다.
"이보게 대령, 내 이야기를 좀 들어보겠나. 내가 아홉 살 때 병상에 계시던 어머님이 나를 곁으로 부르더니 말씀하셨네. '의사 선생님의 말씀이 내 병은 더 이상 좋아지지 않을 거라는구나. 나는 네가 착한 아이로 자라기를 바라는데, 약속을 해주면 좋겠다. 일생 동안 술을 마시지 않고, 담배를 피우지 않겠다고 말이다.' 그래서 나는 지금까지 어머님과의 약속을 지켜왔는데, 설마 지금 자네가 그 약속을 깨라고 하지는 않겠지?"
대령이 황급히 말했습니다.
"각하! 제가 어떻게 그 약속을 깨라고 하겠습니까! 저의 어머님께서도 그처럼 훌륭한 약속을 권하셨다면, 저는 지금보다 훨씬 훌륭한 사람이 되었으리라고 생각합니다."

9월 25일

삶의 난간

신은 불행한 사람을 위로하기 위해 시간을 지배한다. - 주메르

발을 다친 환자가 목발을 짚고 걸음마 연습을 하다가 드디어 외출을 하게 되어 계단을 힘겹게 오르다가 문득 새삼스럽게 난간이 있음을 발견했습니다.

매일 무심코 지나치며 신경을 쓰지 않던 난간이 마치 자기를 위해 거기 있는 것처럼 보이더랍니다.

난간이 있다는 것, 그 난간이 자기에게 더없이 고마운 존재라는 것, 그 난간 이외에도 자기를 위해 존재하는 것들이 곳곳에 있다는 것에 그 사람은 새삼 새로운 세상을 발견하게 되었습니다.

우리 주위에는 수많은 난간이 있습니다. 그리고 때로는 우리 스스로가 사랑이 되고 의지가 되고 울타리가 되기도 하는 난간이 되기도 합니다.

9월 26일

명성과 마음

언어는 대지의 딸이다. 그러나 행위는 하늘의 아들이다. - H. 존즈

장자莊子가 몇 년 동안을 어느 마을에서 살고 있다가 갑자기 그 곳을 떠나야겠다고 제자들에게 말했습니다.

이에 제자들은 놀라며 말했습니다.

"왜 떠나시려고 합니까? 저희들은 그 이유를 모르겠습니다. 지금 모든 일이 잘 되어가고 있고 편안한데 말입니다. 사실 이제야 우리는 편안하게 지낼 수 있게 되었습니다. 그런데 스승님께서 떠난다고 하십니다. 대체 어찌된 일이옵니까?"

장자가 말했습니다.

"이제 사람들이 나를 알기 시작했다. 내 명성이 퍼지고 있다. 명성이 생길 때 주의해야 한다. 그 이유는 머지않아 나를 존경하고 따르던 사람들이 비방하기 때문이다. 그래서 나는 그들이 나를 비방하기 전에 떠나려는 것이다."

명성이 비방으로 변하는 때가 옵니다. 성공이 실패가 되는 경우도 옵니다. 늘 중간에 머물러야 한다는 자기 관리를 기억해 두는 편이 좋습니다.

우리의 삶은 끊임없는 주의가 필요합니다. 그렇지 않으면 마음이라는 것은 성공해 있을 때 왜 더 성공하지 못하는가 하는 욕망에 사로

잡히게 됩니다.

마음이 말합니다.

"당신은 성공했다. 그러나 그것이 당신의 전부는 아니잖는가? 왜 더 성공하려 하지 않는가? 앞길은 평탄대로이다. 어느 누구도 방해하려 하지 않는다. 왜 더 성공하려 하지 않는가?"

마음은 강박적입니다. 항상 집착합니다. 마음은 휴식이 없습니다. 어떤 면에서 마음은 악마적이기도 합니다. 그러므로 너무 마음을 믿어서는 안 된다는 것을 기억하시기 바랍니다.

9월 27일

목표한 인간이 되는 기술을 익혀라

황금은 뜨거운 난로 속에서 시험되며 우정은 역경에 의하여 시험된다.
– 메난드로스

인생은 극장이고 무대입니다. 그리고 자신이 그 무대의 연출가이며 주역입니다. 그러므로 인생 무대의 완전한 주역이 되는 기술을 몸에 익히는 것이 중요합니다.

성공하여 승자가 되기 위해서는 평탄한 길만이 아니라 산과 계곡의 험로 또한 넘어야 합니다. 괴롭고 힘들어서 도중에 목표를 포기하지 않고 손쉽게 승자가 되는 방법을 생각해 보기 바랍니다.

그것은 자기식의 의미 변환, 목표 변환을 하여 다른 생각으로 잠시 쉰 후에 다시 전진하는 방법이 있습니다. 괴롭고 힘들 때를 극복하는 또 다른 방법은 인간의 습관성을 활용하는 것입니다.

아무리 괴롭고 힘들어도 한 가지 일을 2주일 이상 계속하면 몸에 밴 습관처럼 되고, 도중에 포기하면 오히려 정신적으로 불안해져 안정이 되지 않습니다. 이 습성을 잘 활용하는 것입니다.

그리고 후회 없는 오늘, 내 인생이 끝나도 후회가 없도록 하루하루를 충실하게 살아가면 만족스런 삶의 방법이 될 것입니다.

9월 28일

신념이란 명약

자기를 알기 위해서는 남을 알아야 한다. - 뵈르네

그 동안 종교인들은 인류에게 신념을 가지라고 강조해 왔습니다. 하지만 어떻게 해야 신념을 갖게 될지에 대해서는 말하지 않았습니다. 즉, 종교인들은 신념이란 '자기 암시에 의해 창출되는 마음의 상태'라는 점을 믿지 않았던 것입니다.

우리는 다음에 나오는 글로 신념을 키울 수 있습니다. 따라서 다음 글을 소리 내어 여러 번 읽길 바랍니다.

"신념을 가지자. 신념은 나의 사고에 생명을 부여하고 힘을 주는 '명약'이다. 나는 부자가 되고 싶다. 신념을 가지는 일이 그 첫걸음이다. 신념은 과학으로 분석할 수 없다. 신념은 '기적'이다.

신념이야말로 나를 절망에서 끌어내 일으켜주는 '흥분제'다. 신념은 '기도'다. 무한의 지성을 번뜩이게 하는 마그네슘이다. 신념이야말로 나의 고정관념을 파괴하는 다이너마이트다. 나는 신념을 가졌다. 그러므로 이제 무서운 것은 하나도 없다. 우주의 모든 것이 내 편이다."

9월 29일

운명의 지배자가 되어라

누가 가장 영광을 얻을 사람인가? 한 번도 실패하지 않은 사람이 아니라 실패할 때마다 조용히, 그리고 힘차게 일어나는 사람이 영광을 얻는다.
- 골드 스미스

새로운 아이디어가 떠오르면 먼저 의심을 갖는 것이 인간의 특징입니다. 그러나 만일 당신이 여기에 제시된 처방전에 따른다면, 당신의 의심은 신념으로 굳어질 것입니다.

인간은 지상의 물질을 지배할 수 있기 때문에 운명의 지배자가 된 것입니다. 인간은 인류의 환경을 지배할 수 있습니다.

왜냐하면 인간은 자신의 잠재의식을 일깨우고 그것을 발전시켜 나갈 수 있는 힘을 가지고 있기 때문입니다.

따라서 욕망을 돈으로 전환시키려면 자신의 잠재의식을 발견해야 하며, 잠재의식을 일깨워 현실화하려면 자기 암시를 매개체로 활용해야 합니다. 그 밖에도 여러 가지 원칙이 있겠지만, 그 원칙들은 사실 자기 암시를 움직이게 하는 도구에 지나지 않습니다.

이런 생각을 머릿속에 새겨둔다면, 당신은 부를 축적하는 방법 가운데 제일 중요한 구실을 하는 것이 바로 자기 암시의 원칙이라는 사실을 깨달을 수 있을 것입니다.

9월 30일

천국의 문

인생은 고통이며 공포의 연속이다. 그러므로 인간은 불행하다. 그러나 인간은
이 순간에도 인생을 사랑하고 있다. 그것은 고통과 공포를 사랑하기 때문이다.
― 도스토예프스키

어느 날 성인聖人이 천국의 문을 두드렸습니다. 그러자 때를 같이 하
여 한 죄인도 문을 두드렸습니다.

성인은 그 죄인에 대해서 잘 알고 있었습니다. 그 죄인은 같은 동네
바로 이웃에 살고 있는 사람이었습니다.

그리고 그들은 같은 날에 죽었습니다.

문이 열리자, 문지기 성 베드로는 성인은 쳐다보지도 않고 죄인을 반
갑게 맞아들였습니다.

이에 성인은 아주 기분이 상했습니다.

"음? 죄인이 환영을 받다니, 일이 이상하군!"

그는 성 베드로에게 따졌습니다.

"이게 어찌된 일이오? 나를 화 나게 만들 작정이오? 모욕할 생각입
니까, 무슨 까닭으로 나는 들여보내 주지 않는 겁니까? 죄인을 저토
록 대환영으로 맞아주면서 말이오."

이에 성 베드로가 말하기를,

"바로 그 때문이라오, 당신은 기대를 하고 있어요. 그는 기대 같은 건
전혀 하지도 않고 있소. 그는 천국에 온 것을 그저 고마워하고 있을
뿐이지요. 그러나 당신은 그것을 스스로 얻은 것이라고 생각하겠지

요. 저 사람은 하나님의 은혜를 겸허하게 느끼고 있어요. 하지만 당신은 천국에 오게 된 것이 자신의 노력 때문이라고 생각하고 있습니다. 그것을 당신은 스스로 쌓은 '업석'이라고 믿고 있단 말입니다. 그런 업적 따위는 모두 자만심에 지나지 않아요. 저 사람은 겸허하오. 그는 자기가 천국에 온 것조차 믿지 않는다오."

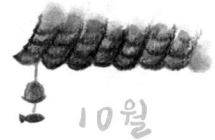

10월

한 때는 그렇게도 찬란했던 빛이
이제는 속절없이 사라져간다.
돌이킬 길 없는
초원의 빛이여, 꽃의 영광이여.

우리는 서러워하지 않으며
뒤에 남아서 굳세게 지킬 것이다.
존재의 영원함을 티 없이 가슴에 품어서

인간의 고뇌를
사색으로 달래서
죽음도 눈빛처럼 보내고
밝고 깨끗한 믿음으로 세월 속에 남으리라.

• 초원의 빛 | 워즈워드 •

10월 1일

천국과 지옥의 거리

하나의 모래알에서 세계를 보고, 한 송이의 들꽃에서 천국을 본다. - 블레이크

하늘에 닿기를 바라는 나무는 땅 속 가장 깊은 데까지 가지 않으면
안 된다. 그 뿌리는 깊게 지옥에까지 가 닿지 않으면 안 된다. 그래야
그 가지가, 그 봉우리가 천국에 닿게 되는 것이다.

10월 2일

반복의 댓가

용기는 사랑과 같아 희망을 가져야 더 커진다. – 나폴레옹

어느 겨울 아침, 고슴도치 두 마리가 추위에 떨고 있었습니다.
그들은 서로의 몸을 따뜻하게 하고자 가까이 접근했습니다.
그러나 가깝게 할수록 몸에 있는 날카로운 바늘 때문에 서로에게 상
처만 입히는 것이었습니다.
그래서 두 마리의 고슴도치는 가깝게 접근하다가 또 멀어지고 하기
를 반복하는 사이에 적당히 따뜻하면서도 상처를 주지 않는 알맞은
거리를 찾아냈습니다.

10월 3일

마음의 문

가벼운 슬픔은 말이 많고 큰 슬픔은 말이 없다. - A. 세네카

타인으로부터 호감을 받는 사람을 보면 우선 상대방을 대하는 태도가 다른 것을 알 수 있습니다. 자기에게 상냥하게 대해주고, 자기 일을 이해해주는 사람에게 악의를 품는 사람은 없습니다.

반대로 일방적으로 강요 받게 되면 화가 나고 싫어하게 됩니다. 사람은 누구나 자신의 장점을 알아주길 바라고 괴로움이나 고통을 헤아려 주었으면 하는 욕구가 마음 한구석에 있습니다.

이러한 마음을 이해해주지 않고 무시해 버린다면 마음의 문을 닫아버리게 됩니다.

K라는 여직원의 예를 들어보겠습니다. 최근 일에 대한 열의와 자신감이 없어지고 가끔 불쑥, "나는 이 자리에 필요 없는 사람인 것 같아." 하고 중얼거리게 된다는 것입니다.

그 이유는 실수를 해도 누구 하나 일언반구 없이 차가운 시선으로 바라볼 뿐만 아니라 어쩐지, 제쳐놓은 사람 취급을 받는 듯한 느낌을 가졌기 때문이었습니다.

그런데 사실은 K양 자신이 타인의 입장이나 기분은 알려고 하지 않고, "나는 대단한 사람인데, 아무도 알아주지 않는다."는 자만심을 갖고 스스로 마음의 문을 닫고 있었던 것입니다.

10월 4일

마음은 진리의 주인

진리를 특별한 곳에서 찾지 말라. 매일매일의 평범한 생활속에서 찾아야 한다.
– 안병욱

불교 초기 경전의 하나로 인생의 지침이 될 시를 모은 『법구경法句經』
은 세계 각국어로 번역되어 있습니다.
이런 시도 있습니다.

마음은 모든 법(진리)의 근본이 되어
주인으로 모든 일을 시키는구나
악한 마음을 가지고 말하거나
행동하면 허물과 괴로움이 뒤따른다.
수레가 바퀴 자취를 따르듯이

마음은 모든 법의 근본이 되어
주인으로 모든 일 시키는구나
착한 마음을 가지고 말하거나
행동하면 평안과 행복이 뒤따른다.
그림자가 형체를 뒤따르듯이

'그는 나를 욕하고 꾸짖었다
나를 때리고 내 것을 빼앗았다'
이러한 생각을 마음에 새기면
그 원한은 가라앉지 않는다.

'그는 나를 욕하고 꾸짖었다.
나를 때리고 내 것을 빼앗았다'
이러한 생각을 마음에 새기지 않으면
마침내 그 원한은 가라앉으리라.

남의 허물을 꾸짖기 좋아하지 말고
스스로 내 잘못을 힘써 살펴라
만일 이렇게 알고 행하면 근심은 영원히 사라지리라.

10월 5일

졸卒 같은 사람

주위 사람들을 확실하게 믿어주면, 그들 역시 자신의 위대한 모습을 당신에게 확실하게 보여줄 것이다. – 에머슨

우리 인간에는 장기판의 말을 움직이는 기사 같은 존재와 움직임을 당하는 졸卒 같은 존재로 구분해 볼 수 있습니다. 졸 같은 사람은 자발성이나 의욕이 없고 타인의 지시에 따라 움직이는 피동적인 사람을 말합니다.

원래 인간의 심성은 졸 같은 존재가 아니라, 자신의 의지대로 행동하는 존재가 되고 싶은 미래 지향적이라는 것입니다.

졸 같은 사람을 능동적, 자발적으로 바꾸려면 자기도 할 수 있다는 확고한 깨달음이 필요합니다. 이것을 드샴이라는 심리학자는 '자기 원인성의 자각'이라고 지적하였습니다. 자기 원인성의 자각에는 다음과 같은 항목이 있습니다.

　① 자기가 행동의 주체라는 자각
　② 목표 설정
　③ 수단적 활동의 설정
　④ 현실성의 자각
　⑤ 책임감의 자각
　⑥ 자신감
　⑦ 주위의 응원

10월 6일

그릇이 큰 사람

형제는 친구가 아닐 수가 있다. 그러나 친구는 언제나 형제로 남는다.
— 프랭클린

K씨는 올해로 세 번째 직장을 그만두었습니다. 퇴직 이유는 항상 같습니다.
"내가 시작하려고 하는데 먼지 상사가 지시를 한다. 설명을 듣지 않아도 알고 있는 일을 가르치려든다. 그러면 회사가 마음에 들지 않게 되고, 그러다가 어느 날 사표를 내고 만다."
K씨만이 아니라 이렇게 회사를 그만두는 사람이 늘고 있습니다. "시작하려고 할 때 지시를 받는다."는 것은 알고는 있어도 곧바로 하지 않았기 때문입니다. 또 "말하지 않아도 알고 있다."고 생각하는 것은 교만한 마음의 표현입니다.
이러한 마음이나 버릇을 고치지 않는 한 K씨는 아무리 회사를 옮겨도 장기근속을 할 수 없게 될 것입니다.
남의 탓을 하는 태도나 교만한 마음가짐은 자신의 인간적인 성장에 방해가 될 뿐만 아니라 인간관계마저도 원만치 못하게 됩니다.
마음을 비우고 모든 것을 받아들이는 자세가 되면 그릇이 큰 인간으로 변해 갑니다. 그릇이 큰 사람이 모인 직장은 밝고 활기가 넘치게 됩니다.

10월 7일

인격이 주는 보답

군자는 이로움에 밝고 소인은 이익에 밝다. - 논어

양반 두 사람이 집으로 돌아가는 길에 고기를 사게 되었습니다. 푸줏
간에는 나이가 많아 보이는 백정이 이들 손님을 맞았습니다.

"여봐라. 고기 한 근만 다오."

"예, 그러지요."

함께 온 다른 양반은 백정이 천한 신분이기는 해도 나이가 많아 보여
함부로 말할 수가 없었습니다.

"여보게, 나도 고기 한 근 주게나."

"예, 그렇게 하겠습니다."

조금 전보다 매우 공손한 태도를 취했습니다. 그리고 저울을 넉넉하
게 달았습니다.

"이 놈아. 같은 한 근인데, 어째서 이 사람 것은 많고, 내 것은 적단
말이야?"

불같은 호령에도 나이 많은 백정은 태연했습니다.

"예, 별것 아닙니다. 그야 손님 고기는 '여봐라'가 자른 것이고, 이 분
의 고기는 '여보게'가 잘랐을 뿐입니다."

10월 8일

불행을 부르는 생각

나에게 필요하고 내가 바라는 모든 것이 내가 청하기도 전에 이미 채워져 있다. – 루이즈 L.헤이

- 무엇이든 이분법으로 생각한다. – '전부가 아니면 전무다.', '좋은 사람이 아니면 나쁜 사람이다.'하는 융통성이 없는 사고방식.
- 보편적이 아닌 것을 보편적인 일로 생각한다. – 한두 번의 실패는 영원히 실패할 것이라고 믿어버린다.
- 편견적인 고집. – '나에게는 나쁜 일만 생긴다'는 식으로 실패나 나쁜 일만 상기하는 사고방식
- 좋게 볼 수 있는 일인데도 나쁘게 보는 습관 – 안 되는 쪽, 비관적인 면만 본다.
- 잘못된 자기 평가. – '나는 원래 그런 놈이다!'하는 자기 비하에 빠져있다.
- 독단적인 추론. – 상대의 마음을 곡해하는 버릇. 남이 자기를 어떻게 생각하는가에 신경을 쓴다.
- 삭은 실패에도 절망적으로 생각한다. – 주관적으로 받아들이는 시행착오적인 판단.
- 하지 않으면 안 된다는 극단적인 생각. – 지나치게 엄한 기준을 정해서 지키려고 한다.
- 무엇이든 자기 탓이라고 생각한다. – 남에게 폐만 끼친다고 생각하여 사회와 스스로 격리되는 소극적인 행동에 처한다.

10월 9일

용서하는 방법

보이지 않는 곳에서 나를 좋게 말하는 사람은 진정한 친구이다. — T. 플러

용서란 받아들일 수 없는 행위를 눈감아 주는 것이라고 많은 사람들이 잘못 생각하고 있습니다. 참된 용서란 자신의 내부에서 진정으로 새롭게 생각하고 행동하는 방식을 말합니다. 왜냐하면 이는 자신을 화나게 하고 분노를 느끼게 하는 특정한 대상들에 대한 자신의 개념, 사고, 감정들을 다루는 것이기 때문입니다.

용서는 유익하지 않은 사고와 감정을 떨쳐버리는 것과 관련된 모든 것입니다. 이는 실제로 마음의 평화와 심신의 건강을 위해 자기 자신에게 주는 선물입니다.

이는 몸과 마음을 세탁하는 일입니다.

진심으로 행할 때 용서는 자신의 정신을 치유하고 영혼을 닦아줍니다. 자신을 공격하는 사람을 용서한다는 것은 그 사람을 위한 것이 아니라 자신을 위한 것입니다.

만약 자신의 보복적인 행동 때문에 잘못을 범하게 된다면 스스로를 용서하는 것이 자신의 신상에 가장 이로울 것이라는 점을 이해해야 합니다.

10월 10일

행복의 목표

사람은 자유로운 존재다. 무슨 일을 하던 그것은 자기 자신을 위한 것이다. 그렇기 때문에 자유롭다. – 막심 고리키

누구나 '아무 일도 하지 않고, 지시도 받지 않고 목표도 없이 놀고 먹을 수만 있다면 얼마나 좋을까?' 하는 생각을 해본 적이 있을 것입니다.

잠이나 실컷 자겠다는 사람, 좋아하는 운동이나 하겠다는 사람…. 사람마다 희망은 다르겠지만 그런 일을 계속한다고 해도 과연 며칠을 지탱할 수 있을까요. 잠은 건강이나 휴식을 위한 것이지, 그 자체가 행복의 목표는 아닙니다.

등산이나 운동은 왜 하는 것일까요?

건강을 위해서 싫어도 행하는 사람이 있는가 하면, 산을 정복하는 기쁨, 실력이 향상되어 경쟁에서 이기는 기쁨, 금메달을 목에 걸고 인기와 명예를 누리고 싶은 욕망, 우리의 일도 등산이나 운동과 마찬가지로 정상을 정복하기 위해서는 남보다 더 많은 땀과 노력이 필요합니다.

나태해지는 자신을 채찍질하면서 정상이라는 목표, 금메달이라는 목표를 향하여 매진하는 것처럼 도전하는 용기에서 행복을 찾아야 할 것입니다.

10월 11일

타인의 행복

나무는 열매로 알려지지 잎으로 알려지지 않는다. – J. 헤이

정신병 환자를 고치는 방법 중에 환자에게 일을 시킨 후 감사하다는 표시를 해서 자기가 한 일이 다른 사람에게 도움을 주었다는 만족감을 갖게 하는 방법도 있다고 합니다.

어떤 작가 한 분은 "도움을 준다는 것은, 사실은 도움을 받는 것."이라고 말씀을 한 적이 있습니다만, 타인을 위하여 무언가를 할 수 있다는 것은 자기 자신만을 생각하는 생활과는 다른 어떤 '기여의 기쁨'을 갖게 된다는 이야기입니다.

그래서 타인을 행복하게 해줌으로써 오히려 자신이 행복하게 된다는 논리가 성립하게 됩니다.

서양에서는 자녀 교육을 할 때 "제가 도와 드릴까요(May I help you)?" 하는 말을 생활화시킨다는 얘기를 들은 적이 있습니다.

세상을 삭막하다고 생각하느냐, 인정이 있는 따스한 세상이라고 생각하느냐는 세상 그 자체보다는 본인의 마음가짐과도 관계가 큽니다.

타인의 행복을 생각하는 마음 그것이 세상을 따뜻하게 해줍니다.

10월 12일

최상의 행복

최상의 행복은 일년을 마무리할 때 연초 때의 자신보다 더 나아졌다고 느끼는 때이다. – 톨스토이

어리석은 사람과 가까이 하지 말고 슬기로운 사람과 항상 가까이 지내야 합니다. 그런 존경할 만한 사람을 섬길 때, 이것이 최상의 행복입니다.

언제나 자신의 분수를 지키며 선행을 쌓을 때, 그리고 부모를 효도로 섬기고 아내와 자식을 사랑하고 올바른 생업에 정진할 때, 이것이 최상의 행복입니다.

다른 사람을 존중하고 스스로 겸손하며, 모든 것에 만족할 줄 알고 반드시 은혜를 생각하며 시간이 있을 때, 가르침을 들을 때, 이것이 최상의 행복입니다.

10월 13일

입에 관한 명언

고결한 사람은 고개를 숙이고 비천한 사람은 고개를 쳐든다. - 프랭클린

衆口毀譽 浮石沈木 중구훼예 부석침목 - '많은 입은 남을 해치는데 돌을 뜨게도 하고, 나무를 가라앉게도 한다.'

一切衆生 禍從口生 일체중생 화종구생 - '모든 사람의 화근은 입에서 생긴다.'

病從口入 병종구입 - '병은 입으로 들어온다.'

是非只爲多開口 시비지위다개구 - '모든 시비는 말이 많은 데서 생긴다.'

口是傷人斧 구시상인부 - '입은 사람에게 상처를 입히는 도끼와 같다.'

口有蜜腹有劍 구유밀복유검 - '말이 꿀같이 달콤하면 뱃 속에 칼이 있다.'

無異由言 耳屬于垣 무이유언 이속간원 - '함부로 말하지 말라, 담벽에도 귀가 있다.'

守口如瓶 防意如城 수구여병 방의여성 - '입은 병처럼 지키고, 뜻을 성처럼 지켜라.'

不知而言不智 知而不言不忠 부지이언부지 지이불언불충 - '알지 못하면서 말하는 것은 무식을 드러내는 것이고, 알면서도 말하지 않는 것은 불충이다.'

10월 14일

뱉어버린 말

모든 완벽한 여행가는 그가 여행하는 곳에서 항상 하나의 국가를 창조해 낸다.
– 니코스 카잔차키스

미국 동부 해안에 있는 한 휴양지에서 마을 유지들이 모여 마을의 재정난을 어떻게 타개할까 하고 회의를 하고 있었습니다. 갑론을박하며 회의를 계속했지만, 묘안이 나오지 않았습니다.

그때 낯선 신사 한 사람이 들어오더니 뒷자리에 앉았습니다.

회의 광경을 지켜보더니 "제가 한 말씀드려도 될까요?" 했습니다. 그러자 유지 한 사람이 "당신이 뭘 안다고 그래. 입 닥쳐요." 했습니다. 신사는 쑥스러운 듯 자리를 떴습니다.

뒤늦게 도착한 한 유지가 들어오면서 말했습니다.

"지금 나간 그 양반, 여기서 무슨 말을 했지요?"

"그가 한 마디 하겠다기에 우리가 막아버렸는데, 그가 누구죠?"

"아이구 그 양반은 대재벌 J.D. 록펠러란 말씀입니다."

'적극적 경청'까지는 못하더라도 '한 말씀'을 들을 기회를 가졌더라면, 횡재(?)를 할 뻔도 했는데, 입 하나가 일을 망쳤습니다.

다시 돌아오지 않는 것, 네 가지는 다음과 같다.

① 뱉어버린 말, ② 날아간 화살, ③ 지나간 세월, ④ 놓쳐버린 기회이다.

10월 15일

자기 중심

산다는 것은 꿈꾸는 것이다. 현명하다는 것은 아름답게 꿈꾸는 것이다. – 실러

중국의 우화에 이런 것이 있습니다.

발이 입에게 말했습니다.

"너는 항상 나를 존경할 필요가 있어. 너를 먹이려고 나는 피곤한 줄 모르고 하루 종일 뛰어다니고 있으니까 말이야."

입이 말했습니다.

"그렇게 뽐낼 것 없어. 내가 굶어버리면, 너는 어떻게 뛰어다니지?"

이솝 우화에는 이런 내용도 있습니다.

소가 무거운 짐을 수레에 싣고 힘겹게 끌고 있었습니다. 이때, 수레 바퀴가 계속해서 삐그덕, 덜컹, 삐꺽거리며 소리를 냈습니다. 소가 뒤돌아보며 바퀴에게 말했습니다.

"이봐, 왜 그렇게 시끄럽게 굴지. 짐을 끌고 있는 건 바로 나야. 소리를 질러야 할 것은 네가 아니라, 나란 말이야."

이 우화들을 조금만 생각해 보면 서로가 도움을 주고 도움을 받는 관계라는 것을 알 수 있습니다만, 자기 중심으로 생각하면 자기만이 고생을 하는 것으로 착각을 하고 자기만이 중요한 일을 하는 것으로 착각을 하게 됩니다. 서로가 서로의 가치를 존중하는 자세를 가질 때 자기 중심주의는 사라집니다.

융통성

재물의 부족은 채울 수 있지만, 영혼의 부족은 회복할 수 없다. – 몽테뉴

융통성이란 삶의 불확실성에서 생존할 수 있는 한 가지 방법입니다. 경직되어 있다는 것은 불리한 경우입니다.

흔들리는 잡초는 강한 폭풍우를 견디고 살아남시만 이에 저항하는 크고 단단한 나무는 결국 쓰러지고 맙니다. 따라서 겉으로 강하고 단단해 보이는 것은 실제로는 자연의 힘해 맞설 때 이롭지 않은 내면적 특성을 지니고 있습니다.

인생에서 확실한 것은 없습니다. 내일 무슨 일이 일어날지 확실하게 알 수 없다는 것을 알고 인생을 살아야 합니다. 우리는 매일의 일과를 계획하고 실행할 수 있지만, 결국에는 내일이 무엇을 가져다 줄지 결코 알 수 없습니다. 유통성이란 변화하는 세상에 지속적으로 순응하고 적응할 수 있는 능력을 말합니다.

순응하고 변화할 수 있는 사회와 인류만이 살아남을 수 있습니다. 따라서 융통성을 갖춘다는 것은 주변의 모든 변화에 맞서 살아남고 번창하기 위해 도움이 되는 것입니다.

다시 말해 융통성을 갖춘다는 것은 실체를 인정하는 것을 필요로 할 뿐만 아니라 창의적이며, 영리한 해결책을 만들기 위해 필요한 무대를 설정할 것을 요구합니다.

융통성이란 새로운 예기치 못한 단계에 당면하여 자신의 계획과 행동에 변화를 주는 것을 의미합니다.

변화에 당면했을 때의 융통성은 긍정적인 성장과 갱신을 위한 기회를 주며 혁신과 진보는 융통성의 결과입니다.

자신의 융통성을 개선하기 위해 노력할 때 창의력을 발휘할 수 있으며 자신의 문제거리에 대한 해답을 얻을 수 있습니다.

10월 17일

나쁜 습관 고치기

누구나 자기 자신 속을 파면 팔수록 무수한 보물을 간직하고 있다. 다만 스스로 노력과 인내가 부족하여 파 내지 않고 있기 때문에 잃어버리고 만다.
— 채근담

『법구경』에 다음과 같은 구절이 있습니다.

'해야 할 일을 소홀히 하고,
해서는 안 될 일을 즐거이 해서
풍류를 즐기고 방탕하게 놀면
나쁜 버릇은 날로 늘어가리라.'

건전한 사람이라면 나쁜 습관을 버리고 자기 성장을 위해 무엇인가를 하려고 노력해야 합니다. 그런데 그것이 좀처럼 되지 않는 이유는 우선 마음의 변화가 일어나지 않은 탓이고, 어느 정도 변화가 있었다고 해도 행동의 변화를 가져오지 못한 탓입니다.
스위스의 철학자 이마엘이 쓴 『일기』를 보면 다음과 같은 유명한 글이 쓰여 있습니다.

'마음이 변하면 태도가 변한다.
태도가 변하면 습관이 변한다.
습관이 변하면 인격이 변한다.
인격이 변하면 인생이 변한다.'

10월 18일

천 성

말도 아름다운 꽃처럼 그 색깔을 지니고 있다. — E. 리스

가을이 되면 초가지붕의 박이 익어갑니다. 처음에는 밤알만 하다가 점점 커져서 마침내는 보름달을 닮은 모습을 합니다. 밤마다 보름달을 보며 자란 탓일까? 박은 보름달이 되고 싶었습니다.

"달님."

"왜 그러니?"

"제가 달님을 닮았지요?"

"그런 것 같구나."

"그런데 왜 나는 빛을 낼 수 없을까요?"

박은 볼멘소리로 물었습니다.

"아름다운 소녀가 있었단다. 그 소녀는 노래 부르는 사람을 보자 성악가가 되려고 했지. 또 그림을 잘 그리는 사람을 보고는 화가가 되고 싶은 마음이 간절했어. 그러나 소설 쓰는 작가가 되었단다."

"왜 그랬을까요?"

"그야 사람마다 타고 난 천성이 다르니까."

박은 고개를 숙였습니다. 남의 흉내를 내려고 한 것이 잘못임을 깨달았기 때문입니다.

박은 공손히 말했습니다.

"난 목마른 사람에게 물을 떠주는 바가지가 되겠어요."

10월 19일

기업인의 신조

나는 보통사람에 지나지 않다. 그러나 그 보통사람들보다 더 많은 일을 한다.
– 루즈벨트

나는 평범한 사람이 되는 것을 거부한다.
나의 능력에 따라 비범한 사람이 되는 것은 나의 권리이다.
나는 안정보다는 기회를 선택한다.
나는 계산된 위험을 단행할 것이고 꿈꾸는 것을 실천하고 건설하며
또 성공하고 실패하기를 원한다.
나는 보장된 삶보다는 고통 받는 삶에 대한 도전을 선택한다.
나는 유토피아의 생기 없는 고요함이 아니라, 성취의 전율을 원한다.
나는 어떤 권력자 앞에서도 굴복하지 않을 것이며, 어떤 위협에도 굽
히지 않을 것이다.
자랑스럽고 두려움 없이 꿋꿋하게 몸을 세우고
스스로 생각하고 행동하는 것,
내가 창조한 결과를 만끽하는 것,
그리고 세상을 향해 하나님의 도움으로 이 일을 달성했다는 자부심,
이것이 '기업가'라고 힘차게 말할 수 있을 것이다.

10월 20일

선 물

성공해서 만족하는 것이 아니다. 만족하고 있기 때문에 성공한 것이다. — 알랭

미국 최초의 컬럼니스트로 알려진 유진 필드가 신문사에 근무할 때의 일입니다.

신문사 사장은 크리스마스가 되면 언제나 사원들에게 칠면조를 선물하곤 했습니다.

어느 해인가, 유진은 "칠면조 말고, 옷을 한 벌 주실 수 없겠습니까?" 하고 부탁을 드렸습니다.

그러자, 그 다음날 죄수복이 한 벌 배달되어왔더라고 합니다. 그 다음부터 이 신문사에 유명인이 방문하는 날이면 반드시 죄수복을 입은 신사가 출근하는 일이 생겼다고 합니다.

재미있는 선물에 짓궂은 응대가 웃음을 자아내게 합니다만, 프랑스 작가 죠르쥬 르나르(「홍당무」의 작가, 콩쿠르 회원)는 어떤 책이 무척 갖고 싶었지만, 돈이 없어 살 수 없는 게 유감이라고 무심코 친구에게 푸념을 한 적이 있었습니다.

이 말을 엿들은 그의 아내는 그날부터 저축을 하기 시작해서 남편의 생일날, 바로 그 책을 사서 선물을 했다고 합니다.

이보다 더 감동적인 것은 오 헨리의 작품 『동방박사의 선물』에 나오는 짐과 데라의 이야기입니다.

아내의 아름답고 긴 머리카락을 위해서 조상 대대로 내려오는 금시계를 팔아 예쁜 빗을 사 가지고 돌아와 보니 아내는 그 아름다운 머리를 스카프로 감싸고 있었다는 것이지요.

서로가 선물을 교환하려는 순간, 아내는 남편의 금시계가 자기의 머리카락을 위해서 없어진 것을 알았고, 남편은 자기의 금시계를 위해서 아내의 머리카락이 없어진 것을 알게 되었지요.

오 헨리는 어쩌다가 옥살이를 한때가 있었습니다만, 자기 딸에게 주는 선물로서 소설을 쓰기 시작했고, 딸을 실망시키지 않기 위해서 오 헨리란 가명을 썼다고 합니다(본명은 William Sydney Porter).

아! 선물이 이처럼 마음의 따스함을 나누던 시절도 있었나 봅니다.

10월 21일

우리를 슬프게 하는것들

정원을 사랑하는 자는 온실도 좋아한다. - W.쿠퍼

타향에서 살고 있는 사람들의 마음속에는 두고 온 고향과 어린시절의 집과 작은 뜰이 항상 자리잡고 있어서 삶이 고통스러우면 그만큼 자유스러운 시간을 보냈던 순간을 떠올리게 됩니다. 그래서 소년시절을 보냈던 숲과 개울의 물장구, 자주 말썽을 일으키며 장난질을 치던 어둑어둑한 방과 진지한 표정을 짓는 늙으신 부모님의 모습이 사랑과 근심, 약간 꾸중하는 빛을 띠며 나타나기도 합니다. 손을 뻗어 그 영상을 잡으려 하지만 헛된 일입니다. 그러면 걷잡을 수 없는 슬픔과 고독이 엄습해 오고 그 위에 큰 형상들이 어둠처럼 덮쳐옵니다. 자기만의 고독한 시간은 우리를 슬프게 합니다. 지난 젊은 시절, 가장 가까운 사람을 고통 속으로 몰아넣고, 사랑을 이유없이 거절하고, 호의를 한 번쯤 무시해 보지 않은 사람이 누가 있단 말인가. 자신을 위해 마련된 행복에 대해 이유 없는 반항과 오만으로 젊음의 한때를 잃어버리지 않은 사람이 그 누가 있단 말인가. 자신의 경외심을 스스로 손상시켜 보지 않는 사람이 누가 있다는 것인가? 이들 모두가 이제 당신 앞에 나타나서 한마디의 말도 하지 않고 조용한 눈길로 바라보고 있을 뿐입니다.

10월 22일

고독을 사랑하는 사람

사람은 명예와 즐거움을 알면서도 이름없고 지위없이 지내온 참다운 즐거움을 알지 못한다. - 채근담

'복잡한 세상, 어디론가 훌쩍 떠나서 사람도 없고, 경치도 없고 소리도 없는 곳에서 혼자서 쉬고 싶다.'
혹시 이런 생각을 해 보신 분도 계실 것입니다.
'혼자 있고 싶다. 나는 고독을 사랑한다.'고 독백(獨白:혼잣말)을 해 보신 분도 계실 것입니다. 그러나 과연 우리는 얼마나 고독을 참을 수 있는 걸까요.
학자들이 연구한 것을 보면 고독이란 생각한 만큼 달콤한 것이 아니라, 공포와 불안의 연속이며 인간성의 파괴 현상까지 일으키는 것을 알 수 있습니다.
인간이란 본능적으로 집단생활의 욕구를 갖고 태어난 동물이기 때문에 고독을 견디지 못하는 특성을 갖고 있습니다.
평소에 집단생활을 하는 동물을 격리시켜 놓으면 한 달에서 한 달 반(4~6주) 시이에 극도로 신경질이 되고, 두 달 반(10주)이 경과하면 걷잡을 수 없이 난폭한 행동을 할 뿐만 아니라 피부에 염증까지 생기더라는 연구 결과가 있습니다.
미국과 캐나다에서 실험한 것입니다만, 아무 소리도 없는 쾌적한 독방에 들어간 피험자被驗者는 처음에는 잠을 자기 시작하다가 시간이

경과함에 따라 불안, 초조 때문에 참을 수 없게 되고 심지어는 헛것幻
視이 보이고 이상한 소리가 들렸다고 합니다.

지루함을 잊기 위해서 몸을 움직이고 노래를 부르고, 휘파람을 불고
혼잣말을 하기도 하지만, 단 며칠을 견디는 사람이 드물었다고 합니
다. 절대고독은 편안함을 주는 것이 아니라, 오히려 스트레스가 된다
는 것이 결론입니다.

못마땅한 사람 때문에 인생 자체를 비관적으로 생각하기도 합니다.
마음을 열고 집단의 따스함 속에 자기를 적응시키지 않으면 몸과 마
음에 병이 생깁니다.

10월 23일

사랑의 방정식

바람이 불지 않으면 노를 저어라. - 처칠

이 세상의 모든 것은 다 모방하고 위조할 수 있지만 사랑만은 그렇게 할 수가 없습니다. 사랑이란 훔칠 수도, 위조할 수도 없는 투명한 공기와 같습니다.

사랑이란 자신을 완전히 이해할 줄 아는 마음속에서만 살아있습니다. 그러한 마음은 모든 예술을 창작할 수 있는 원천이기도 합니다. 대다수의 사람들은 자신의 삶을 신용과 믿음, 사랑으로서 영위하려 하지 않고 돈과 상품으로 지불하려고 합니다.

삶은 오직 사랑을 통해서만 의미를 지니게 되는 운명적인 것입니다. 이를테면 더욱 더 사랑을 하고 자신과 타인을 위해 헌신할 마음을 지니고 있다면, 우리의 삶은 그만큼 의미가 깊어질 것입니다. 그러므로 우리의 삶이란 사랑 없이는 아무런 가치도 부여할 수 없습니다.

사랑이란 슬픔 속에서도 의연해지고 미소지을 수 있는 능력을 말합니다. 자기 자신에 대한 끊임없는 사랑, 자기 운명에 대한 헌신적인 사랑, 사랑을 통해 아직은 볼 수 없고 이해할 수가 없는 경우일지라도 신비한 것이 우리에게 요구하고 계획하고 있는 것, 충심으로 동의하는 것, 이것이 바로 우리의 인생 목표이며 삶의 실체인 것입니다.

주는 것이 받는 것보다 행복하고, 사랑하는 것이 사랑 받는 것보다 아름다우며 우리를 행복하게 해줍니다.

10월 24일

황제와 거지의 인격

악마는 우리를 유혹하지 않는다. 우리들이 악마를 유혹할 뿐이다. – 엘리어트

세기의 영웅 알렉산더 대왕이 죽은 바로 그날, 위대한 철학자 디오게네스도 죽어 두 사람이 이 세상과 저 세상 사이를 흐르는 강을 건너면서 만났습니다.

디오게네스는 웃으면서 말했습니다.

"보라, 그대 어리석은 자여. 기억하는가? 마침내 그대는 죽었다. 그대는 그대의 꿈이 성취되지도 못한 채 중도에 죽은 것이다. 또한 그대의 승리는 완전하지 못했다."

이에 알렉산더는 체면을 세우기 위해 웃으려 했으나 어색한 표정을 지었습니다.

"이 강에서 위대한 황제와 벌거벗은 거지가 만난다는 사실이 너무나 우습군. 이런 일은 일찍이 없었을 것이고, 앞으로도 다시는 일어나지 않을 거다."

"그대의 말이 옳다. 그러나 그대는 누가 황제이고 거지인지를 모르고 있다. 그대가 틀렸는지 아니면 내가 옳은 것인지. 그대가 옳다. 황제와 거지의 만남이라고 하지만, 지금은 내가 황제이고 그대가 거지라는 사실이다. 그대는 온 세계를 구걸했다. 그대는 일찍이 존재하지 않았던 가장 위대한 거지이다. 지금 그대의 제국에는 무슨 일이 일어났는지를 보라. 하지만 나는 평생을 황제처럼 살았다."

이제 알렉산더도 벌거벗은 상태였습니다. 이 강변에서는 이승의 모든 것은 버려야 하기 때문입니다. 그는 부끄럽고 당황스러웠습니다. 그러나 디오게네스의 태도는 당당하고 침착했습니다.

그는 말했습니다.

"이 세상의 사람은 언젠가 벌거벗어야 한다는 사실을 잘 알고 있었기 때문에 나는 옷을 벗어 던져 버렸다. 이제 그대는 신 앞에서 얼마나 부끄러워하고 있는가. 나는 웃으면서 서 있지만, 그대는 죄의식에 당황하고 있다. 그대 주위에 있는 모든 것이 잘못되었음을 깨달아야 할 것이다."

10월 25일

죽음을 깨달은 소크라테스

신은 용감한 자를 돕는다. - 쉴러

마침내 소크라테스가 죽어가고 있었습니다.

그의 제자들은 스승의 죽음에 대해 눈물을 흘리며 안타까워 했습니다.

그러자 소크라테스는 제자들에게 외쳤습니다.

"이제 그만 울음을 그쳐라. 제발 나를 방해하지 말아다오. 나는 곧 죽는다. 지금 바로 죽음이 무엇인지를 깨달을 수 있도록 나를 방해하지 말아다오. 나는 이 순간을 일생동안 기다려왔다."

그는 형벌로 독약을 마셨습니다. 침대에 누워 죽음이 무엇인가를 찾고 있었습니다.

10월 26일

명예 훼손

명예는 밖으로 나타난 양심이며 양심은 안에 깃든 명예이다. – 쇼펜하우어

톨스토이가 짧은 이야기 하나를 썼습니다.

어느 날 톨스토이가 날이 새기도 전에 교회에 갔습니다. 그는 깜짝 놀라지 않을 수 없었습니다. 교회 안은 아직도 어두웠지만, 그 도시에서 제일 가는 부자가 기도를 하고 있지 않은가. 십자가 앞에 무릎을 꿇고 고해성사를 올리고 있는데, 자기는 죄인이라고 말하고 있었습니다. 이에 톨스토이는 흥미를 느끼기 시작했습니다.

더구나 그 부자는 자기의 죄를 줄줄이 늘어놓고 있는 중이었습니다. 자기가 어떻게 아내를 속였는지, 어떻게 부정을 저질렀는지, 어떻게 다른 여자, 남의 아내와 정사를 가졌는지—

그만 톨스토이는 호기심에 끌려 조금씩 그에게로 다가가 바로 옆에 앉았습니다. 그러나 부자는 여전히 커다란 기쁨을 느끼며 지껄이고 있었습니다.

"저는 죄인이옵고, 당신이 용서해 주지 않는다면 구제불능한 놈입니다. 닥치는 대로 착취를 하고 많은 사람들로부터 훔치며 살아오고 있습니다. 저는 죄인입니다. 이제부터 당신의 은혜가 베풀어지지 않는다면, 저는 어떻게 제 자신을 바꾸어야 할지 알지를 못합니다. 저에게는 아무런 가능성도 없습니다."

그런데 문득 바로 곁에 누가 있다는 것을 깨달았는지 부자는 고개를 돌려 톨스토이를 보았습니다. 이미 날은 밝아 있었습니다.

그러자 그는 벌컥 화를 내며 톨스토이에게 이렇게 말했습니다.

"잘 기억해 두시오! 방금 내가 한 말은 하나님께 한 말이오. 당신에게 한 말이 아니오. 만일 이 사실을 누구에게 지껄이거나 하면 나는 당신을 법정에 고발하겠소. 명예 훼손으로 말이오. 그러니 듣지 않는 것으로 해두는 것이 좋을 거요. 이것은 나와 하나님 사이에 개인적인 대화니까 말이오. 게다가 나는 당신이 거기에 있다는 것조차 몰랐단 말이오."

이렇듯 신 앞에서의 인간의 얼굴은 세상으로 돌아와서는 완전히 다른 얼굴로 바뀌는 모순의 존재입니다.

10월 27일

이 웃

부자는 가난한 자의 노동이 맺은 열매를 향락한다. - J. 스위프트

여름 내내 파랑새 한 마리가 행복한 소리로 아름다운 노래를 불렀습니다.

앞으로 닥쳐 올 추위나 먹을 것에 대한 걱정도 없이 오직 노래만 불러 산 속의 모든 동물들을 즐겁게 했습니다.

그 근방 바위 틈에 들쥐 한 마리가 살고 있었는데, 그 들쥐는 무척 부지런했습니다. 아름다운 노래만 부르는 파랑새와는 달리 들쥐의 관심은 오직 온갖 곡식들을 끌어다가 곳간을 채우는 일이었습니다.

여름이 지나고 가을이 끝나자, 어느덧 겨울이 닥쳐왔습니다. 그 동안 노래만 불렀던 파랑새는 먹을 것이 없어 배고픔의 시련을 겪어야 했습니다. 할 수 없이 파랑새는 여름동안 부지런히 일한 들쥐를 찾아가 식량을 빌려 달라고 간절히 청했습니다. 하지만 들쥐는 파랑새의 게으름을 덧히며 들은 척도 하지 않았습니다.

결국 추위와 굶주림에 지친 파랑새는 죽고 말았습니다. 더 이상 파랑새의 아름다운 노래를 들을 수 없게 되었습니다.

파랑새의 죽음 따위는 아무런 관심없이 들쥐는 먹을 것이 가득한 곳간에서 풍족한 생활에 배를 두드리며 나날을 보냈습니다. 그러다가 문득 파랑새의 아름다운 노래가 들리지 않고 산속이 매우 적막해졌다는 사실을 깨닫기 시작했습니다.

들쥐의 마음은 견딜 수 없이 공허해졌습니다. 전에는 무심코 듣던 파랑새의 아름다운 노래가 견딜 수 없이 그리웠습니다.

그럴때마다 들쥐는 밖으로 나와 파랑새가 노래 부르던 숲을 바라보았으나 찬 겨울바람의 고함 소리에 귀가 먹먹할 지경이었습니다. 이렇듯 허전하고, 너무도 쓸쓸하여 외로움만 깊어갔습니다.

어떻게든 파랑새의 노랫소리를 다시 듣고 싶었지만, 그건 불가능한 일이었습니다.

마침내 파랑새의 노랫소리를 듣지 못한 들쥐는 극심한 외로움에 곡식이 가득 쌓인 곳간에서 서서히 죽어갔습니다.

10월 28일

악처열전

일 년간의 행복을 위해서는 정원을 가꾸고 평생의 행운을 원한다면 나무를 심어라. – 영국 속담

링컨의 부인은 성미가 급한 사람으로 유명했습니다.

어느 날 일 때문에 찾아온 친구와 링컨이 이야기를 하고 있을 때, 그녀가 불쑥 나타나더니 링컨에게 물었습니다.

"조금 전에 부탁한 일, 어떻게 됐어요?"

"시간이 없어서 아직 하지 못했는데…"

부인은 자기보다 다른 일을 더 소중히 여긴다고 화를 내면서 문을 부셔져라 요란스럽게 닫고는 방을 뛰쳐나갔습니다. 친구가 놀라 멍하니 앉아 있는 모습을 보면서 대통령 링컨은 웃으며 말했습니다.

"저렇게 감정을 폭발시켜야 아내의 기분이 가라앉기 때문에 그냥 내버려두는 걸세."

시인 밀턴은 눈이 멀고 나서도 계속『실낙원』과『복락원』을 쓴 것으로 유명합니다. 눈이 먼 후 재혼한 아내는 아름다웠지만, 성질이 매우 난폭하였습니다.

어느 날 웰링턴 공작이 "아름다운 부인이십니다. 마치 장미 같습니다."하며 칭찬을 하자, "나는 빛깔을 알 수 없지만, 장미임은 틀림없습니다. 가시로 매일 찌르니까요."하고 대답하였습니다.

소크라테스의 아내도 소문난 악처였습니다.

친구가 "자네같이 식견이 있는 사람이 어떻게 그런 아내를 맞이했나?" 하고 물었습니다. 그러자 소크라테스가 대답했습니다.

"훌륭한 기수는 명마를 골라 탄다네. 사나운 말을 다룰 줄 알면 그 다음부터는 아무 말이나 문제가 되지 않지."

강태공은 아내에게 쫓겨났다가 크게 성공한 후 아내가 용서를 빌자 물을 바닥에 쏟아놓고 다시 담아보라고 인정없이 복수를 했다고 합니다.

악처가 없는 것보다는 있는 것이 낫다는 말은 오히려 남편의 인내심과 포용력을 길러준다는 뜻이 담겨 있는지도 모릅니다.

10월 29일

불평의 댓가

많은 약속을 하는 자에게는 아무것도 기대하지 말라. - 이탈리아 속담

한 작은 마을에 구멍가게로 함께 생활하고 있는 할머니와 소녀가 있었습니다.

할머니는 늘 불평불만을 말하는 사람이 가게 안으로 들어서면 소녀를 불렀습니다. 그리고는 낮은 음성으로 속삭였습니다.

"얘야, 저 손님이 하는 이야기를 잘 들어보려무나."

그리고는 손님을 맞이했습니다.

"어서 오렴, 봉수야. 오늘은 어떻게 지냈니?"

"그냥 그렇죠. 뭐 재미있는 일이 있어야죠. 날이 너무 더워서 완전히 녹초가 되었어요. 이놈의 여름은 언제 끝날지, 빌어먹을…"

봉수는 짜증이 섞인 목소리로 불만을 늘어놓았습니다. 할머니는 가볍게 고개를 저으며 소녀를 바라봅니다.

봉수가 돌아가자, 윗동네 농장 주인이 들어와 볼멘소리를 합니다.

"이놈의 황소가 오늘 따라 왜 이렇게 밀을 듣지 않는지, 원! 종일 일해 봐야 남는 것도 없고… 사는 일이 지옥이오."

할머니는 고개를 끄덕이며 소녀에게 눈길을 주었습니다. 불평불만을 늘어놓던 사람들이 모두 돌아가자, 할머니는 기다렸다는 듯이 소녀를 향해 말했습니다.

"너도 동네 사람들이 불평하는 소리를 들었지?"

소녀가 고개를 끄덕이자 할머니는 정색을 하며 말했습니다.

"얘야, 너도 어젯밤에 잠을 잤지. 안 그러냐? 너처럼 저들도 잠을 잤을 게다. 또한 그들 모두는 아침에 틀림없이 깨어날 줄 알았을 게다. 하지만, 그렇지 않다는 것을 알아야 한다. 왜냐하면 그들 중에는 불행하게도 일어나지 못한 사람도 있게 마련이지. 잠자리에서 일어나지 못한 사람은 결국 땅에 묻히게 되겠지. 그렇게 죽은 사람들은 조금 전 봉수가 그토록 짜증스러워한 더운 여름 날씨를 몇 분이라도 즐기고 싶었을 것이다. 또 밭갈이가 힘들다고 불평하던 농장 주인은 한 번만이라도 더 땅을 파고 싶었을 게다. 그러니 자기가 하고 있는 일이 마음에 들지 않는다고 불평을 해서는 안 된다. 정말 불만스럽거나 하기 싫으면 다른 일을 해라. 그것마저 여의치 않다면 네 생각을 바꿔라. 절대로 불평은 해서는 안 된다. 얘야, 명심하거라."

할머니의 가르침에 소녀는 훗날, 극작가이며 프로듀서로 명성을 얻었습니다.

10월 30일

삶의 방법

이성이 인간을 만들어낸다고 하면 감정은 인간을 이끌어 간다. - 룻소

어느 날, 한 젊은이가 자기 마을에서 멀리 떨어진 오아시스에 갔습니다.

나무 그늘에 앉아 쉬고 있는 노인에게 다가가 젊은이는 물었습니다.

"이 곳에 사는 사람들은 어떤 사람들입니까?"

젊은이의 질문을 받고 노인이 되물었습니다.

"자네가 살고 있는 곳의 사람들은 어떤 사람들이지?"

"말도 마십시오. 그 곳 사람들은 모두가 이기적이고 제멋대로 사는 사람들 뿐입니다. 그 곳을 떠나온 것은 정말 다행이라 생각합니다."

젊은이의 말을 듣고 노인은 말했습니다.

"이 곳 사람들도 그와 같을 거야."

노인은 오아시스에 계속 머물고 있었습니다.

얼마 후 또 젊은이가 물을 찾아 그 오아시스에 들렸다가 노인에게 같은 질문을 했습니다.

"이 곳에 사는 사람들은 어떤 사람들입니까?"

노인은 그 젊은이에게도,

"자네가 살고 있는 곳의 사람들은 어떤 사람들이지?"

하고 되물었습니다.

"모두가 좋은 사람들입니다. 정직하고 인정이 많고 친절하지요. 그들과 헤어져 살고 싶지 않습니다."

젊은이의 말을 듣고 노인이 말했습니다.

"이 곳 사람들도 그와 같을 거야."

오아시스 한쪽에서 이 두 이야기를 처음부터 듣고 있던 사람이 있었습니다.

그 사람은 노인에게 퉁명스럽게 말했습니다.

"두 젊은이가 같은 것을 물었는데 왜 당신은 각작 다른 대답을 했지요?"

이 말을 듣고 현명한 노인은 조용히 대답했습니다.

"알겠는가? 사람들은 모두가 자기가 만든 환경 속에서 생활하고 있다네. 먼저 살던 곳을 나쁘게 생각하는 사람은 이 곳에 와서도 역시 좋을 수 없지. 그러나 먼저 살던 곳에서 좋은 벗을 많이 사귀었던 사람은 이 곳에 와서도 역시 많은 벗을 사귀게 될 거야. 타인이라는 것은 우리들이 마음속에 생각하고 있는 대로의 모습으로 우리 앞에 나타나는 걸세. 먼저 젊은이의 마음속에서 '구하라, 그러면 얻게 되리라'고 말하고 싶네."

10월 31일

천국 만들기

이성은 지성의 승리이며, 신앙은 마음의 승리이다. ─ J. 슐러

어느 날 한 여자가 가정생활을 비관하며 간절히 기도를 올렸습니다.

"하나님! 빨리 천국에 가고 싶어요. 너무 힘들어요."

그때 갑자기 하나님께서 나타나셨습니다.

"살기 힘들지? 네 마음을 이해한다. 이제 네 소원을 들어주겠다. 그 전에 몇 가지 내 말대로 해보겠느냐?"

"예."

"그럼 우선 집안이 지저분한 것 같은데, 네가 죽은 후 마지막 정리를 잘 하고 갔다는 말을 듣도록 집안 청소 좀 할래?"

그 후 며칠 동안 그녀는 열심히 집안 청소를 했습니다.

3일 후, 하나님이 말씀하셨습니다.

"수고했다! 애들이 맘에 걸리지. 그러면 네가 죽은 후 애들이 엄마가 우리를 정말 사랑했다고 느끼게 3일 동안 최대한 사랑을 주어볼래?"

그 후 3일 동안 그녀는 애들을 사랑으로 품어주고 정성스럽게 요리를 만들어 주었습니다.

다시 3일 후 하나님이 말씀하셨습니다.

"이제 갈 때가 됐다. 마지막 부탁 하나 하자! 남편 때문에 상처 많이 받고 미웠지? 그래도 장례식 때는 '참 좋은 아내였는데…'라는 말이 나오게 3일 동안 남편에게 최대한 친절하게 대해 줘 보려무나."

마음이 내키지 않았지만, 천국에 빨리 가고 싶어 그녀는 3일 동안 최대한 남편에게 친절을 베풀어 주었습니다.

다시 3일이 되었습니다.

"이제 천국으로 가자! 마지막으로 네 집을 한 번 둘러보려무나."

그래서 집을 돌아보니까 깨끗한 집에서 오랜만에 애들 얼굴은 웃음꽃이 피었고, 남편 얼굴에도 흐뭇한 미소가 있었습니다.

그 모습들을 보니까 천국으로 떠나고 싶지 않았고 결혼 후 처음으로 '내 집이 천국이구나.'하는 생각이 들었습니다.

여자가 말했습니다.

"하나님! 이 행복이 갑자기 어디서 왔죠?"

하나님이 말씀하셨습니다.

"지난 9일 동안 네가 만든 거란다."

그러자 여자가 말했습니다.

"정말예요? 그러면 여기서 천국을 만들어가며 살아볼래요."

'9일 동안 천국 만들기'의 기적은 어디에서나, 누구에게나 가능합니다. 희생의 길은 행복으로 가는 밝은 길입니다. 희생의 짐을 지면 인생의 짐이 가벼워집니다.

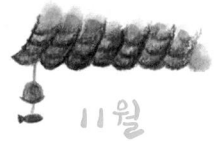

11월

빛나는 별이여, 내가 너처럼 변함 없이,
외로이 홀로 떨어져 밤하늘에 반짝이며

변함없이 정진하며 잠자지 않는 자연의 수도자로
그와 같이 영원히 눈뜨고 지켜보면서

인간이 사는 해안 기슭을 깨끗이 씻어주고
출렁이는 바닷물을 지켜보며

넓은 들과 산봉우리에 내려 덮인
첫 눈의 깨끗함을 기억하리라.

• 빛나는 별 | 존 키츠 •

11월 1일

인 기

젊은이는 미래가 있다는 것만으로도 행복하다. – 고골리

학기말 시험 결과가 발표되자, 집에 돌아온 아들이 아버지에게 자랑스럽게 말했습니다.
"제 인기가 매우 좋은 모양이에요. 선생님도 감격하셨던지 1년만 더 학교에 머물러 있어 달라고 하시던데요."

11월 2일

아버지, 저하고 같이 논 적이 있어요?

다른 사람이 하지 않던 말을 해야 한다는 충동에 빠진 사람들 때문에 엉터리 말이 쏟아지는 법이다. - 볼테르

어떤 작가의 아내가 남편에게 아들의 작문을 보여주었습니다. 제목은 '나와 아버지'였습니다.

아버지와 낚시를 갔습니다. 나는 큰 붕어를 다섯 마리 잡았는데, 아버지는 세 마리밖에 잡지 못하셨습니다. 아버지가 말씀하셨습니다.

"오늘은 네가 이겼구나."

그 작가는 자기 머리를 퉁 치며 말했습니다.

"내가 한 대 맞았군."

같이 가 달라는 말을 듣고도 사실은 한 번도 아들과 함께 낚시를 간 적이 없었기 때문입니다.

옛날 어른들은 엄부嚴父의 모습에 익숙해서 아이들과 다정하게 놀아주는 일이 드물었습니다. 그러나 신세대 아버지는 아이들과 다정스럽게 노는 모습이 자주 보입니다. 어떤 장년의 아버지가 중학생 아들이 불쑥 하는 말에 충격을 받았다고 합니다.

"아버지, 저하고 같이 논 적 있어요?"

같이 논 기억보다 잔소리나 꾸짖음이 더 많았던 것입니다.

부모와 자녀는 매일 함께 살면서도 같이 놀고 즐기는 추억을 만드는 시간이 적습니다. 부모는 부모대로 바쁘고, 아이들은 아이들대로 자기의 세계가 있기 때문일까요?

대접 받는 법

거짓이란 무엇인가. 그것은 변장된 진실에 지나지 않는다. - 바이런

한때 공자가 자공子貢과 자로子路를 데리고 다니다 길을 잃어 산간 오두막집에서 쉬게 되었습니다.

늙은 주인은 콧물을 들이마셔 가며 흙냄비에 좁쌀죽을 끓여 이 빠진 그릇에 받아 대접했습니다.

더러운 주인의 손이나 그릇을 본 제자들은 감히 먹을 엄두도 못 냈는데 식성이 까다롭기로 유명한 공자는 맛있게 받아먹었습니다.

"너희들은 이 빠진 그릇이나 콧물밖에 보지 못하고, 그 노인의 성의와 친절을 받아들이지 못하다니 슬프구나. 대접은 할 줄도 알아야 하지만 받을 줄도 알아야 한다."

공자는 '네가 원하지 않는 것을 남에게 하지 말라(己所不慾 勿施於人)'고 했는데, 이 말이 서恕라는 말을 설명하고 있다고도 합니다. 서는 인仁이라는 말로 바꾸어도 됩니다. 타인에 대한 배려, 인간으로서의 공감, 언네김입니다.

11월 4일

남의 공功 가로채기

제일 안전한 피난처는 어머니의 품속이다. - 플로리앙

어떤 늪에서 개구리와 오리가 사이좋게 살고 있었습니다. 그런데, 가뭄이 들어서 늪이 말라가기 시작했습니다. 오리는 걱정이 되어서 개구리와 상의를 했습니다.

"물이 없어지면 너는 어떻게 하지? 나는 날개가 있으니까, 다른 물가로 날아가면 되지만 말이야."

개구리는 대책이 없을 수밖에요. 개구리의 망연자실한 모습을 본 오리가 제안을 했습니다.

"만일, 네가 내 목덜미에 올라앉아서 내가 땅 위에 내려앉을 때까지 붙어 있기만 한다면 좋겠는데 말이야."

어쩔 수 없이 개구리는 그렇게 하기로 했습니다. 다행히도 오리와 개구리는 무사히 다른 호수에 도착했습니다. 그들이 내려앉은 것을 본 마을 사람이 물었습니다.

"참 좋은 꾀를 냈구나. 그런데 이 아이디어는 누가 낸 거지?"

그러자 얼른 개구리가 말했습니다.

"그야 물론 제가 생각해 낸 거지요."

이런 경우를 두고 '배은망덕도 유분수'라고 하는 것이겠지요. 부하의 공, 동료의 공을 가로채는 일은 부끄러운 일입니다.

11월 5일

과거가 없는 사람

진실한 사람의 마음은 언제나 평온하다. - 세익스피어

만일 이 세상에 과거가 없는 사람이 있다면, 어떤 사람일까요. 아마도 갓 태어난 어린 아이겠지요. 그래서 과거가 없는 사람은 있을 수 없다고 해도 과언이 아닙니다.

과거, 현재, 미래를 나타내는, 시제時制를 나타낼 때의 과거는 누구에게나 있게 마련이니까요.

그러나 흔히 과거라는 말은 '좋지 못했던 한때'를 나타내기도 하지요. '과거를 묻지 마세요.'라고 할 때의 과거, 부끄럽고 창피한 과거, 깨끗지 못한 과거, 남에게 알리고 싶지 않은 과거, 말씀이지요. 좋은 일이 쌓이면 경력이 되고 나쁜 일은 한 가지라도 과거가 됩니다.

'10년 선행善行을 해도 하루의 잘못으로 허사가 된다.'는 중국 속담이 있습니다만, 나쁜 짓은 아무리 작은 것이라도 냄새를 풍기고 소문이 납니다.

그래서 한때의 잘못은 일생을 따라 다니며 괴롭힙니다. 과거란, 지우개로는 지울 수 없는 것이니까요.

공경할 만한 사람들

오늘로서 내일을 빛내라. - 브라우닝

이 세상에는 섬기고 공경할 만한 여덟 가지의 향기로운 사람들이 있습니다.

첫째, 사랑하는 마음을 가진 사람
둘째, 연민하는 마음을 가진 사람
셋째, 남을 기쁘게 하는 마음을 가진 사람
넷째, 남을 보호하고 감싸는 마음을 가진 사람
다섯째, 집착하지 않고 마음을 비운 사람
여섯째, 부질 없는 생각을 하지 않는 사람
일곱째, 바라는 것이 없는 사람
여덟째, 영혼의 순결을 지키려는 사람

사람이 지켜야 할 규범

사람의 가치는 타인과의 관련으로써만 측정될 수 있다. - 니체

토마스 제퍼슨은 '미국독립선언서'를 작성하여 공포한 후 제3대 대통령에 오른 역사적 인물입니다. 정계에서 은퇴한 후에는 버지니아 대학을 창립하고, 미국 철학협회 회장직을 지낸 철학자로서 정치가, 사상가, 과학에도 남다른 조예가 깊었습니다.

한편 교육자 제퍼슨은 사람이 지켜야 할 규범을 다음과 같이 열거하였습니다.

1. 오늘 할 일을 내일로 미루지 않는다.
2. 자신이 행한 일로 다른 사람을 괴롭히지 않는다.
3. 아직 벌지 않은 돈을 미리 예측하고 쓰지 않는다.
4. 물건이 싸다는 이유 때문에 불필요한 것을 사지 않는다.
5. 자존심을 지킨다는 것은 배고픔이나 목마름, 추위보다 더 고통스럽다는 것을 깨달아야 한다.
6. 현재의 생활이 어렵다고 자신의 삶을 후회해서는 안 된다.
7. 즐거운 마음으로 일을 하면 하루가 순조롭다.
8. 일어나지도 않은 일에 미리 걱정하지 않는다.
9. 매사를 편한 마음으로 긍정적으로 생각한다.
10. 화가 나면 말하기 전에 열까지 세어 본다. 그래도 화가 계속되면 백까지 세어볼 일이다.

11월 8일

거짓말 방법

나에게 필요하고 내가 바라는 모든 것이 내가 청하기도 전에 이미 채워져 있다. - 루이즈 L.헤이

거짓말에는 자기의 잘못을 덮기 위한 것과 직장 내에서 출세를 위해서 하는 거짓말로 나눌 수 있다고 합니다. 직장 내에서 하는 거짓말은 누군가를 희생시키거나 잘못을 은폐하는 것일 수 있기 때문에 악질적인 것이라고 할 수도 있습니다.

때로는 자기 실력을 과장해서 말하거나 남의 공적을 자기 것인 양 가로채는 거짓말도 있습니다만, 거짓말을 해야 할 경우엔 다음의 다섯 가지를 스스로 물어볼 필요가 있습니다.

　① 나의 거짓말이 다른 사람에게 얼마나 해를 끼칠 것인가?

　② 이 거짓말이 단 한 번으로 끝날 것인가, 아니면 이 거짓말 때문에 또 다른 거짓말을 해야 하지는 않을까.

　③ 만일 거짓말임이 탄로 났을 때 정당한 변명을 할 수 있을까. 그 변명이 다른 사람에게는 어떻게 들릴 것인가.

　④ 나의 거짓말이 나의 자존심에 어떤 영향을 미칠 것인가.

　⑤ 다른 사람이 내게 같은 거짓말을 한다면 어떤 느낌이 들겠는가.

11월 9일

10. 10. 10의 법칙

당신을 다른 사람으로 만들려고 밤이나 낮이나 최선을 다하고 있는 세상에서 자기 자신으로 산다는 것은 인간으로서 가장 어려운 싸움이며, 결코 끝이 없는 싸움이다. — E. 커밍스

고객을 유치하는데 드는 비용이 '10만원'이라면, 고객을 잃어버리는 데는 '10초', 그 고객을 다시 찾는 데는 '10년'이 걸린다는 뜻입니다.

11월 10일

실패와 패배는 다르다

상처는 아물지만 그 흔적은 남는다. – J. 레이

우리는 누구나 살아가면서 크건 작건 간에 실패를 한 경험이 있을 것입니다. 학교 시험에 실패한 사람도 있고, 연애에 실패한 사람도 있고, 사업에 실패한 사람도 있습니다. 그러나 실패는 패배가 아닙니다. 한두 번도 실수나 실패를 하지 않은 사람은 아무도 없습니다. 지금은 일류 선수가 된 운동선수들도 수많은 실수를 범하면서 성장하여 지금은 같은 에러(error)를 범하지 않게 된 것이고, 지금은 재벌이 된 경영자들 중에도 많은 실패를 경험하면서 성장해 온 분이 많습니다. 예술가나 학자나 종교가 중에도 그런 분은 많습니다. 패배하는 사람과 성공하는 사람의 차이는 그 실수나 실패 때문에 좌절해서 주저앉느냐 그것을 경험으로 삼아서 더욱 분발하고 노력하느냐의 차이에 있습니다. 그러나 조심할 것은 돌이킬 수 없는 실패도 있다는 점입니다. 목숨을 잃을 정도의 실패 말입니다.

한 번의 실패를 영원한 패배로 착각(!)하는 데에 돌이킬 수 없는 비극이 생깁니다. 실패는 패배가 아니라 성장하기 위한 시행착오라고 해야 할 것입니다.

11월 11일

친구의 공적

사람은 사람에게서 말을 배우고 신으로부터는 침묵하는 법을 배운다.
– 플루타르크

어느 날 아침 꿈에서 깨어나 보니 보기 흉한 독충으로 변해 있었다는 주인공 그레고르 잠자의 이야기로 유명한 소설 『변신(變身)』의 작가 프란츠 카프카는 20세기 문학의 가장 중요한 개척자의 한 사람으로 알려져 있습니다.

생전의 작품은 별로 주목을 받지 못하다가 죽은 후에 발표된 『아메리카』, 『심판(審判)』, 『성(城)』 등의 '고독의 3부작'이 세계적인 주목을 받게 됩니다.

카프카는 죽을 때, 유고遺稿를 대학 시절의 친구인 막스 브로트에게 태워 없애라고 부탁을 했지만, 브로트는 유언을 어기고 정리하여 출판을 했던 것입니다.

카프카는 유대인 잡화상의 장남으로 태어나 대학에서 법학을 공부한 후, 노동재해 보험협회에 근무하면서 창작 활동을 했습니다. 발표된 원고는 대부분 소품 정도였지만, 한편 대작 원고를 쓰고 있었습니다.

카프카는 개개의 인간이 전체와 어떤 관계를 갖고 있느냐를 추구했지만, 전체 앞에 개인은 언제나 무력하게 압도당한다는 것을 그렸습니다.

이처럼 조화되지 않는 전체와 개인의 문제, 인간의 약함에 대한 통찰에 대하여 평론가들은 갖가지 해석을 내렸습니다. 신학적인 해석, 실존주

의적 해석, 심층심리학적 해석 등…,

그러나 전체적으로는 소외당한 소시민의 인간 존재를 그린 것이라는 평입니다.

고독과 질병에 시달리면서 살다가 41세의 나이로 세상을 떠난 카프카, 써 모은 원고를 태워 없애라고 했지만 약속을 어긴 친구 덕분에 카프카는 역사상 이름을 남겼습니다.

카프카를 생각할 때, 막스 브로트의 안목과 의리(?)와 사명감을 함께 평가해 주면 어떨까요?

11월 12일

뇌 속의 마약

글을 쓰면서 지혜를 넓혀라. 말을 하면 생각이 흩어지지만, 글을 쓰면 생각이 모인다. – 발타자르 그라시안

뇌 속에서 마약 물질이 생성된다는 것이 처음 발견된 것은 1969년 영국에서였습니다. 돼지와 양의 뇌에서 각성제 비슷한 마약이 발견된 것입니다.

1975년에는 영국에서 아미노산으로 구성된 마약 물질을 발견했는데, 엔세팔린이라고 불렀습니다. 1976년 모르핀 비슷한 물체를 추출했는데, 엔도르핀이라 불렀습니다.

우리의 뇌 속에서 만들어지는 쾌락물질의 일종이 엔도르핀입니다. 항생물질 이후의 의학상 최대의 발견이라고 할 정도로 획기적인 것이라고 합니다.

엔도르핀이란 '몸 속의 아편'이란 뜻입니다.

'몸 속의, 내부에서 생기는 내인성의…' 등의 뜻인 엔더지너스(endogenous)라는 단어와 아편을 뜻하는 모르핀(morphine)이란 단어에서 잎과 뒤를 잘라서 합성한 말이기 때문입니다.

아편을 영어에서 모르핀으로 부르는 것은 그리스 신화에 나오는 꿈의 신 모르페우스에서 따 와서 '양귀비풀의 즙'을 모르피네로 부른 탓입니다.

아편이란 양귀비(opium poppy)의 오피움을 한자 말로 쓴 것입니다.

'꿈의 신'에서 이름을 따 왔듯이 꿈꾸듯 몽롱하고 즐겁게 하는 물질이 아편입니다. 이 아편이 몸 속에서 생성되어 즐거운 기분을 주고 고통을 줄여주는 것입니다. 그것이 바로 엔도르핀입니다. 앞으로 약품으로 개발되어 판매될 것이라는 전망도 있고 보면, 행복을 주는 약이 나온다는 이야깁니다.

침을 놓아 마취를 시키는 것도 침으로 엔도르핀을 나오게 한 것이 아닌가 하는 추측입니다.

엔도르핀은 즐거울 때, 몰두하여 열심히 일할 때, 희망을 가질 때, 뇌파가 알파(α)파 상태가 되었을 때, 상황에 따라서 자연발생적으로 생성되어 행복감을 줍니다.

학자들에 의하면 요가(Yoga)난 참선(參禪, 坐禪), 지옥 훈련에 의한 명상 상태에 들면 엔도르핀이 생성된다고 합니다.

또한 종교적인 음악(찬송가, 찬불가 등)을 부르거나, 불경佛經을 읽는 행위도 마찬가지라고 합니다.

11월 13일

세상에서 가장 훌륭한 음료

결혼을 한다는 것은 당신의 권리를 반감시키고 의무를 배가시키는 것이다.
– 쇼펜하우어

감정을 억제하고 인생을 관조하며 받아들이는 인생관을 스토이시즘
(stoicism)이라고 부릅니다만, 스토아 학파의 영향을 받은 정신 태도
입니다. 고대의 유명한 스토아 학파의 사람으로는 마르크스 아우렐
리우스가 있습니다.

"불행은 타인의 마음 속에 존재하는 것이 아니다. 또한 당신의 환경
변화 속에 있는 것도 아니다. 그렇다면 어디에 있는가? 무엇이 불행
인가에 대해서 판단을 내리는 당신의 능력 속에 있다. 그러니 그 판
단을 내리는 능력을 유보留保하도록 하여라. 그러면 모든 것이 좋아
질 것이다." – 에픽테투스

"오늘 나는 여러 가지 걱정에서 벗어났다. 벗어났다기보다 여러 가지
걱정을 밖으로 쫓아내버렸다. 왜냐하면 그것들은 외부에는 없고, 내
부의 나의 주관 속에 있었던 것이다." – 아우렐리우스

어떤 일이 일어났을 때(A=Activatingevent), 어떤 생각(B)으로 대
처하느냐에 따라서 결과(C=Consequence)가 달라지므로 기분 나쁜
일, 불쾌한 일, 화나는 일이 생기더라도 합리적이고도 낙관적인 자세

로 대처할 필요가 있습니다.

마호메트는 말했습니다.

"이 세상에서 가장 훌륭한 음료가 있다. 나쁜 생각(말)은 입 속에 담았다가 뱉지 말고 삼켜버려라. 그것이 세상에서 제일 훌륭한 음료이다."

지구 교향곡

자기 자신을 과소 평가하는 사람은 언제나 성공하고, 과대 평가하는 사람은 빈번히 실패하고 놀라게 된다. - 에머슨

아프리카 케냐의 사바나 벌판에는 키 작은 관목과 사슴들이 드문드문 보이고, 새들이 날고 있을 뿐 아무것도 보이지 않았습니다.

벌판을 향하여 한 백인 할머니가 "엘레나!"하고 부릅니다. 그때 어디서 나타났는 지 거대한 코끼리 한 마리가 할머니를 코로 감아올립니다. 그리고는 코 끝으로 할머니의 등을 쓰다듬습니다.

이 장면을 카메라가 촬영하고 있습니다. 감독의 눈과 코끼리의 눈이 마주칩니다. 코끼리가 할머니를 내려놓더니 카메라쪽으로 달려옵니다. 조감독, 카메라맨, 스텝들이 혼비백산하여 우왕좌왕하는데, 감독이 스텝들을 진정시킵니다. 코끼리가 눈이 마주친 감독에게 가서 코로 감아올리더니 코 끝으로 감독의 등을 쓰다듬습니다.

이 장면은 '지구 교향곡'이라는 영화에 나오는 한 장면입니다. 쓰다듬는 그 감촉은 거대한 코끼리의 힘은 느껴지지 않고 따스한 손길처럼 부드러웠다고 감독은 말했습니다.

그 할머니의 이름은 다프니 젤드릭, 나이로비 국립공원에서 동물 고아원을 운영하고 있습니다. 다프니는 부모 잃은 동물을 길러 다시 초원으로 돌려보내는 일을 하고 있습니다. 엘레나라는 코끼리도 어릴 때 상아 밀엽꾼들에게 부모 코끼리들이 죽고 생사를 헤맬 때 다프니가 구해서 살려냈던 것입니다. 그 후 30년 동안 어머니와 딸처럼 엘레나는 다프니를 따랐습니다.

이 영화를 만든 감독은 코끼리가 사람을 안아주는 모습을 보고 눈물이 났다고 합니다. 그리고 이 영화에는 현대의 상식을 넘는 감동적인 장면들이 있습니다.

감독에게 그런 영화에는 만든 이유를 묻자, "감동을 나누며, 사람들이 마음의 진화, 의식의 진화를 해주었으면 좋겠다."고 했습니다.

우리는 지구의 일부이며 크나큰 지구 생명의 일부라고도 했습니다.

11월 15일

사막에서 살아 남기

산다는 것은 곧 고통을 치른다는 것과 같다. 그러므로 성실한 사람일수록 자신을 이기려고 애를 쓰는 사람이다. - 나폴레옹

- 리비아 사막에 홀로 되었던 한 영국 특수부대 장교는 무려 225킬로미터를 걸어가서 샘을 찾아냈습니다. 그는 나침반도 성냥도 없이 겨우 한 통의 소금물만 지닌 체였습니다.

  모든 생존 지침서들은 절대로 자기 오줌을 받아 먹지 말라고 말하지만, 이 장교는 절망적인 상황에서 이 규칙을 깼습니다. 그리고 살아 남아 이 이야기를 전했습니다. 그는 마침내 샘을 찾아냈고, 그 곳을 지나가는 지프에 의해 구조되었습니다. 놀랍게도 그는 한 달도 지나지 않아, 자신의 부대를 지휘하기 위해 복귀했습니다.

- 멕시코 사막의 타는 듯한 열기 속에서 한 남자가 길을 잃었습니다. 물은 거의 없었고 찾으려면 먼 길을 가야 했습니다. 그는 8일 동안 단지 하루에 1리터의 물만 마시면서 217킬로미터를 걸어 안전한 곳에 도착했습니다. 그의 피부는 검게 탔고, 입술과 코와 눈꺼풀은 움푹 들어가 있었습니다. 체중은 원래보다 4분의 1이 줄어들어 있었습니다. 나중에 그는 건강을 완전히 회복했습니다. 비록 머리카락이 회색으로 변하긴 했지만.

- 로렌 엘더는 캘리포니아의 시에라네바다 산맥에서 추락한 비행기 승객 중 유일한 생존자였습니다. 로렌은 중상이었습니다. 팔이 하나 부러졌고, 다리에는 깊은 상처가 나 있었으며, 발은 상처와 동상으로 정상이 아니었습니다. 그런 상황에도 불구하고 로렌은 2,500미터나 되는 가파른 비탈을 기어 내려가서 수풀을 헤치면서 천연림을 통과했고, 하루 온종일 오웬스밸리 사막을 터덕터덕 걸어서 건넜습니다. 그렇게 해서 그녀는 결국 살아 남았습니다.

생존 기술에 대한 많은 지식이 도움을 줄 수는 있습니다. 하지만 중요한 것은 용기와 결단력입니다.

11월 16일

평생의 일

분수에 넘치는 야심 때문에 마음을 괴롭히지만 않는다면 대개의 인간은 작은 일에서 성공하는 법이다. – 롱펠로

고등학교를 졸업한 소년이 잡화상의 점원으로 취직한 지 몇 주일 후, 소년의 아버지가 대학 진학 준비는 어떻게 되었느냐고 물었습니다.

"전 대학에 안 가겠어요. 평생의 직업을 찾았기 때문이에요."

"평생의 직업을 찾다니, 그게 무슨 소리냐?"

"트럭으로 일용품을 배달해 주는 것이 아주 즐거워요. 월급도 막 올랐거든요."

"하지만 너는 평생 일용품을 배달해 주는 것 외에 다른 할 일이 많단다."

"아버지는 제게 늘 말씀하시길 행복하게 인생을 보내야 한다고 하셨잖아요."

"물론 그랬지."

"그러니까 저는 지금 아주 행복하고, 이것은 제가 바라던 것이에요."

인생은 지금 행복해지는 것이 아니라, 멀리 보고 성장하는 것이라는 것을 설득할 수 없다는 것을 느낀 아버지는 다른 방법을 생각하고는 잡화점 주인을 만났습니다.

"내 아들을 좀 파면시켜 주셔야겠소."

"파면이라니요? 나는 아직 당신 아들같이 훌륭한 청년은 본 적이 없소."

"그 녀석이 대학교엘 안 가겠다고 해요. 당신이 내 아들을 파면시키지 않으면 그 애의 일생을 망치는 결과가 될 거요."

가게 주인은 상황을 짐작하고 둘이서 대책을 강구했습니다. 금요일 아침에 소년이 월급을 받으러 오자, 가게 주인은 말했습니다.

"넌 오늘부터 해고야."

"제가 뭘 잘못했나요?"

"무조건 해고야."

소년은 해고 당하자 풀이 죽어 진학 준비를 했습니다.

이 이야기는 실화라고 합니다. 약 30년이 지난 후에 이 소년이 어느 유명한 대학의 총장이 되고 나서 아버지에게 이렇게 말했다고 합니다.

"아버지, 그때 아버지가 절 해고시키게 하신 것을 감사하게 생각하고 있습니다."

11월 17일

후회하라

부자가 그 부를 자랑하더라도 그 부를 어떻게 쓰는가를 알기 전에는 그를 칭찬해서는 안 된다. – 소크라테스

실존철학자 키에르케고르는 『이것이냐, 저것이냐』라는 책에서 '결혼하라, 후회할 것이다. 결혼하지 말라 후회할 것이다…'하는 유명한 말을 남겼지만, 무엇이건 '후회할 것이다…'하는 사람은 비관론자이고, 무엇이건 '후회하지 않을 것이다…'하는 사람은 낙관론자입니다. 아래 글을 읽어봅시다.

"후회해 봐야 소용이 없다는 말이 있지만, 후회한다고 이미 늦은 것은 아니다." – 톨스토이

"만일 인생이라는 책을 다시 출판하게 된다면, 나는 어떻게 잘못된 글자를 고치게 될까? – 존 클레어

"나는 생각해 본다. '만일 인생을 새롭게, 그것도 미리 자각을 하고 다시 시작한다면' 하고. 이미 살아온 인생을 다시 깨끗이 쓰라고 한다면, 그때야말로 우리들은 제각기 무엇보다도 먼저 자기 자신을 되풀이하지 않으려고 노력할 것이다. 되풀이하지 않으려고 노력하는 것은 모든 것을 잘못했기 때문이다. 결점 투성이의 인간이랄 수밖에." – 체호프

"세상에는 과거의 행위에 대하여 후회하는 사람이 많다. 그보다도 오히려 해야 할 것을 하지 않은 행위에 대하여 후회하여야 할 것이 아니겠는가? 하여야 할 것을 하지 않은 여러 가지야말로 인생의 종말에 가서 우리를 비탄과 절망의 심연에 빠지게 하는 것이다." - 브라우닝

11월 18일

천재란?

하느님은 지혜가 깊어도 미래의 일은 캄캄한 밤으로 덮어두었다.
– 호라티우스

에디슨 같은 대 발명가도 '천재란 1%의 영감과 99%의 땀'이라는 점을 강조했습니다만, 큰 업적을 남긴 사람들은 태어날 때부터 가진 '천부天賦의 재능'보다는 살아가면서 어떻게 했느냐가 중요하다고 말하고 있습니다.

'천재란 곧 인내이다.' – 뷔퐁(프랑스, 학자)
'천재란 근면(勤勉:부지런함)의 결과이다.' – 해밀턴(영국, 철학자)
'천재? 그런 것은 결코 없다, 단지 공부일 뿐이다. 방법일 뿐이다. 끊임없는 계획일 뿐이다.' – 로댕(프랑스, 조각가)
'천재를 아는 자는 천재이다.' – 헤겔(독일, 철학자)
'세상에는 창조하는 천재가 있는 것처럼 발견하는 천재가 있고, 작품을 쓰는 천재가 있는 것처럼 읽는 천재도 있다.' – 발레리(프랑스, 시인)

인내로써 업적을 이룬 천재가 있고, 부지런함으로 업적을 이룬 천재가 있고, 공부하고 방법을 찾고 계획을 세워서 업적을 이룬 천재도 있습니다. 신념으로 업적을 이룬 천재도 있습니다. 그리고 천재에는 여러 종류가 있습니다. 지능의 천재, 예술의 천재, 체육의 천재도 있고, 발명의 천재, 사업의 천재도 있습니다. 천재가 아닌 사람은 인내, 근면, 공부로 노력하는 수밖에 없습니다.

에디슨은 또 이런 말도 했습니다.

"성공이란 것은 그 결과를 보고 평가할 것이 아니라, 그것에 쏟아부은 노력의 합계로 평가해야 하는 것이다."

11월 19일

칸트 노인

불평만 하고 남의 험담만 하는 사람이 성공한 예는 일찍이 없었다. 어떤 일에 성공한 사람은 자기의 혀를 조절할 줄 알았던 사람이다. 쓸데없는 말을 입에 올리지 말아야 한다. ─ 샤를 모리스 탈레랑

철학자 칸트의 아버지가 말을 타고 폴란드에 있는 고향을 찾아가는 길에 숲길을 지나게 되었습니다. 갑자기 숲속에서 강도들이 나타나더니 가진 것을 다 내놓으라고 다그쳤습니다.

"이게 전부요?"

"전부입니다."

그런데 칸트 노인이 길을 가다가 소매 속에 딱딱한 물건이 있음을 알았습니다. 그것은 만일을 위해서 금덩이를 소매 속에 꿰맨 것이었습니다. 칸트 노인은 금이 있다는 사실을 겁에 질려서 잊었던 것입니다. 급히 강도들이 있던 숲으로 되돌아갔습니다.

"일부러 한 것은 아니지만, 아까 거짓말을 했습니다. 무서워서 생각을 못했습니다. 여기 옷 속에 있는 금을 가지십시오."

강도들이 오히려 놀랐습니다. 한 강도가 지갑을 돌려주었습니다. 다른 강도가 기도서며 책을 돌려주었습니다. 또 다른 강도가 말을 돌려주더니 타기 쉽게 거들어주었습니다.

세 강도는 자기들에게 축복의 기도를 해 달라고 했습니다. 그리고는 칸트 노인이 멀리 사라지는 것을 바라보고 있었습니다.

이 일화를 소개한 사람은 끝에 한 줄 주註를 달았습니다.

'정직은 악을 이긴다.'

11월 20일

황제 가수

장례식에서보다 약삭빠른 인간들이 더 속물로 보이는 곳은 없다.
― 조지 엘리엇

그 유명한 폭군 네로가 동경해 마지않던 직업이 있었습니다. 황제의
직업 이외에 그가 하고 싶었던 일은 과연 무엇이었을까요?
그런데 그게 가수가 되는 일이었다고 합니다.
파를 먹으면 목청이 좋아진다고 하면, 일주일에 한 번은 하루 종일
파만 먹기도 했고, 폐활량이 크게 된다고 해서 매일 밤 구리로 된 판
板을 가슴에 얹어놓고 자기도 했습니다.
화려한 것을 좋아한 네로는 5천 명이나 되는 청년을 모아서 박수 부
대를 만들기도 했습니다.
손바닥을 펴서 강하게 치는 것은 '벽돌 부대', 손을 고동처럼 둥글게
해서 소리를 내며 치는 것은 '속이 빈瓦 기와 부대', 정신없이 빨리 치
는 것은 '날갯짓 부대' ― 이 박수 부대를 이끌고 서기 67년, 그리스
쪽으로 음악 콩쿠르 원정(?)을 떠났습니다. 돌아올 때는 우승 트로피
가 무려 1천8백8개나 되었다고 합니다.
이 위대한(?) 가수가 멋진 황제가 되기보다는 딴 일에 정신을 팔다
보니, 드디어 반란이 일어나서 최후의 순간을 맞게 되었습니다.
이때 네로는 탄식하면서 가로되, "아, 내가 죽음으로써 아까운 예술
가를 한 사람을 잃게 되는도다." 했다고 합니다.

11월 21일

인간의 욕구 5단계

일생에 가장 중요한 것은 직업의 선택이다. 그런데 그것을 좌우하는 것은 우연
이다. — 파스칼

미국의 심리학자 A.H. 마즐로는 인간의 욕구를 5단계로 분류하고 있
습니다. 이 5단계 설은 인간은 낮은 차원의 욕구를 충족하면 차례차
례로 높은 차원의 욕구를 충족하려고 하는데, 그 차원이 다섯 단계라
는 것입니다.

① 생리적 욕구(생존 욕구)

생존에 필요한 욕구로 음식, 수면, 성욕 등 본능적인 욕구이다.

② 안정과 안전에의 욕구(안정 욕구)

안정되지 못한 사람은 안정을 구하고, 안정된 사람은 이 안정을 잃게
될지도 모른다는 불안감에 시달리고 있다. 낯선 일이나 신기한 사물
로부터 도피 경향도 이 욕구의 표현이다.

③ 소속과 사랑의 욕구(친화親和 욕구)

동료나 사회로부터 인정認定받고 싶다, 누군가를 사랑하고 싶다, 사
랑 받고 싶다는 욕구로서 애사심愛社心이나 유행 등의 원인이 된다.

④ 승인의 욕구(자존自尊욕구)

지위 · 재산 · 지식 · 기능 등에서 남보다 앞서고 싶다, 다른 사람으로
부터 관심을 끌고 싶다, 높은 평가(명성)를 받고 싶다, 자유롭고 독립
된 존재이고 싶다, 타인으로부터 이해 받고 싶다는 등의 욕구이다.

⑤ 자기 실현自己實現의 욕구

자기의 가능성을 실현시키고 싶다는 욕구. 현실을 바로 보고, 현실로부터 도피하지 않고 자기의 노력과 책임으로 현실과 대결하는 것이 자기 실현이다.

11월 22일

가난에는 계획이 필요 없다

최상의 것을 기대하라. 최악의 경우를 대비하라. 오늘 주어진 것을 받아들여라. – 지글러

돈이란 참 알 수 없는 존재입니다. 그것은 여성이 배우자를 결정할 때 사용하는 방법과는 다른 방법으로 추구되어 왔으며, 또 정복되었습니다.

반면, 돈을 추구할 때 사용되는 힘은 남성이 부인을 얻는데 사용하는 방법에서 크게 벗어나지 않는다는 것을 생각해 보시기 바랍니다. 돈을 버는데 성공하였다면, 그 힘은 틀림없이 신념과 결합되어 있을 것입니다. 또 끈기와도 결합되어 있을 것이며, 잘 짜인 계획이 행동으로 옮겨졌을 것입니다.

어마어마한 돈이 모이면 그것은 물이 언덕 아래로 흘러가듯, 돈을 추구하는 사람에게 흘러들어갑니다. 그 곳에는 강과 비교될 만한, 눈에 보이지 않는 거대한 물줄기가 존재합니다. 반면, 불행한 사람들을 가난의 밑바닥으로 움직이게 만드는 지류는 반대쪽으로 흘러들어갑니다. 사람들은 모두 이 커다란 물줄기의 존재를 알고 싶어합니다. 그 물줄기는 인간의 사고를 통해 이루어지며, 그 사고의 적극적 감정은 행운을 수반하는 물줄기의 한 부분으로 나타난다는 것입니다.

반면, 소극적 감정은 가난으로 떨어지게 하는 지류를 형성하게 됩니다. 그러므로 가난에는 계획이 없습니다.

11월 23일

잠의 미학

존재하는 모든 훌륭한 것은 독창력의 열매이다. - S. 밀

잠은 작은 죽음과 같다고 합니다. 잠은 어둠과 침묵과 후퇴의 시간입니다. 어두운 침묵 속에서 잠은 신선한 내일을 준비합니다. 죽음에 권태를 느낀 자, 피곤한 자, 괴로워하는 자의 최후의 안식입니다. 죽음은 새로운 세계를 통해서 신생의 길을 준비합니다. 죽음은 모든 주권과 세력, 동맥이 경화된 독단적인 체계, 사물의 질서를 정화시키는 견고한 제도와 세력을 제거합니다. 그러므로 잠은 모든 사람을 평등하게 만든다고 말할 수 있습니다.

11월 24일

삶과 죽음은 동전 한 닢 차이

인생은 교향악이다. 삶의 순간이 각각 다른 합창을 하고 있다. — 로망 롤랑

그리스 신화에 타르타로스라는 지옥이 있고 엘리시온이라는 낙원이
있습니다.
타르타로스 지옥의 주변에는 여러 갈래의 강이 흐르고 있는데, 그 중
아케로 강에는 카론이란 나룻배 사공이 있었습니다. 이 사공에게 동전
한 닢의 뱃삯을 치르지 못하면 강을 건널 수 없었습니다. 그래서 죽은
사람의 입에 동전을 한 개씩 넣어주게 되었다고 합니다. 하지만 객사
를 했거나 가난하게 죽은 영혼들은 동전이 없으면 이 강을 건너지 못
하여 정처없이 떠돈다는 것입니다.

11월 25일

희망의 빛깔

일자리가 있는 자라면 누구나 기회가 있고 성공할 수 있다. – E. 허버트

희망을 빛깔로 표현한다면 무슨 색이 될까요?
시인 헤르더는 다음과 같이 읊었습니다.

희망, 희망의 색은 항상 녹색
가난한 자가 아무것도 가진 것 없이
모든 사람들에게 외면당하고,
모든 것에게 고통을 당할지라도
희망이여, 가난한 자에게 힘을 주어라.

시인 베르레느는 이렇게 읊었습니다.

희망은 햇빛과 닮았다.
희망과 햇빛, 어느 것이나 다 밝은 것
하나는 거친 마음에 깨끗한 꿈이 되고
하나는 진흙에 금빛을 띤다.

어떤 시인은 '햇빛은 개똥에도 미인에게도 비춘다'고 했지만, 피동적, 수동적으로 기다리는 희망이 아니라 스스로 만드는 희망도 있습니다.

제2차 세계대전이 끝난 후 독일의 어떤 지하실 벽에 다음과 같은 글이 새겨져 있었습니다. 아마 유대인이 숨어 지내며 썼겠지요.

나는 태양을 믿는다.
설사 지금은 비치지 않을지라도
나는 사랑을 믿는다.
지금 느낄 수는 없어도….

11월 26일

작은 정성, 큰 정성

배고픈 사람은 자유로운 사람이 아니다. – 아들라이 스티븐슨

석가가 사위국舍衛國의 어느 정사精舍에서 설교를 하고 있을 때의 일입니다.

사위국에 난타難陀라는 한 가난한 여인이 있었습니다. 몸을 의지할 곳이 없어 얻어먹으며 다녔습니다.

국왕을 비롯해 많은 사람들이 신분에 맞는 공양을 하는 것을 보고 난타는 스스로 탄식하며 말했습니다.

"나는 전생에 범한 죄 때문에 가난하고 천한 몸으로 태어났다. 모처럼 고마우신 스님을 뵙고도 아무런 공양도 할 수 없구나."

이렇게 슬퍼하면서 온종일 거리를 돌아다니며 겨우 돈 한 푼을 얻게 되었습니다. 그녀는 기름집으로 달려갔습니다. 우선 기름을 사서 등불을 만들어 석가에게 바치려 한 것입니다.

그러나 기름집 주인은 "아니 겨우 한 푼어치 기름을 사다가 무엇에 쓸려구?" 하면서 팔려고 하지 않았습니다. 난타는 사정을 했습니다.

기름집 주인은 딱한 생각이 들어 한 푼어치의 몇 배나 되는 기름을 주었습니다. 난타는 기뻐 어쩔 줄 몰라 하며 등을 하나 만들었습니다.

때마침 국왕이 석가를 위해 등불을 바치자는 이야기에 많은 사람들이 비싼 등을 만들어 갖다 바쳤습니다.

난타는 초라하지만 정성 어린 등을 무수한 등 속에 놓아두었습니다. 그런데 이상하게도 난타가 바친 등불만이 새벽까지 홀로 밝게 타고 있었습니다.

석가는 남에게 업신여김을 받는 가난한 여인이 바친 등불임을 알아차리고 조용히 바라보며 말했습니다.

"진심이 담긴 한 개 등불이 비싼 만 개의 등불보다 훨씬 소중하다."

뒤에 석가는 난타를 비구니로 받아들였다고 합니다.

『현우경賢愚經』의 '빈녀난타품貧女難陀品'에 나온 이 이야기에서 '빈자일등貧者一燈'이라는 말이 나왔고, '부자의 만 등보다 빈자의 한 등이 낫다'는 말이 생겼습니다.

11월 27일

느림의 댓가

괴로움이 없는 가난함은 비참한 부자보다 낫다. – 메난 드로스

"우리가 천천히 길을 간다면 예정 시간에 도착하지 못할 것이네. 성문은 일몰 직전에 닫으므로 이제 한두 시간밖에 남지 않는데, 그 먼 거리를 어찌 천천히 갈 수 있겠는가? 늦으면 다시 성문이 열릴 때까지 기다려야 하는데 사나운 동물의 위험을 어떻게 피한다는 말인가? 여하간 우리는 서둘러 가야만 하네."
노승의 이야기를 다 듣고 난 사공이 말했습니다.
"좋습니다. 이는 제 경험담입니다만, 천천히 가는 사람만이 성에 도착할 수 있습니다."
그러자 젊은 승려는 사공의 말을 듣고 깊이 생각했습니다.
'나는 이 지방의 지리를 전혀 모르지 않는가? 아마 이 사공의 말에는 무슨 뜻이 있는 게 틀림 없나 보다. 사공의 충고를 듣는 것이 좋겠다.'
그래서 젊은 승려는 천천히 걸어갔습니다. 그러나 노승은 바삐 서둘러 걸음을 재촉했습니다. 그의 등에는 많은 경전이 짊어져 있었습니다. 이윽고 얼마를 달려가자 노승은 발을 심하게 다쳤습니다. 성으로 가는 길은 자갈이 많고 험했기 때문입니다. 그래서 그는 극심한 피로와 발의 상처로 얼마 안 가서 쓰러지게 되었습니다. 너무 서둘렀기 때문에 연로한 나이와 체력이 감당해 낼 수 없었기 때문이었습니다.

반면에 젊은 승려는 무리없이 성에 다다를 수 있었습니다. 사공이 걱정이 되어 그들을 찾아갔을 때 얼마 가지 않아 길가에 쓰러져 있는 노승을 발견하자 그의 발바닥에는 피가 흐르고 있었습니다.

사공이 노승에게 말했습니다.

"스님, 이런 경우가 생길 것을 말씀드렸습니다. 만일 스님께서 제 말씀을 듣고 천천히 걸으셨다면 이런 공경을 당하지 않으셨을 것입니다. 이 길은 매우 험하고 자갈이 많아 서둘러 걸으시면 꼭 사고를 당하시게 됩니다. 왜 제 말을 안 들으셨습니까?"

이 이야기는 한국의 선禪의 일화 중에 하나입니다. 인간의 삶에 있어서 서둘지 말고 천천히 그리고 꾸준히 나가라는 교훈을 말해주고 있습니다.

11월 28일

양생의 도

옥은 갈지 않으면 그릇이 될 수 없고 사람은 배우지 않으면 도를 알 수 없다.
— 예기

노자는 말했습니다.

"사람을 다스리고 하늘을 섬기려면 색〔嗇:아낌〕보다 더한 것은 없다."

사람을 다스리는 정치의 도나 자기의 몸을 기르는 양생養生의 도는 될 수 있는 한 일을 적게 하여 욕심을 부리지 않고 일의 분량, 음식의 분량을 적게 하는 것이 좋음을 지적한 말입니다.

앞에서 여러 번 언급했지만, 노자는 좀 지저분한 문자를 쓰는 버릇이 있는데, 여기서도 색이라는 말을 쓰고 있습니다.

이 색은 모든 것을 적게 한다는 뜻인데, 『논어』에 나오는 약約이라는 말과 같은 뜻입니다.

『논어』에 '약이지실자約以之室者는 불선不鮮이라.'하여 모든 일에 소극적인 필요성을 말하고 있습니다.

즉 먹는 것도 서운할 정도로, 일도 서운할 정도에서 끝냄이 양생의 도가 된다는 것입니다.

사람을 찾아 다니는 등불

용기는 역경에 있어서의 빛이다. - C.보브나르그

고대 그리스에는 디오게네스라는 철학자가 몇 사람이 있었는데, 그들 중에 시노페의 디오게네스는 기인으로 유명했습니다.

이 디오게네스는 나무통 속에 살면서 밥은 걸식을 해서 먹고 옷은 단한 벌밖에 없었다고 합니다.

그야말로 단벌신사, 아니 단벌거지였던 셈이지만, 어린아이가 손으로 물을 떠먹는 것을 보고는 "내가 쓸데없는 것을 가지고 다녔구나." 하면서 하나뿐인 밥그릇마저 버렸다고 합니다.

그리고 스스로를 개犬라고 불렀습니다. 그래서 견유학파(犬儒學派:키니코스 학파)라고 하면 세상을 냉소적으로 보는 학파를 가리키는 말이 되었습니다.

디오게네스는 주장했습니다.

"행복이란 인간의 자연스런 욕구를 손쉬운 방법으로 만족시키는 것이며, 부끄럽거나 흉할 것이 없으니 감출 것도 없다. 이 원리에 반대되는 관습은 자연에 어긋나는 것이므로 따를 것이 없다."

알렉산더 대왕이 그리스를 정복했을 때 많은 사람들이 인사를 갔지만, 디오게네스는 가지 않았습니다. 알렉산더는 등불을 들고 사람을 찾아 다닌다는 그 유명한 디오게네스를 보려고 부하들의 호위를 받으며 친히 행차를 하였습니다.

"나는 알렉산더 대왕인데, 내가 무섭지 않은가?"

"대왕은 착한 인간인가?"

"물론이지!"

"좋은 인간이라면 무서워할 필요가 없지."

"나에게 부탁할 것은 없는가?"

"그렇다면 좀 비켜주시오. 햇볕을 가리니까."

만일 보통의 왕이라면 "여봐라, 저 무례한 놈의 목을 당장 쳐라!" 하고 외쳤을지 모르지만, 역시 대왕이었습니다.

"내가 알렉산더가 아니었다면 디오게네스가 되고 싶도다." 하고 탄식하였다고 합니다.

전쟁이 났다고 모두들 바쁘다고 하자, 자신은 나무통을 굴리며 바쁜 척했다는 디오게네스, 한낮에 등불을 들고 거리를 돌아다니면서 옳은 사람을 찾는다고 외치는 디오게네스의 행복을 이해할 수 있다면 당신 자신도 현자임이 분명합니다.

11월 30일

십계十戒

부정은 신을 더럽히는 행위이다. - 아우렐리우스

신이 겨우 그의 '십계十戒'를 다 썼을 때, 그는 땅 위의 모든 인종 종족 한테로 가서 이 계율을 갖고 싶은 지 어떤 지를 물어보았습니다.

아라비아 사람들은 조심스럽세

"그것은 어떤 말을 하고 있습니까?"

하고 물었습니다.

"응!"

신이 말했습니다.

"그 가운데 하나는 '남의 물건을 훔치지 말라'고 말하고 있지."

"그것 참 재미가 없군요."

아라비아 사람들이 대답했습니다.

"우리한테는 도저히 무리한 말인데요. 우리는 여행자들을 뜯어먹고 사는 형편이 되어서요."

신은 그 다음에 프랑스인들에게 그 십계를 받지 않겠느냐고 물어보았습니다.

한데 그들도 그것은 어떤 일을 명하는지 알고 싶어했습니다.

신이 '간음해서는 안 된다.'의 대목이 이르자 프랑스인들은 신의 말을 가로막으며 슬픈 듯이 고개를 저었습니다.

"우리는 이 십계 특히, 그 대목이 우리에게는 전혀 맞지 않는다고 생각됩니다."

신은 그의 십계를 다른 많은 사람들에게로 가져갔습니다.

그러나 모두는 자기들의 남다른 사는 방식에 맞지 않는다고 하며 그것을 거절했습니다.

마지막에 이르러서 될대로 되라는 마음으로 유태인들을 찾아갔습니다.

모세가 물었습니다.

"그것의 값은 얼마입니까?"

신은 대답했습니다.

"이것은 공짜이다."

"그거 참 좋군요."

모세는 다시 말했습니다.

"그렇다면 우리는 그것을 모두 받겠습니다. 뭣 하면 두 벌이라도 받겠습니다."

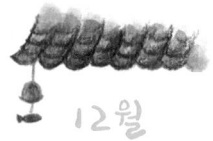

한 해가 네 계절로 채워져 있듯
인생에도 네 계절이 있습니다.

원기 왕성한 사람의 봄은 그의 마음이
모든 것을 분명 아름답게 받아들이는 때입니다.
그의 여름은 화사하며
봄의 달콤하고 발랄한 생각을 사랑하여
되새김질하는 때, 그의 꿈이 하늘 높은 곳
높이 날아오르는 부푼 꿈을 꿉니다.

그의 영혼에 가을 오면
그는 꿈의 날개를 접고,
올바른 것들을 놓친 잘못과 태만을
울타리 밖 실개천을 무심히 바라보듯
방관하여 체념하는 때입니다.

그에게도 겨울이 오면 창백하게 일그러진 모습으로,
그렇지 않으면 죽음의 길을 찾아 먼저 가 있을 것입니다.

• 인생의 계절 | 존 키츠 •

12월 1일

삶이 그대를 속일지라도

인생에서 고난을 극복하고 성공을 향해 힘찬 발걸음을 내 딛으며 새로운 소망하고 함께 그것을 성취하려고 애쓰는 것 보다 더 고상한 즐거움은 없다.
– 새무얼 존슨

삶이 그대를 속일지라도
슬퍼하거나 노하지 말라
슬픈 날을 끝까지 참고 견디어라
그러면 즐거운 날이 찾아올 것이다.

마음은 늘 미래를 바라지만
현재는 한없이 우울한 나날들
모든 것은 끝없이 사라지나
지나가 버린 것은 모두 그리움으로 남게 되리라.

– 푸쉬킨(Aleksandr Sergeevich Puskin : 1799~1837)

12월 2일

등 대

아침이 낮의 증거를 나타내듯이 어린 시절은 어른의 표정이 된다. - 존 밀턴

호화 요트가 밤중에 불을 밝히고 전진을 하고 있는데 앞에도 불빛이
보였습니다. 요트의 선장이 마이크를 들고 소리쳤습니다.

"앞에 있는 배는 빨리 항로를 바꾸시오."

"우리는 위치를 바꿀 수 없소."

"이 배에는 왕자님이 타고 계신단 말이오."

"나는 이 등대를 지키는 사람이란 말이오."

해변의 절벽 위에 오두막집이 있었습니다. 그 집에 사는 부인은 밤이
면 등불을 창가에 걸어 두곤 했습니다. 그 후부터 지나가는 배에 이
정표가 되어주었습니다. 기후가 나쁜 날은 난파선에게 등대의 역할
을 하고 있었습니다. 이름 없는 등대였습니다.

등대는 오래 전부터 바다의 이정표로서 장작불을 때어 불을 밝히던
시절부터 첨단 장비로 개선된 현대에 이르기까지 수많은 배를 인도
했고, 재난을 막았습니다. 등대는 해변에만 있는 것이 아니라 무인도
에도 있고, 등대 역할을 하는 배(등대선)도 있습니다.

기원전 7세기에 등대가 있었다는 기록이 있고, 기원전 3세기에 세워

진 이집트 알렉산드리아의 파로스 섬에 있는 등대는 세계 7대 불가사의의 하나로 알려져 있습니다.

그에 비하면 가로등은 1841년 프랑스 파리의 콩티 강가와 콩코드 광장에 처음 세워졌습니다.

가로등은 도시에 세워진 등대입니다. 등대가 하나 둘 많아지면서 온 세상이 밝아졌습니다. 그리고 우리도 하나의 인간 등대입니다.

12월 3일

나에게 쓰는 미래의 편지

기회는 새와 같은 것이다. 날아가기 전에 붙잡아라. - 실러

리처드 바크의 소설 『갈매기의 꿈』(조나단 리빙스톤이라는 이름의 갈매기)이 베스트 셀러가 된 후, 사람들이 서점에 와서 그 책을 찾는데, 이름이 각각이었습니다.

"리빙스톤 주세요.",

"갈매기에 관한 리빙스톤 책 주세요",

"조나단 리빙스톤이 쓴 갈매기 주세요",

"조나단 리빙스톤이 쓴 독수리 주세요",

"조나단 리빙스톤이 쓴 펭귄 주세요",

"조나단 리빙스톤이 쓴 비둘기 주세요"….

『갈매기의 꿈』에 나오는 향상심 많은 조나단 리빙스톤이란 갈매기는 어릴 때부터 남들과 달랐습니다. 남들은 먹고 사는 것에만 신경을 쓰고 있을 때, 조나단 갈매기는 '먹기 위해 사는 것이 아니다, 날기 위해 사는 것이다.' 하는 생각을 한 것입니다.

초고속 비행, 초저공 비행, 급강하 비행 등 밥 먹는 것도 잊고 수련을 합니다. 드디어는 '순간이동'이라고 하는 경지에까지 이르고, 뜻한 대로 도사가 됩니다. 그러나 가족이나 주위의 갈매기들에 의해 추방당하고, 제자들과 함께 떠나게 됩니다….'

리처드 바크가 쓴 에세이에 이런 것이 있다고 합니다.

"나는 지난날 미래의 나 자신에게 편지를 쓴 일이 있다. 당시 나는 책을 출판하는 것을 목표로 하고 있었기 때문에 그 편지에서 '책을 출판했느냐' 하고 묻는 그런 내용이었다. 그리고 지금 나는 편지에 썼던 것이 현실이 되었다."

이 글을 소개한 외국의 어떤 경영자는, 직장생활을 할 때 그 글을 읽고 자기도 10년 후의 자기의 미래에 편지를 썼다고 합니다. 처음에는 잘 써지지 않았지만, 인생을 생각하고 미래를 생각하며 자기의 목표를 썼다는 것입니다.

그리고 자기가 뜻한 대로 되었다고 했습니다. 그리고 다시 미래에의 편지를 쓰겠다고 했습니다.

12월 4일

돈키호테

최선을 다하고 천명天命을 기다려라. - 미상

영원한 청춘 기사騎士는
50세가 된 후
가슴 속의 꺼지지 않는 꿈을 실행에 옮겼다.
7월의 어느 아름다운 날 아침, 여행을 떠났다.
가는 곳마다 세계가 있었다.
저속하고 추잡한 거인들이 사는 세계였다.
그리고 그에게는 로시난테가 있었다.
슬프게도 씩씩한 로시난테가.

나는 알고 있다.
어느 한때 정열에 사로잡히면
어느 한때 고귀한 정신이 내리누르면
어쩔 수 없는 것이다.
나의 돈키호테여!
풍차조차도 싸움을 걸어야 하는 것이다.

그대가 말한 대로 두을시네아는
이 세상에서 제일 가는 미인이다.
별 볼일 없는 사람을 만나서도
이 점만은 강조하시 않을 수 없다.
그러면 녀석들은 너를 짓밟고 멋대로 두들겨 패겠지.
그러나 그대는 목마른 기사이다.
불꽃처럼 그대는 그렇게 살아갈 것이다.
쇠로 만든 껍질에 쌓인 채 살아갈 것이다.
그리하여 두을시네아는 매일매일 아름답게 될 것이다.

12월 5일

파랑새

운명보다 강한 것이 있다면 그것은 동요하지 않고 운명을 짊어질 수 있는 용기이다. – 에마뉘엘 가이벨

벨기에의 작가 메테를링크의 동화극 '파랑새'에 나오는 오누이 티르티르와 미티르는 꿈속에서 요정으로부터 병든 딸을 위해 파랑새를 찾아 달라는 부탁을 받습니다.

갖은 고초를 겪으며 헤매고 다녔지만 끝내 찾지 못했는데, 꿈을 깨 보니 '파랑새'는 방 안의 새장 속에 있었습니다.

'파랑'이라는 말은 독일 낭만파 시인 노발리스의 소설 「푸른 꽃」에서 힌트를 얻은 것으로 존재하지 않는 이상理想을 나타낸다고 합니다. 이 이야기는 흔히 '행복이 먼 데 있는 것이 아니라 가까운 데 있다'는 비유로 쓰입니다. 무지개를 찾아 헤매다가 실망하고 돌아온다는 이야기도 마찬가지입니다.

칼 부세의 '산 너머 저쪽'이란 시를 다음과 같이 패러디화한 것이 있습니다.

산 너머 저쪽 먼 하늘 밑
행복이라는 이름의 괴물이 살면서
난폭한 짓을 한다는 소문이 있어
남들과 함께 나도 막으려고 떠났지만

도중에 나뭇가지에 눈이 찔려
눈물을 흘리면서 돌아왔네.

우리 주위에는 가까이에서 행복이나 보람을 찾지 않고 다른 곳, 먼
곳, 더 멋진 곳을 찾아다니는 사람도 많습니다. 그리고 무언가 구실
을 대면서 포기하는 사람도 있습니다.

12월 6일

나는 매일매일 좋아지고 있다

사람은 정신없이 서둘러 결혼하기 때문에 한평생 후회하게 된다. - 몰리에르

프랑스의 한 약방에 어떤 사람이 와서 약 이름을 말하며 달라고 했습니다. 그 약은 나온 지가 오래 되어서 약효가 없는 약이었습니다.

약제사는 약효가 없는 약을 팔 수가 없다고 거절했습니다. 손님은 그 약이면 틀림없다고 무리하게 약을 사 갔습니다.

며칠 후 그 사람이 나타나서 그 약을 먹고 병이 나았다고 인사를 했습니다.

그 약제사 이름은 에밀 쿠에였습니다.

약효가 없는 약이 환자를 고쳤다니? 쿠에는 그 원인을 생각하기 시작했습니다. 결론은 그 환자의 확신이었습니다. 약이라는 물질이 아니라 약효를 강하게 믿는 환자의 마음이 병을 낫게 했다는 것을 알았습니다.

쿠에는 그 강한 마음이라는 것을 사람에게 먹이는 법이 없을까를 연구하기 시작했습니다. 우리의 상상력은 어떤 생각이나 의식보다 강한데, 상상력을 가미하여 반복적으로 암시를 하면 몸과 마음이 변한다는 것을 알았습니다.

쿠에는 슐츠의 자기암시법을 개선하여 '의식적 자기암시에 의한 자기 지배 방법'을 개발했습니다.

'의식적 자기암시' 또는 '유도 자기암시'라는 것입니다. '쿠에의 방법 (Coue method)' 이라고 부르기도 합니다.

쿠에는 여러 암시를 시험해 본 결과, 다음의 공식이 가장 효과적이었다고 합니다. 남녀노소 누구나 아침 저녁으로 20회씩 외우라고 합니다.

'나는 매일매일 모든 면에서 좋아지고 있다.'

12월 7일

살아 있다는 것은 즐거운 거야

내 견해는 인생에서 가장 중요한 것은 무엇이건 너무 많은 것을 갖지 않는다
는 것이다. – 테렌티우스

12세의 장애아 소녀가 쓴 시에 다음과 같은 것이 있었습니다.

살아 있다는 것은 즐거운 거야
왜냐하면 살아 있으면
사람과 이야기한다든지
논다든지
공부를 한다든지
할 수 있으니까.
백 년이고
이백 년이고 살고 싶어
살아 있지 않으면 손해야
그러니까 열심히 살려고 해
그리고 나에게 주어진 길을
나아가야 해
살아 있는 동안
어떻게든 용기를 내야 해…

12세 소녀의 시이지만, 장애의 아픔을 이기고 밝고 건강하게 살아가는 성숙한 모습이 보입니다. 그 소녀는 어둠 속에서 혼자 얼마나 울었을까요?

울음을 그치고 어느 날 남과 이야기하고 놀고 공부하는 것이 사는 즐거움이라는 것을 깨닫고, 용기를 내어 자기 길을 가야함을 깨닫고, 맑게 웃는 모습이 보입니다.

12월 8일

나이가 젊어진다면

이해가 안 되더라도 때로는 이해한 것처럼 행동하는 것이 좋다. – 맬컴 포브스

미국 버지니아 주의 의학잡지에 나이를 먹으며 점점 젊어진 부인 이야기가 실린 적이 있습니다.

그 여인은 정상적으로 자라서 결혼도 하고 세 자녀를 두었습니다. 행복한 생활을 보냈습니다. 자녀들이 고등학교에 다닐 때 남편과 아버지가 세상을 떠났습니다.

그때부터 그 어머니는 아이들처럼 옷을 입고 자녀들의 파티에 참석해서 즐겁게 놀았습니다. 그런데 자녀들이 보니까 자기들은 나이가 드는데 어머니는 점점 어린 짓을 하는 것이었습니다. 3~4개월에 1년씩 젊어지는 것이었습니다.

그 증상을 의사는 '인격적 퇴행退行'이라고 불렀습니다. 이런 퇴행은 어느 정도 진행되다가 중지되는 것이 보통인데, 이 부인은 그렇지를 않았습니다.

61세의 나이에 6세 꼬마의 행동이나 말투를 사용했습니다. 요양원에 보내졌습니다. 거기서도 말을 떠듬거리며 짧은 치마와 장난감을 달라고 떼를 썼습니다.

드디어 더욱더 어려져서 밥그릇을 엎고, 방바닥을 기어다니며 "엄마, 엄마"하며 불러대기 시작했습니다. 시간이 지나면서 갓난아기처럼 우유를 마시게 되고, 죽을 때까지 퇴행을 계속했다고 합니다.

12월 9일

지금 맡은 일

결혼을 한다는 것은 당신의 권리를 반감시키고 의무를 배가시키는 것이다.
— 쇼펜하우어

미국 어느 전구회사 로스앤젤레스 지사에 햄 슈라이너라는 청년이
입사했습니다. 자기에게 주어진 일에 대해 최선을 다하자고 결심을
하고, 전구를 더 많이 파는 일에만 마음을 쏟고 있었습니다.

그러니 쉬운 일이 아니었습니다. 유명 브랜드 의식이 강한 판매점 사
람들에게 아직도 지명도가 낮은 자기 회사 제품을 팔아달라고 부탁
하고 설득하는 일이 여간 어렵지 않았습니다.

그래서 햄은 여러 모로 생각한 끝에 판매전략을 세웠습니다.

첫째, 몇 군데의 연쇄점을 특별 판매점으로 지정해 전구의 진열장을
개선한다.

둘째, 정기적으로 각 매장을 돌면서 적절한 진열 방법을 꾀한다.

셋째, 연쇄점 판매 담당자들에게도 특별한 판촉 활동을 편다.

가게마다 슈라이너의 새로운 판촉 방식과 서비스를 아주 마음에 들
어했습니다.

소문이 퍼지자, 지금까시 전구를 취급하지 않던 가게에서도 주문이
왔습니다.

이러한 새로운 방식을 취하는 가게가 늘어남에 따라 판매 성적은 나
날이 증가했습니다.

뉴욕 본사에서 이 사실을 알게 되자, 멋진 일을 해내고 있는 그 젊은 이에게 관심을 갖기 시작했습니다. 드디어 본사 간부가 로스앤젤레스로 날아가 어떻게 해서 그토록 눈부신 실적을 올렸는지를 조사하기에 이르렀습니다.

새로운 판촉 방법에 대한 설명을 듣고 탄복한 본사 간부는 슈라이너를 뉴욕 본사로 불러 조명기 사업부의 소매부장으로 영전시켰습니다. 슈라이너는 현재의 일에 주의를 집중시켜 생각하고 개선함으로써 이러한 성공을 가져왔던 것입니다.

12월 10일

천직天職

일반적으로 말한 당사자가 누구였느냐 보다 그 말의 내용이 무엇인지가 더 중요하다. - 무명씨

세계적으로 유명한 제너럴 일렉트릭 사의 중역으로 '전기의 마술사'라고 불리우는 스타인메츠에게 어느 날 신문기자가 다음과 같은 질문을 던졌습니다.

"성공할 수 있는 젊은이와 그렇지 못한 젊은이를 분간하는 기준은 무엇일까요?"

그러자 스타인메츠는 다음과 같이 말했습니다.

"수단으로 직업을 갖고 있는 사람은 언제나 정체합니다. 항상 자기 일을 즐거워하고 흥미를 갖고 일하는 젊은이는 자기도 모르는 사이에 발전해 나갑니다."

스타인메츠는 그러므로 누구나 직업은 자신의 천분天分에 맞는 것으로 선택해야 한다고 했습니다.

천직天職은 과연 존재할까요. 흔히 많은 성공자들이 자신의 직업에 만족하고 있으며, 그것을 천직으로 여긴다고 말합니다. 그러나 그것은 어디까지 그 일에서 성공의 기회를 잡았을 때의 일입니다.

대개의 사람들은 그들 스스로 직업을 선택하는 것이 거의 불가능한 것처럼 여깁니다. 직업이란 주어지는 것이며, 그 일에서 성공과 실패를 가름하는 것은 운運과 노력뿐이라고 말합니다.

그렇지만 하기 싫은 일에 제아무리 많은 노력을 들여도 성과가 없듯,
적성이나 이상에 맞지 않는 직업에 얽매여 인생을 낭비한다는 것은
어리석은 일입니다.

천직은 얼마든지 찾아낼 수 있으며, 선택에 따라 구해질 수도 있습니
다. 그렇다고 현실과 타협하여 손쉬운 직업, 무난한 직업을 택한다는
것은 실패자의 길에 들어선 것이나 다름없습니다.

취업난에 허덕이는 요즘 젊은이들에게 공허하게 들리지도 모릅니다.
하지만 성공의 열쇠는 저절로 얻어지지 않습니다. 보물찾기를 하는
마음으로 끈질기게 이 사회의 감춰진 부분을 들여다보아야 합니다.

12월 11일

일 년이 덤으로 주어진다면

이 세상에 여론만큼 대단한 거짓말도 없다. – 토머스 칼라일

'인생의 시계'라는 시가 있습니다.

인생이라는 시계는 한 번 밖에 밥을 줄 수 없네.
잘 돌고 있다가도 언제 멈출지 모르네.
내일을 믿지 말고
오늘, 지금을 열심히 살라.

그런데 그 시계가 언제 멈출지 모르기 때문에, 오히려 우리는 그 시계가 영원히 멈추지 않을 것처럼 삽니다.
노벨문학상을 받은 로맹 롤링은 인생에는 왕복 차표가 없다고도 했습니다. 지금 이 간이역을 지나며, 이 시간이 지나면, 다시 되돌아갈 수 없는 것입니다.
오래 전 미국의 「볼티모어 선」이라는 신문사가 '만일 일 년을 더 살게 해준다면, 무슨 일을 하겠습니까?' 하는 제목으로 현상공모를 한 적이 있습니다. 일 년을 덤으로 준다면 무슨 일에 쓰겠느냐 하는 질문입니다.
"일 년을 더 살게 해주겠다니!"

젊은 사람은 말도 안 되는 소리라고 코웃음을 칠 것입니다.

"이 한 해는 공짜로 생긴 것이고, 내년에도 또 한 해가 올 거니까, 그냥 이대로 살면 되지 뭐."

어떤 암환자는 1년만 생명을 연장시켜 주면 전 재산을 바치겠다고 의사를 붙잡고 애원했다고 합니다.

특히 어떤 선고를 받아 최후의 날이 예고된 사람이라면, 만감을 교차시키며 눈시울을 적시는 사람도 있을 것입니다.

스피노자라는 철학자는 오늘 세계의 종말이 온다고 해도 사과나무를 심겠다고 했지만, 만일 일 년이 덤으로 주어진다면… 우리는 무엇을 해야 할까요?

12월 12일

지름길

창조는 어렵고 모방은 쉽다. – 콜럼부스

"아는 길도 물어가면 시간 낭비다."

"못 오를 나무는 사다리 놓고 올라간다."

"아부는 곧 성공의 지름길이다."

이런 식으로 한때 우리 젊은이들이 속담을 패러디화(parody: 풍자적, 야유적으로 변형 개작)한 것이 있었습니다만, 지름길을 너무 좋아하다가 너무 빨리 종말을 맞이하는 경우도 있습니다.

흔히들 '학문에는 왕도王道가 없다'는 말을 합니다만, 원래는 '기하학에 왕도는 없다'에서 나온 말입니다.

기하학이 생기게 된 유래는 고대 이집트에서 나일강이 자주 범람하자, 농경지를 측량해서 경계를 정할 필요가 있었기 때문에 생겨났다고 합니다.

이것을 학문적으로 체계를 세운 것이 바로 알렉산드리아의 학자 유클리드(Euclid)였습니다. 그래서 '평면기하학'을 '유클리드 기하학'이라고 부르기도 하는데, 13권이나 되는 기하학 원본을 남기고 있습니다. 3세기 후반의 수학자 파포스에 따르면 "그는 겸손하고 남을 보살펴주려는 따뜻한 마음을 가졌으며, 남을 앞지르거나 남의 발견을 자기가 발견한 것 같이 우겨대는 행동을 절대하지 않았다"고 합니다.

이런 그의 인품 때문인지 유클리드는 당시의 이집트 왕 프토레마이
오스 1세를 가르치고 있었는데, 어느 날 왕은 기하학이 너무 방대한
데 놀라서 유클리드에게 물었습니다.
"기하학을 빨리 배우는 방법은 없느뇨?"
이에 유클리드가 그 유명한 대답을 했던 것입니다.
"기하학에 왕도는 없나이다."

12월 13일

위대한 것은 발바닥이다

공동사회는 배와 같다. 누구나 키를 잡을 준비가 되어 있어야 한다. - H. 입센

위대한 것은
머리가 아니고
손이 아니고
발바닥이다.
일생 남에게 알려지지 않고
일생 더러운 곳에 접하면서
묵묵히 자기 일을 다한다.
발바닥이 가르치는 것
발바닥적인 일을 하고
발바닥적인 인간이 되라.

머리에서 빛이 나오는
아직 안 돼
얼굴에서 빛이 나오는
아직 안 돼
발바닥에서 빛이 나오는
그런 사람이야말로

정말 위대한 사람이다.'

이 시를 쓴 사카무라 신민坂村眞民이란 시인은 참선을 하다가 발바닥
의 아름다움과 고마움을 느꼈고, 매일 저녁 발을 씻으면서 그 날 하
루에 감사한다고 합니다.
그 시인은 발바닥에 눈이 있고, 발바닥이 호흡한다고 말합니다.
그렇다면 발바닥이 아파 보면 발바닥의 존재를 새삼 깨달을 수 있을
것입니다.

12월 14일

막 올리기

인생은 얘깃거리가 되거나 역사책에서 읽을 때는 참 멋지다. - 장 아누이

어떤 초등학교에서 학예회 준비를 할 때의 일입니다. 선생님이 소질이 있는 아이들에게 음악이며 무용이며 연극이며 발표할 역할을 주었습니다. 좀 모자란 듯한 아이에게는 역할을 주지 않았습니다.

연습 기간이 지나고 드디어 발표일이 나가왔습니다. 그때까지 묵묵히 있던 배역이 없던 아이가 선생님에게 물었습니다.

"선생님, 저는 무엇을 할까요?"

여태까지 아무 말 없던 아이가 자기의 역할이라는 것에 신경을 쓸 만큼 성장했다는 데에 선생님은 가슴이 벅찼습니다.

"그래, 너도 해야지. 너는 말이야, 막을 여는 일을 해라."

아이는 기쁘게 웃으며 말했습니다.

"막을 여는 일, 말이지요."

그 아이는 집에 돌아가자 방으로 뛰어들며 소리쳤습니다.

"아빠, 엄마. 나 학예회에서 막 여는 일 맡았어요."

학예회 전날 예행연습을 했습니다. 부모님은 아들이 막 여는 예행연습을 보았습니다. 그 다음 날은 학예회 날이니까 물론 보러 갔습니다. 사진을 찍을 때 카메라 렌즈의 뚜껑을 여는 일, 연극에서 막을 여는 일만큼 중요한 일은 없습니다. 인생은 연극이라고 합니다. 오늘은 몇 번째 막을 여는 날일까요?

12월 15일

소식장수小食長壽

고귀한 실패는 때론 뛰어난 성공 못지않게 세상에 도움이 된다. – 도우덴

"적당히 먹으면 탈이 나지 않는다."는 말이 있습니다.
실제로 기네스북에 오른 장수자들도 소식 습관이 있었습니다.
흰 쥐를 대상으로 한 실험에서 섭취 칼로리를 70%로 줄인 쥐가 다른 쥐보다 훨씬 오래 산다는 사실이 확인되었습니다.
절식을 하면 ①세포의 노화현상이 늦게 된다, ②병에 대한 저항력이 높아진다, ③적혈구가 늘어서 뇌에 산소 공급이 활발하게 된다는 등의 좋은 면이 발표된 바도 있습니다.
더욱이 눈길을 끄는 것은 포식을 하면 뇌의 노화현상이 빨라진다는 연구 결과도 있습니다.
공복일 때는 혈액 중의 공복물질(3-DPA)이 증가하여 '배가 고프다'고 하는 신호를 뇌에 보내고, 식사 후에는 혈액 중에 만복물질(2-DTA)이 증가하여 '이제 배가 부르다'고 하는 신호를 뇌에 보내는데, 'A-FGF'라는 물질이 식사 전보다 수만 배로 증가하여 노화현상이 만복감과 밀접한 관계가 있다는 연구 결과도 있습니다.

"폭식은 백병전의 칼보다도 더 많은 사람을 죽인다." – 프랑스 속담
"조금 적게 먹으면 의사가 필요없다." – 영국 속담

12월 16일

기쁨과 열정의 인생 비결

순풍에 돛을 단 것 같은 행복은 항상 위태하다. 행운은 드문드문 찾아올 때가
더 안전하다. – 그리어슨

사고방식에 따라 자신의 인생이 좌우된다는 것은 잘 알려진 일입니다.
다음의 사항을 특별히 명심해서 실천하도록 합시다.

① 자기 자신을 과소 평가히지 말라.

나에게는 장점이 더 많다. 마음 속에 있는 실패와 실수의 생각을
버려라. 그리고 자기 자신을 유능한 사람이라고 생각하라.

② 자기 연민(憐憫)을 제거하라.

자신이 가진 것만을 생각하고 잃은 것은 생각하지 말라. 자신의
재능과 재산을 적어 보자.

③ 자신만을 생각하지 말고 타인들도 생각하라.

실제로 나가서 나의 도움이 필요한 사람을 찾자. 그리고 대가를
바라지 말고 도움을 주라. 만일, 자기 자신만 생각한다면 당신은
풍성한 인생을 살아갈 수가 없다.

④ "강인한 의지가 있는 자는 세계를 정복할 수 있다"는 괴테의 말
을 명심하라.

전지전능한 신은 인간에게 의지라고 불리는 막강한 힘을 부여했
다. 그것을 활용하라.

⑤ 목표를 가지고 그것을 실천할 시간표를 작성하라.
목표가 있는 인생은 열성적으로 살 의미도 있는 것이다.
⑥ 과거 일 때문에 심적 에너지를 낭비하는 것은 잘못이다.
지금 해야 할 것이 무엇인지를 생각하라. 건설적으로 생각한다면
놀라운 것들이 생길 것이다.
⑦ 매일 기쁨을 생각하고 실행하라.
⑧ 열의를 가져라. 열심히 생각하라. 열심히 살아라!

12월 17일

목숨보다 귀한 사랑

국가가 당신을 위해 무엇을 할 수 있는지 묻지 말고 당신이 국가를 위해 무엇을 할 수 있는 지 물어보라. - 존 케네디

그리스의 철학자 플라톤은 『향연饗宴』이라는 책에서 제자에게 이렇게 말합니다.

"사랑이란, 사랑하는 사람을 위하여 목숨을 아끼지 않는다고 하는 감정을 가리킨다. 사랑을 위하여 죽어도 좋다고 생각게 하는 것이다. 남자만이 아니라 여자도 마찬가지이다. 페리아스의 딸 알케스티스가 그 전형적인 예이다."

알케스티스의 이야기는 다음과 같습니다.

'제우스신의 미움을 받은 아폴론 신은 추방되어 1년 동안 아드메토스 왕의 종살이를 한 적이 있었습니다. 왕이 아폴론 신을 우대했기 때문에 아폴론 신도 정성을 다하여 왕을 섬겼습니다. 우선 축산畜産의 솜씨를 발휘하여 왕의 가축을 잘 길러 많이 번식케 해주고, 각종 해충과 들쥐를 없애고 곡식을 잘 가꾸게 했습니다.

또한 아폴론 신은 왕이 반한 처녀 알케스티스를 왕과 결혼하게 도와주었습니다. 그리고 1년 동안의 후대를 감사할 겸 아폴론 신은 앞으로 왕이 죽게 되는 경우, 누가 대신 죽어준다면 왕의 목숨이 끊기지 않도록 해주기로 약속했습니다.

그 후 오래지 않아 아드메토스 왕이 급환急患으로 생명이 위태로워졌습니다. 대신 죽어줄 사람을 구했지만, 부모도 외면하고 어느 한 사람 찾을 수 없었습니다.

이때 아내 알케스티스가 자진하여 사랑하는 남편 대신 죽어 왕의 목숨을 구했습니다. 때마침 그곳을 찾아온 영웅 헤라클레스가 이런 애틋한 사정을 알고 망령세계亡靈世界로 내려가 왕비를 도로 찾아왔습니다.'

이것이 비극悲劇 시인 에우리피데스 작품『알케스티스』의 줄거리입니다. 이야기는 해피 엔딩으로 끝났지만, 과연 그런 사랑이 있을 지 궁금합니다.

사랑의 프리즘은 9가지 색

지나치게 많은 휴식은 지나치게 적은 휴식과 마찬가지로 피곤하게 만든다.
－ C. 힐티

사랑에 색깔이 있다니?
헨리 드러먼드라는 사람의 글을 보면, 사도 바울이 말한 고린도 전서 13장의 내용을 분석하면, 인내, 친절, 관용, 겸손, 예의, 무사욕無私慾, 온유, 순수, 진실 등 9가지 색이 된다고 합니다.

- 사랑은 오래 참습니다. － 인내
- 사랑은 친절합니다. － 친절
- 사랑은 시기하지 않습니다. － 관용
- 사랑은 교만하지 않습니다. － 겸손
- 사랑은 무례하지 않습니다. － 예의
- 사랑은 사욕을 품지 않습니다. － 무사욕
- 사랑은 성을 내지 않습니다. － 온유
- 사랑은 앙심을 품지 않습니다. － 순수
- 사랑은 불의를 보고 기뻐하시 아니하고, 진리를 보고 기뻐합니다. － 진실

그리고 이들 9가지를 이렇게 설명하고 있습니다.

"인내는 수동적인 사랑으로서 기다리는 것이다. 친절은 능동적인 사랑으로서 인간이 할 수 있는 가장 위대한 것이다. 시기는 경쟁시의 사랑이므로 우아하고 관대한 사랑(관용)을 가져야 한다. 겸손이란 숨어 있는 사랑으로서 자기 만족까지도 포기하는 것이다. 예의는 사회에서의 사랑이며, 신사(gentleman)란 말은 '예의바른(gentle) 사람(man)'이란 뜻이다. 무사욕이란 자기의 것조차 욕심내지 않는 것이다. 온유란 도량이 좁고 성급함을 피하는 것이다. 순수는 원망하거나 의심하지 않는 마음이다. 진실은 편견 없는 마음이다."

12월 19일

돈으로 살 수 없는 것

예습이 전혀 먹혀 들지 않은 것, 그것은 결혼이다. — 말콤 포브스

미국의 어떤 초등학교 선생님이 학생들에게 작문을 시켰습니다. 제목은 '1백만 달러로 내가 하고 싶은 일'이었습니다.

아이들은 아주 즐거워하면서 작문을 쓰기 시작했습니다.

한 아이가 두 페이지나 되는 종이를 들고 걸어 나왔습니다.

"선생님 10만 달러만 더 주세요."

아무래도 부족하더라는 얘기였습니다.

"탐욕은 끝이 없다"는 말도 있습니다만, 과연 돈은 얼마 정도가 있으면 충분할까요?

그러나 돈으로 살 수 없는 것도 많습니다.

이런 시詩가 있습니다.

'침대는 살 수 있지만 숙면은 살 수 없네

책은 살 수 있지만 지혜는 살 수 없네

음식은 살 수 있지만 식욕은 살 수 없네

장신구는 살 수 있지만 아름다움은 살 수 없네

선물은 살 수 있지만 사랑은 살 수 없네

집은 살 수 있지만 가정은 살 수 없네
약은 살 수 있지만 건강은 살 수 없네
사치품은 살 수 있지만 교양은 살 수 없네
십자가상은 살 수 있지만 구원은 살 수 없네
교회의 가족석은 살 수 있지만 천국은 살 수 없네.

12월 20일

부자는 바란다고 되는 것이 아니다

절망하지 마라. 열쇠꾸러미의 마지막에 달려 있는 열쇠가 자물쇠를 연다.
– 체스터 필드

지금부터 당신이 만나는 100명의 사람들에게 인생에서 가장 원하는 것이 무엇인지를 질문해 보면, 그 사람들 가운데 99명은 바로 대답을 하지 못할 것입니다.

만일 당신이 대답을 꼭 해 달라고 요구한다면, 몇 사람은 '안전'이라고 대답할지도 모릅니다. 또 '돈'이라고 말하는 사람도 있을 테고, '행복'이라고 말하는 사람도 있을 것입니다.

나머지 사람들은 '사회적 지위', '안락한 생활', '전문가가 될 수 있는 능력'이라고 말할 수도 있습니다.

하지만 그들 가운데 이런 단어들의 정확한 정의를 말할 수 있는 사람은 거의 없을 것이며, 이렇게 명확하지 못한 소원들을 이루기 위한 어떤 계획도 말하지 못할 것입니다.

부자는 바란다고 해서 될 수 있는 것이 아닙니다. 부자는 뚜렷한 욕망을 바탕으로 명확한 계획을 수립한 뒤 끈기를 가지고 실행할 때만 이룰 수 있는 것입니다.

12월 21일

시간은 순간의 역사

위대한 사람은 결코 기회가 없다고 탓하지 않는다. – 에머슨

시간이란 지나가면 되찾을 수 없는 특이한 순간의 역사입니다. 지금 이 순간이 지나가면 영원히 돌아오지 않습니다. 그러므로 우리는 이 평범한 진리를 깊이 깨닫고 오늘을 소중하게 살아야 합니다.

한 청년이 학업을 마치고 사회에 진출하기 위해 그 당시 유명한 작가 스콧트를 찾아갔습니다. 자신의 장래에 도움이 될 교훈의 말을 청했습니다.

그러자 스콧트는 그 자리에서 다음과 같은 글을 써 주었습니다.

'시간을 낭비하지 말라. 무엇인가 해야 할 일이 생기면 지체없이 해결하라. 일을 끝낸 뒤에는 여가를 즐겨라. 일이 끝나기 전에 놀이에 빠져서는 안 된다. 왜냐하면 일이란 군대의 행진과 같아서 전방 부대가 공격을 받으면, 그 뒤를 따르는 후방부대마저 혼란에 빠지는 것은 당연하다. 일도 이와 같아서 처음 손에 잡은 일을 신속하게 처리하지 않으면 밀리게 되어, 결국에는 조급한 마음에서 맡은 일을 제대로 처리할 수 없다.'

이를 명심하여 자신을 게을리하지 않은 청년은 훗날 크게 성공하였습니다.

12월 22일

가지 않는 길

너그럽고 상냥한 태도, 그리고 사랑을 지닌 마음. 이것이 사람의 외모를 아름답게 하는 힘이다. - 파스칼

갈색 숲속에 두 갈래 길이 갈라져 있었습니다.
안타깝게도 나는 두 길을 갈 수 없는
한 사람의 나그네로 오랫동안 서서
한쪽 길이 덤불 속으로 꺾여 내려간 데까지
바라다볼 수 있는 곳까지 멀리 보았습니다.

그리고 똑같이 아름다운 다른 길을 택했습니다.
그럴 만한 이유가 있었습니다.
거기에는 풀이 더 우거지고 사람이 걸어간 자취가 적었습니다.
하지만, 그 길을 걸어감으로 해서
그 길도 거의 작아질 것입니다만,

그날 아침 두 길에는 낙엽을 밟은 자취가 적어
아무에게도 더럽혀지지 않은 채 묻혀 있있습니다.
아, 나는 뒷날을 위해 한 길은 남겨두었습니다.
길은 다른 길에 이어져 끝이 없었으므로
내가 다시 여기 돌아올 것을 의심하면서.

훗날에 나는 어디에선가
한숨을 쉬며 이야기를 할 것입니다.
숲 속에 두 갈래 길이 갈라져 있었다고.
나는 사람이 적게 간 길을 택하였고
그것으로 해서 모든 것이 달라졌다고.

– 프로스트(Robert Frost:1875~1963)

12월 23일

'행복의 비결은 섬기는 일입니다'

조물주의 손을 떠날 때에는 모든 것이 착하고 어진 것이었으나 인간의 손에 의하여 모든 것이 악하게 되었다. – 룻소

브라더 로렌스(Brother Lawrence)로 알려진 니콜라스 헤르만 (nicholas Herman)은 1611년 프랑스에서 태어나 십대 때 전쟁에서 부상을 당해 다리를 절게 되었습니다.

그 후 여러 일을 전전하다 55세 때, 영혼의 목마름을 채우려고 파리에 있는 카르멜 수도원에 평신도 수도사로 들어가 부엌일을 하게 되었습니다.

그는 수도사들의 식사를 해주면서 부엌을 천국으로 만들었습니다.

그는 자신이 만든 식사를 수도사들이 먹는 것을 바라보면서 항상 감사했습니다.

"하느님! 이 귀한 천사들을 섬기게 해주셔서 감사합니다."

그에게 비천한 부엌일은 가장 즐거운 일이었습니다. 그는 아무리 하찮은 일도 사명감을 가지면 소중한 일이 된다고 여겼습니다.

수도사들을 섬기면서 행복은 갈수록 커졌습니다. 그는 작은 일도 큰일로 생각했고, 접시 하나 닦는 것을 수많은 군중에게 설교하는 것처럼 여겼습니다.

그렇게 20년을 변함없이 살자, 수도사들은 점차 그를 존경하게 되었고, 나중에 수도원에서 원장을 뽑을 때 원장 후보조차 될 수 없었던 평신도 수도사인 그가 원장에 뽑혔습니다.

그에게 인간적인 행복의 조건은 없었습니다. 그는 교육도 못 받고 절름발이로 가정도 이루지 못했지만 날마다 산더미처럼 쌓인 힘든 부엌일을 하면서도 항상 기쁜 얼굴로 "나는 참 행복하다!"고 말했습니다.

어느 날, 국왕 루이 12세가 수도원을 방문해 그에게 행복의 비결을 묻자, 그는 대답했습니다.

"행복의 비결은 섬기는 일입니다."

행복은 별난 곳에 없습니다. 행복은 사랑과 섬김에 있습니다. 환경이 필요한 것이 아니라 사랑이 필요합니다. 참된 사랑이 참된 사람을 만듭니다.

그는 고백합니다. 내 생애 최대 발견은 초라한 오두막도 최고 궁전으로 만들 수 있다는 것이었습니다. 메마른 환경은 아무 문제될 것도 없고 아무 영향도 주지 못합니다.

그는 수도원에 가게 된 이유에 대해 말했습니다.

"나는 죄와 허물과 잘못이 많았습니다. 그래서 수도원으로 들어가 내 모든 잘못에 대한 벌을 받고 인생의 즐거움을 희생하기로 했습니다.

그러나 내 결심은 완전히 실패했습니다. 왜냐하면 내가 희생으로 얻은 것은 만족밖에 없었기 때문입니다."

희생하면 더 많은 것을 얻습니다. 큰 희생은 큰 인생을 만듭니다. 절대사랑은 절대행복을 불러옵니다. 행복은 좋은 자리보다 섬기는 자리에서 생깁니다. 진짜 좋은 자리는 영광의 자리가 아니라 섬김의 자리입니다.

자극적이고 신비한 것보다 꾸준하고 평범한 것에서 아름다움을 찾는 삶이 더 귀한 삶입니다. 갑자기 등장하는 신비한 혜성은 없어도 살지만 매일 떠오르는 평범한 태양이 없으면 살지 못합니다. 그처럼 평범한 것에 행복의 조건이 다 숨어있습니다. 행복은 멀리 있지 않습니다. 행복은 남을 행복하게 할 때 찾아옵니다.

12월 24일

숲속의 휴전

자연의 근본적인 법칙은 평화를 추구하고 그것에 순응하는 것이다.
– 토마스 홉스

1944년 성탄 이브, 독일 국경 근처 산마을의 작은 모두막집 문을 두 드리는 소리가 들렸습니다.

문을 열자, 몇 명의 젊은이들이 무언의 눈으로 간청했습니다. 부인이 낮은 음성으로 말했습니다.

"들어오세요."

그들이 철모와 점퍼를 벗자 앳된 모습이 보였습니다. 아들을 보는 것 같은 마음으로 부인이 닭을 잡아 식사 준비를 했습니다.

닭고기 냄새가 집안 가득할 때 다시 노크 소리가 들렸습니다.

또 길 잃은 미국인 줄 알고 문을 열자, 독일군 병사 네 명이 보였습니다. 큰 공포가 밀려왔습니다. 적을 보호하면 총살을 당했습니다.

부인이 하얗게 질려있다가 곧 침착하게 말했습니다.

"프릴리에 바이나하텐! (메리크리스마스)"

그러자 하사 계급장을 단 병사가 말했습니다.

"아주머니! 길을 잃었는데, 하룻밤 쉬어가도 될까요?"

부인이 침착하게 말했습니다.

"물론 되는데, 지금 다른 손님 셋이 있어요. 친하지 않아도 성탄 이브 인 오늘 만큼은 이 곳에서 총을 쏘면 안 돼요."

하사가 물었습니다.

"집안에 누가 있나요?"

부인이 말했습니다.

"길 잃은 미군들인데, 오늘 만큼은 죽이는 일은 잊어주세요."

독일군 하사 일행은 순간 멍해졌습니다. 짧은 침묵 후에 부인이 다시 말했습니다.

"자, 무기를 놓으세요."

그들은 홀린 것처럼 무기를 놓았고 미군들도 따라했습니다.

좁은 오두막 방에 9명이 끼어 앉았습니다. 그때 의학 공부를 했다는 독일군 한 명이 미군 부상병의 상처를 살핀 후에 꽤 유창한 영어로 말했습니다.

"추위로 상처가 곪지 않았어요. 출혈이 많지만 조금 쉬면 곧 좋아질 것입니다."

그 일로 적의와 의심이 가셨습니다. 모두 식탁에 앉자, 부인이 기도했습니다.

"주님! 이 곳에 오셔서 우리의 손님이 되어주세요!"

부인의 눈에 눈물이 맺혔고, 군인들도 어린 소년처럼 연신 눈물을 훔

첬습니다. 그들은 손짓 발짓으로 따뜻한 대화를 나눴습니다.

그때 누군가 캐롤을 불렀습니다.

"고요한 밤, 거룩한 밤, 어둠에 묻힌 밤…"

그 노래를 미군은 영어로, 독일군은 독일어로 부를 때 그들은 하나였습니다.

모두 밖으로 나가 주인 아주머니 옆에서 숲 속의 밤하늘을 올려다 보며 가장 밝은 별을 찾던 그때, 전쟁의 아픔은 멀리 사라졌습니다.

다음날, 그들은 서로 평안을 빌며 악수를 나누고 헤어졌습니다.

12월 25일

크리스마스 캐롤

침묵을 지켜야 할 때 침묵은 현명한 일이다. 침묵은 위대한 대화이다.
– 플루타르코스

제 1차 세계대전 때의 일입니다. 프랑스군과 독일군은 불과 500미터
쯤 간격을 두고 깊은 참호 속에 갇혀 맹렬한 싸움을 벌써 몇 달째 계
속해 오고 있었습니다.
춥고 쓸쓸한 겨울이 닥쳐왔습니다.
어느 날 프랑스 병사 한 명이 손가락을 꼽으며 무언가 열심히 셈하더
니 소리쳤습니다.
"오늘이 크리스마스날이다!"
오래 전부터 그들은 날짜와 요일을 잊고 있었던 것입니다.
잠시 후 한 병사의 제안으로 조용히 합창이 시작되었습니다.
"고요한 밤, 거룩한 밤…"
한 병사가 여러 사람의 노래를 중지시켰습니다. 노래를 그쳤는데도
합창 소리는 계속 들려왔습니다.
독일군 참호로부터 흘러나오는 합창 소리였습니다.
"아기 잘도 잔다. 아기 잘도 잔다…"
독일군 참호와 프랑스군 참호 병사들은 번갈아가며 노래를 불렀습
니다.
찬 겨울 하늘에는 수많은 별들이 반짝이고 병사들은 하나 둘 노래에
지쳐 깊은 잠에 빠져 들어갔습니다.

죽음에 대한 두려움을 나타내는 세 가지 징조

충실하게 사는 것을 알고 있는 사람이 아름다운 죽음을 알고 있는 사람이다.
— 테도르

1. 죽음에 대한 생각

나이든 사람이라면 누구나 갖는 생각이지만, 요즘에는 젊은 사람들 조차 인생에 대한 긍정적인 사고보다는 죽음을 생각하는 경우가 많습니다. 가끔 죽음에 대한 생각은 목적이 결여되었거나 무기력, 무능력 상태에서 비롯됩니다. 이런 생각을 제일 효과적으로 제거하는 방법은 성공한 사람들이 소유했던 불타는 욕망을 갖는 것입니다. 바쁘게 활동하는 사람은 결코 죽음에 대해 생각할 겨를이 없습니다.

2. 가난에 대한 두려움

대부분의 사람들은 가난해질까 봐 두려워합니다. 그런데 어떤 사람은 자신의 죽음이 사랑하는 가족에게 가난을 가져올까 봐 두려워합니다.

3. 신체적인 병

신체적으로 병을 앓고 있는 경우에는 정신적으로 침체되는 경향을 보이기도 합니다. 그리고 사랑에 대한 실망과 종교적 광신, 정신 이상과 신경과민은 죽음에 대한 두려움을 드러내는 또 다른 징조라 할 수 있습니다.

| 삶 365일

12월 27일

늙음에 대한 두려움

나는 용기를 잃지 않는다. 내가 겪어온 역경은 나에게 힘을 북돋아준다.
인간의 신뢰는 나에게 희망을 준다. 나는 이를 믿으려 한다. – 슈바이처

늙음에 대한 두려움 때문에 사람들은 자신의 재산을 부러워하는 주위 사람들을 불신하게 되고, 알 수 없는 또 다른 세계에 대한 무서운 상상을 자주하기에 이릅니다.

물론 늙으면 늙을수록 병에 걸릴 가능성이 높아지며, 이것이 바로 늙음에 대한 두려움의 일반적인 원인입니다.

늙음에 대한 두려움은 대부분 가난의 가능성과도 밀접한 관련을 갖고 있습니다. 즉 '가난한 집'은 아름다운 세계가 아니며, 이는 여생을 보내려는 사람의 마음에 찬물을 끼얹는 것이나 마찬가지입니다.

무엇보다도 경제적, 육체적 자유뿐 아니라 자립심마저 잃게 된다는 두려움이 그 원인이 되기도 합니다.

삶과 죽음의 미학

세상에 신성한 것이 있다면 그것은 바로 인간의 몸이다. - 월트 휘트먼

한평생을 침묵으로 지낸 도조라는 선승이 있었습니다. 그는 평생 동안 한 마디 말도 하지 않았습니다.

그가 어렸을 때 갑자기 자신은 어떤 말도 할 수 없다고 생각했던 것입니다. 사람들은 소년이 말을 하지 않을 뿐, 바보가 아님을 눈치 채게 되었습니다.

그는 벙어리가 아니었습니다. 소년의 눈은 매우 빛나고 지적으로 보였습니다. 그의 행동은 현명하고 총명했기 때문에 사람들은 단순한 침묵으로 알고 있을 뿐입니다. 사람들은 그 소년이 어느 날 갑자기 침묵하기로 결심하고는 그것을 지키는 중이라고 추측했습니다.

소년은 80년 동안 침묵으로 일관했습니다.

그는 죽는 날, 처음이자 마지막으로 말을 했습니다. 막 동이 트는 아침, 그는 자신을 따르던 많은 친구들을 불러 모았습니다. 그는 침묵 속에 한평생을 보냈지만, 누구보다도 귀중한 삶을 살아왔습니다. 그가 살아온 삶을 이해할 수 있는 사람에게는 아주 중요한 의미로 보여졌습니다. 그래서 많은 사람들이 그를 따랐습니다. 그의 제자들도 모였습니다.

그들은 스승 도조를 둘러싸고 말없이 앉아 있었습니다. 그들은 도조의 침묵에 잠겨 앉아 있었습니다.

그는 자신을 따르는 사람들 모두를 둘러보며 마침내 입을 열었습니다.

"오늘 저녁 해가 질 무렵 나는 죽게 될 것이다. 이는 나의 처음이자 마지막 말이다."

그러자 한 사람이 말했습니다.

"지금처럼 말할 수 있으면서 어째서 한평생을 침묵으로 보냈습니까?"

이 물음에 그가 대답했습니다.

"모든 것은 불확실하다. 오직, 죽음만이 확실할 뿐이다. 그래서 나는 확실한 것만 말하길 원했던 것이다."

12월 29일

윤 회

나는 나 자신을 용서했다. 그리고 나의 인생은 방금 새롭게 시작했다. – 링컨

'멀지 않아 모든 것은 하나씩 사라져 갈 것이다. 어리석고 천재적인 전쟁도, 적을 향해 악마처럼 퍼져나가는 독가스도, 콘크리트의 견고한 광야도, 그리도 덤불의 가시보다 더 날카로운 철조망도, 수많은 인간들이 괴로움에 떨며 쓰러지는 죽음의 요람도, 무분별하게 지능을 쏟고, 무한한 노고로 비열한 계교를 써서 쌓은 성공의 탑도, 땅과 하늘과 바다에 쳐놓은 죽음의 그물도 멀지 않아 사라져 갈 것이다. 그때 세계의 역사는 끝난다. 피와 경련과 허위의 홍수와 함께 과장된 역사는 쓰레기가 떠가는 강물처럼 세계의 수많은 표정은 사라지고 끝없는 탐욕도 가라앉고 인간들은 잊혀져 갈 것이다.

하지만 인간의 역사가 사라져간 뒷자리에 어김없이 산은 푸른 하늘에 머리를 묻고 밤마다 별은 빛날 것이다. 쌍별자리, 카시오페리아, 대웅좌, 이것들은 스스럼없이 운행을 반복하고 나뭇잎, 풀잎은 은색의 아침 이슬에 빛나고 밝은 날을 향하여 푸르름을 더할 것이다.

그리고 끝없이 불어오는 바람 속에서 파도는 바위와 모래 언덕으로 물결칠 것이다.'

12월 30일

죽음의 신

죽을 때 장의사조차 애도하고 싶을 정도로 살아라. - 마크 트웨인

백 살이 된 위대한 왕이 있었습니다. 그는 이 세상에서 부러울 것 없이 영화를 누리며 자신이 즐길 수 있는 것은 가리지 않고 향유했습니다.

어느 날 죽음의 신이 찾아와서 그에게 말했습니다.

"너도 죽을 때가 되었으니 준비하라. 나는 죽음의 신이다."

왕은 위대한 전사였고 셀 수 없이 많은 전투에서 승리했었지만 죽음의 신 앞에서는 부들부들 떨기 시작했습니다.

"아직 죽을 때가 안 되었습니다."

그러자 신이 말했습니다.

"때가 안 되었다고! 너는 백 년 동안이나 살았고 네 자식들조차 늙었다. 너의 큰 애가 80세나 되었다. 그런데도 너는 더 살기를 원하느냐?"

왕에게는 백 명의 아내와 똑같은 수의 자식을 거느리고 있었습니다.

왕이 죽음의 신에게 애원했습니다.

"좀 더 살게 해주시오. 나는 당신이, 누구인가를 꼭 데려가야 한다는 것을 알고 있소. 그러니 내가 아들 중에서 한 명을 내어준다면, 나 대신 내 아들을 데려가고 나를 백 년 동안 더 살도록 해 주겠소?"

말을 끝낸 왕은 백 명의 아들을 한자리에 불러놓고 말했습니다. 제일 큰 아들은 들은 척도 하지 않았습니다. 다른 아이들도 마찬가지였고 주위에는 무거운 침묵이 흘렀습니다. 그런데 갑자기 나이가 가장 어린 막내아들이 자리에서 일어나 말하는 것이었습니다.

"제가 아버지 대신 가겠습니다."

그 말에 죽음의 신이 대꾸했습니다.

"정말 너는 어리석은 아이로구나. 99명의 형들이 눈치만 살피고 있는 것을 보지 못했느냐? 늙은 네 형들도 더 살기를 바라고 있지 않느냐. 그런데 너는 아직 제대로 살아보지도 않은 어린아이가 아닌가? 너를 데려간다는 것은 나도 마음이 내키지 않는구나. 다시 한 번 잘 생각해 보거라."

그러자 어린 왕자는 당당하게 말했습니다.

"아닙니다. 저는 충분히 생각하고 결정한 일입니다. 그러니 미안하게 생각지 마십시오. 저는 평안한 마음으로 죽음을 맞이할 것입니다. 제 아버지가 백 살을 사시고도 만족을 못한다면 제가 굳이 더 살아야 할 이유가 있겠습니까? 저 역시 백 년을 살아도 만족할 수 없을 것입니다. 99명의 형들도 저보다 오래 살고서도 만족하지 못했어요. 무엇 때문에 시간을 낭비할 필요가 있겠습니까? 그러니 아버지를 대신해서 죽겠습니다. 저는 아버지께서 백 살을 더 살도록 하겠습니다. 대신 저는 16세로 삶을 마감하겠습니다. 아무도 만족하지 못하는 이 현실을 보세요. 제가 만약 백 년을 산다 하여도 결국은 만족하지 못하리라는 것을 깨닫게 되었습니다. 그러므로 제가 더 살다가 죽든지 지금 죽든지 아무런 의미가 없습니다. 그러니 제발 저를 데려가세요."

죽음의 신은 결국 소년을 데리고 갔습니다.

그로부터 백 년 후에 죽음의 신이 다시 왕을 찾아왔습니다. 왕은 그때까지도 더 살고 싶은 욕심을 가지고 있었습니다. 왕이 말했습니다. "백 년이라는 세월이 너무나 짧소. 여보시오. 그 동안 내 아들들은 모두 늙어 죽었소. 그렇지만 나는 또 애를 낳았소. 이번에도 나는 내 아들을 줄 수 있으니 나 대신 데려가 주시오."

매번 똑같은 상황이 되풀이 되었습니다. 천 년 동안이나 왕은 같은 방법으로 위기를 넘겼고 죽음이 열 번이니 찾아왔습니다. 죽음의 신은 왕을 살려주는 댓가로 아홉 번이나 왕의 아들들을 데리고 갔고 그 댓가로 왕은 백 년을 더 살 수 있었습니다. 열 번째 죽음이 찾아왔을 때 왕이 말했습니다.

"당신이 처음 나를 찾아왔을 때는 따라 가기 싫었지만, 지금도 그런 마음은 마찬가지요. 그렇지만 이번에는 당신을 따라 가겠소. 이제는 더 이상 당신에게 호의를 베풀어 달라고 할 수 없기 때문이요. 제일 큰 이유는 천 년 동안 나를 만족시켜 줄 수 없었다면, 만 년이라고 나를 만족시켜 줄 수 있겠소. 그래서 이젠 포기한 거요."

12월 31일

섣달 그믐날의 각오

훌륭한 일을 이루려면 목표와 끊임없는 노력이 필요하다. - 시경

연말연시가 되면 막연히 '새해에는 더 좋은 일이 있겠지.'하는 기대
감을 갖게 됩니다. 하지만 에리히 케스너의 『인생처방시집』에 나오는
'섣달 그믐날을 위한 격언'이란 시를 보면, 우리의 삶을 세월에 맡겨
서는 안 된다고 경고하고 있습니다.

병든 말 같은 세월에 꿈을 맡겨서는 안 된다.
세월에 너무 무거운 짐을 지게 하면
끝내는 녹초가 되어 버린다.

계획이 화려하게 꽃필 때일수록
곤란한 일에 몰린다.
그럴수록 인간은 노력하려고 결심한다.
하지만 끝내는 진퇴유곡에 빠진다.

수치심 때문에 발버둥쳐도 도움이 되지 않는다.
이것저것에 손을 대어도
전혀 도움은 되지 않고 손해만 볼 뿐

세월에 맡긴 남루한 꿈을 버리고
마음가짐을 새로이 할 일이다.

삶의 지혜

❀ 친절한 마음은 세상을 아름답게 꾸미고 모든 갈등을 풀어주는 꽃의 향기와 같은 것이다. 그것은 인간의 다툼을 해결해 주고, 고통을 구제해 준다. – 톨스토이

❀ 불결한 육체적 욕망, 독으로 가득한 그 욕망에 붙잡혀 있는 사람에게는 속세의 온갖 고뇌가 뿌리 없는 가시덤풀처럼 달라붙어 있다. 하지만 그 욕망을 이겨낸 사람은 마치 연꽃잎에서 빗방울이 굴러 떨어지듯 온갖 고뇌가 사라진다. – 부처의 금언

❀ 인간은 자기 자신을 알아야 한다. 그것이 진리를 발견하는 데 설사 도움이 되지 않는다고 하더라도 최소한 자기 생활의 질서를 잡는데는 큰 역할을 하게 된다. 이 일 보다 더 훌륭한 일은 없을 것이다. – 파스칼

❀ 하루 하루 향상된 인간이 되려고 노력하는 삶보다 더 아름다운 삶은 없으며, 한편으로 자신이 더 나은 인간으로 발전되어 가고 있다는 것을 느끼는 것보다 더 큰 기쁨이 이 세상에는 존재하지 않는다고 나는 생각한다. 그것이 바로 내가 오늘날까지 경험해 온 행복이다. – 소크라테스

❀ 행복한 것, 영원한 생명을 얻는 것, 신과 함께 있는 것, 구원을 받는 것, 이러한 것들은 모두 같은 의미를 지니고 있으며, 인생 목표의 완성이자 삶의 목적에 대한 표상이다. 따라서 슬픔의 흐름이 커질수록 행복도 성장한다. 천국을 향한 기쁨이 우리의 내면을 조용히 적셔줄 때 그것이 바로 행복이다. 행복에는 크고 작음이 없다. 왜냐하면 신의 세계는 무한하기 때문이다. 행복이란 처음부터 사랑을 통해 우리에게 보여주는 것이 신의 모습이다. – 아미엘

❀ 자신의 일을 찾아낸 사람은 행복하다. 이제 그는 다른 행복을 찾을 필요가 없기 때문이다. 왜냐하면 그에게는 자기가 해야 할 일이 있고 목표가 있기 때문이다. – 칼라일

❀ 아침에 눈을 뜨면 오늘은 어떤 좋은 일을 행할까 자문해 본다. 그리고 태양이 서쪽으로 기울면, 나에게 부여된 하루의 삶도 함께 사라지는 것으로 생각한다. — 인도의 금언

❀ 매일 아침 찾아오는 여명이 삶의 시작이 되게 하고, 매일 저녁의 일몰이 하루의 마지막 살밈 되게 하라. 그 짧은 하루하루의 삶에 다른 사람에게 보여 주는 사랑, 자기 자신에 대한 선한 노력의 흔적으로 남기도록 하라. — 러스킨

❀ 삶의 길은 하나이며, 우리는 언제인가 그 길 위에서 거기서 만나게 된다. 그 길은 넓고 눈에 잘 띄어서 그 길을 보지 못하고 지나칠 수 없다. 그 길 끝에는 신이 우리를 향해 손짓하는데, 그것을 아는 우리는 그 길을 가지 않고 죽음의 길을 걷고 있는 것은 인생의 불행이다. — 고골리

❀ 선한 삶의 길은 좁다. 그러나 그 길을 구별하는 것은 쉬운 일이다. 우리는 그것을 늪 위에 놓인 외나무 다리처럼 쉽게 알아볼 수 있다. 하지만 이쪽이나 저쪽으로 발을 헛딛는 날에는 악의 늪에 빠지고 만다. 현명한 사람은 늪에 빠져도 이내 외나무 다리 위로 올라 오지만 어리석은 사람은 늪으로 깊이 빠져들어가 헤어나지 못한다. — 톨스토이

❀ 네가 이 세상에 처음으로 태어났을 때 너는 울고 주위의 사람들은 모두 기뻐했다. 훗날 네가 이 세상을 떠날 때는 모든 사람들이 울고 너 혼자 웃어야 한다. — 인도의 잠언

❀ 자신의 삶이 힘들다 해서 죽기를 바래서는 안 된다. 도덕적인 사람은 자기에게 지워진 고통의 짐을 벗기 위해 자신의 일을 실철해 나간다. 자신의 일을 완성시켰을 때 비로소 그 짐에서 벗어날 수 있다. — 에머슨

❀ 남의 말을 들을 때는 귀를 기울이고 주위 깊게 경청하는 태도를 가져

야 한다. 말을 적게 하여야 하며 당신에게 묻는 사람이 없거든 절대로 입을 열어서는 안 된다. 그러나 질문을 받거든 짧게 대답하고 모를 때는 부끄러워하지 말고 솔직히 모른다고 말하라. 무모한 논쟁을 위한 논쟁은 피해야 한다. 자신을 과장하지 말라. 감당할 수 없는 지위를 탐내지 말고 그런 자리를 권하거든 받아들이지 말라. 나와는 상관 없는 일, 즉 자신의 의무나 책임에서 벗어나는 일이 아니라면 함께 생활하고 있는 이웃의 습관이나 희망에 따른다. 하지만 자신의 의무도 아니며 이웃에게 도움이 되지 않는 일에는 애써 나설 필요가 없다. 그런 습관은 우상이 되기 쉽다. 그러므로 모든 사람은 잘못된 자신의 우상을 파괴하지 않으면 안 된다. – 수피

✽ 나태와 게으름은 지옥의 고통으로 생각해야 하지만, 사람들은 반대로 천국의 기쁨으로 생각하는데 우리의 불행이 있다. – 몽테뉴

✽ 지금 당장 이 세상과 작별을 고하지 안 되는 것처럼, 남아 있는 시간을 뜻밖의 선물로 생각하고 세상을 살아갈 일이다. – 아우렐리우스

✽ 어느 날 강 속의 물고기들이, 물고기들은 물 속에서밖에 살 수 없다고 하는 인간들의 이야기를 들었다. 그 말을 들은 물고기들은 무척 놀라며, 도대체 물이 뭔지, 그것에 대해 아는 물고기가 없느냐고 서로에게 물어보았다.
그러자 한 물고기가 말했다.
"저 멀리 바다라는 곳에 공부를 많이 한 늙은 물고기가 한 마리가 있는데 그라면 무엇이던지 다 알고 있으니까 가르쳐 줄 거야. 우리 바다로 헤엄쳐 가서 그 노인 물고기한테 물이 무엇인지 물어보자."
그리하여 강 속의 물고기들은 지혜로운 물고기가 살고 있는 바다로 몰려가서, 물은 어떤 것이며, 어떻게 하면 물에 대해 알 수 있는지 물어보았다.
"물이란 우리가 그것에 의해 살고 있지. 그리고 그 속에 살고 있는 것이

다. 너희들이 물을 모르는 것은, 너희들이 그 속에서 살며 그것에 의해 살고 있기 때문이란다."

✻ 지식이 적은 사람은 많은 말을 한다. 그러나 지식이 풍부한 사람은 침묵으로 일관하고 있다. 지식이 적은 사람은 자기가 아는 것을 중요하게 생각하며, 모든 사람들에게 이야기하고 싶어하는 반면에 많은 것을 알고 있는 사람은 자기가 알고 있는 것 외에도 알아야 할 것이 더 많다는 것을 깨닫고 있으므로 남이 물을 때만 대답할 뿐 묻지 않으면 침묵한다.
– 루소

✻ 인간의 마음 속에 자리잡고 있는 정욕은 처음에는 거미줄 같지만, 나중에는 굵은 동아줄로 변한다. 또한 정욕은 처음에 낯선 손님처럼 있다가, 다음에는 손님처럼 되고 마지막에는 주인이 되어 버린다. – 탈무드

✻ 이 세상에서의 삶은 눈물의 골짜기도 아니고, 시련의 장소도 아니며 우리가 더 이상 상상할 수 없을 정도로 멋진 것이다. 이 세상을 살아가는 기쁨은, 우리에게 주어진 뜻에 따라 살아갈 수 있다면 행복을 얻은 삶이다. – 러스킨

✻ 나는 내 삶을 안내해 줄 영혼의 빛을 찾아 온 세상을 구석구석 돌아다녔다. 낮과 밤을 쉬지 않고 그것을 찾아 다니다가 마침내 나는 예언자의 목소리를 들었다. 그 예언자는 내 마음속에 있었고 내가 온 세상을 찾아 헤맸던 그 영혼의 빛도 내 안에 있었다. – 수피

✻ 우리에게 가장 부족한 것은 마음의 눈이다. 우리는 남의 나쁜 점을 알아보는 데는 눈이 밝으면서, 자신의 잘못된 점은 전혀 보지 못한다.
– 브라운

✻ 밤에 자는 잠이 편안하도록 낮 동안에는 부지런히 일하라. 또한 너의

노후가 편안하도록 젊은 날을 보람차게 보내라. - 인도의 금언

❄ 인간은 있는 그대로의 모습으로 있고자 할 때는 매우 강하지만, 인간보다 높이 되고 싶어할 때는 나약한 존재가 된다. - 루소

❄ 하루의 고뇌는 그날 하루로 충분하다. 더 이상 자신의 삶을 의혹과 공포 속에서 낭비해서는 안 된다. 현재의 의무를 책임있게 수행하는 것이, 앞으로의 몇 시간 또는 몇 세기를 위한 최선의 준비임을 믿고, 열심히 자신의 일에 충실할 때 또다른 미래가 열린다. 하지만 지금의 우리에게는 미래란 언제나 환상처럼 여겨진다. 무엇보다고 중요한 것은 삶의 여정이 아니라 깊이다.

우리 인생의 조건은 삶을 연장하는 것이 아니라 고귀한 영혼의 행위처럼 시간을 초월하는 것이다. 우리가 최선을 다해 삶을 영위하고 있을 때 시간은 문제가 되지 않는다. 그리스도는 영원한 생명에 대해 그 어떠한 것도 설명하지 않았지만, 그가 끼친 영향은 세상 사람들에게 시간을 초월하게 하여 영원한 존재를 믿게 하였다. - 에머슨

❄ 세 개의 길을 통해 우리는 예지에 도달할 수 있다.
첫번째는 사색의 길로, 가장 고상한 길이다.
두번째는 모방의 길이며, 가장 쉬운 길이다.
세번째는 경험의 길인데, 이것이 가장 힘든 길이다. - 공자

어머니의 갈치구이

박현안 수필집

어머니의 갈치구이

문지사

머리말

손과 눈으로 말하는 그들을 위하여…

언젠가 수필문학추천작가회에서 '나는 왜 수필을 쓰는가?'로 글을 한 편 써 달라는 원고 청탁을 보내왔다. 가만히 눈을 감고 '왜 수필을 쓰는가?' 자문하니 '쓰고싶어 쓴다.'고 자답해 본다.

내 답이 맞는지, 시집도 몇 권 내고, 수필집도 낸 친구에게 조심스럽게 물어보았다.

수필을 왜 쓰느냐는 내 말이 끝나기가 무섭게 "그야, 쓰고싶어 쓰지." 서슴지 않고 대답했다. 그리고는 잠시 숨을 고르더니, 느닷없이 헬렌 켈러 이야기를 꺼내었다.

헬렌 켈러가 「애틀랜틱 먼슬리」 1월호(1933년)에 발표한 '사흘만 볼 수 있다면'(Three Days to See)이란 수필에 관한 이야기를 해주었다.

이 수필은 세계적인 잡지 『리더스 다이제스트』가 최고의 에세이로 선정한 것이라고 덧붙여 말해 주었다.

친구가 헬렌 켈러의 수필을 소개한 뜻은 수필을 어떤 정신과 마음으로 써야 하는가를 알려주려는 의도인 것 같았다. 집으로 돌아와서 '사흘만 볼 수 있다면'이란 글을 찾아 다시 읽어보았다.

헬렌은 첫째 날은 자기를 도와준 사람들의 얼굴을 보고싶다고 했다. 그중에서도 어린 시절부터 자기를 돌봐주고 가르쳐준 '앤 설리번 메이시' 선생님의 얼굴을 오랫동안 바라보고 싶다고 했다. 이제껏 손끝으로 만져서 알고 있던 선생님의 얼굴을 보고 그 모습을 머릿속에 깊이 각인시켜 영원히 잊지 않고 소중히 간직하겠다고 했다.

선생님의 얼굴 윤곽만 보는 게 아니라 자기를 가르치며 참으로 어려웠던 상황에도 부드러운 동정심과 인내심으로 극복해 낸 생생한 증기를 찾아내고, 선생님의 눈빛을 통해 세상과 당당하게 맞서던 강한 개성과 전 인류에 대한 따뜻한 동정심도 보고싶다고 했다.

헬렌은 눈이 밝아진다면 구체적인 사물을 보는 것 뿐만 아니라 그 내면의 세계와 마음도 보고싶다고 자기의 소원을 말하였다.

나는 여기서 나 자신을 돌아보았다. 물론 나는 눈으로 보통 사람들처럼 볼 수 있지만, 귀로는 일반인들처럼 잘 듣지 못하는 장애인이다. 다섯 살 때 홍역을 앓고 청력을 잃은 나는 형언할 수 없는 어려움을 겪으며 살아왔다. 지금은 전자공학이 눈부신 발달로 보청기의 성능이 좋아져서 많은 도움을 받고 있어 다행스럽다. 내가 어렸을 적에는 보청기가 없어 난청으로 듣고 말하는데 어려움이 있을 때마다, 글로 내 뜻을 분명히 나타내야 한다는 결심을 마음 속으로 다짐하고는 했다.

헬렌은 평생 동안 자기를 가르친 선생님의 모습과 그 마음을 보고싶다는 간절함처럼 나 역시도 내가 가르친 학생들의 근황을 살펴보고 그들의 생활 모습과 생활에 찌든 마음을 세상에 알리고 싶은 책임감을 가져본다.

이러한 내 꿈을 이루기 위해 옛 문장가들의 가르침을 본받기 위에서 독서와 글쓰기에 전념하는 습관의 중요성을 깨닫고 실천하려고 애쓰고 있다. 이런 의욕이 나를 수필의 세계로 이끌어 온 것 같다.

내가 수필을 쓰는 분명한 목적은 50여 년 간 청각장애인들과 더불어 생활해 오면서 그들이 겪는 어려움, 자기의 뜻을 시원히 밝히지 못하는 사정을 내가 대신 글로 표현해 주려는 데 있다. 이들의 어려움과 답답한 심정을 수필이란 문학의 장르를 빌어 장애인들에 대한 선입견을 없애고 오해를 풀도록 하는데 일익을 담당하고 싶어서 오늘도 글쓰기 공부에 매진하고 있다.

내가 가르쳤던 청각장애 학생들 중에는 대학을 졸업하고 좋은 직장에 다니면서 어엿한 사회인이 되어 부모를 모시고 행복하게 남부럽지 않은 가정을 가진 사람들도 많다.

반면에 나이 40이 한참 지났으나 아직도 홀로 사는 제자도 있다. 언덕처럼 기대고 의지하던 부모마저 이미 세상을 떠난지 오래인지라 삶을 어떻게 영위하고 있는지 자못 궁금하다. 이들의 생활을 살펴보면서 외로운 마음을 추스르며 사는 모습과 안타까운 심정을 글로 써보고 싶은 마음 간절하다.

나는 비교적 오랜 세월을 청각장애인들과 함께 생활했으나 '벙어리 속은 그 어미도 모른다.'는 속담이 말해주듯 아직도 청각장애인들의 속마음, 문화를 이해하는데는 많은 시간이 필요한 것 같다.

제대로 교육 받지 못한 청각장애 어린이는 매일 보고 만지며 사용하는 물건에 이름이 있다는 것조차도 모른다. 보이는 물건들의 이름을 가르치기 어려운데 냄새도 없고, 맛도 없는 사물의 이름을 어떻게 가르칠 것인가?

오랜 세월 동안 이들을 가르치며 겪었던 희로애락을 표현하고 싶으나 내 문장력이 부족하여 제대로 알리지 못해 안타까울 뿐이다.

오늘도 컴퓨터를 두드려 보지만 좋은 글이 안 되어, 내 가슴만 두드리고 앉아 있을 뿐이다.

나 역시도 청각장애 2급이다. 이 목숨 다할 때까지 수필을 통해 청각장애인들의 한을 풀어주고, 그들을 대변하는 좋은 글을 쓰라는 멍에가 내 어깨에 지워진 것 같다.

2018년 봄에
지은이 씀

목차

2 행복 만들기

3 사랑 받기 위해

1

호박 같은 인생

호박 같은 인생

지나치게 욕심이 많은 사람, 이것저것 간섭을 하며 모난 행동을 하는
사람을 보고 호박 같은 인생 둥글둥글 살아가자고 말한다. 호박 같은 인생
혹은 호박 같은 세상이라는 말은 단순히 호박처럼 모나지 않게 둥글둥글
살자는 뜻보다 더 깊은 교훈이 있다.

호박은 박과의 한해살이 덩굴 채소로 우리나라에서는 밭 가장자리에
많이 심는다. 호박을 밭 가장자리나 언덕배기에 심는 것은 토지의 가용
면적을 높이기 위한 것이다.

부지런한 농사꾼은 설을 지내고 나서 구덩이를 파고 두엄을 넣고 거름을
퍼다 부은 다음 흙을 얇게 덮어두었다가 봄이 되면 호박씨를 심는다. 한
구덩이에 두서너 개씩 심는다. 싹이 나서 자라면서 여러 줄기가 땅 위로
기어가듯 쑥쑥 뻗어간다.

'호박 덩굴이 뻗을 적 같아서야.'라는 속담이 생긴 것과 같이 장마가
지고 수분이 충분하면 자라는 것이 눈에 보일 정도로 성장 속도가 빨라 6월

중순부터 꽃이 피고 호박이 열리기 시작한다.

호박은 호박나물, 호박지짐이, 호박김치, 호박범벅, 호박엿, 호박죽, 호박떡, 특히 최근에는 약호박과 국수호박도 만들어 신토불이의 입맛을 돋우고 있다.

호박은 여름 한철 내내 우리에게 먹을 거리를 제공해 주고 늦가을이 되면 줄기가 모두 말라 버린다. 마른 줄기는 겨울철 소 염소 등 초식 가축의 먹거리가 된다.

호박은 사람에게 모두 다 바치는 유익한 식물이다. 그래서 뜻하지 않은 좋은 일이나 횡재하면 '호박이 넝쿨 채 굴러들어 왔다.'는 속담이 생겨 난 것으로 추측한다.

옛날 우리나라 농촌 사람들의 일생은 호박과 비슷하다. 호박 구덩이를 한 번 파 놓으면 해마다 그 구덩이에 거름을 넣고 씨를 뿌려 가꾼다. 호박은 구덩이를 파서 부드러운 흙과 두엄을 넣어 가꾸니 주위의 땅이 척박해도 잘 자란다. 호박줄기는 돌담 위나 가시덤불 위로도 쑥쑥 뻗어간다.

옛날에 우리 조상들은 한 마을 같은 집에서 몇 대를 이어오며 살았다. 집이 낡고 좁아도 온 가족이 모여 오순도순 정을 나누며 사니 행복했다. 집에서 아들 딸 낳아 장성하면 성혼시켜서 분가하여 독립된 가정을 꾸려 살아가게 하였다.

옛날에는 자식이 많은 것이 부富의 상징이어서 첫째가 딸이면 일찍 시집을 보냈다. 첫째가 아들일 경우에는 서둘러 장가를 보내 손자를 빨리 보아 대를 잇게 하였다. 호박과 닮은꼴이다. 호박넝쿨이 뻗어가며 호박이 열리면 먼저 열린 호박이 익는다. 이때 처음 달린 열매 중에서 실한 것 하나를 종자로 쓴다.

우리나라 농부들은 농사를 지어 알찬 것은 내다 팔거나 나라에 바치고 정작 땀 흘린 농부 자신들은 좋은 것은 먹지 않았다.

호박이 사람들에게 모든 것을 주듯이 농부들은 다른 사람을 위해 땀 흘리며 농사를 짓는다. 그러므로 호박 같은 인생이라는 말은 호박처럼 남을 위해 살아야 한다는 뜻이 숨겨져 있는 것 같다.

여자는 모름지기 예뻐야 한다고 말한다. 예쁘지 않은 여자를 호박꽃에 비유한다. 호박꽃도 꽃이냐고 비아냥거린다. 이것은 순전히 외모만 보고 하는 말이다. 호박꽃이나 여자의 아름다움은 외모에만 있는 것이 아니다.

호박꽃은 일반적인 생각과는 달리 단정하고 수수하여 더 아름답다. 호박꽃은 나팔꽃처럼 밑은 한 통이나 꽃잎 끝은 삼각형의 다섯 잎으로 나뉜다. 호박꽃은 해가 지면 다섯 꽃잎이 오므라들어 이슬이나 비가 꽃술에 들어가는 것을 막아준다. 아침에 해가 돋으면 꽃잎이 활짝 펴진다. 파란 잎 사이 사이에 햇빛을 받아 빛나는 노란 호박꽃은 참으로 아름답다. 여기에 꿀을 빨아먹으며 날아다니는 벌들이 있으니 그 광경은 한 폭의 풍경화다.

호박꽃은 암꽃과 수꽃이 따로 핀다. 수꽃은 꽃줄기가 암꽃보다 길다. 암꽃은 꽃줄기가 짧아서 호박잎과 수꽃에 가려서 잘 보이지 않는다. 옛날 우리나라 처녀들은 밖으로 잘 나다니지 않고 집안에서만 생활하여 남의 눈에 띄지 않았다. 이런 측면에서 처녀와

암호박꽃이 비슷하다.

　사람을 평가할 때 외모만 보고 평가해서는 안 된다. 관상쟁이도 면상보다 후상 즉, 뒷모습이 좋아야 하고 뒷모습보다 심상心相이 좋아야 한다고 말한다. 호박 암꽃은 호박잎과 수꽃에 숨겨져 자기를 안으로 키우고 가꾸어 사람들에게 여러 가지 먹을거리를 제공하는 희생정신을 가지고 있으니 이보다 더 아름다운 꽃이 어디 있겠는가.
　암꽃술이 수꽃의 꽃가루를 받으면 씨방이 자라기 시작한다. 작은 호박이 자라면서 그 안에 씨가 생길 듯 말 듯 할 때를 애호박이라 하는데, 반찬으로 맛이 좋고 그 다음은 호박이 완전히 익어야 제맛이 난다고 한다.

　사람의 일생에 있어서 행복한 때는 신혼 시절이고, 그 다음은 아들 딸을 낳아 키워서 짝지어 분가시켜 내보내고 노부부가 함께 살 때에 인생의 참 행복을 느낀다고 한다.
　잘 익은 호박을 쪼개 보면 속에는 씨앗을 서로 묶은 약간의 속만 있고 대부분 비어있다. 사람도 늙으면 마음을 비우고 이웃도 챙겨 보고 자기가 가진 것을 남에게 나누어주며 살 때 인생의 참 삶의 뜻을 깨닫고 보람을 느낀다고 한다. 자기가 가지고 있는 것이 어디 재물뿐이겠는가. 지식도 있고, 그 동안 축적한 삶의 지혜도 있고, 가진 것이 부족하면 자기보다 더 나이 많고 외로운 이웃 노인의 말동무가 되어주는 것도 남에게 베푸는 삶인 것이다.
　이 세상에는 무슨 일이든지 다 때가 있다. 심을 때가 있으면 거둘 때가 있고 태어날 때가 있으면 죽을 때가 있는 법이다. 이렇듯 사람이 하는 일에는 때가 있다. 이토록 정해 있는 때를 잘 붙잡고 지혜롭게 이용해야 성공할 수 있다.

이제 호박처럼 한 곳에 정착하여 호박잎처럼 넓게 포용하며, 호박 줄기처럼 멀리, 널리 인정을 베풀면서도 호박 암꽃처럼 숨어서 꽃 피우고 생색 내지 않고 둥글둥글 살다 가고 싶다.

*

*

*

박쥐 선생

'박쥐선생'은 동료 난청교사가 붙여준 내 별명이다. 이 별명을 들으면, 내가 친구나 가까운 이웃에게 신용을 잃었거나 의리 없는 짓을 한 것으로 짐작하기 쉽다. 그것은 이솝이 박쥐를 '간에 붙었다 쓸개에 붙었다' 하는 아첨하는 동물로 우화를 썼기 때문이다.

내가 처음 '박쥐선생'이라는 말을 듣고 '그 동안 내가 무슨 의리 없는 짓을 했나' 싶어 긴장된 얼굴로 친구를 바라보았다. 친구는 곧 내 눈치를 채고 그 이유를 말해주었다. 그의 말뜻은 의리와는 아무런 상관이 없고 다만, 청각장애라는 내 신체적인 조건 때문이란다.

바다의 조개는 잔잔한 파도소리는 물론 태풍이 몰아쳐 태산 같은 파도가 바위에 부딪치는 큰 소리도 듣지 못한다. 소리를 못 들으니 큰 물결을 피하지 못하고 표류한다. 이처럼 우리 청각장애인들도 청신경이 마비되었거나 끊어지고 죽었기 때문에 아무 소리도 듣지 못한다. 듣지 못함으로 험한 세파에 시달리며 살아간다.

난청교사뿐 아니라 청각장애인들은 정보나 지식 습득이 무척
어렵다. 시력이 미치지 않는 곳의 정황을 모른다. 방 안에 있으면서
바로 방문 앞에서 지르는 고함 소리는 물론, 징을 울리고 꽹과리를
두드려도 못 듣는다. 바로 뒤에서 자동차가 경적을 울려도 위험을
피하지 못한다. 그래서 늘 오해를 받기 십상이다.

나는 청각장애 2급인데 보청기를 끼우면 보통 대화가 가능하고
전화도 할 수 있다. 그래서 내가 난청교사들의 모임에 가면 통역
역할을 한다. 보청기를 사용해도 전혀 들을 수 없는 친구들에게는
수화를 하고 일반인들에게는 말로써 이야기를 하니, 그들이 볼 때 내가
상황에 따라 청각장애인 행세를 했다가 일반인 행세를 하는 것에서
이솝 우화에 나오는 박쥐의 처세술이 연상되었던 모양이다.

나는 집으로 돌아와 백과사전에서 박쥐의 생태를 찾아보았다.
'박쥐는 포유류 박쥐목에 속하는 동물, 새 종류나 쥐 종류와는
전혀 다른 동물이며 새와 같이 비상하는 유일한 포유류다. 박쥐는
야행성이라 해질 무렵에 활동을 시작하여 밤새도록 먹이를 찾아 먹고
새벽에 집으로 돌아간다. 박쥐는 남, 북극과 같이 아주 추운 지방을
제외하고 세계 어느 곳에나 서식하고 있다. 주로 동굴, 폐광, 인가人家
근처의 삼림 등 다양한 서식처를 가지고 있다. 박쥐에 얽힌 전설도
많은데, 그 중에서도 이솝의 우화가 널리 알려져 있다.'

이솝 우화를 읽은 지가 오래 되어 내용이 가물가물하여 그에 관한
책을 사서 다시 한 번 읽어보았다.
'옛날에 길짐승과 날짐승 간에 싸움이 일어났다. 두 짐승간의

싸움은 밀고 밀리며 좀처럼 승부가 나지 않는 백중세였다. 그런데 박쥐는 언제나 이기는 편에 가담하여 싸움을 거들었다. 오랜 싸움에 지친 두 짐승 간에 평화협정이 이루어졌다. 평화가 찾아온 이후 박쥐는 길짐승과 날짐승에게서 의리가 없고 표리부동한 놈이라고 쫓겨났다. 할 수 없이 박쥐는 뭇 짐승들이 활동하는 낮에는 어두운 곳에 숨어있다가 다른 짐승들이 잠자는 밤에 나와서 활동하게 되었다.'

나는 이솝이 박쥐 이야기를 부정적으로 꾸민 것이 불만스러웠고, 이솝이 살았던 시대에도 의리가 없고 표리부동하고 말 바꾸기를 잘 하는 정치인이 많이 살았나보다고 생각하였다.

자신이 지닌 좋은 점만 아니라 부족한 점도 상황에 따라 적절히 활용하는 것은 현실을 살아가는 적극적인 자세가 될 수 있고, 다른 사람을 돕는데도 유리하고, 자기가 직접 체험한 것은 다른 사람에게 설명하기가 쉬운 것이다.

조셉 캠벨의 '신화의 힘'에 이런 이야기가 나온다.
올림포스에서 헤라와 제우스가 사랑할 때 누가 더 많이 사랑하는가 하는 문제로 논쟁을 하였다. 제우스는 여자가, 헤라는 남자가 더 많이 사랑한다고 주장하여 결론이 나지 않자, 테이레시아스에게 물어보기로 했다. 그는 남자로 태어났으나 잠시 여성이 되었다가 다시 남자로 돌아간 시각장애 예언가였는데, "남녀가 사랑에 빠지면 여자가 남자보다 아홉 배나 더 많이 좋아한다."고 설명해 주었다.
이런 맥락에서 나는 박쥐를 긍정적인 시각으로 이야기를 재구성해 보았다.

　　길짐승과 날짐승 간에 전쟁이 일어났다. 전쟁이 오래 계속되니
양편 다 많은 재산과 생명이 희생되고 피해가 컸다. 설령 전쟁에
이긴다고 해도 얻을 것이 별로 없을 것 같았다. 이에 보다 못해 박쥐가
평화협상의 중재에 나섰다.

　　박쥐는 한때 길짐승과 같이 살았고, 지금은 날아다니며 날짐승과
생활하니 양편의 생태와 형편을 잘 알고 있었다. 박쥐는 늘 이기는
편에 가서 먼저 휴전을 제의하라고 권유하였다. 전세가 유리할
때 휴전하는 것이 좋은 조건으로 휴전 조인을 체결할 수 있다고
설득하였다. 박쥐는 자기 일은 제쳐두고 오직 두 짐승간의 평화를
위하여 노력하였다. 밤낮을 가리지 않고 짐승들에게 전쟁을 그만두고
평화롭게 살아야 한다고 역설하였다. 이에 서로 자기 주장만 하던
짐승들은 평화의 중요함을 인식해서 드디어 전쟁을 중단하고 두 짐승
간에 평화협정을 체결하기에 이르렀다. 마침내 박쥐의 활동으로 두
짐승 간에 평화가 온 것이다.

　　전쟁이 멎고 평화스럽게 살게 된 두 짐승은 그 공덕이 박쥐에게
있음을 알고 서로 자기들의 스승으로 모시려 하였다. 이를 눈치 챈
박쥐는 아무 대가도 바라지 않고 마땅히 해야 할 일을 한 것 뿐이라며,
다른 짐승들의 눈에 띄지 않는 동굴 속에서 생활하며 모두가 잠자리에
들 무렵이면 밖으로 나와서 먹이를 찾아 살아가게 된 것이다.

　　이 정도면 아첨하거나 간사한 동물의 상징으로 묘사된 이솝
우화의 박쥐가 다른 짐승들보다 지혜롭고 훌륭한 존재로 많은
사람들의 가슴 속에 남을 것이다.

나는 청각장애인들의 행복을 위하여 일하는 박쥐가 되어 듣지 못하는 사람들의 마음을 어루만져주고 싶다. 내 자신이 보청기가 없으면 전혀 듣지 못하니 그들의 갈등과 고통을 충분히 이해할 수 있고, 또 보청기를 끼면 일반인들과 다를 바 없으니 양쪽의 사정을 잘 알 수 있다. 장애인들에게 도움을 주는데 한쪽의 사정만 아는 사람보다 훨씬 좋은 조건이다.

　　내가 지닌 장애로 일반인들의 사정을 장애인들에게 전해주고 장애인들의 어려움을 일반인들에게 설명해 줄 수 있으니 얼마나 좋은가. 나는 청각장애인이나 일반인의 기억 속에 평화의 일꾼으로 오래 남아있고 싶은 소망을 간직하고 있다.

*

*

*

어머니의 갈치구이

나는 아직도 음식 맛을 잘 모른다. 일제 말기, 그 시절은 맛을 쫓아 식사를 한다는 것은 꿈도 못 꾸었다. 우선 주린 배를 채우는 것이 급선무였다. 나는 유별나게 배고픔을 못 참아서 아무거나 먹고 자란 터에 지금도 모든 음식을 맛있게 먹는다. 그런 나를 보고 사람들은 식성이 좋다며 음식을 맛있게 잘 먹는다고 칭찬의 말을 한다.

그럼에도 불구하고 어릴 때 어머니의 갈치구이가 생각난다. 그 시절의 다른 일은 추억에서 끄집어 낼 수가 없는데 갈치를 굽던 어머니의 모습과 갈치가 구워지면서 풍겨 나오던 구수한 냄새와 연기가 가슴에 물결친다.

대여섯 살 때로 기억된다. 쌀밥과 갈치구이가 없으면 밥을 먹지 않고 떼를 썼다. 보리밥도 배부르게 먹지 못하던 시절 쌀밥이라니 가당찮은 일이었다. 하지만 우리 집에는 방앗간을 하여 방앗삯으로 받아놓은 쌀을 보고 철 없는 나는 쌀밥과 고기를 내놓으라며 어머니를 따라다니며 졸라댔다.

그렇게 하면 어머니는 생선장수 아주머니를 불러 마당에 널어놓은 보리를 퍼주고 갈치 몇 마리를 샀다. 우물가에서 갈치를 다듬어 토막을 내고 쌀 한 줌을 바가지에 넣고 씻은 쌀뜨물로 토막낸 갈치를 씻었다. 쌀뜨물로 고기를 씻으면 비린내가 덜 난다고 했다. 깨끗이 잘 씻은 갈치 토막을 석쇠에 올려 불에 구웠다.

나는 부엌에 쭈그리고 앉아 갈치가 빨리 구워지기를 기다렸다. 기다리는 시간이 어찌 더디가는지 족히 한 시간은 기다렸던 것 같다. 갈치 한 토막을 쥐고 밥을 정신없이 먹다보니 어머니는 갈치구이를 잡숫지 않으셨다.

"우매도 고기 믁제."

"나는 비린내에 비위가 약해 못 묵는다. 너나 많이 묵거라."

그때 어머니는 비린내 때문에 갈치를 못 잡숫는 줄 알았다.

세월이 흘러 나도 가정을 꾸리고 마산에서 H특수학교에 근무하고 있을 때 어머니께서 오랜만에 오셨다. 아내가 시어머니 오셨다고 갈치구이를 정성껏 차렸다. 그때 나는 미처 아내에게 어머니가 갈치를 못 잡숫는다고 알려주지 않은 것이 생각나서 안절부절못했다. 그런데 어머니께서는 갈치구이를 아주 맛있게 잡숫는 것이 아닌가?

"어머니, 제가 어렸을 때는 갈치구이를 못 잡순다고 했잖습니까?"

"배 곯던 시절 막내인 네가 하도 맛있게 먹기에 많이 먹으라고 그랬제."

그 말을 듣는 순간 쏟아지려는 눈물을 가까스로 참았다. 그 후로는 어머님이 오실 때마다 갈치구이가 밥상에 오른 것은 물론이다.

나이 더 들어 국민학교(지금은 초등학교) 1학년 때로 기억된다.
그 해는 우리 고향 남해가 가물어 논에 모 한 포기 심지 못했다.
밭곡식도 붉게 타들어가 추수할 것이 없었다. 비가 제때 와서 농사를
잘 지어도 봄이 되면 양식이 떨어져 초근목피로 연명하던 시절
농사까지 망쳤으니, 그 한 해가 시작되자 곡식이 바닥나서 봄철에는
유난히 부황 든 사람이 많았다.

먹을 것이 없자 할 수 없이 산에 가서 솔잎을 따다가 그늘에 말려
맷돌에 갈아 가루를 한술 입에 넣고 물을 마셔 주린 배를 채웠다. 쌀밥,
고기 반찬을 달라고 투정을 부릴 계제가 아니었다. 그저 아무거라도
배를 채울 수 있으면 족했다.

여름날 농촌 사람들에게는 꽁보리밥에 갈치가 입맛을 돋우어 주고
영양을 보충해 주었다. 나 역시 여남은 살 때부터 산에 가서 통나무로
장작을 패어 짊어지고 어시장에 가서 갈치와 바꾸어 왔다. 캄캄한
새벽에 눈을 비비며 일어나 장작을 지고 십 리나 떨어진 어시장에 가면
아침 해가 하늘과 바다를 붉게 물들이며 솟아오른다. 이 때를 맞춰
고깃배가 만선의 깃발을 날리며 포구로 들어왔다. 고깃배가 부두에
닿으면 앞을 다투어 가서 장작으로 고기를 바꿨다. 인심 좋은 선주
아주머니는 상자에 갈치가 많으면 한 두마리 더 주기 때문에 앞에
서려고 다투기까지 했다.

장작과 바꾼 갈치를 보물인양 망태기에 넣어 지게에 꼭 묶어지고
한달음에 집을 향해서 달렸다. 집에 오면 기다리던 어머니가 망태기를
받아 갈치를 다듬고 씻어 구워주었다.

그 시절 어머니가 구워주신 갈치맛이 그리워 갈치 요리를 전문으로

한다는 식당을 가끔 찾아가 먹어보지만, 어머니의 그 맛은 찾을 수가 없었다. 음식 맛은 사랑을 덧칠한 손맛이라 하지 않든가! 어찌 어머니의 그 사랑과 정성이 담긴 손맛을 다른 사람이 만들어 내기를 바라겠는가.

그래서 가끔 아내와 집에서 갈치를 구워먹는다. 조리 기구는 과학화되고 각종 조미료가 시중에 범람하지만, 옛날 석쇠로 솔가지 불에 구워주던 그 맛은 아니었다. 아내가 신토불이 양념을 만들고 굽는 방법을 달리 하더니 해가 깊어갈수록 어머니의 그 맛이 느껴진다. 세월이 흐르니 내 입맛이 아내의 요리맛에 길들여졌는지도 모르겠다.

어머니의 나이를 훌쩍 넘긴 마누라가 냄새를 풍기며 갈치를 굽는 모습과 어머니가 갈치를 굽던 그 모습이 새삼 눈앞에 겹쳐진다.

*

*

*

뒤돌아본 벌罰

초등학교 1학년 때의 일이다. 그 때는 초등학교를
'곡구민각고'라고 했다. 우리 말로 직역하면 초등학교다. 당시 일본이
우리나라를 지배하고 있던 시대였다. 1학년 2학기가 되어 학교 생활이
차츰 몸에 익어갈 무렵 담임선생님이 바뀌었다. 전 담임선생님은 군인
장교가 되어 전쟁터에 갔다고 했다.

새 담임은 일본에서 바로 우리 학교에 부임해 왔다는데, 키가
작아서 맨 뒤에 앉아 있는 초등학교 1학년 학생의 키와 큰 차이가 없어
보였다. 머리카락을 짧게 깎아서 중머리 같고 몸집도 작은 편이어서
학생들은 선생님을 좋아하지 않았다.

우리는 '옥가베'라는 단어가 선생님의 성인지 이름인지 모른 채
가르쳐준 대로 '옥가베 선세'라고 불렀다. 담임선생은 일본에서 바로
우리 학교로 왔기 때문에 일본 말을 사용했다. 학생들에게도 일본말만
사용하도록 강요하였다. 옥가베 선생은 수업시간 교실에 들어올 때

책 한 권과 펜치를 가지고 왔다. 학생들이 공부시간에 뒤를 돌아보고 떠들거나 우리 말을 하면 불러내어 펜치로 볼을 꼬집었다.

일본 제국주의 식민교육은 우리 조선인을 일본에 무조건 복종하게 하는 교육이었다. 공부시간에는 부동자세로 똑바로 앉아 선생님을 주시하고 있어야 했다.

"기요스켓(차렷)"

하고 구령이 떨어진 후에는 어떤 경우에도 움직여서는 안 된다.

새로 부임해 온 담임은 더욱 엄격하여 조금이라도 규정을 어기는 학생은 가차없이 펜치로 볼을 꼬집었다. 만약 아프다고 울거나, "아아!" 하고 소리를 내면 펜치로 꼬집고 비틀었다. 그냥 꼬집어도 아픈데 비틀면 한동안 아픈 감각마저 마비되어 눈에서 눈물만 흘렀다. 조금 지나면 아픈 감각이 되살아나는데, 그 고통은 필설筆舌로 표현하기 어렵다.

나는 다섯 살 때 앓은 홍역의 후유증으로 만성 중이염을 앓고 있었다. 어떤 때는 듣는 데 별로 지장이 없으나 몸이 피곤하거나 날씨가 좋지 않을 때는 말이 들리지 않았다.

어느 날 수업시간에 내 뒤에 있는 급우가 지우개가 필요한지 등 뒤에서 가만히 불렀다. 그 당시에는 지우개며 칼, 연필, 공책 등 학용품이 부족하던 시절이라 아이들이 서로 나누어 썼다. 내 뒤에 앉은 아이가 지우개가 필요해서 불러도 아무런 반응이 없으니 연필로 내 등을 사정없이 꾹 찔렀다. 갑자기 심한 고통을 당한 나는 "아야!" 하고 소리를 지르며 황급히 뒤를 돌아보았다. 판서에 열중하고 있던

선생님이 "다레까?"(누구냐)하며 뒤를 돌아보았다. 반 아이들도 무슨
일인가 모두 나에게 시선을 집중시켰다.

결국 앞으로 불려나가 펜치에 꼬집히는 벌을 받았다. 수업시간에
뒤를 돌아보고, 우리 말을 사용한 두 가지 벌로 펜치로 볼을 꼬집고
비틀었다. 눈물이 줄줄 흘렀다. 볼에서 열이 나고 벌겋게 부어올랐다.
일본말이 서툴고, 내가 변명을 하면 뒤의 친구도 벌을 받게 될지도
모른다는 생각에 변명 한 마디 못하고 고스란히 벌을 받았다.
반세기가 훨씬 지난 일이지만, 지금도 내 기억에서 좀처럼 지워지지
않고 있다.

한 번은 뒤돌아보았다고 경찰서까지 연행되어 곤욕을 치른 사람의
사건을 통역한 일이 있었다. 장마가 끝난 초여름이었다. M경찰서에서
연락이 왔다. 청각장애인이 소매치기를 하다가 붙잡혀 왔는데 말이
안 통해 조서를 꾸밀 수 없으니 수사과로 와서 통역을 해 달라는
요청이었다. 수업을 마치자 곧장 경찰서 수사과로 달려갔다.

여러 번 갔던 곳이라 학교 교실처럼 쉽게 수사과로 갔다.
수사과에는 낯익은 형사들이 피의자에게 질문을 하며 타이프를
두드리느라 정신이 없었고, 한쪽 의자에 30대 초반으로 보이는 여인과
조금 떨어진 곳에는 40대 중반으로 보이는 남자가 엇비스듬한 자세로
앉아 있었다. 내가 들어서며 여닫는 문소리에 여자는 화난 얼굴로 힐끔
나를 쳐다보았다. 그 옆의 남자는 무표정한 얼굴로 앞만 바라보고
있었는데 한눈에 그가 청각장애인이라는 것을 알 수 있었다.

담당 형사에게 가서 인사를 나누자, 형사가 멍하니 앉아 있는

남자를 향해 손짓으로 불렀다. 청각장애인 피의자가 형사 앞에 앉고 그 옆에 내가 앉았다. 여인은 형사로부터 좀 떨어진 의자에 앉았다.

형사가 심문을 시작했다. 형사가 묻는 말을 청각장애인에게 바르게 전달하여야 했다.

형사가 "옆에 있는 이 여자의 지갑을 빼앗은 적이 있어요." 하고 심문했다. 청각장애인은 수화를 잘 이해하지 못했다. 그는 학교에서 정상적인 교육을 받은 적이 없어서 학교 수화(표준수화)를 몰랐다. 자연수화(자연 발생적인 수화)를 사용하여야 하는데, 쉬운 일이 아니다. 손짓, 몸짓, 얼굴 표정, 말 등 할 수 있는 모든 방법을 동원하여 통역을 하였다.

마침내 내 통역을 알아차리고는 금방 얼굴이 빨개지며 두 손을 가로 저었다. 그러면서 옆에 앉아 있는 여인을 노려보며 때릴 듯한 손짓을 하였다. 죄 없는 자기를 경찰서까지 오게 했다고 원망하는 손짓을 하며 청각장애인들이 잘 내는 "버버!" 소리를 크게 토해 냈다. 그의 행동이나 얼굴 표정을 보아서는 억울한 누명을 쓰고 있는 것 같았다.

사건의 내용은 여인이 시장바구니에 돈지갑을 넣은 채 저녁 찬거리를 사러 갔다. 사람이 붐비는 시장에서 물건을 사기 위해 기웃거리고 있는데 바구니를 잡아당기는 느낌이 왔다. 그 순간 장바구니를 살펴보니 지갑이 보이지 않았다. 재빨리 뒤돌아보니 다른 사람은 별 이상이 없는데 경찰서에 함께 온 사람만이 뒤를 돌아보았다는 것이다.

내가 아주머니에게 청각장애인 남자가 지갑을 다른 사람에게

건네주는 것을 보았거나, 다른 데에 던지는 것을 보았느냐고
물어보았다. 여자는 아무것도 보지 못했다고 했다. 청각장애인이 뒤를
돌아본 것 외는 다른 증거를 대지 못했다.

청각장애인은 뒤에서 자동차가 경적을 아주 크게 울려도 듣지
못한다. 그러니 뒤에서 위험한 일이 닥쳐도 방어를 하지 못하고
고스란히 당하고 만다. 청각장애인들은 늘 뒤쪽이 불안하여
습관적으로 자동차나 다른 위험한 것이 따라 오는지 가끔 뒤를
돌아보며 걸어간다. 나는 담당형사에게 청각장애인들은 앞에 사람이
갑자기 뒤를 돌아보면 반사적으로 되돌아보는 자기 방어적인 생활
습관을 설명해 주었다.
내 말에 신빙성이 없으면 지금 곧 시장에 가서 실험을 해보자고
제안했다. 일반인들도 앞에 가던 사람이 갑자기 뒤돌아보면 따라가던
사람의 십중팔구는 뒤를 돌아볼 것이다.
조사를 하던 형사가 내 건의를 받아들여 현장에 갔다. 소매치기를
당했다는 장소에 있는 상인들도 청각장애인과 아주머니가 실랑이를
하였던 관계로 이 사건을 알고 있는 눈치였다. 그러나 상인들도
청각장애인이 뒤를 돌아보았다는 것 외는 객관적인 증언을 못했다.

청각장애인의 혐의가 풀렸다. 형사가 집으로 가라고 하니 머리를
깊이 숙여 두어 발자국 가다가 나에게도 인사를 하고 아주머니를
한 번 쏘아보고는 자리를 떴다. 일반 사람 같으면 아주머니가
곤욕을 치러야 할 처지가 되었다. 청각장애인은 그저 풀려난 것만

다행으로 여기고 말없이 떠났다. 떠나가는 청각장애인을 보고 형사가 저런 선량한 분을 의심하여 경찰서까지 데리고 왔다고 아주머니를 힐난하였다.

청각장애인들은 듣지 못하고 말을 잘 못하니 억울한 일을 당하는 경우가 많다. 지금은 각 지역 농아인협회 사무실에 청각장애인을 위한 통역인이 상주하고 있어서 천만다행이다.

＊

＊

＊

대장간 교훈

대장간은 대장장이가 숯불이나 석탄불에 쇠를 달구어 두들겨 새 연장을 만들거나 망가진 연장을 고치는 곳이고, 학교는 선생님이 학생들을 가르치고 빗나간 아이들을 선도하는 곳이다.

내가 어릴 적 우리 마을의 대장간에는 대장장이와 조수, 그리고 화덕에 풀무질을 하는 아이, 이렇게 셋이서 일을 했다.

내가 장애인 학교에서 40여 년을 근무하는 동안 늘 대장간 풍경이 연상되곤 했다. 대장간에서 세 사람이 협력하여 일하던 모습에서 장애인 학교에서도 도구과목 담당선생님, 예체능 담당선생님, 그리고 치료교육(직업교육) 선생님, 이렇게 세 분야 선생님의 협력이 중요함을 알게 되었다.

대장간에서 대장장이는 쇠를 잘 다룰 줄 아는 사람이다. 쇠를 잘 다루려면 쇠의 특성을 알아야 한다. 망가진 연장을 달구어 쓸모 있는

연장으로 바꾸려면 쇠의 성질에 따라 달구는 부위를 달리 하고 적절한
시간에 필요한 만큼의 담금질을 해야 한다.

장애인 학생을 가르치는 선생님도 장애인에 대해서 자세히 알고
있어야 한다. 장애 원인, 장애 정도, 장애 부위, 장애 시기, 장애 종류,
장애인의 심리, 장애 학생의 욕구, 가정 환경 등을 파악하고 있어야
바른 교육을 할 수 있다.

대장장이는 쇠를 푸른빛이 오르는 시뻘건 화덕에 넣고 달구어
두드려서 자기가 원하는 모양으로 만든다. 하지만 선생님은 학생을
화덕에 넣어 달굴 수도 없고 또 두드릴 수도 없지 않은가? 장애
학생이나 빗나간 학생을 어떻게 달구어 새 사람으로 바꿀 수 있을까?

나는 선생님의 뜨거운 가슴이 화덕이라고 생각한다. 선생님의
가슴에 사랑이 뜨겁게 달아올라야 한다. 학생들의 굳은 마음,
닫힌 마음을 선생님의 뜨거운 가슴에 품으면 학생들의 마음이 녹아
새사람이 되는 게 아닐까?

대장간 화덕에는 숯이나 석탄을 넣어 불을 붙이고 풀무질을 하면
빨갛다 못해 파란 불꽃이 피어오른다. 거기에 연장을 넣으면 금방
달구어진다. 불에 달구어 망가진 농구를 긴 쇠집게로 집어 모루 위에
올려놓고 모루쇠라는 큰 망치로 두둘겨 고친다.

선생님의 가슴에 사랑의 불이 꺼져가면 무엇으로 살려낼
수 있을까? 희망과 신념이라는 불쏘시개를 넣어주어야 한다.
불쏘시개에서 불이 더욱 잘 타오르게 하기 위해서 이해심, 공정성,
일관성, 인내심이라는 숯을 넣어주어야 한다.

이해심

안다는 것과 이해한다는 것은 좀 다르다. 안다는 것은 외우고만 있는 것이고 이해한다는 것은 외운 것을 실제로 체험하고 생활에 활용하는 것이다. 장애학생을 교육하는 데는 무엇보다 이해가 앞서야 한다. 대학에서 배운 이론은 아는 것이고 특수교육 현장에서 학생들을 직접 가르치며 체험하여 장애학생의 욕구를 채워주어야 비로소 장애학생을 바르게 이해했다고 할 수 있을 것이다.

유능한 대장장이는 무쇠, 강철, 연철을 잘 이해한다. 겉보기는 비슷해서 보통 사람들은 구별이 어렵지만 대장장이는 이들을 쉽게 구별할 뿐만 아니라, 그 성질에 따라 담금질을 한다. 장애학생을 가르치는 유능한 선생님도 장애학생을 잘 변별하여 장애 특성에 맞게 교육해야 한다.

공정성

대장장이는 연장을 맡긴 사람과의 친소親疏 관계에 따라 연장을 다르게 고쳐주지 않는다. 연장을 주문한 사람이 누구든 간에 연장을 잘 만들겠다는 일념으로 만들 뿐이다.

교육에 있어서 편애는 금물이다. 편애가 교육의 암이라는 것을 이구동성으로 모두 한결같이 말하고 있다.

복지원에서 아침 식사를 먼저 마치고 나오다가 보니 유치부 학생이 생선토막을 먹지 못하고 있었다. 마침 지도교사는 자리를 비우고 안 계셨다. 내가 젓가락으로 뼈를 발라 내고 고기를 집어 숟가락 위에 놓아주었다. 그때 옆에서 밥을 먹던 아이가 손바닥으로 자기 가슴을 두드리며 숟가락을 내 앞으로 내밀었다. 그 아이는 초등학생으로 혼자서도 충분히 고기 뼈를 발라내고 먹을 수 있는데도 마다하고 나에게 해 달라고 했다. 아이의 입장에서는 차별 대우를 한다고 생각하는 모양이었다.

일관성

대장장이는 언제나 한결같은 방법으로 일을 한다. 어제나 오늘이나 일관성있게 꾸준히 한다. 장애학생을 가르치는 선생님도 교육에 일관성있게 해야 한다. 잘한 행동에는 같은 칭찬을, 잘못한 행동에는 똑같은 벌을 주어야 학생의 태도가 바르게 된다.

장애인 교육의 궁극적인 목표는 장애학생이 사회에 잘 적응하게 하는 것이다. 사회적응을 잘 한다는 것은 사회규범을 잘 지키며 자립생활을 하는 것을 의미한다. 사회규범을 잘 지키게 하려면 일관성있게 지도하여 사회규범이 몸에 배이게 지도해야 할 것이다.

대장간 세 식구가 일하는 곳은 환경이 아주 열악하여 초여름 더위에 화덕에서 나오는 열기로 대장간 안은 한증막보다 더 덥다. 웃옷을 벗고 일해도 땀이 비오듯 한다. 그래도 주문 맡은 날짜를 지키려고 참고 부지런히 일한다.

장애학생을 가르치는 교사도 이에 못지않은 인내심을 가져야 한다. 자폐증 아이나 정신장애 아이들은 느닷없이 선생님의 뺨을 때리는 경우도 있다. 이때의 황당함은 당해 보지 않은 사람은 모른다. 이럴 때도 참아야 한다.

대장장이가 망치로 두드린 곳을 조수도 친다. 대장장이가 강하게 치면 조수도 강하게 치고 약하게 두드리면 역시 약하게 두드린다.
대장장이는 조수에게 행함으로 가르치고 조수는 행함으로 배운다.
장애학생 교육도 선생님이 아주 구체적 행함으로 가르치고, 학생들은
행함으로 배워야 제대로 배우게 된다.

*

*

*

장인정신

불과 50여 년 전에는 농촌의 마을마다 푸른 불꽃이 피어오르는 대장간이 있었다. 망가진 낫, 호미, 괭이, 쇠스랑 등 농기구를 가져 가면 숯불에 넣어 뻘겋게 달구어 모루에 올려놓고 모루쇠로 두드리고, 담금질하여 쓸모 있는 연장으로 고쳐주었다.

우리 동네 대장간에는 대장장이 아저씨와 팔뚝에 근육이 솟아오른 건장한 아들, 그리고 어린 막내 이렇게 삼부자가 호흡을 맞추어 일을 하였다. 아저씨가 왼손으로는 긴 철집게로 빨갛게 달구어진 망가진 농기구를 집어 모루에 올려놓고 오른손에 망치를 들고 두들겼다. 대장장이가 망치로 달구어진 연장을 두둘긴 바로 그곳을 건장한 청년이 모루쇠라고 하는 큰 망치로 내리쳤다. 아이는 옆에 있는 화덕에 풀무질을 했다.

조수助手는 대장장이가 하는 대로 강하게 약하게 빠르게 느리게 쳤다. 대장장이는 판소리에서 고수鼓手가 추임새를 넣듯 조수가 망치로

칠 때마다 "어, 어이 잘 한다." 하며 흥을 돋우었다. 그리고 두들긴
농구를 적절한 때에 담금질을 했다.

대장장이의 가슴에는 망가진 연장을 본래보다 더 잘 고쳐보겠다는
희망과 자신감으로 가득 찼고 머릿속에는 설계도가 그려져 있는 것
같았다. 빨갛게 달구어진 고장난 연장 어디를 어떻게 달구어 두들겨
늘리고 굽혀야 하는지를 알고 달구어진 연장을 뒤집기도 하고
세우기도 하며 쇠가 식기 전에 부지런히 망치질을 했다.

대장장이 아저씨는 연장을 고쳐주고 연장을 만들어간 사람을
만나면 농기구에 대해 물었다. 연장의 불편한 점을 말하면 다음에 꼭
잘 만들어 주겠다고 했다. 진정한 장인이란 물건을 만드는 것으로
끝나는 것이 아니라 유용하게 쓰여지는가, 또는 개선할 점이 없는가를
끝없이 고뇌하는 데 있는가 보다.

다음에는 더 잘 만들어주겠다는 그 정신, 장인정신이 오늘 우리
젊은이들이 세계기능올림픽을 연속 제패하는 밑거름이 되었을 것이다.

내가 장애학생들 특히, 청각장애 학생들을 가르칠 때마다 어릴
적에 보았던 대장간 풍경이 연상된다. 대장장이의 머릿 속에 고치고자
하는 농구의 밑그림이 그려져 있는 것과 같이 장애학생을 가르치는
교사의 머릿 속에도 아이를 어떤 사람으로 성장하게 하겠다는
청사진이 그려져 있어야 한다. 그의 가슴은 할 수 있다는 자신감과
희망, 그리고 사랑으로 불타야 한다.

가슴에 타는 불이 꺼지지 않게 하려면, 대장간 화덕에 불이 꺼지지
않도록 계속하여 숯이나 석탄을 넣어주듯, 이해심, 일관성, 공정성,

그리고 인내심이라는 땔감을 가슴에 넣어주어야 한다.

이해심

눈높이 교육이라는 말과 같이 장애인의 입장에서 장애인의 정도에
맞게 지도해야 한다.

어느 청각장애학교 목공소에서 일하는 20대 후반의 청각장애인이
있었다. 목공소에서 일하다가 기능직 아저씨가 청각장애인에게 밖에
있는 손수레를 끌고 오라고 했다. 수레가 바로 옆에 있는데 한참
기다려도 오지 않았다. 왜 안 오는지 걱정하고 있는데, 잠시 후에 개울
건너 농장에 있는 염소를 한 마리 끌고 왔다.

수화(手話)로 손수레는 양손 주먹을 양 옆구리에 대고 수레를
끌고가는 행동을 해 보이고, 염소라는 수화는 엄지와 인지로 턱을 잡은
주먹을 쥐고 앞뒤로 두세 번 흔드는 것이다. 그런데 학교수화가 아닌
자연발생적인 수화는 끌고 오는 흉내만 한다. 손수레는 양손으로 끄는
흉내를 내고 염소는 한 손으로 고삐를 끄는 시늉을 하는 것이다.

목공소 아저씨가 한 손에 연장을 들고 있었기에 한 손으로 끌고
오는 시늉을 해서 청각장애인은 염소를 끌고 오라는 줄 알았다는
것이다. 그 청각장애인은 청각장애 학교에서 고등부까지 12년을
공부했고 기능직 아저씨도 그곳에서 10여 년을 근무했는데도 그
지경이니 다른 사람들이야 말해 무엇하겠는가.

그러므로 장애인 교육이나 양육을 하는 사람은 장애인에 대한
바른 이해가 앞서야 한다. 눈높이 교육이라는 말을 다시 곱씹어 볼
일이다.

일관성

　장애인을 교육하거나 양육하는 사람들은 양육방법이나
교육방법에 일관성이 있어야 된다. 어제 한 방법과 오늘 한 방법이
같아야 한다. 잘못을 했을 때 똑같은 벌을 주어야 교육이 바르게 된다.
어떤 때는 심한 벌을 주고 어떤 때는 그냥 지나쳐버리면 학생들로부터
신용을 잃게 된다. 학생이 선생님을 신뢰하지 못하면 바른 교육을
기대하기 어렵다.

공정성

　장애인 교육뿐 아니라 일반교육 현장에서 경계해야 할 것은
공정성이다. 장애학생들도 편애하는 것은 금방 안다.
　"한 사람을 사랑하는 것은 전체를 미워하는 것보다 못하다."는
말이 있다. 장애학생 교육에 금언으로 삼아야 할 말이다, 더욱이
장애학생들은 편애와 편견으로 가슴에 멍이 들었는지 모르지 않는가?

인내심

　장애인 교육에서 수백 번 강조해도 지나치지 않는 말이다. 내가
청각장애 학교 교사로 재직한지 얼마되지 않아 있었던 일이다. 학교
옆에 있는 목사님 사택에 가서 전화를 하고 나오니 늙수레한 할머니 한
분이 들어오다가 "목사님, 벙어리가 전화를 하고 가네요." 하였다.
　장애인과 같이 있으면 교사도 장애인 취급을 받기 일쑤다.
자기가 가르치는 학생에게서도 참기 어려운 모욕을 종종 당한다.
이럴 때 생각나는 사자성어가 타면자건唾面自乾이다. 남이 내 얼굴에

침을 뱉더라도 곧 닦지 말고 자연히 마를 때까지 기다리라는 말이다. 그만큼 인내심이 강해야 한다.

대장장이의 정신을 장인정신이라고 한다면, 사람을 가르치는 정신은 사명감이 아닐까? 사명감은 맡은 일에 최선을 다하는 것이다. '선한 일을 하다가 낙심하지 않으면 때가 되면 거둘 것이 있다.'고 했다.

달구어진 쇠를 두드릴 때 소리가 처음에는 탁, 탁 하다가 조금 뒤에는 탕, 탕 하는 격렬한 소리에 쇠가 식으면 땅그랑 땅그랑 한다.

달구어진 쇠가 식으면 소리는 커지고 많이 울리나 모양은 바뀌지 않는다. 그러면 다시 화덕에 십어넣어 달구어 두들겨야 원하는 모양으로 변한다.

요즘은 우리나라 사람들도 '사랑'이라는 말을 흔하고 광범위하게 사용하고 있다. 그러나 사랑한다는 말이 구체적으로 무엇을 뜻하는 것인지 꼬집어 설명하라고 하면 대답을 잘 못한다. 나는 여기서 사랑을 이해하는 것, 일관성, 공정성, 인내성이라고 좁혀서 설명해 보려고 한다.

장애아동들을 가르치려면 무엇보다 장애아동을 바르게 이해해야 한다. 특히 청각장애 아동을 바르게 이해하지 못하면 바른 교육이 어렵고 오해하기 쉽다. 일반학교에서 부임해 온 선생님이 청각장애 학생이 하는 수화를 보고 선생에게 삿대질을 한다며 체벌을 가한 사례가 있었다. 지체부자유 학교로 처음 부임해 온 여선생님께 장애학생이 물을 좀 떠다 달라고 말했다고 학생을 혼내는 장면을 본

인도 있다. 이런 일들은 장애학생의 입장을 이해하지 못한 데서 생긴 오해이다.

장애학생에게 무엇을 가르치거나 시킬 때는 대장장이와 조력자가 하는 방법을 따라 하면 무난할 것이다. 선생님이 시범과 시연을 해야 따라서 배우게 된다. 행함으로 가르쳐야 한다.

일관성이다. 한결 같아야 한다. 어제 가르친 방법과 오늘 가르치는 방법이 다르면 장애학생들은 이해하지 못한다. 말과 행동이 일치하지 않으면 모든 가르침이 허사가 된다. 약속은 하늘이 두 쪽이 나도 지켜야 한다.

공정성이다. 교사들이 주의해야 할 것은 처음도 끝도 편애를 해서는 안 된다는 것이다. 사랑뿐 아니라 벌도 똑같이 주어야 한다. 청각장애 학생은 편애하는 것, 공정하지 못한 벌에 대해서는 민감하다.

인내심이다. 장애아이들을 가르치려면 뼈를 깎는 인내를 요구한다. '인내는 쓰다. 그러나 그 열매는 달다.'고 한 말을 상기할 필요가 있다. 선한 일을 하다가 실망하지 않으면 때가 되면 거둘 것이 있다고 한 성서의 말씀도 진리이다.

대장간의 화덕에 숯이나 연탄을 넣어 불을 일으키듯이 장애학생을 가르치는 교사들의 가슴 화덕에는 이해, 일관성, 공정성, 인내라는 불이 훨훨 타오르게 해서 장애학생을 수시로 가슴 화덕에 집어넣어 빨갛게 달구어 사회에 쓸모 있는 사람으로 내보내야 한다.

*

*

내 이름을 말한다

수수께끼나 퀴즈쇼가 젊은 사람들의 두뇌를 발달시키고, 노인들의 치매예방에 도움이 된다고 한다. 이런 뜻에서 다음 수수께끼를 한 번 풀어보면 어떨런지.

'내 것이 분명한데 남이 많이 사용하는 것은 무엇일까?'

힌트 하나, 내가 사용할 때는 음성언어(말)보다 문자언어(글)로 많이 사용한다.

힌트 둘, 문자로 사용할 때는 그 뒤에다가 도장을 찍거나 사인을 하는 경우가 많다.

힌트 셋, 부르면 대답을 해야 한다. 이쯤되면 대부분의 사람들은 '아! 이름이구나' 하며 정답을 알 것이다.

내 이름은 박 현안이다. 나는 이름 때문에 곤혹을 많이 치렀다. 초등학교 일 학년 때다. 하교할 때 아이들이 내 이름을 빗대어 "펴나니 ×새끼야, 뼈나니 ×할 놈아" 하고 놀렸다.

그때 당시 나는 다른 아이들보다 키가 좀 크고 힘이 세어서 놀리는 놈을 잡아 두들겨 패주었다. 이런 싸움을 거의 매일 하였다.
일종의 주도권, 기싸움이었다. 싸움을 하니 옷이 더러워지고 단추가
떨어지기도 해서 어머니께 야단을 맞는 일이 다반사였다.

어느 날 어머니께서 흙이 묻고 단추가 떨어진 옷을 보고 심하게
야단을 치시기에,
다짜고짜
"우매, 내 이름을 고쳐주게."
"야가, 왜 새빠진 소리를 하노? 그 이름이 와 우째서(어째서). 그
이름이 참 좋은 이름이라고 하는데, 왜 바까(바꾸어)."
"아이들이 내 이름을 가지고 자꾸 놀려서 싸움을 했어요."
그러자 어머니께서 조용히 내 이름을 짓게 된 내력을 말해 주셨다.
"이웃에 사시는 수태네 아부지가 한문 공부를 많이 하여서
이름을 잘 짓는다. 동네 아이들 이름을 거의 다 지어주셨다. 그 분이
지어준 이름의 아이들은 명이 길고 잘 산다. 네 이름은 특별히 여러
날을 연구하여 지었다. 그 이름이 배는 안 곯고. 잘 하면 벼슬도 할
이름이라고 하셨다. 행여 부정 탈라, 이름 바꾼다는 말은 입 밖에도
내지 마라. 아이들이 놀려도 상관하지 말거라"
이때 아버지께서 언제 들어오셨는지 내 이름에 대한 이야기를
해주셨다.
"炫현자는 '밝을 현'이고 安안자는 '편안 안'자다. 밝게 살면
평안하다는 뜻이 담겨 있다. 밝게 산다는 것은 바르게 산다는
뜻이다. 바르게 사는 것은 우선 긍정적인 생각과 행동을 하는 게다.

긍정적이라는 말은 좋은 생각을 하고 남에게 도움이 되는 말과 행동을 하라는 뜻이다. 네 친구들이 너를 놀리는 것은 너와 친해지려는 마음이 있기 때문이다. 그러니 화를 내지 말고 좋은 말로 타이르고 그래도 아이들이 자꾸 놀리면 모른 체하거라. 나중에 나이가 더 들면 좋은 친구가 될 거다. 이름을 바꾸어도 아이들이 또 그 이름으로 너를 놀릴지 모른다."

이렇게 말씀하시며 실제로 있었던 이야기라며 옛날 이야기를 들려주셨다.

"이웃 마을에 줄줄이 딸을 셋 낳고 네 번째로 아들을 낳아 그 아들 이름을 잘 지어 잘 살게 해주려고 유명한 작명가를 찾아가 많은 돈을 주고 이름을 지었단다. 그 이름은 부자가 되고 벼슬도 할 수 있는 이름이라며 금이야 옥이야 했다. 집안 사람이 일을 시키면 그의 아버지가 그 일을 안 해도 잘 살 거라며 일을 못 하게 하였다. 이 말을 들으며 자란 아들은 일은커녕 손끝 하나 까딱하지 않았다. 그래서 동네 사람들은 그를 게으름뱅이라 불렀다. 세월은 흘러 게으름뱅이의 부모가 세상을 떠나니 조금 있던 전답도 거덜이 나서 끼니를 거르는 일이 많았다.

겨울이 되니 불기 없는 방은 춥고 배도 고픈데 아내는 땟거리가 없다며 바가지를 긁고, 아이들은 배고프다고 칭얼거렸다. 식구들 등쌀에 집을 나섰으나 갈 곳도 오라는 데도 없는지라 인적이 없는 산속 양지바른 곳에 가서 낮잠이나 잘 요량으로 어슬렁어슬렁 산으로 올라갔다. 조금 올라가니 바위산 기슭에 홍시가 주렁주렁 달린 큰 감나무가 한 그루 있었다. 게으름뱅이는 배가 고픈지라 감나무 밑에 큰 대자로 누워 입을 크게 벌리고 홍시가 입에 떨어지기를 기다렸다.
한나절을 기다려도 홍시가 입에는 떨어지지 않고 다른 곳에 떨어졌다.

　이때 한 꾀가 떠올랐다. 삿갓을 구해 와서 깔때기 모양으로 뒤집어
뾰족한 곳에 구멍을 뚫어 입에 대고 감이 떨어지기를 기다렸다. 또
한나절이 다 가서 초겨울 짧은 해는 서산을 넘으려고 하늘을 온통
붉게 물들이고 있었다. 저녁 노을에 비친 홍시는 더 붉고 산뜻하여
먹음직스러워 입에는 군침이 돌고 종일 물 한 모금도 맛보지 못한
창자는 꼬르륵, 꼬르륵 배고프다고 소동을 쳤다.

　이래서는 안 되겠다. 내가 나무 위로 올라가서 따먹어야겠다고
생각하고 감나무께로 갔다. 나무가 크고 가지도 높아 까치발을 해도
손이 나뭇가지에 닿지 않았다. 허기가 져서 곧 쓰러질 것 같은데 머리
회전이 빨라진다. 사다리를 만들면 나무에 쉽게 오를 수 있을 것이라는
생각이 떠오른다. 나무를 베고 칡넝쿨을 이용해서 사다리를 만들어
나무 위에 올라가 홍시를 실컷 따먹고 집에도 가져 가서 식구들도
배부르게 먹었다. 그때, 사람은 모름지기 열심히 일해야 부자가 되고
잘 살 수 있다고 깊이 깨닫고 열심히 일해서 부자가 되었다.

　그래, 이름이 밥 먹여주는 것은 아니다. 이름은 부르기 좋고 쓰기
쉽고 기억이 잘 되고 같은 이름을 가진 사람이 많이 없어야 좋다.
형제간과 집안의 관계를 돈독히 하는 돌림자를 사용하면 금상첨화다.
친구들이 조금 놀린다고 이름을 바꾸겠다는 생각보다 그 이름을 빛낼
궁리를 하여라. 열심히 공부하고 일해서 부자가 되고 훌륭한 사람이
되면 너를 놀리던 아이들이 네 앞에 와서 무릎을 꿇 것이다."

아버지께서 힘주고 자신감 있게 말씀하시던 모습이 지금도 생생하다.

내 이름이 좋은 덕인지, 아버지 말씀을 따라 열심히 노력한 때문인지 모르겠으나, 큰 부자는 아니지만 먹고 살기에는 지장 없으니 마음먹기에 따라서는 부자라고 할 수 있다. 그리고 교장도 했으니 벼슬도 한 것이 아닌가.

사회학자들은 '성공한 사람들은 하루에 100번 이상 선택을 한다.'고 한다. 대부분의 사람들은 거의 무의식적으로 행하지만 성공하는 사람들은 주어진 현재에 열과 성을 다해서 노력하며 의식적으로 행하더라고 했다.

이름은 자기 하기에 달렸다. 자신이 이름을 빛낼 수도 있고 더럽힐 수도 있다. 내 이름을 빛낼 수 있다는 자신감, 신神의 영감을 받아 운명을 개척할 수 있다는 희망을 가슴에 품고 부단한 노력으로 성공하면 그 이름이 좋은 이름이 아닐까?

*

*

*

개명改名

사람이 태어나면 이름을 지어준다. 보통 태어날 때 지어 호적에 등재된 이름은 평생 동안 자기 마음대로 고치거나 바꾸지 못한다. 바꾸고 싶으면 법적 절차를 밟아 법원의 허락을 받아야 한다. 요즘은 태어날 때 자기에게 지어준 이름이 마음에 들지 않는다고 복잡한 법적 절차와 비용까지 쓰면서 이름을 바꾸는 사람이 많다.

개인의 이름뿐만 아니라 학교 이름이 좋지 않다고 개명하는 경우도 더러 있다. 서울농학교의 교명 변경이 그 한 예다. 지난 일 세기 동안 서울농학교 교명이 여러 번 개명되었다. 서울맹아학교에서 서울농아학교, 서울선희학교, 다시 서울농학교로 바뀌었다.

일반인들이 청각장애를 보는 시각에 따라 그 이름도 변천되었다. 60년대만 해도 청각장애인을 벙어리, 버버리라고 하였다. 어떤 시골 아주머니는 '버짜' 라고 하기도 했다. 아주 옛날 사람들은 어떻게 불렀을까?

우리 아버님이 살아 계실 때 여쭈어 보았더니, 아버지께서 어렸을 적에 이웃 마을에 말을 듣지 못하는 사람이 살고 있었는데 어른들이 그 사람을 보고 '덤벙이'라고 부르는 소리를 들었다고 말씀하셨다. 왜 덤벙이라고 불렀을까요? 하고 다시 여쭈어 보았더니, 말을 듣지 못하는 사람이 차분하지 못하고 덤벙거리고 허둥거리니 그렇게 부른다고 하였다.

이로 미루어 보아 벙어리 청각장애인들이 비교적 '바, 바' 혹은 '버, 버' 등 입술소리를 잘 하니 '버버'를 잘 하는 사람이라는 뜻으로 이름 붙여진 것으로 유추할 수 있다. 꾀꼬리는 꾀꼴꾀꼴하는 소리를 내니 꾀꼬리라 이름 붙여주었고, 뻐꾸기는 국벅국고 우니 뻐꾸기라고 부르게 된 것이다. '버'자는 어떤 물건을 보고 진짜니 가짜니 하는 것처럼 버버하는 물건이라는 뜻일 게다.

나는 어릴 적에 '귀먹쪼가리'라는 놀림을 받았다. 내가 다섯 살 때 홍역으로 만성 중이염이 생겨 남의 말을 잘못 들었다. 아이들이 남의 아픈 데를 찔러놓고 무엇이 그리 좋은지 히죽거렸다.

부모가 지어준 이름이 있지만, 사람들이 불러도 대답이 없으니, 남의 약점인 신체의 특징이나, 내는 소리, 행동을 보고 별명을 지어 부르며 저희들끼리 좋아하는게 사람들의 특성 중의 하나인지 모르겠다.

벙어리, 귀머거리가 말을 못하는 사람들을 무시하는 말이라고 하여 농아라고 바꾸어 부르게 하였다. 농아聾啞라는 말을 풀이해 보면 귀먹고 말도 못한다는 뜻이 된다. 귀는 먹어도 말은 하는데 농아라니 맞지 않는다고, 아자는 빼고 농자聾者라고 불렀다. 그래서 한때는 농자들이 다니는 학교를 ○○농학교라고 했다. 농자도 역시 일반인들이 말하기에 어색하고 일반화되어 있지 않다고 청각장애자라고 바꾸었다. 몸이 불편한 모든 사람을 병신이라고 불렀는데, 병신이라는 말이 인격에 손상을 준다고 장애자라고 부르는 추세에 따라 청각장애자라고 했다.

한동안 말없이 청각장애자라고 하다가 '자者'가 '놈'이란 뜻이니 놈은 곧 비하하는 말이라고 하여 청각장애자를 청각장애인으로 장애자를 장애인으로 그 이름을 바꾸어 오늘에 이르렀다.

나는 다른 장애인은 몰라도 청각장애인은 농아라고 부르는 것이 좋다고 생각한다. 한자로 '농아聾啞로' 쓰지 않고 '농아聾兒'로 쓰기를 희망한다. 아이는 순진하고 순수하다. 거짓이 없고 남을 해하려는 의지가 없다. 자기를 사랑하는 사람을 사랑하며 따르고 의지한다. 다만, 아이는 미성숙하고 어리므로 어른들의 절대적인 보호가 필요하다.

농아들도 본성이 아이와 같다. 마음이 순박하고 순진하다. 그러나 나이가 비록 많더라도 아이처럼 보호해주어야 할 때가 있다.

사람들에게 이름은 아주 중요하다. 일평생 사용해야 할 것이니 함부로 지어 부를 수가 없다. 그래서 아이가 태어나면 좋은 이름을 지어주려고 많은 비용을 쓰면서까지 유명한 작명가를 찾아 가서 이름을 짓는다. 이름이 사람의 운명까지 좌우하는지는 모른다. 한 개인의 이름뿐 아니라 회사 이름, 약품 이름 등 이름을 짓느라고 고심한다.

　장애인에 대한 이름도 몸이 불편하기에 그 이름만이라도
무시당하지 않도록 배려하느라고 이름을 여러 번 바꾸었다. 성경에
하나님이 만물을 창조하시고 그 이름을 어떻게 지어주셨는지
찾아보았다. 하나님이 사람의 이름은 직접 지어주었으나, 들짐승과
공중의 새를 말씀으로 만드시고, 아담에게 데려다주고 아담이 이름을
지어 부르게 했다고 기록되어있을 뿐 이름을 짓는 방법을 명시해
놓지는 않았다. 만약 성서에 이름을 짓는 방법을 기록하여 사람들이
그 방법에 따라 이름을 짓게 했더라면 정말 좋았을 텐데 하는 마음에
아쉽기 그지없다.

　이름이 좋고 나쁜 것은 순전히 사람의 마음먹기에 달려 있는 것이
아닐까? 그리고 그 이름을 부르는 사람들의 태도에 따라 달라지는
것이다.

　그 이름을 부를 때 경외하는 마음과 찬양하는 마음으로 부르면,
부르는 사람과 불리는 사람 모두에게 복이 되리라!

＊

＊

＊

여선생과 차 심부름

어느 초등학교 교장이 여선생에게 부탁한 차 심부름을 전교조
회원들이 문제 삼아 교장에게 서면으로 사과하라는 강압에 못 견디어
교장이 삶을 포기하고 말았다. 이 사건은 교육계와 사회에 많은
파문을 일으켰고, 교육계는 아직도 그 후유증으로 몸살을 앓고 있다고
한다.

나는 이 사건의 보도를 듣는 순간 무섬증이 생기고 오한이 온 듯이
가슴이 떨렸다. 나도 교감으로 승진하여 일 년쯤 되었을 적에 비슷한
경험을 하였기 때문이다.

당시 내가 근무하던 학교에 교장실과 교무실의 청소며 잔심부름을
맡아 하던 서무실 홍일점 여직원이 특별 휴가로 청소가 제대로
되지 않고 있었다. 마침 그 주간에 교무실 바로 옆 교실의 여선생이
주번교사였다. 주번여교사에게 서무실 담당 직원이 휴가 중이니
주번교사 활동의 일환으로 교장실 청소와 교장에게 커피도 한 번씩

갖다드리라고 부탁하였다.

　그 당시 신문과 방송 등에서 직장에서 여직원에게 차 시중 문제를 연일 보도하고 있어서 아주 조심스럽게 말을 꺼낸 터였다. 그런데 내 말이 떨어지기가 무섭게 아주 큰 소리로 "교감선생님, 내가 교장실 청소나 하고 커피 심부름을 하려고 학교에 온 것이 아닙니다." 라고 하였다. 이 말을 듣는 순간 눈앞이 캄캄하고 귀에서는 '윙'하는 소리가 크게 났다. '믿었던 도끼에 발등 찍힌다.'는 속담이 이럴 때 쓰라고 만들어졌는가.

　나는 여선생에게서 그런 대답이 나오리라고는 미처 생각하지 못했다. 그 여선생은 교직원들이 친목 배구를 하고 간식을 먹고 난 후에 뒷정리를 끝까지 하고, 뇌성마비 장애학생들의 특성에 맞는 교육을 정성을 기울이며 실시하여 재활의 효과가 크게 나타나게 하였다. 양팔이 마비되고 경련을 하여 혼자서 밥을 떠먹지 못하던 아이가 남의 도움없이 밥을 먹게 된 것을 옆에서 지켜보았다. 그런 여선생이라 내가 부탁한 일을 기꺼이 해줄 줄 알았는데 심한 반발을 하는 바람에 충격이 더욱 컸다.

　지금 생각하면 좀 유치한 말 같지만, 그 당시에는 그 말밖에 생각나지 않았다. "나도 선생님의 전화 심부름을 해주려고 교감으로 온 것이 아닙니다." 라고 속 시원히 응대를 하고 싶었으나 밖으로 표현하지는 못하였다.

　90년대 초까지에는 교무실의 교감 책상 위에 전화기 한 대 있는 것이 고작이었다. 선생님들이 각자 교실로 들어가고나면 교감이 전화를 받아야 했다.

그날 따라 그 여선생에게 전화가 많이 왔다. 처음 부탁한 일인데 아주 심한 반발로 거절을 당하고 나니 마음이 착잡하여 아무 일도 못하고 앉아있는데 전화기가 울렸다.

보통 때는 전화벨이 두세 번 정도 울리면 받는데 대여섯 번 울려서야 받았다. 반갑지 않은 여선생에게 온 전화였다. 그때 마침 쉬는 시간을 알리는 종이 울렸다. 전화를 건 사람은 본교의 시종시간을 알고 쉬는 시간에 맞춰 전화를 하는 것 같았다.

전화를 바꿔주어야 하나 말아야 하나 잠시 머리가 어지러웠다. 전화를 바꿔주지 않으면 나도 똑같은 사람이 된다. 젊은 선생의 짧은 생각을 따라 해서야 쓰겠나 하는 생각이 순간적으로 머리를 스쳐갔다. 조용히 가서 전화가 왔다는 말만 전하고 내 자리로 돌아왔다가 전화를 받는데 지장이 없도록 자리도 피해 주었다.

어쩐 일인지, 그 날은 여선생에게 전화가 여러 번 왔다. 세 번까지는 전화가 왔다는 말만 전하고, 네 번째는 나도 선생님의 전화 심부름을 하기 위해 교감으로 온 것이 아니라는 말을 하고 말았다.

그날 이후에도 여선생에게 전화가 많이 왔다. 전화가 주로 남자에게서 오는 것으로 보아 열애 중인 듯했다.

그 당시에는 전교조가 은밀히 활동하고 있었다. 들리는 소문에 교장, 교감의 행동을 감시하여 비리가 잡히면 곤욕을 치르게 한다고 하였다. 늘 은밀한 가운데 활동을 하니 누가 전교조에 가입해 있고 어떤 일을 하는지 알 수가 없어 무슨 일을 꾸미지 않을까 내심 좀 걱정이 되었다. 그래서 전화가 자주 오면, 가끔 교감이 교사들의 개인 심부름도 해주며 협조하고 있다는 것을 암시하였다.

연말이 가까워진 어느 날 여선생이 찾아와서 국립학교로 전직을 하고 싶으니 추천서를 써 달라고 하였다. 추천은 학교장이 하게 되어 있으니 교장에게 써 달라고 해야 한다. 교장에게 가니 교감이 추천서를 써주면 도장은 찍어주겠다고 하더라며 나보고 써 달라고 하였다. 그렇게 맙상스럽게 굴던 그 여선생에게 결국은 추천서를 써주고 내가 할 수 있는 도움을 다해 주었다.

남을 위한다는 것은 결국 나를 위하는 것이다. 따지고 보면 남이 있어야 내가 존재할 가치가 있는 게 아닌가. 혼자서는 실 수가 없다. 같이 살려고 하면 양보와 타협 상부상조가 필연적인 것이다. 선생님들이 교장, 교감을 존경해야 학생들이 선생님을 존경한다. 젊은 사람이 나이 많은 사람을 받들어 섬겨야, 더 젊은 사람들이 젊은 사람을 공경하는 것이다. 성경에도 남이 나에게 해주기를 바라는대로 남에게 해주라고 하지 않았는가.

비온 뒤에 땅이 더 굳어진다고 여선생하고는 그 일이 있은 후 서로의 입장을 이해하게 되어 정답게 지내다가 다음 해 봄 교원들의 정기 인사 이동 때 내가 다른 학교로 전근하였다. 그 후 얼마 지나지 않아서 여선생은 부모형제와 동료들의 만류를 뿌리치고 머리를 깎고 출가하였다는 소식이 들려왔다.

차 심부름 문제로 어느 교장의 자살 보도를 들으니 서로 조금씩 양보하고 상대방의 입장을 이해하려고 더 노력했다면 최악의 길은 피해 갈 수 있었을 텐데 하는 안타까움이 가슴을 아프게 한다. 그리고 어느 산문山門에서 지금은 비구니가 되어 수도를 하며 중생을 제도하고 있을 여선생의 모습이 그립다.

　나도 정년 퇴임을 하고, 자유인이 되었으니 여선생을 만나 이제는 서로의 발자취를 돌아보며 마음의 문을 열고 인생을 논해 보고 싶다.

*

*

*

불사조

    그녀의 별명을 '불사조'라고 지어주고 싶다. 아니 그녀는 불사조가 틀림없다. 내가 그 동안 그녀의 삶을 지켜보니 불사조라는 이름 외에 달리 알맞은 별명을 찾을 수가 없었다.

    별명은 제2의 이름이다. 본명은 아이가 태어나면 부모가 지어주지만 별명은 주변 사람이나 대중이 지어준다. 별명은 생김새, 유별난 성격, 특이한 행동을 보고 지으니 그 사람의 됨됨을 압축하여 표현해준다.

    혹독한 삼동三冬 추위를 이기고 피어나는 꽃들이 향기를 풍기면, 겨울잠에서 깨어난 나비들은 춤을 추며 봄소식을 전하러 다니기에 바쁘다. 나비가 전하는 꽃 향기에 각종 공립학교에는 활발한 신진대사가 일어난다. 학교 인사제도는 교장은 한 학교에서 4년, 교감, 교사들은 5년 근무하면 다른 학교로 옮기게 되어있다.

    어느 해 3월 2일 아침, 2층 6학년 교실에서 교문을 내려다보니,

한 여성이 다리를 절뚝거리며 걸어오는 모습이 보였다. 어찌보면 새로
부임해 오는 선생님 같기도 하고, 어떻게 보면 신입생 같기도 했다.

직원 모임시간이 되어 교무실에 있으니, 조금 전에 보았던 그
여성이 교장을 따라 들어왔다. 대학을 갓 졸업한 듯 애티가 났다.
하지만 교장은 그녀가 교대 졸업에 교직 경력은 강산이 한 번 변할
때쯤되었고, 일반학교와 특수교사 자격증을 두루 갖춘 명실상부한
특수교사라고 소개했다.

이 때부터 그녀와 한 학교에서 5년간 함께 근무했다. 같은
학교에 근무하니 자연스럽게 다리를 다치게 된 내력을 듣게 되었다.
교대 졸업반(당시는 교대가 2년제였다) 교생실습을 간 학교가 철로
건널목을 지나 다녀야 하는 곳이었다. 그 당시에는 시골이라 건널목
간수도 없었고, 건널목이 모퉁이에 있어서 기차가 오가는 것이 잘
보이지 않았다.

그 곳이 처음이라 모든 것이 낯설었다. 이제 곧 교대를 졸업하고
선생님이 된다는 부푼 꿈에 젖어 건널목을 건너며 기적을 울리지
않고 달려오는 기차소리를 의식하지 못했는데, 기차가 모퉁이를
돌아 돌진해 왔다. 순간적으로 뛰었지만 신발이 철로에 걸려
넘어지는 바람에 한쪽 다리가 기차바퀴에 깔려 허벅지 밑이 완전히
뭉개져버렸다. 깨어보니 한쪽 다리가 없어지고 고통이 몸서리치게
했다.

절단된 다리에 의족을 하고 교단에 섰다. 다리 절단 장애인이라서
학생교육에 지장을 준다는 말을 듣지 않기 위하여 교재 준비도 더 많이

하고 다른 선생들보다 몇 배 더 열심히 가르쳤다.

　의족보다 목다리가 걷기 편하고 고통도 덜 하지만, 장애인이라는 동정도 특별대우도 받고 싶지 않고, 무시 당하기 싫다는 것이 그녀의 신념이었다. 그녀의 열성이 몸에 무리가 되었는지, 목에 아이 주먹만한 혹이 생기기 시작했다. '갑상선 낭종'이라 했다. 암이 아니라서 그나마 다행한 일이지만 그 수술도 목에 칼을 대니 큰 수술이었다. 살을 가르고 혹을 잘라내는 그 고통을 그녀는 신음소리를 죽이며 감내해 냈다.

　그 후 모든 시련과 고통이 다 지나간 듯 그녀에게 평화가 찾아 왔다. 그녀에게 목을 매달며 따라다니는 남자를 만나 결혼도 하고 아들도 낳고, 그 동안의 고통을 잊고 행복하게 살았다.

　운명의 여신이 그들의 행복을 시샘했는가. 남자가 밖으로 돌더니 급기야 딴 여자와 살림을 차렸다. 불편한 몸을 남편과 자식을 위해 고된 일도 마다않고 최선을 다 했는데, 이런 배신을 당하니 다리가 망가지고 목이 갈라지는 그 아픔보다 더한 고통을 감수해야 했다.

　당장 간통죄로 고소하고 싶은 마음이 왜 없었겠는가. 하지만 아무리 미워도 아들의 아버지인 것을 어쩌겠는가. 아들이 장성하여 자기 아버지 호적에 빨간 줄이 그어져 있는 것을 보면 자식의 마음이 상할까봐 조용히 보내주었다 한다.

　하지만 그녀는 일주일 동안 물 한 모금 입에 댈 수가 없었다. 이대로 가다간 죽을 것만 같았다고 했다. 아직도 철없는 아들이 눈에 밟혔다. 정신을 가다듬고 털털 털고 일어섰지만, 늘 밝은 웃음으로 동료를 대하던 얼굴은 어두운 구름이 차지하고 있었다.

그런데 한 달이 지나고 두 달이 지나도 예전처럼 소화가 잘 되지 않았다. 배가 늘 거북스럽고 먹는 것이 영 소화가 안 되었다. 그 동안 속을 끓여서 그러려니 하고 그냥 참았다. 하지만 날이 갈수록 증상이 심해져서 결국 병원을 찾았다.

동네 의원에서 큰 병원에 가 보라는 권고에 서울의 한 대학병원에서 종합검사를 받아보니 위암 말기라도 했다. 곧 수술을 하지 않으면 생명을 보장할 수 없다는 것이다. 남편도 빼앗기고, 재산도 잃고, 무엇보다 어린 자식을 혼자 남겨 두고 억울해서 눈을 감을 수가 없을 것 같았다. 서슴지 않고 수술을 받았다. 위 3분의 2를 잘라내는 아주 큰 수술을 했다.

그녀는 몸 안팎으로 칼을 대어 몸의 일부를 잘라내고도 20여 년이 지나도록 건강하게 맡은 일을 충실히 하고 있다. 장애학생 교육에 남다른 정열을 쏟으며 자아 성취에도 열성을 다하여 지금 박사과정을 밟고 있다.

이 글을 활자화하면 혹시 그녀에게 누가 미칠까 봐 미리 양해를 구하기 위해 원고를 보였더니, 글 내용에 대해서는 가타부타 말이 없고 대뜸 내 장애자관이 무엇인지 궁금하다고 했다. 그녀는 신이 인간들에게 장애를 경험시킬 때는 다른 무슨 가치가 있을 것이라 했다. 장애는 극복하기보다 더 아름다운 가치가 있다고 설파했다. 자기는 강한 장애인보다 감동을 주는 장애인이 되고 싶다고 말했다.

'강한 장애인보다 감동을 주는 장애인'이라는 말을 들으니

삼중고를 극복한 성녀 헬렌 켈러와 설리번 선생의 대화가 생각났다. 헬렌이 설리번 선생의 전기를 쓰고 싶다고 말하니 설리번 선생이 펄쩍 뛰며 반대했다.

이때 설리번 선생은 헬렌에게 "네가 네 자신에 대해 쓰면 그게 곧 나에 대한 글이라."고 말하며, 헬렌에게 자기 자신에 대한 자서전을 쓰도록 권했다.

그녀는 자기의 장애를 극복한 데서 끝내지 않고, 타인이 자기로 말미암아 희망을 갖고, 용기를 얻도록 힘쓴다. 그런 그녀의 모습이 참으로 아름답다. 불사조 선생에게 영광 있으라.

＊
＊
＊

오리무중

　이웃에 살든 전직 고등학교 박 선생이 신병치료 차 서울에 가더니 나에게 편지를 보내왔다. 병상에 누워 세상 돌아가는 꼬락서니를 보니, 옛날에 어느 책에서 읽었던 '오리무중'이라는 제하의 글이 생각나더란다.

　어느 해 공무원 채용시험에 '오리무중'을 한자로 쓰라는 문제가 있었다. 물론 '五里霧中'이 정답이었다. 대부분의 수험생은 정답을 썼는데, 한 수험생이 '汚吏無中(重)'이라고 썼기에 오답 처리를 했지만, 채점자의 뇌리에 오랫동안 남아 지워지지 않더라는 경험담을 쓴 글을 소개해 주었다.

　채점자도 역시 공무원이었는데, 응시자가 알고 그랬는지 모르고 썼는지, 그 마음을 헤아릴 수 없으나 다른 문제를 잘 푼 것을 보면 공직자들에게 무엇인가 깨우쳐 주려고 고의적으로 쓴 것 같아서 영 마음이 편치 않더라고 했다.

강산이 두 번이나 변할 세월이 흘러서 끝자가 '中'인지 '重'인지 헷갈린다고 했지만, 나는 작금의 관리들 행태를 잘 표현한 것 같아 고소를 금할 길 없다.

汚吏無中의 '中'은 '청렴하지 못한 관리는 중심이 없다'는 뜻이 되는 게 아닐까. 중심은 곧 줏대를 말하고 줏대는 사명감이 아닐까? 자기를 뽑아준 국민들에 대한 책임이 사명감이다. 국민들이 나아갈 방향을 제시해주고 꿈을 심어주는 줏대가 공직자의 사명일 것이다.

사명감이 불타는 공직자는 결코 자기의 이익을 원치 않고, 오직 국민의 행복을 추구하며 자기를 희생하는 살신성인할 각오가 되어있을 것이다. 살신성인까지는 아니더라도 적어도 국민과 상생을 하겠다는 굳은 신념이 있어야 할 것이다. 이런 줏대와 사명감이 있는 공직자는 결코 오리^{汚吏}가 될 리 만무하다.

오리무중^{汚吏無中}은 오리는 무게가 없다. 가벼우니 바람이 조금만 불어도 날려간다. 날아가는 것이 아니다. 자기 의지와는 상관없이 바람 부는대로 날려가는 것이다. 오리이기 때문에 가벼운 것인가, 가볍기 때문에 오리인가. 닭이 먼저냐 알이 먼저냐 하는 말과 같이 소득이 없는 논쟁같지만, 오리는 가벼운 데가 많다.

우선은 말이 가볍다. "군대에 가서 썩지 말라."는 대통령의 말이나 "자기 집 앞 눈 치우지 않으면 벌금" 운운하는 주민센터 공무원의 말에 무게가 없다. 무게가 없으니 권위가 서지 못한다. 권위가 없으면 믿음이 없어지고 믿음이 없으면 따르지 않는다. 공직자의 말에 국민이 따르지 않으면 어떻게 나라가 바로 서겠는가.

그들은 말뿐 아니고 행동도 가볍다. 행동이 가벼우니까 처신을 가볍게 한다. 처신이 경솔하니 당적을 예사로 옮긴다. 국민이 표를 찍어준 것은 그 한 사람에게 표를 한 경우도 있지만, 대개는 그가 몸담은 당원들과 마음과 힘을 합해서 일하라는 뜻으로 선택한 것이다. 그런데 지역구 주민과는 아무런 상의도 없이 마음대로 탈당을 하고 당적을 바꾸어도 되는 것일까?

오리汚吏들은 예나 지금이나 말은 해놓고 자기에게 도움이 안 될 듯 싶으면 내일은 딴 말을 하거나 내가 언제 그런 말을 했느냐며 오리발을 내밀고 자기가 한 말에 전혀 책임을 안 진다. 국민의 한 표를 얻기 위하여 공약을 해놓고 일단 당선되면 까맣게 잊고 만다. 그런 약속을 믿고 한 표를 찍어준 국민들도 심기가 불편하지만 세월이 가면 잊는다.

이제 네 탓으로만 생각하지 말자. 오리들이 생기는 이유가 국민에게도 일부 책임이 있다. 국민들이 권리를 포기하니 오리들이 기생寄生한다.

지난 날 고무신 선거니, 막걸리 선거니 하며 비아냥거렸을 때에도 투표율은 높았다. 지금은 깨끗한 선거라고 해서 그런지 투표장이 아주 깨끗하다.

"나 한 사람 빠진들 어떠랴. 어느 누가 당선되든 이 사람이나 저 사람이나 무엇이 다르며, 나와 무슨 상관이더냐."

하면서 투표하는 일은 안중에도 없고 삼삼오오 떼를 지어 새벽부터 등산, 낚시, 관광지로 내뺀다. 그래서 투표율이 땅바닥에 기다가 썩으니 오리가 그 땅바닥에서 기생하는 게 아닐까?

　　국가 경쟁고시로 공무원이 되고, 추천 임명동의 등으로 관리가
되기도 하지만, 그 바탕이나 원천은 국민의 투표에 의하여 결정되는
것이 아닌가. 그러니 국민들이 투표를 안 하였거나 잘못하여 공직자가
부패했으니 국민에게도 책임이 있는 것이다.

　　우리 국민이 정신을 바로 차려야 나라가 바르게 전진할 수 있다.
올 연말에 대선이 있다. 대통령 후보자들이 내세우는 공약을 꼼꼼히
챙겨 과연 성취할 수 있는 것인지 따져보고 투표를 해야 한다. 집권
첫 해부터 약속을 실천해 가는지 살펴보고 첫 해에 아무것도 안 되어
있으면 모든 국민이 합심하여 독려해야 한다. 가만히 있다가 집권
말기에 공약을 이행한다는 명목으로 자기 임기 내에 완공도 못할 일을
벌려 놓는 일이 있어서는 안 된다.

　　예산을 어떻게 조달할 것인지 깊이 분석하고 따져보자. 예산을
마련할 대책이 없이 무엇을 해준다는 것은 감언이설로 사기치는 것과
무엇이 다르겠는가.

　　지금 우리 사회는 그야말로 오리무중五里霧中에 있다. 교육문제만
보아도 그렇다. 입시정책. 교육평준화 정책. 교육과정 문제. 교원평가
문제. 심지어는 아이들 교복 문제로 학생과 학부모, 교복을 제작하는
기업과 상인 온 국민 모두가 갈팡질팡하고 있다. 교육 문제 뿐인가
경제 문제, 민생 문제, 복지 문제, 어제는 의사들이 환자 진료는
접어두고 거리로 나와 실력 행사를 하였다. 더 위급한 국방 문제, 북핵
문제에 이르면 국민은 정말 먹구름 속에서 헤매이는 형국이다.

이럴 때 청리清吏가 나와서 국민이 갈 길을 안내하고, 비전을 보여주며 앞서가면 얼마나 좋을까. 그러나 영웅은 태어나는 것이 아니고 만들어진다는 말과 같이 청리도 만들어지는 것이다. 누가 만드는가. 국민이 만드는 게 아닐까?

이제 그 때가 왔다. 이 기회를 놓치면 적어도 5년은 또 오리무중에서 살아야 한다. 우리 국민 모두가 정신을 차려야 할 때다.

*

*

*

깡다구

친구들이 나에게 '깡다구'를 '깡따구'로 발음한다고 지적한다. 내가 듣기에는 그 친구도 깡따구라고 발음하고 있어서 나에게 시비를 건다고 실랑이를 하는 때가 많았다.

내가 청력이 나쁘다는 것을 아는 친구가 큰소리로 말하다보니 '다'보다 된소리인 '따'로 발음하는 것인지 청력에 문제가 있어서 그렇게 들리는지 증명해 낼 재간이 없다.

깡다구는 무·배추·고구마 따위의 속에 들어 있는 질기고 여문 부분을 두고 하는 말인데 표준어로는 '심'이라고 한다. 여기서 심은 한자로 마음 心심 자를 쓰니 곧 마음을 뜻한다.

고집이 세고 남에게 지지 않으려 하고 남의 물건을 빼앗을 망정 자기 물건은 절대로 빼앗기지 않으려고 악을 쓰는 아이, 예방 주사를 맞혀도 울지 않는 아이, 소태같이 쓴 것도 약이라고 하면 얼굴도 찡그리지 않고 먹는 아이를 보고 깡다구가 센 놈이라고 한다.

어린 시절에 나는 남에게 놀림을 많이 받았다. 말을 잘못 들으니 친구들이 '귀먹쪼가리'라고 하며 놀렸다. 욕하는 말은 잘 듣는다는 말과 같이, 나를 욕하는 말은 잘 들렸다. 욕하는 아이는 끝까지 따라가서 두들겨 패주었다.

힘이 센 아이에게는 두들겨 맞으면서도 굴하지 않고 달려들었다. 어쩌다가 코를 맞아 코에서 피가 나면 손에 피를 받아 때린 아이의 얼굴이고 옷에 마구 뿌렸다. 이런 싸움이 사흘이 멀다 하고 벌어졌다. 두들겨 맞아도 절대로 울지 않았다. 남의 옷에 피를 묻히는 데 내 옷에 피가 묻지 않을 수가 없다. 집에 가서 꾸중을 듣는 것은 다반사였다.

초등학교 저학년 때였다. 어느 날 나보다 세 살 많은 바로 위의 형님이 "너를 놀리는 아이들을 싸움으로 이기려 하지 말아라. 공부를 잘 하는 것이 참으로 이기는 것이다. 장애가 있는 사람을 놀리는 아이들이 오히려 불쌍하니 상대를 하지 말고 책을 읽으며 분을 삭여라."고 하였다. 형님의 타이름을 듣고 곰곰이 생각해 보니 옳은 말이었다. 그 이후로는 절대로 싸우지 않기로 결심하고 공부에 열중했다.

지금은 책이 넘쳐 나지만 8.15 광복과 6.25 동란을 겪은 혼란기의 우리나라에는 돈도 없었지만 책도 귀해서 구해 보기가 무척 힘 들어 좋은 책을 골라 읽을 처지가 못 되었으므로 아무 책이나 손에 잡히는 대로 읽었다.

기를 쓰고 공부한 결과로 학업 성적은 반에서 늘 상위에 속하였으나 우등상은 한 번도 받지 못했다. 중학교 진학 문제로 고심을 하게 되었다. "남의 말을 잘 알아듣지 못하는 아이를 공부시켜 무엇 할 것이냐"며, 중학교에 진학하는 것을 반대하는 집안 사람이 많았다.

나는 예의 그 깡다구를 발동하여 단식으로 맞섰다. 아버지께서는 시험에 합격하면 진학시켜준다는 것이었다. 아버지를 비롯하여 주위 사람들은 청력이 좋지 않아 시험에 낙방하리라고 생각하였다. 이를 악물고 공부하여 진학시험에 번번이 합격하여 대학까지 가게 되었다. 우리 아버지께서는 약속을 지키기 위하여 얼마나 고생을 하셨는지 모른다.

깡다구의 사전적인 의미는 '그럴만한 힘도 없으면서 악착스럽게 버티는 억지, 오기로 버티어 밀고 나가는 힘'이라고 설명하여 놓았다.

깡다구는 희망이다. 깡다구는 성취 욕구요, 의욕이요, 끈기요, 인내심이다. 깡다구가 있어야 어려움을 이길 수 있는 힘이 생기고 어려움을 뚫고 나가려는 용기가 용솟음치게 된다.

깡다구가 있는 사람은 보통 사람들이 불가능하다고 생각하는 일을 이루어 낸다. 앞을 전혀 보지 못하고, 한 팔만 있는 사람이 피아노를 치게 되고, 비록 양팔이 있기는 하지만 손가락이 한 손에 두 개씩 네 손가락으로 피아노를 칠 수 있게 된 것도 이 깡다구가 있었기 때문에 가능하게 된 것이다.

깡다구는 타고나는 것이 아니고 만들어지는 것이다. 옛날 아이들은 배고픔도 참고 추위도 참아야 했다. 연필 한 자루 공책 한 권을 얻기 위하여 적어도 닷새는 기다려야 했다.

닷새만에 열리는 장터에 가야 원하는 물건을 살 수 있었다. 그래서 연필 한 자루를 가지고 닷새는 사용해야 했다. 그것도 최소한의 기간이 닷새지 한 달을 써야 되는 경우가 허다했다. 연필, 공책, 지우개 등 학용품을 절약해야 했다. 학교에서 선생님이 칠판에 써주는 것만 공책에 베끼고 읽기를 많이 해야 했다. 쓰기 연습은 막대기로 땅바닥에 하였다. 장에 가서 사다주는 연필 한 자루와 공책 한 권이 그렇게 좋을 수가 없고 고맙게 생각되었다.

배가 고프다는 아이들에게 밥을 해 먹이기 위하여 어머니는 끼니 때마다 절구통에 보리를 넣고 절구로 찧었다. 무거운 절구를 들고 보리를 찧는 모습을 바라본 아이들은 배가 고프다고 더 칭얼거리지 못하고 고사리 같은 손으로 땔나무를 들고 와서 아궁이에 불을 지피며 옆에서 어머니가 하시는 일을 도왔다.

부모들이 수고하는 모습을 바라보며 부모에 대한 감사한 마음이 싹트고, 장날을 기다리는 것이 희망을 갖게 하는 동기가 되었고, 기다릴 줄 아는 지혜를 얻고 절약과 끈기, 인내심의 깡다구가 되었다.

요즘 아이들에게는 이 깡다구가 싹틀 기회를 갖기가 어렵다. 풍부한 물자는 아이들이 물건의 귀중함을 모르게 하고, 그 물건을 마련하기 위하여 애쓰는 부모의 모습을 바라볼 기회가 없으니 부모에 대한 감사한 마음이 싹틀 토양이 주어지지 않는다.

옛날 어린이들은 아무리 배가 고파도 적어도 한 시간 정도는 기다려야 음식이 만들어져 나왔다. 요즘은 가공 식품이 많아서 자기가 먹고 싶은 것을 언제든지 사서 먹을 수 있으니 돈만 있으면 모든 것이

해결된다고 생각한다. 부모가 수고하는 모습을 보지 못했으니 돈을
벌기 위하여 어려움을 참아야 한다는 깡다구가 생기지 못하고, 원하는
물건을 즉시 가질 수 있으니 기다리는 지혜와 인내심의 깡다구가
배양될 수 없다.

　　깡다구, 아니 깡따구는 나에게 많은 인생의 사연을 남겨주었고,
지금도 내 안에서 살아 꿈틀거리고 있다.

*

*

*

소리는 침묵, 빛은 어둠

「블랙」이란 영화를 보았다.

이 영화는 세상이 온통 어둠뿐인 보지도 듣지도 말하지도 못하는
8살 소녀 '미셸'의 이야기다. 그녀에게 소리는 곧 침묵이고, 빛은
어둠이었다.

자신에게 주어진 운명을 거부하려는 듯 도리질을 해대는
그녀, 아무것도 받아들이려고 하지 않는 난폭한 몸짓, 통제할 수
없는 그녀의 행동에 부모는 속수무책이다. 길 들지 않은 짐승처럼
천방지축인 미셸을 만난 사하이 선생님은 그의 눈과 귀가 되어 말하는
법을 가르치기로 결심했다.

뭐든 손으로 집어먹고 여기저기 뛰어다니다 기분 내키는 대로
접시를 던져 깨뜨리는 구제 불능의 미셸을 숟가락을 들고 다소곳이
앉아서 스프를 먹게 하기까지는 전쟁을 방불케 하는 기싸움의
연속이었다.

케이크란 단어를 가르치기 위해 가져온 케이크를 먹어버리고, 새라는 단어를 가르치기 위해 새장에서 꺼낸 새를 날려버리는 등등 반항적이던 미셸에게 사하이 선생은 혹독하기까지 했다.

"버릇없이 구는 건 가르쳐서 고쳐야지."

차가운 분수 속에 처박힌 미셸이 온몸으로 물의 의미를 깨닫고 생애 처음 '워터water'라는 단어를 어렵게 뱉는 장면은 그래서 더 감동적이다.

온통 어둠뿐이었던 미셸에게 꿈과 희망이 싹 트고 조금씩 세상과 소통할 길이 보였다. 사하이 선생의 노력이 아니었다면 불가능한 일이었다. 끝내 그녀를 세상과 소통하게 해준 마법사 사하이 선생은 줄곧 곁에서 미셸의 보호자가 되어준다.

세상과 철저히 담을 쌓고 있던 그녀가 대학에 간다는 것은 정말 불가능한 일이었다.

"이건 불가능해요."

대학 관계자의 말에 선생님은 확신에 찬 음성으로 대답했다.

"불가능은 미셸에게 유일하게 가르치지 않은 단어죠."

그랬다. 아무도 믿지 않았던 그녀의 찬란한 기적은 이미 사하이 선생을 만나는 순간 시작되었던 것이다.

나는 영화를 보는 내내 헬렌 켈러와 설리번 선생님을 떠올렸다. 바로 그들의 이야기였기 때문이다.

60년대에 헬렌 켈러의 삶을 다룬 다큐멘터리 영화 「기적은 사랑과 함께」가 우리나라에서도 상영된 적이 있다. 헬렌이 어떻게 교육을 받기 시작했으며, 어떻게 세상에 적응해 왔는지를 보여주었다.

　설리번 선생이 헬렌에게 포크로 빵을 먹게 하려고 실랑이를 하던 장면이 지금도 뇌리에 생생하다. 헬렌이 포크를 쥐지 않으려고 도망을 가면 따라 가서 포크를 쥐여주고, 포크를 던지면 다시 손에 잡혀주었다. 헬렌 켈러가 훌륭한 인물이 된 것은 설리번 선생의 이런 헌신적인 노력의 결과임을 모르는 사람이 없을 게다.

　헬렌과 설리번은 바늘과 실처럼 불가분의 관계다. 헬렌이 나오면 곧 설리번 이야기도 뒤따른다. 설리번도 시각장애인이었다는 것은 널리 알려진 사실이다. 수술을 받아 한동안 책을 읽을 수 있을 정도의 시력을 되찾았지만 말년에 생활고와 과로로 다시 완전히 시력을 잃었다.

　나는 청각장애인이다. 다섯 살 때 홍역 후유증으로 만성 중이염을 앓아 청력을 반쯤 잃었다. 귀에서 쉴새없이 고름이 흐르고 고약한 냄새가 나서 근치수술을 받았다. 수술 후 고름은 멎었으나 고도 난청, 청각장애 2급이 되었다.

　비록 청력은 잃었지만, 나는 설리번에 비해서 학력은 결코 뒤지지 않는다. 정규교육은 초등학교 6년 밖에 받지 못했다는 설리번이다. 나는 어떤가. 대학까지 졸업했고 교원자격증도 두루 갖추었다. 그러니 아이들을 가르치는 데는 불편함이 없어야 하고 설리번보다 앞서야 한다.

　하지만, 나는 단지 듣지 못하고 말을 잘 못하는 청각장애 학생들을 가르치기가 어려워 수없이 좌절했다. 설리번은 보지도,

듣지도, 말도 잘못한 헬렌을 어떻게 가르쳤기에 두고두고 회자되는
많은 글을 쓸 수 있게 했을까? 그 방법을 알려고 설리번의 자서전을
찾아 여러 해 동안 서점을 수없이 기웃거렸다. 하지만 설리번의
자서전은 없었다. 그러니 청각장애 학생들을 가르치는 방법을 스스로
공부하고 체득해서 가르쳐야 했다.

영화의 한 장면처럼 학생들이 교사의 정당한 지시에 따르지
않으면 숨이 막힐 정도로 꼭 껴안아 순종하게는 했다. 장애인이
사회에 적응하려면 어떻게 해야 하는지 잘 알기에 철두철미 규칙을
지키고 예절을 지키도록 엄하게 가르쳤다. 하지만, 이제 내 나이는
고희를 넘었고, 학생들의 키와 몸집이 나보다 훨씬 커서 껴안기가
힘들고 쑥스러워 다른 교육방법을 사용해 오고 있다.

학생은 행하며 배우고 교사는 행하며 가르쳤다. 즉 역할극을
했다. 잘못한 학생이 선생 자리에 앉고 내가 그 학생의 행동을 해
보였다. 어른이 방에 들어와도 방 가운데 배를 내어놓고 누워서 꼼짝도
않고 쳐다만 보았다. 이럴 때 나는 아무 말 않고 학생과 똑같은
모습을 해 보이면 학생이 멋쩍게 웃으며 머리를 긁적였다. 이렇게
해서 학생들이 스스로 행동 수정을 하도록 지도했다. 시간은 좀 오래
걸리지만 별 거부 반응없이 잘 따라주었다.

칭찬을 무기로 썼다. 글씨를 조금만 잘 써도, 그 잘 쓴 글자를
다른 글자와 비교하며 잘 썼다고 칭찬했다. 꾸중보다도 조금만 잘
해도 어깨를 두드려주었다. 말과 수어手語, 제스처 등 할 수 있는 방법을
다하여 설득하고 이해시키려니 여간 힘들지 않다.

그렇지만, 여전히 바래지지 않는 내 꿈은 어떻게 하면 설리번처럼 괜찮은 선생이 되느냐이다. 오늘도 나는 헬렌 켈러 같은 세계적인 인물이 나오기를 간절히 바라며 학생들 앞에 선다.

*

*

*

드라마 속 배경 하나

　　70년대를 배경으로 한 방금 본 드라마 한 장면이 저잣거리
엿장수의 "찰칵찰칵" 가위질 소리와 함께 아득히 먼 세월 돌아서
처서를 앞둔 해바라기 꽃처럼 내 가슴 속에서 추억이 피어나게 한다.

　　지금은 보기 힘든 풍물이 되었다. 가끔 연속극이나 드라마에서
지난 세월의 배경으로 볼 때마다 혀끝에 울릉도 호박엿의 단맛이
침으로 고여와 향수를 자아내곤 한다. 70년대까지만 해도 왁자지껄한
시장 모퉁이에는 가위질소리 하나로 아이들이며 촌로의 발길을
불러모으던 그 소리가 왜 이리 그리워지는지 모르겠다.

　　"뽑기를 잘 하면 인심 좋게 떼어주는 맛뵈기 엿 얻어먹고 두 배
더주는 뽑기, 울릉도 호박엿 뽑기가 왔어요."

　　가위소리에 묻어오던 이 소리에 아이들이 엄마 손을 끌어 엿장수
앞에 세워놓아 엿장수 주위는 늘 문전성시를 이루곤 했다. 어른들은
엿장수의 재담에 귀를 빼앗기고 아이들은 잘 뽑으면 두 배의 엿을 먹을

수 있는 기회를 얻고자 뽑기를 감았다 폈다 하는 엿장수의 손끝에
초롱초롱한 눈망울이 꽂히기 마련이었다.

대개는 어른들은 아이들에게 엿을 사줄 요량으로 동전 몇 닢
쥐어주면 아이들은 뽑기를 하였다. 잘 뽑은 아이들은 함성을 지르고
허탕친 아이들은 머리를 극적이며, 다시 기회를 얻고자 엄마를
바라보던 눈빛이 지금도 선하다.

나도 어느 장날 기숙사에서 같이 지내던 청각장애 학생들과 같이
일용품과 학용품을 사러가다가 그 앞을 지나치게 되었다. 지금과는
달리 간식거리가 많이 없던 시절이라 가위질 소리에 끌리어 학생들에게
엿을 사주려고 엿장수 앞으로 갔다. 엿장수가 밑져야 본전이라고
뽑기를 권하여 동전 십 원을 내고 뽑기를 하였으나 헛방을 쳤다.
이것을 바라보고 있던 반 학생인 성기가 한 번 뽑아보겠다고 나섰다.
그래서 뽑아보라고 그에게 돈을 건넸다.

돈을 받아쥔 성기는 한참 동안 고양이가 쥐를 사냥할 때처럼
엿장수의 손놀림을 눈도 깜박이지 않고 바라보고 있었다. 얼마동안
지켜보고 있더니 돈을 내고 뽑았다. 그는 뽑기에 성공하여 엿을 두
가락 받았다. 옆에서 바라보던 석이도 뽑기를 하겠다고 간청하였다.
그도 얼마동안 관찰하고 있더니 역시 뽑기에 성공하였다. 그러자 같이
간 철이 역시 이에 질소냐고 뽑기를 하여 엿 두 가락을 받았다. 같이
간 세 학생이 모두 한 번의 실패도 없이 단번에 바른 뽑기를 하기에
신통하여 다시 한 번씩 더해 보라고 권하였다. 그러자 엿장수가 손을
저으며 맛뵈기를 더줄 테니 그만 학생들을 데리고 가라고 사정을
하였다. 그도 그럴 것이 우리가 계속 그 자리에 있으면 헛장사를 하게

될 테니 말이다.

　기숙사로 돌아와서 어떻게 단번에 뽑았는지 신통해 하니, 무엇이 신통하냐는 눈빛으로 바라보며 설명해 주었다. 성기는 뽑기를 한지韓紙로 만들었는데 두 가닥을 묶은 한지에는 때가 묻어 있어서 골라내었다고 하였고, 석이는 한지가 풀어지니 자주 말아서 다른 것보다 끝이 가늘어서 뽑았다고 뽐내었다. 철이는 뽑기 줄을 감았다 폈다 하면서 감추기도 하고 들어내기도 하는 것을 보고 찾아내었다고 했다. 이런 내용을 수화로 하고, 수화로 표현하기 어려운 것은 그림을 그려가며 자세히 설명하던 기억이 지금도 생생하다.

　일반 사람들은 신체의 어느 부위가 손상을 입으면 다른 곳이 보상을 해주기 위해 더 발달하고 힘이 강해지는 것은 신神이 우리에게 준 은혜라고 생각한다. 그러나 특수학교 교사들의 여러 실험 연구로 그것은 선천적이 아니고 후천적 노력으로 얻어진 결과로 밝혀졌다. 청각장애 학생들이 엿장수가 아주 빠른 손놀림으로 감춘 진짜를 찾아내는 초인적인 능력도 교육과 훈련으로 획득한 지혜일 것이다.

　들을 수 있는 아이들은 늘 듣는 가운데 필요할 때 따라 하면 된다. 들리지 않는 아이들은 시각으로 말하는 입의 움직임을 보고 그 말뜻을 알아야 되니 뼈를 깎는 노력으로 눈총기聰氣를 발달시켜야 한다. 움직이는 모습을 한 번 놓치면 기회를 다시 얻을 수 없음을 그들은 안다.

　나는 보청기가 없으면 말은 물론 아무 소리도 들을 수가 없다. 보청기 없이 텔레비전 뉴스를 아나운서의 입만 바라보고 말뜻을 알려고 온갖 노력을 해보았다. 하지만 그런 노력에도 불구하고 제대로 이해하기가 거의 불가능했다.

나는 거울을 보고 말하는 내 입 모양, 혀의 위치가 변하는 순서, 마찰음이 나올 때 입김의 세기, 얼굴 표정 등을 관찰하며 말하기와 말읽기 연습을 했다. 이런 경험을 청각장애 학생들에게 말을 가르칠 때 활용해 왔다.

귀가 온전한 사람은 듣기만으로 발음을 교정하여 줄 수 있지만, 나는 청력이 나쁘니 아이들의 입 모양과 발음할 때 혀의 위치와 변화를 보고 발음을 교정하여 줄 수밖에 없다.

사실은 학교에서도 시각을 예민하게 하는 교육을 시킨다. 같은 그림 찾기 놀이, 그것은 그림을 보여주고 같은 그림을 찾는 놀이다. 보여주는 속도를 점점 빠르게 한다. 그림을 보고 이름 찾기, 문자를 보고 같은 문자 찾기, 같은 문장 찾기 등 여러 가지 놀이를 통하여 시각의 발달을 촉진시킨다.

장애를 극복하고 우뚝 선 사람들의 면면을 살펴보면 신의 은총으로 받은 선물이 아니라 남달리 많은 땀을 흘렸다는 것을 알 수 있다. 발명왕이라고 칭송을 들은 에디슨도 '천재란 99퍼센트의 땀과 1퍼센트의 영감'으로 된다고 하였다. 땀을 흘리며 씨를 뿌리는 사람은 웃음으로 그 단을 거두리라.

그때 엿뽑기를 하던 아이들도 이제는 귀밑머리 허연 이순을 바라보고 있을 것이다. 그 눈빛 하나로 이 험한 세상을 살았을 그 아이들. 그들의 손을 잡고 또 한 번 엿뽑기를 하고 싶다. 시계바늘을 돌려 그 세월로 달려가고 싶다. 속절 없는 세월 따라 늙어가지만 추억은 손금처럼 남아 아직도 내 피를 맑게 해주고 있다.

지금 내 어두운 귓속에 늦여름 매미 울음처럼 그날의 엿장수 가위소리가 들려오고 있다.

*

*

*

욕설

시내버스를 기다리고 있는데, 두 아가씨가 내 옆에서 "씨발, 왜 그런다냐? 누가 아니래, 씨발" 하는 말을 주고받는다. 그 때 마침 버스가 와서 그들의 다음 이야기를 듣지 못해 무척 아쉬웠다. 차창 밖으로 바라보니 히히거리며 속닥이고 있었다.

외관상으로는 수능시험을 갓 마친 건강미가 넘치고 생기가 발랄하여 여고생 같은 데, 무슨 불만으로 사람이 많은 데서 욕설을 예사롭게 내뱉는지…….

어느 신문에서 '욕없이 대화 못하는 요즘 청소년'이라는 글을 읽었다. 요즘 청소년들은 인터넷에서 욕설로 게임을 한단다. 이들은 욕이 놀이고 생활이라고 한다. 'x나'를 욕으로 생각하면 구세대, 그렇지 않으면 10대라는 우스개가 있단다.

최근 정부 조사에 의하면 우리 청소년들 10명중 7명 정도는

매일 욕을 한다고 한다. 남녀학생 구별이 없고, 초, 중, 고 학생들도
마찬가지란다.

이 지경에 이르도록 어른들은 잘못이 없고 아이들에게만 책임이
있는가? 최근 텔레비전 오락 프로에서 자막까지 내보내며 "에~ 이~
씨"라는 말을 한다. 어떤 드라마에서는 바로 '씨발'이라는 대사를
했다.

2011년 신동아 신년호를 펼쳐보니 '매맞는 선생님' 실태보고,
"말끝마다 '씨 발, 존나' 애들이 무섭다."는 송화선 기자의 밀착 취재
기사가 실려있어서 단숨에 읽었다. 중·고등학생들이 교실에서 욕을
하기에 이를 훈계하려다가 곤욕을 당한 선생님들의 이야기였다.

신문 보도에 의하면 요즘 십대들은 이런 저속한 말을 욕으로
생각하지 않는다면 무슨 뜻으로 사용하고 있는 것일까? 그렇다고
아이들에게 직접 물어볼 수도 없고. 결국, '씨 발' '존나'라는 단어를
국어사전에는 어떻게 설명해 놓았는지, 이희승 문학박사가 편저한
국어대사전을 찾아보았다.

눈을 씻고 안경을 끼고 찾아도 두 단어는 없었다. 물론 다른
어떤 국어사전에서도 찾을 수가 없었다. 그렇다면 '씨 발'의 본래 뜻은
무엇일까? 자못 궁금하기 이를 데 없다. 혹시 이 말들이 이 시대의
사회상을 반영하는 신조어인지.

우리나라가 광복을 하자 해외 동포가 고국으로 돌아왔다. 특히
일본에서 살던 많은 동포들, 귀환 동포들이 안정을 찾기도 전에 한국
전쟁이 일어났다. 먹을 것도 입을 것도 부족하여 깡통을 들고 이 집 저

집 다니며 구걸하는 사람이 많았다. 이때 아이들의 욕설은 '빌어먹을 놈, 자식, 새끼' 등 빌어먹으라는 말이 최고의 욕설이었다. 그런데 내가 과문寡聞한 탓인지는 몰라도 요즘 십대들이 이런 말을 사용하는 것을 듣지 못했다.

사실 '빌어먹어라'는 말은 남을 저주하는 말이다. 물론 욕은 남을 저주하는 말이 대부분이다. 하지만 그렇지 않은 것이 있을 수 있을 것이다. '씨 발'이라는 말이 요즘 아이 낳기를 장려하는 국가 시책과 사화 현상의 발로에서 유행되는 말인지 모른다. 이는 인류를 존속시키는 임무를 강조하는 말이 아닐까?

'씨발'은 문자로 표현하면 '씹 할'이고, 발음은 '씨팔'이다. 이 말은 결코 저주하는 말은 아니다. 아이를 많이 낳아 종족 보존을 하기 위한 기초 작업이다. 사실 짝짓기 행위는 식욕과 더불어 모든 생물의 본능이다. 생물이 지구상에 살아남으려면 먹어야 하고 종족보존을 위해서는 자웅이 성관계를 해야 한다.

식욕과 성욕에도 사회규범과 격식이 있고 지켜야 할 법도가 있다. 아무리 배가 고파도 먹어서는 안 되는 것이 있다. 먹는 궁극적인 목적은 생명 유지와 성장과 활동에 필요한 에너지를 얻는데 있다. 그런데 이 목적을 망각하고 먹을 것이 많고 맛있다고 마구 먹고 마셔서 과잉 체중으로 건강을 잃고 생명이 단축되는 사례가 얼마나 많은가.

성욕도 마찬가지다. 사실 동물들은 오직 종족 보존을 위해서만 교미를 한다. 만물의 영장이라고 자부하는 인간은 아이를 낳아 양육해야 한다는 그 근본 목적은 망각하고 섹스 자체를 즐기는 경우가 많다. 이것도 인간으로서 지켜야 할 도덕규범, 사회규범 안에서 즐긴다면 누가 탓하랴!

요즘 텔레비전에서 방영하는 연속극을 보면 같은 직장 같은 공간에서 생활하면서도 부자, 모자 관계를 모르고 티격태격하는 이야기를 이어가는 내용이 많다.

세상만사에는 예외가 있다. 동물도 교미 자체를 즐기는 놈이 있다. 내가 젖양 암놈 10마리 수놈 3마리를 방목하며 경험한 일이다. 보통 2월 말에서 3월 초순 사이에 암놈이 발정을 하고 교미를 하여 새끼를 밴다. 일단 새끼를 배면 교미를 하지 않는다. 그런데 암놈 한 마리가 3월 초에 발정하여 교미를 했는데, 4월에 또 발정을 했다. 발정을 하니 수놈들이 서로 차지하려고 대판거리로 싸움이 벌어진다. 이 짓이 일주일이나 계속되어 수놈들이 기진맥진이다. 좀 잠잠해지기에 이제는 새끼를 밴 줄 알았더니 5월에 또 발정을 했다.

마침 이웃에 강원도 산골에서 흑염소를 방목했다는 노인을 만나 불임염소 이야기를 했다. 자기도 10여 년 동안 흑염소를 방목하며 그런 경험이 있었다고 말하면서, 그놈은 없애버려야 한다고 일러주었다. 그냥 두면 수놈 끼리 싸우며 에너지를 낭비하고 염소들의 위계질서가 없어져서 다루기가 어려워지더라고 했다.

인류의 역사를 보면 인간사회도 마찬가지다. 구약성경에 하나님이 소돔과 고모라를 멸망시킨 것 역시 성도덕이 무너진 탓이 아닌가? 로마가 망한 것도 여성을 성을 즐기는 도구로 삼았기 때문이라고 역사가들이 말하고 있다. 이탈리아 나폴리 동남쪽에 화산으로 오랫동안 땅 속에 묻혀 있던 큰 도시 폼페이의 창녀촌 벽화가 당시의 성도덕이 얼마나 문란했는지 적나라하게 보여주고 있다.

먼 옛날 사례를 들 것도 없다. 한때는 매독이 우리 사회를 무섭게 휩쓸고, 이것을 막을 약이 개발되어 어느 정도 진정되니 '에이즈'라는 바이러스가 온 세계를 강타하여 많은 생명을 앗아간다고 야단이다. 에이즈 바이러스를 제압하는 약이 개발되어도 인류가 섹스 향락에 빠지면 또 다른 재앙이 인류에게 내릴지 모른다.

'씨 발', '씹 할'을 향락의 목적으로 사용하지 않고, 조물주가 준 생산 목적으로 사용하여 적어도 둘은 낳아 건강하고 영리하고 착하게 사랑으로 양육하면, 이 나라는 지상 낙원이 되리라.

*

*

*

오해와 진실

얼마 전에 공 지영 작가의 장편소설 『도가니』를 읽었다. 소설가는 특수학교 고참인 박 선생의 입을 빌어 신참교사에게 청각장애 학생을 소개하였다.

"청각장애 학생들은 다른 장애인에 비해 피해의식이 심하고, 자기네들 외에는 아무도 믿지 못하는 특성이 있고, 수화를 쓰는 이방인이고, 거짓말도 그들의 풍습중 하나."

라고 했다.

나는 이 소설을 읽고 '선무당 사람 잡는다'는 속담이 떠올랐다. 청각장애인을 단편적으로 알고 부정적으로 소개하여, 작중 인물도 부정적인 선입견에서 벗어나려는 몸부림이 여러 곳에 나타나는데, 독자들이 청각장애인은 거짓말쟁이라는 선입견을 갖게 되기 십상이다.

나는 근 반세기 동안 청각장애인과 생사고락을 같이 하며 살아왔기에, 어떻게 하면 독자들이 청각장애인을 바르게 이해할 수

있을까? 여러 날을 끙끙 앓다가, 그들과 같이 지내며 느낀 순박하고
순진하며 약자를 돕고싶어 하는 천사 같은 마음을 빌려, 내 짧은
문장력이지만 여기 청각장애인에 대한 오해를 풀어보기로 한다.

'청각장애인은 피해의식이 많다'고?

결혼을 하고 첫 추석을 맞는 청각장애인 신혼부부가 고향 시댁에
입고 갈 옷을 맞추기로 했다. 비용을 절약하려고 옷감을 포목점에서
사다가 양장점에 맡겼다. 주인이 가봉 약속 날짜를 세 번이나
연기했다. 명절은 다가오고 고향 갈 길이 멀지만 어쩔 수 없었다.
여기까지는 참을 수 있었다.

옷을 찾으러 가서 만든 옷을 보고 자기네가 맡긴 옷감이 아니라고
손짓, 발짓, 서툰 문자를 써가며 아무리 설명을 해도, 주인은 오히려
청각장애인이 거짓말을 한다며 윽박질렀다. 이에 화가 난 신랑이
진열장을 박차 깨뜨려버렸다. 겁이 난 주인이 경찰에 신고하여 경찰이
현장에 출동했으나 해결할 방법이 없어 통역을 불렀다.

막 잠자리에 들려는데 전화가 걸려 왔다. 경찰서라고 했다. 밤이
깊었지만 사건 해결을 위해 꼭 좀 와 달라는 간곡한 부탁을 했다.
시외버스도 끝난 시간이라고 하자, 요금은 걱정 말고 택시를 타고
오라고 했다. 옷을 주섬주섬 챙겨 입고 아내의 볼멘소리를 뒤로 하고
부리나케 뛰어갔다.

경찰이 "옷감이 바뀌었다."는 것을 어떻게 아느냐고 물어서 통역을
했다. 소매의 윗부분과 아랫부분의 옷감이 다르다고 주장했다. 양장점
주인도 경찰도 내가 보아도 구별이 안 되었다. 똑같아 보이는데,

무엇을 보고 다르다고 하느냐고 수화로 질문을 했더니, 그들이 위는 날줄과 씨줄이 직각으로 짜였는데 밑은 사선으로 짜였다고 하기에 자세히 보니 과연 그랬다. 거기 모인 모든 사람들 입에서 감탄사가 나왔다. 청각장애인의 눈썰미를 그들은 몰랐던 것이다. 주인이 결국 양손을 들고 배상해 주기로 하여 사건은 마무리되었다. 만약에 통역인이 없었다면 강압적으로 일을 처리하여 청각장애인이 고스란히 피해를 입을 뻔했다.

'청각장애인은 남을 믿지 못하고 의심이 많다'고?

비장애인들은 청각장애인이 잘못 들으니 믿지 못하겠다며 의심의 눈초리로 바라보았다. 내 한쪽 귀는 빈 조개 껍데기에 불과하고 또 다른 한쪽 귀는 보청기로 겨우 듣는다. 내가 살아오면서 의심받은 사례를 쓴다면 장편소설 열 권을 쓰고도 남을 것이다.

좁은 마을 길에서 승용차를 비켜주고 태연히 걷다가 또 뒤따라오는 차의 경적소리를 잘못 들어 사고를 몇 번이나 당할 뻔했는지 모른다. 운전사로부터 빨리 길을 비켜주지 않는다고 입에 담지 못할 욕도 많이 얻어먹었다.

길을 가는데 내 이름을 부르면, 부르는 사람을 찾기 위해 눈이 바빠진다. 사방팔방 두리번거리며 찾는다. 눈길이 닿는 곳은 다 훑어보아야 한다. 한쪽 귀만 들리면 소리가 나는 방향과 원근遠近을 가름하지 못하고, 소음이 많은 곳에서는 말을 알아듣기 어렵다. 이런 나를 보고 신혼 초에는 아내까지도 듣고도 모른 체한다고 의심하며 타박하기 일쑤였다. 의심은 자기들이 하면서 청각장애인에게 의심이 많다고 하니 통탄할 일이다.

일반사람들은 청각장애인이 남을 믿지 못한다고 비난한다.
그들은 나를 의심하면서 나를 보고 모든 것을 믿으라니 말이 되는가.
청각장애인은 말을 못하니 자기의 의사를 논리적 합리적으로 남에게
전달하고 이해시키지 못해 의심을 받고 많은 피해를 본다.

'거짓말이 청각장애인의 풍습의 하나'라고?

일반학교 교사들이 장애학생에 대한 교육도, 연수도 받지 않고
특수학교로 와서, 청각장애 학생을 가르치며 의사소통이 잘 안 되어
오해가 많았다.

농聾학교 2학년 교실에서 두 학생이 싸우는 것을 6학년 학생이
보고 말렸다. 그때 마침 담임이 와서 상급생이 어린 학생과 싸운다고
꾸중을 했다. 그 학생이 싸운 것이 아니고 싸움을 말린 것이라고
수화로 설명을 했다. 수화를 모르는 교사는 되레 학생이 선생에게
삿대질을 하며 거짓말을 한다고 사정없이 체벌을 가했다.

여러 학생이 손짓 발짓으로 증언하는 것을 보니 6학년생이
싸움을 말린 것이 분명한데 거짓말쟁이로 몰려 매를 맞은 것이었다.
학생들이 거짓말을 한 것이 아닌데 가르치는 교사가 거짓말을 한다고
여기니 일반 사람들이야 오죽하겠는가. 그들이 했다는 거짓말은
대부분 의사소통이 안 되어 생긴 오해였다. 교육을 제대로 받지 못한
청각장애인들은 무엇이 거짓말이고, 참말인지 분별을 못하고 있는데,
사람들은 청각장애인이 거짓말을 한다고 단정한다.

한 소설로 인해 청각장애인 모두가 의심이 많고, 거짓말쟁이라는

선입관과 편견이 일반사람들의 마음에 음각되어질지 모른다는 염려가
나만이 갖는 기우일까? 나와 같이 생활한 청각장애인은 대부분 의지도
있고 의리도 강하며 정직하다.

    소설가가 장애인들에 대한 오해와 편견을 깨고 그들에게 다가가
가슴을 열고 그들의 마음에 담긴 이야기를 듣고, 소설로 쓴다면
독자들이 장애인을 바르게 이해하고 용기와 희망을 갖게 될 텐데.

                            *
                            *
                            *

종말이 오는가

지난 금요일 나들이를 갔다가 아파트 마당에 들어서며 같은 동에 사는 송 노인과 마주쳤다. 송 노인이 대뜸 빨리 집에 가서 텔레비전을 보라고 하였다. 무슨 일이냐고 물어도 무조건 가서 보라고만 한다.

집 거실로 들어서자마자 TV를 켜니 일본에 대지진이 났다며, 뉴스 속보를 방영하고 있었다. 일본은 원래 지진이 많은 나라이므로 이번에도 또 지진이 났나보다며 대수롭지 않게 보았다. 아나운서의 말을 들으며 화면을 보니 엄청난 재해였다. 자동차며 집이 마구 떠내려가는 광경이 바로 지옥이라는 생각이 들었다.

일본 동북부 연안에서 발생한 8.8 강진으로 천여 명이 사망하고 만여 명이 실종이라고 보도하고 있었다. 재산 피해는 어느 정도인지 가늠하기 힘든 실로 천문학적인 피해라고 한다. 더 놀라운 것은 이번 지진이 150년을 주기로 찾아오는 대 지진의 전조가 될지 모른다는 예측이다. 일본 열도가 공포에 휩싸였다고 한다.

내가 이 장면을 보니 초등학교, 1학년 때의 기억이 어제인 듯 떠오른다. 우리 담임선생님은 일본에서 건너 온 '오까베'라는 젊은 사람이었다. 요즘 입대하는 젊은이들이 깎은 머리처럼 빡빡 깎은 머리를 하고 있었다.

내 기억으로는 그 당시 선생님들은 대개 교실에 들어올 때 책 한 권과 회초리를 가지고 왔는데, 우리 담임선생님은 펜치를 들고 왔다. 공부시간에 옆을 보거나 말을 한 학생은 앞으로 나오게 하여 펜치로 볼을 물렸다. 내 글 재주로는 그 아픔을 표현할 수 없다. 만약 아파서 "아야!"하고 소리치면 일본말을 않고 한국말을 했다고 "고노야로!"하며 펜치에 힘을 더 주면 볼의 생살이 떼어나가는 것처럼 아파 입을 뗄 수조차 없다.

학교에서 뿐만 아니고, 우리 집에서 방앗간을 경영했는데 방아를 찧어주고 삯으로 받아놓은 쌀을 일본 순사가 와서 빼앗아가는 것을 여러 번 보았다. 내가 직접 경험한 일일뿐 아니라, 그런 예가 귀에 못이 박이도록 들었으며, 우리나라 젊은 여성들을 강제로 데리고 가서 위안부로 삼은 일이며, 특히 1929년 관동 대지진 때 일본인들의 민심을 수습하기 위해 누명을 씌어 수십만 명의 우리 동포를 학살했다는 사실을 여러 보도 매체를 통해서 보고 전해 들은 우리로서는 일본을 좋게 볼 수 없다.

얼마 전에도 위안부로 끌려갔던 할머니가 숨을 거두며 한을 못 풀고 간다는 내용을 어느 신문에 보도한 것을 읽은 적이 있다.

이런 사실을 아는 나는 일본에 대한 감정이 좋지 않은 터이므로 일본에 또 지진이 났다니 역시 하늘이 노해서 받은 천벌이라고 생각하고 있었다. 그런데 오늘 교회에 가니 목사님이 '일본 지진 참사를 바라보며'라는 제목으로 설교를 하셨다.

최근 지진이 유난히 많이 발생했다. 8년 이내에 20회, 5년 이내에 일어난 강진이 18회, 그 대표적인 것을 보면 2004년 인도네시아 9.1의 지진과 쓰나미로 22만 명이 사망했다. 2008년 중국 스촨성에서는 강진으로 8만 7천 명이, 2010년 아이티는 30만 명이 목숨을 잃었다. 이것을 보면 일본만이 잘못으로 천벌을 받는다고 생각하는 것은 잘못임을 알 수 있다. 그렇다면 성경에 기록되어 있는 지구 종말이 가까웠다는 징조가 아닐까.

어떤 사람이 예수께서 빌라도가 갈릴래아 사람들을 학살했다고 했다. 예수께서 그 갈릴래아 사람들이 다른 사람들보다 죄가 많아서 그런 변을 당한 줄 아느냐? 며 되묻고 회개하지 않는 사람은 다 그렇게 당한다고 하셨다.

예수가 경고하는 말은 우리 주변을 되돌아보고 잘못된 것은 고치고 견고히 하라는 뜻이리라. 전문가들은 우리나라도 지진 위험 지역이라고 말하고 있다. 그러니 건물 하나를 짓더라도 지진에 견딜 수 있게 견고하게 지어야 할 것이다. 어찌 건물뿐이겠는가. 외국에 내다 파는 자동차, 손전화 등 모든 물건을 튼튼하게 만들어 하나님과 사람 앞에 튼튼히 서는 강한 신뢰를 받아야 한다.

*
*
*

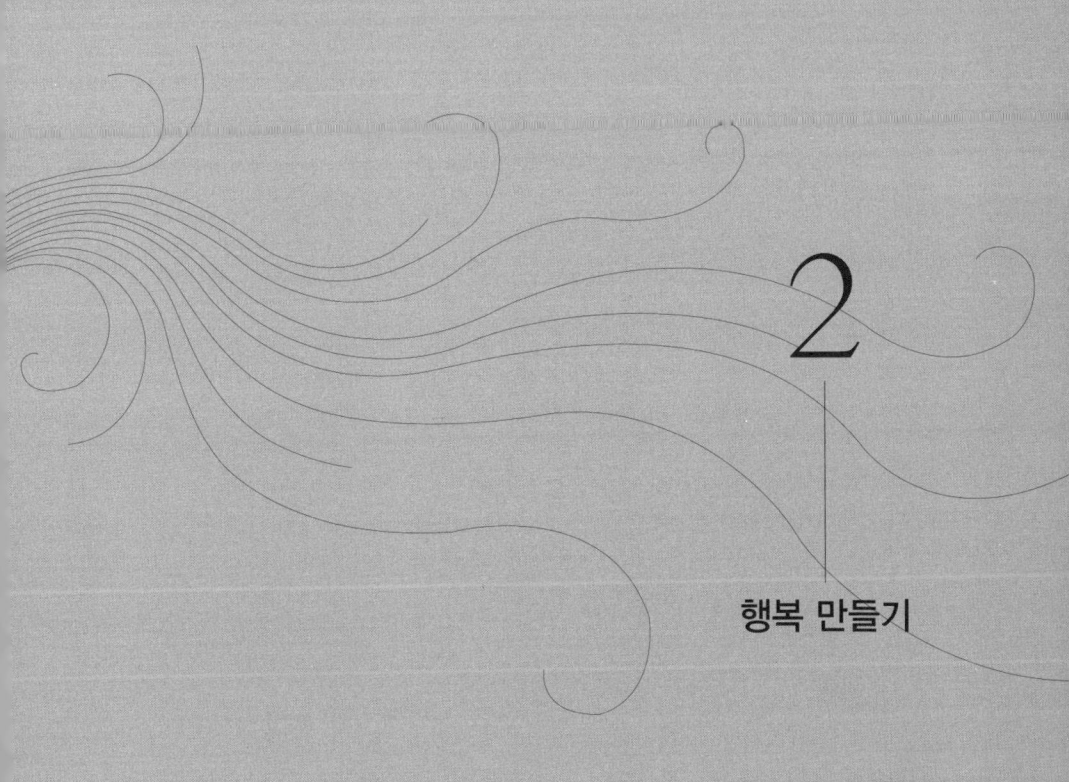

2

행복 만들기

행복 만들기

행복은 만들어지는 것이고, 복은 주어지는 것이라고 한다. 행복과 불행 복福과 화禍는 서로 대립되는 개념인데, 행복과 불행의 실체가 있을까? 실체가 있다면 어떻게 생겼을까?

우리가 행복하다거나 불행하다고 하는 것은 순전히 주관적이며 상대적인 생각이다. 다른 사람이 보기에는 매우 행복하게 보이는데 본인 스스로는 불행하다고 생각하는 경우가 많다.

반대로 아주 불행하게 보이는 사람이 본인 자신은 행복하다고 말하며 생활하는 사람이 많다. 이로 미루어 보아 행복하다거나 불행한 것은 자기 마음가짐에 달려 있는 것으로 여겨진다.

청각장애로 말뿐만 아니라, 소리조차 못 듣게 된 경우를 농聾이라 한다. 말은 남의 말을 듣고 모방하여 배우는데 농이 되어 남의 말뿐 아니라 자기 말도 못 들어 말을 배우지 못해 아啞라는 부수적인 장애까지 입은 사람을 농아자聾啞者라 한다.

농아자라는 이름이 비하하는 어감을 풍기므로 농아인이라고 부르다가 요즘은 청각장애인이라고 고쳐 부르고 있다. 그것은 교육을 통하여 농은 재활이 어려우나 아[맹]는 교정할 수 있다.

즉 청각장애 아동은 조기 발견하여 조기교육을 시키면 말은 할 수 있게 된다. 요즘은 의술의 발달로 농聾도 와우각蝸牛殼의 수술로 말을 듣게 하고 있다.

나도 5살 때 홍역의 후유증으로 중이염에 걸려 난청이 되어 일상생활과 공부하기에 많은 고통을 겪었다. 내가 이 세상에서 제일 불행한 사람이라는 생각에서 벗어나지 못하고 자살을 몇 번이나 시도하기도 했다.

난청으로 번민하고 방황하다가 요행이 청각장애 학생들을 가르치는 교사가 되었다. 청각장애 학생들은 말을 듣지 못하고 말도 못하지만, 나는 약간 듣고 말은 할 수 있으니 바로 내가 행복한 사람이라는 생각이 들었다. 청각장애인들은 말을 듣지 못하고 말을 못하는 고통도 크지만, 그 고통을 표현하지 못하니 더욱 고통스러운 것이다.

특수학교 교원 인사 규정에 의하여 정신지체학교로 옮겨가서 정신지체 학생들과 생활하여 보니 정신지체 학생들이 청각장애 학생들 보다 훨씬 불행하다고 생각되었다.

정신지체 학생들은 사리 판단을 전혀 하지 못한다. 점심을 먹었니? 하면 "예" 한다. 그리고 다시 점심 안 먹었니? 하고 물으면 똑같이 "예"라고 대답한다. 머리가 아프냐?라고 물어도 "예", 배가 아프냐?라고 물어도 역시 "예"라고 한다.

한편 어떤 정신지체 학생은 "예" 대신 "아니요."라고 대답한다. 밥 먹었냐고 물어도 "아니요."라고 하고, 밥 안 먹었냐고 물어도 대답은 역시 "아니요."라고 대답한다.

정신지체는 임신 중에, 출생 시에, 출생 후의 여러 가지 병으로 인하여 뇌에 나쁜 영향을 미쳐 지능이 낮은 경우이다. 정신지체가 되는 원인은 임신 중에 임산부의 건강과 밀접한 관계가 있으며, 공해와 음식물 등과도 깊은 관계가 있다. 임산부가 음주, 흡연, 약물 복용 등이 모두 태아에 영향을 미쳐 장애의 원인이 된다고 한다.

정신지체인은 청각장애인보다 훨씬 더 심각한 문제가 많다. 정신지체인은 사회, 경제적 자립이 매우 어려워 평생 동안 도움을 받아야 한다.

정신지체학교에서 근무하다가, 지체부자유학교에 가서 지체부자유 학생들과 생활을 해 보니 지체부자유 학생들이 아주 불행한 처지에 있음을 알 수 있었다. 지체부자유의 원인은 주로 뇌성마비로 인한 것인데 뇌의 일부분에 결함이 있어서 오는 장애이다.

뇌의 장애로 사지의 일부 또는 전 부분이 마비되어 서지도 걷지도 못하는 학생이 많다. 팔 다리가 자기 의지대로 움직여주지 않으니 밥도 떠 먹지 못한다. 뇌성마비 학생들의 80% 정도는 언어장애 등 다른 장애도 겸하고 있어 장애 정도가 심각하다. 이들은 평생 남의 도움을 받지 않으면 움직일 수도 먹을 수도 없다.

그래서 학교 교육 현장에서는 뇌성마비 학생들의 홀로서기를 위해서 신변 자립 방법을 교육시키고, 언어치료, 물리치료 등 할 수 있는 방법을 총 동원하여 교육하고 있다. 이렇게 열심히 지도하노라면 서지 못하던 아이가 서게 되고 걷지 못하던 아이가 한 걸음씩 걷게 될 때의 그 기쁨은 천만금을 주고도 살 수 없는 순수한 인간의 기쁨이다. 이런 기쁨은 특수학교 교사가 아니고는 맛볼 수가 없는 행복감이다.

　뇌성마비 학생보다 더 심각한 학생들은 정서장애 학생, 요즘 흔히 쓰는 말로 '자폐증' 학생이다. 자폐증 학생은 자기 자신에게는 물론 타인에게까지 피해를 입히므로 큰 문제이다. 자폐증 학생 중에는 잠시도 가만히 앉아 있지 못하고 움직이거나 이곳저곳을 돌아다닌다. 아무런 목표도 없이 한 번도 가본 적이 없는 곳에도 그냥 발길 닿는 대로 달려간다.

　또 어떤 자폐증 학생은 자기 손등을 물어뜯어 상처가 아물 날이 없다. 자기 머리카락을 한 올씩 뽑아 대머리가 된 학생도 있다. 어떤 자폐증 학생은 손에 잡히는 대로 집어 던지고, 사람을 만나면 아무나 손이 닿는 대로 때린다.

　이런 학생이 있는 집안에는 성한 물건이 없다. 닥치는 대로 던지고 부숴버린다. 이 아이들을 어떻게 할 것인가?

　자폐증의 원인은 아직도 규명 중에 있다. 어떤 학자들은 유전요인이라고 말하고, 어떤 학자들은 환경요인이라고 말한다. 그런데 최근에는 뇌에 문제가 있다는 쪽으로 의견이 모아져 가고 있다. 뇌의 병변으로 자기 감정을 다스릴 수가 없어서 거친 행동이나 상동행동常同行動을 한다는 것이다.

자폐증 아동을 양육하는 부모와 그들을 가르치는 선생님들의
고생은 이루 말할 수 없다. 실제로 당해 보지 않은 사람은 설명을
들어도 깊이 느끼지 못한다.

세상에 불우한 사람이 많이 있지만, 이들이야말로 참으로 불우한
처지에 있으며 불행하기 그지없어 보인다.

해마다 12월이면 대학 수학능력 고사로 학생들은 홍역을 치른다.
이 시험을 치르고 성적이 잘못 나왔다고 가출을 하고 심지어는
자살하는 학생도 있다고 한다. 장애학생들과 장애학생을 가진
부모의 입장에서는 시험 성적이 조금 나쁘다고 자살을 하는 것에
대해 이해하기 어렵다. 몸이 성하고 지능이 보통만 되면 얼마든지
행복하게 살아갈 수 있는 길이 많은데, 그리고 올해 조금 못했으면 1년
더 열심히 공부하여 대학에 갈 수 있는 가능성이 많은데도, 왜 그렇게
자기의 인생을 쉽게 포기하는지 이해하기가 퍽 어렵다.

생명은 엄밀하게 따지면 자기 것이 아니다. 자기 것이 아니니
자기 마음대로 해서는 안 된다. 생명은 하나님이 주신 것이요, 부모가
낳아준 것이니 소중하게 간직할 책무가 있다.

우리나라가 I. M. F 체제 아래 있게 되어 많은 기업이 문을 닫았고,
많은 젊은이들이 직장을 잃었다. 기업을 경영하며 사장이라는
직함으로 주위 사람들로부터 존경을 받다가 하루아침에 빚쟁이가
되어 죄인 취급을 받게 되니 견디기가 어렵다.

사장들이 기업체를 잃고 빚을 진 괴로움도 크지만 많은
사람들로부터 소외당하는 괴로움이 더욱 큰 것이다.

지금까지는 희망을 갖고 그 희망을 달성하기 위해 정열을 쏟을
터전을 잃은 것이 더욱 괴롭고 불행하게 느끼는 것이다. 사람의 불행은
환경의 어떤 상황에 있는 것이 아니라 도달하려는 목표가 없고 희망이
없는 데 있는 것이다.

　　경남혜림학교에 학습 견학을 온 대학생들이 특수학교와 장애인을
돌아본 소감을 발표하는 시간을 가진 적이 있었다. 그 자리에 한
예쁜 여대생이 일어나서 또랑또랑한 목소리로 "나는 지금껏 부모님이
용돈을 적게 준다고 불평했는데, 여기 와서 보니 부모님에 대해 감사한
마음이 든다"고 하였다. 그러면서 앞으로는 부모님께 늘 감사한
마음으로 살겠다고 하였다.'

　　행복과 불행은 자기 마음가짐에 달려 있다. 행복은 자기보다
더 어려운 사람을 생각하고 진심으로 위로하며 섬기고 도와줄 때
느껴진다.
　　행복은 꿈을 품고 그 꿈을 성취하기 위해 끊임없이 노력할 때 얻는
기쁨이다. 행복은 늘 새로운 생각을 하며 목표를 설정하고 그 목표를
향해 나아갈 때 느끼는 삶의 만족감이다.

*

*

*

바랭이 예찬

잡풀이란 가꾸지 않아도 저절로 나서 자라는 흔한 이름 모를 풀을 말한다. 내가 잡풀을 눈여겨 보며 관심을 두게 된 것은 공직에서 정년 퇴임을 하고 농장에서 일을 하게 되면서부터이다. 농장에서 젖염소를 기르고 양계를 하면서 곁들여 고추밭, 채소밭을 가꾸다 보니 잡풀과 많이 접하게 되었다.

잡풀이 논이나 밭에 많이 자라면 알곡이 결실을 맺는데 해를 주기 때문에 수시로 매어주어야 한다. 그렇다고 잡풀이 마냥 해로운 것만은 아니다. 잡풀은 초식동물의 먹이감이면서 흙을 기름지게 만드는 두엄이 되기도 한다.

요즘은 길가나 밭둑에 잡풀이 무성하여도 가축의 먹이나 두엄에 쓸려고 베어가는 사람이 드물다. 내가 어릴 적에 소꼴로 쓸 풀이 없어 쩔쩔 매던 기억, 그리고 남의 논, 언덕바지나 심지어 논배미에 자라난 풀을 베다가 주인에게 들켜 혼이 나던 일이 어제 일처럼 생생한데, 벌써 반세기가 지났다.

그 옛날과 달리 지금은 자기네 밭 언덕이나 논 언덕바지에 자란 풀을 베어가라고 할 정도니 격세지감이 아닐 수 없다. 나는 마치 옛날의 한을 풀 듯이 이곳저곳에서 닥치는 대로 풀을 베어 날랐다.

염소를 먹이려 풀을 베어 나르다보니 논둑이나 밭둑에 있는 풀들이 대체적으로 모둠살이를 하고 있다는 것을 알 수 있었다. 바랭이가 군집하여 자라고 있는 곳에는 다른 풀이 적고, 그에 반해 우리나라 토착식물인 벼과의 강아지풀이 우거져 있는 지역에는 바랭이 등 다른 잡풀이 적었다. 이래저래 온갖 종류의 잡풀 이름과 그들의 생태를 거의 다 알 무렵, 나의 눈길을 끈 풀은 널리 퍼져 있는 바랭이였다.

바랭이는 벼과의 일년초로 밭에 많이 나는 풀이다. 바랭이 잎은 좁고 긴 버들잎 모양인데 소, 염소, 토끼 등 가축이 잘 먹는다. 바랭이는 습지나 비가 많이 올 때에는 줄기가 위로 많이 자라지만 땅이 척박하거나 가물어서 물기가 적으면 줄기가 땅 위를 기어 뻗는데다가 마디마다 수염뿌리가 나서 마치 마지막 남은 물기와 영양분마저 머금으려는 듯이 땅 속으로 뻗어들어간다.

바랭이의 끈질긴 생명력은 그것뿐만이 아니다. 바랭이는 늦봄부터 늦가을까지 성장하는데, 한여름 밭에 난 것을 매고 10일쯤 지난 후에 밭에 나가 보면 한 번도 매지 않은 것처럼 어느덧 무성하게 자라 있다. 특히 비가 온 후에는 더욱 무성하다. 그래서 밭에 곡식을 심으면 적어도 세 번은 매주어야 제대로 수확을 할 수 있다.

바랭이는 늦여름부터 줄기 끝에서 이삭이 나와 씨앗이 맺히기

시작한다. 씨앗은 참깨만한데 납작하고 흰 솜털이 많아 바람에
날려가거나 동물의 몸에 잘 붙어서 멀리 퍼뜨려진다.

바랭이 씨앗은 자갈밭이나 바위 틈, 길가 어느 곳이나 최소한의
흙과 수분만 있으면 발아하여 자란다. 길가에 난 바랭이는 동물에게
뜯기고 사람들에게 밟혀도 죽지 않고 자란다. 온 세상이 가뭄으로
타들어가고, 심지어 포장된 길이 녹아내리며, 차들이 지날 때마다
뿜어내는 열기를 뒤집어쓰며 흙먼지에 휩싸인 바랭이를 본 적이
있는가? 흙먼지를 약간 걷어내면 파릇한 이파리가 우쭐거리고 있다.
아무리 시련과 고통 속에 있어도 살아있다는 그 자체가 즐거운
것이라고 나에게 말을 건네는 것 같다.

바랭이는 희생적이다. 바랭이는 몹시 가물 때, 뿌리 가까이 있는
잎이 썩어서, 말하자면 제 몸의 한 부분을 죽여서 뿌리에 수분을 공급해
준다. 다른 나뭇잎은 말라버리는데 비해 바랭이 잎은 썩는다. 마르는
쪽보다 썩는 쪽이 수분이 많이 나오게 마련이다. 가물어 대지가
타들어갈 때 뿌리 가까이 있는 잎이 썩으며 수분을 방출하고 한편으로
땅에서 증발하는 수분을 막아주는 까닭에 풀뿌리가 수분을 흡수하여
산다.

가뭄이 극심할 때, 논이나 밭에서 김을 맨 바랭이 뿌리를 위로
향하게 하여 한 움큼씩 곡식의 뿌리 위에 놓아두는 것도 나름대로의
뜻이 있는 것이다.

바랭이 이파리가 썩으면 뿌리 쪽은 습한 기운을 얻는다. 그 기운을
즐기는 지렁이가 머물게 마련이다. 지렁이는 흙 속을 들락거리며

땅을 부드럽게 한다. 사실 지렁이만 사는 것이 아니라, 눈에는 보이지 않지만 곡식을 여물게 하는 데 이로운 여러 가지 박테리아나 미생물이 서식하며, 이들과 식물이 공생을 하니 곡식이 튼튼하고 병에 강하여 곡식이 잘 된다. 특히 바랭이는 잘 부패히여 옛날부터 녹비綠肥로도 많이 사용하였다.

바랭이는 많은 것을 포용한다. 내가 일하는 농장 옆에 자그마한 묵은 논이 있는데, 이곳에 바랭이가 많이 우거져 있었다. 바랭이가 우거진 곳에는 모기가 많이 와서 쉬고 간다. 모기가 많이 모이면 잠자리들이 몰려온다. 잠자리가 있으면 제비와 다른 날짐승들이 떼 지어 온다. 그뿐 아니라 무성한 바랭이 풀숲을 들여다보면 메뚜기가 많이 서식하고 있다. 메뚜기가 있으면 어디서 왔는지 크고 작은 개구리가 있게 마련이다. 개구리가 많이 모여들면 슬금슬금 뱀이 찾아든다.

죽임을 당하는 쪽과 그로 인해 생명을 얻는 것이 무리를 이루어 살고 있는 것이다. 달리 말하면 절망과 구원이 상생하며 함께 하는 자리인 셈이다. 만물이 끊임없이 낳고 낳아 어떠한 단절도 없이 면면이 이어지는 것으로 이른바 원환圓環의 세계 속에 동심적 삶을 이루고 있다고 하겠다. 그것을 일컬어 생명성이라고 한다.

그 생명성을 이루는 가장 밑자리에 바랭이가 있다. 한갓 미물도 생명을 이루는 진리의 세계에 참여하고 있는 것이다.

우리가 최근 환경 문제를 이야기하는 것은 사실 생명의 진리를 말하고 있는 것이다. 자연은 스스로 균형을 추구한다. 그것을

거스르는 것은 자연의 한부분으로 살아가고 있는 인간의 삶 역시
불균형에 의해 살아가는 모습이 흐트러지게 되어, 결국 생명을 얻는
일에 위협을 받게 된다는 것이다.

　　어느 것이든 너무 많아서 다른 것들의 삶을 위협하면 안 되는
것과 같이 너무 적어도 탈인 것이다. 최근 정부에서 녹지대 일부를
해제한다는 발표가 있은 후, 버스를 타고 어디를 가나 녹지대를
파헤쳐 놓은 곳이 눈에 많이 뜨인다.

　　울산에서 비행기를 타고 서울을 오가며 내려다보니 속살을
내어놓은 붉은 산이 눈에 많이 들어왔다. 저 붉은 산에 바랭이가
처음 뿌리를 내리면, 그때부터 땅은 적당하게 습한 기운을 얻게 되고,
그리하여 새로운 생명들이 깃들 수 있게 될 것이다. 그러고 보면
바랭이뿐만 아니라, 모든 식물은 동물과 사람에게 도움을 주지,
해로움을 안기는 일은 드물다.

　　오늘 이른 아침, 농장에 나가 바라보는 바랭이 풀숲이 새삼스럽게
다가서는 까닭도 여기에 있다. 바랭이 풀을 한 짐 베어 두엄을
만들어야 하겠다. 그러면 그 풀이 썩어서 다른 생명들을 살리는 생명의
씨앗이 되리라.

*

*

*

창경窓鏡으로 사랑 보기

눈(目)과 창경의 역할이 닮았다. 여성들이 눈과 창경을 다듬고 치장하는 외형적인 일부터 비슷하다. 여성들이 아름답게 보이려고 쌍꺼풀 성형수술을 하고, 그것도 모자라 속눈썹을 달고, 눈썹을 지우고 그려넣는 등 눈을 예쁘게 꾸미는데 드리는 시간은 고사하고 정성과 비용이 이만저만 아니다.

창경은 한옥 창문 문살에 붙인 투명한 유리다. 유리 주위에 대잎이나 꽃잎을 넣거나, 색종이로 별이나 꽃 모양을 오려 발라 예쁘게 꾸민다.

우리의 할아버지, 할머니들은 추운 겨울 따뜻한 윗목에 앉아 일을 하면서 밖에 인기척이 있으면 문을 열지 않고 이것을 통해 밖을 내다보고 집안 사람의 동정뿐 아니라 이웃사람의 내왕을 살폈으리라.

창경은 혼기를 맞은 처녀가 총각을 훔쳐 보는 도구 구실도 하였다.

창경에 얽힌 단막극이 생각난다. 본지 오래되어 제목은 기억나지 않는다.

어느 만석꾼 부잣집에 무남독녀가 혼기에 이르렀다. 마침 이웃 마을 벼슬을 지낸 양반 집에서 중신이 들어왔다. 이웃 동네에 사는 친지가 찾아와서 "좋은 총각이 있으니 딸 치우게." 하였다. 이에 만석꾼 영감이 양반집 아들이라는 말에 두말 않고 허락하고 혼인날까지 받아버렸다.

혼인날이 다가오자 신랑이 다리를 절름거린다는 소문이 들려왔다. 만석꾼 내외는 한숨을 땅이 꺼지게 쉬며 걱정을 하다가 한 가지 묘안을 짜냈다.

자기 딸을 먼 곳에 사는 친척집으로 피신시키고 대신 집에서 부리는 하녀를 골라 대리 결혼을 시키기로 꾀를 내었다. 이윽고 혼인날이 되어 만반의 준비를 다하고 신랑이 당도하기를 기다렸다. 신랑이 마을 어귀에 당도했다는 기별이 와서 대리 신부가 단정히 꾸미고 영감마님 방에 불려가 비밀을 누설하지 말라는 당부를 받고 있을 때 신랑이 탄 가마가 대문 안으로 들어오고 있었다.

대리 신부가 창경을 통해서 신랑이 가마에서 나와 걸어오는 모습을 보려고 기다리고 있었다. 신랑이 얼마나 절뚝거리는지 가슴을 조이며 연민의 눈을 뜨고 살폈다. 그런데 아무리 보아도 신랑의 걸음걸이가 정상이었다.

이에 신부가 신랑이 바뀐 것이 아닌가 하고 영감 마님을 불려놓고 말을 잊지 못했다. 영감마님이 웬일인가 하고 문을 열고 밖을 내다보니 가마에서 내린 신랑이 뚜벅뚜벅 걸어오고 있지 않은가.

불과 삼사십 년 전만 해도 남녀칠세부동석男女七歲不同席이라고

요즘처럼 남녀가 마음대로 상면할 수가 없던 시절이 있었다. 그 때에는
연애하면 집안 망신시킨다고 연애의 '연'자도 못 내어놓게 하였다.
가문끼리 중매를 넣어서 총각이 처녀집에 오게 하여 맞선을 보았던
것이다.

내가 사춘기 문턱에 이르렀을 때에 아랫마을에 사는 외사촌
누나의 신랑감이 온다기에 엄마를 따라 갔다. 큰 방에는 외숙모와
누나와 누나 친구가 있었다. 조금 기다리니 밖에서 사람들이
웅성거리는 소리와 함께 누군가가 신랑이 들어온다고 말하는 소리가
들렸다. 그 소리를 듣고 누나가 창경에 눈을 대고 밖을 내다보았다.
그러자 누나 친구도 밖을 내다보려고 창경 앞에서 밀치고 밀치는
촌극이 벌어졌다. 그런 사이에 총각이 창문 바로 앞 마당 한복판까지
와서 걸음을 멈추었다.

이때 누나 친구가 누나를 문 밖으로 떠밀어냈다. 갑자기 당한
일이라 몸을 피하지 못하고 마루로 나가게 되었다. 바로 앞에는
총각이 버티고 서 있었다. 나도 뒤따라 나가서 남자가 누나를
바라보는 눈빛을 보았다.

내가 눈을 통하여 삼라만상을 보고 다른 사람의 마음을 들여다볼
수 있듯이 다른 사람도 역시 눈을 통하여 내 마음의 사람을 볼 수가
있다.

창경을 통하여 인상을 본다. 인상은 얼굴뿐만 아니라 그 사람의
용모와 성격까지 말하는 것이다. 걸음걸이를 보고 목소리를 듣고 그
사람의 모든 것을 알게 된다고 한다. 내가 다른 사람의 좋은 점을

보고, 다른 사람에게 필요한 것을 채워주겠다는 따뜻한 마음을 가져야 다른 사람의 참 모습이 보인다고 한다.

창경이 깨끗해야 잘 보인다. 눈도 깨끗해야 다른 사람의 마음을 볼 수 있다. 마음을 다 비우고 맑은 정신을 마음속 깊은 데서 모은 눈길을 밖으로 발산할 때 바른 세상, 바른 마음, 참 사랑이 내 눈에 들어오는 것이 아닐까.

*

*

*

사랑이 무엇입니까?

　　세 돌이 갓 지난 손지가 텔레비전에서 "엄마, 사랑해." 하는 대사를 듣고, 옆에 앉아 있는 엄마에게 "엄마, 사랑해요가 뭐야?" 하고 물었다. 그러자 엄마가 아이를 꼭 껴안더니 볼에 뽀뽀를 하며 "엄마가 ○○를 사랑해요." 했다. 그러고 나니 아이도 두 팔로 엄마의 목을 감싸고 입맞추며 "나도 엄마 사랑해." 한다.

　　이 광경을 보니 내가 청각장애인학교 교사로 봉직한지 채 일 년도 못되어 청각장애 학생에게서 "사랑이 무엇입니까?"라는 질문을 받고 '사랑'의 뜻을 이해시키기 위하여 애를 먹었던 일이 주마등처럼 눈 앞을 스쳐갔다.

　　일반 아이들은 일상생활에서 엄마와의 대화와 행동으로 금방 사랑의 개념을 이해하고 바르게 사용하는데 청각장애 아들에게는 '사랑'이라는 말의 뜻을 가르치기가 무척 힘들었다.

　　나에게 "사랑이 무엇이냐?"는 질문을 한 사람은 20대 중반의

풍채가 좋은 남자였다. 김군은 청각장애로 말을 못듣고 말을
못한다는 것 외에는 어디를 보나 미남이었다. 그러나 그는 학교 문
앞에도 가본 적이 없어서 말도 못하고 글도 모르고 수화手話도 할 줄
몰랐다.

60년대에는 청각장애 아이에게 교육을 시키고 싶어도 전국에
특수학교가 다섯 손가락을 못 꼽을 정도로 대도시에만 있어서 학교에
보내지 못하는 경우가 많았다. 그리고 성한 자식도 돈이 없어 공부를
못시키는데 병신 자식 교육시켜 무엇을 하겠느냐는 의식이 뿌리 깊게
박혀 있어서 장애인은 교육에서 방치되어 있었다.
일반 사람들의 편견으로 교육을 시키지 않고 있다가, 혼기가 되어
맞선을 보면 다 좋은데 글자도 모르고 수화도 모른다고 처녀들이
퇴짜를 놓았다고 한다. 김군의 부모가 자식에게 짝을 지워주기 위해
늦었지만 학교를 찾게 된 것이다.
교장이 김군을 우리 반에 데리고 와서 나이가 나와 비슷하고,
무엇보다 '동병상련同病相憐'이라며 같은 난청難聽 자이니 함께 지내며 잘
가르쳐 달라고 하였다.
청각장애 학생을 가르쳐 본 경험이 짧고 특수교육이 천박하여
나름대로 열심히 한다고 해도 성과가 적어서 애를 태우고 있었는데,
내가 담임한 6학년에 편입시켰다. 나이 관계로 청강생으로
입학시킨다는 말을 덧붙이며, 나에게 부탁한다는 말을 남기고 나갔다.
김군이 입학한 지 6개월쯤 지나 수화로 겨우 기본적인 의사소통이
되어가던 어느 날 아침이었다. 김군이 아주 심각한 표정을 짓더니, 내

손바닥에 '사랑'을 쓰고 눈에 정기를 모아 반짝이는 눈빛, 무엇을 알고 싶은 간절한 소망이 가득 찬 눈빛으로 나를 바라보며 턱을 앞으로 조금씩 내밀었다. 사랑의 뜻을 묻는 청각장애인의 제스처였다.

사랑을 수화로 왼 주먹 위에 오른 손바닥을 대고 몇 번 돌린다. 마치 어른들이 어린아이의 머리를 쓰다듬 듯이 한다. 자기도 따라서 하며, 입으로는 어항의 물고기가 뻐금뻐금거리듯이 입술을 벌렸다 다물었다 하였다. 이것은 '뭐?'라는 말을 발음하는 입 모양이다. 수화를 해도 그 개념을 모르겠다는 뜻이다.

볼 수도 없고, 만질 수도 없고, 냄새도 맡을 수 없고, 맛도 볼 수 없는 어휘의 개념을 듣지 못하는 사람에게 어떻게 이해시킬 수 있을 것인가? 교육 받지 못한 청각장애인은 매일 보고 만지고 사용하는 물건들의 이름을 모를 뿐만 아니라, 심지어는 이런 물건들이 이름을 가지고 있다는 것조차도 모르고 있다.

문자를 써도 모르고 수화를 해도 모르는 '사랑'을 어떻게 설명해 주어야 할까? 그때 학창시절에 읽었던 헬렌 켈러의 자서전이 생각났다. 설리번 선생이 헬렌에게 '사랑'을 설명해준 방법이다.

헬렌이 설리번 선생에게 "사랑이 무엇이냐?"고 질문하였을 때 설리번 선생이 헬렌을 가슴에 꼭 껴안고 그녀의 가슴을 가리키며 사랑은 이곳에 있다고 설명하여 주었으나 헬렌은 이해할 수 없었다. 그러나 나는 이 방법을 원용하여 가르쳐 보기로 하였다.

여자를 가리킬 때는 일반인이나, 청각장애인이나, 배운 사람이나, 많이 배우지 못한 사람이나 모두 새끼손가락을 내밀면 통하는 공통

언어다. 아름답다는 두 손바닥을 마주하고 날씬한 여자의 몸을
공중에 그려 보이는 것이다. 그렇게 표현을 하였더니, 김군이 싱긋이
웃었다. 알아들었다는 얼굴 표정이었다.

　버스나 전철을 탔을 때, 아리따운 아가씨가 옆에 있으면, 내가
김군을 양팔을 벌려 한 번 껴안고 난 후 이렇게 아가씨를 껴안고
싶었지 하고 물었다. 그러자 김군은 고개를 끄덕이며 시인하고,
공연히 가슴이 두근거리며 아가씨의 손을 잡아보고 싶고 키스도 하고
싶더라고 손짓 몸짓을 섞어가며 설명을 했다. 그래서 그런 마음이 바로
사랑이라고 알려주었다. 그의 얼굴이 밝아지며 고개를 끄덕였다.

　비록 청각에 장애가 있는 학생이라도 바르게만 가르치면 이해할
수 있다. 학생들이 알 수 없는 것은 가르치는 방법이 틀렸거나 잘못
가르쳤기 때문이다. 교육은 경험의 재구성이다. 청각장애 학생이
경험하였거나 알고 있는 지식에 새로운 지식을 접붙여 주어야 이해할
수 있는 것이다. 내가 가르친 것을 학생들이 알았을 때 느끼는 보람과
기쁨은 필설로 형용하기 어렵다. 배우는 학생도 하나씩 알아가는 기쁨
또한 큰 것이다.

　헬렌이 사랑이라는 말의 뜻을 알기 위하여 기회가 있을 때마다
설리번 선생에게 질문을 하였고, 설리번 선생은 그 주위에 있는
사물이나 분위기를 이용하고 여러 감각기관을 활용하여 설명하여준
것으로 알 수 있었다. 헬렌 켈러는 사랑이라는 말의 개념을 알게
되었을 때의 기분을 가슴 안에서 큰 불빛이 주위를 환하게 비추는 것
같았다고 술회했다.

　그 후 사랑에 대한 것을 까맣게 잊고 지냈는데, 산야가 온통

단풍으로 물들어가던 가을 어느 날, 김군이 나에게 와서 "선생님 요즘 제가 사랑을 하고 있습니다." 하고는 예쁜 아가씨 사진을 보여주며 내년 봄에 결혼할 것이라고 했다.

　내가 이듬해 2월에 갑자기 그 학교를 떠나온 후로 그의 소식을 듣지 못했다. 김군도 손자를 볼 나이가 되었을 텐데 어디서 어떻게 지내는지 몹시 그립다.

*

*

*

식사의 도 ^道

식사의 도는 사람들이 음식을 먹을 때 지켜야 할 예절이다.
식사라는 말에는 두 가지 뜻이 내포되어 있다. 하나는 음식을 먹는 일
즉, 노동이고, 다른 하나는 봉사하는 것이다. 음식을 입에 떠넣고 씹고
삼키는 행동이 노동이다. 이 노동은 자기 자신에게 하는 노동이며,
동시에 자기 자신을 섬기는 일이다.

물론 어린이나 환자 노약자에게 밥을 떠 먹이는 봉사는 다른
사람을 섬기는 일이다. 그러나 이런 행동을 노동이나 봉사로 생각하지
않고 있을 뿐이다. 그 이유는 자기가 하고 싶어서 하고 하지 않으면
죽기 때문이다.

나는 청각장애인들이 식사할 때는 말을 못하니 조용할 줄
알았다는데, 무척 시끄럽다. 내가 봉직하고 있는 복지원에는 만
3세에서 20대 후반까지 60여 명의 청각장애인들이 함께 생활하고
있다. 60명이 식당에 앉아 식사를 하면 말소리는 안 나지만 숟가락

부딪히는 소리, 고함지르는 소리 등 괴상한 소리로 식당 안이 소음으로
가득 찬다.

청각장애 아이들이 스테인 배식판에 밥을 받아 가지고 식탁에
앉아 밥을 먹기 전에 숟가락으로 밥을 콕콕 찔러댄다. 또 어떤
아이는 숟가락으로 배식판을 긁는다. 철판을 두드리고 긁는 소리가
건청인健聽人에게는 시끄럽지만 청각장애 아이들은 이 소리를 즐기고
있는 것이다. 청각장애 아이도 큰소리는 조금 듣는다. 청각장애인의
귀에 들리는 철판을 두드리고 긁는 소리가 건청인에 비하면
모기소리만큼 들린다고 한다.

이런 아이들에게 시끄럽다고 말해 봐야 그때뿐 돌아서면
그만이다. 소음을 내지 않게 하려면 그들도 듣게 해야 한다. 적합한
보청기와 인공와우人工蝸牛 이식기移植器를 사용하도록 지도하고 기계가
제대로 작동하고 있는지 수시로 점검해야 한다.

한 줄 건너 내 맞은편에는 네 살, 다섯 살 먹은 아이들이 식사를
하며 서로 선생님 옆에 앉으려고 싸운다. 지혜로운 생활지도 교사는
싸우는 두 아이의 불만을 동시에 해소시켜준다. 아이들에게 가위 바위
보로 자리를 정하게 한다던가, 순서를 정하여 매 끼니 때마다 자리를
바꾸어가며 앉게 하여 사이좋게 지내게 한다. 이 생활지도 교사는 늘
웃음을 띠고 부드러운 천사 같은 얼굴로 아이들을 대한다.

아이들이 몸이 불편하거나 입맛이 없어 밥을 먹기 싫어하면 음식을
떠 먹이기도 한다. 생활지도 교사가 정성을 다하는 저 모습, 생선의
뼈를 조심하여 가려내고 김치도 먹기 좋게 알맞게 찢어 밥숟가락에
얹어 먹여준다. 이럴 때 교사의 손끝에 기氣가 움직이는 것 같이

느껴지고, 밥숟가락에는 사랑이 담겨 있는 것 같다. 밥을 받아먹는
아이의 얼굴에는 행복한 웃음이 솟아오른다. 아이가 밥을 먹는
모습을 바라보는 교사의 눈빛 속에는 사랑과 행복이 넘치고 얼굴에는
모나리자와 같은 웃음이 번져갔다. 천사의 모습이 저럴 것이라는
생각이 든다.

　　음식 맛은 엄마의 손끝에 달려있다고 한다. 조리를 할 때 음식을
먹는 사람들을 생각하며 정성을 쏟고 평온하고 사랑하는 마음으로
해야 맛이 더 난다는 뜻일 것이다. 아이들에게 밥을 떠 먹일 때도
마찬가지다. 아이들은 음식보다 엄마의 사랑이 더 먹고 싶은 것이다.
가족을 떠나 있으니 선생님의 사랑이라도 받고 싶지 않을까?
　　한편에서는 아이에게 밥을 먹으라고 야단치는 생활지도 교사의
소리가 들린다. 아이에게 "밥 먹어라." 하는 소리가 들리면 떠오르는 한
가정이 있다.
　　늙으신 아버지를 모시고 슬하에 남매를 두어 다섯 식구 3대가
함께 사는 집안인데 남매가 난청이었다. 난청은 잔청殘聽이 있어서
큰소리는 조금 듣는다. 아들 내외가 직장에 나가지만 아들이 오거나
자부가 와서 점심을 챙겨 주었다. 어쩌다가 아들 내외 모두가
점심시간에 못 오면 할아버지가 점심을 준비하여 손자와 같이 먹었다.
　　손자가 밥을 먹지 않고 투정을 부리고 있으면 처음에는 부드러운
말로 "밥 먹어라." 하고 어르고 달랬다. 몇 번을 타일러도 밥을
먹지 않고 투정만 부리므로 화가 난 할아버지가 "야! 이놈아, 밥 좀
처먹어라." 하고 소리를 친다. 그때서야 아이가 밥을 먹기 시작한다.

할아버지는 아이가 "밥 먹어라."는 말은 못 알아듣고 "처먹어라."는 말은 알아듣는 줄 알고 다음부터는 밥을 먹을 때마다 "밥 처먹어라."고 큰 소리로 말한다. 아이들이 그 말을 배워서 딸이 시집 갈 나이가 되었는데도 "밥 처먹어라." 한단다. 그녀의 어머니가 그 말을 고쳐주려고 몇 년을 애를 써도 늘 그 모양이라며 걱정이 태산 같다고 나에게 하소연을 한 적이 있었다.

C는 올해 초등학교 5학년이다. 이 아이는 밥을 가지고 와서 밥상 위에 두고 이리저리 돌아다닌다. 못 돌아다니게 하면 물을 뜨러간다든가 수저를 가지러간다는 핑계를 대고 자리를 뜬다. 옛 어른들은 밥을 먹다가 자리를 떠나 돌아다니면 빌어먹게 된다고 꾸중을 하였다. '제 버릇 개 못 준다'더니 이 아이의 버릇을 고치려고 근 일 년을 지도했으나 아직 완전히 없어지지 않고 있다.

이 세상의 모든 생물은 식食으로 말미암아 존재하고, 식이 아니면 존재할 수가 없는 것이다. 식사와 도道는 둘이 아니고 하나라고 주장하는 스님이 있다. 맞는 말이다. 식사의 도는 우선 과식, 과음, 편식을 피해야 하고 식사를 빨리 먹거나 너무 느리게 먹어도 좋지 않다. 음식을 먹는 순서 등 지켜야 할 도가 많다.

식사에는 사랑이 따라야 한다. 사랑이 부족하면 아이들은 단 음식을 좋아한다고 한다. 문제아 중에는 어머니가 만든 음식보다 인스턴트 식품을 많이 먹더라는 연구 보고도 있었다. 요리하는 사람은 사랑이 담긴 마음으로 조리를 해야 기운이 있고 건강하고 맛있는 음식이 만들어진다고 한다. 옛말에도 음식 맛은 어머니의 손끝에 있다고 하지 않던가. 남을 섬기는 식사에도 사랑이 깃들어 있어야 한다. 음식을 조리하는 손길에 사랑과 정성이 담겨야 하는 것처럼 식사 시중을 할 때도 사랑하는 마음이 배어들도록 진심으로 봉사하여야 한다.

밥을 먹는 것도 일이다. 일에는 규율이 있다. 하루 세 끼를 일정한 시간에 먹어야 한다. 식사는 서비스다. 자기 의사를 바르게 표현하지 못하는 청각장애 어린이나, 치매를 앓고 있는 어른들에게 식사를 돕는 일은 매우 어려운 일이다. 어렵기 때문에 가치 있는 일이며 보람된 일이 아닐까?

오늘도 나는 마음속으로 장애 어린이의 식사를 돕는 교사에게 하나님의 축복이 임하기를 기도하며 글을 맺는다.

*

*

*

제 발이 저리는 사람들

'사람이 죄 짓고는 못 산다'는 격언이 있다. 범죄를 아무리 숨기려 해도 최소한도 넷은 알고 있다고 한다. 행한 사람과 당한 사람이 알고 하늘이 알고 땅이 안다.

그래서 '도둑놈이 제 발에 잡힌다.' '도둑놈이 제 그림자에 놀란다.' 등 많은 속담이 전해지고 있다. 나쁜 짓을 하고 자기 죄를 감추려고 하지만 스스로도 모르게 그 죄상을 말하게 되어 잡힌다는 뜻이다.

일본 사람들이 독도를 자기네 영토라고 떼를 쓰고 역사를 왜곡하여 자기 조상들이 범한 추악한 죄악을 미화하여 후손들에게 가르치려 하고 있다. 물론 부모의 잘못을 후손에게 감추고 싶은 마음은 인지상정일 수도 있다.

하지만 피해자인 우리나라 입장에서는 감추는 것도 용납할 수 없을 텐데 왜곡하여 정당화하고 오히려 미화하려고 하니 어찌 분노치 않을 수 있겠는가. 중국인들도 분노하여 시위를 하고 있다. 그래서

중국에 있는 일본 사람과 회사들이 철수를 하게 된 경우도 있다고
한다. 또 미국, 독일 등 구미 여러 나라에서도 일본의 만행을 규탄하는
시민 궐기를 텔레비전에서 보여주고 있다.

　　나는 죄 지은 일본 사람 후손들이 불안해 하는 모습을 직,
간접으로 보고 들었다. 제17회 세계잼버리가 1991년 8월8일부터
16일까지 우리나라 강원도 고성에서 개최되었다. 이 대회에는 세계
135개국, 2만5000여 명이 참가하였는데, 일본에서도 100여 명의
청소년들과 지도 교사가 참가하였다. 폐막을 하루 앞둔 8월 15일,
각종 하이라이트 행사가 준비되어 있었는데, 이른 아침에 일어나보니
일본 사람들은 그림자도 보이지 않았다.

　　그들은 폐막식 행사가 끝나고 난 뒤, 늦은 취침 시간에야
돌아왔다. 한국 학생들의 움직임이 수상하게 보여 불상사를 피하려고
따로 활동하다가 왔다고 변명을 했다. '도둑놈이 제 그림자에
놀란다'더니 우리는 평소와 같이 아무렇지 않게 활동하고 있었는데
일본 학생과 인솔 교사가 지레 겁을 먹고 자취를 감추어 중요한 일정에
참여하지 않았던 것이다.

　　그들은 하루 종일 숨어 지내느라 불안 초조에 떨면서 무엇을
하였을까. 8월 15일이 우리에게는 광복절이지만, 그들에게는
종전일이며 국치일이다. 그들은 나라가 망한 것이 부끄러워 얼굴을
들고 다닐 수 없었던 것일까. 아니면 조상들의 잘못이 부끄러워 산
속에 숨어서 속죄라도 하였을까. 만약 그랬다면 자신들이 떳떳하고
당당하게 행동할 수 없게 한 조상을 원망하고, 그들의 후손임을

부끄럽게 여기기라도 했을까.

나는 그로부터 꼭 10년 후인 2001년에 이와 비슷한 경험을 직접하였다. 내가 근무하고 있는 청각장애인 양육시설인 '메아리 복지원'에 뜻밖에도 일본 젊은이가 봉사활동을 하러 왔다.

그는 "이름은 후지이이고, 나이는 25세 대학 특수교육학과를 졸업한 임용 대기 교사"라고 소개했다. 일본에는 미발령 특수 교사가 많이 적체되어 있어서 언제 임용될지 몰라 임용을 기다리는 동안 봉사활동을 하면서 한국말도 배우고 한국의 특수교육 동향도 알아볼 겸 왔다는 설명을 덧붙였다.

그가 봉사활동을 하는 사이 사이 우리나라의 문화 유적지를 찾아다니며 견문을 넓히는 동안 어느덧 여름 방학이 되고, 8월이 왔다. 그는 8월이 되니 밤잠을 설치며 불안해 하는 모습이 역력했다. 그 이유를 물었더니 고향에 90세된 할머니가 계시는데, 8월 15일이 되기 전에 귀국하라는 전화가 왔다는 것이다. 할머니 말씀이 전에 일본 사람들이 조선 사람에게 나쁜 일을 많이 했기 때문에, 한국 사람들이 해코지를 할지 모르니 귀국하라고 했단다.

자기 할머니 말을 전하며 계면쩍어 하던 그의 얼굴이 지금도 눈에 선하다. 나는 그에게 광복절에 우리나라 사람이 일본 사람에게 보복한 일이 없었듯이 앞으로도 그럴 것이라고 했다. 그러나 그는 결국 8월 5일경 귀국하였다가 25일에 다시 왔다.

나는 일본 젊은이가 불안해 하는 것을 보고 일본 사람들과 그 후손들이 세계 어디서나 다리 펴고 편안한 마음으로 살아가기 위해서는 과거를 숨기고 역사를 왜곡할 것이 아니라 과거를 뉘우치고 청산해야 한다는 생각이 들었다. 그런데 그들은 과거 잘못의 청산은커녕 오히려 잘못을 자꾸만 더 보태고 있다.

역사 교과서 왜곡과 독도의 날 조례 제정안 통과와 유엔안전보장이사회 진출을 꿈꾸는 것이 바로 그것이다. '도둑이 제 발 저리다'는 말처럼 지레 겁을 먹고 숨어 지내는 와중에도 반성은커녕 자기네 조상들과 똑같이 뻔뻔스런 행동을 일삼고 있다.

일본은 후손들이 세계 어디서나 떳떳하고 당당하게 살 수 있도록 하기 위해서는 지금부터라도 진실을 바로 밝히고, 남의 땅을 자기네 땅이라고 우기는 억지스러움을 버려야 한다. 또 잘 사는 것만 믿고 유엔안전보장이사회에 진출하려는 꿈도 버려야 한다. 일본은 세계의 평화를 위해 일하는 지도자가 될 자격이 없다. 그에 앞서 자기 잘못을 반성할 줄 아는 기본적인 자세부터 배워야 한다.

성경에도 '제단에 예물을 드리려 할 때에 너에게 원한을 품고 있는 형제가 생각나거든 그 예물을 제단 앞에 두고 그를 찾아가 화해하고 나서 예물을 드리라.'고 되어 있다.

아무리 나라가 발전했다 해도 국민이 보이지 않는 곳에서 숨어 지내며 불안에 떨어야 한다면 그 발전이 그들의 행복에 무슨 도움이 되랴.

일본은 기회가 있을 때마다 조상들의 잘못을 뉘우치는 독일을 본받아, 지금이라도 하루 빨리 이 성경구절을 되새겨서 실천하여 더 이상의 부담을 후손들에게 물려주지 않아야 한다. 그것이 진정으로 자기 후손을 위한 일임을 깨달았으면 좋겠다. 하루 빨리 역사 왜곡을 포기하고 독도를 자기네 땅이라고 우기는 억지를 그만두기를 바라는 마음이 간절하다.

지금까지의 그들의 작태로 보아서는 기대가 안 되지만, 그래도 그들의 반성을 다시 기대해 본다.

*

*

*

윗물이 말라도

근 반세기 동안의 직장생활을 접고 집에 와서 따뜻한 밥 먹고 등 따신 방에 누웠으니 뇌리에 깊이 박혔던 태평가가 살금살금 밖으로 나온다.

'나물 먹고 물 마시고 팔을 베고 누웠으니 대장부 살림살이 이만하면 족하도다.'

이런 생활도 하루 이틀이지 시간이 흐를수록 누우나 서나 따분하고 불안해진다. 돌던 기계가 멈추면 녹이 쓸어 못쓰게 되듯 삭신이 찌뿌듯하고 온갖 상념에 머리가 아프다. 왜 이렇게 불안할까?

일터가 있을 때는 일에만 정신을 쏟으니 잡념이 끼어들 틈이 없고 시간이 가면 봉급이 통장에 들어오니 경제에도 크게 신경 쓰이지 않았다. 육신을 움직여 맡은 일만 열심히 하면 되었다. 그런데 지금은 어떤가. 우선 통장으로 입금되는 돈이 없고, 할 일이 없으니 걱정이 몰려든다.

젊은이는 미래 지향적이고 나이 들면 과거를 되새기며 산다고
했던가. 나는 요즘 어릴 적에 밭논에서 일하던 시절이 자꾸 회상된다.
밭논은 우리 동네 사람들만 아는 밭 가운데 있는 한 마지기 정도
되는 논배미 이름이다. 이 논은 상수원에서 맨 끝에 있어서 여름에
논물대기가 무척 힘든 곳이다. 모내기를 하고 가물이 들면 온 식구가
동원되어 이 논에 물을 대느라 곤욕을 치르던 일이 어제처럼 생생하게
떠오른다.

이 논은 경사진 자갈밭을 골라 만들어서 흙 두께가 얇아 물이
땅 속으로 잘 스며들어 장마가 끝나고 윗물이 떨어지면 곧 말라
거북이 등처럼 짝짝 벌어진다. 비가 많이 오면 논 가 언덕 밑에서
물이 솟아올랐다. 그러나 비가 그치고 가물면 바로 그 구멍으로
물이 빠져서 논이 말라버린다. 그래서 비가 그치면 황토흙을 져다가
물구멍을 막고 논이 마르지 않게 양발기계(논 메는 기계)로 수십 번
밀고 다니며 물이 땅 속으로 빠지는 것을 막으려고 땀을 뻘뻘 흘리던
일이 새삼스럽게 떠오른다.

반세기하고도 강산이 두 번 변할 세월이 흘렀는데, 그 논배미 일이
떠오르는 것은 요즘 내 저금통장이 그 논처럼 말라가기 때문이다.

지금까지는 돈을 찾아 써도 쉴 새 없이 매월 돈이 들어와 마르지
않았다. 직장을 그만두고 빈둥거리니 통장에 웃돈이 들어오지
않는다. 윗물 마른 통장에서 빼 쓰기만 하니 가뭄에 밭논 논물 마르듯
말라가서 애가 타고 불안하다.

그렇다고 넋놓고 앉아있을 수도 없다. 대책을 세워야 한다.
농부는 타들어가는 논을 보고 그냥 내버려 두지 않는 법이다. 개울을

쳐서 실줄 같은 물길을 만들어 논에 물을 대고 벌어진 논바닥을 밟아 물이 새지 못하게 한다.

내 통장에서도 꼭 필요한 것 외는 빠져 나가지 못하게 해야 한다. 논밭에 물이 마르지 않도록 양발기계를 계속 밀고 다니며 새는 물을 점검하듯 통장도 점검하며 합리적으로 사용해야 할 것이다. 통장뿐 아니라 전기도 물도 최대로 아껴야 한다. 청소기 사용도 자제하고, 비로 쓸고 걸레로 닦는다. 세탁기도 세탁물을 모아 일주일에 한 번 돌린다. 이것은 내 혼자 힘으로 하기 어렵다. 온 가족이 합심해야 한다. 일본의 큰 지진으로 세계 경제가 바닥으로 떨어지고, 석유값이 오르고 나라에서도 조명등 끄기 등 에너지를 아끼자고 독려하니 식구들의 호응을 얻기가 안성맞춤이다.

비가 많이 오면 논바닥에서 물이 솟아나다가 가물면 그 구멍으로 다시 빠져나가듯 통장에서 자동이체되는 것을 중단시켜야 하리라. 이런 나를 보고 나이깨나 먹은 사람이 돈을 너무 밝힌다고 수군거릴지 모른다.

이럴 때 내가 아주 어렸을 적에 어머님께서 들려준 이야기가 생각난다.

"삼년 동안 비가 한 방울도 안 와서 많은 사람이 굶어 죽어갔다. 굶어 죽어도 씨나락 자루는 베고 죽었다. 혹시 살아남을 후손에 대한 배려와 희망을 끝까지 놓지 않았다는 것을 의미한다고 설명까지 해주셨다."

비록 학교 교육도 받지 못한 문맹자였지만, 팔십 평생을 살아오면서 체득한 인생철학이다. 이것은 '내일 지구가 멸망하더라도 나는 한 그루의 사과나무를 심겠다.'고 설파한 철학자 스피노자의 말과 일맥상통하는 말이 아니던가.

이런 말들은 모두 희망을 가지고 오늘을 보람있고 행복하게 생활하라는 뜻이리라. 비가 오지 않고 윗물도 말라버려 논이 하얗게 타들어가는 것을 그냥 손놓고 바라볼 수가 없어 물통을 이고 오줌장군을 지고 개울에 조금 고여 있는 물을 길어다가 논에 뿌린다. 이렇게 하여 벼포기가 타들어가는 것을 막다보면 비가 내려 벼농사를 건진다. 그냥 내버려두었으면 벼가 모두 말라 죽었을텐데 땀 흘린 보람으로 추수하는 기쁨을 맛보게 된다.

내 저금통 논에도 윗물이 떨어지고 비도 오지 않으니 말라 타들어가고 있다. 무슨 수를 쓰든지 마르지 않고 생명을 붙어있게 해야 한다. 생명을 유지하고 있으면 비 올 날이 올지도 모른다. 하지만 마르는 통장을 부둥켜안고 몸부림친다고 없는 돈이 생길 리가 있나.

이런 걱정을 하다가 옛 동료에게 전화를 했다. 안부를 묻고 나니 대뜸 "박 교장, 퇴직금 일시불로 받았나? 연금으로 했나?" 숨가쁘게 묻는다. 내가 일부 연금으로 했다니 참으로 잘 했다고 큰 소리로 칭찬한다.

자기가 아는 퇴직 교장들 중에 대부분은 일시금으로 받아 일부는 자식들 뒷바라지에 쓰고 조금 남은 돈으로 생활하려니 윗물 마른 논에 물 마르듯 돈이 말라 생활하는 것이 말이 아니더라고 그들의 근황을 한숨 섞어가며 설명하느라 숨이 넘어갈 지경이다. 이에 비하면

나는 전립선비대증 노인 감질나게 나오는 오줌 줄기 같지만 연금이
통장으로 흘러들어오니 행복하지 않은가. 예수님이 하신 말씀이
생각난다.

"너희는 무엇을 먹고 마시며 살아갈까, 몸에는 무엇을 입을까
하고 걱정하지 말라. 목숨이 음식보다 소중하고 몸이 옷보다 중하지
않느냐? 공중에 나는 새를 보아라. 그것들은 씨를 뿌리거나 거두거나
곳간에 모아들이지 않아도 너희 천부께서 기르신다. 너희는 새보다
훨씬 귀하다. 너희는 먼저 그의 나라와 그의 의를 구하여라. 내일 일은
내일 염려할 것이요. 하루의 괴로움은 그날에 겪는 것만으로 족하다."

*
*
*

말이 씨가 된다

식구들의 언어 폭력에 어린 새싹이 피어보지도 못한 채 목숨을 잃은 사건이 있었다. 우리 이웃에 딸 셋을 낳은 후 얻은 삼대 독자여서 금이야 옥이야 하며 양육하는 가정이 있었다. 이 집 아이가 말을 하기 시작할 즈음 할머니가 손자에게 밥을 떠 먹이며 "이것 먹고 죽어라,"고 하면 아이가 "안 죽을 끼다. 내가 왜 죽어." 다른 말은 서툴렀으나 이 말은 똑똑하게 하였다.

이웃 사람이 가면 아이의 이 똑똑한 말을 자랑하기 위하여 밥을 떠 먹이며 "이 밥 먹고 죽어라." 고 하였다. 할머니가 하니 어머니도 누나들도 아이에게 똑 같은 말을 하고 아이가 말을 잘 한다며 칭찬하였다.

우리나라 사람들처럼 '죽는다'는 말을 잘 쓰는 민족이 없다고 말한다. 좋은 일이 있어도 좋아 죽겠다 하고 슬픈 일이 있으면 슬퍼 죽겠다고 한다. 그리고 아이나 어른이나 화가 나면 쉽게 죽여 버리겠다고 말한다. 이 말들은 자기가 죽는다는 것이고 또 내가 남을 죽인다는 뜻이니 내가 하지 않으면 된다. '죽어라' 하는 것은 자살을 하라는 것이니 엄밀히 따지면 살인 교사죄에 해당된다.

매일 온 식구가 밥을 먹으며 '죽어라'고 하니 아이가 그 뜻을 모를 때에는 그저 안 죽을 끼라고 하였으나 그 뜻을 알게 되었을 때에는 죽기가 싫으니 밥을 먹지 아니 하였다. 식구들은 아이가 밥을 먹지 않으니 밥을 먹이려고 안달을 하였다. 아이가 어떤 때는 밥을 많이 먹고 어떤 때는 통 먹지 않았다. 그러니 아이가 점점 야위어 갔다.

어느 날 저녁밥을 먹으면서도 죽으라는 말을 들으며 강권하니 억지로 밥을 좀 많이 먹었다. 평소보다 많이 먹은 것이 탈이 되어 밤에 배가 아프다며 뒹굴었다.

그 당시는 요즘처럼 동네 병원도 없었고 교통수단도 좋지 않아 사십 리 밖에 있는 병원에 갈 엄두도 내지 못했다. 그저 등을 두드리고 손가락 끝을 따주고 좋다는 약을 이웃에서 얻어다 먹이며 날이 밝기를 기다렸으나 그 밤을 넘기지 못하고 숨을 거두고 말았다. 씨 동자를 잃은 할머니도 실의에 빠져 시름시름 앓다가 그 해를 넘기지 못하고 돌아가셨다.

말이 씨가 된다고 온 식구들이 밥을 먹고 죽으라고 하니 죽지 않고 배겨낼 수가 없었다. 우리나라에 '보리 고개'라는 배고픈 시절이 있었다. 모두 가난하여 끼니를 굶는 것이 예사로운 시절이었다. 이때에는 '빌어먹을 자식' 하는 욕을 많이 하였다. 그 당시는 실제로 빌어먹는 거지가 많았다.

요즘 사람들은 남녀노소를 막론하고 '×팔 놈', '×할 자식,' 하는 욕을 많이 한다. 이 욕을 하는 사람도 욕을 듣는 사람도 대수롭지 않게 생각한다. 어떤 사람은 습관적으로 '×할' 하고 다음 말을 이어간다. 그래서 지금 우리 사회에는 성범죄가 만연하고 있다.

부정적인 측면이 있으면 긍정적인 면도 있다. 나는 청각장애 아동과 같이 생활하고 있다. 형제가 함께 있는데 내가 복지원에 근무한 지가 3년이 되어도 부모는 물론 친척 그 누구도 찾아오지 않았다. 이 두 아동은 영아원에서 일 년 유아원에 일 년 수용되었다가 청각에 장애가 있는 것이 판명되어 청각장애인 복지원인 이곳으로 보내졌다.

이 형제 중 동생은 잔청殘聽이 좀 남아 있어서 보청기를 사용하면 말을 배워 할 수 있을 것 같았다. 동생의 귀에 적합한 보청기를 구해서 끼워 주니 보통 하는 말소리를 들었다. 그러나 이 아이는 말을 하고 싶어 하는 의욕이 부족하였다.

동기 유발을 일으키기가 어려웠다. 지금 이 아이에게 가장 절실한 것이 무엇일까? 아무래도 어머니가 보고싶을 것이다. 어느 날 아이에게 손짓 몸짓을 총동원 하여 "엄마가 보고싶냐?" 고 물으니 그 뜻을 알았는지 아무 표현도 없이 눈물만 흘렸다.

이날부터 말을 잘 하면 엄마가 온다고 말해주었다. 공부를 하다가 아이가 게으름을 피우면 엄마가 안 온다고 하면 다시 용기를 내어 공부를 하고 말을 배우려고 애썼다. 열심히 하니 말이 조금씩 늘어갔다.

엄마가 온다는 말을 하루에도 몇 번씩 반복하게 하였다. 일반 아동들은 한 두 번이면 할 수 있는 말이지만 청각장애 아동에게는 이 말 한마디를 바르게 하고 활용하기 위해서는 수 백 번 되풀이해야 한다.

날마다 수십 번씩 반복하여 엄마가 온다는 말을 하니 노래처럼 자연스럽게 말하게 되었다. 아이가 혼자 놀 때에도 엄마가 온다는 말을 하고, 학교에 가서 선생님에게도 엄마가 온다고 말하였다. 말로만 하는 것이 아니라, 정말로 엄마가 오기를 간절히 바라는 마음으로 말하였다.

때때로 아이는 엄마가 언제 오느냐고 묻곤 하였다. 그럴 때마다 말을 더 잘 해야 온다고 하며 어제 보다 오늘 말을 더 잘 했으니 꼭 올 것이라며 용기를 북돋아 주었다.

그런데 반대로 나는 고민이 쌓여갔다. 이 넓은 세상에서 어떻게 그의 어머니를 찾아줄 것인가? 하지만 지성이면 감천이라고 아이가 말을 잘 하기만 하면 텔레비전 방송에 나가 찾을 수 있을 것으로 생각되었다. 무엇보다 우선 아이가 일반인처럼 말을 잘 할 수 있도록 가르쳐야 했다.

아이의 어머니가 오기를 간절히 바라며 공부하는 사이 세월이 흘러 일 년이 훌쩍 날아가고, 가정의 달 5월, 신록의 계절이 된 어느 날 아침 우리 방 앞 소나무 가지에 까치가 날아와 유난히 크게 지저귀고 있었다. 누군가가 귀한 손님이 찾아올 것 같은 예감이 들었다. 아니나 다를까, 그 날 오후 사무실에서 아이의 생모가 왔다는 전갈이 왔다.

6년만의 해후라고 했다. 엄마도 아이도 눈물로 얼굴이 범벅이 되었다. 무슨 말이 필요한가? 우리가 한 말이 허공에서 사라지고마는 걸까?

말은 메아리가 되어 돌아온다. 보이지 않고 들리지 않아도 우리에게로 돌아온다. 말을 조심스럽게 하고 실언으로 남에게 상처를 주지 않고, 고통을 당하지 않는 사람은 행복하다.

*

*

*

마른 논에 물대기

　　장마가 지고 나라 안이 온통 물로 피해가 크다고 야단인데, 마른
논에 물대기라니 생뚱맞은 일이라고 생각할지 모르겠다. 하지만
여기서는 가물어 마른 논에 물대는 정황을 빌려 쓰려는 것일 뿐이다.

　　나는 40여 년을 장애인 교육에 종사해 왔다. 정년으로 공직에서는
떠났지만, 복지원에서 지금도 언어치료사라는 직책으로 청각장애
학생들에게 언어를 가르치고 있다. 넓은 의미의 언어에는 음성언어,
문자언어, 수화언어, 판토마임도 포함된다.

　　즉 의사소통의 수단으로 쓰여지는 모든 것, 사랑하는 사람끼리
쥐고받는 눈빛도 언어라고 할 수 있다. 그러나 대체로 언어는
음성언어와 문자언어로 좁혀 생각한다.

　　청각장애인은 보통 언어장애까지 겸하고 있다. 음성언어 즉, 말은
듣고 모방하여 배우는데 말을 배우기 전에 청각에 장애가 있어 말을
못 들으면 말을 배울 수가 없어 말도 못하게 된다. 청각장애로 인하여

말을 못하는 경우는 청력 기관에만 장애가 있고 음성기관에는 장애가 없으므로 말을 의도적 계획적으로 가르치면 말을 할 수 있게 된다.

청각장애 아이들은 듣지 못하니 시각과 촉각 등 감각으로 사물의 이름을 배우고 뜻을 깨친다. 그러므로 형체가 없는 말을 가르치자니 여간 어려운 게 아니다.

내가 가르치는 학생 중에 운이와 민이가 있다. 이 두 학생은 잔청殘聽이 있어서 보청기를 사용하면 소리를 상당히 듣는다. 그러나 소리로만 들릴 뿐 의미가 있는 말로 들리지 않기 때문에 언어습득이 매우 느리다.

이들에게 "선생님이 빵을 먹었습니다." 를 가르치기 위하여 빵을 사 와서 실제로 먹는 것을 보여주고, 이 문장을 수십 번 따라 읽혔다. 그리고 나서 스스로 읽게 하고 잘못 읽으면 바르게 읽도록 가르쳤다.

그런 후에 "누가 빵을 먹었습니까?" 하고 질문을 하였다. 두 학생은 내 얼굴만 말똥말똥 바라보고 있다. 마치 그것도 질문이라고 하느냐는 표정 같기도 하고, "누가가 뭔데요?" 하고 묻고 있는 것 같기도 하였다.

맞다. 내가 '누가'라는 뜻을 설명해 주지 않았으니 모르는 것이 당연한지 모르겠다.

'누가'라는 개념을 가르치기 위하여 학생 두 명과 나, 이 세 사람 중에 빵을 먹은 사람이 어느 사람이냐고 수화와 제스처를 곁들어 설명을 하니 이해한 듯했다. 그래서 "누가 빵을 먹었습니까?" 하고 다시 질문을 하니 운이는 "던댕님 머거씁니다." 민이는 "썬앵님 빵…"

까지 말하고는 소가 듬벙이 내려다보는 눈빛으로 나를 보고 앉았다. 하도 기가 차서 좀 쉬었다 할 요량으로 쉬는 동안 컴퓨터 게임을 하라고 허락했더니 금새 눈을 별처럼 빛내며 컴퓨터로 달려갔다.

내가 가르치는 방법에 문제가 있는 게 아닌지? 그 동안 아이들을 가르친 경험을 되새겨 보았다. 이때 삼년 전에 가르쳤던 완이 생각이 났다.

완이도 처음에는 앞에 말을 가르치면 뒤에 말을 잊어버리고 뒤에 말을 가르치면 앞에 말을 잊어버리거나 가운데 말을 빼먹어버리기가 다반사였다. 그래도 실망하지 않고 완이의 수준에 맞고 발음하기 쉽고 외우기 쉬운 주위에 있는 사물의 이름부터 가르쳤다.

다음 날 질문을 하여 그 사물의 이름을 바르게 말하면 껴안아주고 칭찬과 격려를 아끼지 않았다. 이렇게 매일매일 꾸준히 가르쳤더니 어느 날 갑자기 말문이 터지며 말을 제대로 하기 시작했다. 완이는 지금 일반 학생처럼 초등학교 6학년 국어 교과서를 읽고 묻는 말에 거침없이 대답한다.

이때 문득 어릴 때 마른 논에 물을 대며 애태웠던 기억이 떠올랐다. 내 고향 남해군 남면 당항리는 천수답이어서 열흘만 가물어도 논바닥이 거북이 등처럼 쩍쩍 갈라졌다. 그러면 논 가장자리에 파 둔 듬벙이에서 두레박으로 물을 퍼올려 논에 부었다. 가뭄이 계속되면 물을 계속 퍼도 논에 물이 고이지 않고 어디론가 스며 들어가버려 흔적도 없었다. 그래도 포기하지 않고 듬벙이의 물이 마르지 않는 한 계속하여 퍼올리면 결국 논에 물이 고였다.

청각장애 학생 교육도 메마르지 않는 교사의 열정과 사랑, 그리고 지식을 계속 퍼부어주면 언젠가는 그들의 머릿속에 지식이 고이게 될 것이라는 기대를 가지고 되풀이해서 가르쳤다.

청각장애 학생 교육 방법의 하나가 반복학습이다. 마른논에 물을 대려면 계속하여 물을 퍼올려야 하듯 청각장애 학생들에게 끊임없이 말을 가르치고 관심을 기울여주어야 한다. 가물이 계속되면 혼자서 물을 퍼올리기에는 힘이 달리므로 온 가족이 달라붙어 교대로 물을 퍼올려야 한다.

이와 마찬가지로 청각장애 학생들의 언어 교육도 온 가족이 합심하여 마주칠 때마다 끊임없이 말을 건네주어야 그들도 말을 할 수 있게 된다. 그리고 늘 새로운 교재를 도입하고 새 방법을 활용하여 흥미를 유발시키고 참신한 지식을 제공해야 한다.

여름 내내 물을 퍼서 애써 기른 벼에서 나온 쌀로 밥을 지어 가족이 먹는 모습을 바라볼 때 농부는 일에 대한 보람과 행복을 느낀다.

청각장애 학생들이 언어를 배워 한 마디 말을 하거나, 비록 서툰 문장이지만 자기 생각을 표현한 글을 보았을 때의 기쁨이란 말로 표현할 수 없다. 장애아동을 가르치는 교사는 이런 보람에 산다.

꼭 같은 목적지에 도착했을 때의 행복도 어떤 수단을 이용하느냐에 따라 다를 수 있다. 헬기를 타고 산꼭대기에 오른 사람과 땀을 흘리며 걸어서 도착한 사람이 느끼는 행복은 비교할 수 없을 것이다.

장애인들에 대한 교육이 일반인들에 대한 교육과 비교할 수 없을 정도로 힘들지만, 그만큼 보람도 크다. 아무리 가르쳐도 도저히 가능성이 없을 것 같아 수 없이 많은 좌절과 절망을 겪게 되지만 마른논에 물대기처럼 끊임없이 노력하다 보면 언젠가는 효과가 있게 마련이다.

내 비록 고희를 지났지만, 이런 행복을 느끼기에 피곤한줄 모르고 그들에게 내 남은 생을 바치고 있는 것이다.

*
*
*

뒤집어 보기

찌는 듯한 더위가 기승을 부리고 있던 어느 해인가 7월 마지막 이틀을 경남 함양군 황석산 청소년수련원에서 보낸 적이 있었다. 경향 각지에서 온, 책을 몇 권씩 출간한 내로라 하는 수필가들의 행사로 여름 더위를 더 뜨겁게 했다.

문인들의 면면을 살펴보니, 더위는 아랑곳 하지 않고 그들의 눈빛은 주름진 노안^{老眼}에 비해 수필 소재를 찾느라 초롱초롱 빛나고 있었다. 이런 분위기에 휩싸이니 나도 글감을 찾으려는 정신이 바짝 들었다.

식당에서 물을 마시고 나오다가 만난 여직원에게 말을 걸었다. 청소년수련원이 경남 함양에 소재하고 있으니 경남 학생들만 오느냐고 묻자, 전국 각지에서 오는 학생들의 발길이 끊이지 않는단다. 특히 함양은 전라북도 남원, 전라남도 구례와 가까이 있어서 그쪽 학생들이 더 많이 온다고 했다.

내가 그녀에게 영남 학생들과 호남 학생들의 성격이나 행동 등 무엇인가 특별히 다른 점을 느낄 수 있는지를 물었다. 수련원에서 생활한 지가 10년이 넘는다고 했다. "서당개 3년이면 풍월을 하고, 강산도 10년이면 변한다."고 하는데, 그 동안 많은 것을 배웠고, 환경도 학생도 많이 변했다며, 다음과 같은 이야기를 해주었다.

　　중·고등 학생들의 수련 일정은 보통 2박 3일이다. 이 곳에 도착하면 입소식과 아울러 수련생활의 규정과 일정을 설명한다. 호남 학생들은 이 시간에 질문을 많이 하여 할 일을 완전히 파악하고, 하기 싫은 일은 하기 싫다고 분명히 말한다는 것이다. 그리고는 군소리없이 규정을 잘 지키고 선생님이나 수련원 직원들의 지시를 따른다고 했다. 반면에 영남 학생들은 질문도 별로 없고, 가타부타 말이 없다가 뒤에 불평을 하고 규정을 잘 지키지 않는 경향이 많더란다.

　　수련원에 올 때 학생들은 학부모들이 마련해준 간식을 많이 가져 온다고 했다. 호남 선생님들은 오자마자 학생들이 가져온 음식을 조금씩 고루 정갈하게 담아 먼저 수련원 직원들에게 맛을 보라며 준다. 한편 영남 교사들은 행사를 마치고 가면서 남은 음식을 주는 경우가 많다. 음식을 따로 보관해 두었다가 주겠지만, 먹고 남은 음식을 주는 것 같아서 감사한 마음은커녕 기분이 영 별로란다.

　　이에 내가 그 직원 생각을 한 번 뒤집어보자며 조용히 이야기해 주었다. 피상적으로 생각하면 호남 교사들이 수련원 직원들에게 음식을 먼저 주니, 남을 배려하는 마음이 많다고 박수를 보내고 싶을 것이다. 그러나 한 걸음 더 나아가 생각해 보면 거기에도 우리가 배울 점이 따로 있다.

그 음식은 어머니들이 학생들 간식으로 보낸 것이다. 물론 선생님에게 처리 문제를 일임했다. 하지만 그것을 먹을 우선권은 학생에게 있다. 학부모가 보낸 음식을 남에게 먼저 주고 좋은 선생님으로 인정 받기를 바란다는 것은, 비판적으로 말하면 남의 물건으로 선심 쓰고 예절 바른 선생님으로 칭찬 받겠다는 격이 된다. 좀 비약적인 발상인지 모르지만, 이런 생각과 행동이 최근 문제가 되고 있는 토지공사가 빚더미 위에 앉아서도 직원들에게 성과금을 주는 것으로 발전하는 게 아닐까.

영남 교사들이 음식을 수련원 직원들에게 미리 나누어 주지 않는 긍정적인 면을 생각해 볼 필요가 있다. 영남 교사들은 예기치 못한 돌발 사태를 대비하기 위해 음식을 보관해 두었는도 모른다. 아무 탈 없이 일정을 마치고 떠날 때 남겨 두었던 음식을 수련원 직원들에게 주고간다.

내가 몸 담고 종사하는 복지원 식당 건물을 개축하고 있어서 학생들, 직원 모두가 밖으로 나와서 밥을 먹는다. 그런데 도둑고양이 한 마리가 저만치 떨어진 곳에 웅크리고 앉아 우리가 밥 먹는 모습을 가만히 지켜보고 있었다. 그래서 내가 고양이가 좋아하는 생선 토막 등을 먹기 좋게 그릇에 담아 둔다.

식사를 마치고 고양이에게 먹이를 주면 내가 밥을 다 먹을 때까지 꼼짝 않고 기다리다가 자리를 뜨면 와서 먹는다. 미리 먹이를 주면 내가 밥을 먹는 동안 재빠르게 달려와서 먹고 가버린다.

음식을 먼저 주면 먹을 때는 감사하지만 먹은 후에는 관심이 없어질 수 있다. 떠나면서 먹이를 주면 떠날 때까지 무슨 음식일까, 얼마나 맛있는 것일까 하고 생각을 하지 않을까? 이 생각이 결국 학생들에게 관심을 갖는 계기가 되니 학생 교육에 도움이 될게다. 성경에도 재물이 있는 곳에 네 마음도 있게 된다고 했다.

여기서 그녀가 내 말을 끊고 화제를 바꾼다. 호남은 맛 문화, 소리 문화, 정자亭子 문화가 일찍부터 발달했다고 자랑한다.

같은 남도 지방이지만 전라도는 평야가 많고, 경상도는 험준한 산이 많다. 이런 자연 환경이 사람들의 성격 형성에 많은 영향을 끼쳤을 것이다. 60년대에는 내 고향 남해에서 군산까지 버스를 세 번 바꿔 타야 갈 수 있었다. 추석을 쇠러 군산에서 이리(익산), 전주, 남원까지 반나절이나 가는 길 옆 들판은 온통 황금 물결을 쳤다. 황금들에, 살랑살랑 부는 가을 바람에 나부끼는 금빛 벼이삭이 삭삭거리는 소리에 콧노래가 절로 나왔다.

곡창지대 사람들은 배가 부르니 자연 맛을 찾게 되고 따라서 맛 문화가 발달하게 된다. 봄에 씨 뿌리고 여름에 땀 흘려 가꾼 벼가 가을바람에 황금 물결을 이루며 나부끼는 소리에 콧노래가 나와 소리 문화로 발전했을 것이다.

노래는 혼자보다 여럿이 불러야 흥이 나고 청중이 있어야 신이 더 나는 법이다. 결국 사람이 모여야 하니 모일 장소로 정자 문화가 생겨난 것이다. 이런 자연환경으로 호남은 다른 도에 비해 일찍이 맛 문화, 소리 문화, 정자 문화가 발달했는지 모르겠다.

그녀와 이야기하느라 시간 가는 줄 몰랐다. 떠나야 할 시간이
되어 더 좋은 이야기를 못 들어 아쉬운 마음을 품고 자리를 털고
일어섰다. 침이 마르도록 학생들을 칭찬하던 그 여직원의 행복한
모습이 눈 앞에 어린다.

$$*$$
$$*$$
$$*$$

담배 유감

노무현 전 대통령이 바위에서 몸을 던지기 전에, 아침 산책에서
수행한 경호원에게 담배가 있느냐고 물었다고 한다. 경호원이 담배를
가지고 있지 않아서, "가져 오라고 할까요?" 하고 여쭈니 "그냥
두라."고 한 상황이 매스컴에 보도되었다.

경호원이 평소 담배를 안 피웠는지, 아니면 등산 가는 길이라 가져
가지 않았는지는 알 수 없으나, 왜 그 시간에 노 전 대통령이 담배
생각이 났을까?

만약 그 시간에 담배를 한 대 피웠다면, 마음이 가라앉아 극단적인
행동은 취하지 않았을 거라는 생각이 나만 갖는 안타까운 마음일까?

나는 크리스천 가정에서 자라 담배 피우는 사람들의 심리를
헤아리지 못한다. 몸에 해롭다는 담배를 왜 비싼 돈을 주고 사서
피우는지 가끔 애연가들에게 묻곤 했다. 내가 어릴 적에 이웃집에 사는
할아버지가 담뱃대와 쌈지를 늘 가지고 다니며 부싯돌로 마른 쑥에

불을 붙여 담배를 피우셨다. 왜 담배를 피우시느냐고 여쭈어 보니, 할아버지는 담배가 아니라 '심심초'라고 하셨다. 심심초는 심심할 때 피우는 풀이라고 설명까지 곁들였다.

　　그 때에는 할아버지가 심심할 거라는 생각을 못했다. 지금 내 나이가 그 때의 그 할아버지 나이가 되니, 비로소 할아버지의 심심하다는 말이 가슴에 와 닿는다. 젊은이들은 일터로, 아이들은 책 보따리 끼고 학교로 떠나고 나면 마을은 쥐죽은 듯 조용했다. 텔레비전은 말할 것도 없고 라디오도 없던 시절, 까막눈이라 책도 읽을 수 없고, 할머니는 먼저 저 세상으로 가버렸고, 홀로 남았으니 외로움만 커질 수밖에 그래 담뱃대만 짓궂게 빨며 고독을 달랬으리라.
　　우리 장모는 골초였다. 아들 다섯을 낳고 늘그막에 낳은 막내에다 고명딸이라, 우리 집에 자주 오셨다.
　　어느 날 퇴근하고 집에 오니, "외할머니 코는 굴뚝이다. 코에서 연기가 난다."고 신기한 듯 막둥이가 말했다. 우리 장모는 담배를 힘껏 빨아 당겨 입 안 가득 연기를 머금은 다음 코로 연기를 단숨에 내뿜었다. 아이의 눈에는 두 코에서 나오는 담배 연기가 시골집 굴뚝에서 나오는 밥짓는 연기처럼 보인 모양이었다.
　　딸네집에 와 잠자리가 바뀌어서 그랬을까 깊은 잠을 이루지 못했다. 매캐한 냄새에 잠이 깨어보니 장모가 베란다에서 담배를 피우고 계셨다. 시계를 보니 자정이었다. 아침에 몸에 좋지 않다는 담배를 주무시다가도 피우고, 왜 그렇게 많이 피우시느냐고 물으니 가슴이 폭폭(답답)해서 피운다고 하셨다.

기독교 가정에서 태어난 내 절친한 죽마고우는 군복무 중에도 담배를 피우지 않았는데 제대 후, 어느 학교 서무 책임자로 일하면서 담배를 피우기 시작했다. 그는 담배 연기를 입에 가득 머금은 다음 연기로 원반 모양, 뭉게구름 모양 등 여러 가지 모양을 만들어 뿜으며 희열을 만끽하는 듯했다.

다른 친구들은 군에서 담배를 피우다가 제대 후에 끊었다. 하지만 이 친구는 반대로 사회에 나와서 꼴사납게 담배를 피워서, 내가 심한 힐난을 할 정도였다. 그럴 때마다 그는 담배가 사람을 사귀는데 필요하다는 변명을 늘어놓았다. 관공서 같은 데서 실무자를 만나 처음 일을 부탁할 때 담배를 권하고 같이 피우면 말문을 열기가 쉽더라고 했다. 직업상 많은 사람들과 접촉하다 보니 어느새 골초가 되어, 이제는 담배를 끊기가 어렵다고 하소연을 했다.

담배를 피우는 사람들의 변이 제 각각이나, 때로는 나름대로 합당한 이유가 되는 것 같기도 하다. 심한 갈등을 느낄 때, 일이 잘 안 풀려서 답답할 때, 상사에게서 꾸중이나 문책을 들었을 때, 담배를 피우면 마음이 다소 안정된다고 했다.

노 전 대통령이 자살을 작정하고 부엉이 바위에 앉아 눈에 익은 들녘을 바라보던 그 심정이 어떠했을까. 한밤중에 초등학교 동기에게 전화를 한 것을 보니 잠도 못 이루고 얼마나 갈등을 느끼며 몸부림쳤는지 가히 짐작이 된다.

그 친구와 통화가 되었다면 같이 담배를 피우며 그 괴로운 마음을 털어놓았을 것이고, 그러는 중에 마음에 변화가 생겨 그런 극한 상황은 오지 않았을지 모른다는 아쉬운 마음을 금할 수 없다. 노 전 대통령이 절박한 순간에 애타게 찾던 친구도, 담배도 그 때 그 곳에 없었다.

노 전 대통령의 "앞으로 받을 고통은 헤아릴 수가 없다."는 유서처럼, 앞으로 좋아질 희망이 보이지 않을 때 사람들은 자살을 생각하게 된다고 한다.

나도 만성 중이염을 고치려고 수술을 하고, 청력을 잃어 절망의 심연에서 자살을 시도해 본 적이 있다. 쥐약을 먹느냐, 칼로 동맥을 끊느냐로 며칠 고민했다. 동맥을 자르면 시간이 오래 걸릴 것 같아서 쥐약을 먹기로 했다.

식구들이 모두 잠든 밤에 아래채 방에서 쥐약을 입에 털어넣으려는 순간 가슴과 손이 심하게 떨리며, 일찍이 경험하지 못한 엄청난 공포감에 휩싸였다. 그 순간 죽을 용기가 있으면, 무슨 일을 하던 살 수 있을 거라는 생각에 내 결심을 바꾸어 자살을 단념했다.

생명은 단 한번 하나님이 창조해주신 것이요, 부모가 낳아준 것이기 때문에 나에게는 그것을 잘 간직할 의무만 있을 뿐, 그것을 마음대로 처리할 권리가 없음을 많은 종교 지도자들과 철학자들이 이구동성으로 말하고 있다.

노 전 대통령이 담배를 찾고, 친구를 찾았을 때, 그 곳에 그것들이 있었더라면 그런 참혹한 일이 없었을지 모른다는 생각을 해보게 한다. 사람이 하는 일에, 원하는 것이 때와 장소에 맞게 주어지는 경우가 얼마나 되던가. 자기가 원하는 것이 제때에 주어지지 않는다고, 남에게 실수한 것, 잘못한 것 때문에 제 생명을 버려야 한다면 이 세상에 살아남을 자, 과연 몇 명이나 될까?

생명은 내 마음대로 하는 게 아니라는 강한 믿음이 있고. 이 고비를 넘기면 내가 할 일이 따로 있다는 확고한 신념으로 어려움을 극복했다면 사회와 국가를 위해 더 좋은 일, 더 많은 일을 할 수 있었을 텐데.

*

*

*

장기와 훈수

바둑을 두뇌 스포츠라고 말하기도 한다. 스포츠라면 '체육'이라는 말인데, 그래서인지 한국기원에서는 바둑의 체육 전환을 위하여 1백만 서명운동을 한다고 한다. 바둑이 체육이라면 장기도 스포츠가 될 수 있다고 생각한다. 서양 장기인 체스가 1999년 세계 올림픽위원회(IOC)로부터 스포츠로 인정 받아 2008년 베이징 올림픽에서 시범 종목으로 채택될 가능성이 크다고 하니 더욱 그렇다.

장기는 우리나라에 널리 보급되어 있으며 노소를 막론하고 즐길 수 있는 건전한 스포츠 중의 하나이다. 바둑이 젊은 사람들에게 맞는 체육이라면 장기는 노인들에게 맞는 스포츠라고 할 수 있다. 경로당이나 노인정 등 노인들이 모여 노는 곳에는 장기판이 없는 곳이 없다. 장기판이 있다는 것은 장기를 즐기는 노인이 많다는 뜻이다.

장기는 상수나 비슷한 수준의 경우에 연장자가 漢한을, 하수나 연하자가 楚초를 갖고 먼저 두는 것이 보통이다. 스포츠는 시합을

151

해야 열을 띠고 하게 된다. 일반적으로 그냥 시합을 하면 흥미가 떨어지고 따라서 소극적으로 대응하지만, 상금이나 상품을 걸고 하면 적극적으로 나선다.

장기도 내기 장기를 두어야 흥미가 배가된다. 노인들도 내기 장기를 곧잘 두는데 보통 3판 2승으로 하며, 들말 들수라하여 '일수불퇴一手不退.'라고 서로 다짐을 하고 시작한다. 내기는 점심으로 자장면을 사거나, 다방에서 커피를 불러 마시는 것으로 한다. 시합을 할 때에는 구경꾼이 있어야 신이 나고 흥미가 있다. 장기를 둘 때에도 옆에 구경꾼이 많으면 좋다.

장기 두는 것을 관전할 때에는 장기 두는 사람이 어떤 설계를 가지고 하는지 머릿속에 구상하며 장기판을 본다. 장기 두는 사람이 자기의 구상과 같이 두면 내심으로 쾌재를 부르며 구경하지만, 엉뚱하게 두면 성급한 구경꾼은 흔히 훈수를 하게 된다. 장기 두는 당사자가 장기에 자신이 없어 훈수에 따르게 되면 훈수하는 사람이 주도권을 쥐게 되어 장기를 두는 주객이 전도되는 경우가 생긴다.

그리고 처음 약속과는 달리 한 수 물려 달라고 떼를 쓰는 사람도 있는데, 이렇게 되면 장기 두는 분위기가 흐려지고 때로는 살벌해지기까지 한다. 따라서 훈수를 받은 쪽이 이기면 진 사람은 훈수 때문에 졌다고 원망하며 애초에 걸었던 약속을 지키지 않으려 한다. 훈수를 받은 쪽이 진 경우도 공연히 옆에서 쓸데없이 훈수를 해서 졌다고 원망하며 훈수를 한 사람에게 책임을 지라고 채근한다.

장기를 아주 잘 두는 프로들은 훈수에 따르지 않고 자기 소신껏

둔다. 프로급의 실력을 가지고 장기를 두는 사람을 보면 전체적인 계획을 가지고 몇 수 앞을 내다보며 상대방의 수를 읽으면서 두는 것 같다.

훈수를 하는 사람은 눈앞에 닥친 그 위기만 보고 훈수를 하는 경우가 많아 프로급 고수에게는 훈수가 먹혀 들지 않는다. 노인들 중에는 장기를 잘 두는 고수들이 많은데, 고수들은 훈수를 하지 않는다. 훈수를 하는 사람들은 장기를 그렇게 잘 두는 사람이 아니다.

노인들이 장기를 두다가 훈수 때문에 옥신각신하는 것을 보면 우리 사회의 한 단면을 보는 것 같다.

아파트에 살면 아래층 사람과 위층 사람이 아이 때문에 다투는 경우를 보게 된다. 우리가 살고 있는 위층인 2층에는 두 아이가 있는 부부가 살고, 3층에는 한 아이를 둔 젊은 부부가 살고 있었다. 두 아이가 있는 엄마와 한 아이를 가진 엄마가 종종 다투었다.

두 아이를 가진 엄마가 위층에 있는 아이가 많이 뛰어서 시끄러워 잠을 잘 수가 없으니 아이를 잘 가르치라고 충고하는 데서 시비가 발단되었다. 내가 보기에는 두 아이가 더 많이 뛰고 더 떠드는데 자기 아이 교육은 제쳐두고 남의 아이만 탓하며 싸운다.

학교에서도 비슷한 경우가 많이 발생한다. 자기가 맡은 반 학생 생활지도는 잘 하지 않으면서 남의 반 학생을 일일이 간섭하는 교사가 있어서 갈등을 빚는 경우가 있었다. 자기 교실 앞 신발장의 신발 정리는 잘 되어있지 않았는데, 옆 반 교실의 신발이 조금 잘 못되어 있으면, 그 반 학생을 야단치는 교사가 있어서 옆 반 교사와

티격태격하였다. 학생을 가르치는 방법이 같을 수는 없다. 오히려
달라야 한다. 그래야 담임을 바꾸는 의미가 있고 학생들도 여러
가지를 배울 수가 있다.

　　학생을 수용하여 교육하는 복지시설에도 생활지도교사에 따라서
학생을 지도하는 방법이 다르다. 한 지도교사는 '고기를 잡아주기보다
고기 잡는 법을 가르쳐 주라'는 교훈에 따라 학생들이 스스로 하도록
지도하였다. 나이가 어리지만은 혼자서 목욕을 하게 하고 옷도 스스로
챙겨 입게 가르쳤다. 그런데 옆 방 지도 교사는 아이들이 어리니 옆에서
도와주어야 한다며 몸도 씻겨주고 옷도 찾아서 입혀 주었다.
　　내가 이 글을 쓰고 있는 동안 옆방 아이가 장난감을 가지고
와서 놀다가 그냥 가버렸다. 나는 그 아이를 다시 불러 장난감을 제
자리에 정리하여 두게 하니 볼이 미어지도록 튀어나온다. 지도교사가
많이 도와주는 것이 우선은 좋을지 모르지만 자립심을 길러준다는
측면에서는 바른 교육이 아닐 것이다.

　　어찌 한 가정이나 학교에만 속한 일이겠는가. 요즘 우리나라
정치판을 보면 노인들이 장기를 두며 옥신각신 다투는 것 같다. 여당이
정책을 내어놓으면 야당이 틀렸다고 하고, 야당이 안건을 올려놓으면
여당이 트집을 잡아 일을 못하게 한다. 대통령이 집마(執馬)한 것을
훈수하는 사람들이 잘못 놓았다고 불평을 한다. 이렇게 놓으면
저쪽 훈수꾼이 잘못 놓았다고 하고, 저렇게 놓으면 이렇게 훈수하는
사람들이 잘못 놓았다고 들쑤셔 민심을 혼란케 한다.

노인들이 장기를 둘 때 훈수하는 사람들을 보면 마치 자기가 책임을 다질 것처럼 하다가도 그 결과가 잘못 나오면 장기 두는 사람에게 책임을 지라고 한다. 옆에서 구경하던 모든 사람들이 이구동성으로 장기 둔 사람이 책임을 져야 한다고 몰아붙이니 결국 장기를 두고 진 사람이 책임을 지고 처음 약속대로 이행한다. 만약 끝까지 고집을 부리고 약속을 이행하지 않으면 시쳇말로 왕따를 당한다.

　　오늘날 훈수하는 사람은 많아도 책임지는 사람은 없고 정치하는 사람은 많아도 국민과 국가를 위하여 책임지는 정치인은 적다. 세상사 이치를 장기에 견주어 할 말은 아닐지 몰라도, 크게 다를 바 없으니 안타까울 뿐이다.

*

*

*

구두병원

사람이 많이 다니는 큰 길 가에 '구두 병원'이라는 간판이 눈에 많이 띈다.

언제부터인지 모르지만 구두를 닦아주고 수선하는 곳에 구두 병원이라는 간판을 세워놓고 있다. 병을 고치건, 구두를 고치건 대상은 다르지만 고친다는 뜻은 같으니 그 간판이 문제가 될 턱은 없다.

병을 고치는 사람을 의사라고 하니 구두를 고치는 직업을 의사라고 하면 어폐가 되는가. 만물의 영장, 인간의 병을 치유하는 의사들은 하찮은 신발을 수선하는 사람들이, 수 천 년 동안 사용해 온 전문용어를 도용하고 있다고 항의할지 모르겠다. 하지만 우리들은 직업엔 귀천이 없다고 귀에 못이 박이도록 들었고, 학생과 후배들에게 가르치기도 했다.

우리 마을 아랫동네 큰 길가에 반 평도 안 되는 좁은 구두 수선 가게가 있다. 그 가게도 예외가 아니어서 구두 병원이라는 간판을

세워놓고 영업을 한다. 나도 구두에 탈이 나면 그 곳에서 고치고
필요한 부속품도 사 쓰던 20여 년의 단골이다. 근데 오랜만에 구두가
말썽을 일으켜 수리차 들렀더니 낯선 사람이 앉아 구두를 열심히
꿰매고 있었다.

가게에 들어서자마자 주인장이 어디 가셨느냐고 물었더니 자기가
주인이란다. 가게를 인수하여 구두 병원을 운영하고 있다며 자기
소개를 하였다. 전 주인의 안부를 물으니 가게를 넘겨주고 어디서
무얼하는지 전혀 모른다고 했다.

묵묵히 일만하고 있던 구두 병원 의사의 말문이 열리니 청산유수
같은 말솜씨로 그가 살아온 이야기, 인생 철학을 설파했다. 그는
고향에서 고등학교를 졸업하고 자립하기 위해 홀홀 홑몸으로
상경하여 도둑질 외에 밑바닥 인생으로 온갖 일을 다 해 봤단다.
그러다가 손을 댄 것이 구두 닦기에서 구두 수선까지, 어느덧 30년
세월이 흘렀다고 한다.

구두 병원 경영 30년을 하며 보고 듣고 느낀 인생학을 강론했다.
자기가 보니 정말 부자는 외모에 별다른 신경을 쓰지 않더란다. 진짜
부자는 자가용도 보통 차종을 타고, 평소에 캐주얼한 복장을 즐겨
입고 다닌다.

그 한 사례가 최근에 신문에 보도된 신양문화재단 정 석가
이사장이다. 그는 서울대학교에 10년 간 133억 원을 기부했다니
일 년에 십삼억여 원을 기부한 셈이다. 하지만 그는 20년된 양복을
입었고, 그만큼 낡은 구두를 신고 다녔다. 반면에 전셋집에 사는

사람들이 고급 승용차를 굴리고, 유명 브랜드 옷을 입고 외모에 신경을 많이 쓰더라고 했다.

각종 여론조사, 통계자료에 의하면 자가용이 있는 4인 가족 기준 월 생활비가 4백만 원 정도라는데, 월 4백만 원 정도 받는 중년 남자가 몇 명이나 되겠느냐고 반문한다.

자기 이웃에 사는 중·고등학생이 한두 명 있는 사오십 대 남자의 월수입이 2백만 원, 여자는 백만 내지 140만 원 정도 라고 한다. 내년(2011년) 4인 가구 최저 생계비는 월 143만 9413원이라고 신문에 보도된 바가 있다. 그런데 국가에서 기초생활 수급자에게 주는 보조금이 월 90만, 100만 원이고, 공공근로자도 월 수입이 이 정도라고 한다. 최저 생계비에도 못 미친다.

구두 병원 의사가 점점 열을 올리며 자기 주위에 사는 서민들에 대한 실상을 설명한다. 돈이 없어서 전셋집도, 전세방도 구할 수 없는 사람들은 사글셋방에서 생활한다. 월세로 사는 근로자들은 하루 벌어 하루 먹고 사는데, 그들이 사는 것을 보면 소비가 좀 심해 보인다.

이들이 왜 그렇게 사는지 자세히 살펴보니 그들의 가슴 속에 비전, 희망의 씨앗이 없더라고 한다. 이것저것 열심히 해 봤지만 되는 일이 없다. 허리띠를 졸라매고 은행에 저금도 했지만 이자 한 푼 늘지 않는다. 그래서 우선 배 부르게 먹고 즐기자. 있으면 먹고 쓰고 즐기고, 없으면 쫄쫄 굶는다. 굶다가 일거리가 생기면 그날 벌어 그날 먹고 즐기는 거다. 이런 생활이니 가난의 사슬을 끊지 못하고 마냥 그 모양이다.

요즘 창업자금을 빌려줄테니 창업하라고 젊은이들을 부추긴다. 이에 별다른 경험도 갖추지 못한 사람들이 융자를 받아 창업을 하였으나 어디 계획대로 척척 풀려나가던가?

한솥밥 먹고 한이불 밑에서 몸을 섞으며 아들, 딸 낳은 부부는 눈빛만 봐도 마음을 안다. 이것은 오직 체험과 경험에서 습득한 것이다. 일도, 사업도 그 안에서 잔뼈가 굵어야 성공할 수 있는 것이지 책 몇 권 읽었다고 다 되는 게 아니라며 기염을 토했다.

'칠전팔기七顚八起'라는 말처럼 많이 넘어진 경험이 필요하다. 경험은 실패에서 얻는 교훈이다. 실패는 성공으로 나아가는 층층대에 불과하다. 그래서 '실패는 성공의 어머니'라 말했다. 그럼에도 불구하고 우리의 풍토에서는 한 번 쓰러지면 재기가 거의 불가능하다. 우리 사회가 젊은 사람들이 재기하고 도전할 수 있도록 분위기, 여건을 만들어 줄 의무가 있다.

'잘 되면 내 탓, 못 되면 조상 탓'이라는 말처럼 자기가 잘못해 놓고 조상 탓, 나라 탓하고 있는지도 모를 일이다. 자전거 타기를 배울 때도 연습이 필요하다. 연습할 때는 넘어진다. 넘어지면서 무릎도 까지고 다리도 다칠 수 있다. 하지만 이런 위험을 무릅쓰고 넘어지면 일어나고 또 넘어지면 일어나서 연습을 해야 비로소 자전거를 제대로 탈 수 있다. 몇 번 넘어졌다고 자전거 타기를 포기하면 자전거는 영영 못 타게 된다.

요즘 젊은이들을 보면, 구두를 조금만 수선하면 몇 달은 더 신을 것 같은데 흠집이 생기면 보기 싫다고 버리고 새 구두를 사 신는 등

절약정신이 부족하다. 적은 것부터 차근차근 경험을 쌓아 올라가려는
도전 정신, 자립심이 결여되어 있는 것 같다고 목에 핏대를 세운다.

　희망이 있고, 가정이 화목하고, 사회가 안정되어 있으면 나물 먹고
물 마셔도 행복한 법이다.

＊

＊

＊

애완동물 교훈

새벽 약수터에는 진풍경이 많다. 20대 초반의 이가씨는 털이 하얀 강아지를 안고 왔다. 물 받을 차례를 기다리는 동안 불룩한 앞가슴 사이에 안긴 강아지와 함께 온갖 재롱을 떤다. 주위 사람들을 전혀 아랑곳하지 않는 그 태도가 썩 보기 좋은 풍경은 아니다.

요즘은 맞벌이 부부가 많고, 아이도 하나나 둘 이상은 낳지 않는 터에 집에 가도 반겨줄 사람도, 같이 놀 친구도 없다. 아이가 텅 빈 아파트에 들어가면 허전하고 쓸쓸할 게다. 이럴 때 개라도 뛰어나오며 끙끙거리고 꼬리를 치며 반겨주면 외로움이 덜할 것이다.

실제로 우리 손녀도 그랬다. 아이가 초등학교 4학년 땐가, 큰 아들 집에 가니 뜻밖에도 개를 기르고 있었다. 손녀가 오는 발걸음 소리에 개가 두어 번 깽깽 짖더니 현관으로 뛰어갔다. 손녀가 현관문을 열고 들어오며 "미니야!"하고 부르며 개를 안았다. 그 때 할아버지인 나에게는 고개만 꾸벅하더니 미니하고는 계속 종알거렸다.

"배고팠지? 좀 기다려. 내 옷 바꿔 입고 밥 줄게."

아이는 개가 있어서 부모가 안 계시는 아파트에 와도 허전하거나, 외롭지도 무섭지도 않다고 했다. 개가 밥을 먹는 것을 보면 자기도 밥이 먹고싶어 챙겨 먹게 되더라고 자랑삼아 말했다.

십여 년 전 영국 런던에 갔을 때 개를 데리고 공원을 산책하거나 의자에 앉아 있는 노인들이 눈에 많이 띄었다. 묻지도 않았는데, 안내인이 런던에는 독거노인들이 쓸쓸해서 그런지 애완동물을 많이 기른다고 설명했다. 혼자 살다보니 온기가 있는 동물이라도 옆에 있으면 외롭지 않으리라.

잘 훈련된 개가 시각장애인의 길을 안내하고, 청각장애인의 귀 역할을 해준다. 내가 아는 청각장애인 부부가 있다. 그 집에도 없으면 안 될 식구가 있다. 그들의 귀를 대신하는 훈련된 개다. 초인종이 울리면 청각장애인 앞에 가서 껑껑 짖고 곧 현관으로 달려가면 주인이 뒤따라가서 문을 열어준다. 자고 있으면 옷을 물고 흔들거나 앞발로 몸을 툭툭 쳐서 깨운다.

개가 사람들의 생명을 구해준 이야기가 많이 전해 오고 있다. 하지만 개가 사람에게 주는 긍정적인 측면이 있는 반면 부정적인 면도 있다.

장애인 학교에 오래 근무하다보니 장애아이가 태어나는 원인에 관심을 많이 갖게 되었다. 애완동물이 장애아 출산에 한 원인을 제공한다는 것을 사람들은 잘 모르고 있다. 국민 소득이 많아지고, 생활수준이 높아짐에 따라 개, 고양이, 카나리아, 십자매, 잉꼬 등

애완동물의 사육이 늘어나고, 따라서 이들로부터 사람에게 전염되는 질병 역시 많아지고 있음이 밝혀졌다.

어린아이들의 사랑을 받으며 귀여움과 재롱을 선사해주는 애완동물이 뜻밖에도 인간에게 골치 아픈 병들을 옮겨주고 있는 것이다. 혼기를 앞둔 젊은이들에게 장애아 출산의 예방교육이 필요함을 절감하고 있다.

물을 들고 오는 길에 우연히 개를 안고 다니는 아가씨를 만났다. 조용히 개가 사람에게 병을 옮긴다고 이야기를 했더니, 우리 개는 사람과 똑같이 먹고, 같이 자며 생활하니 걱정할 것 없다고 불쾌한 어조로 말했다.

개가 사람과 똑같은 것을 먹어도 배설하는 것은 같을 수가 없다. 개구리를 닭이 먹으면 알을 생산하고, 독뱀이 먹으면 독을 만든다. 개나 고양이 변에서 나오는 회충알이 사람의 입이나 살갗을 뚫고 들어가 뇌나 장기에 기생하여 건강을 해친다.

고양이의 변에서 감염되는 '톡소플라스마 곤디'라는 원생동물이 사람의 눈에 기생하면 실명의 우려가 있고, 특히 태아에게 감염되면 선천적인 기형이나 지적장애가 되어 탄생과 함께 참담한 인생을 맞게 될지도 모른다.

인수人獸 공통 전염병이 무려 200여 종이 넘을 정도로 많단다. 애완동물에는 피부에 일종의 진드기가 기생하는데, 이것이 사람에게 옮겨지면 각종 피부병을 일으킨다고 한다.

무작정 사랑만 주는 것이 애완동물이 아니다. 개를 매일

복욕시키고 용변 처리를 깨끗이 해야 한다. 무엇보다 구충제를 때맞춰 먹이고 예방 주사를 맞히는 등 위생관리를 철저히 하면 된다. 이런 일을 하다보면 노동의 즐거움과 근면성도 몸에 배이게 된다.

애완동물을 키우는 일이 자기의 건강은 물론 가족의 건강에도 관심을 갖는 계기가 된다면 그야말로 일석이조다.

*

*

*

일본은 미워도 추억은 아름답다

    초등학교 6학년 1학기 읽기 교과서에 손 연자 씨가 쓴 「방구 아저씨」라는 아동 소설이 실려 있다. 이 소설은 일제 강점기 우리나라 어느 마을에 살았던 방구 아저씨가 쉰 번째 귀빠진 날 일본 산림관이 달라는 과목장을 거절하다가 새파란 젊은 일본순사의 순사봉에 맞아 죽었다는 내용이다. 이것은 아이들의 취향에 맞게 구성했을 뿐 실은 우리가 옆에서 직접 지켜 보았고 우리 부모와 조부님들이 직접 겪은 실화다.

    나는 우연이라기에는 너무도 뜻밖에, 기독교 신앙으로 보면 하나님의 섭리이고, 불교 철학으로 말하면 전생의 인연이라고 생각되는 일본 젊은이를 만나 반년을 함께 지낸 적이 있다. 후지이와 하세가와가 그들이다.

    하세가와는 우리나라로 유학 왔고, 후지이는 특수교사 자격증을 취득한 예비교사였다. 그는 임용을 기다리는 동안 봉사활동을

하며 우리나라 특수교육의 동향과 한국말을 배우기 위하여 왔다고
했다. 하세가와는 토요일마다 왔으나 후지이는 내가 근무하고 있는
'메아리복지원'에서 나와 숙식을 같이 하였다.

　나는 초등학교 3학년까지 일본식 교육을 받았다. 광복
후로는 일본 말을 전혀 사용하지 아니하였다. 결국 일본 말을 모두
잊어버렸다. 일본 젊은이를 만나 일본 말을 자꾸 들으니 초등학교
저학년 때 배운 것이 봄에 새싹이 돋아나듯 조금씩 되살아났다.
　내가 초등학교 때 모모타로와 잇슨보시를 배웠는데, 지금도 일본
학생들이 배우느냐고 후지이에게 물어보았다. 그것들이 일본 민담으로
지금도 교과서에 나온단다. 그는 다음 날 일한대역 문고판을 사다
주었다. 그 책 속에 초등학교 저학년 때 배웠던 모모타로와 잇슨보시
이야기가 있었다. 그 책을 보니 어릴 적 추억이 모깃불 피어오르듯
모락모락 살아났다.
　나는 초등학교 시절에 일본 선생님들이 시키는 일을 선생님의
눈을 요리조리 피하며 하지 않은 것을 후지이에게 마치 영웅담처럼
자랑삼아 이야기하였다. 그도 내 입장이라면 그렇게 했을 거라며 간혹
맞장구를 쳐주었다.
　내가 다닌 경남 남해군 남면, 남면초등학교 뒤편에 교장 사택이
아담한 양옥으로 지어져 있었다. 그 집에 교장 내외분과 함께
우리보다 두서너 살 많아 보이는 단발머리 예쁜 소녀가 살고 있었다.
그 소녀가 매일 점심시간에 도시락을 교장에게 가져다주고 뒤편에
부동자세로 서 있다가 밥을 다 먹으면 빈 도시락을 챙겨갔다.

우리의 하교길이 사택 옆을 지나가게 되므로 그녀를 먼 발치에서 바라볼 수 있었다. 우리는 그 소녀의 관심을 끌기 위해 길가에서 돌팔매질을 하고 때로는 친구끼리 싸우는 시늉을 했으나 전혀 반응을 보이지 아니하여 말을 걸어보지도 못했고 이름도 모르는데, 그 모습이 지금도 삼삼하다고 이야기해 주었다.

내 이야기를 들은 하세가와가 지나가는 말처럼 부산에 공부하러 온 일본 여학생이 내가 말한 소녀와 닮은 것 같으니 한 번 데리고 오겠다고 했다. 나는 그냥 지나가는 농담으로 들었는데, 그 다음 토요일에 그녀를 내 방까지 데리고 왔다. 그녀가 초등학교 시절 바라보았던 소녀같이 보였다.

하세가와의 소개가 끝나자, 나는 서양식 인사를 하고 싶다고 말하고 그녀를 끌어안았다. 그 여학생도 사뿐히 안겨주었다. 눈 깜박할 사이었지만, 그 여학생에게서 그리움 속 소녀의 살냄새를 맡은 듯 달콤한 기분이 들었다. 오랫동안 갖고 싶었던 소중한 물건을 손 안에 넣었을 때와 같은 기분을 느꼈다.

초등학교 일학년 때 일로 잊혀지지 않는 것은 스트립쇼 체벌이다. 지각을 하거나 숙제를 못해 가면 발가벗겨 운동장을 두서너 바퀴 뛰어 돌게 했다. 바닷바람이 칼로 피부를 베어내는 듯한 추운 겨울 아침에 맨몸으로 뛰면 입술은 새파래지고 온몸이 사시나무처럼 떨리며 이가 탁탁 소리를 내며 부딪쳤다.

추워하는 모습을 보이기 싫어 이를 악물고 주먹을 불끈 쥐고 가슴을 펴고 떨리는 몸을 추스르려고 안간힘을 썼다. 이것을 바라본

6학년 학생들이 "쌀밥 먹고 쌀쌀 와서 보리밥 먹고 볼볼 떨고 있다."며 한바탕 웃고 지나갔다.

학교에서 일본 말을 사용케하고 우리 말을 쓰면 카드를 빼앗게 하여 많이 빼앗은 학생에게는 상을 주고 많이 빼앗긴 학생에게는 벌을 주었다. 학교에서는 서로 빼앗지만 하교할 때는 우리 말을 해도 빼앗지 않는 것이 불문율로 되어있었다.

어느 날 아랫마을 친구가 하교길에 내가 우리 말을 했다고 카드를 달라고 하여 싸움이 붙었다. 나는 그를 논바닥에 넘어뜨리고 주먹으로 닥치는 대로 패다보니 코에서 피를 흘렸다. 친구가 피를 흘리니 겁이 나서 줄행랑을 쳤다. 그는 피를 흘리며 나를 잡으려고 뛰어오고, 나는 잡힐까봐 기를 쓰며 도망치자 다른 친구가 "겟난 하시레 오조 쌀쌀." 하였다.

겟난은 일본식 내 개명이고, 오조는 친구의 개명이다. 하시레는 "달려라."의 일본 말이다. '쌀쌀'이라는 일본 말을 몰라서 그냥 우리 말을 사용한 것이다.

조회 때는 동방요배와 신사참배를 시켰다. 일본 천황이 사는 동쪽을 향해 손뼉을 세 번치고 허리를 45도로 굽혀 절을 하도록 강요했다. 그리고 교무실 벽에 신사神社를 꾸며 놓고 소위 말하는 신사참배를 시켰다.

처음에는 잘 모르고 시키는 대로 했으나, 그것이 기독교에서 금하는 우상 숭배인 것을 알고 절을 하지 않았다. '경례'하면 몸을 낮추어 절을 하는 것처럼 보이게 하여 한 번도 들키지 않았다고 자랑 삼아 이야기했으나 남의 흉을 보다가 본인이 나타났을 때 쑥스럽고 당황하던 때처럼 썩 좋은 기분은 아니었다.

우리 집은 방앗간(정미소)을 독점 경영하고 있었다. 나는 예닐곱
살 무렵부터 꼭두새벽에 아버지의 성화에 눈을 비비고 일어나서
방아기계 앞에 앉아 스프링과 피스톤에 기름칠을 하였다. 선잠을 깨어
일어나서 해가 중천에 뜨도록 아침밥도 먹지 못하고 한 곳에 앉아
똑같은 일을 되풀이하는 것은 나에게는 큰 고역이었다. 이렇게 가을과
겨울 내내 방아를 찧어주고 받은 삯이 쌀 두 가마니 정도되었다.
이것을 곡간 깊이 감추어 두었는데, 일본 순사가 와서 찾아내어 한
가마니를 공출하라며 빼앗아 갔다.
그것도 자기네들이 운반하지 않고 아버지께 주재소까지 지고
가지고 강요했다. 쌀 한 가마니를 지고 일어서는데 동네에서 힘이
세기로 이름난 아버지께서 옆으로 앞뒤로 몇 번 기우뚱거리더니 겨우
중심을 잡았다. 아버지께서 짐이 무거워 그런 것이 아니라 복받쳐
오르는 감정을 진정하는 모습임을 어린 나도 감지할 수 있었다. 그때
내가 옆에서 보고 총이 있었으면 하던 생각을 지금도 지울 수가 없다.
그런데 광복 후 곡간에 쌀 두 가마니를 노출시켜 놓은 것은 일본
순사를 속이는 속임수였음을 알게 되었다. 그 창고 쌀가마니가 놓여
있던 밑바닥에 커다란 독이 묻혀 있었는데 부모님 외는 아무도 몰랐던
것이다.
우리 마을에 다리가 불편하여 걷지 못하는 아주머니가 살고
계셨다. 이 분은 일본 순사가 제기로 남은 놋그릇마저 빼앗으러
온다는 정보가 있으면 놋그릇 제기를 치마 밑에 넣고 앉아서 태연히

삼이나 모시를 삼고 있었다. 순사가 와서 집을 이 잡듯이 뒤져도 찾을 수가 없으니 그냥 돌아가곤 했다. 일본 순사가 제기를 치마 밑에 감춘 것을 어찌 알 수 있었겠는가!

지혜롭게 일본 순사의 눈을 속인 이야기를 들려주었지만, 왜 마음이 씁쓸하고 답답한지 모르겠다. 요즘 독도를 자기네 땅이라고 떼를 쓰는 일본인들에게 우리는 어떤 지혜로 독도를 지켜야 하는가!

'진리를 알지니 진리가 너희를 자유롭게 하리리.'는 성경 말씀을 가르쳐 주어 그들이 깨달을 수 있다면 얼마나 좋을까?!

쓰라린 추억도 때로는 아름답게 느껴지는 것은 나만의 정서일까, 아니면 나이 탓일까?!

*

*

*

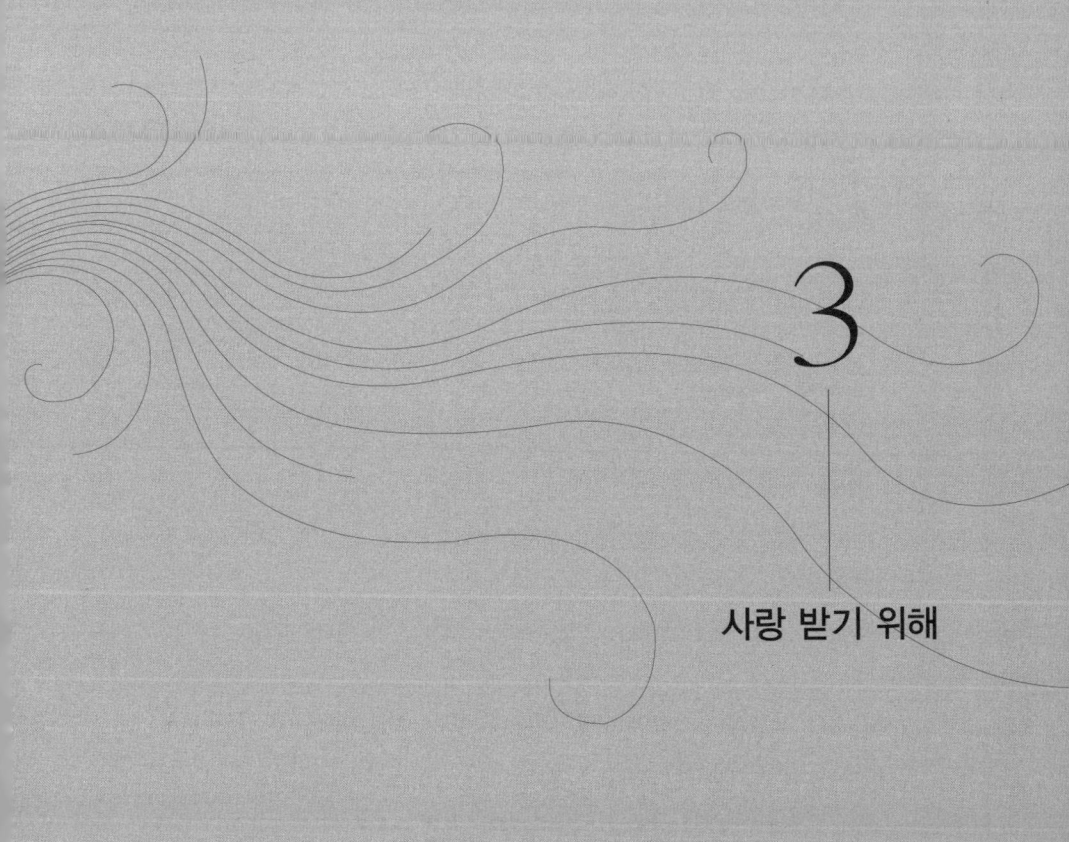

3

사랑 받기 위해

사랑 받기 위해

　　청각장애 학생들이 식당에서 식사하는 광경을 보면 교사의 관심을
끌기 위해 애쓰는 것이 눈에 보인다. 한 아이가 밥을 먹다가 선생님께
물을 떠다드린다. 그러면 다른 아이는 친구들에게 물을 떠다준다.

　　물을 떠다주는 학생은 남을 돕는 좋은 일을 하고 인정을 받겠다는
생각으로 하지만, 그들이 내는 발소리, 고함소리, 그릇을 식탁에
놓는 소리 등으로 요란하고 시끄러워 다른 사람에게는 피해가 된다.
자기들이 못 들으니 스테인 식판에서 숟가락으로 밥을 뜰 때 부딪히는
소리, 식판에 붙어 있는 밥알을 쓱쓱 긁는 소리는 귀를 따갑게 한다.
이 소리에, 옛날 머슴들이 밥을 적게 주거나, 반찬 맛이 없으면
숟가락으로 밥그릇을 긁어서 불만을 토로했다는 옛 어른들의 말이
연상된다.

　　어떤 학생은 밥을 먹다가 게시판에 가서 청소 담당을 확인하고,
그것을 알려주기 위해 줄을 서 있는 학생들 사이를 누비고 다닌다.

심지어는 밥을 먹다가 화장실에 갔다 오는 학생도 가끔 보인다. 그런 학생의 행동을 저지하거나, 식당 예절을 가르치는 교사가 눈에 잘 띄지 않는다. '밥먹을 때는 개도 안 꾸짖는다.'는 옛 어른들의 지혜가 담긴 속담이 생각나서일까?

우리가 어렸을 적에는 밥을 먹다가 돌아다니면 나중에 거지가 된다며 어른들이 심한 꾸중을 했다. 그래서 식사 중에는 용변을 보고 싶어도 참았다. 소변을 참다가 옷에 실례를 해서 더 큰 꾸중을 듣기도 했다.

어느 장애인 기숙사에서 있었던 일이다. 아침 식사를 하려고 학생들이 모여 앉으면 한 뇌성마비 아이가 그 때를 맞추어 옷에 똥을 쌌다. 식사시간을 30분 앞당겨도 보고, 뒤로 늦추어도 꼭 식사 때 일을 저질렀다.

이 아이의 습관을 고치려고 별별 아이디어를 짜내어 보았으나 허사였다. 어느 날 가까이 있는 경로당에 갈 일이 생겨 자녀를 많이 낳아 양육한 할머니들에게 아이의 상태를 이야기했더니 나이가 지긋한 할머니가 대뜸 말해 주었다.

"어리광을 부리는구만."

"예?, 어리광을 부리다니요?"

"아이들이 왜 어리광을 부리는가? 어른들의 관심을 끌고싶어 그러는 게 아닌가? 대소변을 잘 가리던 네댓 살된 아이가 동생이 태어나면 자다가 이불에 '쉬'를 해. 추운 겨울에는 개울에 가서 이불을 빠느라 눈물깨나 흘렸지. 밥자리에 앉아 '응가'를 하면 아이가 이바지

했다고 그것을 치우느라 난리를 치는 경우도 종종 있었고. 그건 부모의
사랑을 독차지하려고 도로 갓난애가 된 건데. 요즘 젊은 엄마들은
그걸 잘 몰라."

하고 장황하게 설명을 하셨다.

기숙사에 온 장애아이가 밥을 먹을 때 대변을 누는 것도 역시
어른들의 관심을 끌려는 의도가 아닐까?

이 장애 아이는 두 돌을 한두 달 앞둔 어느 날 밤 고열로 시달리고
나더니 두 다리에 힘이 빠져 잘 걷지 못했다. 입에 풀칠하기도 어렵던
때라 병원에 가서 치료도 제대로 받아보지 못했고, 그 원인도 모른 채
장애인이 되고 말았다.

장애를 입은 후 아이는 가족으로부터 외면을 당했다. 어느 날
아침밥을 먹다가 실수로 앉은 채 옷에 대변을 보았더니 온 식구가
자기에게 관심을 보였다. 옳거니 식구들 관심을 끄는 방법이 바로
이거구나 하고 식구들의 관심을 사려고 한 것이 아이에게 고치기 힘든
버릇이 되어버렸다.

원인을 알았으니 행동 수정은 가능한 것이다. 아침식사 30분
전에 담당선생님과 같은 방에서 생활하는 친구들이 손에 손을 잡고
화장실에 데리고 갔다. 아이를 변기에 앉히고 옆에서 기다리며
아이에게 말도 걸고 관심을 보였다. 볼일을 마치년 칭찬을 아끼지
않고 목욕을 시키고 속옷을 바꿔 입혀 기분이 상쾌해지게 세심한
신경을 썼다. 이렇게 관심을 보이며 지도하니 한 달여만에 그 버릇이
없어졌다.

내가 근무하는 복지원, 중학생 이상 남학생들만 생활하는 건물이

'화랑관'이다. 화랑관, 내 옆방에 중학 2학년생인 P가 있다. P는 가끔 내 방에 와서 요즘 유행하는 사랑한다는 표시로 양팔로 머리 위에 하트 보양을 해 보이고 내 무릎 위에 앉아 자기 허리로 내 양손을 끌어 포옹해 달라는 시늉을 한다.

사랑을 받고싶어 하는 행동임을 머리로는 이해가 되지만 가슴은 따라주지 않는다. 인정 받고싶고, 사랑 받고싶으면 나이와 지위와 사회 분위기에 맞는 언행을 해야 한다. 어떤 사람들은 사랑은 본능이라서 배우지 않고도 알고 행할 수 있다고 한다. 하지만 복지원에서 많은 청각장애 아이들과 생활해 보니 사랑이 본능이 아니라, 사랑도 배워야 하고 배운대로 표현하는 것임을 알 수 있다.

내가 K시 K농화農話학교에 근무하던 때였다. 일곱 살, 아주 잘 생긴 사내아이가 기숙사에 들어왔다. 이 아이는 좋아하는 학생의 얼굴을 양손 바닥으로 어루만졌다. 자기 또래나 어린 학생들은 그가 얼굴을 만져도 응해 주었으나, 나이가 좀 많거나 여자 아이들은 극구 피했다. 그러면 따라가면서 만지려 하니 싸움이 되었다. 이 행동을 고쳐주려고 한 학기 동안 애를 썼으나 허사였다. 여름방학이 되어 아이를 데리고 가정 방문을 했다.

그의 집은 버스도 다니지 않는 외딴 산골 마을에 있었다. 사립문을 밀치고 엄마에게 뛰어가서 안기더니 엄마의 볼을 만졌다. 엄마도 아이를 한 번 안고나서 얼굴을 더듬었다. 엄마는 시각장애인이었다. 보지 못하는 엄마와 듣지도 말도 못 하는 아이의 사랑 표현은 서로 얼굴을 만지는 일이었다.

비가 대지에 스며들어 지하수로 솟아나는 것처럼, 사랑도
부모에게서 받고 배워야 자녀의 가슴, 마음에서 참 사랑이 우러나오는
것이다. 듣지 못하는 아이들을 어떻게 사랑하고, 사랑하도록 가르쳐야
할지.

＊

＊

＊

시각 차이

　작게 보면 짜증 날 일뿐이고, 크게 보면 별일 아니고. 좁게 보면 밉고, 넓게 보면 예쁘고. 다 제 눈의 문제다.

　언젠가 본 한 신문의 만화의 내용이다. 이 내용을 한마디로 말하면 역시 시각 차이가 아닌가?

　일요일 아침 식사 시간. 내 앞에 올 3월에 전학 온 A군이 밥을 먹고 있었다. A군은 나이에 비해 키도 크고, 팔뚝의 근육질이 힘깨나 쓸 것 같았다. 자기 입맛에 맞는 반찬을 먼저 다 먹어버리고 밥은 뒤에 따로 먹는다. 꼭 지적장애 아이의 식사 습관과 닮은꼴이다.

　옆 식탁에서 식사를 마친 통학버스 기사가 지나가며 한마디 거든다. 이 학생은 어깨에 힘을 주며 멀뚱멀뚱 쳐다만 볼뿐 인사를 안 한단다고 비아냥거렸다. 이 말은 나에게 학생을 똑바로 가르치라는 말로 들려 기분이 언짢았다.

　내가 보기에는 버스 기사가 장애학생을 보는 시각에 문제가 있는 듯하다. A군은 전학 온 지 겨우 일주일 남짓이고, 복지원에서 학교에 다니니 기사 아저씨가 누군지 알 리 없다. 통상, 우리는 모르는 사람에게 인사를 잘 하지 않는다. 특히 못 듣고 말도 잘못하는 청각장애인들은 더욱 그렇다.

비장애인이 장애인을 보는 시각에 따라 장애인들이 피해를 보는 일이 적지 않다. 먼 옛날로 거슬러 올라가면 마귀가 들어서 장애인이 되었다고 산에 갔다 버려서 맹수에게 잡혀 먹히고, 굶어 죽게 한 때도 있었다. 우리나라도 예외가 아니었다. 한 반세기쯤 전에 우리 집에서 한 집 건너에 살던 아저씨는 일기예보를 잘 하였다.

하늘에 구름 한 점 없는 맑은 날도 이 아저씨가 동네를 돌아다니며 고함을 지르고 아무나 붙들고 시비를 걸며 행패를 부리면, 사람들은 비가 올 거라며 비설거지를 했다. 이 예보는 상당히 들어맞았다. 그가 고함을 치며 나타나면 모두 피해 숨었다. 실제 맞붙어 싸워도 그를 이기는 사람이 없었다. 그가 발작을 할 때는 엄청 난 힘이 솟아 장정 두 사람이 달려들어도 당하지 못했다. 그래서 동네 사람들은 그에게 귀신이 붙었다며 수군거렸다.

추수를 끝낸 어느 초겨울에 그에게서 귀신을 쫓아낸다며 밤낮 사흘 동안 굿을 하는 것을 보았다. 하시만 그의 행동은 조금도 달라지지 않았다. 그가 제 정신일 때는 온순하고 친절했다.

남의 말을 잘못 들으면 귀가 막혔다고 귀를 뚫으라고 농담조로 말하는 경우가 흔하다. 이 말을 고지 곧 대로 믿고 아이가 말을 잘못 들으니 귀를 뚫어준다며 시루에 넣고 찐 일이 있었다고 한다. 호랑이

담배 먹던 시절 이야기같지만 불과 반세기 전에 실제로 일어났던
일이다.

　요즘처럼 찜질방도 한증탕도 없던 때라, 굳은 근육을 풀고, 눈을
감고, 코를 쥐고 용을 쓰면 귀가 뚫어질 거라고 믿어서였다. 귀가
뚫리면 말을 듣게 되고 따라서 말도 할 수 있게 될 거라는 아주 순박한
생각이었지만 결과는 참혹했다. 이 당사자가 살아있다면 올해 고희를
바라보는 나이이겠다.

　이런 황당한 옛날 이야기뿐 아니라, 요즘도 특수교육 현장에서
장애인을 잘못 이해하여 피해를 주는 경우가 어깨 너머로 더러 보였다.
특수교육에 평생을 바친 어느 교육자가 말년에, 청각장애인줄 알고
가르쳤던 학생이 후에 보니 자폐성 장애이더라는 고백을 했다.

　최근에 어느 특수학교에서 젊은 교사들이, 내가 보기에는 자폐성
장애 같은데, 지적장애라고 주장했다. 자세히 보니 아이가 엄마와
담임선생님과도 눈맞춤을 하지 않고 상동증적이며 반복적으로 몸을
움직이고 있었다. 특정한 사물에 지속적으로 집착하는 등 자폐적
장애아동의 특징을 보였다.

　의사가 환자를 오진하면 바로 생명과 직결이 된다. 마찬가지로
선생님들이 장애학생을 잘못 변별하면 어떤 결과가 올지 아무도
모른다. 당장 생명에는 아무런 영향이 없고, 뚜렷한 징표가 나타나지
않으니 그냥 지나치지만 장애학생에게 또 하나의 고통을 덧씌우는
결과를 가져올지도 모른다.

　장애학생에 대한 시각 차이가 교육에 얼마나 큰 영향을 미치는지

상상을 초월한다. 자폐성 장애아동의 청각기관은 아무런 장애가
없어서 소리나 말을 잘 들을 수 있다. 청각장애인은 청각기관에 장애가
있어서 소리나 말을 잘 듣지 못한다. 그래서 큰소리로 말하고, 보청기
등 보조기를 사용하여 소리를 크게 증폭시켜주면 좀 듣는 아이도
있다.

귀에 아무런 이상이 없는 자폐성 장애아동에게 큰소리로 말하고
보청기를 사용하게 하면 귀가 따갑다 못해 머리까지도 아파서 더 심한
자폐아가 될 것이다.

선천적인 시각장애인이며 자폐아였던 '렉스'라는 미국 아이는
조금만 말을 크게 해도 귀를 싸잡고 악을 쓰고 울었다. 이 모습을
본 그의 어머니가 아주 예민한 렉스의 청력을 이용하여 세계적인
피아니스트로 교육시킨 사례를 '렉스'라는 책 이름으로 발간하여 많은
사람을 감동시켰다.

특수교육 현장에서 장애 유형을 바르게 변별하는 것은 매우
어려운 일이다. 자폐성 장애와 애정 결핍증을 변별하기란 의학을
전공한 전문 의사들도 헷갈리게 진단하는 사례가 더러 있다고 한다.
그것은 특정한 전문의가 일정한 시간에 관찰 진단한 내용으로 판단을
내리기 때문이란다. 환자는 시간과 공간에 따라 완전히 다른 양상을
나타내고 행동하는 경우가 허다 하다고 한다.

장애아이가 태어나는 원인에 대한 시각이 장애인 본인이나 그
부모를 주눅들게 만든다. 불교사상에 뿌리 박힌 시각으로 장애인을
바라보면, 부모가 전생에 죄를 많이 지어서 자녀가 장애로 태어났다고,

평생 죄의식에 사로잡혀 기를 펴지 못하고 사는 사람도 있을 것이다.

요즘 젊은 어머니들의 외국어 조기교육 열기가 대단하다고 한다. 아직 우리 말도 제대로 다 익히지 못하고, 정체성이 확립되지 않은 어린이에게 영어를 가르치느라 부산을 떤다. 아이는 그런 와중에서 갈피를 못잡고 우왕좌왕하다가 마음의 빗장을 닫아버린단다. 한편 증가 추세를 보이는 정서장애 아동의 발생율이 영어 조기교육과도 무관하지 않다고 자폐아동을 양육해 본 어느 어머니의 한맺힌 고백이다.

장애아동에 대한 시각차를 좁히고 바른 진단을 하기 위해서, 우리는 많은 정보를 수집해야 하고, 독서도 해야 하고, 전문가의 의견도 귀담아 듣는 적극적인 자세가 필요하다. 그리고 무엇보다 사랑으로 장애 특성에 맞는 양육과 교육을 해야 한다.

*

*

*

진실 찾기

춘곤증이 요즘 황사처럼 몰려오던 어느 날 오후의 일이다.
학생들이 학교 공부를 마치고 복지원에 와서 한숨 돌리고, 말 공부를
열심히 하고 있을 때였다.

옆방에서 생활하는 청각장애 청년이 마치 현행범을 체포하러 오는
경찰처럼 노크도 없이 문을 콰당탕 열고 들어왔다. 그는 들어오자마자
전후 사연은 잘라버리고 자기 지갑을 열어보이며 공부하고 있는
철이를 지목하며 돈 3천 원을 훔쳐갔다며 돈을 내어놓으라고
윽박질렀다. 돈을 내놓지 않으면 가녀린 아이를 한 방에 날려버릴
기세였다.

지목을 당한 철이는 자기 방어 능력과 자기 주장 능력이 떨어지는
아이다. 청각에 장애가 있어도 자기가 하지 아니하였을 때는 끝까지
안 했다고 주장한다. 그런데 철이는 자기 주장에 일관성이 없어서
의심을 받을 때가 많았다.

이런 형편을 알고 있는 나는 수업 분위기를 흐려놓은 것만으로도 화가 치미는데 아이를 도둑으로 몰아세우니, 안 그래도 높은 혈압으로 온몸의 피가 머리로 치솟아 올라와 하마터면 정신을 잃을 뻔했다. 칠십의 나이를 넘기고도 그 정도의 감정도 다스릴 수 없는 내가 한심스럽기도 하고 부끄럽기도 했다.

사람들이 흔히 자신은 거짓말을 못한다고 말한다. 그러나 심리학자들에 따르면 사람들은 8분에 한 번 꼴로, 하루에 200번은 거짓말을 한단다. 거짓말의 범위를 넓게 잡으면 사람들의 거짓말이 거의 일상적이라고 말하는 심리학자도 있다. 그렇다면 진실 찾기와 거짓말 잡아내기, 어느 것이 쉽고 사람에게 이로울까?

아이들에게 공부 가르치는 것은 뒷전이고 먼저 도벽사건을 해결해 주어야 했다. 우선 돈을 도난 당해 펄펄 뛰고 있는 청년의 감정을 누그러뜨려야 했다. 감정을 진정시키기 위해서 상대방이 하는 말을 끝까지 들어주어야 한다. 다만 폭행만은 못하도록 견지하면서 지켜보고 있으면 제풀에 누그러진다. 이 때에 조용히 자리에 앉히고 대화를 시작한다.

돈지갑을

"어디에 두었더냐?"

"사물함에 넣어 두었습니다."

"언제 없어진 것을 알았느냐?"

"아침에 출근할 때 있었는데 퇴근하고 와서 방금 보니 없습니다."

"지갑에 돈이 얼마 있었느냐?"

아침에 분명히 3천 원이 있는 것을 보고 사물함에 넣어 두고
갔는데 몽땅 없어졌다고 오만상을 지으며 수화手話로 설명을 하였다.

내 오랜 경험에 의하면 청각장애 아이들은 돈을 모두 가져 가지
않는 경향이 있다. 자기가 필요한 만큼만 가져 간다. 3천 원이
있었으면 적어도 천 원은 남겨 놓는다. 돈을 모두 가져갔다니 철이의
소행이 아니라는 감이 창호지에 먹물 베이듯 번져왔다.

철이는 돈을 훔칠만한 배포도 없고 돈을 전부 가져갈만큼 많은
돈을 필요로 하지 않는다. 군것질을 하고 싶었다면 이천 원 정도로
자기 욕망을 채울 수 있었을 것이고, 군것질하는 흔적이 보였을
것이다. 그뿐 아니라, 그날은 종일 내가 공부를 가르쳐서 아이가
돈을 훔칠만한 시간 동안 자리를 비운 기억이 나지 않았다. 지금까지
삼 년을 같이 생활을 해 오면서 돈을 훔친 적이 없었다. 그러나 이런
사실들을 돈을 잃었다는 권군에게 이해시키는 것이 문제였다.

돈을 잃어버린 사람은 우선 돈을 찾아야 마음이 놓이는 법이다.
특히 청각장애인에게는 삼천 원이라는 돈도 큰 액수다. 이 돈은 밤잠을
자지 않고 야근을 하며 번 돈이다.

나는 권군에게 만약 철이의 소행이라면 내가 그 돈을 배상해
주겠다고 약속하고 마음을 가다듬고 내 설명에 주의를 기울이게 했다.
그리고 철이의 소행이 아니라는 증거를 구체적으로 제시하며 설명했다.
청각장애인에게는 무엇보다 중요한 것은 구체적인 즉, 볼 수 있는
증거를 보여주어야 한다.

권군에게

"네가 생활하는 방에 철이가 가끔 간 적이 있느냐?"

"오지 않았습니다."

"혹시 네가 돈이든 지갑을 놓아둔 곳을 철이가 본 적이 있느냐?"

"모르겠습니다."

여기까지 묻고 권군을 데리고 현장 검증을 했다.

"지갑을 놓아둔 곳이 어디냐?"

자기 사물함을 가리켰다.

"잠가 두지 않았느냐?"

"잠가 두었습니다."

권군과 같이 아이들이 기다리고 있는 방에 와서 아이들에게 오늘 철이가 저쪽 형들이 생활하는 방에 간 것을 본 사람 있느냐고 물으니, 아이들 넷이 가지 않았다고 동시에 손사래를 쳤다.

권군에게 철이는 오늘 학교에 갔다 와서 지금까지 나와 함께 공부하고 있었다. 그 곳에 가서 사물함을 열 열쇠도 없고 또 다른 방법으로도 열 수 있는 재주가 없다는 것을 너도 잘 알고 있지? 그리고 아이들이 철이가 그 방에 가지 않았다고 하지 않느냐? 철이가 한 짓이 아니니 잘 생각해 보라고 하자, 권군은 한숨을 푹 내쉬며 어깨를 늘어뜨리고 나갔다.

거짓말을 잡아내기도 어렵지만 진실을 증명하기는 더더욱 어렵다는 것을 깨달았다. 거짓말을 잡아내는 것은 사람을 부정으로 보고 잘못한 일만 캐내려 한다. 진실을 찾는 것은 한 사람이 행한 옳은 일, 그 사람의 장점과 바른 행동, 그리고 좋은 점을 다른 사람에게 알려주어 공감을 얻는 일이다.

나는 이런 일을 종종 겪다보니, 요즘 우리 사회를 들끓게 하고 있는 황 우석 교수의 줄기세포 문제가 뇌리에서 맴돌았다.

　　황 교수의 연구 내용을 긍정적으로 보고 문제를 풀어가려고 노력할 수는 없는 것일까? 줄기세포가 있었는데, 어떤 조작의 실수로 사라져버렸거나, 다른 바이러스의 감염으로 죽어버린 것이 뭔가 하는 관점에서 탐색해 볼 가치는 없는가?

　　부정을 찾아내기 위한 인력과 예산을 긍정적 진실을 찾아내는데 쓴다면 시간은 좀 걸릴지 모르지만 좋은 결과가 나올지도 모른다. 아니, 나올 것이라고 믿고 싶은 것은 나만의 망상일까?

*

*

*

토끼를 깨운 거북이

내가 청각장애 학생들에게 공부를 가르칠 때 토끼와 거북이 경주 이야기가 생각나곤 한다. 그들의 공부하는 습관이 토끼의 습성과 닮은 데가 없기 때문이다.

토끼와 거북이 경주 이야기는 사람들에게 타고난 재능이나 주위 환경보다 끈기와 인내로 꾸준히 노력해야 최후의 승자가 된다는 것을 일깨워주려고 꾸민 우화다.

나는 청각장애 학생들이 토끼보다 거북이 습성을 본받기 바라면서 가르친다. 토끼는 출생한 지 한 달이 좀 지나면 젖을 떼는데 새끼 한 마리만 떼어놓으면 먹이를 잘 먹지 않는다.

토끼는 독립심이 강한 동물이라고 하지만, 아기토끼는 두 마리를 함께 길러야 먹이를 잘 먹고 잘 자란다. 아기토끼는 풀잎을 양편에서 마주보며 먹는 습성이 있다. 풀잎이 짧아져 자기 입에서 떨어지면 그 토끼는 토라져서 뒤쪽에 가서 다른 놈이 먹는 모습을 보고 있다.

그 토끼가 먹던 풀잎을 다 먹고 다른 풀잎을 물면 토라져 있던 놈이 뛰어나와 다른 한쪽을 먹기 시작한다.

내가 가르치는 청각장애 학생이 이와 비슷한 행동을 한다. 한 학생만 가르치면 영 흥미를 못 붙이고 말소리도 아주 작게 하여 난청인 내 귀에 잘 들리지 않는다. 아무리 크게 말하라고 해도 한 마디만 겨우 좀 크게 하고 나무아미타불이다.

하지만 다른 학생과 둘이서 공부할 때는 상황이 달라진다. 눈에 생기가 돌고 옆에 아이에게 질소냐? 큰소리로 말하고 교사의 관심을 독차지하려 한다. 내가 조금 기다리라고 주의를 주면 곧 시무룩해져서 '꾸어다 놓은 보릿자루'가 된다.

청각장애 학생은 잘 듣지 못하기 때문에 학생이 주의를 집중하지 않을 때는 아무리 말해도 소용이 없다. 성한 귀를 가진 사람은 듣기 싫어도 말이 들리니 듣지 않을 수 없지만 청각장애인은 다르다. 눈은 뜨고 있지만 엉뚱한 곳을 바라보고 있으면 아무리 말해도 청각장애 학생에게는 우이독경牛耳讀經과 같다.

공부를 제대로 가르치려면 토라진 학생을 달래서 기분을 풀게 해야 한다. 이쪽 학생에게 관심을 보내며 마음을 겨우 돌려놓으면 딴 학생이 삐친다. 이놈 저놈 달래고 다이르다보면 한 시간이 다 가버린다.

네댓 평되는 언덕배기 주위에 철조망을 치고 토끼를 방목한 적이 있다. 새싹이 돋아나는 춘삼월이 되니 토끼들이 나와서 뛰어다녔다. 보통 두 마리가 같이 철조망 주위를 뛰었다. 마치 시합하는 것처럼 한두 바퀴 달렸다. 달리다가 한 마리가 중단하면 다른 한 놈도 금방 그만 두었다. 그리고는 양지 바른 곳에 가서 사지를 죽 뻗고 옆으로 누워 잠을 잔다.

청각장애 학생들 중에는 공부를 하거나 다른 일을 하다가 조금 어려운 일이 있으면 그 어려움을 극복하려는 의지를 보이지 않고 쉽게 포기해 버린다.

청각장애 학교에서 6학년 담임을 하였을 때, 한 학생이 보청기를 사용하자 보통 대화가 가능하고 공부도 잘 하였다. 그래 그 학생에게는 일반학교 교과서를 이용하여 가르쳤다. 근데 도통 열성을 보이지 않았다.

청각장애 학생들은 옆에 아이보다 조금 잘 하면 더 잘 하려는 의욕을 보이지 않고 거기에 안주하려고 한다. 청각장애 학생들이 달리기 시합을 할 때 보면 그 습성이 확연히 나타난다. 앞만 보고 달리는 것이 아니라 옆에 오는 아이와 뒤에 오는 학생들도 뒤돌아보면서 달린다. 자기를 따라오는 학생이 없으면 속도를 줄이고 앞에 가는 아이가 있으면 조금 따라가다가 포기해 버린다.

토끼와 거북이의 경주에서 거북이가 모든 악조건에도 이긴 것은 거북이는 오직 목표만 바라보고 뛰었다. 동물의 왕국 같은 다큐멘터리를 보면 바다거북이가 모래밭에 나와서 알을 낳고는 곧장 바다로 향해 열심히 기어가는 모습을 볼 수 있다. 알에서 깨어 난 새끼들도 바다만 보고 기어갈 뿐 옆에 있는 동료에는 전혀 관심을 보이지 않는다.

장애인들은 한 가지 목표를 세우고 그것을 달성하기 위하여
남이야 어쩌든 자기 목표를 향해 달려야 목적지에 도달할 수 있다.
지금 나와 함께 생활하며 공부하는 청각장애 학생들을 보면 남의 일에
참견을 많이 한다. 장래의 원대한 희망은 차치하고라도 우선 말이라도
잘해 보겠다는 욕망도 없는 것 같다.

우선 아이들이 구체적인 희망을 가슴에 품고, 그 목표에 도달할 수
있다는 자신감을 갖도록 격려하며 가르쳐야 한다. 그런데 그것이 쉽지
않다.

청각장애인뿐 아니라, 어떤 장애인도 우리 사회에 필요한
사람이고, 그들도 할 일이 있다는 것을 구체적으로 가르쳐주고 그 일을
열심히 하면서 보람을 느끼게 해주어야 한다.

초등학교 3학년 2학기 국어쓰기 교과서의 '더불어 사는 삶'이라는
단원에 토끼와 거북이 경주 내용을 두 가지 삽화로 그려놓았다. 한
그림은 거북이가 토끼를 깨우는 그림이고, 또 하나는 강 건너 결승점을
토끼와 거북이가 나란히 바라보고 서 있는 그림이다.

그림과 더불어 거북이는 왜 토끼를 깨웠을까? 잠에서 깬 토끼는
어떤 생각을 했을까? 토끼와 거북이는 강을 어떻게 건넜을까? 그리고
이야기가 어떻게 끝났을까? 라는 질문을 하여 학생들이 상상력을
동원하여 이야기를 꾸미게 하였다.

나는 동물 대신 장애인과 비장애인을 대입시켜 보았다. 거북이가
토끼를 깨웠다는 것을 토끼의 입장에서 생각해 보면 토끼가 거북이를
보고 깨우쳤다고 할 수 있다. 비장애인들은 장애인을 보잘 것 없는

존재로 생각하는 경향이 있다. 하지만 장애인들이 비장애인을 깨우는 일을 많이 하고 있다.

언젠가 신문에 네 손가락 피아니스트 이 희아 씨가 중국 순회 연주회를 연다는 기사를 본 적이 있다. 그 수익금으로 중국의 불우한 어린이들을 돕겠다고 하니 주중 한국대사관을 비롯하여 중국에 진출해 있는 중국 한국상회 등 많은 단체들이 후원을 자청하고 나섰다고 했다. 자고 있던 토끼를 깨운 격이다.

결승점으로 가는 앞길에 시퍼런 강물이 흘러 토끼는 도저히 건널 수 없다. 사람이 살다보면 혼자 힘으로 극복하기 어려운 시련에 부딪힐 때가 한두 번이 아니다. 이럴 때 비장애인이 장애인을 보고 영감을 얻어 새 삶을 살게 되는 경우가 많다.

내가 있는 복지원에 일반 중고등 학생들이 봉사활동을 하기 위해 자주 온다. 이들은 청각장애 학생들이 생활하는 모습을 보고 그 동안 부모님이 용돈을 적게 준다고 불평을 하며 공부를 게을리했는데, 이제부터는 감사한 마음으로 열심히 공부하겠다는 다짐을 하고 돌아가곤 했다.

위대한 사람들의 업적도 가슴에 뜨거운 희망을 품고 한 목표를 향해 거북이처럼 꾸준히 걸어간 작은 한 걸음에서 시작된 것이다.

*

*

*

바담풍 바람풍

웃어야 할까, 울어야 할까.

청각장애 아이들과의 일상생활은 마치 코미디 같다. 의사소통이
원활하지 않아 수시로 난감한 일을 겪게 된다.

비장애인들은 청각장애인들에게 수화를 하면 의사소통이 다 되는
줄로 아는데, 꼭 그렇지만은 않다.

청각장애학교 목공실에서 있었던 일이다.

목공을 가르치는 보조교사가 한 학생에게 수화로 밖에 있는
손수레를 끌고 오라고 했다. 그런데 청각장애 학생은 개울 건너편에
있는 농장에 가서 염소 한 마리를 끌고 왔다.

수레의 수화는 두 주먹의 일지^指, 인지^指를 펴서 끝을 양쪽
옆구리를 향하게 하여 밖으로 두 바퀴 돌린다. 바퀴가 돌아가는
동작을 해보이는 것이다. '손수레를 끌고 오다.'는 두 주먹을 양쪽
옆구리에 대고 손수레를 끄는 시늉을 해 보여야 한다.

목공 보조교사는 망치를 들고 있어서, 한 손으로 무엇인가를 잡아끌고 오는 모양을 해 보였다. 이 수화는 동물의 고삐를 잡고 끄는 수화다. 이것을 본 청각장애 학생은 고개를 갸웃거리며 가더니 한참만에 염소를 몰고 왔다.

왜 청각장애 학생이 고개를 갸우뚱하고 갔을까? 일하는 장소나 분위기로 봐서는 염소를 끌고 와서는 안 되는데, 수화로 염소를 끌고 오라고 하니 미심쩍어서 고개를 갸웃거린 거다.

이럴 때 비장애인들은 청각장애 학생을 바보라고 비웃는다. 물론 학교 교육을 제대로 받은 청각장애 학생은 일의 진행 과정이나 분위기 말하는 사람 입 모양을 보고 그런 실수를 하지 않는다.

요즘 특수학교 재학생 중에는 청각장애에 지능마저 좀 낮은 중복장애 학생이 많아 바른 의사소통이 무척 어려울 때가 있다. 그렇다 하더라도 청각장애 학생이 잘못했다고 책망하거나 바보라고 비난할 일이 아니다. 그들은 배운 대로 행동한다. 오히려 잘못 가르친 교사나 어른이 비난 받아야 하는 게 아닐까 싶다.

수화뿐 아니라 문자 언어를 가르칠 때도 실수를 하는 때가 간혹 있다.

어느 날 학생의 공책을 보니 "공부하기가 실증이 난다."는 말이 쓰여 있었다. '실증'이 아니라 이 문장에는 '싫증'이라고 써야 맞는다고 해도, 학생은 학교 선생님이 쓴 것이라 틀림이 없단다. 청각장애 학생에게는 선생님이 신(神)에 버금가는 절대자다. 부모는 몸을 낳아 주셨지만, 선생님은 지식을 낳아 주시기 때문이다.

학생은 학교 선생님이 옳다고 고집을 부렸지만 바로 잡아주지 않을 수 없었다. 틀린 것을 알고도 모른 체 넘어가면, 그들이 살아가면서 그것으로 인해 피해를 보면 누가 보상해 주겠는가. 결국 청각장애인에게 죄를 짓는 일이 될 것이다. 내가 교과서와 국어사전을 찾아 보이며, 여러 가지 예를 들어 설명을 하니 겨우 납득을 했다.

교사는 자기가 잘못 가르친 것을 전혀 깨닫지 못하는 경우가 있다. 세월이 흘러 공교롭게도 그것이 학년말 시험에 나와서 학생은 배운 대로 썼는데 선생님은 오답 처리를 하고 잘못했다고 꾸중을 한다. 청각장애 학생들은 선생님에게서 꾸중을 들어도 자기의 억울함을 바르게 표현하지 못하니 더욱 괴로울 것은 뻔하다.

옛날 감기에 걸린 서당 훈장이 학동들에게 바람 風풍 자를 가르치며 "나는 바담풍 해도 너는 바담풍(바람풍)해라." 했다는 고사는 어른이 아이들을 바르게 가르치고 모범을 보이라고 강조할 때 많이 인용한다.

특수교육 교원들은 특히나 이 고사를 반면교사로 받아들어야 하지 않을까 한다. 그들의 실수로 인해 다른 삶을 살 수도 있는 장애 아이들의 인성과 미래를 위해 반성해 볼 일이다.

*

*

*

두 형제와 고자질

　　나는 특수학교에서 근무하다 정년 퇴직을 한 뒤, 복지원에서 일하고 있다. 다섯 명의 청각장애 아이들과 한 방에서 생활하며, 그들에게 말도 가르치고 생활교육도 시킨다.

　　우리 방은 건물 삼층에 있다. 동남향이라 해와 달이 뜨는 것을 볼 수 있어서 좋다. 여섯 명이 한 방에서 지내는 터라 방 안은 늘 어수선하고 복잡하다. 아이들이 입던 옷을 아무 데나 벗어놓고 쓰던 물건도 그 자리에 그대로 두는 것이 다반사다. 특히 우유를 마시고 우유팩을 쓰레기통이 옆에 있어도 넣지 않고 마신 자리에 그냥 둔다.

　　물건을 아무 곳에나 두고 필요할 때는 찾느라고 남의 사물함을 뒤지다가 싸우기 일쑤고, 결국 나에게 와서 찾아 달라고 한다. 그래서 아이들에게 자기 물건에다 일일이 이름을 쓰게 하고, 각자 자기 물건을 놓아두는 자리를 정해 주었다. 그런 다음 제 물건은 제 자리에 두기를 실천하자는 약속을 하였다.

약속을 지키지 않으면, 그 아이가 어디에 있든지 간에 당장
데려와서 뒤처리를 시켰다. 일관성있게 꾸준히 실천하기를 거의
6개월이 지나니 눈에 띄게 좋아졌다.

민이와 철이는 형제간인데, 서로 잘못을 일러바치기 바빴다. 다른
아이들의 잘못은 눈감아 주면서 유독 형제간에는 봐주는 일이 없었다.
서로 사사건건 간섭을 하고 툭 하면 일러바친다.

특히 동생의 고자질이 더 심하다. 형이 옷을 아무 데나
벗어놓기라도 하면 어김없이 달려와서 일러바친다.

그럴 때마다 나는 참으로 입장이 난처해진다. 동생의 고자질을
나무라자니 형의 잘못된 생활 습관을 두둔하는 것으로 오해할 것
같고, 형을 나무라자니 동생의 나쁜 버릇을 부추기는 일이 될까봐
마음이 쓰였다.

아이들은 복지원이라는 정해진 울타리 안에서 한정된 사람들과
지내는 터라 더 없이 착하고 순수하다는 게 평소의 내 생각이었다.
그런데 형제간의 작은 잘못을 고자질하는 것을 볼 때마다 성악설이
떠올랐다. 때 묻지 않은 저 아이들에게도 악한 본성이 깃들어 있어서
그럴지도 모른다는 생각이 들곤 했다.

어느 닐 밤 자다가 일어나보니 시계바늘이 자정을 지나 새벽을
가리키고 있었다. 찬바람과 함께 달빛이 방안 가득 들어와 있었다.
바람이 차서 문을 닫으려는데, 문득 아이들의 잠든 얼굴이 눈에
들어왔다. 살짝 여윈 달빛이 내려앉은 아이들의 잠든 얼굴은 더없이
평온해 보였다.

그 평화로운 분위기에 젖어 문 닫는 것도 잊고 한참동안 아이들을 물끄러미 바라보았다. 그러다가 두 형제가 꼭 끌어안고 자는 모습에 눈길이 갔다. 툭하면 서로 잘못을 일러바치곤 하던 형제였다. 부모가 이혼을 하면서 버려진 아이들이다.

형이 동생을 꼭 껴안고 자고 있었다. 동생은 잠결에 잃은 미소를 띠었다. 꿈속에서 엄마 품에 안기기라도 했을까. 무척 편안하고 행복해 보였다.

낮에는 서로 일러바치기 바쁘고, 밤에는 저리도 다정하다니! 나는 도대체 두 아이의 속마음을 알 수가 없었다.

꽃샘 추위가 기승을 부리던 날, 동생이 앓아눕게 되었다. 동생이 아프니까 형이 조리사에게 죽을 쑤어 달라고 하여 방안에서 떠 먹였다. 간호사가 출근하자마자 달려가서 동생이 아프다고 알려주는 등 발 벗고 나서서 간호를 하였다.

동생이 낫고 나니 이번에는 형이 감기에 걸렸다. 감기약을 먹였으나 효과가 없었다. 형이 기침을 하니 동생이 애를 태우며 안절부절못했다. 기침을 할 때마다 나를 집적거리며 형을 돌봐 달라고 안달이었다. 곧 간호사가 올 테니 그때 병원에 가면 된다며 기다리라고 해도 소용이 없었다.

학교에 갔다 와서도 형 머리맡을 떠나지 않았다. 형 머리를 짚어보고 손을 매만지면서 학교에서 있었던 일을 서툰 수화로 알려주었다.

그 모습을 보니 피는 물보다 진하다는 말이 떠오르며 맹자의

'성선설性善說'이 생각났다. 그런데 왜 눈만 뜨면 서로 잘못을 일러바쳐서
나를 혼란스럽게 하는 것일까. 이들 형제는 서로에게 도대체 어떤
존재일까.

　어느 날 교통사고로 동생을 잃은 어떤 형의 이야기를 듣게 되었다.
형은 동생의 죽음이 슬프기에 앞서, 어린 조카들을 자신이 돌보아야
한다는 책임감에 어깨가 천근만근 무거워지며 눈물이 걷잡을 수 없이
쏟아지더라는 것이다.

　나는 그제야 우리 방에 있는 두 형제의 마음을 어렴풋이나마
짐작할 수 있었다.

　책임감. 바로 그것이었을 것이다. 부모도 매정하게 떠나가 버린
마당에 의지할 사람이라곤 형제밖에 없지 않은가. 형제끼리 서로 바른
길로 이끌어주어야 한다는 책임감에서 고자질이 버릇이 된 모양이었다.
특히 동생은 형이 잘못될까봐 걱정이 되어 일일이 고쳐주고 싶은
마음에서 그랬을 것이라는 생각이 들었다. 그러니까 그 아이들의 때
묻지 않은 고자질은 형제간의 순수한 우애에서 싹튼 것이었다.

　나는 왜 밤낮없이 함께 지내면서도 그 아이들의 속마음을
미처 몰랐을까. 그들의 두터운 우애를 미처 깨닫지 못한 우둔함이
부끄러웠다.

　그 후 나는 두 아이가 잘못을 일러줄 때마다 두 아이를 함께 불러
같이 일을 하게 하고 벌도 같이 주었다.

　요즘은 두 아이가 고자질을 거의 하지 않는다. 자기 물건을 꼭
챙겨 두는 버릇이 형성된 탓도 있지만, 고자질을 하는 대신 자기가

정리하여 제 자리에 갖다 둔다.

오늘도 달은 어김없이 떴다. 중천에 뜬 달빛이 아이들 머리맡을 비추고 있다. 발로 차 내린 이불을 덮어주며, 우리 방 아이들이 올바른 사람으로 자랄 수 있도록 최선을 다하길 다짐해 본다.

비록 장애를 지녔지만 건강하고 올바르게 자라 각박한 세상을 헤쳐나 갈 수 있기를 간절히 기도하며 잠을 청했다.

＊

＊

＊

노마지지 老馬之智

청각장애 학생들이 식사하는 광경은 아주 특이하다. 그들은
음성언어가 없어도 수화로 의사소통을 하며 웃고 떠든다.

유치원생과 초등학교 저학년 학생들이 내 앞 식탁에 앉아 밥을
먹는다. 이들은 서로 선생님 옆자리를 차지하려고 자리 싸움이 잦다.
좀 늦게 온 학생이 아무래도 선생님 옆자리를 차지 못할 것 같으니,
미리 컵에 물을 떠다 선생님 옆에 놔둔다. 먼저 밥을 가지고 온 학생이
물컵을 치워버리고 태연히 앉아 밥을 먹는다. 그러자 컵을 두고 간
아이가 식판을 들고 와서 자기가 먼저 맡은 자리라며 비키라고 한다.
서로 자기 자리라고 괴성을 지르고 수화로 다투는 모습이 자주
보인다.

이를 보다 못한 담당교사가 손에 젓가락을 쥔 채 뒤에 온 학생에게
그 옆자리에 앉으라고 지시한다. 선생님 옆자리에 앉으려고 물을
떠다 놓았는데, 선생님이 몰라주니 그 기분이 좋을 리 없다. 시무룩한

얼굴로 마지못해 옆자리에 앉는 모습이 아주 딱해 보인다.

저러면 교사가 순번을 정해 학생들이 순서대로 선생님 옆자리에 번갈아 가며 앉게 하면 좋을 텐데. 그렇게 하면 학생들에게는 질서를 지키는 습관이 배양되고, 기다리는 인내심과 남을 배려하는 마음이 생길 것이다. 그리고 나도 선생님 옆에 앉을 수 있다는 희망에서, 또 희망을 가지면 이루어진다는 믿음이 싹틀 것인데. 젊은 교사들은 거기까지 생각이 미치지 못하는 모양이다.

저 앞 식탁에서는 우리 선수들이 출전하는 월드컵 축구시합을 방영하는 시각을 가지고 싸우는 모습이 보인다. 시합 시작이 밤 10시 30분이라는 아이와 9시라는 아이가 밥 먹을 생각은 접어두고 수화로 갑론을박하는 모습에 내 눈이 바빠진다.

이럴 때 담당교사가 아이들의 수화를 바르게 알아보고 시합시간을 정확하게 가르쳐 주면 학생의 시비가 금방 해결될 건데, 선생님은 수화를 아직 잘못 알아보는 모양이다.

또 한 식탁에 앉은 아이들은 텔레비전에서 본 만화영화에 대한 내용을 수화로 설명하느라 열을 올린다. 한 아이가 로봇이 하늘을 날아가는 시늉을 하니 옆에 아이는 이에 질소냐는 듯 칼로 적을 무찌르는 형용을 하느라 온갖 힘을 쏟는다.

이 때 옆에서 밥을 먹던 생활지도 교사가 밥을 빨리 먹으라고 채근한다. 다른 한 교사는 젓가락을 들고 학생을 지적하며 목에 핏대를 세우고 야단을 친다. 저쪽에 있는 선생님은 가위를 든 채 학생을 겨누며 꾸중하는 모습이 보인다. 또 한 교사는 숟가락을 움켜잡고 학생 머리 위를 올렸다 내렸다 곡예를 시키며 타이르고 있다. 이런 저런 식사 광경을 보면 어릴 적에 아버지께서 들려주신 이야기가 생각난다.

초등학교 2학년, 보리 베기를 하던 때였다. 학교 공부를 마치자마자 집에 와서 점심을 먹고 어른들을 따라 보리 베기를 했다. 한창 보리를 베고 있는데, 바로 위의 형이 와서 낫을 찾기에 내가 낫끝을 겨누며 저기 바위 위에 있다고 가리켜주었다. 옆에서 보리를 베시며 내 행동을 지켜보고 계시던 아버지께서 조용히 이야기를 들려주셨다.

우리 고향에서 가까운 남해군 삼동면 지족리 근방에 쇠스랑 고개가 있다. 고개 이름이 생긴 유래가 이렇다. 동네로 들어가려면 나지막한 산을 넘어가야 한다. 산들목에서 지족 일리, 이리, 삼리로 가는 삼거리가 처음 오는 사람들을 헷갈리게 했다.

어느 화창한 봄날 선비 차림의 길손이 갈림길에서 길 옆 논에서 일하고 있는 농부에게 길을 물었다.

"지족 이리로 가려면 어느 길로 가야 하는지요?"

논에서 일하던 농부가 쇠스랑을 들고

"일리로 가려면 저쪽으로 가야합니다."

"일리가 아니고, 이리로 가려고 합니다."

경상도 발음이 좀 억세기 때문에 '일리'와 '이리' 발음을 구별하기 힘들어 길손이 재차 물으니 농부가 짜증 섞인 큰소리로 쇠스랑을 들고 길을 가리키며 말했다. 그러자 길손이 그 자리에 주저앉더니 한참

동안 일어나지 않기에 가까이 가 보니 숨을 거두었더란다. 그 후로 사람들이 그 고개를 쇠스랑 고개라고 불렀다.

사람들이 일을 할 때는 힘, 기氣가 손에 모이는데, 나쁜 감정을 가지면 기가 살기殺氣로 변해 연장을 타고 사람에게 가서 사람을 죽게 한다는 것이다. 무술고단자들이 장풍掌風을 일으켜 적을 죽이는 것처럼.

내 어린 지식으로는 이치에, 요즘 말로 과학적으로 맞지 않는다고 아버지께 여쭈었더니 이런 전설은 과학적으로는 증명할 수 없는 깊은 뜻이 숨어 있다고 하셨다. 설화나, 전설, 옛 이야기 속에는 옛 어른들이 후손에게 교훈을 주려는 지혜가 담겨 있다.

연장이나 다른 도구를 들고 사람을 지적하거나 겨누며 말하는 것은 큰 실례가 된다는 것을 가르치는 교훈이다. 연장을 들고 말하는 사람은 잘 모르고, 못 느낄지 몰라도 지적을 받는 사람의 기분은 좋을 리가 없다.

교사와 학생들이 밥상머리에서 서로 배우며 가르치도록 풍부한 경험과 숙달된 지혜를 가진 선배 교원들이 좋은 교육 방법을 고안해 내기를 기대해 본다.

*

*

*

눈물의 의미

감정의 동요없이 흘리는 눈물은 체액에 불과하다. 하지만 뜨거운
언어가 담겨 있는 눈물도 있다. 때로는 가슴 시린 말이 되기도 하는
눈물. 우리가 살아가면서 보이기보다 감추고 싶을 때가 더 많은
눈물의 의미를 쓰고 있는 것은, 내 가슴 속에서 마르지 않고 흐르는
아이들의 눈물이 있어서이다.

나는 시각장애 학생 20명과 청각장애 학생 30명이 생활하는
맹아학교의 기숙사에서 5년 동안 사감을 지낸 일이 있다. 이 때
학생들이 흘리는 눈물, 우는 모습이 장애에 따라 다르다는 것을
알았다.

실명된 채 태어난 석이라는 열 살 난 학생이 엄마의 손에 이끌려
학교에 왔다. 입학과 동시에 기숙사에 입사했다. 그의 어머니가
기숙사에서 하룻밤 자고 다음 날 떠났다.

석이는 엄마가 갈 때 태연히 잘 가라고 인사를 하고 방으로

들어갔다. 그의 어머니는 문을 나서자 애써 참던 눈물을 보이더니, 눈물의 무게에 고개를 못 가누듯 고개를 푹 숙이고 무거운 발걸음을 떼었다.

아이의 모친을 배웅하고 방에 들어가니 석이가 어깨를 들먹이며 울고 있었다. 그의 눈에 크렁크렁한 눈물이 바위 틈에서 새어 흐르는 가느다란 물줄기처럼 뺨을 타고 흘렀다. 아이는 울음을 참으려 가슴 속에서 신음소리를 냈다. 아이가 우는 모습을 보니 내 가슴은 바늘로 쿡쿡 찌르듯 아파왔다.

청각장애 학생들이 우는 모습은 나에게 또 다른 괴로움을 느끼게 했다. 나는 새 학년이 되어 학생들과 몇 가지 규칙을 정했다. 가령 가정학습을 해 오지 않았을 때 어떻게 하면 좋겠는가? 나는 질문만 하고 학생들이 규정을 정해 지키게 했다.

그 규정을 지키지 않으면 아이들은 회초리로 손바닥을 석 대 맞겠다고 했다. 우리 반에서 나이가 제일 많은 김군이 번번이 숙제를 해 오지 않았다. 나이도 많고 장거리 통학을 감안할 때 벌을 줄 수가 없어 몇 번 미루어 왔다.

그러던 어느 날 아침, 학생들이 김군에게 특별대우를 한다고 불만을 토로했다. 이제는 어쩔 수 없었다. 김군을 앞으로 나오라고 하여 숙제를 못 한 이유가 무엇이냐고 물었다. 그는 묵묵부답이었다. 할 수 없이 나는 손바닥을 "내밀어라." 하였고, 그는 아무런 표정없이 회초리를 맞았다. 살짝 때려서인지 얼굴색이 조금도 변하지 않았다. 두 번째는 조금 더 세게 때렸는 데도 눈 하나 깜박하지 않았다.

마지막에는 더 힘껏 때렸더니, 금방 그의 눈에서 여름소나기 같은 눈물이 뚝뚝 떨어졌다. '아뿔싸, 때리는 시늉만 하고 말 것을….' 후회가 가슴을 쳤지만, 이미 때는 늦었다. 그를 바라보는 내 가슴은 메로 쿵쿵치는 아픔으로 짓눌러졌다.

시각장애 학생은 이별이 슬퍼서 운 것으로 생각되지만, 청각장애 학생은 왜 울었을까? 단순히 아파서 눈물을 흘린 것 같지는 않은데, 그에게서 속 시원한 이유를 들을 수 없었던 것이 아쉬움으로 남아있다.

사람들이 눈물을 흘릴 때는 대부분 감정이 포함된다. 눈물은 슬픔, 고통, 시련을 상징한다. 눈물에는 참회와 회개의 뜻이 담겨있고, 인간이 진실에 이르게 하는 촉매가 되기도 한다. 가슴속 깊은 곳에서 우러나는 감정을 담아 흘리는 눈물은 다른 사람의 마음을 움직이는 힘이 있다.

나는 장애학생들이 흘리는 눈물에서 그들의 정서 상태를 엿볼 수 있었다. 시각장애인들의 정서는 발달되어 섬세한 느낌을 주고, 반면 청각장애인들의 정서는 발달되지 못하여 무디고 무뚝뚝하며 거친 인상을 받게 한다.

이것으로 보아 정서의 발달과 지식의 습득에는 시각보다 청각이 더 중요한 것 같다. '백문이불여일견百聞而不如一見', 백 번 듣는 것이 한 번 보는 것만 못하다는 말이 있다. 한 번이라도 들은 적이 있어야 한 번 보아도 알 수 있지만, 한 번도 들어보지 못한 것은 백 번 보아도 모른다.

자기 자신이 시각장애, 청각장애, 언어장애까지 있었던 헬렌 켈러 여사는 "시각장애인은 단지 육체적인 결함뿐이나, 청각장애인은 신체적

결함에 지적인 장애도 겸하고 있다.”라고 말하였다.

사람의 말소리뿐만 아니라, 아무 소리도 듣지 못하는 청각장애 어린이에게 보이지도 않고 만져 볼 수도 없고, 냄새도 없고, 맛을 볼 수도 없고, 가서 볼 수도 없는 말의 뜻을 어떻게 이해시킬 수 있겠는가? 의도적이고 형식을 갖춘 교육을 받지 못한 청각장애 어린이는 매일 보고 만지고 사용하는 물건들의 이름을 모를 뿐 아니라 심지어 물건들에게 이름이 있다는 것조차도 모른다.

이런 장애아이들을 가르치는 사람은 남몰래 흘리는 눈물이 많다. 자기 자신이 흘리는 눈물의 바른 뜻을 음미해야겠지만, 그보다 장애어린이들이 흘리는 눈물의 깊은 의미를 알아야 바른 교육을 할 수 있다.

특수교사는 장애인의 아픈 가슴 속을 들여다볼 때 자기도 모르게 뜨거운 눈물이 흘러나와야 장애인의 참 교육자로 창조되어지리라.

*

*

*

글 못 읽는 아이들

1999년 당시 언론보도에 따르면 경상남도 내 초·중·고등학교 전체 학생 48만 843명의 0.4%인 1천 929명이 문자 미해독자 즉, 읽기 장애학생이었다고 한다.

보통 학생들은 1년만 공부하면 한글을 깨칠 수 있다. 그런데 3년 이상, 6년, 10년, 12년이나 학교에 다녀도 한글을 못 읽는다니 아주 심각한 문제가 아닐 수 없다. 학교를 몇 년이나 다녀도 글을 못 읽는 학생들을 특정학습 장애학생 또는 그냥 학습 장애학생이라고 한다. 흔히 특수교육 현장에서도 학습 장애학생과 학습부진 학생, 그리고 학습지진 학생을 혼동하는 경우가 더러 있다.

학습지진은 정신지체에 기인된 낮은 학습 능력으로 인하여 학습에 어려움을 보이는 경우로 즉, 지능이 낮거나 지능 발달이 지체됨으로 특수교육 현장에서는 정신지체, 요즘은 지적 장애학생이라고 한다.

학습부진 학생은 지능은 일반 학생과 크게 차이가 없는데 우울증이나 불안 같은 정서적 문제나, 품행 장애와 같은 행동 문제, 그리고 환경적 요인 등으로 학습에 어려움을 보이는 경우를 말한다.

학습장애 학생은 학습 부진이나 학습 지진과는 달리 비교적 정상 지능을 가진 학생이 말과 글을 이해하고, 글을 읽고 쓰는 능력, 철자법 그리고 수학의 셈하기 등에서 장애를 보이는 경우를 말한다. 시각, 청각장애, 운동기능장애, 정신지체, 정서장애, 혹은 환경적 문제가 주원인이 되어 학습에 어려움이 있는 경우에는 학습장애라고 하지 않는다.

학습장애를 진단하는 기준은 ①학생의 지적 능력과 학업 성취 수준간의 격치이며, ②학생의 연령, 혹은 학년과 학업 성취 수준간의 불일치이다.

즉 보통 수준의 지능을 가진 학생이 읽기, 쓰기, 수학 등에서 보통 수준 이하의 성취를 보이거나 단 한 가지 학업 영역에서라도 연령이나 학년에서 기대되는 수준보다 2년 이하의 부진한 성취를 보이는 경우 학습 장애가 의심될 수 있다.

학습 장애에 수반되는 특징은 학습장애 학생들이 가장 보편적으로 결함을 보이는 학습 영역은 읽기, 쓰기, 철자법 수학이며, 대개 한두 영역에서만 문제를 보이지만, 여러 영역에서 문제를 보이는 학생도 있다. 학습 장애학생들은 일반학생들 만큼 많은 것을 배우지 못하기 때문에 학년이 올라갈수록 점점 더 장애가 심화될 수 있다.

학습장애 학생들은 듣기, 노트 정리, 공부 습관 등이 바르게 형성되지 못한 경우가 많다. 이런 비효율적 학습 습관은 인지 과정상의 결함을 가져올 뿐만 아니라 동기와 흥미를 잃게 되어 더욱 심각한 문제를 낳게 된다.

학습장애 학생들 중에는 지속적인 주의 집중 즉, 주의가 산만한 것이 특성적으로 나타난다. 또 일부 학습장애 학생들은 지각적 정보처리에 결함이 있어 한 단어와 다른 단어의 소리를 구별하거나 문자간의 차이를 지각하는데 어려움을 보이며, 시각운동 협응, 지각 속도장애 결함이 있어 학습에 어려움을 느낀다.

읽기장애 학생은 암송, 군집화, 정교화 등과 같은 기억 촉진 책략을 일반학생에 비해 더 적게, 그리고 비효율적으로 사용한다. 언어는 읽기, 쓰기, 철자법이 기본이 되고, 사고능력과 정보처리 능력에 직접 관련되어 있는데, 이러한 언어적 결함이 학습장애 학생에게서 자주 관찰된다.

학습장애 학생은 비교적 정상 기능을 가지고 있으나 말과 글을 이해하고 이를 사용하는데 관련되는 기초적 심리과정의 장애로 인하여 학습에 장애를 보이는 것을 말한다.

학습장애 학생들은 학업과 관련된 반복적인 실패와 좌절, 그리고 또래들의 따돌림 등으로 인하여 매사에 흥미를 잃게 되고, 동기가 저하되고, 낮은 자아 이상을 갖게 된다.

학교생활에서의 성공적인 적응은 아동, 청소년기의 가장 중요한 발달 과제이다. 특히 학업 성취에 많은 가치를 부여하는 우리 사회에서는 학업 성취에서의 성패가 그 학생의 정서적·사회적 적응에 이르기까지 광범위한 영향을 미치게 된다. 스스로 설정한, 혹은 주위 환경에서 기대하는 수준에 미치지 못하는 학업 수행으로 인한 좌절감은 일부 소수의 학생에게 국한된 문제가 아니라 상당히 많은 학생들이 겪는 일이다.

학업 수행의 문제는 낮은 지능, 학습 기회의 부족, 잘못된 학습 습관, 낮은 학업 성취 동기, 열악한 환경 요인 등 여러 가지 요인으로 일어날 수 있다.

따라서 글을 못 읽는 초·중·고 학생들을 면밀하게 진단하여 학생 특성에 맞는 특수교육을 실시해야 할 것이다. 이들 학생을 이대로 방치해 두면 사회 문제가 될 뿐만 아니라 경제적 손실도 크다고 보여진다. 의사가 환자의 병을 치료하기 위하여 여러 가지 검사를 하고 환자에게 병력을 묻고 그 동안 치료한 경험을 물어보고, 이것을 토대로 환자를 치료하는 것과 같이 학습장애 학생들을 바르고 효과 있게 가르치기 위하여 교육 전문가, 심리학자, 학부모 등의 과학적이고 합리적인 진단을 하여 그 기초 위에서 교육을 하여야 할 것이다.

*

*

*

청각장애인의 도덕성

특수학교 현직에 있을 때 장애인에 대한 많은 질문을 받은 것 중 하나가 청각장애인들의 도덕성, 더 구체적으로 말하면 정직성에 관한 질문이었다. 청각장애인이 왜 거짓말을 잘 하느냐는 질문을 많이 받았다.

특수교육 현장에서 떠난 요즘은 청각장애인들이 약속을 잘 안 지킨다고 말하는 사람들이 있고, 또 어떤 사람들은 청각장애인들이 최근의 정치인들처럼 말 바꾸기를 잘 한다고도 하였다. 일반인들은 왜 청각장애인이 거짓말을 잘한다고 생각하는가?

일반사람들이 청각장애인의 정직성에 대하여 극단적인 양극화 현상을 보였다. 어떤 사람들은 청각장애인은 본대로 말하고 사실대로 말하지 거짓말은 절대로 하지 않는다고 주장하고, 다른 어떤 사람은 청각장애인은 거짓말을 잘 하여 도저히 믿을 수 없는 사람들이라고 하였다.

청각장애인도 사람이니 거짓말을 하는 경우도 있을 수 있을
것이다. 문제는 어느 한 청각장애인이 거짓말을 한 번 하였다고 싸잡아
모든 청각장애인이 거짓말을 한다는 선입관을 가지고 있다는데 심각한
문제가 있는 것이다.

내가 청각장애인 학교에 근무할 때 체험한 바에 따르면
의사소통이 제대로 되지 않아 생기는 오해가 많았다. 쉬는 시간에 옆
반 선생님이 배구공을 들고 자기반 학생들과 우리 교실에 와서 누가
유리창을 깼는지 가려 달라고 하였다.
쉬는 시간에 두 학생이 공받기 놀이를 하다가 유리창을 깨었는데
서로 자기가 깨지 않았다고 거짓말을 한다고 하였다. 옆 반 선생님은
청각장애인 학교에 근무한 지가 얼마되지 아니하여 수화도 잘 모르고
그들의 특성을 잘 모르는 때였다.
내가 옆 반 선생님과 이야기를 하고 있는 동안 공놀이를 한 두
학생은 수화로 서로 상대방이 잘못하여 유리를 깨었다고 주장하고
있었다. 공을 던진 학생은 상대방이 공을 잘못 받아서 유리를
깨었다고 하고, 공을 받던 학생은 공을 잘못 던져서 유리를 깨었다고
서로에게 책임을 전가하는 것이었다. 이것은 거짓말과는 다른 차원의
문제이다. 그런데도 담임선생님은 청각장애 학생들이 거짓말을 하고
있다고 생각하였다.

최근에 일반 사람들도 수화를 많이 배우고 있다. 농아인협회에서
뿐만 아니라, 특수교육학과가 있는 대학에서도 수화교실을

개설하여 일반인들에게 수화를 가르치고 있고 심지어는 초·중·고등학교에서도 수화 동아리를 만들어 수화를 배우는 학생이 많다고 한다.

청각장애인들에게는 참 좋은 일이다. 청각장애인이 어디를 가나 수화로 의사소통에 가능하게 되니 사회에 참여하여 일하기가 훨씬 쉬워지게 되었다. 그런데 일반인들이 깊이 알아두어야 할 것은 수화를 하면 청각장애인과 아무런 막힘없이 의사소통이 되리라고 생각하면 큰 오산이라는 점을 명심해야 한다.

비록 청각장애인이 고등학교 과정을 마쳤다고 하더라도 수화가 아주 불완전하여 수화를 하여도 잘못 이해하는 경우가 많고 수화를 한 사람의 의도와 반대로 이해할 수도 있다.

'가을 바람이 분다.'라는 말을 수화로는 똑같이 표현한다. 수화로 의사소통을 할 때는 얼굴 표정과 몸짓, 그리고 말을 같이 사용해야 하고, 수화를 할 때 손의 위치 손이 움직이는 방향 등에 세심한 신경을 써야 한다. 그래도 초심자는 수화의 뜻을 바르게 이해하기가 어렵고, 일반인들이 볼 때는 청각장애인들이 약속을 잘 지키지 않고 말 바꾸기를 잘 하는 것으로 오해하기 쉽다.

청각장애인을 바르게 이해하려면 수화뿐만 아니라 그들의 문화, 심리, 특성 등을 소상히 알아야 한다. 최근에 내가 도끼로 통나무를 쪼개어 놓고 청각장애인이 오기에 누가 이 나무를 쪼개었느냐고 물으니 자기가 쪼갰다고 하였다. '누가'라는 말은 수화로는 오른쪽 손등을 오른쪽 볼에 대고 아래위로 두세 번 비비는 것이다.

청각장애인이 비록 수화를 할 수 있어도 '누가'라는 말의 개념을
확실히 이해하고 있지 못하면 수화 전체의 뜻을 바르게 이해하지
못하거나 전혀 다른 뜻으로 받아들인다.

나는 누가 이 통나무를 쪼갰느냐고 물었으나 이 청각장애인은
자기도 쪼갤 수 있다는 뜻으로 표현한 것임을 수화로 한참 설명하던
중에 알게 되었다.

만약 청각장애인의 특성을 잘 모르는 경우에는 그냥 청각장애인은
거짓말을 잘 한다고 간주하고 말 것이다.

'청각장애인의 속은 그 어머니도 모른다.'라는 우리나라 속담과
같이 청각장애인은 정보가 아주 제한적이어서 어쩔 수 없이 자기
중심적인 사고를 하니 그 뜻을 바르게 이해하기가 쉽지 않다.

청각장애인의 사고는 아주 주관적이다. 객관적으로 사고하는
능력이 부족하므로 현재의 분위기에 따라서 생각하고 행동하기 쉽다.
학교에서 정규 교육을 받지 못한 청각장애인은 어떤 일이 옳고 그른지
판단하지 못하고 자기에게 불이익이 되는데도 자기와 친한 사람의
손을 들어주는 경우가 많다.

백문百聞이 불여일견不如一見이라는 말은 백 번 듣는 것이 한 번 보는
것보다 못하다는 뜻인데, 백 번 듣는 것과 한 번 보는 것이 같다고
가정하면 듣는 것이 보는 것보다 훨씬 어렵다는 것을 단적으로 나타낸
말이다.

어떤 사물에 대하여 한 번이라도 들었던 일이 있어야 한 번 보면 알
수 있어도 한 번도 들어보지 못한 것은 백 번 보아도 모른다. 지식은

시각보다 청각으로 얻는 것이 많다.

청각장애인은 왜 거짓말을 잘 하는가? 라는 물음에 대한 정답이
있을 수 없다.

청각장애인 자신들은 거짓말을 하고 있다는 것을 모르고 있을
뿐 아니라, 어떤 것이 바른 말이고, 어떤 것이 거짓말인지조차 모르고
있다. 일반인들이 볼 때는 청각장애인들이 거짓말을 하고도 전혀
반성하는 기미도 보이지 않는다고 비난하고 있지만, 진작 청각장애인
자신은 무엇을 잘못했는지 모르는 경우가 많다.

학교 교육이나 기타 다른 교육을 전혀 받지 못한 선천성 청각장애
아동은 매일 보고 만지고 사용하는 물건들의 이름을 모를 뿐 아니라,
이런 물건들에게 이름이 있다는 것조차도 모른다.

*

*

*

과연 그들은 고집이 센가?

우리나라 속담에 '아내 자랑을 하면 반 푼이고, 아들 자랑을 하면 팔푼이' 라는 말이 있다.

이런 민족의 정서 때문인지 우리나라 사람들은 남을 칭찬하는 데에 인색하다. 술자리에 앉아서 들어보면 대화 내용의 80％는 남의 이야기다. 남이라고 해도 모르는 사람의 이야기가 아니고 자가가 아는 사람의 이야기다. 결국 친구나 이웃 사람에 대한 이야기인데, 칭찬보다 험담을 많이 한다.

청각장애 학교에서 30여 년간 근무해 오면서 여러 학생의 부모에게서 "우리 아이가 고집이 센데, 청각장애 아이는 모두 고집이 세느냐?"는 질문을 많이 받았다. 청각장애 자녀를 둔 부모뿐 아니라, 일반 사람들도 농아는 고집불통이라는 고정 관념을 갖고 있는 모양이었다.

고집은 '자신의 생각이나 의견만을 세워서 굽히지 않는다.

고집불통은 성질이 고집스럽고 융통성이 없음. 또는 그러한
사람'이라고 국어사전에 풀이해 놓았다.

내가 아는 강 주해 목사는 농아로 태어나 서울농학교 고등부와
장로회신학대학을 졸업하고, 미국 웨슬레이 신학대학과 갤로디드
대학에서 석사학위를 받고 영락농아인 교회 담임목사로 시무하였다.

그는 『농아인, 그는 누구인가?』라는 책에서 '고집스럽다'라는
말에 연상되는 것이 미련스럽다, 우악스럽다, 융통성이 없다, 합리적
사고능력이 부족하다, 어딘가 짐승적인 데가 있는 그런 부정적인
것들이라고 했다.

이 말들은 일반인들이 청각장애인에 대한 견해를 모두 나타낸
것이라고 볼 수 있다. 일반인들이 청각장애인에게 짐승적인 데가
있다고 생각하는 것은 청각장애인들이 내는 소리가 짐승들이
으르렁거리는 소리와 비슷하기 때문이다.

청각장애 자녀를 둔 부모도 이와 같은 부정적인 시각에서 바라본
것일까? 부모들의 말을 자세히 들어보면, 청각장애 자녀가 부모의 말에
잘 순종하지 않고 제멋대로만 하려고 하니 고집이 세다고 느끼는 것
같았다. 예나 지금이나 일반인들이나 부모들이 청각장애인에게 바라는
것은 무조건 순종이요, 다음은 경제인 즉, 돈벌이를 하라는 것이다.
청각장애인의 인격이나 의사는 또는 취미는 아예 고려하지 않고
무시해버리는 사례가 많았다.

청각장애인이 고집불통이라고 생각하는 또 다른 원인은
일반인들과 청각장애인들과의 의사소통이 바르게 성립되지 않는데
있다. 말을 듣지도 못하고, 말도 제대로 하지 못할 뿐 아니라

문자로도 의사를 바르게 전달할 수 없는 청각장애인에게 말로
납득시키려는 의도는 결국 실패로 돌아가게 된다.

    나는 홍역의 후유증으로 만성 중이염이 있었다. 어떤 때는 보통
말이 잘 들리지만 어떤 때는 전혀 들리지 않는다. 아버지가 마루에서
30미터 가량 떨어진 가체에서 무엇인가를 가져오라고 하시는데, 그
무엇을 알아듣지 못했다.

    가체는 부엌 옆에 있는 가건물인데, 농기구와 연장 등을 보관해
둔 곳이다. "무엇을 가지고 오라고요?" 하고 세 번이나 여쭈어
보았으나 끝내 그 말을 알아들을 수가 없었다. 그래 일단 가체에 가서
아버지께서 바지게를 준비하고 계시기에 아버지께서 하시려는 일과
연장을 연계하여 괭이를 들고 갔다. 도끼를 가지고 오라고 했는데
괭이를 가지고 왔다고 노발대발하면서 제멋대로 가지고 왔다며
고집불통이라고 하셨다. 반세기도 훨씬 지난 일이지만, 지금도 그때
그 일이 내 뇌리에서 지워지지 않고 있다. 구태여 옛날의 실례를 들 것
없이 최근에도 이와 비슷한 일을 수 없이 겪고 있다.

    청각장애인에게 무엇을 가르치고 "알았느냐?"고 물어보면
알았다고 한다. 모른다는 수어手語는 잘 하지 않는다. 알았다는
뜻의 수어(요즘은 수화手話라는 말 대신 수어라는 용어를 사용하는
추세다.)를 한다. 알았다는 수어는 손바닥을 가슴에 대고 아래로
쓸어내리는 손짓을 두 세 번 한다.

    일반인들도 잘 안 되는 일이 잘 풀렸을 때 삼 년 묵은 체증이

내려갔다며 손바닥으로 배를 아래로 슬슬 쓸어내리는 동작을
하는 것과 같은 이치다. 모르는 것을 알게 되어 마음이 시원하다는
표현이다. 이 알았다는 수어를 보고 청각장애 학생들이 내가 말한
것을 이해했다고 생각하면 큰 오산이다.

농아인은 귀가 안 들리기 때문에 일반인들처럼 정상적인
방법으로 대화하기가 거의 불가능하다. 말하는 사람의 입이 움직이는
모양, 얼굴 표정, 분위기 등으로 대화를 한다고 하나 그것은 극히
제한적이다. 나의 경우 보청기를 사용하면 조용한 곳에서는 보통
대화가 가능하다. 그러나 여러 사람이 모여서 이야기하고 있는 소음이
많은 장소에서는 대화하기가 어렵다.

처음 만난 사람과 인사하고 서로 통성명할 때 상대방의 이름을
단번에 알아듣기가 무척 힘들다. '성수', '성주', '성구'라고 할 때 수, 주,
구, 발음과 성, 정, 청의 발음을 바로 구별하지 못한다.

명함이 없이 초면에 이름을 꼭 외어 두어야 할 경우 성함을
다시 묻게 되는데, 두 번까지는 물어볼 수 있으나 그 이상은 묻기가
민망하다. 여러 번 물었다가 면박을 당한 일이 한 두 번이 아니다.
남의 이름으로 장난을 치느냐고 얼굴을 붉히는 사람도 있었다.

어느 날 새벽 두 시경 잠이 깬 후 통 잠이 들지 않아서 라디오를
켜니 마침 토론을 하고 있었다. 중간에 들어서 무엇에 대한 토론인지는
모르겠으나, 마침 그때 학자들은 자기가 세운 이론만 옳다고 우기며
고집이 세어서 남의 이론을 잘 받아드리려 하지 않는다는 말이
흘러나왔다. 청각장애인들도 자기가 아는 것만 할 수밖에 없다.

청각장애인은 많은 정보를 얻기 어려워서 판단을 바르고, 빠르게 하지 못하기 때문에 일반인이 보기에는 고집이 세게 보일 수도 있을 것이다. 수어로나 문자로 청각장애인의 이성에 합리적으로 호소하면 고집은 꺾인다.

고집은 누구나 다 소유하고 있는 심리적 개연성이다. 고집은 그 사람의 이성에 호소하고 설득하면 자연 없어지게 된다. 그러므로 청각장애인들만 고집이 세다는 인식은 편견이라고 할 수밖에 없다.

청각장애인을 이해하려는 마음으로 다가선다면 지금까지 갖고 있던 선입관이나 고정관념의 벽은 무너지리라 생각해 본다.

*

*

*

엄마라고 부르고 싶은 아이들

　내가 진심으로 알고 싶은 것은 청각장애 학생들에게 언어를
가르치는 방법이다. 나는 지금 5학년에서 중 2학년까지, 중학교
1학년은 2명이고 나머지는 각 학년에 한 학생씩 다섯 학생과 숙식을
같이 하며 공부하고 있다.

　초등 5학년 학생과 중 2학년 학생은 친형제다. 이들 형제는
이혼 고아이다. 철이가 형이고 민이가 동생이다. 5학년인 운이는
계모 밑에서 지내다가 왔다. 중학부 2학년인 훈이는 양친이 모두
청각장애인이다. 올해 들어온 완이만 양친부모가 계시나 아버지가
투병 중에 있다. 이들은 삼층 방에서 창 너머로 달이 뜨면 달을 보고
해가 뜨면 파란 하늘과 뭉게구름을 쳐다보며 엄마가 그리워 가끔 눈물
짓곤 한다. 옆에서 보는 내 마음은 쓰리다 못해 아프다.

　이들은 말을 잘못하니 엄마가 그리워도 "엄마!"라고 부를 줄을
모른다. 아이들이 허공에라도 엄마라고 마음껏 불러보게 말을 가르쳐

주고 싶은데 그게 그렇게 잘 안 된다. 말은 듣고 모방하여 배우는데, 말을 배우기 전에 청력을 잃으면 말은 물론 소리도 듣지 못하니 말도 못하게 된 것이다. 성한 귀를 가진 아이들은 일상생활 속에서 자연스럽게 말을 듣고 배워 말을 할 수 있으나, 청력에 장애가 있는 아이들은 계획적, 체계적으로 꾸준히 가르치고 배워야 한다.

이 다섯 학생의 공통점은 잔청^{殘聽}이 있다는 것이다. 이 학생들은 보청기를 착용하였을 때는 조금 크게 말하면 듣는다. 들리기는 하는데 말의 뜻을 이해하지 못하거나, 왜곡되게 들리는 모양이다.

「고양이와 여우」라는 동화가 있다.

"우리 놀이디에 가서 놀까?"

"야호! 신난다."

아기 고양이 두 마리가 놀러갑니다.

이 세 문장을 한 시간 동안 따라 읽게 한 다음 혼자서 읽게 하고 발음이 틀리면 고쳐주기를 수십 차례. 글의 뜻을 이해시키기 위하여 동물의 그림을 보이고 손짓, 발짓, 몸짓 등, 내가 할 수 있는 방법은 총 동원하여 설명하였다. 그러고 나서 아이들이 이 문장을 확실히 이해했는지 평가하고, 말의 능력을 신장시키기 위하여 질문을 한다.

"누가 놀러갔습니까?"하면 돌아오는 답은 "고양이가 '도안'이나, '오안'으로, 놀러는 '돌러'나 '올러'로 등 별별 발음을 한다. 그러면서도 아이들은 바르게 발음하려는 의욕이 부족해 보인다. 민이는 틀린 발음을 고쳐주려고 따라 말하게 하면 금방 눈시울이 붉어지고 눈물이 풀잎의 아침 이슬처럼 매달린다. 그러면 손등으로 눈을 쓱쓱 문지르고 땅이 꺼지게 한숨을 쉬며 코를 훌쩍인다.

운이도 비슷한 반응을 보인다. 잘못한 발음을 바르게 하도록 내 입 모양을 보고 따라 발음하게 거울 앞에 가서 가르친다. 아이는 거울 속의 내 입술만 보고 붕어처럼 입만 달막거릴 뿐 소리를 내지 않는다. 이럴 때 자세히 살펴보면 어쩐지 아이들이 불안해 하는 것 같았다. 이 학생들 태도를 보니, 내가 이 아이들 나이 또래였을 때 일이 무의식 영역에서 의식 세계로 올라왔다.

나는 다섯 살 때 홍역으로 만성 중이염이 생겼고 청력이 많이 손상되어 남의 말을 겨우 알아들을 수 있었다.

학년 초가 되면 공연히 마음이 불안했다. 새로 맞이하는 담임선생님의 음성이 크면 다소 안심이 되었으나, 음성이 작으면 일 년 내내 수업시간이면 공연히 가슴이 두근거리고 혹시 선생님이 나에게 질문을 할까봐 늘 걱정이 되었다. 선생님이 질문을 할 때 나는 정신을 온통 듣는 데만 집중하고 있었기 때문에 긴장이 되고 얼굴이 화끈거려 아는 문제도 대답을 못한 적이 많았다.

지금의 이 학생들도 그 때의 내 정서 상태와 같을 것이라는 생각이 들었다. 그래서 어떻게 하든지 정서가 안정되게 하고 용기를 잃지 않도록 해야 했다. 어쩌다가 맞는 답을 할 때에는 칭찬을 하고, 잘못 대답을 해도 격려를 아끼지 않았다.

잘한 아이를 칭찬하면 옆에 있는 아이의 안색이 시무룩해진다. 못한 아이의 마음에 상처가 안 되게 칭찬해야 한다. 칭찬도 마음대로 못하는 내가 좀 한심스럽게 느껴진다. 그러면서도 내 교수 방법에 문제가 있나 하고 탐색해 본다.

옛날 감기든 서당 훈장이 "나는 바담풍 해도 너는 바담(람)풍
해라,"는 속담과 같이 내 발음이 잘못되고 있는지 모를 일이었다.
그래서 고등학교 국어 문법책에서 말소리 단원을 찾아 다시 읽고,
'음성'이라는 책을 탐독하여 성악가들이 공부하는 호흡법, 발성
연습 방법과 발음하는 방법을 익히기도 하고, 또 최근에 나온 「화술
오디세이」를 참고하여 거울 앞에 서서 아이들을 가르칠 발음을 미리
연습하곤 하였다. 그래도 이 아이들의 태도가 기대만큼 바뀌지 않는
것이 몹시 안타깝다.

지혜를 얻기 위해 하나님께 간절히 기도해도 내 기도가 하나님께
상달되지 않았는지 효과가 많이 없으니 아직도 괴로워하고 있다.
사랑과 인내로 얼마나 지탱할 수 있을런지 나도 모르겠다. 다만
오늘도 거울 앞에 서서 가르칠 단어 발음 연습을 하고 최선으로
아이들을 가르칠 뿐이다.

이 아이들 마음에 불안감을 없애고 자신감을 갖고 말을 잘 하도록
가르치는 방법을 내가 배울 수만 있다면 사회의 지탄을 받는 한이
있더라도 고액 과외라도 받고 싶은 심정이다.

*

*

*

이젠 들을 수 있어요

"이젠 들을 수 있고, 말도 할 수 있어요."

청력을 잃어 듣지도 못하고 말도 못하던 아이들이 인공와우 수술 후 듣고 말하게 되자 지른 환성이다.

청력이 정상인 보통 아이들은 요람에서부터 많은 소리와 말을 듣고 자연스럽게 말을 배운다. 아이가 한 마디 말을 배워 바르게 사용하기 위해서 적어도 800번 이상 들어야 한다고 한다.

청각장애로 말이 잘 들리지 않으면 말을 못하게 된다. 그런데 요즘은 잔존청력殘存聽力에 따라 보청기를 사용하고, 보청기로도 효과를 얻지 못하는 아이들은 인공와우 수술로 말을 듣고 말을 할 수 있게 된다.

보청기를 사용하여 말을 듣는 모델케이스가 바로 나다. 나는 다섯 살 즈음 홍역으로 중이염을 앓아 심한 난청이 되어 말을 잘 듣지 못했다. 잘 안 들리는 청력을 보완하기 위해 말하는 사람의 입 모양,

안색 등을 살펴 겨우 말의 뜻을 알아차렸다. 말을 알아듣기 위해서
말하는 사람의 입 모양을 자세히 보니 학교 선생님께서는 공부 시간에
주의 집중을 잘 한다고 칭찬을 하였다. 하지만 아가씨들은 자기
얼굴을 유심히 쳐다본다고 화를 내기도 했다. 맞선을 본 처녀들은
말을 잘못 듣고 얼굴만 말똥말똥 쳐다보는 귀머거리라고 질겁하고
등을 돌려 떠나갔다.

중이염으로 쉴 새 없이 고름이 흘러내리고 냄새가 고약해서 사람
옆에 가기가 민망했다. 미국 선교사가 내 이 딱한 처지를 알고 귀
수술을 받게 해주었다. 수술을 받고나니 고름은 멎었으나 청력은
완전히 잃고 말았다. 옆에서 굿을 하고, 총을 쏘아도 들리지 않는다.

눈만 감으면 암흑세계다. 지옥이 바로 이런 곳이 아닐까? 내
무딘 필설로 그때 그 절망감을 어떻게 표현하랴! 오직 죽고 싶다는
생각뿐이었다.

병원에서는 보청기를 사용해 보라고 권했다. 지금은 첨단
전자공학의 발달로 여러 종류의 보청기가 개발되어 보청기를 자기 귀에
맞춰 사용하는 사람이 많다. 그러나 4~50년 전만 해도 보청기라는
말이 청각장애인에게도 생소하게 들렸고, 구하기가 아주 어려웠으나
일본에는 청각장애인들이 보청기를 상용하고 있다고 했다. 일본
무역선을 타는 친구의 형에게 부탁하여 어렵게 보청기를 구했다.

보청기를 귀에 끼웠더니 세상 만물의 소리가 한꺼번에 들려왔다.
그때 가장 뚜렷하게 내 귀를 자극한 것은 "짹짹"하는 새소리였고,
아주 아름답게 들렸다. 마침 그 때 새소리와 화음을 맞추듯 옆방에서
부르는 '저 높은 곳을 향하여'란 찬송가가 들려왔다.

하늘 천사들이 찬송가를 불러도 저 소리만큼 아름답지 못할
거라는 생각이 들었다. 눈을 감고 천사들과 춤을 추는 환상에 잡혀
찬송이 끝날 때까지 조용히 듣고 있었다. 그 때 그 감격을 어떻게
표현할까?

7월 14일, 울산시 북구 중산동에 있는 '메아리학교' 다목적실에서
보통 사람들에게는 생소하고 이색적인 말하기 대회가 열렸다.
인공와우 수술로 청력을 되찾고 피나는 노력으로 말을 할 수 있게 된
전국에서 선발한 32명의 청각장애 학생들의 말하기 대회였다. 일반
학생들의 웅변대회를 방불케 했다.

날 때부터 전혀 듣지 못하던 아이들이 10여년 만에 인공와우
수술로 듣고, 언어재활 훈련으로 말하게 된 과정을 똑똑하고 담담하게
발표하여 듣는 사람의 가슴을 뭉클하게 했다. 사회복지사가 되어
지금까지 받은 혜택을 갚겠다고 한 학생, 박 지성처럼 축구 선수가
되겠다며 공으로 묘기를 보여주는 학생 등, 지금까지 양육해준
부모님과 선생님들께 감사한 마음을 진솔하게 말하여 청중들이 감격의
눈물로 박수를 치게 했다.

아이들이 자기 의사를 똑똑하게 표현하는 것을 보니 내가 청력을
잃고 실의에 빠져 있다가 보청기로 찬송가 소리를 들었을 때 느꼈던 그
감명이 되살아났다.

나는 거의 반세기 동안 청각장애 학생들에게 언어지도를
하고 있다. 그들은 매일 쓰고 만지는 물건의 이름을 모를 뿐

아니라 심지어는 이런 물건들에게 이름이 있다는 것조차도 모르던 아이들이었다.

그들이 손전화로 "선생님 뭐 해요?" 안부를 묻는다. 보청기나 인공와우 이식 기계를 끼고 "선생님, 이젠 들려요. !"하고 소리칠 때면 천하를 얻은 기분이 된다.

*

*

*

허물 벗기

몇 해 전 총리 후보자 청문회 소식으로 언제나 그렇듯 그때도
온 매스컴이 연일 기사를 쏟아내고 있었다. 한 신문은 팬츠만 입고
빨가벗은 총리 후보자에게 망원경으로 온몸을 관찰하는 만평을
실었다.

초라하게 서 있는 총리 후보자 옆에 옷이 널브러져 있었다. 그림을
보니 큰 인물이 되려면 낡은 옷은 벗어버려야 되는가 보다는 생각과
누에의 한살이가 떠올랐다.

'누에치기.' 필자가 어릴 때는 우리 고향 남해에서는 봄, 가을로
집집마다 누에를 쳤다. 누에는 뽕잎만 먹고 자란다. 누에가 알에서
깨어나 고치를 만들기까지 잠을 네 번 자는데, 사실은 잠을 자는 것이
아니라 허물을 벗는 과정이다. 지금까지의 껍질을 벗어버려야 몸체가
자란다.

나의 어머니는 "에고, 허물벗기가 얼마나 아깝고, 아프면 안 먹고

저렇게 죽은 듯이 움직이지도 못하고 있는고." 하시며 혼자 말씀하시곤
했다.

　사람의 일생도 누에의 한살이처럼 성장을 위해 허물을 벗어야
하는 시기가 있다. 지금까지 안주하고 있던 부모 품을 떠나 또래와
어울리려고 몸부림치는 시기. 요즘은 좀 빨라졌지만, 대체로
초등학교에 입학할 때쯤이다. 이때는 밥을 먹다가도 친구가 부르면
불이 나게 뛰어나간다.
　다음은 중학생 때쯤에 찾아오는 사춘기이다. 사춘기는 이성에
대한 관심과 그리움으로 홍역을 치를 때다. 그리고 자아 정체성이
확립될 때고 독립을 하려는 몸부림을 친다. 사춘기는 짧게 빨리
지나가는 게 좋다.
　세 번째는 권태기다. 좋아하는 짝을 찾아 결혼을 하고 아이를
낳아 양육하는 과정에서 권태기의 허물을 벗을 때가 또 온다. 이때
허물벗기를 잘못 치르면 파경을 맞는다. 이런 고비를 지혜롭게 잘
넘기려면 조용한 시간을 갖고 나보다 남을 배려하며 자기를 돌아보고
버릴 것은 미련없이 버리고 부족한 것은 채워야 한다.
　네 번째는 갱년기다. 이 갱년기의 허물을 벗는 데도 사람들은 많은
고통을 겪는다. 이런 허물벗기를 지혜롭게 하는 사람들은 목회자나
스님들이 아닐까?
　도를 닦는 스님들은 하안거夏安居, 동안거冬安居를 한다. 글자
그대로 풀이하면 한창 더운 여름 석 달과, 엄동설한 추운 겨울 석 달은
집안에서 편안히 쉰다는 뜻이다. 하지만 누에가 밖으로 보기는 잠을

자는 것 같지만 허물을 벗는 큰일을 하는 것처럼 스님들도 자기를
비우고 도를 닦고 수양을 쌓는 아주 고된 일을 한다.

누에가 잠을 잘 때 상체를 높이 들고 있다. 더 높이, 더 멀리
바라보려는 자세다. 누에의 꿈은 오직 하나, 좋은 명주실로 고치를
만드는 것일 게다. 꿈을 품고 있어야 꿈을 이룰 수 있는 게 아닐까.

청각장애 학생들을 가르쳐보면 품고 있는 꿈이 없는 것 같이
보인다. 청력을 잃어 듣지는 못해도 말은 배우면 할 수 있는데 말을
하고자 하는 의욕을 보이지 않는다. 말을 배워야 하겠다는 꿈을 품고
있는 학생들은 날마다 말이 늘어나는데, 그렇지 않은 학생은 어제나
오늘이나 늘 그 자리다. 청각장애 학생 교육의 관건은 그들의 가슴에
꿈을 심어주는 일이다.

TV에서 총리후보 청문회 광경을 보니 누에의 한살이가 떠올랐다.
사람의 일생에는 굴곡이 있게 마련이다. 오르막길이 있으면 내리막길이
있다. 오르막길에는 허물을 벗어던지고 내리막길에는 부족한 것을
채우는 게 인생이 아닌지.

사람은 누구나 일평생을 살며 많은 역경과 마주친다. 그때마다
슬기롭게 대처해야 한다. 누에가 날기 위해 네 번이나 허물을 벗는
것처럼.

*

*

*

주여!

주여! 일 년의 마지막 달 12월입니다.

12월에는 예수님이 탄생하신 날이 있습니다. 사람들은 이 날이 오면 들뜹니다. 사실 예수가 탄생할 그 무렵에는 해산할 마땅한 장소가 없어 그 부모들은 참담한 마음 금할 길이 없었습니다.

결국 사람의 위치에서 벗어나 동물의 자리로 내려가야 하는 그 부모의 마음을 한 번 헤아려 보았습니다.

인간 예수 아이는 자기가 마구간에 누웠는지 왕궁에 누웠는지 모르지만, 그 부모들은 알고 있기에 견디기가 어려웠을 것입니다.

이 어려운 처지를 극복하고 이겨 낼 수 있었던 것은 하나님이 같이 하신다는 믿음과 이 아이가 장차 큰 인물이 될 것이라는 희망이 그들의 가슴 속에 있었기 때문이라고 생각합니다.

주여! 우리 장애인들도 정말 견디기 어려운 처지에 있습니다.

하지만 장애인들의 가슴에 희망을 갖게 해주십시오.

희망이 있는 한 좌절은 없습니다.

예수의 부모가 하나님이 예수와 함께 하심을 믿고 온갖 고난을
이겨냄 같이 장애인들도 하나님이 함께 하심을 믿고 여러 가지
어려움을 이겨내게 해주십시오.

주여! 새해에는 우리 장애인들에게 기쁨과 은혜가 충만하게
하소서.

장애인을 돕는 손길 위에도 하나님의 축복이 임하게 하소서.

장애인을 돕는 개인과 가정과 단체와 사회와 국가가 평안과
축복과 기쁨을 누리게 하소서.

우리 장애인들이 몸은 병들고 망가졌을 지라도 밝은 마음과
성실하고 열심히 사는 모습을 보여줄 수 있게 하소서. 우리 장애인들이
촛불이 되게 하소서.

초가 타서 빛을 내어 어둠을 밝혀주듯이 우리 장애인들도 자기의
몸을 태워 빛을 내게 하소서. 그래서 사람들이 어둠에서 방황하지 않고
밝은 불을 보고 자기 갈 길을 바로 찾아가게 하소서.

주여! 새해에는 장애인 학교나 시설을 설립하고자 할 때에
반대하는 사람이나 집단이 없게 하여 주소서.

장애인 시설이 들어서는 곳에 하나님의 축복이 함께 하소서.

새해에는 장애인 시설 설립되려는 지방의 주민들의 반대가 없게
하시고, 오히려 장애인 시설을 유치하려는 운동이 일어나게 하소서.

그리하여 장애인 시설이 이곳저곳에 설립되어 장애인들이 자기의
능력을 최대로 발휘하여 사회에 공헌하는 훌륭한 사람이 되게 하소서.

주여! 새해에는 우리 장애인들이 매사에 신중하고 조심하며 남을 위하여 나를 희생하는 정신으로 무슨 일이든지 열심히 하며 성실하게 할 수 있는 건강과 지혜를 주시옵소서. 게으르지 않고 부지런하며 슬기롭게 일을 처리할 수 있는 능력을 주시옵소서.

주여! 우리 장애인이 외로워할 때에는 주님이 위로해 주시고 주님의 따뜻한 가슴에 품어주소서.

장애아이를 양육하는 부모들도 주님 기억하소서. 아이 양육에 어려워 몸부림칠 때, 주여! 그 부모들을 위로하시고 장애아이를 바르게 양육할 수 있는 지혜와 축복을 내리소서.

주여! 다시 한 번 간구합니다.

우리 장애인들이 희망을 품게 해주십시오. 자기 나름대로 성취할 수 있는 목표를 세우고 이 목표를 향하여 한 걸음 한 걸음 조심스럽게 나아 갈 때에 주께서 그들의 손을 잡고 인도하소서.

잘못하여 넘어질 때는 속히 일으켜 세워주시고 상처 났으면 곧 고쳐주소서.

주여! 다시 한 번 더 간구합니다.

우리 장애인들이 장애인을 존경하는 사회를 창조할 수 있게 하여 주소서.

장애인 스스로가 좋은 사회를 만들기 위하여 열심히 살아살 내 주께서 이들을 높이 치켜 올려 권세 있고 돈 많다는 사람들을 부끄럽게 만들어 주소서.

그리고 많은 사람들이 장애인들이 하는 행위를 보고 자기 길을 바르게 가게 해주소서.

　　그리하여 장애인이 이 세상에 존재해야 할 아주 가치 있는
인물임을 온 세상 사람이 깨닫게 하소서. 아멘

　　　　　　　　　　*

　　　　　　　　　　*

　　　　　　　　　　*

박현안 수필집

어머니의 갈치구이

초판 인쇄 2018년 4월 20일
초판 발행 2018년 4월 25일

박현안 지음

펴낸곳 문지사
등록 제25100-2002-000038호
주소 서울특별시 은평구 갈현로 312
전화 02)386-8451/2
팩스 02)386-8453

ISBN 978-89-8308-254-1 (03810)

값 13,000원